ullstein

Das Buch

New York, Dezember 2001. Der junge Wissenschaftler Victor Tallent macht eine Entdeckung, die die Welt von Hunger und Elend befreien könnte. In Venedig will er seine Ergebnisse bei einer UNESCO-Konferenz der Öffentlichkeit präsentieren. Dort trifft er die blinde Dolmetscherin Arabella, zu der er sich sehr bald hingezogen fühlt. Doch dann geschieht Bedrohliches: Menschen werden ermordet, auf Victor wird ein Anschlag verübt, Arabella verschwindet spurlos. Victor gerät unter Mordverdacht, seine Glaubwürdigkeit ist beschädigt und als Wissenschaftler ist er ruiniert.

Wer kann ein Interesse daran haben, ihn zum Schweigen zu bringen? Zurück in Amerika versucht Victor, die rätselhafte Arabella ausfindig zu machen. Dabei stößt er auf eine jahrhundertealte Geheimgesellschaft: den Rat der Zehn, eine ehemals venezianische Loge. Ihre Machtgier kennt keine Grenzen, sie beeinflusst Wirtschaft und Politik zu ihren Gunsten und hat nicht das geringste Interesse daran, dass das Welthungerproblem gelöst wird. Doch Victor ist nicht gewillt, aufzugeben. Er kämpft für seine Entdeckung, für Arabella – und bald auch um sein Leben.

Der Autor

Christian Moerk wurde in Kopenhagen geboren, wanderte aber bereits mit Mitte zwanzig in die USA aus. Nach einem Studium der Geschichte und des Journalismus war er in Hollywood tätig und schrieb für *Variety*. Heute lebt Christian Moerk in New York und arbeitet als Kulturredakteur für die *New York Times*. *Eminenza* ist sein erster Thriller, ein weiterer ist gerade im Entstehen.

Christian Moerk

EMINENZA

Thriller

Aus dem Englischen
von Frederik Feith

Ullstein

Besuchen Sie uns im Internet:
www.ullstein-taschenbuch.de

Umwelthinweis:
Dieses Buch wurde auf chlor- und säurefreiem Papier gedruckt.

Deutsche Erstausgabe im Ullstein Taschenbuch
1. Auflage Juli 2008

Titel der dänischen Originalausgabe:
De ti herskere (Politikens Forlag, Kopenhagen)
Als Vorlage zur Übersetzung diente eine vom
Autor verfasste englische Version.
Umschlaggestaltung: HildenDesign, München
Titelabbildung: © Jacqueline Abromeit / shutterstock
Satz: Pinkuin Satz und Datentechnik, Berlin
Gesetzt aus der Minion
Druck und Bindearbeiten: CPI – Ebner & Spiegel, Ulm
Printed in Germany
ISBN 978-3-548-26771-5

»Angst ist das Fundament vieler Regierungen.«

John Adams, April 1776

PROLOG

NACHT UND NEBEL

1

Republik Venedig, Frühling im Jahr des Herrn 1349

Elena fand, dass dieser Geburtstag bislang ihr schönster gewesen war.

Zum einen hatte es keine Trauerzüge gegeben. Seit einer Woche hatte Gott ihr traghetto *von jener Seuche verschont, die Pater Vicenzo »Atem des Teufels« nannte. Die schwarzen Finger der Pest hatten sich gierig nach der Insel und schließlich auch nach dem Festland ausgestreckt, doch nach dem kleinen Haus am Ende der Straße hatten sie, dem Herrn sei Dank, nicht gegriffen.*

Der Gestank der Leichen aus den anderen Gassen hatte sich verzogen, da die Müllmänner gerade ihre Runde gemacht hatten. Und ihre Mutter hatte Duftkerzen angezündet und sie den ganzen Tag lang brennen lassen, damit die Gäste an Frühling dachten, an frisch geschnittenes Gras und Vanille, nicht an verrottendes Fleisch.

Als Elena die Augen schloss und tief einatmete, stieg ihr noch der Geruch der gelöschten Kerzen und Speisen in die Nase. Die Gäste, die zum festlichen Anlass in prächtigen Capes erschienen waren und Musik und Karamellen mitgebracht hatten, waren erst vor einer Stunde gegangen. Das Mädchen streckte die Hand aus und berührte die glatte goldene Columbina-Maske auf ihrem Nachttisch. Ihre Mutter hatte Glasstückchen, bunt wie Pfauenfedern, über den Augenschlitzen angebracht und Elena erlaubt, die Maske den ganzen Abend zu tragen.

Als es jedoch Zeit zum Schlafengehen wurde, hatte sie liebevoll, aber bestimmt die seidenen Bänder am Kopf ihrer einzigen Tochter gelöst und Barnaba, dem Harlekin aus der Schauspielertruppe ihres Mannes, erlaubt, Elena auf seinem Rücken die Treppe zu ihrem Zimmer hinaufzutragen. Barnaba hatte eine Gutenachtgeschichte für sie erfunden und auf jedem Treppenabsatz Halt gemacht, um die Erzählung fortzusetzen. Sie handelte von einer Prinzessin, die alle Harlekine der Welt vor Seeschlangen und Ungeheuern beschützte, die in der Lagune vor ihrem Fenster hausten. Am Ende besiegte die Prinzessin die bösen Unholde und lebte für immerdar in einem Land, in dem sogar Harlekine von hübschen jungen Mädchen geachtet wurden.

»Träum etwas besonders Schönes, piccolina*«, hatte der Mann mit dem blassen runden Gesicht gesagt, als Elena von seinem Rücken herunter auf ihr Bett sprang. Dann blickte Barnaba zum Mond auf, vollführte eine kleine Pirouette, zögerte einen Augenblick und wünschte Elena eine gute Nacht. Als er die Tür schloss, lag ein trauriges Lächeln auf seinem Gesicht, aber das war Elena nicht verwunderlich erschienen. Sogar neunjährige Mädchen wussten doch, dass Harlekine sich nur wohlfühlten, wenn sie unglücklich waren.*

Elena lächelte und zog die Decke bis ans Kinn hoch.

In diesem Augenblick hörte sie ihre Mutter schreien.

Der Schrei war kurz und schrill und brach abrupt ab.

Elena setzte sich auf und horchte reglos. Eine Minute lang vernahm sie keine weiteren beunruhigenden Geräusche. Nur das Scharren der Boote, die für die Nacht vertäut wurden, drang zu ihrem Fenster im vierten Stock des Hauses herauf. Die Glocken von San Staè schlugen eins. Danach verstumm-

ten sogar die Tauben, die sich nach Festen immer auf dem Fenstersims zu versammeln pflegten.

Elena fragte sich, ob sie sich nicht getäuscht hatte. Hatte sie wirklich einen Schrei gehört? Vielleicht hatten ihre Eltern nur gestritten, wie sie es jeden Monat taten, wenn die Miete fällig wurde. Sie zankten auch über etwas, das einer der Mimen »den Dogen zu fest in die Nase zwicken« nannte, was immer das bedeuten mochte. Doch wenn Vater ohne Absprache mit seiner Frau Dichtern Geld vorgestreckt hatte, damit sie neue Stücke für die Truppe verfassten, wovon hatte er dann den Biskuitkuchen bezahlen können, den Elena noch auf der Zunge schmeckte? Und wie konnte er Mutter dieses goldene Armband schenken? Dieses Armband, das Elena nicht lange ansehen konnte, denn die Smaragdaugen der Seeschlange schienen sie in Bann zu ziehen und mitreißen zu wollen in die düsteren Tiefen der Lagune, von denen Barnaba ihr eben noch berichtet hatte.

Wieder war von unten ein Geräusch zu vernehmen. Und diesmal gab es keinen Zweifel.

Etwas Schweres wurde durch die mit Marmor verkleidete Eingangshalle geschleift. Dann abgehackte Laute. Sporen? Oder Stiefel mit Absätzen, die draußen auf dem Steg klackten? Womöglich gar Krallen? War durch ihre Träume ein Greif ins Haus eingedrungen? Elenas Herz hämmerte so heftig, dass ihr Kopf schmerzte. Das Geheul begann von Neuem, doch es klang erstickt, als schreie ihre Mutter in ein Kissen. Dann verstummte sie, und auch das Klacken war nicht mehr zu hören. Dafür jedoch ein Geräusch wie von riesigen Fledermausflügeln, das Elena nun veranlasste, hinaus in die Dunkelheit zu spähen.

Als sie des Geschehens gewahr wurde, dachte sie zunächst, Barnaba sei ihr als Prophet, als Weiser gesandt worden, um sie zu warnen vor der Welt der Erwachsenen.

Denn dort unten auf den Pflastersteinen schleppten Gestalten, in schwarze Capes mit Kapuzen gewandet, ihre Mutter und ihren Vater in eine rußschwarze Kutsche mit vergitterten Fenstern. Die Mutter wandte den Kopf, und nun sah Elena, dass sie geknebelt war. Nur ihre Augen waren zu sehen, und die teilten Elena etwas so Grauenvolles mit, dass sie erstarrte. Sie sah, wie ihr Vater in die Kutsche gezerrt und so lange geschlagen wurde, bis er sich nicht mehr rührte. Und in dem Augenblick, in dem Elena verstand, was ihre Mutter ihr sagen wollte, hob eine der schwarzen Gestalten den Kopf und entdeckte das kleine Mädchen mit den kastanienbraunen Locken, das über das Fenstersims spähte: Mutter hatte ihr sagen wollen, dass sie sich verstecken solle! Und nun, weil sie zu neugierig gewesen war, weil sie zu spät in die Tat umsetzte, was ihre Mutter ihr stets eingeschärft hatte für den Fall, dass jemand ins Haus eindrang, wusste Elena, dass man auch sie holen würde.

Plötzlich kam ihr das Spiel, dass Unholde ins Haus einbrachen, grauenhaft echt vor. Eigentlich waren all diese Spiele nur Vorbereitung für eine Nacht wie diese gewesen. Den ersten Teil hatte sie so gut gemacht. Und nun hatte sie versagt.

Elena sah zu, wie die schwarze Kutsche durch die schmale Gasse davonfuhr und um die nächste Ecke verschwand. Nun war es wieder ganz still. Elena dachte an den größten Erfolg ihres Vaters in diesem Jahr, eine Komödie mit dem Titel »Die unsichtbare Seuche«. Ein grausamer und eitler Herzog, gespielt von ihrem Vater, empfing darin einen Bettler, der von Barnaba verkörpert wurde. Der Bettler erweist sich als verloren geglaubter Prinz, der nun den Herzog herumkommandiert, bis der ehemals hochmütige Edelmann gezwungen ist, sich seinen Lebensunterhalt durch Betteln zu verdienen. Elenas Mutter hatte die Mätresse des Herzogs gespielt, die sich darüber be-

klagte, wie langweilig selbiger im Bett sei; diese Stelle hatte Elena gar nicht gefallen. Sie war ihr unheimlich gewesen, und das Kostüm ihrer Mutter hatte sie abstoßend gefunden. Doch die Zuschauer, vorwiegend Fährmänner und Unratsammler, hatten gebrüllt vor Lachen, weil das eingebildete Opfer seiner eigenen unsichtbaren Seuche – der Eitelkeit – dem Dogen zum Verwechseln ähnlich sah, jenem selten zu erblickenden Herrscher jener Welt, die sie Venedig nannten.

Dann bewegte sich die Klinke an Elenas Tür.

»Ich bin Elena Zaccaria di Farinesi«, sagte sie mit erhobener Stimme zu der knarrenden Tür. »Und ich bin Prinzessin der Lagune. Kommt ihr herein, so seid ihr des Todes.« Sie kamen dennoch. Bevor sie die Gestalten in den Gewändern, die so schwarz waren wie eine mondlose Nacht, zu Gesicht bekam, setzte die letzte Erbin von sechs Generationen von Mimen, die über Verstand und grenzenlose Träume verfügte, ihre Columbina-Maske auf und sprach ein Gebet. Sie schloss die Augen und dachte an ihren Lieblings-Harlekin, den vertrauenswürdigen Barnaba, der nie laut genug gelacht hatte, wenn ihr Vater den eitlen Herzog gab. Barnaba hatte ihr eine gute Nacht gewünscht, doch das war nicht aufrichtig gewesen. Er hatte sie alle getäuscht, schon lange, bevor er an diesem Abend mit einem Himbeertörtchen in jeder Hand erschienen war. Eines für sie, eines für ihn. Eine Belohnung, so lautlos wie eine Klinge, würde der verräterische Harlekin erhalten.

Und Elena hätte es verhindern können, hätte sich und ihre Eltern retten können.

Sie kam sich nun entsetzlich dumm vor, weil sie etwas bemerkt und nicht verstanden hatte. Denn erst letzte Woche hatte sie ihren Spielgefährten Barnaba vor jenem Kasten aus schwarzem Granit unweit des Theaters knien sehen. Wie ein reuiger Büßer hatte er zu dem geflügelten Löwen gebetet, der in den Stein graviert war, hatte darum gebetet, dass die Pest ein Ende nähme. Doch Elena wusste nun, dass er in Wahrheit dem zornigsten Engel der Stadt ein Opfer gebracht hatte. Zorn prickelte in ihr wie jenes sprudelnde Getränk, das sie beim Mahl zu sich genommen hatte. Wie ungerecht!

Elena wusste, dass sie nie wieder etwas träumen würde, weder etwas besonders Schönes noch etwas anderes. Denn sie würde tot sein, bevor die Glocken von San Staè die Morgensonne ankündigten. Sie spürte, wie Hände sie packten. Roch Männerschweiß und Leder. Ein Schauer überlief sie, als sie das kalte Eisen der Garrotte am Hals spürte.

Die Nachbarn schliefen tief und fest. Nur die mythischen Seeschlangen hätten das Gurgeln vernehmen können, als sich die Garrotte schloss und Elena aus dieser Welt verschwand.

2

Noch nie zuvor hatte Barnaba sich so gefühlt wie jetzt. Er war aufgeregt, fast besinnungslos vor Angst. Und zugleich berauscht von einem Machtgefühl, das er bisher nur in kurzen Momenten, geplagt von Schuld, empfunden hatte. Als Sohn eines Bäckers aus dem armen Viertel Dorsoduro hatte er die Wände des Castello meist nur aus der Ferne zu Gesicht bekommen. Wenn er sich einmal in der Nähe aufgehalten hatte und jemandem begegnet war, hatte er nie den Kopf gehoben, um den hochwohlgeborenen Gestalten, die durch die schweren Eichentüren schritten, ins Gesicht zu sehen, sondern hatte sich stets nur bekreuzigt und war so schnell davongeeilt, wie seine krummen Füße ihn zu tragen vermochten.

Denn selbst die Taubstummen unten in der Gießerei wussten, dass niemand öffentlich ein Wort darüber verlor, was im Palast vor sich ging. Und wer es je getan hatte, tat es nie wieder. Der schleichende heimliche Tod, der noch immer auf Treviso jenseits der Lagune wütete, raffte auch die letzten öffentlichen Ordnungshüter dahin. An ihrer statt traten Spione und Informanten auf den Plan, die jetzt schon sagenumwobener waren als der heilige Markus selbst, der die Stadt gründete, als ein Engel ihm zuraunte, Jesus' unsterbliche Seele läge am Grund der Lagune. Barnaba war zu Ohren gekommen, dass die Augen der Spione immer offen waren, weil sie keine Lider hatten. Das hatte ihm jedenfalls seine Mutter erzählt. Die lauerten überall, hatte sie berichtet, schlichen sich ins Gewissen der Leute und standen beim Gemischtwarenhändler hinter ihnen, verrieten unheilige Gedanken an jeden, der ihnen Lohn zukommen ließ, damit keiner seiner Strafe entging. Das mochten alles erfundene Geschichten sein. Doch war nicht der junge Beamte aus seiner Straße, der betrunken beim Essen Witze über die geschlechtlichen Vorlieben des Dogen erzählte, von einem Tag auf den anderen verschwunden? Einfach so, spurlos, in Nacht und Nebel?

Und nun war er, Barnaba, selbst einer von jenen geworden. Aber gefährlich kam er sich nicht vor. Nur verängstigt.

»Wer erwartet mich?«, fragte er eine Wache. »Man sagte mir –«

Der Mann hatte ihn nicht einmal eines Blickes gewürdigt, als er antwortete: »Keiner. Man wird sich deiner annehmen, wenn die Zeit gekommen ist.«

Und nun stand Barnaba allein in der riesigen Halle. Er, der Harlekin, die Zweitbesetzung, die erst seit kurzem selbst auftreten durfte und sein Leben lang nur von hölzernen Tellern gegessen hatte, war nun umgeben von schwarzem Mar-

mor und erbeutetem maurischem Gold an den Wänden. Der Boden fühlte sich eiskalt an durch seine dünnen Ziegenlederschuhe. In seiner Tasche schloss er die Hand fest um das goldene Armband, um sein pochendes Herz zu beruhigen. Barnaba horchte, ob die Wachen, die ihm befohlen hatten, sich nicht von der Stelle zu rühren, zurückkamen. Aber er hörte nur die entfernten Schreie der Signora di Farinesi, die heiser und gedämpft aus dem Verlies drangen, das sich irgendwo unter Barnabas Füßen befand. Oder sie war erneut geknebelt worden, dachte er, damit man sich ungestörter an ihr vergreifen konnte.

Sie hatte den Verstand verloren, schon bevor sie das Castello erreicht hatten. Einer der Männer, die zu Anfang an Barnaba herangetreten waren und versprochen hatten, dass der Familie kein Leid geschehen werde, »nur eine kleine Ermahnung, mi caro, *eine Lektion in Demut«, hatte die Leiche des kleinen Mädchens in die Kutsche geworfen, bevor er die Pferde antrieb. Am Castello angekommen hatte Signora di Farinesi sich geweigert, von ihrer Tochter zu lassen, und Barnaba sah stumm zu, wie die Männer, die vor einigen Wochen nach der Vorstellung an ihn herangetreten und ihn mit Verheißungen von Geld und Ruhm geködert hatten, fortfuhren, auf ihren Mann einzuschlagen. Dann entrissen sie das tote Kind den Armen der Mutter und warfen es in ein Loch im Boden, das zum Abwasserkanal führte.*

»Judas!«, hatte Signora di Farinesi Barnaba angeschrien, als ihre Augen ihn in einer Ecke aufspürten, in die er sich gedrängt hatte. »Assassino!« *Doch bevor sie ein weiteres Wort hervorbringen konnte, rissen die schwarz gewandeten Männer ihr das kostbare Brokatkleid vom Leib, als seien es Küchenlumpen. Dann schlugen sie mit der Peitsche auf sie ein, bis sie neben ihrem leblosen Gatten niedersank. Zu sei-*

nem maßlosen Entsetzen hatte Barnaba gemerkt, wie sich bei ihm etwas abspielte, das Pater Vicenzo von San Staè stets als »schlimmste Sünde außerhalb der Ehe« bezeichnete.

»Willst du was davon?«, fragte ihn einer der Männer höhnisch grinsend, als er Barnabas Erregung bemerkte.

Barnaba, der peinlich berührt errötete, den Blick aber dennoch nicht von der weißen Haut der Frau lösen konnte, die er oftmals vor Augen gehabt hatte, während er sich über eines der Mädchen in Pioggios Bordell hermachte, trat näher. Sein Glied drängte sich an seine Hose. Barnaba bückte sich, einen Moment lang versucht, die Einladung anzunehmen. Doch dann hielt er inne. Höllenfeuer, besann er sich. Ewige Verdammnis. Einer der Männer gluckste amüsiert. Barnaba nahm seinen kläglichen Mut zusammen. »Aufrührerin!«, zischte er und schlug seine einstige Herrin quer über den schönen Mund. »Hure!« Dann riss er ihr das schwere Goldarmband mit den Smaragden vom zierlichen Handgelenk und schlug sie noch einmal, um zu verbergen, dass er sich schon in seine Hose ergossen hatte.

Ein Geräusch, gleitendes Metall auf Holz, brachte ihn zurück in die Gegenwart.

An der Decke wurde ein Vorhang, groß wie ein Segel, von Kordeln zugezogen und trennte Barnaba vom hinteren Teil des Raums, den er nur verschwommen durch die durchscheinende blaue Seide wahrnehmen konnte. Als der Vorhang sich vollständig entfaltet hatte, sah Barnaba, dass man das verehrte Zeichen der Republik, den geflügelten Löwen, darauf gemalt hatte. Barnaba wurde flau im Magen, als er kleine Flecken am unteren Rand bemerkte, die getrocknetes Blut sein mochten.

Ich bin Mime, dachte er, ich habe mich hingegeben, um das Publikum zum Lachen zu bringen. Jedes Kind in Venedig ist entzückt, wenn Barnaba, der Harlekin, hinfällt und so tut, als sei er ohnmächtig, bis der Beifall so laut wird, dass er wieder zum Leben erwacht. Aber auf dieser Bühne will ich nicht sein. Ich will zu Hause sein. Ich will, dass alles so ist wie vorher, murmelte er vor sich hin und hielt dabei nach einem Fluchtweg Ausschau, doch auf dieser Seite des blutbefleckten Seidenvorhangs konnte er nur Wände entdecken und Fenster, die zu klein waren, um zu entkommen. Verzeiht mir, Signora Farinesi, es tut mir leid. Bitte, gnädiger Gott …

»Barnaba Montefiori«, ertönte eine Stimme, die näselnd und alt klang, hinter dem Vorhang. Der Umriss eines Mannes war nun hinter der blauen Seide zu erkennen, der jedoch nichts weiter verriet. Barnaba vernahm ungeduldiges Rascheln von Gewändern, woraus er schloss, dass dieser Mann nicht allein war. Auf dem Fenstersims hinter Barnaba zankten sich Spatzen lärmend um eine tote Maus. Doch Barnaba nahm nur das Atmen der Hochwohlgeborenen hinter dem Vorhang wahr.

»Eu… Euer Gnaden«, stammelte Barnaba und sank auf seine knubbligen Knie.

Die Gestalt erhob ein wenig die Hand, als wolle sie einem Hund bedeuten, sich zu erheben, um einen leckeren Happen in Empfang zu nehmen. Doch Barnaba war zu verängstigt, um sich zu rühren.

»Die unsichtbare Seuche«, ließ eine versteckte Gestalt verlauten, deren Stimme vor Herablassung triefte. »Können wir uns darauf verlassen, dass jedes Exemplar dieses verdammungswürdigen Machwerks vernichtet wurde? Oder hegst du immer noch die Absicht, als Mime tätig zu sein?«

»Ich habe abgeschworen!«, versicherte Barnaba eilends. »Deshalb habe ich in alles eingewilligt! Euer Ehren müsst mir glauben …«

Die Stimme wurde bohrend. »Beantwortet die Frage, Meister Montefiori. Sind sämtliche Exemplare zerstört?«

»Ja. Jedes einzelne. Ich habe sie selbst geholt. Aus dem Keller der Farinesis. Gestern Nacht. Und habe sie Euren Wachen gegeben. Ich habe zugesehen, wie sie verbrannt wurden.«

Ein kurzes Schweigen trat ein. Dann machte der Mann, der den Verräter hörbar verabscheute, eine fragende Handbewegung zu seinen Begleitern. »Sollen wir uns auf das Wort dieses … Unwürdigen verlassen? Wenn weitere Exemplare gefunden werden –«

»Das ist ausgeschlossen!«, brüllte Barnaba, der nun fürchtete, selbst ein Opfer der Garrotte zu werden. »Heute Nacht werde ich persönlich ihr Haus in Brand stecken.« Er atmete schwer. »Und das Theater, falls Ihr es wünscht.«

Einige der Männer gluckten amüsiert. Der Löwe auf dem Vorhang schien zu tanzen.

»Welcher Eifer«, hörte Barnaba eine unbekannte Stimme sagen.

»Liebst du denn die Künste nicht mehr?«, fragte eine andere.

»Verschmähst die Muse?«, höhnte wieder eine andere.

»Ich will nur dem Staate dienen«, antwortete Barnaba und merkte zum zweiten Mal an diesem Tag, wie ihn sein Körper im Stich ließ. Er blickte auf die reglosen verschwommenen Gestalten und erwartete den Tod. In der Stille hörte er, wie sein Schließmuskel alles freigab, was er versucht hatte, bei sich zu behalten.

»Du hast ausgeführt, was unsere Diener von dir verlangten«, sagte schließlich der alte Mann, und der Vorhang blähte sich ein wenig auf. Die Schreie aus dem Verlies wurden kurz lauter und verstummten dann. Der Knebel musste herausgefallen sein, mutmaßte Barnaba.

»Du kannst einen Gefallen verlangen«, fuhr der alte Mann schließlich fort. »In vernünftigen Maßen, versteht sich. Wenn wir dich erneut benötigen, wird der Mann, der zuerst auf dein Schreiben antwortete, sich bei dir einstellen. Vernünftig. Eine angemessene Gegengabe. Ja? Bist du stumm, Barnaba, Sohn eines Bäckers?« Gelächter, kurz und giftig wie der Kuss eines Verräters, war von den Männern zu vernehmen.

»Nein, Euer Gnaden«, erwiderte Barnaba. Seine Wangen brannten vor Scham. »Ich meine, ja, Euer Gnaden. Ich will tun, wie es Euer Gnaden beliebt, so wahr mir …«

»Den Herrn brauchst du nicht anzurufen, mein Sohn«, meldete sich ein anderer Mann zu Wort. »Du hast wertvolle Arbeit geleistet. Und niemand arbeitet umsonst. Das erzürnt Gott, dessen kannst du gewiss sein. Wonach steht dir der …« Er zögerte kurz und fuhr dann in spöttischem Tonfall fort: »… Sinn?«

Barnaba bedeckte unwillkürlich sein Geschlecht und hätte beinahe geweint vor Scham und Zorn, weil der Beobachter den Fleck dort bemerkt hatte. Er blieb stumm und betete um eine Antwort, doch es wollte sich keine einstellen.

»Nach nichts?«, sagte eine dritte Stimme.

»Nach gar nichts?«, fragte nun der erste Mann.

Barnaba überwand seine Scham und fand den Weg zu jener Eigenschaft in sich, die ihn sein Leben lang geleitet hatte, schon von jenem Augenblick an, als er den kleinen schwachen Errico aus seiner Straße wegen seines neuen Seidenhemds zusammengeschlagen hatte. Er spürte seine Gier. Wie ein gewaltiger Phönix entfaltete sie sich in ihm und erhob die Stimme. Barnaba spürte den Blick der Sphinxen hinter ihrem blauen Vorhang. Und einen Moment lang empfand er keine Angst mehr.

»Gold«, sagte er und spürte zum ersten Mal seit einigen

Minuten wieder Luft in seiner Lunge. »Ich will Gold. Und Juwelen.« Als er sich erinnerte, wo er sich befand, fügte er hinzu: »… bitte. Euer Gnaden kann sich stets auf mich verlassen.«

Schweigen trat ein. Der alte Mann schien etwas aus seinen Gewändern hervorzuholen. Er wog den Gegenstand einen Moment in der Hand, dann warf er ihn zu Boden, wo er in Barnabas Richtung glitt und am Teppich vor seinen Füßen liegen blieb.

»Nimm deinen Lohn an dich«, sagte der alte Mann und nickte. »Ich glaube, du kennst ihn bereits.«

Barnaba stand auf, nahm den Beutel an sich und öffnete ihn. Er enthielt den Rest von Signora Farinesis Schmuck. Ihre Topasringe, die kostbaren Ohrgehänge, die sie von ihrem Mann zum Hochzeitstag bekommen hatte. Barnaba wusste, dass er an diesem Abend nicht auf direktem Wege über die Brücke zum Haus seiner Mutter gehen würde. Zuerst würde er die maurische Hure aufsuchen, die es ihm gestattete, sie an die Bettpfosten zu fesseln, bevor er sich mit ihr vergnügte. Sie würde eines der Ohrgehänge bekommen. Nur eines. Und sie würde sich dafür ins Zeug legen müssen. Als er das Schmuckstück berührte, fühlte es sich warm an. Barnaba nickte Richtung Vorhang und ließ den Lederbeutel in seiner Hose verschwinden. Er bemühte sich um eine formvollendete Verbeugung, kippte dabei jedoch fast vornüber. Ihm fiel nichts ein, was er nun tun konnte, und wäre am liebsten umgehend verschwunden. Doch er blieb reglos stehen. Das Gold zog ihn in seinen Bann. Und Barnaba wusste auch nicht, wie er sich zurückziehen sollte, ohne die Gestalten hinter dem Vorhang zu beleidigen. Außerdem gab es ungünstigerweise auf seiner Seite des Raums keine Tür. Seine Ohren wurden heiß.

»Erwartet Ihr noch ein weiteres Entgelt, Meister Montefio-

ri?«, fragte eine der Gestalten ungeduldig, aber hörbar amüsiert. »Dann solltet Ihr in Eurer rechten Hosentasche Ausschau halten, wo Ihr es verschwinden ließt, nachdem Ihr es von ihrem Arm gezogen habt.« Glücklicherweise öffnete sich nun eine Geheimtür in einem Stillleben vom Kreuzweg, und eine Wache bedeutete Barnaba, dass er folgen solle.

»Ich bin Euer ergebenster Diener, Euer Gnaden«, murmelte Barnaba, als er sich hastig davonmachte. Der Harlekin huschte durch die schmale Öffnung in der Wand und war verschwunden. Ein weiterer Schrei aus dem Mund einer Frau war zu vernehmen, brach jedoch ab, als die Geheimtür zuschlug. Danach trat Stille ein, als sei soeben jemand gestorben.

Schließlich schüttelte der alte Mann, der zuerst gesprochen hatte, den Kopf und seufzte. Erst jetzt nahm er die Anwesenheit der anderen Männer in den langen Roben offiziell zur Kenntnis. Der Name des Mannes lautete Enzo Andiolini, doch jeder außer dem Dogen selbst sprach ihn nur als Eminenza an. »Spione haben nicht selten glänzende Einfälle«, sagte er. »Lasst das Haus der Farinesis mitsamt dieser widerwärtigen Bühne in Brand stecken. Jemand soll sich im Haus aufhalten, damit die Klatschmäuler die ganze Woche darüber reden.«

»Und der Harlekin, Eminenza?«, fragte einer der Männer, noch immer angewidert von dem kriecherischen Spion.

»Lasst ihn bis zur Brücke kommen«, antwortete Enzo, und seine Stimme klang so trocken wie Wüstensand. »Dann tötet ihn.«

3

Der Doge, aus seinen Betrachtungen gerissen, blickte auf.

Sein Parfumeur hatte ihm soeben einen flacon *mit seinem Lieblingsduft gebracht, griechische Orange mit einer Spur Koriander, als der Wind einen beißenden brenzligen Geruch herantrug, der das Missfallen des Herrschers erregte. Andrea Dandolo, vierundfünfzigster Doge von Venedig, Prinz und absoluter Herrscher über alles in dieser kleinen mächtigen Republik, die sich selbst »die heiterste« nannte, hob den Kopf und blickte aus dem offenen Fenster hoch oben im weißen Turm an der Piazza San Marco Richtung Süden.*

In der rasch einsetzenden Dämmerung wütete ein oranger Feuerball, von dem eine schwarze Rauchsäule zum Himmel aufstieg. Der Doge verengte die Augen und entdeckte ein zweites, noch größeres Feuer jenseits der Brücke, unweit des traghetto, *in dem die Juden lebten. Gott vergebe ihren elenden Seelen. Künstler, dachte der Doge, gewiss haben sie vergessen, vor dem Zubettgehen ihre Kerzen zu löschen. Nun ertönten Glocken. Er schloss das Fenster und hüstelte. Jemand klopfte leise an die Tür.*

»Tretet ein«, sagte der Doge und zog vor einem kleinen Spiegel seine prachtvolle Kappe und seinen Umhang zurecht. Dabei war er wieder einmal gezwungen, seine große Nase zu betrachten, die ihm insgeheim peinlich war. Die Tür öffnete sich, und des Dogen mächtigster Vasall, Enzo Andiolini, trat ein, gewandet in diese dunkelroten Gewänder seines Amtes, die dem alten Mann stets Angst machten.

Enzo stand aufrecht im Raum, ein winziges Lächeln auf den Lippen, während er wartete, bis der Herrscher der Serenissima seine Fassung wiederfand. Dass Enzo Andiolini niemand etwas anhaben konnte, war ihm wohl bewusst. Als er noch jung war, hatten Rom und der Papst ein Heer geschickt, um die prachtvolle Inselstadt zu unterwerfen, doch Enzo hatte rasch die Verteidigung auf die Beine gestellt, die Papisten in die Flucht geschlagen, die Überlebenden über die Lagune gejagt und auf den Zinnen des Castello aufgespießte Köpfe von Römern aufgestellt, um den Sieg zu feiern. Seine Macht hatte sich unterdessen noch vergrößert. Er hatte den Niedergang mehrerer Dogen erlebt und war zu einem unbezweifelbaren Bestandteil des Staatssystems geworden. Und da der Schwarze Tod nun seit geraumer Zeit dafür sorgte, dass die meisten erfahrenen dogentreuen Generäle in Särgen aus Marmor ruhten, blieb Venedig keine andere Wahl, als sich auf Enzo und seine treu ergebenen blutjungen Gefolgsleute zu verlassen, um den Frieden zu erhalten. Denn er war bedroht.

In Florenz warteten Söldnerheere, bestellt von den seidenbestrumpften Familien der Stadt, begierig darauf, nach Norden zu marschieren und wie eine zweite Pest über die Heitere Republik hereinzubrechen. Und selbst wenn sie weit weg und geschwächt waren, bevölkerten doch die erbittertsten Feinde Venedigs die Alpträume des Dogen: jene Moslem-Krieger aus den Wüsten Arabiens, Sarazenen oder auch Mauren genannt. In schwarze Gewänder und Turbane gehüllt, sodass nur ölige schwarze Augen zu sehen waren, Krummschwerter schwingend, versessen auf Christenblut, seit Richard Löwenherz aus Jerusalem ein Beinhaus gemacht hatte. Nicht selten erschienen des Dogen Diener nachts in seinen Gemächern, wenn ihr Herr wieder einmal schrie vor Angst, weil er in seinen Alpträumen Sarazenen in die Hände gefallen war.

Enzo hatte dafür gesorgt, dass die Alpträume nicht Wirklichkeit wurden. Und dies war beiden Männern wohl bewusst.

Die kleine Welt, die in beständiger Angst vor feindlichen Angriffen lebte, hatte Enzo aufgerüstet, um für ihren Schutz zu sorgen. Nicht jeder war mit Enzos Überheblichkeit einverstanden, doch es gab keinen, der seine Entscheidungen anzweifelte, nicht einmal der exaltierte Herrscher, der einzige Mensch, vor dem Enzo sich jemals verbeugte. Und die meisten Bürger, die über das neue Pflaster der Gassen schlenderten, zuckten die Achseln. Hatte der Staat denn nicht unlängst ansehnliche Promenaden angelegt und die verfallenden Piazzas wieder hergestellt? Im Gefolge der Pest herrschte endlich Ordnung.

Ordnung bedeutete auch, dass in den Straßen mehr Polizisten unterwegs waren und draußen am Leuchtturm kriegerische Wachen Gewürz-Galeonen aus Persien und anderen fragwürdigen Teilen der Welt wieder aufs Meer hinausschickten. Ordnung war die Illusion öffentlicher Sicherheit, waren Regatten am Samstag, bei denen rote Segel sich vor dem Horizont abzeichneten. Ordnung waren endlose Paraden durch schmale Straßen, bei denen Fahnen triumphal im Wind flatterten.

»Ein Wort?«, fragte Enzo. Seine Stimme war immer so rau, dass der Doge sich stets versucht fühlte, ihm etwas zu trinken anzubieten. Doch er nickte nur. Die beiden Feuer draußen wurden schon schwächer, während die Glocken der Feuerwehr hilflos läuteten.

Der Vasall wies auf die Rauchwolken, vor denen die Tauben in Schwärmen flüchteten. »Erinnern Euer Gnaden sich an das Theaterstück, das Euch unlängst so empörte?«, fragte Enzo und legte ein Bündel auf den Marmortisch seines Herrn. »Und das die Sicherheit der gesamten Republik gefährdete?«

Der Doge geriet sichtlich in Erregung; seine hohlen Wangen färbten sich rosa. »Die… diese Schauspielerin?«

»Und ihre gesamte Familie. Ihr Theater liegt in Schutt und Asche. Niemand wird jemals mehr Geld ausgeben, um diesen Treulosen zu lauschen, das kann ich Euch nun versprechen.«

Dandolo erhob sich in einer Aufwallung von Erleichterung, zog einen Ring von seiner linken Hand und steckte ihn seinem Lieblingsvasallen als Zeichen seines tief empfundenen Danks an den Zeigefinger. Der Ring bestand aus schwerem Gold, in dem ein Mondstein in Form des geflügelten Löwen eingearbeitet war. »Wir glauben Euch, und wir danken Euch«, sagte der Doge und kehrte auf seinen sicheren Platz, den thronähnlichen Stuhl hinter dem Tisch, zurück.

Enzo entging nicht, dass der Doge das rechte Bein nachzog.

Vielleicht war den Gerüchten doch Glauben zu schenken, denen zufolge die Pest in den Palast Einzug gehalten hatte? Oder war das Hinken dem hohen Alter des Dogen zuzuschreiben? Doch ihm blieb nun keine Zeit, sich damit zu befassen. Denn es gab noch mehr zu besprechen. »Es gibt noch etwas, Euer Gnaden«, sagte Enzo im Flüsterton und beugte sich vor.

»Wir sind bereits im Bilde«, krächzte der Herrscher der Serenissima und spielte mit einer Landkarte auf seinem Tisch. »Genovese, dieser Sohn einer Hure, der Tausende von Söldnern heuert. Sie warten darauf, dass wir geschwächt sind. Und Ihr habt sie ferngehalten, wie es Euch stets gelungen ist.«

Doch wie lange würde ihm das noch gelingen? Enzo wusste, dass der alte Mann sich diese Frage stellte. Denn im nahe gelegenen Stadtstaat Genua schlug man schon seit Monaten die Kriegstrommeln, um Venedig nicht morgen, sondern heute, sogleich zu überfallen. Um noch den letzten Venezianer am Galgen aufzuhängen oder ihm die Kehle durchzuschneiden und die Piazza San Marco in einen Schutthaufen zu verwandeln.

»Ich kann Euch versichern, dass Heer und Flotte der Republik hinter Euer Gnaden stehen werden, solltet Ihr Euch entscheiden, gegen diese Kreaturen zu kämpfen, auch wenn es noch in diesem Sommer sein sollte«, sagte Enzo und blickte seinem Gönner fest ins Auge. »Die Unterstützung des Volkes habt Ihr auch. Kein Teil der Stadt entgeht den Augen des Staates. Die Leute reden, mehr denn je. Noch vor dem Abendessen sind wir täglich im Bilde über jedes Raunen und jedes Gebet. Und über jede Lüge.« Er lächelte und hätte um ein Haar geblinzelt. »Nicht wahr?«

Der Doge, dem bewusst war, dass diese Aussage der Wahrheit entsprach, hustete. Er wusste auch schon, was als Nächstes kam. Es war immer so. »Wie viele heute?«, fragte er und wandte den Blick ab.

Enzo brachte unverzüglich ein Papier zum Vorschein und legte es auf den Tisch. »Neunundzwanzig, Euer Gnaden. Gott segne die Republik.«

Der Doge überflog die Namen auf der Liste, kannte jedoch keinen. Wäre es so gewesen, hätte das auch nichts geändert. Wie immer stellte er keine Fragen, sondern hielt ein Lackstäbchen über eine Kerze, ließ etwas von der moosgrünen Flüssigkeit auf das Papier tropfen und drückte sein Siegel hinein. Wortlos nahm Enzo das Papier wieder an sich und steckte es ein.

Andrea Dandolo, knochig, niedergedrückt von der Last seiner hochherrschaftlichen Gewänder und seines schweren Schmucks, blickte in die gnadenlosen Augen des Mannes, der seinen Aufstieg vor neunundzwanzig Jahren als Hauptmann der Geheimpolizei begonnen hatte, und spürte, dass Enzo auch nicht zögern würde, seinem Herrn die Kehle durchzuschneiden, wenn es dem Staate diente.

Ist er im Bilde?, fragte sich der Doge. Beobachten die Augen meines eigenen Staates mich in meinen geheimen Gemächern, wenn ich mich den fleischlichen Gelüsten hingebe, mit marokkanischen Sklavenjungen, die meine Diener heranschaffen und vor dem Morgengrauen wieder zur Hintertür hinausscheuchen? Vermutlich. Nein, sicher sogar. Dem Dogen kam der Gedanke, dass Enzos Macht wohl noch bestehen bliebe, wenn die Stadt selbst längst in den fauligen Gewässern versunken war, die sie seit Anbeginn der Zeit stützten. Dieser Mann war so machthungrig. Der Doge war plötzlich sehr müde. Dann bemerkte er das Bündel, das Enzo auf den Tisch gelegt hatte.

»Welche Gaben bringt Ihr mir, Meister Andiolini?«

»Ein Beweisstück«, gab Enzo zur Antwort. »Ich mache keine hohlen Versprechungen.« Er verbeugte sich tief und ging rückwärts zur Tür. »Wenn Euer Gnaden bereit ist, werde ich die Truppen zusammenziehen. Möget Ihr eine friedvolle Nacht haben.« Der Doge antwortete nicht, weil ihn das Bündel ablenkte. Er beugte sich darüber, löste die seidene Schleife und blickte hinein.

Er erblickte den wohl frisierten Kopf einer Frau.

Sie konnte nicht älter als dreißig gewesen sein, sagte er sich, als das erste Grauen einer gewissen Faszination wich. Mit einem Anflug von Lust bemerkte er, wer die Frau gewesen war. Er blickte zur Tür, um sich zu vergewissern, dass Enzo verschwunden war. Dann beugte er sich vor und küsste den Mund der Signora Farinesi. Er erinnerte sich daran, wie er vor nicht allzu langer Zeit verkleidet die Vorstellung besucht und in der ersten Reihe der billigen Plätze neben einer Reihe von Kerzen Platz genommen hatte.

Die Schauspielerin war auf die Bühne getänzelt, schwerelos, gekleidet wie eine Hofdame, die Brüste in eine goldene Korsage geschnürt. Doch dann hatte sie sich in einem Monolog über die Impotenz des Dogen ausgelassen, hatte geschildert, wie schlaff er gewesen sei, allen Liebeskünsten zum Trotz, die sie von den Höflingen erlernt hatte. Von seiner Impotenz hatte sie gesprochen! Ein weiß gekleideter arabischer Jüngling mit Engelsflügeln hatte sich dann zu ihr gesellt und dem Publikum den wahren Grund für die Enthaltsamkeit bei Damen zugeraunt. Der Jüngling hatte die Lippen geschürzt, sie geschminkt und eine obszöne Bewegung mit der Zunge gemacht. Und das Publikum brach in brüllendes Gelächter aus, einer Horde lüsterner Dämonen gleich.

Der Doge wäre am liebsten in Tränen ausgebrochen und geflüchtet. Hätte sie am liebsten alle an Ort und Stelle ermordet. Doch er rührte sich nicht vom Fleck, fürchtete, entlarvt zu werden. Die Demütigung war nahezu unerträglich für ihn.

Und bei allen neun Vorhängen hatte die Signora den Kopf schief gelegt und ihn direkt angesehen. Hatte sich über ihn lustig gemacht. Als hätte sie geahnt, welches Gesicht sich hinter seiner Maske verbarg. Gelächelt hatte sie mit diesem Hurenmund. Der noch immer feucht war. Er würde ihr zeigen, wer hier impotent war.

Eine wahre Feindin des Staates.

»Hure!«, grunzte der Doge und drückte den Kopf fester an seinen Mund.

4

Enzo Andiolini, der die schmale Gasse bei der Accademia-Brücke durchschritten hatte und zu Hause angekommen war, küsste seine älteste Tochter, Cristina, auf die Wange.

Sie regte sich ein wenig unter ihrer Lieblingsdecke, wachte jedoch nicht auf. Cristina war sieben, aber Enzo wusste, dass er ihre Vermählung nicht mehr erleben würde. Sein Husten war schlimmer geworden seit dem letzten Winter, und vor einer Woche hatte er Blut gespuckt. Der Arzt, ein ebreo, *dem er ein Vermögen bezahlen musste, sagte, es handle sich um eine Erkrankung der Brust, der man nur mit Beten abhelfen könne. Was wusste der schon, dachte sich Enzo und unterdrückte das Husten, als er Cristinas Zimmer verließ.*

Vittorio, sein sizilianischer Diener mit den schweren Lidern, erwartete ihn im Flur mit einem Tablett, auf dem ein silberner Kelch stand. Der scharfe Duft von heißer Schokolade verdrängte den Gestank der Kanäle. »Eine kleine Erfrischung vorm Zubettgehen, Eminenza?«

Enzo nickte, griff nach dem Kelch und trank einen Schluck. Er hatte Vittorio von seinem Vater geerbt, bei dem wiederum Vittorios Vater bereits Diener gewesen war. Enzo berührte die holzgetäfelte Wand und lächelte, als er an den einstigen Besitzer dieses Hauses dachte: Michele Urbano, ein angesehener Zuckerhändler. Urbano hatte seine Steuern immer pünktlich bezahlt. Und seine Tochter Francesca war für Enzo das entzückendste Mädchen gewesen, das er jemals erblickt hatte, als er sie in Begleitung ihres Vaters bei einer Messe zum ersten Mal sah.

Enzo beschloss deshalb, keine Zeit verstreichen zu lassen, um sie zu seiner Frau zu machen, auch wenn er vierzig Jahre älter war als sie. Dazu machte er Gebrauch von einem Mittel, das er auch in anderen Angelegenheiten erfolgreich anwandte: Gewalt. Denn wie sich herausstellte, war Meister Urbano bei einer seiner Reisen durch die gottlose Stadt Damaskus gereist, ohne dies dem Staate kundzutun. Deshalb ließ Enzo ihn verhaften. Nach zwei Tagen Verhör, nach denen Meister Urbano nur noch einen ungebrochenen Finger und Brandwunden an den Genitalien hatte, gestand er alles, was seine Folterer hören wollten. Ja, er war in Damaskus gewesen. Ja, er hätte es kundtun sollen. Ja, er würde vor ein Schiedsgericht treten und um Gnade bitten.

Urbano hatte hinter dem Vorhang gestanden, an derselben Stelle, an der jener lachhafte Harlekin heute Abend seine Treue bekundet hatte. Der Kaufmann hatte geweint und gefleht und geschworen, dass er niemals auch nur einen einzigen Mauren getroffen, geschweige denn an einer Verschwörung gegen die Heitere Republik beteiligt gewesen sei. Das nützte ihm jedoch wenig. Er wurde dennoch verurteilt als Verräter, der einen langsamen öffentlichen Tod verdient hatte.

Zuerst würde man ihm mit Hämmern Arme und Beine brechen und sie hernach an ein großes Rad nageln. Dann würde man das Rad auf der Piazza San Marco aufhängen, wo die Kinder ihn anspucken konnten, bis ein gnädiges Stück Knochenmark schließlich in sein Herz dringen und sein jämmerliches Leben beenden würde.

Die junge Francesca hatte drei Tage lang vor dem Castello gesessen, hatte Enzo befriedigt bemerkt. Ihre Tränen hatten ihn beinahe so sehr erregt wie der Anblick ihres hochrutschenden Kleides, wenn sie auf den harten Steinen niederkniete, um zu beten. Und wie durch ein Wunder schienen ihre Gebete erhört zu werden.

In einer seltenen Anwandlung von Milde sorgte Enzo ins-

geheim dafür, dass Michele Urbano stattdessen nach Spanien in die Verbannung geschickt wurde. Überdies traf er sich mit dem gebrochenen Mann inkognito und gab sich lediglich als »Freund des Staates« zu erkennen, der sich zu seinen Gunsten eingesetzt habe. Meister Urbano hatte Enzo die Füße geküsst und ihm für sein Leben gedankt und auch für das Versprechen, seine Tochter Francesca zum Mündel eben jenes gütigen Staates zu machen, der ihm das Leben gerettet hatte. Andernfalls wäre sie zu einer Unberührbaren geworden, die als Spross eines Verräters dazu verdammt gewesen wäre, in den dunkelsten Gassen der Stadt zu hausen.

Am nächsten Tag gestattete Enzo dem Mann, sich am Kai von seiner Tochter zu verabschieden. Als das Schiff über die Lagune verschwand, legte Enzo den Arm um die zarten Schultern des Mädchens.

Enzos gedungene Mörder holten Urbano an der spanischen Grenze ein und schlitzten ihn in einer Manier auf, die später von der Obrigkeit als »gnadenlose Tat von Bergräubern« bezeichnet wurde. Michele Urbano war verblutet wie ein Schwein. Als Francesca diese Nachricht erreichte, trauerte sie um ihren Vater, und Enzo trat auf den Plan, um sie zu trösten.

Drei Monate später nahm Francesca dankbar Enzo Andiolinis Heiratsantrag an. Er hatte sich als so hilfreich erwiesen nach dem Tod ihres Vaters, als er dessen Handelsgeschäfte übernahm. Und so erklangen die Hochzeitsglocken von San Staè, während insgeheim die Einnahmen aus dem Zuckerhandel des Ermordeten Enzos Vermögen vermehrten.

»Was gibt es für Neuigkeiten, Vittorio?«, fragte Enzo, während er sich zum Schlafgemach seiner Gattin begab.

»Ein weiterer ruhmreicher Tag für die Republik, Signore«, flüsterte Vittorio, um Cristina nicht zu wecken. »Die Signora

hat gegen sechs Uhr etwas Suppe zu sich genommen, und Cristina hat mit ihren Freunden Seeschlacht mit Spielzeugbooten gespielt, bis deren Eltern sie zum Abendgebet abholten.« Er lächelte. »Heute waren es Mauren gegen Venetianer, glaube ich. Neun Kinder.«

»Wer hat gesiegt?«

»Die Serenissima unterliegt niemals«, antwortete Vittorio, geschmeichelt ob der Aufmerksamkeit seines Herrn.

»Gute Nacht, Vittorio«, sagte Enzo, betrat das Schlafgemach seiner Gattin und schloss die Tür hinter sich.

Dass Francesca wach war, entging Enzo nicht. Ihr schwarzes Haar floss über das Kissen, und sie kehrte ihm den Rücken zu, stellte sich schlafend. Das war eines ihrer Lieblingsspiele. Er legte Umhang und Schuhe ab und glitt über die weißen Laken und genoss das Geräusch, das dabei entstand. Seine Hand verharrte über ihrer Hüfte, wo ihr Nachtgewand hochgerutscht war und ihre olivfarbene Haut entblößt hatte. Tränen traten Enzo in die Augen, als ihm bewusst wurde, dass es nicht mehr viele solcher Abende geben würde.

Francesca schien seine Gefühlsaufwallung gespürt zu haben, denn sie drehte sich um und sah ihren Gatten an. Obwohl sie ihm drei Kinder geschenkt hatte, sah sie noch immer aus wie jenes Mädchen, dem die Röte ins Gesicht gestiegen war, als er vor elf Jahren um seine Hand angehalten hatte.

»Ist etwas nicht in Ordnung, mein Liebling?«, fragte sie ihn und sah ihn mit ihren großen Mandelaugen forschend an.

Enzo nahm sie in die Arme und spürte, wie ihre Nähe alle nichtigen Gedanken an Sterblichkeit vertrieb. Das Blut pulsierte in seinen Lenden, als Francesca seine Hose öffnete und ihn liebkoste. Noch ein Kind. Vielleicht blieb ihm noch Zeit dafür.

Dann hielt sie inne. »Etwas fühlt sich anders an«, flüsterte sie. »Schau mich an und versprich mir, dass alles gut ist und wir in Sicherheit sind.«

»Ich werde immer dafür sorgen, dass du in Sicherheit bist.«

Enzo hielt sie fest umschlungen. Wenn die Zeit gekommen war, würde sein Begräbnis eine grandiose Angelegenheit sein. Zuvor würde es ihm jedenfalls noch gelingen, den Dogen in einen Krieg mit den Genuesern zu drängen – einen Krieg, den sie gewinnen würden, dessen war er sich gewiss. Und dann würde Venedig über die Grenzen der Stadt und der Weltmeere hinaus herrschen. Die Zukunft lag darin, Schlachten zu gewinnen, bevor sie überhaupt begonnen hatten. Doch wie würde die Macht in den richtigen Händen bleiben können, wenn seine Knochen dereinst zu Staub zerfielen?

Enzo keuchte, als Francesca ihn wieder berührte. Er musste etwas Raffinierteres ersinnen als nur eine einfache gewalttätige Erpressung. Dann, als sie mit den Zähnen seine Jacke öffnete, hatte er den genialen Einfall. Er atmete langsam aus, während die Idee Gestalt annahm.

Enzo zog etwas aus seiner Hemdtasche. Es war schimmernd und schwer. Seine Getreuen hatten es vor kaum einer Stunde aus den Taschen des toten Harlekins gezogen und von Barnabas Blut gereinigt. Der Harlekin hatte wie ein Mädchen gekreischt, bevor sie ihm die Zunge herausschnitten und in den Kanal warfen.

Francesca lächelte, als Enzo ihr das goldene Armband ums Handgelenk legte.

»Woher ist das?«, fragte sie und bestieg ihn. »Es ist wunderschön.«

»Geschenke aus Liebe«, sagte er und küsste seine Frau, »sollten immer ein Geheimnis bleiben.«

5

Venedig, Winter 1973

Die Januarsonne fiel matt durchs Fenster der staubigen Werkstatt und schien Carla ins Gesicht, just in dem Augenblick, als sie das Ende einer goldenen Kette fertigstellte und einen tränenförmigen Rubin in das Schloss einsetzte.

Carla sah älter aus als neunzehn, aber das hatte nichts mit ihrem Gesicht zu tun. Nein, die Gesichtszüge der jüngsten Tochter des berühmten Juweliers Marcello galten sogar in Venedig als »exotisch«, denn ihre Mutter, schon vor langer Zeit verstorben, war maurischer Herkunft gewesen. Doch Carla nahm immer die schlechte Haltung ihres Vaters ein, sobald sie saß. Mit hängenden Schultern und in Gedanken versunken, die ihre langen schlanken Finger vorantrieben, hatte das Mädchen jeden Tag seit ihrem Schulabschluss in diesem dunkelsten Ende der calle *zugebracht, im Schoße des schillernden und funkelnden Ladens ihres Vaters. Sie war talentiert, das musste der alte Marcello zugeben, und so ließ er sie hier, anstatt sie auf die Universität zu schicken.*

Die Türglocke klingelte und Carla blickte auf. Ihr Vater kam hereingehastet. Der alte Wollmantel hing schief auf seinen knochigen Schultern, sein Haar sah so zerzaust aus wie ein Vogelschopf. »Papa?« Keine Antwort. Marcello drückte etwas an seine Brust, und der für gewöhnlich gelassene Mann blickte sich so unruhig in seinem Laden um, als suche er ein Versteck.

»Papa?«, rief Carla noch einmal, nun besorgt, und der alte Mann blickte zu ihr hinüber und bemühte sich zu lächeln, aber es wollte ihm nicht gelingen.

»Schließ die Fensterläden«, sagte er schließlich, und sein Tonfall ließ darauf schließen, dass jemand Unerfreuliches hereinkommen würde, falls sie seiner Anweisung nicht Folge leistete. Er verschwand im kleinen Hinterraum des Ladens, und Carla verriegelte die Fensterläden und zog die dicken roten Samtvorhänge zu. Dann begab sie sich zu ihrem Vater, wobei sie ein unangenehm kaltes Gefühl im Magen und in den Beinen spürte. Marcello ließ sich für gewöhnlich nicht aus der Ruhe bringen; nicht einmal damals, als Carla in ihrer Kindheit in den Canal Grande gefallen und beinahe ertrunken war, hatte er sich besonders aufgeregt, sondern ihr etwas zu trinken gebracht und ihre Tränen getrocknet. Er pflegte die Welt als Spektakel zu betrachten, das man mit gesundem Menschenverstand regeln konnte. Doch als Carla ihn nun im Hinterraum über das Bündel gekauert fand, das er bei sich getragen hatte, glomm etwas Glänzendes und Ruheloses in den Augen des hochgewachsenen Mannes.

Angst. Und Gier.

»Komm her«, krächzte er und wickelte die Zeitungen auf. Dabei offenbarte sich ein samtenes Tuch. Marcellos Hände verharrten einen Augenblick zögernd über dem Stoff. Dann schlug er ihn auf und enthüllte die eigenartigsten und faszinierendsten Gegenstände, die Carla jemals erblickt hatte. Vor ihr lagen ein Armband, zwei Ohrgehänge und ein Siegelring. Alle Schmuckstücke waren aus massivem Gold und glitzerten grün wie das Meer, weil sie über und über mit Smaragden besetzt waren.

Doch vor allem das Armband faszinierte Carla, als sie sich von ihrem ersten Erstaunen erholt hatte. Es war mit einer goldenen Schlange verziert, die ihren schrecklichen Schlund weit aufriss, um ein römisches Kriegsschiff in einem Stück zu verschlingen, mitsamt den Seeleuten, die sich verzweifelt zur

Wehr setzten. Die Augen des Ungeheuers bestanden aus zwei runden Edelsteinen, die nur ein paar winzige Kratzer aufwiesen und ihr Feuer über all die Jahre bewahrt hatten. Das Motiv sah aus wie ein Familienwappen, das Carla aber völlig unbekannt war.

»Du wirst niemandem gegenüber erwähnen, dass du diese Schmuckstücke gesehen hast, hast du verstanden?«, sagte ihr Vater so langsam, dass Carla angst und bange wurde. Sie nickte stumm, konnte den Blick jedoch nicht von den Preziosen wenden. »Und falls jemand hier hereinkommen und danach fragen sollte, atme einfach tief durch und antworte, dass du diese Dinge noch nie gesehen hast. Ja? Versprichst du mir das?«

Carla hätte am liebsten geweint, hörte sich aber mit Kleinmädchenstimme »Ja, Papa« antworten. Das schien Marcello vorerst zufriedenzustellen. Er verpackte den Schmuck wieder und legte ihn in einen Holzschrank, den er mit einem großen Schlüssel verschloss. Dann setzte er sich und blickte wieder um sich, als erwarte er, dass irgendein Verfolger durch die Tür gestürzt käme. Carla ließ sich auf einem Hocker nieder und wartete ab. Schließlich begann ihr Vater wieder normal zu atmen, und seine Augen wirkten ruhiger und wärmer.

»Diese Schmuckstücke gehörten einer Schauspielerfamilie namens Farinesi«, sagte er. Seine Stimme klang so erschöpft, dass Carla dachte, er würde gleich verstummen. »Frag nicht, wo ich sie herhabe. Aber der Bursche, der sie mir verkauft hat, war überglücklich, dass er sie nie mehr zu Gesicht bekommen würde.«

Carlas Blick wanderte unwillkürlich zu dem Schrank hinüber, und sie meinte, zwischen den Rissen etwas Grünes schimmern zu sehen. »Warum?«, fragte sie verständnislos.

Marcello winkte sie näher zu sich und erklärte leise: »Die

Schergen des Dogen haben diese Familie in einer Nacht vor vielen Jahren gemeuchelt«, sagte er und sprach schneller, um die Geschichte hinter sich zu bringen. »Das ist die schönste Goldschmiedearbeit, die ich je gesehen habe, teils türkisch, teils griechisch, hie und da eine Spur alter venezianischer Handarbeit. Und etwas, das ich nicht erkennen kann. So etwas gibt es nirgendwo mehr, nicht einmal in unserem Laden. Nicht einmal die Tiara, ›Das Auge von Ra‹, die wir letzten Monat an diese Amerikanerin verkauft haben, könnte es mit diesem Schmuck aufnehmen.«

Carla verarbeitete diese Aussage. Diese Tiara, mit gelben Diamanten in blauen Saphiraugen, stammte aus dem fünfzehnten Jahrhundert und hatte ein Vermögen gekostet. Es war das kostbarste Geschmeide gewesen, das sie jemals gesehen hatte.

Doch ihr Vater hatte recht. Diese furchterregenden Preziosen, die nun in ihrem Wäscheschrank lagen, sprachen eine andere Sprache. Sie spürte, wie sich etwas Kaltes um ihre Schultern legte, obwohl der Ofen neben ihr auf Hochtouren arbeitete.

»Versprich mir«, sagte Marcello und umklammerte die Hände seiner Tochter, »dass du nur ihre Schönheit bewundern wirst, wenn ich nicht mehr bin? Dass du sie niemals verkaufen wirst?«

Carla runzelte die Stirn. »Aber Papa, ich …«

»Schwör es mir!«, schrie er mit beinahe überkippender Stimme. Erschrocken nickte Carla und zog ihre Hände weg.

Ihr Vater lächelte sie verlegen an. »Sie bringen mehr als Pech«, sagte er mit hohler Stimme. »Ich möchte, dass sie dir gehören, wenn ich nicht mehr bin, damit du deine eigenen Arbeiten daran messen kannst. Aber du hast diese Dinge gesehen. Schau mir in die Augen und versichere mir, dass nicht der Teufel selbst sie angefertigt hat. In einem Höllenloch, wo kein anderer den Fuß hinsetzen kann.«

Doch Carla konnte ihren Vater nicht beruhigen. Denn auch sie fühlte das kalte Feuer der Schlangenaugen.

Das Gesicht ihres Vaters war nun ganz nahe. Sein Atem roch faulig vor Angst. »Wenn ich nicht mehr bin, musst du diese Schmuckstücke in die Lagune werfen, nachdem du von ihnen gelernt hast, was sie dir beibringen können. Sag, dass du es tun wirst.«

»Ich werde es tun«, sagte Carla, und einen Moment lang glaubte sie das auch. Sie sah ihrem Vater nach, als er nach oben schlurfte. Ein paar Minuten später hörte sie ihn schon schnarchen. Den Schlüssel zu dem Schrank hatte er auf einer Werkbank abgelegt. Versprochen war versprochen. Aber ihr Vater war gerade erst beim Arzt gewesen, der ihm bestätigte, dass er bei bester Gesundheit sei. Da konnte sie wirklich noch einen Blick riskieren, bevor er irgendwann sterben würde.

Marcello Ieronimo Balbi starb kaum einen Monat später. »Lungenkrebs«, sagte Dr. Pozzi und schüttelte traurig und verwirrt den Kopf. »Er hat sein Leben lang nicht geraucht. Was für eine Tragödie.«

Carla begab sich zum Begräbnis auf der Insel in der Lagune und vergoss ihre Tränen. Doch nach der Hälfte des Salve Regina *wanderten ihre Gedanken zum Laden zurück. Zu dem Eichenschrank, in dem der Schatz der Schlange auf ihre Rückkehr wartete. Sie nahm die Beileidsbezeugungen entgegen, lehnte aber Kuchen und weiteren Trost ab und sagte, sie wolle lieber nach Hause gehen und sich ausruhen. Doch kaum war sie im Laden angelangt, verriegelte sie die Fensterläden und zog erneut die dicken Vorhänge zu. Als der Raum ganz dunkel war, zündete sie eine Kerze an. Carla zitterten die Hände, als sie die dritte Schublade von oben aufzog, das Bündel herausnahm und es aufschlug.*

Ihr Herz klopfte schneller, als sie das Gold und die Smaragde, rund und glatt durch jahrhundertelanges Tragen, mit den Fingern betastete. Die Seeschlange schien zu fauchen. Oder lächelte sie?

Monatelang saß Carla an ihrer Werkbank, den langen Rücken gebeugt, fertigte wunderschöne Schmuckstücke an und erwarb sich so alsbald den Ruf, dass sie eine mehr als würdige Erbin ihres Vaters war. Tiaras. Ringe mit fantastischen Gravuren, Kampfszenen und Liebenden in leidenschaftlicher Umarmung. Und Armbänder, jedes versehen mit einem Ungeheuer, das seine künftige Besitzerin mit Augen aus blutroten Rubinen oder bernsteingelbem Topas anstarrte.

Und stets lagen die verhängnisvollen Geschmeide der Farinesis neben Carla auf einem Samtkissen, gaben ihren Händen die notwendige Ruhe ein, raunten ihr neue Ideen und Formen zu, mit einer Stimme, die nur Carla vernehmen konnte. Sie fühlte sich ein wenig schuldig, wenn sie daran dachte, dass sie die Schmuckstücke nicht in die Lagune geworfen hatte wie versprochen. Was war nur in sie gefahren? Stattdessen räumte Carla eines Abends, nachdem die letzte Kundin mit einer Schatulle verschwunden war, die eine Brosche in Gestalt eines rotgoldenen Greifen mit diamantenen Augen enthielt, einen Platz in der Hauptvitrine im Laden frei. Sie entfaltete ein Stück Samt, so schwarz wie der Marmorengel auf dem Grab ihres Vaters, und platzierte die alten geheimnisumwitterten Schmuckstücke auf dem Stoff, wo jedermann sie sehen konnte. Dann schloss sie die Vitrine zweimal ab und steckte den Schlüssel ein. Draußen hatte es zu schneien begonnen, und die Menschen blieben stehen und starrten in die Luft. In ihrer kleinen Welt erlebten sie sonst für gewöhnlich nur Regen. Die Schneeflocken schmolzen und verschwanden wieder.

Zufrieden nach getaner Arbeit, begab Carla sich nach oben, fütterte ihre Katze und träumte von Seeschlangen in der Lagune, die so grün waren wie Edelsteine, und von gutbetuchten amerikanischen Touristen, die im Sommer ihren Laden aufsuchen würden.

Unten in der Vitrine nahmen die Smaragde die Dunkelheit in sich auf. Und warteten.

BUCH EINS

SCHWEIG STILL

6

New York City, Dezember 2001

Vom Kopfende seines verwühlten Betts aus blickte Victor Tallent auf den Fernseher und stellte fest, dass offenbar die halbe burmesische Stadt unter Wasser stand.

Frauen in nassen grünen Sarongs, Säuglinge im Arm, wateten durch die schlammbraunen Fluten, während über ihnen Rotoren der Helikopter von den U.S. Marines einen neuen künstlichen Sturm entfachten, nachdem der reale diesen Menschen kurz zuvor alles genommen hatte, was sie besaßen. Die Nachrichtenzeile unter den Bildern verkündete: WINTERHURRIKAN ZERSTÖRT NEUN BURMESISCHE DÖRFER. 679 MENSCHEN GETÖTET. ERNTE VERNICHTET. Dann war der Beitrag zu Ende, und man bekam wieder die Standardeinstellung zu sehen, die CNN seit Monaten brachte und die Victor nervös machte, da die Perspektive immer die gleiche war: Die Kamera blickte von einem Haus in der West Street auf den Platz hinunter, auf dem bis vor wenigen Monaten die Türme gestanden hatten. Winzige gelbe Laster schafften Schutt weg, und beständig stieg Rauch auf, wie von einem unterirdischen Krematorium, das niemals ruhte. Victor dachte an andere Leichen, aufgedunsen, die in der Wüstensonne schmorten.

Er wandte den Blick vom Fernseher ab und schaute zum Fenster hinaus; auf den geparkten Autos lag eine dünne Schneeschicht. Bald war Weihnachten. Victor stellte eine kurze Rechnung an und kam zu dem Schluss, dass sämtliche Gemeinden an der burmesischen Küste nun neue Nahrungsmittel kaufen mussten, Getreide und Reis, wofür sie kein Geld hatten und deshalb gezwungen sein würden, sich welches zu borgen. Aus den Nachrichtenbildern hatte er ferner erfahren, dass die Einheimischen Trockenreis angepflanzt hatten statt des längeren Nassreises, der Stürmen besser trotzen konnte.

Victor schloss die Augen. Er sah sich bis zu den Knien in fauligen Abwässern stehen, roch förmlich den Gestank, wenn die überfluteten Felder in der Sonne trockneten. Er hätte diesen Menschen helfen können und Millionen anderen auch. Dafür hatte man ihn eingestellt. Und nun war er seit Monaten mit Experimenten befasst, die scheiterten, bevor man sie überhaupt begonnen hatte.

Die Fensterscheibe reflektierte sein Spiegelbild: einen dünnen blonden Mann Ende zwanzig mit wasserblauen Augen, die verquollen aussahen, weil er die Nächte durcharbeitete und sich tagsüber lediglich Nickerchen genehmigte. Mit der violetten Narbe, die sich quer über sein Kinn zog, und dem vollen Mund sah er genau nach dem aus, was er war – ein Mittelstandsjunge, versessen auf Scherereien, die Spuren hinterließen. Victor versuchte zu schlafen. Dann stieg ihm Kaffeegeruch in die Nase, und er hörte, wie die Wohnungstür aufging.

»Hey!«, rief die Blondine mit den Papiertüten im Arm Victor zu, der sich nicht viel bewegt hatte, seit die junge Frau vor einer Stunde aufgebrochen war, um Frühstück zu besorgen. Sie hieß Sally, und er wusste, dass ihr mittlerweile wahrscheinlich jeder Grund recht war, um ihn sitzen zu lassen.

»Okay, Schätzchen, das reicht, beweg deinen Arsch!«, verkündete sie nun und stellte einen Milchkaffee und ein Ei-

Sandwich neben Victors reglose Gestalt auf dem Bett. »Ich hab gerade mit Roy und Alice gesprochen, und sie möchten, dass wir ein klein bisschen früher kommen, um Alice' Vater kennenzulernen. Er ist gestern Abend mit dem Flieger aus Richmond gekommen und kennt hier keinen.«

Victor schlürfte den Kaffee und blickte zu Sally auf, wobei er sich auf ihre Stirn konzentrierte. Ihm entging nicht, dass sie ihm einen Anzug über den Stuhl gelegt hatte. Mitsamt Krawatte und frischem Hemd. Eine Aufforderung, sich aufzuraffen. Nun runzelte Sally die Stirn und schlug gereizt die langen Beine übereinander, weil er ihr nicht in die Augen schaute.

»Denk nicht mal im Traum dran«, äußerte sie warnend, weil sie schon ahnte, was er als Nächstes sagen würde.

»Tut mir leid.«

»Nein, es tut dir nicht leid. Du wirst dich jetzt duschen und anziehen und mich nach Yonkers fahren. Deshalb braucht dir auch nichts leidzutun.« Sie schürzte pikiert die Lippen, während sie seine Reaktion abwartete.

Als Victor Sally ansah, fragte er sich, wieso sie ihn nicht schon längst verlassen hatte. Er hatte sie vor zwei Jahren in Thailand kennengelernt, als er dort Feldforschung für Bewässerung betrieb und sie als Rucksacktouristin unterwegs war. Danach hatte er sich monatelang kaum um sie gekümmert, weil er völlig besessen war von seiner Arbeit. Sie hatte ihn zur Hochzeit ihrer Schwester eingeladen, die er absagte, weil er Hals über Kopf zu einer Bewässerungstagung nach Nairobi fliegen musste. Und nun musste er ihr gleich mitteilen, dass er nicht zu dem Weihnachtsessen mit ihren besten Freunden kommen konnte, weil er keine Fortschritte mit seinem irrwitzigen Projekt gemacht hatte. Womit er einmal mehr sein Versprechen nicht halten würde.

Sally gab ihm gar nicht die Gelegenheit, eine Ausrede vorzubringen, sondern schaute aufgebracht zum Fernseher, wo nun wieder Meldungen aus dem Katastrophengebiet auf dem Bildschirm erschienen und man sah, wie Marines Reispackungen und Kondensmilch an Menschen verteilten, die flehentlich die Hände nach ihnen ausstreckten. Sally schnappte sich die Fernbedienung und schaltete ab. »Nicht schon wieder!«, meinte sie mit leicht zittriger Stimme. »Du und deine Bedürftigen. Das Reisfeld und das schlechte Gewissen. Nein. Kommt nicht in Frage. Alice' kleine Cousine hat den Tisch dekoriert, und –«

Victor entschloss sich, Sally in die Augen zu blicken. »Sag Alice, dass ich nach Silvester mit ihrem Vater essen gehe. Ich …«

Nicht einmal das konnte er wirklich versprechen.

Sally ging vor ihm in die Hocke und legte ihm die Hände auf die Knie. »Victor, du musst jetzt mal zur Ruhe kommen. Die Universität schließt nicht ihre Tore, wenn du deine … Formel, oder was immer es ist, nicht in den nächsten Wochen findest, okay?«

»Ich arbeite schon fast ein halbes Jahr daran«, erwiderte Victor. »Und ich weiß immer noch nicht genug, um –«

Sie hörte ihm nicht mehr zu. »Und es werden weiterhin Menschen bei Hurrikans ums Leben kommen«, sagte sie und wandte den Blick ab. »Du kannst nicht allen Leiden der Menschheit ein Ende bereiten. Also *bitte* –«

Victors Stimme klang jetzt schärfer, als ihm lieb war, weshalb er sich sofort noch schuldiger fühlte. »Taifune. Dort nennt man diese Unwetter Taifune. Und, ja natürlich versuche ich zu verhindern, dass Menschen bei den Überschwemmungen ertrinken. Oder verhungern.«

»Was auch immer.«

Sally tätschelte ihm die Oberschenkel und richtete sich langsam auf. Diesmal tut sie's wirklich, dachte Victor und streckte die Hände nach Sally aus, aber sie war schon zu weit weg. Sie drehte sich noch einmal um, dann ging sie wortlos hinaus. Victor rief ihr nach, aber draußen surrte bereits der Fahrstuhl.

Victor war sich im Klaren darüber, dass er alles verpfuscht hatte. Nicht nur sein Dasein als bestenfalls halb verlässlicher Partner. Ihm wurde heiß vor Wut, und die Narbe an seinem Kinn stach dunkelrot von seiner Haut ab. Die Pflanzen hatten ihn fertiggemacht. Wieder einmal. Die Pflanzen und seine eigene Unfähigkeit, eine Niederlage einzugestehen. Er schloss die Augen und spürte erneut den Sand zwischen den Zähnen. Das passierte ihm manchmal auch, wenn er Cornflakes aß.

Er hatte niemals in den Krieg ziehen wollen. Jedenfalls nicht bewusst.

Victor, auf Long Island aufgewachsen, war in seiner Jugend ruhelos und fahrig gewesen. Jemand, von dem die Erwachsenen bestenfalls sagten, er sei »geschickt mit den Händen«. Die Highschool schaffte er mit Müh und Not, obwohl seine Lehrer sagten, er sei trotz seiner Hyperaktivität ziemlich intelligent. Nach dem Abschluss fing er an einer Uni in der Nähe ein Studium an, weil ihm nichts anderes einfiel. Er entschied sich für Militärgeschichte, weil die Dozentin, Mrs Nelson, ihn als Einzige an der Hofstra University nicht wie einen Idioten behandelte, wenn er länger für seine Lektüre brauchte als seine Kommilitonen. Sie trug gerne leuchtend rote Pullover, die ihn aufmunterten, und ihr Hals sah sehr hübsch aus, wenn sie die Haare hochsteckte. Aber bald gab Victor die Hoffnung auf, die Prüfungen zu schaffen. Er ignorierte Mrs Nelsons Angebote, seine

Lernschwäche zu behandeln, und war binnen kurzem so im Rückstand, dass er keinen Sinn darin sah, weiterzustudieren, auch wenn das Mrs Nelson zu betrüben schien. Sein Vater, der von Akademikern ohnehin nicht viel hielt, schlug die Wall Street oder das Militär vor. Und seine Mutter äußerte sich gar nicht zu dem Thema, sondern mied seinen Blick, während sie das Geschirr spülte.

Victor jobbte in einer Eisdiele am Strand in Bayshore, wo Frauen aus Manhattan, unterwegs zur Fähre nach Fire Island, ihm Geld in die Hand drückten, ohne ihn eines Blickes zu würdigen. Das hielt er nur ein paar Monate aus, dann saß er im Bus nach Parris Island in South Carolina. Nicht, weil er scharf war auf Krieg oder Fantasien von der großen weiten Welt, sondern weil ihm nichts anderes einfiel.

Den Marines fiel durchaus etwas ein.

Am Ende der Grundausbildung, wo Victor als Schütze so schlecht abschnitt, dass der Ausbilder ihn beinahe aus der Klasse warf, verfrachteten sie ihn als Schützenarsch prompt in den ersten Golfkrieg. Im Flugzeug schlief er ein und träumte von Beduinenzelten. Lawrence von Arabien. Man servierte ihm Pfefferminztee in goldenen Tässchen, während der Stammesrat ihn respektvoll betrachtete. Als Victor durch Turbulenzen erwachte und die rotgelbe Wüste unter sich erblickte, wusste er allerdings sofort, dass man ihm hier nichts Angenehmes servieren würde.

In Kuwait stolperte er, kotzend wegen der Turbulenzen, mit den anderen Soldaten aus der Maschine und wurde von einem Sandsturm empfangen, der so heftig war, dass er die Tarnfarbe von den Hercules-Transportern auf der Landebahn schabte. Es gab bereits weniger Kämpfe als zuvor, aber Victor zog sich jedes Mal der Magen zusammen, wenn er Artilleriefeuer von den eigenen Truppen hörte. In der Abenddämmerung schlichen irgendwelche Gestalten ums Lager herum und wurden von den Wachen beschossen, aber man fand keine Leichen. Die anderen Soldaten bezeichneten die Späher des Feindes als Spione, doch die Einheimischen nannten sie grinsend »Dschinns« – unsterbliche Wüstengeister.

Victor wurde keiner Schützenkompanie und auch nicht den ehrenvollen Aufklärern zugeteilt, die vor der Hauptmacht herfuhren und die Feinde aufspürten, damit sie hernach von den Gatling-Bordkanonen der A-10 »Warhogs« aus der Luft zerlöchert werden konnten.

Stattdessen teilte man ihm einen Laster zu, der einen täglichen Versorgungskonvoi auf dem Highway One zwischen Basra und Kuwait anführen sollte. Er transportierte Wasser, 7.65-Kaliber-Munition und C-Rationen zu den Truppen, die immer noch vereinzelt auf Widerstand stießen. Von den Besatzungen der Panzer, die an der Versorgungseinheit vorbeirasten, wurden Victor und seine Männer nur »die Wasserträger« genannt. Einer der Panzerkommandeure berichtete Victor, dass Teile der Republikanischen Garde nicht aufgeben wollten, aber das wusste Victor bereits. An seinem ersten Tag in der Wüste hatte er das nasse Ploppen explodierender Napalmbomben gehört, und der Aufschlag hatte ihm fast die Luft aus den Lungen gesogen, obwohl er meilenweit entfernt war. Der Wind war umgeschlagen und trug den Gestank verbrannten Fleischs heran. Am Highway One loderten in dieser Nacht überall Flammen. Danach wurden keine Schatten gesichtet am Lager, die Dschinns tauchten nicht mehr auf. Die Kuwaiter blieben in ihren Häusern, erschüttert über das, was sie gesehen hatten.

Und auch Victor sah es.

Er musste so oft an den verkohlten Leichen der irakischen Soldaten am Straßenrand vorbeifahren, dass er anfing, ihnen Namen zu geben. Chuck. Harvey. Der stille Bob. Ein Mann, der im Turm eines ausgebrannten APC-Panzers sowjetischer Herkunft feststeckte und dessen makellose Zähne sich weiß von seinem rußschwarzen Schädel abhoben, wurde von Fuques, dem Witzbold des Zugs, »Napalm Ned« getauft.

Eines Tages legte Victor mit seinem Trupp eine Zigarettenpause ein, um auf den Tanklaster zu warten. Die Sonne stand grellweiß am Himmel. Victor hatte wieder dieses gepresste Gefühl im Bauch, und er drehte sich um, ohne genau erklären zu können, weshalb. Im nächsten Moment hörte er ein entferntes Heulen. Dann zuckte ein Blitz auf, der greller war als die Sonne, und Fuques sank in sich zusammen, noch bevor die anderen den ohrenbetäubenden Knall der Granaten hörten.

BUMM! BUMM! BUMM! Die Artilleriegeschütze, von denen Victor nicht wusste, ob sie zu den eigenen Leuten gehörten oder zum Feind, wurden in Stellung gebracht und ein Granatenhagel flog über die Wüste. Zu ihnen. Victor versuchte zu schreien, aber der Ton klang, als säße er in einer Blechdose. Er verfrachtete Lebende und Tote in Sekundenschnelle auf den Laster, der ins Stottern kam, als er ihn startete. Die nächste Granate schlug in die Seite ein und tötete zwei weitere Marines – Flores, einen jungen Typen, den sie Imelda getauft hatten, weil seine Stiefel ihm nie richtig passten, und McInerney, der so neu war im Zug, dass er noch keinen Spitznamen hatte.

»O Gott, o Gott, o Scheiße«, jammerte ein Soldat und versuchte seine Waffe zu laden. An seinem Kinn klebte blauer Speichel von einem Kaugummi neben Hirnsplittern von Flores. Victor fuhr vom Highway herunter, der aussah, als würde er von der Luft aufgefressen – jedes Mal, wenn sich nach einem Granateneinschlag der Rauch verzog, offenbarte sich ein neues gähnendes Loch im Asphalt. Drei Laster im Zug standen in Flammen. Ein Mann, den Victor kannte, hing schief hinterm Steuer und war so schnell geschrumpft, dass er kaum größer war als ein Hund. Der Brandgeruch, den Victor am ersten Tag bemerkt hatte, breitete sich nun überall aus. Da er nicht mehr richtig hören konnte, drückte Victor nur den Sprechknopf am Funkgerät und schrie »Mir folgen!« hinein. Dann fuhr er blindlings in die Wüste, und der Rest des Konvois folgte ihm. Ein Schwarm Comanche-Helikopter donnerte von Süden heran und toste über die Laster hinweg in Richtung der Artillerieblitze, die vor dem jetzt verdunkelten Himmel aufzuckten.

Victor ließ den Fuß auf dem Gaspedal, bis der Motor den Dienst versagte. Dann stieg er aus. Sechs der zwölf Laster waren durchgekommen. Der Marine neben ihm wischte sich das Kinn und umarmte ihn. Ein anderer, mit silbernem Vogel auf den Epauletten, näherte sich vom hintersten Laster, streckte Victor die Hand hin und sagte etwas. Victor verstand nichts und nickte. Als er wieder etwas hören konnte, wurde ihm klar, dass der Oberst »Hurra« gesagt hatte. Gut gemacht. Einsame Spitze. Scheißgut. Bis auf die Tatsache, dass Fuques und einunddreißig weitere Männer sich in schwarze Mumien verwandelt hatten und nun der Großfamilie von Napalm Ned angehörten.

Die Nacht brach an. Sie warteten auf das Sanitätsflugzeug, das noch im Norden festsaß. Das irakische Artillerieregiment, dessen Ziel sie gewesen waren, hatte auch zwei Helikopter vom Himmel geholt. Und Pilotenblut war wertvoller als Fahrerblut, das wusste jeder Soldat. Deshalb hockten sie nun im langsam kühl werdenden Sand, schluckten Schmerzpillen und versuchten nicht ständig »Was?« zu sagen. Ein Sanitäter hatte Victors Lippe genäht, die ein Granatsplitter senkrecht durchschnitten hatte. Die meisten Männer standen unter Schock. Einige schlangen die Arme um die Knie und verarbeiteten, was sie erlebt hatten. Es gab Tränen. Und ein paar Witze über Flores. Der junge Marine, der Victor umarmt hatte, stolperte nun herum, richtete sein M-16 auf die brennenden irakischen Artilleriegeschütze in der Ferne und vermied es, Victor anzusehen.

Victors Blick fiel auf etwas neben seinem Stiefel, eine Pflanze, der es gelungen war, in der mörderischen Hitze am Leben zu bleiben. Sie war saftig grün, hatte einen dicken Stengel und eine weiße Blüte. Er pflückte sie und brach sie in zwei Teile, während die anderen ihm verständnislos zusahen. Und dann, wie durch ein Wunder, verbreitete sich ein Duft, den die Soldaten später eher hilflos als »heftig« bezeichneten. Alle waren enttäuscht, als die Hueys kamen und sie abholten. Denn dieser Duft war unbeschreiblich. Betörend.

Von diesem Tag an machte sich niemand mehr über den Typen aus Long Island mit der Narbe am Mund lustig, der jeden Abend das Lazarett umrundete und auf dem betonharten Wüstenboden nach anderen grünen Überlebenden Ausschau hielt, die zur Oberfläche drängten.

Als seine Trommelfelle allmählich verheilten, sah Victor nicht mehr jede Nacht die grimassierende verkohlte Leiche in seinen Träumen. Stattdessen hatte er Visionen von grünen Feldern und den Stengeln duftender Pflanzen. Jeden Tag begab er sich nun in eine andere kaum wahrnehmbare Welt in seiner Nähe: hier ein Grashalm, dort ein kleiner Strauch unter einer verrußten Panzerplatte. Für Victor war nun jeder noch so kleine Halm oder Stengel ein Beweis dafür, dass dieses Land wieder zum Leben erwachen konnte, selbst wenn Ölbrände tagtäglich den Wüstensand schwarz färbten und keine Sondereinheit die Leichen der Feinde entfernte. Die Ärzte zeigten sich zufrieden mit seinem Heilungsprozess, wenngleich ihn einer als »scheiß durchgeknallten Typen« bezeichnete.

Als Victor ausgemustert und nach Hause zurückgeschickt wurde, nahmen die Notizbücher mit seinen Zeichnungen mehr Platz in seinem Gepäck ein als seine Ausrüstung. Auf seinem eigenen Laster wurde er nach Kuwait zum Flughafen gebracht. Als sie an Napalm Ned vorbeifuhren, warf Victor eine dieser duftenden Pflanzen zu ihm hinüber, als Geste des Abschieds und der Entschuldigung. Den Namen der Pflanze fand er nie heraus. Doch als die C-130 abhob und in die Luft stieg, hatte Victor noch immer ihren Duft in der Nase.

Am nächsten Tag nahmen ihm die Zollbeamten am Kennedy Airport kopfschüttelnd seine mit getrockneten *calligonum critinum* und *cyperus conglomeratus* gefüllten Plastiktüten ab, weil sie die Wüstenpflanzen für Marihuana hielten. Doch auch dieser Verlust konnte Victor nicht mehr aufhalten. Er hatte eine andere Dimension unter der ihm bekannten gewittert.

Mit Volldampf machte er seinen Master-Abschluss in Pflanzenpathologie an der Michigan University. Seine Doktorarbeit in Agronomie war beinahe fertiggestellt. Ein hochdotierter Auftrag zur Erzeugung genetisch veränderter Lebensmittel für einen Großkonzern war schon in Reichweite. Doch die letzten Jahre hatten ihn abgelenkt von Enzymen und DNA-Strängen und in Berührung gebracht mit Menschen, für die seine Arbeit eine andere Bedeutung haben konnte.

Um die Widerstandsfähigkeit bestimmter Getreidesorten zu erforschen, hatte Victor sich eine Zeitlang in Thailand aufgehalten, wo ein paar seiner alten Kumpel von der Army neben endlosen Reisfeldern mit den Pionieren Dämme bauten. Die Reisfelder, von denen das Überleben der Bevölkerung abhing, verfaulten nicht selten während der Herbstregen oder vertrockneten im Sommer. Der Reis brauchte eine stabile Witterung, die es dort nicht gab. Victor kam der Gedanke, dass man die Lage dieser Regionen an der Küste Südostasiens, in denen alljährlich die Ernte verloren ging, schneller und finanziell unaufwendiger verbessern könnte, wenn man das gesamte Biotop der Pflanzen verändern würde. Wenn es ihm gelänge, nicht nur den Reis selbst, sondern auch die Wurzeln und den Boden widerstandsfähiger zu machen, könnte das funktionieren.

Monatelang tauchte Victor komplett ab. Er hielt sich gerade lange genug im Tageslicht auf, um einen Forschungsauftrag am Earth Institute der Columbia University anzunehmen, einem Institut, an dem Biologen und Sozialwissenschaftler interdisziplinär zur Biodiversität arbeiteten. Er versprach dem Fachbereichsleiter empirische Ergebnisse innerhalb eines Jahres. Und dann entzog sich der hoffnungsvolle Wissenschaftler wiederum seinen Eltern, Freunden und Kollegen, denn nun hatte er nur noch ein Ziel, und dem war er schon sehr nah:

Er wollte das Reisgenom entschlüsseln.

Wenn ihm das gelänge, könnte er eine genetisch veränderte Reisart erzeugen, die nicht all jene Nachteile aufwies, mit denen chinesische Wissenschaftler seit Jahren kämpften – wie zum Beispiel die unfreiwillige Erzeugung von immer widerstandsfähigeren Schädlingen. Der neue Reis würde vollkommen sein. Nur seinen Eltern und Sally gelang es zu Victor durchzudringen in dieser Zeit, in der er tagtäglich die falschen DNA-Kombinationen verwarf und neue ausprobierte.

Und dann, vor einigen Monaten, war es ihm gelungen. Er hatte die genetischen Eigenschaften von Reis vollständig erfasst.

Zwölf Chromosomen, 430 Millionen DNA-Basen und 50 000 Gene lagen vor Victor wie in einem ordentlichen Raster. Zwei Computer hatte er dafür verheizt. Die Fakultät zeigte sich hoch beeindruckt. Andere Wissenschaftler waren neidisch und wurden gehässig. Victor fühlte sich großartig. Es gab nur ein Problem.

Er hatte keine Ahnung, wie er den Reis stärker machen und seine Theorie in der Praxis anwenden sollte.

Theoretisch brauchte er lediglich die DNA einer anderen Pflanze, die den Reis ergänzen und ihn so stark und biegsam machen würde, wie Victor es für notwendig hielt. Aber er fand keine Lösung. Er hatte schon Tausende von Kombinationen ausprobiert, aber jedes Mal dasselbe Ergebnis bekommen: Der Reis welkte und ging zugrunde, sobald er das neue Element damit kombinierte. Es war ihm lediglich gelungen, eine neue Hybride mit einem schwachen Immunsystem zu züchten, die Schädlinge besonders attraktiv fanden. Das war allerdings kein Triumph, und die Kollegen lachten hämisch.

Victor steckte fest, bald würde man ihm die Gelder streichen. An einer Seite seines Computers türmte sich ein grauenvoller Stapel von Ausdrucken, die er seit Monaten studierte, ohne dass sie ihm etwas genutzt hätten. Und an der Uni wurde man auch unruhig. Als Hollister, der Fachbereichsleiter, Victor vor drei Monaten zum Essen einlud und sich nach dem Stand der Dinge erkundigte, hatte

Victor kundgetan, er mache »Fortschritte«, sich aber nicht zu Einzelheiten geäußert. Er begann sich allmählich zu wünschen, er hätte sich niemals vorgenommen, jemandem zu helfen, wenn er am Ende doch versagen würde. Seine Hemden bekamen dauerhafte Schmutzränder am Kragen. Sein Anrufbeantworter verkündete blechern »Band voll«, wenn jemand ihn zu erreichen versuchte. Und Sally, die so oft ihre Jobs wechselte, dass Victor den Überblick verlor, würde nach diesem jüngsten Kommunikationsfiasko bestimmt nicht wiederkommen.

Und dann retteten ihn seine Pflanzen. Aus der Wüste flüsterten sie ihm etwas zu.

Denn auf der anderen Seite seines Monitors lag ein Stapel seiner Zeichnungen aus dem Irak, den seine Mutter dort aufgetürmt hatte. Sie war vor einigen Tagen unangekündigt erschienen, um ihrem vereinsamten Sohn etwas zu essen zu bringen. Nun streifte Victor diesen Stapel versehentlich mit dem Ellbogen, worauf seine gesamte Geschichte vom Highway One bei Basra zu Boden ging und Reisdiagramme und Sedimentstudien durch die Luft flogen. Er fluchte und bückte sich, um das Zeug aufzuheben.

Und erstarrte in der Bewegung.

Vor Angst, der Einfall könne sich wieder verflüchtigen, wagte er kaum zu atmen und kniete sich auf dem Boden neben eine seiner Lieblingszeichnungen von damals, eine Darstellung von schlichtem Büffelgras, auch *buchloe dactuloides* genannt. Sie war direkt neben Victors störrischstem Gegner, der Reisart *oryza rufipogon*, gelandet, die dazu neigte, sich von jedem Taifun den Garaus machen zu lassen. Ein zweckfreies Arbeitstier und eine empfindliche Nahrungsquelle. War es möglich, dass sie gleiche DNA-Stränge hatten? Victor verleibte sich das Ei-Sandwich und den kalten

Milchkaffee ein. Dann setzte er sich an den Computer und gab neue Berechnungen und Modelle ein. Die folgenden drei Tage tat er nichts anderes.

Wie gebannt sah er zu, wie sein Computermodell das Protein aus dem anspruchslosen Gras in die nachempfundene DNA des Reisgenoms einfügte, ohne dass sie abgestoßen wurde. Und die neu kreierte Art hielt sogar den extremsten theoretischen Belastungen stand.

Als Victor seine Arbeit beendete, war die Welt im Besitz von etwas Wertvollerem als einer aufgemotzten Variante einer ursprünglich schwächlichen Reisart.

Victor hatte ein komplett neues Nahrungsmittel geschaffen. Eines, das den Geschmack von Reis mit der Robustheit und dem starken Wachstum des Büffelgrases kombinierte, dabei aber keine Mutationen erzeugte, von denen die Flora im Umfeld beeinträchtigt würde. Daraus ergaben sich vielfältige neue Perspektiven:

Drittweltländer mussten sich nun nicht alljährlich neu verschulden, um zu horrenden Preisen Nahrung einzukaufen, weil sie ihre Ernte durch Unwetter verloren. Mit Victors neuer Formel konnten sie nun Reisfelder anlegen, die den Taifunen trotzen würden. Sie würden autark sein und konnten überdies die neue Pflanzenart zweimal pro Saison anbauen – sie wuchs schneller, als sie durch Umwelteinflüsse zerstört würde. Überschwemmungen oder Dürre – die neue Superpflanze würde sich an alles anpassen und gedeihen.

Sally. Victor sprach ihren Namen aus, als ihm bewusst wurde, wie weit entfernt sie ihm schon erschien. Er wählte ihre Handynummer und stieß auf die Mailbox. Aber er war sicher, dass Sally da drüben in Yonkers noch wach war, dass sie sich irgendeine Fernsehserie ansah und das Mitleid ihrer Familie ertrug. Und ihn nach Kräften hasste.

»Bitte ruf mich an«, sprach Victor auf das Band, obwohl er schon wusste, dass sie es nicht tun würde. »Ich habe keine Entschuldigung für mein Verhalten. Aber ich glaube, ich habe jetzt genug davon, mein Frühstück zum Abendessen zu mir zu nehmen. Ich möchte dir gern was erzählen.« Er zögerte, lauschte einen Moment dem Rauschen im Hörer und hätte beinahe noch gesagt »Ich liebe dich«, aber dann entschied er sich dagegen und unterbrach die Verbindung. Er setzte sich auf die Couch, ratlos, was er nun mit sich anfangen sollte. Das Telefon klingelte, aber auf dem Display war keine Nummer zu sehen. »Sally«, murmelte er und nahm ab. Er fühlte sich schon wieder schlecht, weil er nicht noch etwas Nettes auf das Band gesprochen hatte. Muss Gedankenübertragung sein, dachte er und spürte, wie die Freude das schlechte Gewissen übertrumpfte.

»Süße, es tut mir wirklich –«

»Haben sie dich dafür bezahlt? Sie haben dich bezahlt, nicht wahr, *bubbe*? Oder haben sie deine Eltern bedroht? Und du hast sie auf mich gehetzt, du elender feiger *momser*!« Die Stimme eines alten Mannes, zittrig vor Angst. Der Anrufer atmete mühsam, als ersticke er an Schleim.

Victor erkannte die Stimme nicht gleich, weil sie für gewöhnlich gelassen und herzlich klang. Ein alter Freund. Der nun offenbar geistesgestört war. »Meyer?«, fragte er verwirrt, weil er die Angst des alten Mannes so deutlich spürte. »Was ist –«

»Komm nie wieder hierher!«, schrie Meyer. Als er den Hörer auf die Gabel seines alten Bakelittelefons knallte, klang es, als sei sie zerbrochen. Aufgebracht wählte Victor Meyers Nummer, aber die Leitung war besetzt. Er stand auf. Das Herz schlug ihm bis zum Hals. Vor zwei Wochen hatte er den alten Mann in seiner Wohnung in Harlem besucht und mit ihm Kaffee getrunken. Meyer hatte Witzchen mit ihm gemacht und sogar die drei großen Kekse verputzt, die Victor ihm aus der ungarischen Bäckerei mitgebracht hatte.

Das Telefon klingelte wieder.

»Meyer, was zum Teufel soll das Gerede, ich –«

»Es geht ihm schlechter«, sagte eine gehetzte Frauenstimme am anderen Ende. »Bitte verzeih ihm, er –« Im Hintergrund hörte Victor den alten Mann schreien: »So kriegen sie doch raus, wo wir sind, um Himmels willen« und: »Leg SOFORT auf!«

»Esther, was ist los?«, fragte Victor panisch.

»Er braucht dich. Bitte komm sofort.« Esther hatte ihn noch nie zuvor um etwas gebeten. »Oder tu es für mich. Bitte.«

Victor holte tief Luft und sagte: »Ich muss mich erst noch anziehen, und –« Im Hintergrund hörte er ein Geräusch, als stürze eine Lampe auf einen Tisch. Und ein Quietschen wie von einem Kind, das mit Größeren Fangen gespielt hat und erwischt wurde.

»Komm bitte sofort«, sagte Esther. Dann war die Leitung tot.

Victor klatschte sich im Bad Wasser ins Gesicht. Er fühlte sich, als sei er um Jahre gealtert. Dann zog er die letzten frischen Sachen an, die er noch hatte, schlüpfte in einen Mantel, den Sally ihm geschenkt hatte, und lief aus der Wohnung. Weihnachten war vergangen, ohne dass er es bemerkt hätte. Er marschierte los, schneller als gewöhnlich, weil er wütend und zutiefst beunruhigt war.

Sally, die in einem Lieferwagen mit getönten Scheiben und der Aufschrift THROGS NECK BAUFIRMA saß, der gegenüber am Straßenrand geparkt war, beobachtete, wie ihr Freund am Portier vorbeiging, aus dem Haus trat und sich auf dem Broadway Richtung Norden wandte. »Jetzt«, sagte sie in ein Handy. Der Wagen fuhr los. Sally blickte nicht mehr zurück.

Ein junges Pärchen, das für die Jahreszeit zu leicht gekleidet war, beendete seine Knutscherei, als Victor aus dem Haus kam. Er bemerkte die beiden nicht. Sie sahen ihm nach, mit ausdruckslosem, endlos geduldigem Blick. Die beiden waren blond und hatten harte eckige Gesichter, und sie setzten sich auf Victors Fährte wie Hyänen.

7

Es begann zu schneien. Victor war noch nicht weit gegangen, als er die Stimme einer Person hörte, der er nun ganz gewiss nicht begegnen wollte.

»Hey, warte mal!« Es war tatsächlich Art. Victor wünschte sich umgehend, er wäre im Dauerlauf unterwegs gewesen. Der untersetzte junge Mann vom Historischen Institut trug einen Kaschmirmantel, ein rosafarbenes Hemd und Slipper und schüttelte Victor kräftig die Hand. In *seinem* letzten veröffentlichen Aufsatz hatte er die These aufgestellt, dass es westlichen Armeen in der Vergangenheit stets gelungen sei, die Oberhand zu behalten, weil sie ihre strategischen Stärken mit ihren natürlichen moralischen Führungsqualitäten kombiniert hätten, über die ihre ungewaschenen Gegner natürlich nicht verfügten. Es war ein hochnotpeinlicher Text gewesen, fand Victor.

»Wie läuft's, Tallent?«

»Normalerweise hab ich zu viel zu tun, um mit dir zu reden. Was glaubst du, warum ich's jetzt tue?«

Art, der sich letzte Woche noch sehr zum Amüsement einiger jüngerer Semester über diese »scheiß rückständigen Kolonien« ausgelassen hatte, verzog das Gesicht, als ihm offenbar ein Gedanke kam.

»Was, willst du dich noch mal bei *Hollister* einschleimen?«, fragte Art. »Glaub mir, der Zug ist abgefahren. Die Knaben mit den Schablonenmessern warten schon drauf, deinen Namen von der Tür zu kratzen.« Art rieb ärgerlich an einem Ketchupfleck an seinem Kragen herum, und Victor versuchte, sich an ihm vorbeizudrängen. »Erzähl mir bloß nicht, du hast dieses Reisding geknackt, das sie dir am Semesteranfang vorgesetzt haben? Mit dem du die Schlitzaugen retten willst?« Als Victor zögerte, zog Art überheblich die Augenbrauen hoch.

»*Ehrlich?* Na, bravo. Aber diese Gegenden sind völlig beschissen, das kannst du mir glauben. Die Sahara verschlingt, wie war das noch gleich, an die achtzig Kilometer Dschungel und Ackerland pro Jahr, Minimum. Und die AIDS-Rate auf dem Kontinent? Schönen Dank auch.« Ein verächtliches Lächeln spielte um seine fleischigen Lippen. »Erzähl das bloß nicht den radikalen Gutmenschen, aber da sollte man das Tor verriegeln und noch mal von vorne anfangen, wenn du meine Meinung hören willst. Und nicht auch noch Turboreis oder glückliche Pflanzen verbreiten.«

Victor, den nun die Wut packte, wollte weitergehen, aber Art blockierte ihm den Weg. »Weißt du, Art, so was höre ich mir bestenfalls von Leuten an, die mehr über die Welt wissen, als man bei ein paar Bumsreisen nach Bangkok lernt. Wie wär's, wenn du jetzt deiner Wege gingst?« Doch Art witterte offenbar eine Chance, an seine alten Zeiten als

Schulhofrabauke anzuknüpfen, und wich Victor nicht von der Seite. Dabei blickte er ihn mit jener amüsierten Herablassung an, die man sich bei einer Festanstellung an der Uni erlauben konnte, von der Victor weit entfernt war.

»Also gut, man gibt ihnen was zu futtern. Allen, ja? Und dann? Wir schieben doch schon seit Jahrzehnten Geld rein, und nun schau dir das Ergebnis an: Ruanda, Zaire, Somalia. Am Ende hacken sie sich gegenseitig die Arme ab und jagen unsere Gebäude in die Luft. Afghanistan, ja? Warst du in letzter Zeit mal downtown? Merkst du, wie es da riecht? Und du machst dir Sorgen um Länder, die nicht mal wissen, wie man Demokratie buchstabiert? Großer Gott! Willst du noch mehr hören?«

»Spar dir das auf, um dich bei Hollister einzuschleimen«, erwiderte Victor. »Der findet dich komisch.«

Art zuckte die Achseln. »Lohnt sich nicht, Ressourcen zu vergeuden für diese braunen Zwerge.« Er grinste schief. »Außerdem hab ich gehört, dass du schon gefeuert bist. Hast du in letzter Zeit mal deine Mails gecheckt?«

Victor hätte den penetranten Typen am liebsten durch die Scheibe des chinesischen Restaurants befördert, an dem sie gerade vorbeikamen. Stattdessen hustete er und sagte: »Wart's nur ab, Artie. Wart's nur ab. Vielleicht …« Ihm kam eine Idee. »Vielleicht sollte ich die Formel einfach umsonst rausgeben. Wie wäre denn das?« Er lachte. »Ich meine, warum nicht, wenn ich sowieso schon rausgeflogen bin.«

Art zog seinen Mantel fester um seine Wampe und kniff die Augen zusammen. Victor roch die Mahlzeit, die Art sich gerade einverleibt hatte.

»Das ist nicht bloß naiv, Tallent. Hast du irgendeine Vorstellung davon, was dann passieren würde? Korrupte Regierungen würden sich deine … Frankenstein-Formel zunutze machen, sich satt essen, dann die Gegner umbringen und anschließend wieder bei Ländern wie unserem, das sie gerne in Schutt und Asche legen würden, um Auslandshilfe bitten. Die sie auch wirklich kriegen würden. Wegen Leuten wie dir mit Schuldkomplex und Gutmenschsyndrom werden diese ganzen elenden Länder immer reicher und behandeln ihre Bevölkerung wie den letzten Dreck.«

Victor warf Art einen Blick zu, der den korpulenten Mann dazu veranlasste, von ihm abzurücken. »Deinen Arsch hab ich in keiner Uniform gesehen, wenn ich mich recht erinnere«, sagte Victor. »Was geht dich das überhaupt alles an?«

Art grinste nervös und wandte sich endlich zum Gehen.

»Ach, ich wollte mich nur versichern, dass ich deine Visage hier nie wieder sehen muss.« Art lief rosa an. »Und jetzt, möchte ich wetten, gehst du diesen irren alten Knacker besuchen, was? Ihr habt euch verdient, Meyer und du. Mir ist zu Ohren gekommen, dass er letzte Nacht bei drei Profs angerufen, deren Frauen aufgeweckt und sie als Teufelsliebchen bezeichnet hat oder so was. Der Polizeibericht wird grade noch verfasst. Toller Mentor. Teufelsliebchen. Nicht zu fassen.«

Victor hielt sich zurück, weil Art einen wunden Punkt getroffen hatte.

»Überleg dir lieber mal, wer deine Freunde an der Uni sind, Tallent.« Eine kleine pseudofreundliche Geste, hinter der sich eine Drohung verbarg.

Victor tupfte mit dem Zeigefinger einen Ketchupfleck auf, den Art übersehen hatte, und wischte den Finger an Arts Kinn ab. Der Mann blinzelte verblüfft. »Weißt du was, Artie?«, sagte Victor, wobei er es sich nur mit Mühe verkneifen konnte, seinem Gegenüber an die Gurgel zu gehen.

»Du erzählst die miesesten Witze der Welt.« Und damit ließ er den Mann stehen und ging grinsend weg. Allerdings war er rot angelaufen. Denn er war tatsächlich unterwegs zu dem irren alten Knacker.

Anderthalb Häuserblocks hinter ihm wechselten seine Verfolger immer wieder die Straßenseite und verschwanden zwischen den Passanten. Auf ihren Gesichtern lag ein Lächeln: die Vorfreude aufs Töten.

8

Bevor er wirklich geisteskrank wurde, hatte Meyer nur so getan. An der Uni wurde schon lange behauptet, er sei verrückt, und Meyer ließ jedermann in dem Glauben.

»Sollen sie doch jemand anderen beneiden«, sagte er gerne mit einem Achselzucken. Victor war zunächst nur auf Meyer aufmerksam geworden, weil er ständig abwesend war. Ein legendärer Historiker, der während der Nazizeit als Kind aus Königsberg in Ostpreußen emigriert war, aber sich niemals an der Uni blicken ließ. Während Victor studierte, hatte er ihn kein einziges Mal zu Gesicht bekommen. In Meyers Büro im dritten Stock brannte nie Licht. Briefe türmten sich. Die Studenten munkelten, er sei »langfristig krankgeschrieben«, die Putzkräfte erzählten sich wieder andere Gerüchte.

Aber dann traten plötzlich Anzeichen echter psychischer Krankheit auf, und sie vermehrten sich wie Käfer nach Regenfällen. Und was ursprünglich ein Kniff gewesen war, um andere auf Abstand zu halten, hetzte Professor Meyer

Krukenberg in Abgründe, aus denen er nur noch selten auftauchte.

»Meyer war grandios«, hatte Hollister Victor zu jener Zeit berichtet, als er noch als große Hoffnung des Instituts galt. »Aber der Fachbereichsleiter sah sich gezwungen, ihn nach dem Mist, den er letzten Herbst veranstaltet hatte, zu versetzen.« Hollister legte eine Kunstpause ein und fuhr dann fort: »Er hat im gesamten Institut die Telefonkabel aus der Wand gerissen. Und war gerade im Begriff, das auch mit den Computern zu machen. Einen Grund dafür konnte er nicht angeben. Hat die Leute bloß angestarrt, als sei er tollwütig, sagten sie. Ist einfach durchgedreht, von einem Moment auf den anderen. Sie mussten die Polizei holen.«

Danach ging Victor weiterhin jeden Tag beim Historischen Institut vorbei, in der Hoffnung, Meyer doch noch irgendwann zu Gesicht zu bekommen. Aber er ließ sich nie mehr blicken. Die Gerüchte vermehrten sich. Vielleicht war er in der Psychiatrie gelandet? Oder gar tot? Victor, von einer sonderbaren Neugierde erfasst, hielt dennoch weiterhin nach dem legendären Historiker Ausschau.

Und dann, vor einigen Monaten, machte er die überraschende Feststellung, dass der alte Mann nach *ihm* gesucht hatte. Als Victor damals eine Vorlesung über das Abholzen des brasilianischen Regenwalds hielt, bemerkte er ganz hinten im Hörsaal, halb verborgen im Schatten, ein altes Gesicht zwischen all den jungen. Victor wusste sofort, um wen es sich handelte, obwohl der Mann wesentlich älter aussah als auf seinem Foto im Institutsprospekt. Hager und ausgezehrt.

Meyer Krukenberg beobachtete Victor durch seine dicken Brillengläser. Während die Studenten die Hände rangen ob der unberechenbaren Verluste für die Medizin durch die Abholzung des Regenwaldes – nur um kurz darauf mit ihren nagelneuen SUVs zu ihren Mamis nach Connecticut zu fahren –, ließ Meyer Victor nicht aus den Augen. Nachdem alle anderen verschwunden waren, blieb der alte Mann auf seinem Platz sitzen. Er sah einsam und verfroren aus, obwohl er einen Mantel trug und es draußen siebenundzwanzig Grad hatte.

»Trinken Sie Kaffee?«, fragte Meyer.

Und so begann ein wöchentliches Tutorium. Victor suchte Meyer meist dann auf, wenn er nicht weiterkam oder etwas herausgefunden hatte, das kein anderer verstand. Etwas wie die versponnene Idee, eine widerstandsfähigere Reisart entwickeln zu wollen, die etwas verändern würde. Die Tatsache, dass Meyer von Botanik und Agronomie wenig Ahnung hatte, spielte dabei keine Rolle für Victor. Denn wenn er Meyers staubiges Studierzimmer betrat und sich in dem rissigen Ledersessel niederließ, erfuhr er stets etwas über die dunklen Bereiche der Welt, in die er noch nie Einblick erhalten hatte.

Ab und an hatte Meyer Anzeichen von Paranoia gezeigt. Einmal hatte er die Haustür nicht öffnen wollen und sich erst umstimmen lassen, als Esther nach unten gegangen war, sich davon überzeugt hatte, dass es sich bei dem Besucher um Victor handelte, und mehrmals »Alles in Ordnung« durchs Treppenhaus gerufen hatte. Meyer war rot angelaufen und hatte behauptet, Kinder hätten Knaller ins Haus geworfen. Victor hatte ihm nicht geglaubt, die Sache aber auf sich beruhen lassen.

Er ging jetzt schneller, musste sich aber in Acht nehmen, damit er auf dem vereisten Boden nicht ausrutschte. Nachdem er die 125th Street überquert hatte und sich in Harlem befand, war es nicht mehr weit bis zu Meyers Wohnung.

Als er an der Lenox Avenue vorbeikam, spürte er ein sonderbares Kribbeln im Nacken und drehte sich um. Aber er sah nichts Ungewöhnliches, nur einen liegengebliebenen Bus und ein paar Kinder, die den Fahrer mit Schneebällen bewarfen. Victor schüttelte den Kopf und ging weiter bis zu Meyers Haus an der Ecke.

Der Türöffner summte, bevor Victor geklingelt hatte. Er blickte nach oben und sah einen Schopf weißer Haare, der vom Fenster verschwand. Er betrat das Haus. Als die Tür hinter ihm ins Schloss fiel, tauchten aus der Unterführung fünfzig Meter weiter hinten zwei blonde Gestalten auf, die schneller gingen als die anderen Passanten.

9

Meyers Frau legte großen Wert darauf, dass Kaffee mit Schlagsahne getrunken wurde, und zwar aus elegantem blauem Meissner Porzellan. Als ihr Mann Victor zum ersten Mal mit nach Hause brachte, musste der Gast sich sofort in den besten Sessel setzen. Während Meyer sich seines Mantels entledigte und wie immer sofort in seinem Studierzimmer verschwand, servierte Esther dem jungen Mann eine Tasse Kaffee mit einem kräftigen Klecks Schlagsahne, ohne ihn zuvor überhaupt nach seinen Vorlieben zu fragen. Dann verschränkte sie die Arme vor der Brust, wobei Victor die abgewetzten Ellbogen ihres Pullovers auffielen, und ihre lebhaften braunen Augen funkelten, während sie Victor dabei zusah, wie er seinen Kaffee trank. Erfreut darüber, dass der Junge nun wusste, was ein anständiger

Kaffee war und sich auch entsprechend dankbar gezeigt hatte, zog sie sich später zurück und überließ den Besucher ihrem Gatten.

Was der Roten Armee nicht gelungen war, hatte Meyer selbst offenbar vor einigen Minuten vollbracht: Die kostbaren Tassen, Familienerbstücke, die sogar im Krieg zahllose Bombenangriffe unbeschadet überstanden hatten, lagen nun zerbrochen im Flur.

»Versuch ganz leise zu sprechen«, sagte Esther, als sie Victor in die Wohnung zog und schnell hinter ihm die Tür schloss. »Er regt sich weniger auf, wenn man flüstert.«

Victor sah, dass Esther geweint hatte, und wusste, dass nur ihr Stolz sie davon abhielt, jetzt in seine Arme zu sinken und sich weiter den Tränen hinzugeben. Er nahm ihre Hände und schaute ihr in die Augen. Für gewöhnlich wirkte Esther immer schelmisch und jung, trotz ihres Alters. Sie zwinkerte ihm gerne zu, machte Witzchen und hatte ihm auch einmal vorgeschlagen, Sally den Laufpass zu geben und sich ein »vernünftiges Mädchen aus Berlin« zu suchen, wie sie es gewesen war. Sonst zwickte sie ihn immer kokett in die Wange, wenn sie ihm Kaffee nachschenkte. Doch jetzt sah sie verzweifelt aus. Und in ihren Augen lag ein Ausdruck, den Victor nicht deuten konnte. Es kam ihm vor, als hätte sie irgendetwas zu lange betrachten müssen und sei darüber nun so verrückt geworden wie ihr Mann. Mit unsicheren Schritten ging sie Victor voraus, den Flur entlang, in dem alle Glühlampen zerschlagen worden waren.

»Ich mache hier gleich sauber«, sagte sie bedrückt, als die Glassplitter unter ihren Füßen knirschten. »Ihr beide redet.« Sie blieb vor Meyers Studierzimmer stehen und klopfte behutsam an die alte Holztür. »Schatzi? Da bin ich«, säuselte sie und öffnete die Tür vorsichtig. Victor hörte

Meyer schniefen. »Du wirst mich umbringen«, sagte er matt. »Ausgerechnet du.«

»Niemand wird dich umbringen«, erwiderte Esther, nun in entschiedenerem Tonfall, und öffnete die Tür weiter. »Victor ist hier.« Sie schob Victor sanft ins Zimmer und raunte ihm dabei zu: »Denk daran, dass du flüstern musst. Dann geht alles gut.« Hastig schloss sie die Tür und eilte in die Küche, um das Chaos zu beseitigen.

Victor wartete, bis seine Augen sich an die Dunkelheit gewöhnten. Meyer hatte alle Vorhänge zugezogen, und der Raum war lediglich vom Licht eines Monitors erhellt. Nach ein paar Momenten konnte Victor Meyer erkennen. Der alte Mann saß in einem Sessel in der Ecke, neben einem gewaltigen Bücherregal. Aus den staubigen Folianten hingen Zettel heraus wie gelbe Zungen. Der Parkettboden war übersät mit Glassplittern von zerschlagenen Glühlampen.

»Ich hab gesagt, du sollst nicht herkommen«, murmelte Meyer, ohne den Kopf zu heben. »Jetzt bist du in meiner Wohnung. Rücksichtslos. Und dumm.«

»Was soll ich darauf nun antworten, Meyer?«, erwiderte Victor und ging langsam auf den alten Mann zu. »Dass mein alter Freund üble Alpträume hat? Dass er aufhören soll, seiner Frau Angst einzujagen? Ich meine, hast du sie mal angeschaut, Mann? Du bist mir echt eine Erklärung schuldig. Leg los. Ich höre zu.«

Meyer schüttelte den Kopf, als könne er damit den Irrsinn vertreiben. »Sie sind dir hierher gefolgt. Das steht außer Frage. Und sie warten auf dich, wenn du rauskommst.« Dann hörte er mit dem Kopfschütteln auf und klopfte auf etwas in seinem Schoß, das Victor nicht richtig erkennen konnte.

»Geh nach Hause«, sagte Meyer. Seine Stimme klang

zum ersten Mal an diesem Tag ruhiger. »Zu deinem Mädchen.«

»Sie hat mich verlassen.«

Ein Lächeln trat auf Meyers Gesicht, und einen Moment lang sah er aus wie früher. »Sie war ohnehin zu dürr für dich.«

»Meyer. Du musst mir erzählen, was los ist.«

Meyer holte tief Luft, als überlege er, ob er überhaupt weitersprechen solle. Dann hob er die Hand im Schoß leicht an, und Victor konnte den Umriss einer Pistole erkennen. Meyer strich so gedankenverloren über die Waffe, als handle es sich um eine Katze.

»Sag mir eines, Victor: glaubst du?«

»An was?«

Meyer strich über den Abzug und warf die Pistole von einer Hand in die andere.

»An die Welt um dich herum. Ja, doch, du glaubst an sie. An die Rechtschaffenheit der Regierung und die Sechs-Uhr-Nachrichten. Ich glaube, du siehst deine Welt als einen Ort, an dem durch gute sanitäre Anlagen, E-Mail und das Vorhandensein von Ironie im Fernsehen bewiesen ist, dass alles Böse von Fremden herrühren muss, die kein Englisch sprechen. Hab ich recht? Glaubst du daran?«

»Gib mir bitte diese Knarre, Meyer. Die macht mich nervös. Und nun möchte ich hören, was du mir zu erzählen hast.«

Meyers Züge entspannten sich. Er blickte auf seine Hände, dann legte er die Pistole auf ein Tischchen, als habe er ganz vergessen, was er da festhielt. Victor fegte Glassplitter beiseite und setzte sich neben einem wackligen Bücherstapel auf den Boden. Meyer fasste seinen jungen Freund an der Schulter. Er schien wirklich vor etwas Angst zu haben, als er sagte: »Sei ehrlich. Was glaubst du, warum ich nicht mehr an der Uni gewesen bin? Glaubst du im Ernst, dass ich die Telefone ausgestöpselt habe, weil ich verrückt geworden bin?«

Ja, dachte Victor, aber dann wurde ihm bewusst, wie verängstigt der alte Mann wirkte. Meyer zog die Hände in seine Pulloverärmel, als sei ihm kalt. Dabei lief der Radiator auf Hochtouren, und Victor kam sich vor, als werde er gegrillt. Meyer starrte ins Leere.

»Ich hab das alles getan, weil sie mich nicht in Ruhe ließen«, sagte Meyer. »Wo ich mich auch aufhielt – überall klingelte das Telefon. In der U-Bahn. In den Büros an der Uni.« Victor schwieg, während Meyer seine Geschichte erzählte, die nach klassischer Paranoia klang: Seit letztem Frühjahr war er nicht mehr an der Uni erschienen. Er hatte ihre Fünfzimmerwohnung nur verlassen, um unangekündigt bei Victors Vorlesung aufzutauchen. Davor hatte man ihm auf der Straße Drohungen zugeflüstert. Wildfremde Leute hatten ihn grundlos zu Boden gestoßen. Und bei jedem Vorfall dieser Art hatte es nach Mandarinen oder vielleicht auch nach Limonen gerochen.

»Und nun meinst du, mir sei das auch widerfahren?«, entgegnete Victor. »Ich habe nichts Derartiges erlebt. Ich habe seit einer Woche in meiner Wohnung gehockt. Ein Einsiedler, so wie du.«

Meyer verzog keine Miene. »Nun versuchst du Witzchen zu machen. Willst du, dass ich einen Witz erzähle? Gut, hör zu: Was kriegt man, wenn man etwas erfindet, von dem man glaubt, dass alle es haben wollen, nur um dann festzustellen, dass es nicht so ist? Man gibt auf? Das ist zu brutal? Ich sage dir, was man kriegt: Man verschwindet spurlos. In Nacht und Nebel.« Meyer starrte Victor an. Als er sah, dass seine Äußerung Wirkung zeitigte, sah er zufrieden aus.

Victor hatte nun zum ersten Mal Angst bekommen. Er hörte, wie Esther draußen das zerbrochene Porzellan aufkehrte. Er sollte lieber gehen, sagte er sich. Jetzt sofort. Doch wieso hatte Meyer schon vor Victors Ankunft von seiner Erfindung gewusst?

»Ich habe mein Problem mit der Formel gelöst«, sagte Victor und sah Meyer an, doch der wich seinem Blick aus. »Wie man dem Welthunger ein Ende bereiten kann. Und du hast es schon gewusst.«

Meyer zuckte die Achseln, als wolle er sagen: Was hast du erwartet? »Sie beobachten dich. Wieso hörst du nicht auf mich? Sie haben mir gesagt, dass sie mich nur in Ruhe lassen, wenn ich dir Einhalt gebiete.«

»Wer sind denn diese ›sie‹, Meyer?«, fragte Victor, dem nun vor Wut das Blut zu Kopf stieg.

»Jetzt bist du hier. Erzähl mir die ganze Geschichte. Es spielt ohnehin keine Rolle.« Meyer stand auf und spähte zwischen den Vorhängen hindurch auf die Straße. Er sah nur eine Katze, die durch den frischen Schnee tappte.

Victor holte seine Unterlagen aus seiner Aktentasche und erklärte Meyer sämtliche Diagramme, DNA-Sequenzen, Reisarten, Wachstumsberechnungen. Meyer bekam so große Augen wie ein Kind und schien den Sensenmann vorerst vergessen zu haben.

»Das ist viel fantastischer, als ich dachte. Eine große Sache.«

»Und diese Formel will ich jedermann zugänglich machen, *umsonst*, weißt du?«, erklärte Victor nun mit triumphierendem Lächeln. »Das ist mir eigentlich erst im Gespräch mit Art klar geworden. Erinnerst du dich noch an den – dieser Wichtigtuer, der sich für den jungen Henry Kissinger hält? Hat mich in ein Gespräch verwickelt, als ich zu dir unterwegs war. Der hat mir auch gesagt, ich soll die Sache vergessen.«

Die beiden Männer verfielen in Schweigen. Meyer gab Victor seine Unterlagen zurück und schaltete die einzige Lampe ein, die er nicht zerschlagen hatte. Nun sah Victor, dass jemand das Telefon mit Klebeband repariert hatte. Eine Büste von Dante Alighieri lag am Boden; die berühmte Nase war abgebrochen.

»Und?«, fragte Victor nervös. »Soll ich es nun wirklich vergessen? Nur weil ein paar neidische Kollegen dir üble Streiche spielen? Nun komm schon, Meyer, ich bin kein Erstsemester. Lass uns das zusammen angehen. Hollister und die anderen das Fürchten lehren.«

Meyer nahm seine Brille ab und putzte sie. Dann lächelte er traurig und blickte auf die Papiere. »Verbrenn sie«, sagte er unverwandt. »Verbrenn alles. Jetzt, hier, in meinem Kamin. So schnell du kannst. Und ja, vergiss es.«

Victor blieb der Mund offen stehen. Dann wurde er wütend. »Du willst wahrhaftig …? Du hast wirklich den Verstand verloren.«

Ein Scharren an der Tür. Es roch nach Kaffee.

»Jungs?«

»Herein, Liebling«, sagte Meyer mit seiner normalen Stimme. Esther kam herein, mit zwei Porzellantassen, vermutlich den einzigen unversehrten. Sie sah erleichtert aus, als sie feststellte, dass das Licht im Zimmer brannte, stellte das Tablett auf den Kaffeetisch und steckte beiläufig die Pistole in ihre Schürze. Dann befreite sie einen Stuhl von einem Papierstapel, setzte sich und blickte auf die Akte, die Victor in der Hand hielt.

»Ich glaube, wir haben alles, was wir brauchen, Esther«, sagte Victor.

»Zwei Stück Zucker?«, fragte Esther, griff zu einer Silberzange und stocherte in einer Plastikschale nach einem guten Stück.

»Ja, danke.«

Meyer schniefte und ging hinüber zum Bücherregal. »Kennst du eigentlich das Geheimnis, wie man ein gutes Buch schreibt?«, fragte er, als spreche er mit einem Studenten im ersten Semester.

»Eine zündende Idee?«

Meyer gab keine Antwort, sondern streifte mit dem Zeigefinger über die Buchrücken im Regal, bis er gefunden hatte, was er suchte. Er zog ein Buch aus dem Regal, so behutsam, als fürchte er, dass der Inhalt herausfallen könnte. Als er weitersprach, klang er wie ein Nachrichtensprecher, schwungvoller, jünger. Aber auch wie jemand, der dunklere Interessen hat.

»Nein«, antwortete Meyer, ohne Esthers vorwurfsvollen Blick zu beachten. »Gute Rechercheure.«

Meyer hielt sein berühmtestes Werk in Händen, »Kalis Dunkelheit – Der Strangulierkult«. Vom Einband starrte ihn ein dunkles Gesicht mit schwarz umränderten Augen und einem Turban auf dem Kopf an. Das Buch über den grausigen Thuggee – einen Todeskult, bei dem man der hinduistischen Göttin der Zerstörung, Kali, huldigte, dessen Anhänger im Indien der fünfziger Jahre des 19. Jahrhunderts beinahe das britische Empire zu Fall brachten, indem sie verirrte Reisende strangulierten und in Brunnen warfen – war vor drei Jahren veröffentlicht worden. Es hatte sich gut verkauft und Meyer an der Universität großes Ansehen verschafft; man hatte auch seine früheren Werke über Okkultismus bei den Nazis und die Geschichte der Jesuiten dort verlegt.

Victor entsann sich, dass Meyers letztes Buch jedoch von der Universität noch vor der Fertigstellung abgelehnt worden war. Meyer hatte nie darüber gesprochen.

»Ich habe deine Rechercheure nie kennengelernt«, versuchte Victor das Gespräch in Gang zu halten, während Esther Meyer etwas ins Ohr raunte. Sie klang ängstlich und aufgebracht. Meyer wedelte unwillig mit der Hand und fuhr fort: »Weißt du, wie viele Studenten sich meldeten, weil sie unbedingt für mich an dem Kali-Buch arbeiten wollten? Insgesamt sechsundvierzig, von Lahore bis London und auch ein paar hier in New York. Aber dann lief es auf Sarah raus.«

»Meyer!« Esther stand empört auf, die Hände zu Fäusten geballt.

»Es spielt doch jetzt keine Rolle mehr«, versetzte Meyer. »Sie war ein nettes Mädchen«, fuhr er mit gedämpfter Stimme fort, als Esther aufstand, die Vorhänge einen Spaltbreit beiseiteschob und auf die Dächer der Häuser gegenüber blickte. Dann setzte sie sich wieder und zog ihre Strickjacke über der Brust so straff, dass sie an eine Zwangsjacke erinnerte. »Sie war klug und ehrgeizig. Und sie haben sie auch geholt«, fuhr Meyer fort.

Victor beugte sich vor und legte seine Hände auf Meyers Hände. »Wer?«

Statt die Frage zu beantworten, erläuterte Meyer, wie Sarah, die ihr Grundstudium beendet hatte und schon als Lehrerpraktikantin an einer Schule tätig war, sich bereit erklärt hatte, für Meyers neues Buch zu recherchieren, in dem es darum ging, wie Venedig die Pest überstanden hatte. Dabei hatten die beiden festgestellt, dass sämtliche Todesfälle genauestens in den alten Akten vermerkt waren. Todeszeit, Grund, Verwandte, Bestattungskosten.

Doch irgendetwas kam beiden von Anfang an sonderbar vor.

Denn nach dem Ende der Seuche, stellten sie anhand der Kirchenbücher aus den darauffolgenden Jahrhunderten fest, waren mehrere Tausend Bürger – vorwiegend aus Venedig, Treviso und Padua an der Adria – nicht bestattet worden. Es gab keine Sterbeurkunden. All diese Menschen waren nicht an der Pest gestorben, sondern an irgendetwas anderem, Unbekanntem. Und das mitten in einer Gesellschaft, in der alles penibel vermerkt wurde. Diese Menschen waren einfach verschwunden und nie mehr zurückgekehrt. Schuster. Offiziere. Hausfrauen. Sogar Kinder. Nur ihre Geburtsdaten waren aktenkundig.

»Ein Massensterben«, sagte Meyer leise.

»Na ja«, erwiderte Victor, »die Leute könnten entführt worden sein, oder man hat die Akten vernachlässigt –«

»Weißt du, wie ordnungsbesessen die Venezianer waren?«, fiel Meyer ihm ins Wort. »Die Zollbeamten des Magistrats haben jeden Morgen und Abend die Wasserspuren an den Fischerbooten überprüft, um festzustellen, wie viele Fische der Kapitän an diesem Tag verkauft hatte und wie viel Steuer er dem Staat schuldete. Bestatter wurden besteuert, Einbalsamierer und Familiengruften. Ich sage dir: zwischen 1346 und 1831 sind über neuntausend Menschen verschwunden. Puff, einfach so. Haben sich in Luft aufgelöst. Und Sarah und ich konnten uns das nicht erklären.« Meyer brach ab und wedelte mit beiden Händen, als wolle er Victor verscheuchen. »Und du musst nach Hause gehen, bevor es dunkel wird.«

Victor horchte aufs Schnarren der alten Standuhr, die sich anschickte, die volle Stunde zu schlagen. Er sah Esther an, die irgendetwas in ihrer Hand verbarg und sich nicht an dem Gespräch beteiligte. »Was ist … aus Sarah geworden?«, fragte Victor. »Hat sie dir jemals erzählt –«

Der alte Mann betrachtete seine Fingerknöchel. »Sie war in der Bibliothek an der Forty-second«, antwortete Meyer. »Und ist verschwunden.«

»Die Polizei hat nicht den geringsten Hinweis gefunden«, fügte Esther hinzu. »Ihre Eltern geben uns immer noch die Schuld.«

»Was hat die Polizei gesagt?«

»Phh, die Polizei«, gab Meyer zur Antwort und beobachtete Esther, die etwas in ihrer linken Hand zu verbergen versuchte. Etwas Flaches, Weißes.

»Erzähl ihm von den Briefen«, forderte Esther. Victor schwitzte inzwischen so heftig, dass ihm das Hemd am Rücken klebte. Meyer ging zu seinem Schreibtisch und nahm ein dickes Bündel Briefe aus einer Schublade. Als er damit zurückkam, sah er Jahre älter aus als zuvor.

»Eine Woche, nachdem Sarah verschwunden war, kam der erste. Und seither hat es nicht mehr aufgehört.«

Victor zog den obersten Brief aus dem Stapel. Das Briefpapier war von guter Qualität, die Handschrift zierlich und altmodisch verschnörkelt und stand in krassem Widerspruch zum Inhalt:

Neun von zehn Büchern sind genug für ein Leben.

In dem zweiten stand:

Deine Enkelin aus der Henry Street 234 in Brooklyn mag ihre Schaukel am liebsten.

Victor schaute auf. Meyer und Esther blickten ihn verständnisheischend an. Warteten sichtlich darauf, dass er ihnen endlich Glauben schenkte. Als er mitfühlend Esthers Arm berührte, spürte er das Zittern.

»Nach diesem letzten bin ich nicht mehr an die Uni gegangen«, sagte Meyer und steckte die Briefe sorgfältig in die Umschläge zurück. »Ich erledige alles von zu Hause aus. Ich veröffentliche nichts, nicht einmal einen Artikel in der Zeitschrift des Fachbereichs. Ich unterrichte lediglich die Studenten per E-Mail. Die mit Sicherheit auch überprüft werden.«

Victor wusste nicht, ob er nun weiter an die Theorie mit dem Streich glauben sollte oder nicht. Jedenfalls gelang es ihm nicht, seine Hände zu bewegen.

»Wieso bist du denn dann in meine Vorlesung gekommen? Wenn es so gefährlich ist, sich aus dem Haus zu wagen?«

Meyer runzelte die Stirn, als läge die Antwort auf der Hand. Esther wandte den Blick ab. »Weil ihr Augenmerk seit einiger Zeit auch auf dir liegt, *bubbe*.«

»Tut mir leid, aber ich kann das einfach nicht glauben«, erwiderte Victor, um Gelassenheit bemüht. Daraufhin reichte ihm Esther den Umschlag, den sie in der Hand gehalten hatte. Sie sah nun gar nicht mehr aus wie die gütige alte Dame, als die er sie sonst erlebt hatte. Vielmehr starrte sie Victor an, als sei er an der ganzen Misere schuld. Sie wies auf den cremeweißen Umschlag, der wie die anderen nicht mit Absender und Poststempel versehen war.

»Der hier kam gerade«, sagte sie. »Ich habe niemanden gehört.«

Victor nahm den Brief aus dem Umschlag und las:

Warum sprichst du mit Victor? Er macht alles noch schlimmer.

Victor spürte, wie ihm der Schweiß ausbrach. »Allmählich reicht es, findest du nicht, Meyer?«, fragte er.

Doch der Professor beobachtete Victor nur, registrierte seine Angst, schien zu überlegen. Victors Stimme klang zittrig, als er das Schweigen durchbrach. »Meyer, könntest du bitte was sagen? Wovon reden die? Hast du …«

»Kann ich dir vertrauen?«

»In welcher Hinsicht?«

Der alte Mann lächelte und schaute seine Frau an. »Das ist genau die richtige Antwort. Nicht einfach nur ›sicher‹. Gut gemacht, mein Junge.« Meyer erhob sich mühsam und zog seinen Mantel an, der so starr an ihm hing wie ein Brustharnisch. Er blickte zum Fenster hinaus auf den Riverside Drive, wo zwei junge blonde Menschen sich bemühten, ein Motorrad zu starten.

»Wo gehst du hin?«

»Wir gehen *zusammen* raus. Ich möchte dir noch etwas sagen. Geht hier nicht. Wanzen. Ich bin sicher, dass hier welche sind. Sie hören zu.«

»Ich will jetzt vielleicht gar nicht raus. Hast du das mal in Erwägung gezogen?«

Meyer und Esther sahen ihn beide fassungslos an.

»Na gut«, sagte Victor schließlich verlegen. »Aber nur kurz, dann muss ich los.«

»Immer diese Hast«, sagte Esther, einen Moment lang wieder mütterlich. Sie griff in die Schürze, nahm ruhig die Pistole heraus, lud sie und steckte sie so ungerührt in die Manteltasche ihres Mannes, als handle es sich um ein Sandwich. Dann sah sie Victor an.

»Behalt die Dächer im Auge. Und bring ihn heil zurück«, sagte sie, und ihre Stimme klang zittrig.

10

Vom Hudson fegte ein kalter Wind herüber, und Meyer schlug seinen Mantelkragen hoch. Auf dem Adam Clayton Powell Boulevard kamen sie an einigen Bodegas vorbei, aus denen Merengue dröhnte. Meyer schien es nicht zu bemerken. Er schaute zu den Dächern hoch.

»Sie war meine beste Studentin«, sagte er und hakte sich bei Victor ein, um nicht auszurutschen.

»Was wolltest du mir nun sagen, Meyer?«, fragte Victor ungeduldig. Meyer blickte zu den Satellitenschüsseln auf dem Dach eines sechsstöckigen Wohnhauses hoch, und Victor ärgerte sich, dass er überhaupt mitgekommen war.

Meyer, der die Stimmung spürte, blieb stehen, ließ Victors Arm los und richtete sich zu voller Größe auf, wobei er Victor nur bis zum Adamsapfel reichte. »Wie passend, nicht wahr?«, sagte er. »Verrückter alter Mann. Paranoid. Hätte seine Psychopillen nehmen sollen. Hat irgendwelche Wahnvorstellungen.«

»Meyer, diese Rolle hast du dir selbst zugelegt. Und das weißt du auch ganz genau.«

Meyer zuckte die Achseln und ging weiter. »Stimmt.«

»Erzähl es mir trotzdem«, sagte Victor, als er zu Meyer aufschloss. Sie waren jetzt an der Ecke Broadway, 120th Street, wo viele Leute unterwegs waren, die sich an den

Ampeln drängten. »Welches Stück fehlt in der Geschichte, was die nicht hören sollen?«

Meyer warf Victor einen herzlichen Blick zu. Der humorvolle alte Professor trat nun wieder zutage, der sich über nichts mehr freut als über einen wissbegierigen Studenten.

»Am Tag bevor Sarah verschwand, hat sie mir etwas erzählt«, sagte Meyer und drehte sich um. Ein paar schwarze Jugendliche kurvten mit einem Moped auf dem Gehweg herum, um Kreise in den Schnee zu malen. »Ein Mann namens Mimmo hatte sich bei ihr gemeldet. Salvatore Mimmo. Sie hat mir nicht viel über ihn erzählt, nur dass er Professor an der Universität von Verona war, bevor er emeritierte. Und dass er zeitweilig im Staatsarchiv arbeitete.«

Unwillkürlich drehte auch Victor sich um. Die Kids waren verschwunden. »In Venedig?«

Meyer nickte. »Er hat unsere These bestätigt.«

»Über das Verschwinden?«

»Ja. Sie wollte sich mit ihm treffen. Hatte schon ihren Flug gebucht.«

Sie waren inzwischen unweit der Columbia University angekommen, und der Verkehr wurde dichter. Ein Taxi geriet beinahe ins Schleudern. Der Schnee war schon so festgetreten, dass auch Victor vorsichtig wie ein alter Mann gehen musste.

»Hast du nach Sarahs Verschwinden mit dem Mann gesprochen?«

»Ich habe beim Staatsarchiv angerufen, aber dort sagte man mir, er sei nicht da.«

»War er nur vorübergehend nicht da? Oder gar nicht mehr?«

Meyer zuckte die Achseln, als sei das gleichgültig. »War

jedenfalls nicht da. Ich hab auch nie mehr was von ihm gehört.«

»Hast du mit der Polizei darüber gesprochen?«

»Bah. Du mit deiner Polizei. Natürlich. Die lächelten und nickten. Einer hat mir die Schulter getätschelt. Getätschelt! Wie einem Kind!«

»Hast du mit Sarahs Eltern geredet?«

Meyer antwortete nicht sofort. Er nahm wieder Victors Arm, um nicht auszurutschen. »Ich habe sie mehrmals getroffen, als sie Sarah auf dem Campus besuchten. Wir verstanden uns gut. Nach Sarahs Verschwinden wollten sie nichts mehr von mir hören. Das kann ich ihnen nicht verübeln.«

Victor nickte und überlegte. Er sah seinen Freund an, der unruhig zu den Dächern der Universitätsgebäude hochblickte, auf denen sich nichts regte außer Schneewirbeln und Krähen.

»Sie beobachten uns«, murmelte Meyer vor sich hin. »Unentwegt.«

»Jemand spielt dir und Esther einen üblen Streich, okay?«, sagte Victor. »Es hat nichts damit zu tun, dass Sarah verschwunden ist. Sie kann in einer üblen Gegend vergewaltigt und umgebracht worden sein, sie kann im Fluss ertrunken oder mit ihrer großen Liebe nach Costa Rica abgehauen sein. Und das weißt du so gut wie ich.«

Meyer schüttelte den Kopf und bemühte sich zu lächeln. »Vielleicht hast du recht. Ich sitze wohl zu viel in der Bude.«

Victor empfand Mitleid mit seinem alten Freund. Im Moment sah Meyer aus wie ein lieber Großvater, der überfallen wurde und seine Brille nicht wiederfindet. Vor ihnen tauchte das Löwentor an der 116th Street auf. Irgendwo hinter ihnen näherte sich ein Bus.

»Ich bin jederzeit bereit, dir zu helfen, Meyer. Bitte glaub mir das.«

Meyer blieb stehen und sah Victor ernsthaft und gerührt an. Seine Augen schimmerten. »Wirklich? Ungeachtet der Umstände?«

»Ja, natürlich.«

»Du möchtest mit deiner Erfindung wirklich den Menschen helfen, nicht wahr?«, fragte Meyer. Er musste die Stimme erheben, weil der Bus dröhnend näher kam.

»Ja«, schrie Victor. »Das weißt du doch.«

»Dann bist du genauso verrückt wie ich. Weißt du, eine Idee kann gefährlicher sein als eine Million Bomben.«

»Für wen soll sie denn gefährlich sein?«

Meyer setzte zu einer Antwort an, als sein Gesicht erstarrte. Er fuhr herum, doch hinter ihnen war niemand. Die Zeit schien zugleich stehen zu bleiben und sich zu beschleunigen. Und Meyer sprang vom Gehweg direkt vor den Bus 106, der ihn überfuhr wie einen streunenden Hund.

Victor blickte panisch um sich, sah aber nur teilnahmslose Passanten und ein paar schockierte Studenten. Doch er spürte, dass er beobachtet wurde.

Die Pistole war aus Meyers Manteltasche gefallen. Einem Impuls folgend, steckte Victor sie blitzschnell ein. Zwei Security-Leute vom Campus kamen angerannt, und die Fahrerin, eine massige schwarze Frau, stieg weinend aus dem Bus. Victor blickte auf das Blut in Meyers Haaren und fragte sich, wie er es Esther beibringen sollte.

Dann fiel ihm auf, dass ihm ein Geruch in die Nase gestiegen war.

Orangen.

11

An diesem Tag hieß der massige Mann, der auf dem Hotelbett lag, Wilbur, doch so nannte er sich nur, wenn er als Auftragskiller unterwegs war.

An anderen Tagen suchte er sich jugendlich klingende Namen wie Josh oder Kyle aus. Doch nicht an diesem. Heute hatte er mit anderen an den Columbia Gates am Broadway gewartet, um zu beobachten und sich neue Informationen zu verschaffen. Hatte dieser entnervende junge Mann sein neues Wissen schon verbreitet? Es hatte nicht den Anschein, und die »Zwillinge« waren zum selben Schluss gekommen. Doch so würde es nicht bleiben. Diese Sally hatte zu Anfang, als sie Tallents Freundin war, einen brauchbaren ersten Bericht geliefert, aber auch sie war nicht hundertprozentig sicher, wie viel der Bursche wusste. Außerdem hätte sie die Rolle nicht mehr lange spielen können. Deshalb hatte Wilbur sie aus dem Verkehr gezogen und stattdessen seit Tagen diese blonden Gestalten auf Victor angesetzt. Sie hatten ihm nun berichtet, womit er gerechnet hatte: »Er besucht den alten Mann.«

Seine Auftraggeber hatten ihm eingeschärft, geduldig zu sein und den rechten Moment abzuwarten. Doch es war Wilbur schwergefallen zu widerstehen, als Victor dicht am Straßenrand stand und mit dem alten Mann redete, während der Bus näher kam. Meyer schien seine Schuhe zu betrachten und nickte zustimmend, als Victor etwas sagte. Wilbur spürte, wie er auf Autopilot umschaltete. Rasch ging er auf Meyer und den jungen Mann mit der Narbe am Kinn zu.

Wie hatte der Alte ihn bemerkt? Wilbur war ein Meister

in unbemerkter Annäherung, und dennoch hatte Meyer schon Gefahr gewittert, bevor Wilbur beschloss, ihn umzubringen. Ja, Meyer hatte sich umgedreht, just in dem Augenblick, in dem Wilburs Hände ihn auf die Straße stießen. Man hatte nicht einmal quietschende Bremsen gehört. Nur ein dumpfes Knallen und ein Klappern, als Meyers Brille auf einem vorbeifahrenden Auto landete. Von Victor war er nicht bemerkt worden, dessen war Wilbur sich gewiss. Dabei stand der Bursche gerade mal einen halben Meter entfernt von ihm. Er hätte beide auf einmal erledigen sollen. Aber es waren zu viele Leute unterwegs gewesen. Wilbur war zügig Richtung U-Bahn gegangen, hatte sich von einem Straßenhändler eine Orange gekauft und sie geschält, bevor er in aller Ruhe die Treppe hinunterschlenderte.

Und nun sollte er weitere Befehle abwarten und musste sich deshalb in diesem gesichtslosen Hotelzimmer in TriBeCa aufhalten, das angeblich bei jungen Rockmusikern besonders beliebt war. Vierhundert pro Nacht, eine Flasche Wasser kostete zwanzig Dollar, und die »Suite« war kaum größer als ein Handtuch.

Ich hasse diesen Job, dachte Wilbur. Aber was ich noch mehr hasse, ist, wenn mir Fehler unterlaufen. Ich hätte beide erwischen, reinen Tisch machen können. Das hätte auf jeden Fall eine Beförderung gebracht. Aber Meyer hat mich nervös gemacht. Weil er mich so anstarrte. Und sich *nicht wehrte*. Irgendwie unnatürlich.

Da er es nicht mehr länger hinauszögern konnte, griff Wilbur zu seinem Handy und rief Marianne an, die Frau, die in ihrem Oma-Häuschen hinter ihrem Mahagonischreibtisch zu leben schien. Er lieferte einen Bericht, der nicht der Wahrheit entsprach. Behauptete, Meyer hätte ihn entdeckt und er hätte ihn umbringen müssen, sonst wäre er womöglich erwischt worden. Dann hörte er sich tapfer die Standpauke an, entschuldigte sich für seine Ungeduld und legte auf. Und fragte sich wiederum, weshalb der alte Mann sein Ende nahen sah und nichts dagegen unternahm. Wilbur rief bei der Rezeption an und sagte, er wolle am nächsten Morgen nicht gestört werden. Dann stöpselte er das Telefon aus, nahm ein Halcion und schloss die Augen. Als die Droge zu wirken begann, sah er Victors Gesicht auf einer Wolke vorüberziehen.

Wilbur wurde wohlig warm. Alles würde gut werden. Hatte ihn diese unangenehme alte Frau nicht auch angebrüllt, als sie erfuhr, dass er Meyers vertrauensselige Studentin von der Fifth Avenue in sein Auto gezerrt hatte? Sarah hatte ihm angemessene Achtung erwiesen, indem sie so viel Angst zeigte, wie er es gewohnt war. Sie hatte nicht einmal geschrien, als er sie erwürgte. Manche Menschen unterließen das instinktiv, wenn man die Finger um ihren Hals schloss. Vielleicht gaben sie auch auf. In ein paar Tagen würde er neue Befehle bekommen. Dann würde er alles richtig machen. Er musste nur abwarten.

Geduld war schließlich das Fundament seines Berufs.

12

Esther saß neben dem Bücherstapel in Meyers Lieblingssessel. Ihr Kopf war zur Seite gefallen und ihr Mund stand offen; sie sah tot aus, aber Victor wusste, dass sie nur eingeschlafen war, nachdem sie beide den ganzen Tag im Polizeirevier zugebracht hatten.

Esther war dort aufgetaucht, als Victor verhört wurde. Der Sergeant benahm sich, als glaube er, dass der unlängst aus der Uni ausgeschlossene Student den alten Professor auf die Straße gestoßen habe. Aus welchem Grund sollte der alte Mann sonst so schnell vor den Bus gefallen sein? Doch nach einem kurzen Blick auf Victor wusste Esther die Wahrheit. Die Schatten, ob sie nun real waren oder imaginär, hatten ihren Mann eingeholt. Auf dem Heimweg im Taxi saßen die beiden dicht nebeneinander, und zu Hause hielt Victor Esthers Hand, während sie schweigend warteten, bis es dunkel wurde. Dann ließ der Druck von Esthers Hand nach. Victor legte ihr eine Decke über die Beine und ging leise in die Küche, um Tee zu kochen.

Als er mit Oolong und Buttertoast zurückkehrte, war Esther aufgewacht und sah ihn an.

»Ich weiß, dass du das nicht glauben wirst«, sagte sie tonlos. »Aber wenn du nicht von hier weggehst, liegst du im Frühjahr unter der Erde.«

»Du solltest dich jetzt wirklich ausruh…«

Sie wedelte ungeduldig mit der Hand, stand auf, holte einen Umschlag aus dem Schreibtisch und reichte ihn Victor. Dabei sah sie so stolz aus wie eine Großmutter, die ihrem Neffen ein großzügiges Taschengeld gibt.

Victor zögerte, doch dann öffnete er den Umschlag. Er enthielt einen Ausweis und ein Ansteckschild, beides auf Italienisch. Auf dem Ansteckschild, das mit einem geflügelten Löwen verziert war, stand:

VICTOR TALLENT
Dottore, facoltà di Agricoltore e di Scienze Ambientali
Columbia Università

Doktor der Agrikultur und Umweltwissenschaften. Aber das bin ich noch nicht, dachte Victor. Ich bin rausgeflogen. Und stehe unter Verdacht, meinen besten Freund vor einen Bus gestoßen zu haben.

»Was ist das, Esther?«

»Nun enttäusche ihn bloß nicht«, sagte Esther, hustete hinter vorgehaltener Hand und blickte zur Seite. »Ich weiß, was er dir von den Drohungen erzählt hat. Das ist alles wahr. Ich habe Leute im Treppenhaus gesehen, wenn ich nachts durch das Guckloch in der Tür geschaut habe. Sie lösten sich in Luft auf, sobald sie sich beobachtet wähnten. Aber das hier hat Meyer für dich organisiert, als er von deiner ... Idee hörte. Geh. Leg dich ins Zeug. Und sei ein lieber Junge und komm bloß nicht mehr hierher, um nach mir zu schauen.«

Einem zweiten beiliegenden Ausweis entnahm Victor, dass sein Mentor ihn als Gastredner bei der Konferenz über Drittwelt-Entwicklung der UNESCO angemeldet hatte. Das Organ der United Nations für Erziehung, Wissenschaft und Kultur war das ideale Forum, um seine Idee der Öffentlichkeit vorzustellen. Ein Flugticket lag bei. Victor wurde die Kehle eng, doch er weinte nicht, sondern drückte Esthers Hände und nickte stumm. »Zeig's ihnen, mein Junge«, sagte sie und brachte sogar ein kleines Lächeln zustande.

Victor war schon am Aufbrechen, als ihm etwas einfiel.

»Habt ihr noch irgendetwas, das Sarah gehört hat?«

»Ich glaube, Meyer hatte nur ihre Handynummer. Er hat oft versucht, sie zu erreichen. Sie ist verschwunden. Glaub mir.«

»Das tue ich«, erwiderte Victor und war sogar aufrichtig. »Meyer hatte nur erwähnt, dass dieser Venezianer –«

Esther sprang auf und hielt ihm mit beiden Händen den

Mund zu. Als sie sicher war, dass Victor nicht weiterreden würde, ließ sie ihn los und wies zur Decke. »Wanzen«, äußerte sie mit angewidertem Gesichtsausdruck, als handle es sich um echtes Ungeziefer. Dann ging sie zu Meyers Schreibtisch und durchforstete sorgfältig die Schubladen, förderte jedoch nichts zutage außer unentzifferbaren Notizzetteln und einigen ausgedruckten Droh-E-Mails, die ihr Mann bekommen hatte. Enttäuscht schüttelte sie den Kopf.

Plötzlich hielt sie inne und fischte eine kleine Plastikkarte, an der ein Schlüssel befestigt war, aus dem Krimskrams hervor.

»Die gehört nicht Meyer«, sagte sie, als sei ihr Mann noch am Leben. »Er geht nicht ins Fitnessstudio.« Victor betrachtete die Karte, auf der eine orangene Hand den Schriftzug CRUNCH GYM zerquetschte. Er steckte sie ein und wollte Esther zum Abschied umarmen, doch sie streckte abwehrend die Hände aus, wollte keine Rührseligkeiten. Sie blickte zur Decke hoch, auf etwas Imaginäres.

»Und jetzt, mein Lieber, vergisst du bitte meinen Namen, ja? Denn hier wohnt niemand mehr.«

13

Der Schlüssel passte.

Nachdem Victor mindestens fünfzig Schlösser ausprobiert und dabei versucht hatte, der Putztruppe auszuweichen, hatte er den richtigen Schrank gefunden.

Er blickte sich noch einmal um. Der Umkleideraum war leer. Dann drehte er den Schlüssel, öffnete die Metalltür und erblickte einen Haufen ziemlich schimmliger Handtücher. Er hustete, zog die unappetitlichen Dinger heraus und erspähte darunter einen kleinen Rucksack.

»Was zum Teufel hast du hier zu suchen?«

Victor fuhr herum. Eine muskulöse und erbost blickende Frau stapfte auf ihn zu, offenbar mit der Absicht, ihn zusammenzuschlagen. Sie hielt einen Schlüsselbund in der Hand, und die spitzen Schlüssel ragten zwischen ihren Fingern hervor. Victor setzte den Rucksack auf und bewegte sich Richtung Tür, aber die Frau packte ihn und schleuderte ihn so heftig gegen die Wand, dass eine Fliese zerbrach. Victor wurde einen Moment schwarz vor Augen. Als er sich berappelt hatte, setzte er ein Grinsen auf, das besagen sollte »Alles ein großer Irrtum«, und rieb sich den Kopf.

»Meine Schwester hat ihre Weihnachtsgeschenke in ihrem Sportbeutel vergessen«, versuchte er dann die Lage zu erklären.

»Und ich bin der Kaiser von China. Verpiss dich auf der Stelle und lass dich hier nie wieder blicken, sonst –«

»Hab verstanden. Frohes neues Jahr.« Victor machte sich vom Acker und marschierte an einigen Frauen auf Hometrainern vorbei, die ihn entsetzt beäugten und schrien, man solle ihn rausschaffen. Aber da sprintete Victor schon zur Tür hinaus und warf sich ins nächste Taxi.

Die Wege im Central Park lagen still und verlassen da. Auf den Felsen war der Schnee geschmolzen, aber die Hundekackehaufen waren noch hart gefroren. Victor entfernte sich ein Stück vom Weg und öffnete Sarahs Rucksack. Er kam sich wie ein Grabräuber vor, als er ein Paar abgetragene Sneakers, eine leere Apfelsaftflasche, eine Ausgabe von PEOPLE vom letzten April, ein Paar Socken und einen knittrigen gelben Notizblock, aber ohne jeglichen Eintrag, zum Vorschein brachte. Dann war der Rucksack leer. Victor tastete das Innere ab. Moment mal. Die Polsterung hinten kam ihm dicker als notwendig vor. Er suchte nach einem Zwischenraum, und als er ihn gefunden hatte, zögerte er einen Moment. Sein Herz schlug schneller. Seine Finger tasteten sich voran und berührten Papier.

Victor sah sich um, wie Meyer und Esther es getan hatten. Dann zog er an dem Papier.

Es handelte sich um einen dicken zerknitterten Umschlag, übersät mit winzigen braunen Flecken, die entweder von Blut oder Tinte herrühren mochten. Der Name auf dem Umschlag war mit Bleistift geschrieben worden. Victor strich mit den Fingern darüber. Ich dürfte dir das nicht wegnehmen, Sarah, dachte er mit pochendem Herzen. Und es tut mir leid, dass ich dir nicht geglaubt habe, Meyer. Aber ich wusste es nicht besser.

Auf dem Umschlag stand:

SALVATORE MIMMO
Leitender Archivar
Staatsarchiv der Republik Venedig, Camera 33.

Victors Hände zitterten, als er über den Umschlag strich. Eine alte Frau, die weiter hinten den Weg entlangging, warf ihm einen missbilligenden Blick zu. Ich sollte die Finger von dieser Sache lassen und sofort verschwinden, meldete sich eine innere Stimme zu Wort. Doch Victor rührte sich nicht von der Stelle. Meyer hatte so heiter ausgesehen, als er vor den Bus stürzte. Victor spähte in den Umschlag. Dokumente. Er zog eines hervor und begann zu lesen.

Das brüchige Blatt Papier trug das Datum des Jahres 1767 und war mit brauner Tinte beschriftet. In einer Spalte waren italienische Namen aufgelistet, in der Spalte daneben Berufe. Victor sprach kein Italienisch, aber *dottore* und *avvocato* konnte er sich leicht erklären. Rechtsanwälte, Ärzte, ein paar Beamte und Bankiers. Er blickte kurz auf und merkte, dass die alte Frau nicht mehr zu sehen war. Aber wie konnte sie in ein paar Sekunden spurlos verschwunden sein? Er las weiter. Trotz der Kälte brach ihm der Schweiß aus.

Wie elektrisiert starrte er auf die dritte Spalte, in der offenbar Verbrechen aufgeführt waren. Das Wort »Verrat« oder »Verräter« meinte Victor verstanden zu haben. Daneben befand sich ein Datum und ein Kreuz. Doch erst als Victor die vierte Spalte betrachtete, verstand er, was dieses Dokument zu bedeuten hatte.

Es war eine Todesliste. Mithilfe seiner Spanischkenntnisse aus der Highschool konnte er sich einige der Wörter erklären:

Erwürgt. Verbrannt. Gehängt. Gepfählt. Gevierteilt. Ertränkt. Bei lebendigem Leibe verbrannt.

Zwei Männer näherten sich auf dem Weg. Sie hatten keine Zeitungen, Tüten oder Handys in der Hand. Ihre Baumwolljacken waren zu dünn für die Kälte und ihre Gesichter nicht gerötet, was nur bedeuten konnte, dass sie geradewegs aus einem Auto oder einem Gebäude in der Nähe kamen. Keine Polizisten in Zivil. Und keine verirrten Touristen. Victors innere Alarmglocke schlug an. Er stopfte die Papiere in den Rucksack und sprintete einen anderen Pfad entlang. Dann kroch er in ein eisverkrustetes Fichtendickicht und beobachtete, wie die Männer systematisch den Park durchsuchten und in ein Handy sprachen. Schließlich nickten sie sich zu und zogen ab.

Victor wartete bis zum Einbruch der Dunkelheit, bevor er sich hervorwagte. Seine Beine taten weh, und er war stinksauer. Er hielt ein Taxi an und sagte dem Fahrer, er solle die Innenbeleuchtung anlassen, damit er lesen könne. Der russische Fahrer schüttelte den Kopf, ließ ihm aber seinen Willen und fuhr los.

Einige Dokumente aus dem Umschlag gingen zurück bis ins Jahr 1332, andere dagegen waren jüngeren Datums, zum Beispiel von 1989. Hier schien es sich bei den Opfern vornehmlich um Amerikaner und Deutsche zu handeln, aber die grauenhaften Todesarten waren dieselben geblieben. Jedes Blatt war am Fuß mit einem Stempel versehen, der offenbar schon brüchig war vom Alter. Doch als Victor das Blatt ins Licht hielt, konnte er das Zeichen erkennen.

Der aufgerichtete venezianische Löwe.

Der von den Gemeuchelten und Vergessenen kündete.

14

Juwel der Adria, stand in Victors Reiseführer. *Serenissima.*

Unerreichbar und grausam zu allen, die ihre Liebe zu gewinnen suchten. Doch Victor brachte gegenwärtig wenig Interesse für Venedigs Mysterien auf. Jedes Mal, wenn eine Welle an das schwankende Wassertaxi schlug, wurde ihm ganz anders. Ihm war noch übel vom Flug, und beim Gedanken an Mimmos Akte in seinem Koffer brach ihm der Angstschweiß aus. Neben ihm umklammerten grimmig blickende Touristen mit Gürteltaschen und grellbunten Basecaps so entschlossen die Reling, als wollten sie gleich mit Kriegsgeheul über die Stadt herfallen. Victor schloss die Augen.

Er hatte den russischen Taxifahrer vor seinem Haus warten lassen und sich nur seinen Pass und seine Papiere aus der Wohnung geholt. Auf dem Weg zum Flughafen hatte er den Fahrer abermals vor einem Geschäft warten lassen, in dem er sich zwei Leinenanzüge und einen dünnen Pullover kaufte, weil er präsentable Kleidung für die UNESCO-Leute brauchte und davon ausging, dass es in Venedig immer warm und sonnig war. Nachdem er zwei miserable Mahlzeiten zu sich genommen und in einem kalten Flugzeug die Weltmeere überquert hatte, landete er schließlich bei strömendem Regen auf dem Flughafen von Venedig.

Victor öffnete die Augen und kämpfte gegen die Übelkeit an, indem er sich auf den schokoladenbraunen Filzhut eines Mannes an Deck konzentrierte. Der Mann bemerkte Victors Blick und berührte lächelnd die Krempe des Huts, dann raunte er seiner Frau etwas zu.

Sie näherten sich der Stadt. Die grauen Wolken verzogen sich allmählich, trieben aufs Meer hinaus. Die Luft roch nach Basilikum, fauligem Holz, Essensabfällen und Räucherwerk. Auf hundert milde Tage folgte ganz plötzlich der Winter. Das flaue Gefühl in Victors Magen ließ allmählich nach. Dann wechselte der Wind die Richtung, und das Aroma der Stadt verlor sich.

Der kalte Wind pfiff durch Victors dünnen Anzug. Ein kleiner Junge mit einem Mantel, der ihm zu groß war, blickte Victor verächtlich an, als er fröstelnd den dünnen Kragen der Anzugjacke hochschlug. Kam nach Venedig wie ein sizilianischer Zuhälter! *Que piscione*!

Als die letzten weißen Wolkenschleier davondrifteten, offenbarte sich schließlich die Serenissima, reckte ihre steinernen Glieder und schimmerte rötlich und golden im frühen Morgenlicht. Unzählige Fenster und Schornsteine funkelten in der Sonne.

Das Wassertaxi näherte sich der Einfahrt zum Canal Grande, der sich durch die Stadt schlängelte. Eine rabenschwarz gekleidete Frau, die auf ihrem Balkon einen Teppich ausschüttelte, schien Victor finster anzublicken. Das *vaporetto* drosselte den Motor und die Fahrgäste griffen nach ihren Gepäckstücken. Victor blieb am Bug stehen und blickte auf die abblätternden Fassaden mit den geschlossenen Fensterläden auf der Guidecca, die vorwurfsvoll zu flüstern schienen: *Es ist Sonntag, um Gottes willen. Nehmt doch ein wenig Rücksicht und lasst uns ausschlafen. Wir haben es verdient.* Nun kam San Marco in Sicht und eine stille Anlegestelle, an der die Markisen einiger Luxushotels im Wind flatterten wie bunte Fähnchen.

»Haben Sie das schon mal auf einer Postkarte gesehen?«, fragte eine muntere Männerstimme.

Victor drehte sich um und erblickte einen großen stämmigen Mann mittleren Alters, der ihn mit einem kumpelhaften Grinsen ansah, wie Amerikaner auf Reisen es häufig tun, wenn sie ihresgleichen begegnen. Der Bursche streckte ihm eine säuberlich manikürte Hand zum Gruß hin. Seine Augen waren dunkelgrau und wirkten keineswegs so freundlich wie sein Grinsen. Er war so muskulös, dass er seinen Anzug beinahe zu sprengen schien.

Victor nickte nur kurz und blickte wieder zu den Hotels hinüber. Der Mann war ihm bereits beim Einsteigen aufgefallen, und er hatte versucht, seinem Blick auszuweichen, weil er ihm unangenehm war; es lag etwas Verstohlenes darin.

Und noch etwas anderes, das Victor nicht zu fassen bekam.

Der Typ roch nach reifen Orangen, und Victor versuchte sich zu entsinnen, wo er diesen Geruch schon einmal wahrgenommen hatte. Ein Aftershave? Und auch die Zähne des Mannes, die so ebenmäßig waren wie Dominosteine, kamen ihm irgendwoher bekannt vor. Hab ich den schon mal auf irgendeiner Konferenz gesehen?, fragte sich Victor. Oder nur irgendwo in der U-Bahn?

Nun trat der Typ neben Victor und fragte jovial: »Und? Zum ersten Mal hier? Venedig-Jungfrau?« Er zwinkerte.

Victor warf dem Burschen einen argwöhnischen Blick zu. »Ähm, ja«, antwortete er und starrte auf eine Markise am Ufer, als habe sie eine besondere Bedeutung.

»Kein übler Ort um diese Jahreszeit«, fuhr der Mann fort. »Es sei denn, Sie sind auf Euromuschis scharf. Die Büchsen hier, kann ich Ihnen sagen, *reden* nicht mal mit einem.«

Victor bemerkte den Blick einer älteren Frau, die ihn mitleidig anlächelte. »Danke für die Information.«

»Ich meine, es *geht* schon irgendwie, wenn man dafür bezahlt. Ich kenne da was Gutes. Soll ich Ihnen die Adresse geben? Die Cops da sind blind geboren.«

»Nein, danke.«

In unverändertem Tonfall ließ der Typ sich nun über die Qualitätsunterschiede zwischen nord- und süditalienischen weiblichen Genitalien aus. »Wilbur Eklund«, sagte er schließlich, packte Victors Hand und schüttelte sie übertrieben herzlich. »Ich handle mit Möbeln. Der edlen Sorte aus der Zeit, als die Stadt hier noch nicht baden ging. Ich weiß, normalerweise haben nur Tunten ein Näschen dafür, aber Sie machen mir auch ganz den Eindruck. Die packen mir hier zwei Container mit altem Renaissance-Krempel voll, so schnell können Sie gar nicht gucken. Solange ich cash bezahle.«

Victor entzog seine Hand dem Zugriff des Typen. Er wollte den Mann unbedingt abschütteln. »Ich habe einen fürchterlichen Jetlag. Sie haben sicher Verständnis dafür.«

»Na klar. Vielleicht können wir ja morgen mal 'nen Drink zusammen nehmen? Bisschen quatschen? Ich zahle.«

»Ich glaube, das wird nicht gehen. Ich habe sehr viel zu tun.«

Wilbur ignorierte Victors Antwort und wies auf eine Markise. »Gehen wir doch zu Harry's, wenn Sie noch nicht hier waren. Da gibt's diese süffigen Cocktails mit Champagner und Pfirsichsaft.«

Das *vaporetto* legte nun mit einem leichten Ruck am Pier an. Der Mann mit dem Filzhut blickte ungehalten, weil Wilbur den schmalen Durchgang zur Gangway blockierte.

Victor bemühte sich um ein Lächeln, damit der Typ Leine zog, aber er machte keinerlei Anstalten. »Ich habe kein … hören Sie, ich habe einfach sehr viel zu tun. Viel Arbeit. Sie kennen ja bestimmt die Lage.«

»Treten Sie bitte beiseite«, sagte der Mann mit dem Filzhut nun, aber Wilbur schenkte ihm keinerlei Beachtung. Stattdessen grinste er Victor noch breiter an.

»In was für 'ner Branche arbeiten Sie denn?«, fragte er. »Im Verkauf jedenfalls nicht, das seh ich am Blick.«

Unwillkürlich versuchte Victor einzuschätzen, ob er Wilbur mit Gewalt aus dem Weg schaffen konnte. Um die hundert Kilo. Und wenig Fett, viel Muskeln. »In der Forschung.«

»Na, schau einer an. Und nun sind Sie zum ersten Mal in Venedig. Wenn das nicht aufregend ist.«

Victor merkte, wie sich sein Herzschlag beschleunigte. »Kennen wir uns irgendwoher?«

Der Mann gab ein kurzes bellendes Lachen von sich. »Meinen Sie?«

»Sie müssen hier den Weg freimachen«, sagte Victor. »War nett, Sie kennenzulernen.«

Victor holte seinen Pass heraus, um ihn am Hotel vorzuzeigen, und Wilbur warf einen raschen Blick darauf. »Ganz meinerseits«, sagte er dann und klopfte Victor mit seiner aufgerollten Zeitung auf die Schulter. »Und *Sie* sind viel zu bescheiden. Ihre Alma Mater ist bestimmt stolz auf Sie. Und darf ich Sie vielleicht Victor nennen, da wir ja sozusagen zusammen reisen?«

»Nein.« Dann wurde Victor schockartig die Bedeutung von Wilburs Äußerung bewusst. »Woher … sind Sie mir gefolgt?«

Das Grinsen des Mannes veränderte sich nicht; es schien zu einer Grimasse erstarrt zu sein. Schließlich nahm er einen kleinen Koffer hoch und betrat die Gangway, die zwei noch etwas verschlafen wirkende Portiers vom Hotel Danieli am Boot angelegt hatten.

»Etwas zu *dramatisch*«, äußerte Wilbur am Pier, förderte eine leuchtend bunte Visitenkarte zutage, auf der unter dem roten Schriftzug GÖTTLICHE INTERIEURS eine geflügelte Göttin mit gewaltigen Brüsten abgebildet war, und stopfte sie Victor in die Brusttasche. Dann nickte er ihm zufrieden zu und sagte: »Klingeln Sie durch, falls Sie es sich anders überlegen. Ich schlafe wenig. Der verfluchte Kaffee ist zu stark hier. Ich wohne im Danieli. Und Sie?«

»Ich muss jetzt zu meiner Arbeit«, erwiderte Victor, eine Spur zu hastig. »Machen Sie's gut.«

Wilbur schickte sich zum Weitergehen an, drehte sich dann aber noch einmal um, und ein Lächeln trat auf sein

Gesicht. »Ach, hab ich Sie nicht gestern im Fernsehen gesehen? In New York? Doch, natürlich.«

Victor bekam plötzlich keine Luft mehr. Er umklammerte den Schlüsselbund in seiner Tasche und bohrte die Schlüssel zwischen den Fingern hindurch, wie die Frau im Sportstudio es getan hatte.

Wilburs Lächeln wirkte nun leicht bösartig. »Stimmt das, was sie in den Nachrichten gesagt haben? Dass der alte Mann vor den Bus gefallen ist, weil er *tolpatschig* war? Wirklich? So ein Jammer aber auch.« Wilbur schnalzte mit der Zunge und starrte Victor an. »Der scheint nonstop gearbeitet zu haben, was? Und ist auf keinen grünen Zweig gekommen.«

Victor stieg die Röte ins Gesicht. Er umklammerte die Schlüssel noch fester. »Lassen Sie mich in Ruhe. Deutlicher kann man ja wohl kaum werden. Ich bin hier …«

»Um zu arbeiten. Ich weiß. Haben Sie schon gesagt.«

Das Lächeln des Mannes erstarb. Auch die Morgensonne war hinter einer der dicken Wolken verschwunden, die über der Guidecca hingen wie traurige schwarze Ballons und später am Tage Regen bringen würden. »Verzeihen Sie mir, falls ich Ihnen auf die Nerven gegangen bin. Viel Spaß in Venedig.« Und der Mann, der sich Wilbur nannte, ging an Land und verschwand in seinem Hotel. Als die anderen Fahrgäste das Boot auch verlassen hatten, kam ein älterer Portier aus dem Hotel Danieli, der noch nicht ganz wach wirkte, sich aber um ein munteres Lächeln bemühte, und nahm Victors Gepäck. Dann blickte er auf Victors Pass und suchte seinen Namen auf einer langen Liste.

»Signor Tallent? *Bienvenuti a Venezia*. Ich bin Anselmo. Bitte folgen Sie mir.«

Victor rührte sich nicht von der Stelle, sondern starrte dem Möbelhändler nach, bis er in der Lobby im Fahrstuhl verschwunden war. »Auf welcher Etage wohnt dieser Mann?«, fragte Victor aufgebracht. »Der Mann im grauen Anzug?«

Der Portier wirkte schlagartig hellwach und schien zu überlegen, inwiefern er wohl von einer Fehde zwischen zwei betuchten Gästen profitieren könne. Dann zwinkerte er Victor verschwörerisch zu und zupfte sich am linken Ohrläppchen.

»Sie werden so weit von ihm entfernt sein, dass Sie heute Abend nicht mal denselben *Sonnenuntergang* sehen. Ich werde mich persönlich darum kümmern«, versprach Anselmo und marschierte mit Victors Koffer durch das weiße Portal in die Lobby, wo sich nun mehrere Gäste an der Rezeption drängten.

Victor schaute auf das Wassertaxi und merkte, dass der Kapitän zu ihm herüberblickte. Dann legte das kleine Boot ab und durchpflügte wieder die braungrünen Wasser, schipperte zum Flughafen zurück, zu den schlammigen Ufern, an denen, schon bevor die großen Dogen die Lagunenstadt regierten, Boote aller Art auf Grund zu laufen drohten. Zu den letzten Passagieren vom *vaporetto* hatte eine junge Frau gehört, die einen langen braunen Mantel und eine große dunkle Sonnenbrille im Stil von Jackie Onassis trug. Sie verscheuchte einen Pagen, der ihr das Gepäck abnehmen wollte, und marschierte entschlossen mit ihren Koffern auf die kirschrote Fassade des Hotel Danieli zu. Victor stellte gerade fest, dass er sie sehr attraktiv fand, als sein eifriger Portier zurückkehrte und ihm mit großer Geste einen schweren Messingschlüssel in die Hand drückte.

»*Prego, Signore*«, sagte Anselmo so bedeutungsvoll, als handle es sich um ein spezielles Privileg. »Ganz stilles Zimmer für Sie, dritter Stock, zum Canal.« Der Page, der um die sechzig war – viel zu alt für diesen Beruf, fand Victor –, legte den Kopf schief und zwinkerte gerissen. »Und so weit entfernt von Ihrem unerwünschten Fan wie möglich. War nicht leicht. Und noch eine Sache, Signore«, fügte Anselmo hinzu und überreichte Victor gewichtig einen versiegelten Umschlag. Victor brach das Siegel und entnahm dem Umschlag eine feste handgedruckte Karte mit dem aufgeprägten Siegel der Republik Venedig, dem goldenen Löwen. Darunter stand in verschnörkelter Schrift:

Der Bürgermeister von Venedig, Herr Gianni Pugioli, und die Handelskammer freuen sich, Sie nach der Konferenz am Freitag zu einem Dinner empfangen zu dürfen.

Anselmo bemühte sich sichtlich, ungerührt zu wirken, doch es gelang ihm nicht, seine Erregung angesichts des Siegels zu verbergen. Die alte Wirkung der venezianischen Staatsmacht. Victor hatte den Eindruck, als entsinne der Mann sich noch Zeiten, in denen persönlich überbrachte Briefe am Pier für den Empfänger wenig Gutes verhießen.

»Das ist eine außergewöhnliche Einladung, oder?«, fragte Victor vorsätzlich unbedarft, um das Eis zu brechen. Er fand Anselmos Hochachtung beunruhigend, konnte sich selbst aber nicht erklären, weshalb. Draußen über der Lagune durchbohrten goldene Sonnenstrahlen die Wolken wie Rapiere.

Der alte Mann lächelte. »Ja«, sagte er und nickte. »Ich habe noch nie erlebt, dass der Bürgermeister jemanden einlädt, den er nicht bereits bestochen hat. Sie müssen bedeutender sein, als Sie glauben, Dottore. Oder korrupter, als ich vermutet hätte.«

Victor grinste und gab dem Mann ein paar Euro Trinkgeld. Anselmo nickte zum Dank und begab sich wieder zum Pier, wo bereits neue Gäste eintrafen. Victor hielt Ausschau nach der jungen Frau, doch sie war bereits verschwunden.

Nichts, was Victor um sich herum wahrnahm, gab ihm Anlass zur Unruhe. Pagen trugen Koffer vom Pier ins Hotel, und die eintreffenden Gäste schwatzten angeregt. Dennoch teilte Victors innere Stimme ihm unmissverständlich mit, dass er sich nicht mehr im Freien aufhalten sollte.

Als Victor sich zum Hotel wandte, fühlte er sich beobachtet. Er schaute zu Anselmo hinüber, der nicht lächelte, als Victor seinem Blick begegnete.

15

Die unlängst aufwendig restaurierte Innenausstattung des alten Hotels hätte auch als Kulisse beim Finale einer Puccini-Oper dienen können: Maurische Rundbögen flankierten die breite Treppe, und zwei Marmorbalkone mit Strebebögen zierten die Lobby. Durch ein schmales Oberlicht drang ein Hauch Tageslicht herein und beleuchtete dezent dieses edle Relikt aus Venedigs romantischer Vergangenheit.

Victor stieg die mit rotem Teppich belegte Treppe hinauf, vorbei an einer türkisblauen Vase aus Murano-Glas, und schlug einen Prospekt auf, den er aus der Lobby mitgenommen hatte. Der einstige Besitzer dieses Hauses, ein Doge namens Dandolo, hatte es 1347 als Privatresidenz erbauen lassen, las Victor. Ein Porträt des Dogen, offenbar von einer Münze abfotografiert, war auch abgebildet: ein hageres altes

Gesicht mit scharfer Nase, die Stirn halb bedeckt von der Dogenmütze.

»Andrea Dandolo«, stand da ferner, »54. Doge von Venedig, verteidigte die Serenissima gegen feindliche Angriffe von außen.« Offenbar hatte der Doge den kühlen weißen Marmor sehr geschätzt, der in diesem Gebäude entsprechend üppig vorhanden war. Seine Residenz hatte die Jahrhunderte überlebt, wohingegen der einstige Herrscher der Republik längst zu Staub zerfallen war.

Als Victor sein Zimmer betrat, stellte er fest, dass ein guter Engel des Hauses dort schon ein Empfangspräsent, bestehend aus einem Korb mit Obst, Wein und Crackern, bereitgestellt hatte. Schwere mokkafarbene Vorhänge schützten den Raum vor der Sonne. Das ausladende Bettgestell war mit Golddekor verziert. Victor sank darauf und spürte, wie die Federn nachgaben. Zum ersten Mal seit Tagen atmete er tief durch. Durchs Fenster sah er einen einsamen Gondoliere den Kanal entlangstaken, vom einsetzenden Regen unbeirrt.

Victor hörte den Gondoliere zuerst summen und dann mit kräftiger Stimme ein Lied singen. Als die Flut kam, klatschten die Wellen ans Fundament des Gebäudes. Ein Ruf ertönte draußen, »Oi!« oder »Oah!«; vermutlich Ruderer, die andere grüßten oder vor einer Kollision warnen wollten. Victor fühlte sich plötzlich schrecklich einsam. Er holte Mimmos Umschlag aus dem Gepäck und hielt nach einem guten Versteck Ausschau. Es gab keinen Safe in seinem Zimmer, und so befestigte er den Umschlag schließlich mit Klebeband unter dem großen Verteilerkasten. Dann überprüfte er, ob er die Tür abgeschlossen hatte, und sank aufs Bett. Nur ein paar Minuten.

Als er, übermüdet wie er war, in einen bleiernen Schlaf

sank, tauchte vor seinem inneren Auge ein breites Gesicht auf, das ihm bekannt vorkam. Das unfreundliche Lächeln. Die Stimme, die sogar herrisch klang, wenn sie eine Frage stellte. Und dieser stechende Orangengeruch, den er schon einmal wahrgenommen hatte. Ich werde noch so verrückt wie du, Meyer, dachte Victor, während die Geräusche der Stadt allmählich leiser wurden und schließlich ganz verstummten.

Und dann verschwammen auch Wilburs Gesichtszüge in der Dunkelheit des Schlafes.

16

In einem kleineren Zimmer auf der anderen Seite des Hotels geriet der Mann, der sich an der Rezeption als Wilbur Eklund eingetragen hatte, zusehends in Rage.

Er setzte sich schwerfällig aufs Bett, lockerte seine Krawatte und bemühte sich, nicht zu reagieren, als die Frau am anderen Ende der Leitung ihn wieder einmal »als blutigen Laien« beschimpfte.

»Ich habe gerade einen Anruf von meinem Büro bekommen. Man sagte mir, du seist in Venedig«, sagte Marianne, deren Stimme gleichermaßen frustriert und erbost klang. »Hatte ich nicht ausdrücklich gesagt, dass du weitere Befehle abwarten sollst? Ich möchte, dass du mit dem nächsten Flugzeug zurückkommst. Und bring diese Anfänger mit. Weshalb du dich entschieden hast, so ungedeckt aufzutreten, und noch dazu ohne unsere Einwilligung, entzieht sich vollkommen meinem Verständnis.«

»Ich dachte, meine Leute und ich gehören zur Truppe«, entgegnete Wilbur.

Verächtliches Schnauben am anderen Ende. »Du solltest diesen unangebrachten Ehrgeiz zügeln. Ihr gehört *mir.*«

»Meine Leute und ich werden ihn ausschalten, bevor er zu weit geht.«

»Etwa so wie diese beiden Experten, die du im Central Park auf ihn angesetzt hast? Die waren wirklich unauffällig und erfolgreich.«

»Diesmal machen wir es besser. Es war zu kurzfristig.«

Die Frau erinnerte ihn nun an eine Nonne, die ihm mit dem Holzstock auf die Finger schlug. »Der Bürgermeister, verstehst du mich? Der *Bürgermeister* von Venedig macht Männchen vor diesem Typen. Und soweit ich unsere Leute in Brüssel verstanden habe, werden wohl diverse Außenminister der EU Cocktail-Einladungen folgen lassen, wenn sich erst mal herumgesprochen hat, was diese kleine Ratte beabsichtigt. Es lässt sich auf die Formel bringen: ›Umsonst die Armen füttern‹. Die Grünen in Deutschland warten nur darauf, dass jemand den Durchbruch schafft, und verlangen bei sich schon eine Aufstockung der Finanzhilfe für Drittweltländer.«

Ihre Stimme wurde zusehends lauter und aufgebrachter. »Die mutigen Spanier wollen ihre Entscheidung womöglich ändern und *für* die Bangladesh-Unterstützung stimmen, die ich neun Monate lang in Madrid bekämpft habe. Tallent macht schon Politik, bevor er die verfluchte Rede überhaupt gehalten hat!«

»Warte nur noch ein bisschen …« Wilburs Stimme nahm nun einen flehentlichen Tonfall an.

»Die Eminenza und andere kommen ins Grübeln, Wilbur. Sie fragen sich, ob meine Jungs noch gut sind. Liege ich falsch, wenn ich die Frage bejahe?«

Wilbur holte gequält Luft und wartete ab, ob der Zorn der Frau sich legen würde. Es hatte nicht den Anschein. »Nein, Marianne, du liegst nicht falsch.«

»Gut. Unser Ableger in Paris hat nämlich in diesem Vierteljahr neunzig Millionen Verlust gemacht. Der Sudan hat sich im letzten Monat deutlich weniger von unseren Banken geborgt, ebenso wie Russland. Seit die Amerikaner überall in Asien herumrennen und nach Sammy bin Laden suchen, hat keiner mehr Angst vor *uns*. Argentinien und Brasilien stehen so tief in der Kreide, dass wir da nur noch ein paar Leute sitzen haben. Italien ist noch recht profitabel, weil die albanischen Immigranten in unseren Banken Kredite aufnehmen, aber das kann nur eine Übergangslösung sein. Möchtest du der Eminenza gerne erklären, dass du auf dem besten Wege bist, diesen Teil auch noch zu verpfuschen?«

Wilbur warf einen Blick auf den blonden Mann und die blonde Frau im Zimmer, die Kaffee tranken und so taten, als merkten sie nicht, dass ihr Boss Schelte von oberster Stelle bekam. Die beiden waren Mitte zwanzig, trugen identische dunkelblaue Anzüge und hatten glatte faltenlose Gesichtszüge. Rein äußerlich hätten sie Bankangestellte sein können, aber ihre Hände waren so vernarbt und hart wie die von Bauarbeitern, die Augen ständig in Bewegung. Sie bewegten sich in perfektem Einklang.

Wilbur bohrte beide Daumen in eine Orange, wobei er sich vorstellte, dass es sich bei der Frucht um die Augen der Frau handelte, die er am anderen Ende der Leitung atmen hörte.

»Bist du noch dran?«, schnarrte sie. »Oder spreche ich mit der Luft?«

»Nein, nein, ich bin dran«, antwortete Wilbur, riss ein Stück Fruchtfleisch ab und stopfte es sich nervös in den

Mund. »Ich verpfusche das nicht. Aber wieso können wir nicht hierbleiben? Für den Fall, dass was schiefläuft?«

»Blinder Ehrgeiz, wie?«, versetzte die Frau. »Willst du nach einem Bus Ausschau halten, um jemanden drunterzuschubsen? Da gibt's keine. Du bist in Venedig, Idiot!«

Dir stopf ich noch das Maul, alte Hexe. Ich hätte schon längst an deiner Stelle sein sollen, dachte Wilbur und stopfte sich Orangenstücke mitsamt der Schale in den Mund. Seine beiden Helfer erhoben sich peinlich berührt und gingen hinaus. »Ich dachte, du wolltest dafür sorgen, dass alles glatt läuft«, sagte er schließlich so gelassen, wie es ihm möglich war.

»Untersteh dich, es jetzt mir anzuhängen«, entgegnete Marianne herrisch. »*Du* hast diese Misere angerichtet, nicht ich. *Deine* Leute. Wenn du es wieder vermasselst, ist nicht nur meine Pension im Eimer, das dürfte wohl klar sein.«

Wilbur zerkaute das letzte Stück Orange und hielt sich selbst zur Geduld an. »Wir achten darauf, dass uns keiner sieht«, sagte er. »Zimmerservice. Das ist mir auch wichtig. Er wird den Vortrag nicht halten. Und wir werden uns zurückholen, was er uns weggenommen hat.« Er zögerte einen Moment, dann fügte er noch hinzu: »Bitte«, obwohl er seinen Tonfall selbst widerwärtig fand. Darauf folgte ein langes Schweigen. Wilbur hörte nur, wie Marianne mit ihrem Ring an ihren gewaltigen glänzenden Schreibtisch klopfte, den sie liebte, weil er Besucher verunsicherte.

»Ich hab es gern, wenn du bittest«, sagte sie schließlich; seine Unterwürfigkeit hatte sie beruhigt. »Na schön. Ich rede mit den anderen. Und deine jungen Leute sollen sich anständig benehmen. Keine Grobheiten. Ihr seid nicht in New York, wo die Polizei nur ermittelt, wenn jemand gekillt wird, der jung und hübsch war. Ich kenne dich. Hast du deinen Morgentrunk schon intus? Oder ist es dafür noch zu früh?«

»Danke«, brachte Wilbur hervor, bemüht, die Beleidigung zu ignorieren.

»Lass das«, erwiderte die Frau und gluckste. »Wir möchten dann ein Gespräch mit dir führen, wenn du wieder hier bist. Ein ausführliches. Und ob du bitte zu diesem Anlass rasiert erscheinen könntest?«

Sie legte auf.

Wilbur blieb noch ein Weilchen sitzen und wartete, bis seine Wut verraucht war. Der junge Mann und die Frau kamen wieder herein und blickten ihn an wie Hunde, die hoffen, dass sie ausgeführt werden.

»Wir bleiben hier«, verkündete Wilbur und wischte sich die klebrigen Hände am Bettlaken ab.

»Was sollen *wir* tun?«, fragte der junge Mann, der mit seinen langen Haaren, dem kantigen Gesicht und den Schlafzimmeraugen aussah wie ein männliches Model. Wilbur öffnete wortlos seinen Koffer und entnahm ihm einen dicken Umschlag. Er entfernte den Gummi und breitete den Inhalt des Umschlags auf dem Bett aus.

Es handelte sich um Fotos eines prachtvollen venezianischen *palazzo*.

»Schaut euch die genau an«, sagte Wilbur.

»Haben wir schon gemacht«, erwiderte die Frau, deren Nase und Lippen an eine Bulldogge erinnerten. »Wir kennen das Gebäude vom Keller bis zu den Tauben auf dem Dach. Wir haben ausgerechnet, wie lange die Questura braucht und die Nationalpolizei. Bei sämtlichen Wasserständen.«

»Dann beeindruckt mich und macht das Ganze noch mal.«

Während seine jungen Helfer verdrossen die Fotos betrachteten, ging Wilbur zur Minibar und genehmigte sich ein halbes Glas von etwas Dunklem, Hochprozentigem. Als sich die Wärme in seinem Körper ausbreitete, machte er sich über eine neue Orange her, blendete das Geträller der Gondoliere aus und sann darüber nach, wie sehr er diese Frau hasste. Er war ihr nur einmal persönlich begegnet, aber schon damals wäre er am liebsten über den Mahagonischreibtisch gehechtet und hätte ihr die Kehle durchgeschnitten.

Wilbur riss ein Stück Orange ab und gab sich genüsslich einer äußerst befriedigenden Fantasie hin.

17

Auf dem Canal tutete ein Nebelhorn, und zugleich schien jemand an die Zimmertür zu klopfen. Victor erwachte und tappte schlaftrunken zur Tür, doch als er öffnete, stand niemand davor.

Es war erst Mittag, aber der bleigraue Himmel schien das Tageslicht zu verschlingen. Nur ein paar orange Lichttupfer drangen durch den Nebel. Als Victor zwischen den schweren Samtvorhängen hindurchspähte, stellte er fest, dass die Fensterläden der Häuser gegenüber verschlossen waren. Venedig stellte sich Fremden nicht zur Schau, vor allem nicht diesen Rucksacktouristen, die in Horden in eine Trattoria einfielen und sich dann über das Essen beklagten. Die Venezianer zogen es vor, ihre Fensterläden zu verriegeln, um neugierige Blicke abzuwehren.

Erst die Vandalen, dann die Sarazenen. Und nun das. *Brutto.*

Victors Herz schlug so schnell wie nach einem Alkoholrausch. Er gab sich kurz der Wunschvorstellung hin, dass Mimmo sich bester Gesundheit erfreute und vermutlich den Kopf schütteln würde über die lebhafte Fantasie des alten Professors. Ein reizender alter Herr, der ihn zu Tee und *biscotti* einladen und sich für das ganze Tohuwabohu entschuldigen würde. Die ominösen »Listen« würden sich als bürokratischer Irrtum erweisen. Victor beruhigte sich allmählich. Er zog seinen neuen Pullover und einen der Leinenanzüge an, holte Mimmos Umschlag aus dem Versteck, verstaute ihn in seinem Mantel und ging hinaus.

Doch die beruhigende Fantasie verlor sich wieder, als er die Gasse entlangging und der metallische Geruch des Regens ihm in die Nase stieg. Er holte Sarahs Karte aus der Tasche und betrachtete das Foto. Die zierliche junge Frau trug ein breites Lächeln auf ihrem sommersprossigen Gesicht. Victor fragte sich unwillkürlich, ob Meyer nicht doch recht gehabt hatte. Ob Salvatore Mimmo nicht spurlos verschwunden und irgendwo unter diesem nassen Kopfsteinpflaster begraben war.

18

Der Diener, der eine Tasse heiße Schokolade in Händen hielt, machte auf der Treppe Halt, als er an dem ausgestopften mumifizierten Kopf in dem Glaskasten vorbeikam.

Wie immer verbeugte er sich davor und sagte »*Buon*

giorno, Signora«, bevor er an den anderen Reliquien vorüber zum Büro des Richters schritt. Dieses Ritual vollzog er seit zweiundvierzig Jahren tagtäglich. Vor der schwarzen Eichentür rückte er seine Krawatte zurecht, dann klopfte er an.

»Herein«, antwortete eine Stimme von drinnen, und der Diener betrat den Raum.

Wie stets um diese Tageszeit, saß der Richter in seinem Lieblingssessel, von dem aus er auf den Canal Grande blicken konnte. Nur das Licht aus den Fenstern der Nachbarn fiel ins Zimmer, aber der Diener wusste, wie er gehen musste, um nicht eine der kostbaren Statuetten umzuwerfen, die überall herumstanden. Als er die dampfende Tasse Schokolade abstellte, nahm der Richter, der einen grauen Anzug und Hausschuhe trug, die Tasse hoch, atmete genüsslich den Duft ein und trank einen Schluck.

»Was gibt es Neues, Gianlucca?«, fragte der Richter. Seine Stimme klang heiser, trotz der Arznei, die ihm sein treuer Diener allmorgendlich verabreichte.

»Ein weiterer ruhmreicher Tag für die Republik, Euer Ehren«, antwortete Gianlucca, wie er es jeden Tag tat.

»Berichte mir mehr«, sagte der Richter. Er trank einen weiteren Schluck Schokolade und gab ein zufriedenes Brummen von sich. Seine falschen Zähne stießen klackend an den Rand der Tasse.

Im schummrigen Licht sah Gianlucca das Löwengesicht auf dem goldenen Ring, den sein Herr an seinem knochigen Finger trug. »Der Nebel wird sich erst morgen früh lichten«, fuhr Gianlucca fort. »Die Signorina Livornese hat heute frische Marmelade gebracht. Aprikose. Und Ihre Gäste warten im Vorzimmer.«

Der Richter, außerhalb seiner jahrhundertealten Villa als

Paolo Andiolini bekannt, nickte und reichte Gianlucca die Tasse mit einem kleinen Kopfnicken. Das bedeutete für Gianlucca, dass er dem alten Mann beim Aufstehen behilflich sein sollte, damit er für die Unterredung offizielles Schuhwerk anlegen konnte.

Als der Richter den angrenzenden Raum betrat, der nur mit wenigen Möbelstücken und einigen alten Ölgemälden ausgestattet war, die dringend einer Säuberung bedurften, erhoben sich zwei Männer und eine Frau von einem purpurroten Samtsofa und verbeugten sich.

Richter Andiolini nickte und ließ sich in einem alten Ledersessel nieder. Die Frau, bemerkte er, war besonders nervös. Ihr langes schwarzes Haar trug sie in einem Knoten, der ihr eckiges Kinn betonte, die dunkelbraunen Augen waren zu Boden gerichtet. Silvia Mezzatto, Neuzugang, rief er sich in Erinnerung. Bankerin, verheiratet, Kinder. Von der eigenen Großmutter auf dem Todesbett rekrutiert, ohne Wissen der Mutter; die alte Frau war bis zu ihrem Lebensende eine treu ergebene Agentin gewesen. Die zwei Männer dagegen arbeiteten schon seit Jahren für ihn; unauffällige Gestalten, deren bürgerliche Berufe so öde waren, dass niemand ihre zweite Tätigkeit vermutet hätte.

»Tallent ist in Venedig eingetroffen, Eminenza«, sagte einer der beiden missbilligend.

»Unser Büro in New York hat auch jemanden geschickt«, meldete sich Silvia zu Wort, um sich bei dem Mann bemerkbar zu machen, der seine Ahnenreihe lückenlos zurückverfolgen konnte bis zu dem legendären Enzo Andiolini, dessen Name sogar noch in der Gegenwart furchteinflößend wirkte.

»Wir haben auch einen unbestätigten Bericht bekommen«, sagte einer der Männer. »Er betrifft den Verräter.«

Andiolini richtete sich zu voller Körpergröße auf und schnüffelte, als läge plötzlich ein übler Geruch in der Luft. »Was sagten Sie, Carlo?«, fragte er dann zu ruhig.

»Die Amerikaner haben ihn von London bis Wien verfolgt. Aber sie wissen nicht, wo er sich jetzt aufhält.«

»Wenn er die Absicht hat, Tallent hier zu treffen ...« Der Richter ließ den Satz unvollendet.

Der Verräter. Diese Worte vor dem alten Mann zu äußern, der nun verärgert hustete, war schwer. Carlo sah aus, als müsse er sich übergeben vor Angst. »Wir werden weitere Quellen auftun, Eminenza. Sollte er venezianischen Boden betreten ...«

»Wird er in Flammen aufgehen«, sagte der alte Mann, der seinen Zorn nicht mehr verhehlen konnte. Der Richter, den man so nannte, weil er in der venezianischen Justiz über dreißig Jahre als Strafrichter tätig gewesen war, bevor er im Winter vor zwei Jahren nach dem Tod seiner frommen Frau Filomena in den Ruhestand trat, betrachtete seine Fingernägel und kam zu dem Schluss, dass sie geschnitten werden mussten. »Und die *Questura*?«, fragte er.

»Blind und taub«, antwortete Carlo. »Aber nicht mehr lange. Die haben jetzt zu viele junge Clint Eastwoods in ihren Reihen. Vor allem diesen einen Ermittler, Carreggio.«

»Dossier«, sagte der Richter, und Silvia erhob sich hastig. Als sie Andiolini die Akte reichte, hielt er ihre Hand einen Augenblick länger fest als nötig und freute sich insgeheim, als sie errötete. Er schlug die braune Papiermappe auf und betrachtete Fotos von Victor: mit Meyer auf der Straße, im Waschsalon neben Ollie's Noodles, mit Sally beim Sex in seinem Schlafzimmer. Victor Tallents betrügerische Geliebte blickte direkt in die kleine Kamera, die sie über dem Bett angebracht hatte, während sie gewissenhaft ihre Arbeit ausführte. Ein Jammer, dass man sie ausschalten musste, dachte der Richter, der das Foto äußerst erfreulich fand.

»Ist die Freundin erledigt?«

»Gestern in einem Schlachthaus in New Jersey beseitigt«, antwortete Silvia.

»Zwischen den Schichten«, ergänzte der andere der beiden Handlanger, der sich auch hervortun wollte.

Der Richter betrachtete die Tapete, auf der kleine *trireme*-Schiffe die Segel hissten, um zu fernen Ufern aufzubrechen, und fragte sich, wie lange es wohl noch möglich sein würde, diese Geschäfte zu betreiben. So viele neue Mitwirkende, so viele zusätzliche Faktoren, die in Betracht gezogen werden mussten. Schon jetzt waren ihm einige seiner Sparten von skrupellosen Konkurrenten entwendet worden: Die Armenier hatten bereits vor Jahren seine Leute aus dem Sklavenhandel auf dem Balkan verdrängt, und die Afghanen hatten einige seiner venezianischen Agenten ermordet, die den Haschischschmuggel am Khyber-Pass nicht aufgeben wollten. Deren Knochen hatte man nie gefunden, aber eine Gruppe von Dorfbewohnern aus Pashto war so zuvorkommend gewesen, ihre Köpfe dort vor einem Polizeirevier zu deponieren.

Der Richter leckte sich einige angetrocknete Schokoladentröpfchen von den Lippen. Es entging ihm nicht, dass Silvia den Blick abwandte. »Wir überlassen Tallent vorerst unseren amerikanischen Freunden. Sie müssen etwas beweisen. Und sie machen solchen Radau dabei. Enorm theatralisch.«

»Aber, Euer Ehren …«, setzte einer der Handlanger zu einem Einwand an, verstummte jedoch sofort, als er den Blick des alten Mannes bemerkte. Andiolini schaute ihn so ausdruckslos an, als sei er bereits tot. »Ver… Verzeihung, Eminenza«, stammelte der Mann.

»Täglicher Bericht in diesem Raum, vor Sonnenaufgang«, tat der Richter kund und wedelte mit der Hand, als verscheuche er Fliegen. Die Tür ging auf, und Gianlucca trat mit unbewegter Miene in Erscheinung und kündigte somit das Ende der Unterredung an. Die drei Besucher entfernten sich unter Verbeugungen. Gianlucca schüttelte die Kissen auf und erwartete weitere Anweisungen.

»Kann ich noch etwas für Sie tun, Eminenza?«

Der Richter sog an seinen Zähnen und versuchte sich von der zwanghaften Fantasie zu lösen, was er mit dem Verräter anstellen würde, sollte er seiner habhaft werden. Als es ihm gelungen war, sich zu beruhigen, stellte er fest, dass er nun stattdessen das Verlangen verspürte, die junge Silvia über seinen Schreibtisch zu beugen und genüsslich zu verwüsten. Doch dazu blieb ihm auch später noch Zeit. Seine Stimmung besserte sich.

»Bring mir das Telefon«, trug er Gianlucca auf. »Wir wollen das Mäuschen ein bisschen hetzen.«

19

Das Staatsarchiv, ein Koloss von einem Gebäude, in dem sämtliche bösen und die wenigen guten Taten der venezianischen Bürger in den vergangenen siebenhundert Jahren festgehalten waren, war von einer gigantischen Plastikplane verhüllt, als Victor schließlich davor stand. Hoch oben auf einem nicht sehr solide wirkenden Gerüst reinigten Arbeiter die Wände mit Wasserstrahlern. Victor betrat das Gebäude durch einen feinen Sprühnebel.

»Signor Mimmo suchen Sie?« Die junge Empfangsdame mit den rehbraunen Augen betrachtete eingehend Victors UNESCO-Ausweis und bat ihn dann höflich, aber bestimmt, einen Augenblick zu warten. Hier im Inneren des Gebäudes waren Arbeiter damit beschäftigt, die hohe Kuppel zu schrubben.

Ein älterer Herr in einem blauen Anzug, der so teuer aussah, dass Victor sich unwillkürlich fragte, wie man sich so etwas als Staatsbeamter leisten konnte, näherte sich und streckte Victor die Hand hin. »Viglio, Leiter des Staatsarchivs. Sie möchten Mr Mimmo sprechen? Worum geht es denn, Mr …«, der Mann warf einen Blick auf Victors Karte. »… Tallent?«

Victor versuchte einen entspannten Eindruck zu machen. Viglio blickte ihn unverwandt an, während Victor erklärte, er und Mimmo hätten sich seit Jahren nicht gesehen, und nun wolle er seinen Freund zum Mittagessen einladen.

»Ich verstehe«, äußerte Viglio mit ausdrucksloser Miene. »Wie freundlich von Ihnen. Und so eine weite Reise haben Sie hinter sich. Sie kennen sich schon lange, vermute ich?« Die junge Frau am Empfang raunte etwas in ihr Telefon. Die Arbeiter auf dem Gerüst hörten mit dem Schrubben auf und beobachteten die Szene, die sich dort unten abspielte. Denn nach wie vor verströmten solche armen Kreaturen, die in die Fänge der Staatsmacht gerieten, einen Gestank, der alle möglichen Aasgeier auf den Plan rief. Und wie früher schon machte es besonders viel Spaß, solche Szenen zu beobachten, wenn man selbst nicht betroffen war.

Victor lächelte und tat, als könne er sich nicht präzise erinnern. »Ich weiß nicht mehr ganz genau, zwei, vielleicht drei Jahre? Wenn es natürlich zu viele Umstände macht, dann …«

»Nein, nein, kein Problem.«

Seiner Aussage zum Trotz runzelte Viglio die Stirn, als versuche er sich über etwas klar zu werden. Dann berührte er Victor leicht am Arm und wies mit dem Kopf auf einen finsteren Korridor. Als Victor dem elegant gekleideten Archivar ins Ungewisse folgte, beendete die junge Frau am Empfang ihr Telefongespräch so unauffällig wie möglich.

»Ihr Hotel, ist es zufriedenstellend?«, erkundigte sich der Archivar in besorgtem Tonfall.

»Hervorragend«, antwortete Victor, bemüht, nicht über Bücherstapel zu stolpern, die im Korridor lagen, weil offenbar Regale umgeräumt wurden. Es kam ihm vor, als befinde er sich in einer Bibliothek, die von der Außenwelt längst vergessen worden war. Dann verstummte das Klacken von Viglios handgefertigten Schuhen auf dem Marmorboden. Der Leiter des Archivs war vor einer schlichten Holztür stehen geblieben, auf der die Zahl »33« eingeritzt war. Viglio schien auf etwas zu horchen. Dann drehte er sich zu Victor um. Dass der junge Mann nicht gerade entspannt aussah, schien dem Archivar zu gefallen. Er förderte einen altmodischen Messingschlüssel zutage, reichte ihn Victor und trat mit ausladender Handbewegung beiseite.

»*Camera* 33, das Büro Ihres Freundes Signor Mimmo«, sagte er und berührte leicht die Tür. »Bitte. Treten Sie doch ein. Mal sehen, ob er heute hier ist.« Benommen steckte Victor den Schlüssel ins Schloss und drehte ihn um. Er quietschte, doch das Schloss bewegte sich, und die Tür ging auf.

Alles in dem fensterlosen Raum war mit einer dicken

Staubschicht bedeckt. Staubknäuel wehten über den Boden, als die beiden Männer hereinkamen. Die Schreibtischlampe war umgefallen, Bücherregale und Aktenschränke waren mit Spinnweben überzogen. Neben der Tür lag ein zersplitterter Stuhl. Die Akten hinter dem Schreibtisch standen ordentlich in Reih und Glied, aber die Indexkarten waren so verstaubt, dass man die Schrift nicht mehr erkennen konnte. Dieser Raum war zweifellos seit Jahren nicht mehr betreten worden. Der Archivar rückte seine Krawatte zurecht und beobachtete Victors Reaktion.

»Wie lange ist …?«, fragte Victor.

»Seit zwei oder drei Jahren sind Sie befreundet, ja?« Viglio trat mit finsterer Miene näher an Victor heran. »Ein Mittagessen mit einem *Freund*, ja? Mit dem Sie seit einiger Zeit *E-Mails* austauschen, nicht wahr?« Er imitierte jetzt höhnisch einen Amerikaner im Ausland. »Ich komme nach Venedig, alter Freund, und ich möchte dich zum Essen einladen. Passt Dienstag bei dir? Nein? Wie wär's dann mit Freitag?« Victor wich leicht zurück und stieß dabei an die Schreibtischlampe, die krachend zu Boden fiel.

Der Lärm schien Viglios Zorn vertrieben zu haben. Er lehnte sich an die Wand und starrte Victor an. Seine Stimme klang zittrig, als er weitersprach. »Er war ein guter Freund von mir, hat achtzehn Jahre lang hier gearbeitet. War nie krank, ist nie zu spät gekommen. Seit vielen Jahren Witwer. Dann, eines Morgens, läuft Salvatore hastig an mir vorbei. Sagt nicht guten Morgen, wie sonst. Stürzt in sein Büro, schließt die Tür von innen ab. Ich höre, wie er einen Stuhl unter die Klinke klemmt, damit niemand reinkommen kann.« Victor warf einen Blick auf den demolierten Stuhl. »Ich klopfe. ›Salvatore, was machst du?‹ Keine Antwort. Ich warte eine Weile. Dann hole ich den Generalschlüssel, schließe auf.« Viglio blickte sich um, und Victor wurde bewusst, dass der Mann Angst hatte. »Er ist weg. War höchstens eine Viertelstunde alleine hier. Keine Fenster. Keine anderen Türen. Er war weg. Keine Geräusche. Und niemand hat je wieder von ihm gehört. Seit diesem Tag habe ich darauf gewartet, dass jemand kommt und nach ihm fragt. Um mir zu erklären, was ich da erlebt habe. Können Sie das, guter Freund?«

Victor kam sich in seiner Haut vor wie in einer Zwangsjacke. Nacht und Nebel, hörte er Meyer sagen und sah sein Achselzucken. *Niemand zu Hause. Nie mehr gesehen.* »Nein, das kann ich nicht«, antwortete Victor unumwunden.

Viglio trat in den Flur hinaus und blickte in die Richtung, aus der sie gekommen waren. Er nickte jemandem zu, sichtlich erleichtert, und sah dann wieder Victor an, der sich nun wie ein Gefangener vorkam. Dann trat Viglio beiseite, und zwei uniformierte Ermittler von der *Questura* kamen herein, ein Mann und eine Frau. Der Mann hatte eine Maschinenpistole quer über der Brust. Die Frau trug Tarnkleidung und Springerstiefel, schien für einen Kampfeinsatz gerüstet zu sein. Der Archivleiter breitete die Hände aus und zuckte die Achseln, als wolle er bedeuten, dass alle Lügner irgendwann so enden.

»Dann nehmen Sie es mir doch nicht übel, wenn ich Ihnen nicht ganz Glauben schenke, Dottore?«

20

Die junge Frau in Tarnkleidung lehnte sich an einen Brunnen vor dem Staatsarchiv und blickte den Amerikaner an, als würde seine Schuld unweigerlich zutage treten, wenn sie nur geduldig wartete. Sie hatte sich als Wachtmeisterin Carolina Piaggio von der *Questura* ausgewiesen. Victor fiel auf, dass sie vollkommen gelassen wirkte und immer wieder blinzelte, weil der scharfe Wind ihr das Wasser in die schokoladenbraunen Augen trieb. Auf ihrer Hüfte trug sie ein Holster mit einer schweren Pistole. Sie inspizierte seinen Ausweis und seine Brieftasche und seufzte. Ihr jüngerer Kollege, der rote Haare und einen schmalen Schnurrbart hatte, stand im Hintergrund vor dem Polizeiboot und gab sich alle Mühe, bedrohlich auszusehen. Die Arbeiter auf dem Gerüst rührten keinen Finger mehr, sondern beobachteten das Spektakel unter ihnen.

»Sie kennen Signor Mimmo doch nicht so gut, nein?«, sagte die Polizistin schließlich, als ihr Gegenüber offenbar nicht zu einem Geständnis bereit war. »Woher wissen Sie von ihm?«

Victor, dem seine Lage extrem peinlich war, antwortete, dass sein alter Freund Meyer Krukenberg eigentlich mit Mimmo befreundet war und er ihm nur schöne Grüße ausrichten sollte.

Die Polizistin grinste, wobei reizend schiefe Zähne zum Vorschein kamen. »Grüße«, wiederholte sie ungläubig. »Eine weite Reise für Grüße.« Nachdem weitere Minuten verstrichen waren und sie sich eingestehen musste, dass kein Verbrechen begangen worden war und dieser unbeholfene Tourist offenbar nichts dazu beitragen konnte, das

Verschwinden von Signor Mimmo zu erklären, notierte sich die Polizistin Victors Ausweisnummer und ließ ihn seiner Wege gehen. Der Leiter des Staatsarchivs, der die Szene von der Treppe aus beobachtet hatte, drehte sich erbost um und kehrte ins Haus zurück. Die Wasserstrahler wurden wieder in Betrieb genommen, und Victor bekam eine Ladung schmutziges Sprühwasser ab, als er sich auf den Weg zurück ins Hotel machte. Die Situation war wirklich peinlich gewesen. Womöglich war Mimmo ein kompletter Wirrkopf gewesen.

Aber im Grunde glaubte er das nicht, oder?

Victor zog Sarahs Ausweiskarte vom Sportstudio aus seiner Anzugtasche. Die junge Frau sah vertrauensvoll und intelligent aus, und er konnte sich gut vorstellen, was Meyer an ihr beeindruckt hatte. Du bist nicht mit irgendeinem Typen nach Costa Rica abgehauen, dachte er. Und er wusste ebenso gut, dass Mimmo nicht klammheimlich sein Büro verlassen hatte. Entweder hatte der Archivar einen raffinierten Zaubertrick angewandt, oder jemand hatte ihn beseitigt. Victor sah vor seinem geistigen Auge, wie sich der verängstigte Mann, von Schatten verfolgt, in seinem Büro verbarrikadierte. Oder vielleicht hatte er keinen Fluchtplan gehabt, sondern war nur in Panik geraten? Waren sie durch ein Oberlicht eingedrungen? Aber er hatte keines gesehen, ebenso wenig wie eine Falltür. War er vielleicht noch rechtzeitig entkommen? Er wusste noch, wie starr Meyers Gesicht gewirkt hatte, als Victor sich über seine Ängste lustig machte.

Ein Juweliergeschäft lenkte ihn von seinen Gedanken ab – ein kleiner dunkler Laden. Auf dem handgeschnitzten Schild über der Tür stand CARLA BALBI – Juwelierin. Ein grünes Funkeln war Victor ins Auge gestochen, als sich ein Sonnenstrahl in einem Objekt im Inneren des Ladens brach. Victor steuerte darauf zu. Es war Mittagszeit, die Tür verschlossen. Er spähte durchs Fenster und nahm wieder aus einer Vitrine ein geheimnisvolles Funkeln wahr, aber er konnte nicht erkennen, worum es sich handelte. Dann erlosch es. Victor wartete ein paar Minuten, doch es stellte sich nicht wieder ein. Victor fühlte sich einsam und verloren. Ein plötzlicher Regenschauer fegte die Straßen leer, und Victor flüchtete ins nächstbeste Geschäft.

Ein Buchladen mit Café. Als er eintrat, erschien ihm der Raum sonderbar still.

Er setzte sich in eine Nische im hinteren Teil, wo der Blick nach draußen durch zwei Postkartenständer versperrt war, und bestellte sich ein rotes Getränk, das so bitter wie Campari schmeckte. An der Kasse drängten sich ein paar Studenten, die er aber nicht als potentielle Verfolger einschätzte, so wie die beiden Typen aus dem Central Park. Dennoch konnte er sich nicht entspannen. Er war wie Meyer dazu übergegangen, ständig wachsam zu sein.

Victor studierte noch einmal Mimmos Unterlagen. Er hatte sich den *Messaggero Veneto* gekauft, um im Schutz der Zeitung unauffällig lesen zu können. Er strich über die vergilbten Blätter, spürte die Stellen, wo die Tinte angetrocknet war. Es könnte sich eigentlich auch um Fälschungen handeln, dachte er, doch der Gedanke an Sarah und Meyer belehrte ihn eines Besseren. Kein Zufall.

Morde ohne Mörder. Grausame Todesarten. Und wofür? Das ging aus den Unterlagen nicht hervor. Victor begann noch einmal von vorne mit der Lektüre. Zwei langhaarige Studentinnen in engen Jeans beobachteten ihn und raunten sich etwas zu. Als er aufblickte, kicherten sie und gingen hinaus. Victor starrte auf das Blatt, das er in der Zeitung glatt gestrichen hatte. Und stolperte wieder über dasselbe Wort, ganz unten auf der Seite.

Stankovic.

Victor suchte nach einem zugeordneten Datum oder der Todesart, konnte aber nichts entdecken. Bei diesem Namen fehlten sämtliche Angaben, die bei den anderen aufgelistet waren. Vielleicht war der Schreiber in Eile gewesen? Ja, am Ende des Namens war die Tinte verwischt, als habe der Schreiber hastig abbrechen müssen.

Victor schaute sich unauffällig im Laden um. Im Moment hielt sich nur die Kassiererin hier auf, und die blätterte in einer Zeitschrift. Victor ging das Risiko ein, die Seite einen Moment vor die Wandleuchte zu halten. Und da, am Rand, fiel ihm etwas auf. Hier war die Farbe des Blattes verändert.

Ein Fingerabdruck. Umgeben von einem fettigen Rand. Speiseöl? Victor hielt die Seite noch näher ans Licht. Er hörte die Ladenglocke klingeln, achtete aber nicht weiter darauf. Nein, Speiseöl schied aus, dann hätte das Papier durchsichtig sein müssen. Er roch daran und nahm einen leichten Lavendelduft wahr.

Handcreme.

Eine Frau hatte diese Liste von Todesurteilen zuletzt in der Hand gehalten.

»Darf es noch etwas sein, Signore?«

Victor ließ das Dokument rasch wieder in der Zeitung verschwinden und blickte zu der pickligen Kassiererin auf, die ihn abwartend ansah.

»Nein – nein, danke.«

»Das macht dann vier Euro fünfzig Cent, bitte.«

Victor sah ihr nach, bis sie an ihre Kasse zurückgekehrt war. Dann legte er Geld auf den Tisch, verstaute die Papiere wieder im Umschlag und trat hinaus auf die Straße.

Beim Gehen sagte er mehrmals »Stankovic« vor sich hin, als könne er durch die Wiederholung ergründen, was es mit diesem Namen auf sich hatte.

Als er die Hotellobby betrat, kam Anselmo sofort hinter dem Empfangstresen hervorgeschossen, aufgeregt mit einem Blatt Papier wedelnd. »Eine Nachricht für Sie«, verkündete der Portier, als er Victor das Blatt in die Hand drückte. »Von einer Dame. Sie hat versucht, Sie auf dem Zimmer anzurufen, aber Sie waren nicht da.« Aus Anselmos leicht anzüglichem Blick schloss Victor, dass es sich um eine attraktive Dame gehandelt hatte. Er las die Nachricht.

Lieber Mr Tallent,
mein Name ist Arabella Udinese. Ich wurde Ihnen für die Dauer der Konferenz vom Institut für Kulturaustausch als Dolmetscherin und Assistentin zugeteilt. Leider habe ich Sie bislang nicht angetroffen. Ich bitte um Rückruf, damit wir uns vor der Podiumsdiskussion abstimmen können.
Herzlichen Gruß, A.U.

An dem Brief war eine Visitenkarte befestigt. Eine *Dolmetscherin*? Entweder hatte Meyer das für ihn organisiert oder die UNESCO-Leute, die für einen reibungslosen Ablauf sorgen wollten. Victor steckte die Nachricht ein und dachte nach. Natürlich konnte auch dieser Typ vom Wassertaxi, Wilbur, dahinterstecken. Dann beschloss er, sich nicht verrückt zu machen, und fragte Anselmo nach einem guten Restaurant. Der Portier lächelte und gab ihm eine Wegbeschreibung mit. Victor trat hinaus in den leichten Sprühregen.

Kaum war er ein paar Schritte gegangen, wurde der Regen wieder stärker. Victor folgte der Karte, die Anselmo ihm auf eine Serviette gezeichnet hatte, und ging eine überdachte Treppe hinunter, die zum Kanal führte. Im grünen Wasser sah er einen offenbar vor langer Zeit versunkenen Eingang, vor dem eine Laterne sachte in der Strömung schwankte. Vögel flogen von den Dächern auf, und ein paar dunkle Laken, die sich von einer Wäscheleine losgerissen hatten, flatterten im Wind zwischen den Schornsteinen umher wie Gespenster. Der kalte Winterregen prasselte unerbittlich nieder auf die Stadt, die im Laufe der Jahrhunderte immer weiter im Wasser versank.

Victor betrat einen Platz, an dem sich eine kleine Kirche mit einer Madonnenstatue befand, die schon bessere Zeiten gesehen hatte, und eine Bude, an der rot flackerndes Neonlicht für eine Nummer warb, unter der es die ersten dreißig Sekunden lang Sex per Handy umsonst gab. Ein Geschäftsmann warf ihm ein öliges Lächeln zu, klappte seinen Regenschirm zusammen und eilte davon. Der Schauer hatte nachgelassen. Victor hätte sich gerne einen Moment hingesetzt, doch die Bänke waren alle nass. Er überquerte den Platz und versuchte sich zu orientieren, als ihm etwas ins Auge stach.

Ein Granitquader, der dicht an einer Hauswand stand und deshalb fast trocken geblieben war. Victor ließ sich darauf nieder und fragte sich, ob er vielleicht zu einem Museum gehörte. Er war mit Plakaten beklebt, die sich zum Teil durch den Regen ablösten. Victor zog an einem der Plakate und wurde plötzlich von einem riesigen Auge angestarrt, das in den Stein gemeißelt war.

Neugierig geworden, entfernte er den Rest des aufgeweichten Papiers und erblickte ein Ungeheuer.

Einen Löwen mit einem gewaltigen dunklen Schlund. Victor fragte sich, ob man dort wohl Opfergaben hineingeworfen hatte. Hinter dem massigen Kopf der Bestie ragten Flügel auf. In großen Lettern stand auf dem sonderbaren Objekt:

DENONTIE S

Der Rest der Inschrift war unter Plakatresten verborgen, die Victor auch noch abzog und nun lesen konnte:

DENONTIE SECRETE

Mit seinem spärlichen Latein, das er während des Studiums der Botanik zum Verständnis von Pflanzennamen gelernt hatte, konnte Victor sich den Sinn der Inschrift einigermaßen erklären. Er kniete sich vor den Löwen und stellte sich vor, wie sich das wohl vor vielen Jahrhunderten angefühlt hatte. Dieser Steinquader war kein Kunstgegenstand aus einem Museum, sondern hatte als toter Briefkasten gedient, zu einem Zweck, der auf diesem Stein verewigt worden war.

Hier waren Geheimnisse verraten, Menschen denunziert worden.

Ein neuerlicher Schauer prasselte hernieder, und Victor rannte blindlings in eine schmale Gasse, um den Böen zu entgehen. Als er vor sich Schritte hörte, sagte er sich, dass er schon irgendwo eine Trattoria finden würde. Er bog um eine Ecke, sah jedoch keine Menschenseele, nur ein Moped, das an einen Laternenpfosten gekettet war.

Er hastete weiter und merkte, wie sich das nervöse Gefühl in seinem Nacken wieder einstellte. Victor drehte sich nicht um, sondern ging schneller. Wenigstens wurde ihm dabei wärmer. Der düstere Winternachmittag ging nun in die Nacht über, und das letzte Licht des Tages verschwand.

21

Kurz darauf hatte er sich vollständig verirrt. Die Gassen schienen alle gleich auszusehen. Und die Zeichnung auf der Serviette war verwischt, nicht mehr zu erkennen.

Victor ging weiter und sagte sich, dass er irgendwo auf einen Wegweiser stoßen würde. Musste in dieser Richtung nicht eine Brücke zu finden sein? Doch er sah lediglich verschwommene Gesichter hinter beschlagenen Ladenfenstern, wo Passanten das Ende des Regens abwarteten. Eine alte Frau huschte vorbei, das Gesicht von einem Tuch verhüllt, als eile sie zu ihrer eigenen Beerdigung. Dann nahm Victor auf einem Hausdach eine Bewegung wahr. Etwas Schwarzes war dort oben. Noch ein Laken? Doch der Schatten schien sich von einem Dach zum nächsten zu bewegen, ihm zu folgen. Und es handelte sich um eine menschliche Gestalt.

»Hallo?«, rief Victor. Seine Stimme klang erstickt durch das Rauschen des Regens.

Die Gestalt musste ihn aber gehört haben, denn sie erstarrte. »Hallo?«, rief Victor noch einmal. Die Gestalt zögerte, blickte nach unten und schien mit etwas zu ringen, das sie in Händen hielt. Ein Schornsteinfeger?, fragte sich Victor. Jemand, der seine Fernsehantenne überprüfte? Unwahrscheinlich bei diesem Wetter. Strahler, die eine Kirche beleuchteten, umgaben die Gestalt mit einer Art Heiligenschein. Nun schien sie eine Entscheidung zu treffen. Victor spürte seine eiskalten Füße in den nassen Schuhen, als er beobachtete, wie das Wesen aufs nächste Dach sprang. Er horchte auf die Schritte, konnte aber nichts hören.

Er war nun sicher, dass die Figur dort oben ihn verfolgte.

»Alles in Ordnung?«, rief Victor heiser. »Kann ich …« Angestrengt versuchte er das Gesicht der Gestalt zu erkennen. Eine Horde Jugendlicher auf Mopeds röhrte mit flatternden Mantelschößen vorbei. Einer fuhr langsamer, um zu sehen, was Victor beobachtete, und rammte dabei beinahe eine Mülltonne. Im letzten Moment fing er sich, schüttelte den Kopf und raste weiter.

Die Gestalt auf dem Dach winkte plötzlich fröhlich und verschwand hinter einem Schornstein.

Victor stand einen Moment reglos da und versuchte sich von dem Schrecken zu erholen, der ihm in die Glieder gefahren war, als er das Wesen dort oben wahrgenommen hatte. Es hatte sich über ihn lustig gemacht, oder? Und was hatte es in Händen gehalten? Eine Waffe? Victor beobachtete die Dächer, doch nun sah er tatsächlich nur noch Satellitenschüsseln und Schornsteine. Er zuckte die Achseln und eilte weiter. »Kaminfeger«, murmelte er vor sich hin, obwohl er das selbst nicht recht glauben mochte. Nun erkannte er die gezackten Umrisse der Accademia-Brücke und überquerte sie, um in den Stadtteil Dorsoduro zu gelangen.

Als er die andere Seite erreichte, blickte er zurück auf das Zentrum Venedigs, das ihm zuvor so einladend erschienen war und nun eher düster und bedrohlich wirkte vor dem beinahe schwarzen Abendhimmel. Er hastete durch die dunklen Gassen ohne Straßenschilder, wich ein paar abgemagerten Straßenkötern aus. Wieder begegnete er niemandem, den er nach dem Weg hätte fragen können. Aber er sah auch keine Schattengestalten mehr und sagte sich, dass die Figur auf dem Dach vielleicht doch Einbildung gewesen war. Mimmos oder Meyers Geist vielleicht, dachte er, um sich von der Tatsache abzulenken, dass er offenbar im Kreis ging.

Dann sah er ein Licht.

Eine schwankende Laterne vor einem Restaurant, das leer wirkte, und es schien das Lokal zu sein, das Anselmo ihm genannt hatte. Die Hunde waren ihm gefolgt und schlichen nun zum Hintereingang, wo sie vermutlich auf Küchenabfälle hofften. Victor musste sich ducken, als er durch die niedrige Tür trat.

Vier Stockwerke höher, zwischen einem Schornstein und einer abgeknickten Piratenantenne, lauerte jemand so geduldig wie eine Spinne.

22

Die Kellner im Restaurant befanden sich in einem Zeremoniell von größter Wichtigkeit.

Eine Gruppe junger Männer mit Schürzen drängte sich um einen kleinen Schwarzweißfernseher, um keine Sekunde des Spiels vom AC Mailand gegen Juventus Turin zu versäumen, das sich dem dramatischen Höhepunkt näherte. Einer der Männer drehte sich um und fixierte Victor.

»Signor Tallent?«

»Ja. Vielen Dank, dass Sie noch geöffnet haben.« Victor wurde bewusst, dass Anselmo wohl hier angerufen hatte, und fragte sich, was der Portier für diese Geste erwarten mochte.

Der Kellner runzelte die Stirn und nickte, als sei das nicht der Rede wert. Er führte Victor in den leeren Speiseraum.

Die weißen Damasttischdecken wirkten blendend weiß im Licht der Kronleuchter. Victor setzte sich ans Fenster, durch das man auf einen Sommergarten blickte, der auf wärmere Tage zu warten schien. Der Kellner nahm seine Bestellung auf, wobei er auf die Spielergebnisse horchte, und spurtete davon. Kurz darauf brachte er Victors Mahlzeit und hastete zum Fernseher zurück. Victor widmete sich seinem Fisch, der köstlich schmeckte. Er war mit einer schlichten Buttersoße angerichtet, verfeinert mit einem Spritzer Zitrone und Petersilie und …

»Und, keine Portion von Ihrem eigenen Wunderreis dazu?«

Die Stimme klang so trocken wie gesprungenes Holz, der Akzent stammte irgendwo aus dem amerikanischen Hinterland, und als Victor sich umdrehte, erwartete er beinahe, Wilburs spöttisches Grinsen zu erblicken.

Doch stattdessen sah er einen weitaus älteren Mann mit sonnverbrannter ledriger Haut und blauen Augen. An den Füßen trug er Cowboystiefel aus Wildleder, denen der Regen sichtlich nicht gut bekommen war.

»Burt Moresby«, stellte sich der Mann vor und ließ sich ohne Aufforderung an Victors Tisch nieder. »Ich wollte mal mit Ihnen reden, weil ich nicht bis zu Ihrem Vortrag am Freitag bleiben kann, so gern ich's täte.« Victor nickte und versuchte sich zu erinnern, wo er den Namen schon einmal gehört hatte. Dann fiel es ihm wieder ein: Meyer hatte einmal beiläufig erwähnt, dass dieser Mann in den sechziger Jahren einige geniale Erfindungen gemacht hatte und dann urplötzlich spurlos verschwunden war. Niemand schien zu wissen, wo er sich aufhielt. Einziges Lebenszeichen waren gelegentliche Zeitungsartikel, die er schickte, um seiner Wut über den Zustand der Welt Ausdruck zu geben. Manche behaupteten, er sei längst tot, andere sagten, er sei komplett verrückt. Doch alle waren sich einig, dass er ein unschätzbares Vermögen besaß. Burton Moresby, einstiges Junggenie. In Nacht und Nebel verschwunden.

Und nun wieder aufgetaucht.

»Ich sehe, wie Sie gerade überlegen: ›Wer zum Geier ist der Typ?‹«, bemerkte Moresby jetzt und goss sich ein Glas aus Victors Weißweinkaraffe ein. »Gut so. Ich möchte nämlich, dass Sie mit mir über Ihre Idee plaudern, wenn Sie wieder nach Hause kommen. An einem etwas privateren Ort.«

Victor sah sich um, entdeckte aber keine unerwünschten Zuhörer. Er stellte fest, dass Moresby auch genau wusste, wo sich der Ausgang befand, weil er ihn ständig im Blick behielt. Die beiden lächelten, als sie diese Gemeinsamkeit bemerkten. Victor schenkte Moresby Wein nach. Im Fernseher erzielte ein Spieler ein Tor, und die Kellner johlten. Moresby beugte sich vor, aufgeregt wie ein Kind, das es nicht erwarten kann, seine Geschenke auszupacken.

»Und, wie sieht sie nun aus, Ihre Idee? Ist sie praktikabel? In großem Stil?«

»Wie haben Sie mich gefunden?«

Moresby zuckte die Achseln. »Im Doktorandenbuch stand Ihre Adresse. Die Hälfte der Studenten kannte den alten Spinner aus Harlem, bei dem Sie seit Monaten rumhingen. Aber zurück zu Ihrer Theorie …«

»Genau das ist es bislang: eine Theorie«, erwiderte Victor und fragte sich, worauf dieses Gespräch hinauslaufen würde.

»Aber wenn sie wirklich anwendbar wäre?«, fragte Moresby mit großen Augen. »Dann könnte man den Hunger in der Dritten Welt aus …«

»Es ist zu früh, um davon auszugehen«, unterbrach ihn Victor, der sich unter Druck gesetzt fühlte.

Moresby leerte das zweite Glas Wein, als tränke er Wasser. »Der alte Meyer hat Sie für den Vortrag angemeldet, Jungchen«, sagte er. »Das genügt mir. Und selbst dieser Kauz wusste, dass Sie damit ein Publikum finden würden. Ich wollte nur schneller sein.«

Victor runzelte die Stirn und zögerte, aber Moresby fügte hinzu: »Keine Sorge, ich will Ihnen nicht die Idee klauen, sondern …«

»Ich will sie umsonst weitergeben, hat Meyer Ihnen das auch gesagt?«, fragte Victor und versuchte die Miene des Mannes zu deuten. »Das ganze Projekt, das Reisgenom, die DNA-Sequenzen der Neuzüchtung, die Anwendung.«

Moresby nickte nur, faltete seine Serviette zu einem Dreieck und stellte sie auf sein leeres Weinglas. »Das weiß ich«, sagte er. »Deshalb finde ich Sie ja interessant. Ich bin nicht so abgetaucht, wie ihr jungen akademischen Genies glauben mögt. Sondern bin im Gegenteil grade dabei, ein paar neue Projekte auf die Beine zu stellen.« Er förderte eine Visitenkarte aus seinem Mantel zutage, auf der nur eine E-Mail-Adresse vermerkt war, und reichte sie Victor. Dann erhob er sich und legte Victor die Hand auf die Schulter.

»Tut mir leid wegen Meyer. Wenn Sie mich noch mal treffen wollen, solange ich noch hier bin, sagen Sie dem Portier im Danieli Bescheid. Er weiß, wo er mich findet.« Victor grinste. »Sie kennen ihn offenbar schon«, sagte Moresby und knöpfte seinen Mantel zu. »Ich reise heute Abend ab.« Dann verschwand das Lächeln von seinem Gesicht, und er sah wachsam aus, als habe sich ein Wolf in die Küche geschlichen und lauere nun irgendwo. »Warten Sie nicht zu lange damit, Ihr Wissen zu teilen, das wäre mein Rat«, sagte er und blickte durchs Fenster nach draußen. »Und bleiben Sie nicht zu lange hier.«

Bevor Victor fragen konnte, was er damit meinte, war Moresby verschwunden. Victor wollte gerade aufstehen und ihm nachgehen, als er mit jemandem zusammenstieß, der seinerseits über einen Stuhl am Tisch stolperte und zu Boden stürzte. Victor blickte verblüfft ins Gesicht der jungen Frau, die ihm an diesem Morgen am Wassertaxi aufgefallen war. Jetzt sah sie ausgesprochen ärgerlich aus, schlug nach seiner Hand, als er ihr aufhelfen wollte, und ließ sich dann so würdevoll wie möglich auf dem Stuhl nieder, den sie zuvor umgeworfen hatte. Die Kellner starrten wie gebannt herüber und vernachlässigten sogar ihr Fußballspiel. Und Victor konnte sie durchaus verstehen.

Die zierliche junge Frau an seinem Tisch sah umwerfend und zugleich außergewöhnlich aus. Ihr durchnässter brauner Mantel klebte an ihr wie eine zweite Haut, die kastanienbraunen Locken lagen nass auf ihren Schultern. Ihr blasses Gesicht war herzförmig, die Augen hinter einer schwarzen Sonnenbrille verborgen. Als sie sprach, stellte er fest, dass sie eine kultivierte Stimme hatte, die nach Eliteuni klang. Aber er hörte auch einen leichten Akzent aus einer mediterranen Region, in der eher selten Sylvia Plath gelesen wurde. Ihr Tonfall ließ jedenfalls unmissverständlich darauf schließen, dass sie ihn mitsamt seiner Ungeschicklichkeit gerne in der Lagune versenkt hätte.

»Elegante Umgangsformen, Meister. Kommt sicher gut an bei den Damen.«

»Tut mir wirklich leid. Ich hab Sie nicht …«

»… gesehen. Ist mir auch aufgefallen.« Aber Victor hörte, dass sie die Krallen einzog. Die Szene war ihr einfach unangenehm gewesen. Er wischte ihr ein paar Brotkrumen vom

Ärmel. Sie wehrte sich nicht dagegen und lächelte sogar auf eine reizend schiefe Art, die Victor an Sally erinnerte; wenn sie versuchte, sich das Lachen zu verkneifen, hafteten ihre Zähne immer an ihrer Oberlippe. Wie alt mochte diese Frau hier sein? Schwer zu schätzen.

»Eigentlich muss ich mich entschuldigen, Mr Tallent«, sagte die Frau nun und wrang nervös ihre Haare aus. »Weil ich Ihnen quasi nachspioniere, seit Sie hier sind. Aber der Direktor des Instituts für Kulturaustausch hat sich klar ausgedrückt. Ich muss Sie in knapp zwei Tagen vorbereiten. Und das reicht kaum, um die italienische Übersetzung Ihres Vortrags für die Presse zu erstellen.« Victor starrte sie an. »Können Sie mir folgen?«, fragte sie.

Er schüttelte wie benebelt den Kopf. Woher stammte dieser Akzent? Italien? Spanien?

Sie lächelte und zog ihren Mantel aus, den ein Kellner sofort in die Garderobe brachte. Darunter trug sie einen schlichten schwarzen Pullover und Hosen. Victor musste sich zwingen, den Blick von ihrem schlanken Hals und ihrem Busen abzuwenden, und hoffte, dass sie ihn nicht beim Anstarren ertappt hatte.

»Woher wissen Sie von mir?«, fragte er, auf das Schlimmste gefasst. »Arbeiten Sie mit Wilbur zusammen? Falls ja: Ich brauche keinen Fernsehsessel.«

Die Frau lächelte, griff spielerisch nach Moresbys Weinglas und strich über den Rand. Ihre Nägel waren kurz gehalten. »Der einzige Wilbur, den ich je kannte, war der Bobtail meines Vaters, und den konnte ich nicht ausstehen, weil er überall in meinem Zimmer lange weiße Haare verteilt hat. Der Portier vom Hotel schickt alle Gäste zum Essen hierher, weil der Koch ein Neffe von ihm ist, und ich dachte mir, Sie sind vielleicht hier, weil Sie nicht im Speisesaal waren. Ich habe auf Sie gewartet und auch bei Ihnen geklopft. Haben Sie mich nicht gehört?«

»Ich habe im Flugzeug gegessen und dann versucht, meinen Jetlag auszuschlafen.«

Die Frau zeigte auf seinen Hals. »Zischende S-Laute, die Sie kaschieren, indem Sie murmeln. Aber man muss sich deshalb nicht schämen. Ich hatte das früher auch. Kann man korrigieren durch richtiges Atmen. Und indem man die Zunge ein wenig zurückzieht beim Sprechen. Ich bin …«

»Arabella Udinese«, sagte Victor, dem inzwischen ein Licht aufgegangen war. »Und Sie wissen ja wohl schon, dass ich Victor Tallent bin. Ich habe Ihre Mitteilung bekommen.« Aber es kam ihm vor, als säße Meyer neben ihm und flehe ihn an, die richtige Frage zu stellen. Was er deshalb auch tat. »Ich würde dennoch gerne Ihren Ausweis sehen, Miss. Das wäre sehr freundlich.«

Arabella entnahm ihrer Brieftasche einen UNESCO-Ausweis und einen nicht mehr ganz taufrischen Übersetzerausweis vom *Istituto Veneto*. Beide Dokumente sahen echt aus, und der geflügelte Löwe im Hologramm war gewiss schwer zu fälschen. Als Victor die Papiere inspiziert hatte, nahm Arabella sie ihm wieder aus der Hand. Sie fand es sichtlich empörend, dass Victor ihr nicht glaubte. »Ich bin es nicht gewöhnt, dass meine Aussagen angezweifelt werden, Mr Tallent, und noch dazu von Personen, für die das Institut sich einsetzt«, sagte sie mühsam beherrscht. »Und ich habe mich bemüht, mein Bestes zu geben innerhalb der knappen Zeit seit Ihrem Eintreffen –«

Victor hob entschuldigend die Hände. »Der Freund von mir, der mich hierhergeschickt hat, ist gerade gestorben. Verzeihen Sie mir also bitte, dass ich Ihre offiziellen Vorträge ebenso angenehm finde wie das penetrante Verhalten dieses aufgeblasenen Typen vom *vaporetto*. Sie sind bestimmt eine gute Dolmetscherin. Aber ich habe nicht um Sie gebeten.«

Arabella presste die Lippen zusammen, um Fassung bemüht, und förderte aus ihrer Handtasche einen Stapel Papiere zutage. »Ich habe hier einige Schlüsselsätze auf Italienisch für die einheimischen Journalisten vorbereitet. Die werden nämlich die von der UNESCO übersetzte Version Ihres Vortrags nicht verstehen und deshalb alles durcheinanderbringen. Ferner liegt eine Liste der Namen von Journalisten bei, vor denen Sie sich hüten sollten, weil sie Akademikern wie Ihnen gegenüber feindselig gesonnen sind.« Ihre Stimme wurde unstet, und sie stand auf. »Tut mir leid, wenn ich –«

»Bitte setzen Sie sich«, sagte Victor, dem die Lage nun so peinlich war, dass er rot anlief. »Bitte. Wir hatten einen schlechten Einstieg –«

»Wir hatten gar keinen Einstieg. Viel Spaß in Venedig.«

»Das sagt mir hier jeder.«

Arabella drehte sich zu Victor um und musste gegen ihren Willen lächeln. »Sie meinen, Sie haben keinen Spaß?«

»Bitte trinken Sie ein Glas Wein mit mir. Dann wäre mir wohler zumute.«

Arabella setzte sich. Als er ihr Wein eingeschenkt hatte, griff sie mit beiden Händen nach dem Glas und trank einen Schluck. »Der ist nicht sonderlich gut.« Ihre Sonnenbrille hatte sie immer noch nicht abgesetzt, aber Victor wollte sich nicht dazu äußern. Was soll's, dachte er. Ein einheimisches Mädchen, superscharf, die kann sich die eine oder andere Eigenheit erlauben. »Dann sind Sie also jetzt meine Dolmetscherin und Weinkritikerin«, sagte er und freute sich über ihr Lächeln. »Und was denken Sie anhand Ihres reichen Erfahrungsschatzes mit New Yorker Rüpeln über mich?«

Sie zuckte die Achseln, als läge die Antwort auf der Hand. »Ihre Stimme wirkt jung, eine Spur Neuengland im Tonfall. Langgezogene As, die aber nicht arrogant wirken. Kommt wahrscheinlich aus der Schulzeit. Ihre Ds sind tendenziell eher Ts, was auf Brooklyn oder Long Island hinweist, aber es ist nicht extrem stark ausgeprägt. Und dann lachen Sie immer ein bisschen, bevor Sie eine Frage beantworten. Wird den Konferenzteilnehmern gefallen. Sehr entwaffnend.«

Victor lächelte beeindruckt.

Arabella griff wieder mit beiden Händen nach dem Weinglas, doch dann hielt sie inne. »Sie starren mich an«, sagte sie ruhig. »Warum?«

»Tue ich nicht.« Victor grinste verlegen. Verflixt, sie hatte ihn ertappt!

»Ihr Atem«, sagte sie. »Ist ganz flach geworden. Und Sie benutzen Ihr Besteck nicht, haben aber noch nicht aufgegessen. Sie schauen mich an. Das macht nichts. Ich wollte nur wissen, weshalb.« Beiläufig nahm sie ihre dunkle Brille ab und putzte sie mit einem Zipfel der Tischdecke. Jetzt sah Victor ihre Augen. Sie waren milchigweiß und grün, und ihr Blick reichte bis ins Unendliche.

Arabella war blind.

»Aus Ihrem heftigen Einatmen schließe ich, dass Sie es nicht wussten. Keine Sorge, das bin ich gewöhnt.« Ihre Stimme hatte einen leicht zornigen, vielleicht selbstmitleidigen Unterton bekommen. Victor bemerkte ihre hohen Wangenknochen und die mandelförmigen Augen mit den langen dichten Wimpern, bevor Arabella die Brille wieder aufsetzte. »Wenn ich die Brille nicht putze, habe ich immer das Gefühl, ungepflegt auszusehen. Wie eine verwahrloste Blinde. Was meinen Sie?«

Victor merkte, dass er verwirrt und gereizt zugleich war. Flirtete diese Frau nun mit ihm? Und machte sich womöglich über ihn lustig? »Wenn wir ein paar Tage zusammenarbeiten«, erwiderte er, »könnten Sie es da vielleicht unterlassen, mich ständig zu belauern? Das macht mich nervös. Und ich bin keineswegs schockiert wegen Ihrer Augen. Ich finde einfach Ihr Gesicht sehr schön.«

»Oh«, sagte sie und nagte mit ihren kleinen geraden Zähnen nervös an ihrer Oberlippe. »Verzeihung.«

Sie verfielen in Schweigen. Das Fußballspiel war zu Ende. Juventus hatte in der letzten Minute mit einem bravourösen Tor gewonnen, das die Kellner bejubelten. Einer von ihnen brachte Victor die Rechnung. Der Regen hatte zwar nachgelassen, aber die Leinenmarkise im Garten hing schwer und vollgesogen über den Holzstühlen.

»In Venedig zu leben klingt so glamourös«, sagte er. »Sind Sie glamourös?«

»Sieht man das denn nicht?«, antwortete sie schmunzelnd und tippte an ihre Brille. Nachdem Victor die Rechnung bezahlt hatte, erzählte Arabella einen Teil ihrer Lebensgeschichte. Sie hatte in Mailand gelebt und als Visual Effects Coordinator bei einer Werbefirma gearbeitet, was ihr großen Spaß machte. Bis sie dann eines Abends vor vier Jahren ein Auto übersehen hatte, als sie die Straße überquerte. Die Hornhaut beider Augen erlitt bei dem Unfall irreparable Schäden, und als Arabella erwachte, lebte sie fortan in Dunkelheit.

Sie wurde ruhelos und bekam Depressionen. Eine schwere Beinverletzung heilte nur langsam. Während sie in ihrem Krankenhausbett lag und hörte, wie die Leute ihre Tapferkeit lobten, gewöhnte sie es sich an, nur auf den Klang der Stimmen zu achten, nicht auf die Worte: Die gepressten Stimmen latent aggressiver Krankenschwestern. Das fleischig-sonore Brummen eines Arztes, der sie gerne mochte. Das Lispeln eines Pflegers. Das nervöse Husten eines Priesters, den sie erst anschreien musste, damit er sie nicht mehr aufsuchte. Die in der Stimme hörbare unterdrückte Angst ihrer Mutter. Der Klang von Lippen und Zungen und Kehlen. Als Arabella aus dem Krankenhaus entlassen wurde, kannte sie jede Klangnuance. Mit dem Schmerzensgeld nahm sie als Erstes Unterricht in Sprechtherapie. Binnen kurzem arbeitete sie als Sprachcouch für Medienmanager und Politiker. Und die UNESCO war an sie herangetreten, damit sie bei großen Konferenzen für die Organisation tätig war.

»Ich bin kein Politiker«, sagte Victor und betrachtete ihr Haar, das allmählich trocknete. »Und sollten Sie nicht meine Dolmetscherin sein?«

»Die Venezianer sind allesamt Snobs«, antwortete Arabella und spielte mit ihrem Weinglas. »Wir müssen dafür sorgen, dass Sie diese Geier am Freitagabend nachhaltig beeindrucken. Ich habe da ein paar Tricks für Sie auf Lager.«

»Ich bin nicht hier, um jemanden zu beeindrucken.«

»Zwei Tage«, erwiderte Arabella, ohne auf Victors Bemerkung einzugehen. »Die Zeit reicht aus, um Sie so vorzubereiten, dass die Sie hinterher mit Jobangeboten überhäufen. Meinen Sie, ich habe Amerikanern wie Ihnen nichts Wichtigeres mitzuteilen, als dass Sie die Gabel in der linken Hand halten und keine Fleischklößchen für die Pasta verlangen sollen?« Sie klang ziemlich überheblich.

»Ich will nur ein paar Forschungsergebnisse bekanntgeben, das ist alles«, versuchte Victor sich zu wehren, aber sie lächelte nur wissend.

»Warten Sie nur, bis diese eifrigen Professoren über Sie herfallen«, sagte sie, »vom Bürgermeister ganz zu schweigen. Oh, ich muss Ihnen vor dem Dinner noch von ihm und seinen beiden Geliebten erzählen, damit Sie nicht versehentlich eine von ihnen mit dem falschem Namen ansprechen. Er hat Sie eingeladen, weil er eine Bestechungsklage am Hals hat und gute Presse braucht. Keine Sorge, ich bringe Ihnen ein paar italienische Witze bei.«

Sie lachte, aber Victor musste unwillkürlich daran denken, dass Meyer die Worte »gefährlich« und »verrückt« benutzt hatte, bevor er vor den Bus stürzte.

23

Nach dem Regen wirkte die Luft sauber und klar, und auf dem Canal Grande tanzten orange Lichter wie Glühwürmchen. Irgendwo im Gewirr der Gassen schlug eine Kirchturmuhr. Victor bot Arabella den Arm, und zu seinem Erstaunen hakte sie sich bei ihm unter. Schweigend schlugen sie den Weg zum Hotel ein.

Mitten auf der Accademia-Brücke löste Arabella sich von Victor, lehnte sich an die Brüstung und atmete tief die Meeresluft ein. Victor trat zu ihr. Er spürte, dass ihr etwas zu schaffen machte.

»Mein Vater hat mir einmal erzählt, dass die Strömung hier am Eingang zum Canal Grande am stärksten ist«, sagte sie. »Er hat mich besucht, als ich drüben in Treviso an der

Uni war. Ich hätte studieren sollen, aber ich hab mich in Venedig mehr mit Jungs herumgetrieben.« Ein Lächeln trat auf ihre Lippen, als sie sich ihren Erinnerungen hingab. Sie sprach nicht darüber, aber sie wirkte plötzlich so jung wie ein Schulmädchen.

Victor spürte das Verlangen, sie zu berühren, doch ganz plötzlich waren sie beide von dichtem Nebel umgeben, und er sah Arabella nicht mehr, obwohl sie nur einen halben Meter entfernt war. Er spürte aber, dass sie lächelte.

»Fühlst du das?«, fragte sie, und nun klang ihre Stimme älter als die einer Frau Mitte zwanzig. »Jedes Jahr verschlingt der Nebel im Herbst einige Schiffe. Meist passiert nichts wirklich Gefährliches, sondern die Fischerboote draußen in der Lagune spielen nur ein Weilchen Boxboot. Dann verschwindet der Nebel wieder. Aber wenn ich früher abends auf dem Nachhauseweg war, hab ich mich davor gefürchtet.«

Victor streckte die Hand nach ihr aus. Er fühlte lediglich die klamme Nebelluft, merkte aber, dass Arabella sich bewegte. Hörte ihre Absätze scharren. Nun war sie irgendwo hinter ihm. Er drehte sich um und spürte, wie sie wieder verschwand.

»Ich kann dich nicht sehen«, sagte er. Der Nebel kam ihm nun noch dichter und feuchter war.

Sie lachte. »Zwei blinde Mäuse.« Ihre Stimme war ganz dicht bei ihm, ihr Atem streifte sein Ohr. Victor wurde plötzlich von dem Verlangen gepackt, ihr die Kleider vom Leib zu reißen und sie zu lieben bis zum Ende seiner Kräfte. Dann hob sich der Nebel wie das Tuch eines Zauberkünstlers. Arabella stand an derselben Stelle wie zuvor, beide Hände auf die Steinbrüstung gelegt. Die Augen hinter der schwarzen Brille verborgen. Er sah Tränen auf ihren Wangen, stellte aber keine Fragen. Sie schüttelte unwillig den Kopf und wischte sich mit beiden Händen über das Gesicht wie ein schläfriges Kind. »Ich bin nur müde. Ich habe noch acht weitere Klienten, die das Institut mir aufgehalst hat.« Ihre Stimme klang jetzt neutral und gefasst wie die einer Vertreterin. Sie steckte die Hände in die Manteltaschen und setzte sich wieder in Bewegung. Victor schloss zu ihr auf und bot ihr den Arm, doch diesmal nahm sie ihn nicht.

Nach einer Weile näherten sie sich dem Danieli. In Victors Kopf herrschte Tohuwabohu; er wusste nicht, was er von seinen Erlebnissen in Venedig halten sollte. Der verschwundene Mimmo. Arabellas Mund. Wilburs kalte Augen. Moresby, erwartungsvoll lächelnd wie ein Zauberkünstler. Und diese Gestalt auf dem Dach, die ihm zuwinkte, aber alles andere als freundlich schien.

Anselmo öffnete ihnen die Tür. Die Lobby war menschenleer. Arabella drehte sich zu Victor um, nahm seine Hand und legte eine kleine Visitenkarte hinein.

»Ist es Ihnen recht, wenn wir morgen früh um zehn mit Ihrem Briefing beginnen? Der Portier wird Ihnen den Weg erklären.«

Victor blickte auf die schnörklige grüne Schrift:

Campo S. Staè 2, Sta. Croce

»Natürlich«, hörte er sich sagen. Er benahm sich wie ein Idiot, wollte etwas äußern, irgendetwas *tun*. Arabella nickte und wandte sich ab. Dann fiel ihr etwas ein, sie nagte an ihrer Lippe und drehte sich noch einmal zu Victor um.

»Ich habe vergessen, Ihnen dafür zu danken, dass Sie sich wie ein Gentleman verhalten haben. Ich habe Sie gestört. Und Sie waren sehr nett. Tut mir leid, wenn ich vorhin so rührselig wurde. Bitte behalten Sie das für sich. Es könnte meinem Ruf als nüchterne Staatsdienerin abträglich sein.«

»Ist das … was ist das, Ihr Büro?«, fragte Victor und deutete auf die Karte, als könne Arabella ihn sehen. Er wollte nicht, dass sie wegging.

Sie sah aus, als spräche sie mit einem Minderbemittelten. »Wenn ich irgendwann besser bezahlt werde, vielleicht. Bislang *wohne* ich in meinem Büro. Kommen Sie trotzdem? Es ist angenehmer als hier im Hotel, auch wenn die Arbeiter ein fürchterliches Chaos angerichtet haben. Ich koche uns dann etwas zum Mittagessen. Wenn wir früh fertig werden, gibt es vielleicht sogar noch Nachtisch. Haselnusseis.«

Victor nickte eifrig und rief sich zur Ordnung. Er richtete sich auf, als könne sie sehen, dass er sich bemühte, einen nüchternen und sachlichen Eindruck zu machen. »Um zehn bin ich da«, sagte er. »Gute Nacht.« Sie drückte ihm energisch die Hand, löste sich von ihm und marschierte zur Tür. Dann drehte sie sich noch einmal um, winkte ihm zu und rückte ihre Brille zurecht. Victor erhaschte noch einmal einen Blick auf ihre Augen. Sie waren reglos und starr. Im Gegensatz zu ihrer Stimme, die so lebendig war, in der Bilder und Töne mitschwangen. Dann verschwand Arabella.

Anselmo warf Victor ein wissendes Lächeln zu und verschwand im Hinterzimmer, um sich ein Fußballspiel anzusehen. Ein leichter Duft nach Sandelholz und Rosenblüten hing noch in der Luft, an der Stelle, an der Arabella gestanden hatte. Victor atmete ihn tief ein, dann löste er sich aus seiner Erstarrung und ging auf sein Zimmer. Er schloss die Tür zweimal ab und blickte unter den Verteilerkasten. Mimmos Liste war noch da. Victor ließ sich aufs Bett fallen, ohne sich auszuziehen, und versuchte die

Warnrufe der Schiffer draußen auszublenden. Er suchte Sallys Handynummer heraus und wählte sie. Freizeichen, dann wurde ihm von der Mailbox mitgeteilt, dass er eine Nachricht hinterlassen solle. Er unterbrach die Verbindung. Was hätte er auch sagen sollen? Er sah noch ihren Gesichtsausdruck am Weihnachtsmorgen vor sich. Sie würde nicht wiederkommen.

Schlagartig war er so müde, dass er das Licht ausschaltete und aufs Bett sank. Nur ein orangefarbener Lichtstrahl von den Straßenlaternen fiel durch einen Spalt im Vorhang ins Zimmer.

Victor hätte seinen Vortrag noch einmal durchgehen müssen. Er hätte Moresby von einem Internetcafé aus eine Mail schicken sollen, um den Kontakt zu verfestigen. Oder, dachte Victor, als seine Glieder schwer wurden, vielleicht hätte er sich mit der Frage beschäftigen sollen, ob Salvatore Mimmo hinterhältig gemeuchelt worden war.

Doch er lauschte nur seinem eigenen Herzschlag, den er in seinen Ohren pochen hörte und der im immergleichen Rhythmus *Arabella, Arabella, Arabella* zu raunen schien.

24

Victor erwachte von der Stille.

Kein Gondoliere-Ruf. Kein Nebelhorn, kein Moped. Victor hielt Ausschau nach dem orangefarbenen Lichtstreifen am Fenster und blinzelte. Irgendetwas verhinderte, dass Licht ins Zimmer fiel. Er war aber ganz sicher, dass er die Vorhänge nicht vollständig zugezogen hatte. Und er spürte plötzlich die Nähe eines anderen Menschen. Wie einen elektrischen Schlag, nahe seiner Wange.

Jemand stand zwischen seinem Bett und dem Fenster.

Dann bewegte sich der Schatten, und Victor sah, dass das Fenster offen stand. Er hielt den Atem an und horchte. Er hörte nur ein leichtes Rascheln von Stoff, wie von Seide. Dann glaubte er, jemanden atmen zu hören. Irgendetwas berührte seine Decke und zog langsam daran. Victor tastete panisch nach einem Gegenstand, mit dem er sich wehren konnte, und bekam die halbvolle Wasserflasche auf seinem Nachttisch zu fassen.

»Hau ab, wer du auch bist!«, brüllte er.

Das Atmen war nicht mehr zu hören. Keine Reaktion. Etwas streifte sein Gesicht, und Victor schrie und schlug mit der Flasche danach, aber der Schlag ging ins Leere. Victor fand den Schalter der Nachttischlampe.

Für den Bruchteil einer Sekunde sah er den Schatten.

Eine ganz in Schwarz gekleidete Gestalt, das Gesicht von einer Maske verdeckt. Bevor Victor reagieren konnte, war sie schon zur Tür hinausgeflüchtet und rannte den Flur entlang. Victor setzte ihr nach, die Flasche San Pellegrino noch in der Hand. Andere Gäste spähten aus ihren Zimmern und erblickten einen jungen Mann, der etwas Unsichtbares zu verfolgen schien und dabei obszöne Verwünschungen brüllte.

Am Ende des Flurs sauste die schwarze Gestalt um die Ecke und war verschwunden. Victor blieb stehen und zögerte. Es gab mehrere Treppen auf dieser Etage. Er gab die Verfolgung auf. Als der Nachtportier erschien, hatte er Mühe, Signor Tallent dazu zu bewegen, die Wasserflasche sinken zu lassen. Auch Anselmo kam angelaufen, mit zerzausten Haaren und fassungslos den Kopf schüttelnd. Aber seinen geröteten Wangen und glänzenden Augen nach zu schließen, fand er einen gewissen Gefallen an dem aufregenden Geschehen.

Kurz darauf erschienen zwei Polizisten von der *Polizia di Stato* in Victors Zimmer und bemühten sich, seine Schilderung der Ereignisse ernst zu nehmen. Sie trugen blaue Uniformen und auf Hochglanz polierte Stiefel. Ein dritter Mann, ein junger Polizist mit roten Haaren, untersuchte den Teppichboden nach Fußspuren. Dann richtete er sich auf und raunte seinem älteren Kollegen, der ausgesprochen desinteressiert wirkte und schniefend in seinem Notizbuch blätterte, etwas zu.

»Sie haben heute schon mit meiner Kollegin gesprochen, Signore? Mit Wachtmeisterin Piaggio von der *Questura*? Warum, bitte?«

»Es handelte sich um ein Missverständnis, glaube ich«, antwortete Victor, dem bereits dämmerte, was die Polizisten sich dachten: zugekokster Ami im Ausland. Führt sich auf wie das ganze Rucksackvolk. »Ich wollte nur dem Freund meines Professors einen Besuch abstatten.«

Der Polizist nickte, sichtlich nicht überzeugt. Er deutete auf den glatten trockenen Teppichboden. »Aha. Und Sie sagen, dass diese … wie war das gleich wieder?«

»Schwarz gekleidete Gestalt«, antwortete Victor mürrisch.

»Ja, diese schwarz gekleidete Gestalt. Sie kam von draußen?«

Victor nickte. Der junge rothaarige Polizist schüttelte den Kopf.

»Aber das Fenster ist geschlossen, Signor Tallent«, fuhr der Polizist mit der Schniefnase fort. »Und es gibt nirgendwo Abdrücke auf dem Teppichboden. Kein Wasser, keinen Schmutz. Wenn Sie mal rausschauen möchten …«

Schniefnase, auf dessen Namensschild »Taormina« stand, wies aufs Fenster. Es goss in Strömen. Er räusperte sich theatralisch, was wohl so viel bedeuten sollte, wie dass es ihm leidtat, und die ganze Truppe wandte sich zum Gehen. Taormina griff nach einem roten Glasröhrchen auf dem Tisch, das weiße Pillen enthielt, schüttelte es und hielt es Victor hin, der gerade in die Dusche spähte, als könne sich die Gestalt womöglich noch dort aufhalten. »Verzeihung, Signore«, sagte Taormina triumphierend, »was ist das hier, bitte?«

Victors Schlaftabletten.

»Ich habe Schlafstörungen. Die helfen dagegen.«

Der rothaarige Polizist raunte Taormina etwas ins Ohr, das dieser so komisch fand, dass er vor Lachen das Röhrchen fallen ließ und sich bücken musste, um es unter dem Tisch zu suchen. Als er sich wieder aufrichtete, schien er es eilig zu haben, in sein Bett zurückzukommen. Er blickte Victor mitleidig an. Dann fiel sein Blick auf den Verteilerkasten, der schief hing, und er wies darauf und äußerte etwas auf Italienisch, das die anderen zu Lachsalven animierte. Victor stürzte zu dem Verteilerkasten und blickte darunter.

Mimmos Unterlagen waren verschwunden.

Fassungslos starrte Victor auf den Kasten. »Stimmt etwas nicht, Dottore?«, fragte Taormina, noch immer grinsend. Victor hätte nun am liebsten mit der Wasserflasche auf *ihn* eingedroschen. Er hätte gerne berichtet von Sarah, von der Liste, von seiner Suche nach einer Erklärung. Von Stankovic, wer immer das gewesen sein mochte. Aber diese Typen würden ihm ohnehin nichts glauben. Deshalb sagte er nur: »Nein, alles in Ordnung. Ich bin wohl nur etwas durcheinander wegen des Vorfalls.«

Die Polizisten nickten, und Taormina ergänzte: »Schlucken Sie weniger von diesen Pillen. Gute Nacht, Signore. Und viel Spaß in Venedig.«

Als sie verschwunden waren, band Victor Schnürsenkel um den Fenstergriff, nahm zwei Schlaftabletten und schaltete sämtliche Lichter ein. Warst du das, Mimmo?, fragte er sich. Hast du dein Eigentum zurückgeholt? Oder war es dein Mörder? Wütend legte er sich aufs Bett. Ich sollte hier abhauen, dachte er. Doch dieser Gedanke machte ihn noch wütender. Irgendwann dämmerte er weg und schlief traumlos.

Auf einer Brüstung neben dem Fenster rührte sich etwas, schwärzer als die Nacht, und verschwand lautlos im Dunkeln.

25

Victor erwachte kurz nach Sonnenaufgang. Der Winterhimmel war noch stahlgrau, aber hie und da drangen Sonnenstrahlen durch die Wolken. Die Ereignisse der letzten Nacht erschienen Victor nun wie ein Fiebertraum. Er richtete sich auf und betrachtete den Teppichboden, der in der Tat keinerlei Spuren aufwies. Victor stand auf und warf die Schlaftabletten in den Abfalleimer.

Von draußen hörte er das Scharren von Booten, die am Kai festgemacht waren, das Lachen und die ihm nun schon vertrauten Rufe der Gondoliere und Kapitäne von Wassertaxis. Er löste die Schnürsenkel vom Fenster und öffnete es, genoss die kühle Morgenluft, die ihm ins Gesicht wehte. Ein Gondoliere winkte ihm zu, und Victor erwiderte die Geste.

Wie erleichternd, die Normalität des Alltags zu erleben. Es roch nach Motorenöl und Kaffee.

Dann bemerkte er die Kratzer auf dem Mauervorsprung unterhalb des Fensters.

Victor beugte sich so weit vor, wie er es wagte. Es sah aus, als hätte jemand mit seinen Schuhen Schürfspuren auf dem Vorsprung hinterlassen. Als sei der Kletterer abgerutscht und hätte sich im letzten Augenblick irgendwo festgehalten. Aber an der Wand sah man auch noch andere Unebenheiten, die sicher jahrhundertealt waren und nicht von dem Einbrecher stammten. Victor schloss das Fenster und fragte sich, wer wohl Mimmos Liste nun in Händen hielt. Er zog sich an, eilte den Korridor entlang und ärgerte sich wieder darüber, dass die Polizisten ihm letzte Nacht nicht geglaubt hatten.

Als er die Treppe hinuntergehen wollte, erschien Anselmo mit würdevoller Miene wie ein mittelalterlicher Bote vom Dogenpalast. »Alles in Ordnung, Dottore?«, fragte er, ganz der zuvorkommende Beschützer des empfindsamen Gastes.

Victor lächelte matt und blickte über das Geländer nach unten in die Lobby, wo Horden von UNESCO-Gesandten eintrafen. »Ja, ja. Alles in Ordnung«, antwortete er.

»Spannendes Spektakel letzte Nacht«, sagte Anselmo mit einer angedeuteten Verbeugung.

»Ich weiß nicht. Was ich gesehen habe, könnte …«

Anselmo zuckte die Achseln. »Man muss es nicht zu erklären versuchen. Venedig ist eine sehr alte Stadt. Eine Schicht wurde hier auf der anderen erbaut. Manchmal erscheinen Dinge an Orten, wo sie nicht hingehören. Vielleicht wissen sie nicht, dass sich die Zeiten geändert haben. Man muss ihnen vergeben, nicht wahr?«

Victor nickte und ging nach unten. Als er sich auf den Weg zu Arabella machte, fragte er sich, welche unerklärlichen Dinge Anselmo wohl in all den Jahren erlebt hatte.

Nach einigen Minuten Fußmarsch sah Victor die aus Marmor erbaute Kirche San Staè vor sich und umrundete sie mehrmals auf der Suche nach der richtigen Adresse. Im Eingang eines Hauses stand eine Leiter. Neben der Lampe entdeckte er eine verblichene 2. Im Durchgang zum Hof standen Kistenstapel.

»Hallo?«

Keine Antwort. Victor durchquerte den Innenhof. Von irgendwoher hörte er das Heulen einer Schleifmaschine. An der hinteren Tür stand kein Name, aber sie war offen. Victor betrat die Wohnung und kam an einem Raum vorbei, in dem in Luftpolsterfolie gepackte Gemälde standen, gestapelt wie Langspielplatten. Jetzt hörte er Musik. Eines der düsteren Werke von Brahms mit reichlich *basso profundo*, laut aufgedreht. Eine feine Staubschicht bedeckte den gefliesten Boden. Die Möbel waren mit riesigen Plastikplanen abgedeckt. Die Schleifmaschine verstummte. Nun hörte man nur noch die Musik.

»Hallo?«

Wieder keine Antwort. Er ging weiter und kam in einen Raum, in dem sich unter einem Deckenfresko Leitern drängten wie durstige Giraffen. Die Restaurierung des Fresko war erst begonnen worden, aber Victor stockte der Atem, als er das Gemälde betrachtete.

Bislang war nur das Gesicht eines Mannes, offenbar eines venezianischen Admirals, gesäubert worden. Er trug einen königsblauen Rock mit Goldknöpfen und blickte mit angstverzerrtem Gesicht nach hinten, eine Hand schützend über den Kopf gelegt. Umgeben war er von dunklen Gestalten, offenbar Hunderten blutrünstiger Sarazenen mit Turbanen, die mit erhobenen Krummschwertern über ihn herfallen würden. Einer der Angreifer blickte mit hasserfülltem Blick und gierig heraushängender Zunge zu ihm auf und schien ihn bereits bei lebendigem Leibe häuten zu wollen.

Victor blickte sich um und fragte sich, wo die Arbeiter geblieben waren. Es war noch nicht einmal annähernd Mittagszeit. Auf dem Fenstersims stand eine Kaffeetasse, in der etwas Schwarzes erstarrt zu sein schien. Hinter einer verschlossenen Tür kündigten donnernde Pauken- und Beckenschläge das Finale an. Victor klopfte an die schwere Eichentür, die bei der Berührung von selbst aufging. Er spähte vorsichtig in das Zimmer und vergaß schlagartig sämtliche vernünftigen Vorsätze.

Denn Arabella Udinese tanzte.

Ihr Haar wehte um ihren Kopf, als sie sich im Kreis drehte, barfuß und auf Zehenspitzen wie ein blinder Sufi in Jeans. Sie machte einen Sprung zu der Schleifmaschine und umtanzte sie wie einen Liebhaber. Victor beobachtete sie gebannt und hielt die Luft an, damit sein Atmen ihn nicht verriet. Arabella vollführte eine expressive Drehung im Stil von Martha Graham. Dann endete das Stück, und auch Arabella kam langsam und heftig atmend zur Ruhe. Langsam hob sie den Kopf und pustete sich eine Haarsträhne aus dem Gesicht. Sie lächelte und errötete.

»Sie sind zu früh dran«, sagte sie. »Ich habe Sie nicht gehört. War auch nicht nötig.«

»Hat mein Aftershave mich verraten?«

Sie grinste und nickte. »Scheußliches Zeug. Was ist das bloß?« Sie zwinkerte kokett.

Als Victor ihre Augen nun im klaren Morgenlicht sah, bemerkte er, dass sie nicht milchigweiß waren, sondern hellgrün wie das Wasser eines klaren Teichs. »Ist von irgendeinem Holländer mit zwei O im Vornamen, glaube ich«, antwortete Victor. »Seien Sie froh, dass ich Ihnen meinen Pullover nicht beschreibe. Der ist noch schlimmer.« Er ging zu einem kleinen Tisch im Zimmer und ließ sich auf einem mit Farbe bekleckšten Stuhl nieder, nachdem er sich versichert hatte, dass er trocken war.

Arabella nahm eine CD aus der tragbaren Anlage auf dem Tisch und schaltete sie aus. Bei Tageslicht wirkte sie älter; ihre Grübchen sahen aus, als sei sie schon fast Mitte dreißig. Womit sie sichtlich nicht das geringste Problem hatte. Und diese Ausstrahlung wiederum machte sie noch attraktiver.

Sie setzte sich langsam. »Sie schauen mich schon wieder an«, sagte sie, und ihr Lächeln war nicht ganz so herzlich wie zuvor.

»Verzeihung. Es ist nur … ich finde es toll hier. Sollen wir, wollen Sie mir jetzt den Ablauf der Konferenz erklären? Ihre Arbeiter scheinen ja gerade Pause zu machen.« Victor verfluchte sich insgeheim für seine Ungeschicklichkeit.

Arabella nickte knapp und zog ihren Stuhl so nahe an Victors heran, dass sie dicht nebeneinander saßen. Victor war angestrengt bemüht, sich auf alle Einzelheiten des Protokolls zu konzentrieren und sich die vielen Gastredner zu merken, die außer ihm im Institut für Kulturaustausch auftreten würden. Er legte Arabella die Grundzüge seiner Rede dar, allerdings ohne die Formel. Fiona, eine Praktikantin, würde später vorbeikommen und sie aufschreiben, erklärte Arabella. Nach einer Weile, als die Sonne den Hof durchwandert hatte, stand Arabella auf und sah die CDs auf dem Tisch durch. Dieses schiefe Lächeln trat wieder auf ihr Gesicht.

»Ich habe ABBA, Lynyrd Skynyrd und eine italienische Popgruppe, die Sie bestimmt nicht kennen. Sie dürfen aussuchen.«

»Dann nehme ich Skynyrd.«

»Guter Geschmack. Tanzen Sie?«

Sie zog ihn vom Stuhl hoch, bevor er antworten konnte, schaltete die Anlage ein und tänzelte zurück zu ihm. Victor nahm Arabellas Hände, was sich so vertraut anfühlte, als tanzten sie schon seit Jahren zusammen. Der Sound der Gitarren dröhnte so laut durch die Räume, dass vermutlich sogar der alte Admiral ihn hörte. Ab und an spielte Arabella eine schmutzige Luftgitarre, und wenn er sie an sich zog, wirbelte sie kurz darauf wieder davon, mit fliegenden Haaren und staubigen Fußsohlen. Er fand es wunderbar. Und fragte sich, was sie wohl empfand.

Als der Song zu Ende war, hatte Victor einen Arm um Arabellas Taille gelegt. Sie wandte langsam den Kopf, als wolle sie ihn ansehen, und grinste. Dann löste sie behutsam seinen Arm und setzte sich wieder auf den Stuhl. Sie tippte sich an die Stirn, als sei ihr gerade etwas eingefallen.

»Ah, dass ich es nicht vergesse. Die Presseleute haben gewittert, dass Ihr Vortrag für Diskussionen sorgen könnte. Der Mailand-Korrespondent des *Independent* ist ein gewisser Max Pell. Er würde Sie heute Abend gerne im La Colombe treffen. Ginge das bei Ihnen?«

»Sicher. Aber ich werde noch keine konkreten Informationen rausrücken.«

»Versteht sich. Aber mein Chef macht dabei eine gute Figur. So läuft das in Venedig.«

Als Victor auf seine Hose blickte, wurde ihm bewusst, dass er außer dem knittrigen Leinenanzug keine Kleidung hatte. »Ich weiß, das ist nicht grade Ihr Bereich«, sagte er.

»Aber können Sie mir vielleicht einen Tipp geben, wo ich ein paar Sachen zum Anziehen kaufen kann für den Vortrag? Ein Sakko und eine Krawatte oder so?«

Arabella nickte, stand auf und ging zu einer Wand, auf der eine etruskische Jagdszene zu sehen war. Blutende Hirsche wurden von Falken und Männern auf knochigen Rössern verfolgt. Arabella drückte auf einen Knopf, und die vermeintliche Wand glitt beiseite. Dahinter befand sich ein begehbarer Schrank, angefüllt mit eleganten Anzügen und Hemden in schützenden Plastikfolien. Darunter waren Schuhe in Filzhüllen aufgereiht. Für einen einzigen dieser Designer-Anzüge hätte Victor vier Monatslöhne auf den Tisch legen müssen.

»Gehören die Ihrem Mann?«, fragte er, bemüht, die Eifersucht nicht durchklingen zu lassen.

»Ich bin nicht verheiratet. Sie gehören meinem Bruder. Und der ist zum Skifahren im Val Gardena, mit einem Mädchen, das noch zur Schule geht. Probieren Sie doch mal einen an.«

Victor war unbehaglich zumute, aber er wusste nicht genau, weshalb. Vielleicht, weil irgendetwas zu schnell ging. Die Glocken von San Staè schlugen halb zwölf. Arabella horchte und wirkte einen Augenblick lang abgelenkt. Dann lächelte sie wieder.

»Das ist wirklich nicht nötig«, sagte Victor.

Arabella sah gekränkt aus. »Haben Sie gesehen, was eine Krawatte hier kostet?«, fragte sie. »Bitte. Ich lasse die Sachen dann zusammen mit Ihren reinigen, bevor Stefano zurückkommt. Sie beide müssten etwa gleich gebaut sein, wenigstens …«, sie zögerte, »fühlt es sich so an.«

Victor sah die Anzüge durch und entschied sich für einen grauen, kombiniert mit einer dunkelblauen Krawatte und einem weißen Hemd. Er zögerte einen Moment. Arabella spürte es und wurde ungeduldig.

»Victor, ich bitte Sie. Außerdem bin ich mit einem Bruder aufgewachsen. Ich kann mich auch umdrehen, wenn Ihnen das lieber ist.« Sie lachten beide und Victor probierte den Anzug an. Er sah eine blaue Ader an Arabellas Nacken pochen und streckte unwillkürlich die Hand aus, um sie zu berühren. Doch dann zog er sie wieder zurück.

»Und, wie sehen Sie darin aus?«, fragte sie, trat zu ihm und betastete seine Schultern.

»Wie ein Banker«, antwortete Victor. »Wie mein Vater.«

Prüfend ließ sie die Hand über seinen Rücken gleiten, die Lippen leicht geöffnet, und Victor spürte, wie sich sein Herzschlag beschleunigte.

»Wenn ihm Anzüge auch gut stehen, sehen Sie prima aus. Tja, das war's wohl für heute«, sagte sie mit betrübtem Unterton. »Ich weiß, dass ich Ihnen Haselnusseis versprochen hatte. Aber es war alles ein bisschen hektisch, und …«

»Keine Sorge. Sie haben mich in Mr *GQ* verwandelt. Und eine wilde Rock-Show hingelegt.«

Sie stand jetzt ganz dicht bei ihm, und er hätte sie küssen können. Als nichts geschah, errötete sie. »Tja«, sagte sie, »Sie haben bestimmt noch zu tun. Rufen Sie mich an, wenn …«

Diese Augen. Grüne Schleier. Victor konnte sich nicht von ihr lösen. Rasches Handeln war nun die Devise. »Wollen wir zusammen zu Mittag essen?«, fragte er hastig. »Jetzt gleich? Wenn ich nämlich nichts esse, bin ich bald so übel dran wie der arme Seemann in Ihrem Salon.«

Sie grinste. »Sehr gerne. Sofern Sie nicht auf mich herabblicken, weil ich keine Designer-Klamotten trage, Mr *GQ*.«

»Das will ich gerne versprechen. Wir können Hot Dogs essen.«

»Sie haben in Venedig offenbar noch keine gegessen. Das ist so, als ob man in England Pizza bestellt.«

»Verstehe.«

»Kommen Sie.« Sie nahm ihn an der Hand und ging ihm voran nach draußen. Dann schloss sie mit vier unterschiedlichen Schlüsseln die Wohnungstür ab.

»Wäre eine Alarmanlage da nicht praktischer?«, gab Victor zu bedenken.

»Sie haben offenbar auch noch nie einen venezianischen Einbrecher erlebt.«

Beim Weggehen bemerkte Victor eine Gruppe von Männern, die auf das Haus zugingen. Er vermutete, dass es sich um die Bauarbeiter handelte, aber Arabella zog ihn weiter, bevor er sie genauer erkennen konnte.

»Hier, in Nummer vier sind wir auf die Welt gekommen, Stefano und ich«, sagte sie und deutete auf ein Kalksteingebäude. »Mein Vater war Dirigent, meine Mutter Opernsängerin.«

»Ist sie im *Fenice* aufgetreten?«

Arabella sah verblüfft aus.

»Oh, ich muss wohl meine Meinung über Amerikaner revidieren. Nachdem mein Vater jedenfalls an seiner Trunksucht gestorben und meine Mutter mit einem Tenor aus Kopenhagen abgehauen war, kehrten Stef und ich hierher zurück. Nach und nach lassen wir das Haus renovieren. Stefano kümmert sich um mich.«

»Lerne ich ihn kennen?«, fragte Victor. Er merkte, dass die Frage etwas aufdringlich war, legte aber dennoch den Arm um Arabellas Schultern. Sie schien sich nicht daran zu stören.

»Vielleicht, wenn er sich von diesem Mädel, dieser minderjährigen Schwedin oder was sie ist, lösen kann.« Die Sonne brach jetzt durch die Wolken, und die Heiligenfiguren an San Staè schienen zum Leben zu erwachen, reckten die Arme gen Himmel, um die Belohnung des himmlischen Vaters zu empfangen. Arabella spürte, dass Victor sich noch einmal umdrehte, um die Figuren zu betrachten. Unwillkürlich entfuhr ihm ein Seufzer.

»Zauberhaft, nicht wahr?«, bemerkte Arabella mit sehnsüchtiger Stimme.

»Die Kirche?«

Arabella schüttelte den Kopf und zog ihn in eine Gasse, in der man vor einer Trattoria gerade die Stühle herausstellte und die Markise ausrollte. Am Campo San Staè Nummer 2 eilten die Männer unbemerkt in den Hauseingang.

»Nein«, antwortete Arabella und legte den Kopf an Victors Schulter. »Venedig.«

26

Die heiße Schokolade war kalt geworden. Der Richter, der im Zwielicht in seinem Studierzimmer saß, hatte die Tasse auf dem Tisch neben ihm nicht einmal angerührt. Gianlucca, weitere Anweisungen erwartend, stand neben dem Richter und fand die Luft unangenehm stickig, obwohl ein Luftzug durch die alten Fenster drang und am Boden Staub aufwirbelte.

»Was gibt es Neues, Gianlucca?«, fragte der Richter schließlich.

Der Diener, erleichtert über die Rückkehr zur Normalität, antwortete: »Wieder ein ruhmreicher Tag für die Republik, Euer Ehren.« Er hielt die Silberkanne bereit, falls sein Herr und Meister nach mehr Schokolade verlangte, wie er es für gewöhnlich tat. Doch die Hände des Richters ruhten in seinem Schoß. Auf einem Stapel Papiere, wie Gianlucca nun bemerkte.

»Ist das wirklich so?«

»Gewiss doch, Euer Ehren«, antwortete Gianlucca, dem die Röte ins Gesicht stieg. »Morgen wird es sechs Grad wärmer sein als heute, der Wasserstand im Canal Grande ist nach dem letzten Regen endlich um drei Zentimeter gefallen. Und die Witwe hat vorhin Ihr Brot vorbeigebracht.« Als keine Reaktion erfolgte, räusperte er sich und fügte hinzu: »Dreikorn.«

Die Hände des Richters bewegten sich. Blätterten die Papiere durch, zogen eines aus dem Stapel und hielten es hoch. »Kommt dir das bekannt vor?«

Gianlucca beugte sich vor und betrachtete das Papier.

Dann ließ er die Silberkanne fallen. Er kannte die Handschrift. Dies war eines der Papiere, die er im Laufe der letzten zwanzig Jahre aus dem Keller gestohlen hatte, so langsam, dass es nicht auffallen würde, wie er glaubte. Er hatte sie Signor Mimmo gegeben, der gut dafür bezahlte. Mit dem Geld hatte Gianlucca die Schule für zwei seiner Kinder bezahlen und seiner Frau eine schöne Wohnzimmereinrichtung kaufen können. Mahagoni. Gianlucca bewegte sich rückwärts zur Tür. »Bitte hören Sie mich an …«, krächzte er.

»Bin ich blind?«, äußerte der Richter mit bedrohlich tiefer Stimme. »Alt? Dachtest du, es würde mir nicht auffallen?« Der hagere Mann erhob sich aus seinem Sessel. Durch seine mörderische Wut wirkte er kraftvoller und jünger als sonst. »Diebe stehlen nicht von Dieben«, sagte er und trat auf Gianlucca zu.

»Gnade …«, flüsterte Gianlucca, doch er schien nicht zu glauben, dass sie ihm zuteil würde.

»Dafür ist die Jungfrau Maria zuständig. Mit der will ich möglichst wenig zu tun haben.«

Hinter Gianlucca glitt lautlos eine Wandtäfelung beiseite. »Ich … ich erdulde jede Strafe, die Euer Ehren ersinnen mag –«

»Ich weiß. Sag mir noch eines: Du hast mich an diesen kleinen Bürokraten verraten. Aber hast du mich auch für den *Verräter* ausspioniert? Der mich vernichten will? Denk gut nach, bevor du antwortest.«

Gianlucca war weiter zurückgewichen, und aus der Wand hinter ihm fuhren nun langsam zwei Metallhände hervor, die durch einen Draht verbunden waren. »Ich schwöre beim Namen Eurer Familie«, sagte Gianlucca mit angsterstickter Stimme, »ich habe es nur für das Geld getan. Und niemals für den Verräter. Das müsst Ihr mir glauben – arrrgh!«

Die beiden Metallhände näherten sich und enthaupteten Gianlucca beinahe, als sie sich um seinen Hals schlossen. Er war tot, bevor er zu Boden stürzte.

»Das tue ich«, sagte der Richter und ging zum Kamin, wobei er darauf achtete, nicht in den verschütteten Kakao zu treten. Er warf die Papiere ins Feuer, wo sie in Flammen aufgingen. Zwei junge Männer in Anzügen kamen herein und entfernten Gianluccas Leiche so ungerührt, als trügen sie ein Möbelstück hinaus. Eine Putzfrau wischte die Schokolade auf, eine andere das Blut. Die Wandtäfelung schloss sich wieder. Draußen bestellte ein Diener die Reinigungsfirma, die den Teppich säubern sollte. Wenn sich die Venezianer zum Abendessen setzten, würde Gianluccas Leiche bereits auf dem Grund der Lagune liegen. Und der Verräter würde in Bälde gefunden werden, dessen war sich der Richter gewiss.

Nun setzte er sich ans Feuer und trank den ersten Schluck Schokolade. Es störte ihn nicht, dass sie kalt war. Er konnte sich nicht erinnern, wann sie ihm je so gut geschmeckt hatte.

27

Den Stammgästen, die sich an diesem Nachmittag in der Trattoria aufhielten, fiel es schwer, den Blick von der jungen Frau abzuwenden, die den Kopf in den Nacken warf und so heftig lachte, dass ihr die Tränen über die Wangen rannen. Was für ein Jammer, dass sie blind war, dachten sie bei sich. Und nicht ganz ohne Neid beobachteten sie, wie der blonde Mann im Anzug sich vorbeugte und ihr die Lachtränen abtupfte.

Victor hatte es aufgegeben, Desinteresse an Arabella zu heucheln. Er erkundigte sich nach ihrer Familie, doch Arabella lächelte nur und trank einen Schluck Wein. Im nachlassenden Tageslicht wirkten ihre Augen trüber. Ihre Hand bewegte sich auf Victors Hand zu, verharrte dann aber in der Bewegung, wartete vielleicht auf ein Zeichen von ihm.

»Stimmt etwas nicht?«, fragte er. Nun wanderte ihre Hand weiter, drückte seine kurz und ließ wieder los. Eher die Berührung einer Sprechtrainerin, nicht einer Geliebten. Sie wandte den Kopf zur Seite, als horche sie auf etwas.

»Rufen Sie mich später an, wenn Sie noch Fragen haben, ja?«, sagte sie leichthin. »Ich schicke Ihnen eine italienische Version des Vortrags rüber, damit Sie nicht von jemandem vom *Osservatore Romano* reingelegt werden können.« Jetzt legte sie Lippenstift auf, als sei sie noch verabredet.

»Aber Sie kommen doch zum Vortrag, nicht?«, fragte Victor.

Der Lippenstift war tadellos aufgetragen. Das hatte sie vermutlich lange üben müssen.

»Ich werde tun, was ich kann«, sagte sie geistesabwesend. »Ich bin zur Zeit sehr beschäftigt.«

Victor lehnte sich zurück und atmete aus. Er war wütend auf sich selbst, weil er spürte, wie verrückt er nach dieser Frau war. Zum Glück konnte sie den verärgerten Zug um seinen Mund nicht sehen. »Nun ja, wenn Sie meinen, dass wir alles erledigt haben, ist es wohl so«, sagte er. Seine Stimme klang gekünstelt wie die eines Vertreters. »Sie haben gute Arbeit geleistet.«

Arabella beugte sich vor und horchte konzentriert auf seine Stimme, während er sprach. Diesen Gesichtsausdruck hatte er schon bei ihrer ersten Begegnung bemerkt. »Aber nicht gut genug, fürchte ich«, sagte sie. »Ich höre dieses zischende S immer noch. Das trübt den Eindruck. Vielleicht können wir …«

»Aber Sie sind doch zur Zeit so beschäftigt, oder nicht?«

Sie schien es etwas ärgerlich zu finden, dass er sie nun beim Wort nahm. Victor freute sich, als er merkte, dass er sie aus der Ruhe gebracht hatte, weil er sich nun wieder stärker fühlte, weniger abhängig. Dieses Spielchen beherrschen wir beide, dachte er.

Arabella verzog das Gesicht. »Lassen Sie mir meinen Willen«, sagte sie. »Das ist eine Sache der Berufsehre. Versuchen Sie doch bitte mal, die Zunge so zu halten, ja?« Sie öffnete den Mund und zog ihre Zunge so weit wie möglich zurück. Die Einheimischen, die sich hier zum Aperitif trafen, starrten wie gebannt zu ihr hinüber.

Victor versuchte das nachzumachen, kam sich aber dämlich dabei vor. »Das ist echt unangenehm«, brachte er mit erstickter Stimme hervor.

»Ich weiß. Sagen Sie jetzt mal ›super‹.«

Victor schluckte angestrengt und versuchte es. »Schuper.«

»Noch mal. Und schließen Sie dabei die Augen.«

Er befolgte ihre Anweisung und spürte, wie Arabella die Hände auf seine Wangen legte. Aus dem Scharren des Stuhls schloss er, dass sie sich erhoben hatte und dicht vor ihm stand. Der Duft von Rosenblüten stieg ihm in die Nase. »Schuper.«

Er spürte, dass sie sich auf seine Knie setzte.

»Besser. Noch mal. Und versuchen Sie diesmal, die Zunge dabei zu entspannen. Nicht so angestrengt zurückhalten. Sie darf locker an den Zähnen liegen.«

Victor spürte die Wärme ihres Atems im Gesicht. Er bewegte seine Zunge nach vorne, um einen neuen Versuch zu machen. Doch da schien sein Kopf zu explodieren.

Ihre Zunge glitt zwischen seine Lippen, schlängelte sich hindurch, öffnete sie, drängte sich ins Innere seines Mundes und begann mit seiner Zungenspitze zu spielen, lockte und neckte. Dann zog sie sich zurück.

Victor riss die Augen auf. Sie hatte die Augen geschlossen, wartete ab, was er tun würde – sie küssen oder sich zurückziehen. Dann schlug sie die Augen auf und er blickte in diese fernen grünen Teiche. Langsam nahm er ihr Gesicht in beide Hände und küsste Arabella. So lange und leidenschaftlich, dass den Gästen im Restaurant der Atem stockte und sich keiner mehr seiner Mahlzeit widmete. Arabella lächelte und unterbrach den Kuss, weil Victor etwas zu sagen versuchte. Ohne den geringsten Zischlaut flüsterte er ihr ins Ohr: »Super.«

Sie lächelte entzückt.

Rrrrring! Das Handy in ihrer Tasche klingelte, und Arabella beugte sich über den Tisch. Sie saß zwar noch auf Victors Knien, aber der Zauber des Augenblicks war zerstört.

»*Pronto?*«

Arabella hörte zu und lächelte. Der Anrufer schien jemand zu sein, der ihr nahestand. Sie stand auf, setzte sich auf ihren eigenen Stuhl und unterhielt sich halblaut auf Italienisch. Dann blies sie ein Küsschen in den Hörer und stand auf. Hätte sie Victors enttäuschte Miene sehen können, hätte sie sich vermutlich entschuldigt für ihren vorzeitigen Aufbruch. Doch sie strahlte übers ganze Gesicht, nahm ihre Sachen und trat zu ihm. »Ich muss los«, sagte sie und strich ihm über die Wange.

»Klienten?«, fragte Victor steif.

Sie küsste ihn flüchtig auf die Wange. »Nein, Stefano und seine kleine Schwedin. Sie sind gleich am Bahnhof und wollen mit mir essen gehen. Hören Sie, Sie können den Anzug einfach Anselmo geben. Er reicht ihn dann an mich weiter.« Sie zögerte. »Hat wirklich Spaß gemacht mit Ihnen. Der Kuss war super.« Nun war sie wieder die kumpelhafte Schwester.

Victor stand auf, hinterließ Geld auf dem Tisch und folgte Arabella nach draußen, begleitet von bewundernden Blicken der Kellner. Die Glocken von San Staè schlugen halb sechs. Arabella blieb stehen, die Füße nach innen gedreht wie ein verlegenes Mädchen. Ein etwas unbehagliches Schweigen trat ein.

»Ich habe keine Telefonnummer von Ihnen«, sagte Victor schließlich. »Sie kommen doch zum Vortrag, oder?«

Arabella umarmte ihn rasch, dann ging sie los, mit dem Zeigefinger an den Hauswänden entlangstreifend, um sich zu orientieren. Einmal drehte sie sich noch um, winkte und rief: »War schön, Sie kennenzulernen«. Dann bog sie um eine Ecke und war verschwunden.

Wenn Victor Jahre später an diesen Augenblick dachte, erinnerte er sich vor allem an eine Art wahnartige Faszination. Er entschloss sich, Arabella zu folgen. Nach einigen Minuten sichtete er ihren braunen Mantel und fragte sich, ob sie ihn wohl wieder am Geruch wahrnehmen würde, wenn er ihr zu nahe kam. Auf einer breiten befahrenen Straße wagte er sich etwas näher an sie heran, um sie nicht aus den Augen zu verlieren. Er hörte das Rattern von Zügen, und kurz darauf kam der Bahnhof in Sicht, ein klobiges weißes Gebäude. Arabella drehte sich nicht um, sondern schien sich ihren Weg durch das Getümmel zu erspüren.

Rrrrrinnng!

Victor zuckte zusammen, als das Handy, das er sich im Hotel ausgeborgt hatte, in seiner Manteltasche losschrillte. Er schaltete es rasch aus. Arabella bückte sich und entfernte ein Steinchen aus ihrem Schuh, dann ging sie weiter. Hatte sie ihn bemerkt? Sie drehte sich plötzlich um, und Victor blieb fast das Herz stehen. Doch dann sah er den Grund für ihre Reaktion.

Sie war jetzt am Bahnhof angelangt und hatte sich nach einem blonden jungen Mann in einem Skianorak umgedreht, der seinen Rucksack fallen ließ und sie stürmisch umarmte. Victor wäre zu gerne an seiner Stelle gewesen. Ein blondes

Mädchen stand neben den beiden. Dann gingen die drei in Victors Richtung. Victor trat rasch in einen Hauseingang, doch als sie an ihm vorbeikamen, nickte ihm das blonde Mädchen höflich zu. Lag wahrscheinlich am Anzug, sagte sich Victor und unterdrückte ein Lachen. Als er den dreien hinterhersah, kam ihm irgendetwas an den beiden jungen Leuten bekannt vor. Sie bewegten sich geschmeidig und leichtfüßig, als seien sie schwerelos. Doch die Erinnerung wollte sich nicht einstellen.

Als sie verschwunden waren, atmete Victor tief durch. Dann fiel ihm der Anruf wieder ein, und er schaltete das Handy ein. Jemand hatte eine Nachricht hinterlassen.

»Hallo, Max Pell vom *Independent*. Ich bin im La Colombe, diesem kleinen Restaurant gegenüber von Ihrem Hotel. Es ist jetzt halb sieben, und ich werde wohl noch so zehn Minuten hier sein. Ich dachte, Arabella hätte gesagt, dass wir uns hier treffen sollten …«

Victor schaute auf die Uhr. Er fluchte in sich hinein und rannte los.

Als der Oberkellner den verschwitzten Victor in den Speiseraum des gemütlichen Künstlerlokals geleitete, hatte Max Pell bereits eine halbe Flasche Rotwein intus und führte sich gerade ein Steak zu Gemüte. Mit schwerlidrigen gleichmütigen Augen blickte er Victor an und wies auf den Stuhl gegenüber. »Hab Ihnen einen Platz reserviert«, sagte er. »Hab beschlossen, noch länger zu warten und das Essen auszuprobieren.« Victor ließ sich nieder und erwog, ob er irgendeine Entschuldigung vorbringen sollte. Der untersetzte Mann beugte sich vor und zwinkerte. »Wenn ich so heftig mit jemandem zugange wäre, würd ich anderswo auch zu spät kommen, Kumpel.« Victor blieb die Spucke weg, und Max amüsierte sich.

»Ich hatte eine Verabredung mit meiner Dolmetscherin«, erwiderte Victor mit gereiztem Unterton.

Max schüttelte den Kopf und schenkte Victor Wein ein. Dann wies er auf das Danieli gegenüber und gab einen Löffel Soße auf sein Steak. »Anselmo«, sagte er. »Der Knabe hat sein Trinkgeld verdient. Er sagt, Sie haben ein Privattreffen mit Arabella. Und wenn sie durch die Lobby geht, fallen die Männer über ihre Füße. Ich meine, ich kann's verstehen. Sie ist klasse.«

»Sie ist lediglich meine Dolmetscherin.«

»Na klar.« Max brachte ein Aufnahmegerät zum Vorschein und machte ein Gesicht, als sei der vergnügliche Teil des Abends nun beendet. »Wollen Sie noch ein Glas Wein trinken?«, fragte er. »Oder sollen wir jetzt den offiziellen Part erledigen, indem Sie mir erzählen, weshalb Sie andere Wissenschaftler verärgern und Ihre Forschungsergebnisse umsonst auf den Markt werfen wollen?«

»Ich schulde Ihnen viele Gläser Wein, meine ich«, entgegnete Victor und bestellte noch eine Flasche Wein. Max stellte das Aufnahmegerät beiseite und beugte sich entspannt vor, sichtlich erpicht auf Geheimnisse.

»Der Pinot, die Hausmarke«, bemerkte er, als der Wein gebracht wurde. »Gute Wahl.« Er schenkte Victor ein und sah ihn gespannt an. »So. Nun erzählen Sie doch mal von den hochoffiziellen Treffen mit Ihrer Dolmetscherin.«

Zwei Flaschen später kehrte Victor ins Danieli zurück. Als er sich bei Anselmo erkundigte, ob Nachrichten hinterlassen worden seien, schüttelte der betrübt den Kopf. In seinem Zimmer stellte Victor eine leere Wasserflasche auf den Fenstergriff, zog sich aus und sank ins Bett. Morgen war sein großer Tag, aber ihm war ganz flau vor Sehnsucht nach Arabella. Als er das Licht ausschaltete, fragte er sich, was sich wohl in dem steinernen Löwen auf dem Platz befinden mochte.

Weil er nicht einschlafen konnte, wünschte er sich, der Schattenmann würde zurückkehren, damit er ihn das Fürchten lehren konnte. Aber daraus wurde nichts. Bevor Victor schließlich einschlief, fiel ihm ein, woran ihn das schwedische Mädchen erinnerte. Sie bewegte sich so wachsam und geschmeidig wie eine Raubkatze.

28

Victor ließ geduldig den Vortrag einer Holländerin mit Nickelbrille über sich ergehen, die sich endlos über UN-Resolutionen und Immigrantenquoten ausließ. Danach war er an der Reihe.

Das Podium, das hastig zusammengezimmert wirkte, war zu hoch, und das *Istituto Veneto* hatte ein Mikrofon von der Größe eines Toasters aufbauen lassen. Presseleute und Delegierte der UN saßen dicht gedrängt in einem Raum des alten Palazzo, der für den Anlass zu klein war. Von der Decke, die reichlich Wasserflecken aufwies, baumelten Kronleuchter, die aussahen, als seien sie vor kurzem noch mit Kerzen bestückt gewesen. An den Wänden hingen staubige Gobelins, auf denen es Schlachtengetümmel zwischen den Genuesern und den Venezianern zu betrachten gab.

Als Victor aufs Podium trat, wandten sich alle Gesichter ihm zu, und ein aufgeregtes Raunen lief durch den Raum. Victor kam sich vor wie bei einer Hinrichtung, als er seine

Unterlagen auf dem Rednerpult platzierte. Arabella war nirgendwo zu sehen.

»Sehr verehrte Damen und Herren …« Markerschütterndes Kreischen in der Anlage. Victor bemerkte Wilbur, der in der ersten Reihe saß, und zuckte zusammen, was der unangenehme Bursche mit einem Lächeln zur Kenntnis nahm. »Wie lange hören wir uns schon Reden an, in denen man die Länder der Dritten Welt wie ungezogene Kinder darstellt …«

Der Reporter von der *Tribune* beugte sich gespannt vor, die anderen zückten ihr Schreibwerkzeug. Victor trank einen Schluck Wasser. Seine Kehle war trocken. Er dachte an Meyer. An Moresbys Warnung. Den Schattenmann in seinem Hotelzimmer. Aber hier im Palazzo wimmelte es von Polizisten. Er wollte gerade fortfahren, als es am Eingang unruhig wurde. Eine zierliche Frau mit braunem Mantel und dunkler Brille drängte sich an den ärgerlich blickenden Saalordnern vorbei und winkte Victor zu. Sofort fühlte er sich kraftvoller. Er schaltete das Mikro aus und beugte sich vor.

»… und lediglich undankbare Almosenempfänger, mit denen wir unser kollektives schlechtes Gewissen beruhigen? Ungebildete Krüppel, die dafür sorgen, dass die Bilanzen nicht stimmen? Solche Meinungen habe ich mir allzu oft anhören müssen, verehrtes Publikum. Und deshalb bin ich heute hier. Um eine alternative Lösung vorzustellen. Es fragt sich nur: Haben Sie den Mut, sich darauf einzulassen, sie auszuprobieren? Oder möchten Sie lieber weiterhin an Entwicklungshilfe glauben, die noch nie sinnvoll funktioniert hat und letztlich all jene Menschen zu Opfern macht, die sie vorgeblich stärken will? Sind Sie bereit dafür, die Welt so grundlegend zu verändern, dass es kaum vorstellbar scheint? Dann würde ich Ihnen gerne von zwei kleinen Pflanzen berichten, die Ihnen vermutlich geläufig sind.«

Wilbur war blass geworden vor Wut. Er flüsterte einem jungen Mann neben ihm etwas zu, der daraufhin den Raum verließ.

In diesem Moment hörte Victor das Geräusch.

Ein Knacken wie von brechendem Eis. Jemand schrie, und er blickte nach oben und sah einen der schweren Kronleuchter auf sich zustürzen. Er warf sich beiseite. Der Leuchter verfehlte ihn um Haaresbreite, und Tausende von Glassplittern flogen auf seinen geborgten Anzug. Die Polizisten fuchtelten mit ihren Waffen herum, und jemand schrie auf Englisch: »Das ist die scheiß al-Qaida! Die bringen uns noch alle um!« Die Menge drängte panisch zum Ausgang, und Victor sah, wie Arabella stürzte und plötzlich nicht mehr zu sehen war. Er rannte vom Podium und drängte sich zu ihr durch. Sie lag eingerollt neben den schweren Eichentüren und hielt die Hände über den Kopf, während die Leute achtlos an ihr vorbeiliefen.

»Ich bin's, Victor«, sagte er, als er ihr auf die Beine half. Sie zitterte am ganzen Körper. Victor legte schützend den Arm um sie und geleitete sie nach draußen. Wilbur sah er nirgendwo mehr. Die Carabinieri hatten den Platz abgesperrt.

Plötzlich hörte er ein kurzes Knallen, das wie eine gedämpfte Explosion klang. Jemand stieß ihn von hinten an, und er stürzte auf die Knie. Als er sich nach Arabella umdrehte, sah er, dass sie auf dem Rücken lag, das Gesicht wutverzerrt. Ihre Brille war gesprungen. Ein Fotograf fluchte lautstark auf Amerikanisch und hob seine Kamera vom Bordstein auf, die ihm heruntergefallen war, als Arabella stürzte.

»Na, toll! Großartig, danke schön, Lady!«

»Wenn Sie nicht so gedrängelt hätten, wäre meine Brille nicht kaputt! Also halten Sie bloß die Schnauze!«, versetzte Arabella aufgebracht, während sie sich aufrappelte. Victor eilte ihr zu Hilfe und sie nahm seine Hand. Arabella blutete an einem Knie. Einige Stadträte standen ratlos herum, sichtlich überfordert von den Ereignissen. »Hier lang«, murmelte Arabella und zog Victor mit sich. Sie liefen um ein paar Ecken, bis nirgendwo mehr eine Kamera klickte. Als Victor merkte, wie heftig Arabella zitterte, zog er sie an sich. Er spürte die zuckenden Muskeln unter ihrem Mantel, als er die Arme um sie legte. Und der inzwischen schon vertraute Rosenduft stieg ihm in die Nase.

»Soll ich Sie nach Hause bringen?«, fragte er.

Arabella schüttelte den Kopf und schniefte. »Lassen Sie nur.« Sie nahm seine Hand und sagte: »Ich werde *Sie* nach Hause bringen.« Ihr Griff war so fest, dass Victors Hand beinahe schmerzte.

Als sie die Lobby des Danieli betraten und sich von Anselmo den Zimmerschlüssel geben ließen, nickte der Portier Victor diskret zu. Victor küsste Arabella schon, als die Tür des Fahrstuhls sich schloss. Und dieser Kuss war nicht mehr zurückhaltend oder vorsichtig.

Im Zimmer holte Victor Pflaster und Jod für Arabellas Knie aus dem Bad, und dann zog er sie aus. Noch immer zitternd, stand sie schließlich nackt vor ihm. Ihr Körper sah aus, als habe sie immer viel Sport getrieben. Oberhalb ihrer Brüste zeichneten sich Narben auf ihrer weißen Haut ab. Als er das Pflaster auf ihr Knie klebte, sog sie die Luft ein.

Dann entkleidete sie ihn, bis er nackt vor ihr stand, mit allen Anzeichen des Begehrens, und vor Aufregung die Luft anhielt. Sie umfasste sein Geschlecht und neigte sich zu ihm, als wolle sie ihm etwas zuflüstern. Ihre Augen schienen die Farbe gewechselt zu haben, erschienen ihm nun wie lichtgraue Seen.

»Victor, Lieber. Du atmest nicht mehr«, flüsterte sie.

»Kann nicht anders.«

Sie umfasste ihn fester und er keuchte. »Wenn das Licht an ist, mach es bitte aus«, sagte sie leise und setzte sich aufs Bett. »Damit wir von gleich zu gleich sind.«

Victor kam ihrem Wunsch nach, dann trat er zu ihr. Er drang in sie ein, noch bevor sie beide aufs Bett sanken, und spürte ein Zucken in ihrem Inneren, als wolle sie durch seinen Körper entkommen. Sie sprachen nicht. Manchmal schloss Victor die Augen, überließ sich seinen anderen Sinnen, wie sie es immer tun musste. Er erfühlte ihren Atem, ihre Höhepunkte. Manchmal sah er sie an, wenn sie kam. Dann fand er, dass sie aussah wie ein Wesen aus einer anderen Welt.

Unter ihrem Fenster ächzte ein Gondoliere angestrengt, als er sein Boot vorwärtsbewegte. Die beiden schliefen erst ein, als der neue Tag begann und Victor ganz sicher war, dass er nie mehr ohne Arabella sein wollte.

Zur selben Zeit trafen sich mehrere Leute, deren Vorfahren dies schon seit siebenhundert Jahren getan hatten, um dafür zu sorgen, dass Victor Tallent am nächsten Tag tot sein würde.

29

Die Frau, die den Angestellten ihrer Investmentbank als Marianne bekannt war, saß in ihrem Wagen und wollte nicht aussteigen.

Sie blickte auf ihre Hände, die auf dem Lenkrad lagen und leicht zitterten. Das machte ihr Angst, denn so etwas hatte sie noch nie bei sich erlebt. Marianne fürchtete sich für gewöhnlich nicht, aber diese Situation war ein Novum. Es hatte noch nie zuvor ein Treffen mit allen anderen gegeben, und Marianne war sich wohl bewusst, dass sie sich selbst in diese Lage gebracht hatte. Sie hätte Wilbur schon vor langer Zeit abservieren sollen. Nervös drehte sie ihren Ring am Finger.

Marianne war Anfang sechzig, hatte jedoch die forsche Ausstrahlung einer weit jüngeren Frau. Im Schneematsch draußen an Manhattans Upper East Side stockte der Verkehr, und Marianne wünschte sich, sie wäre irgendwo anders. Dabei konnte sie sich glücklich schätzen, dass sie einen Parkplatz gefunden hatte. Und dass ihr jemand zur Verfügung stand, dem sie die Schuld zuschieben konnte. Lass sie einfach reden, sagte sie sich. Stimm ihnen zu, nimm aber keine Schuld auf dich. Du stehst nicht unter Anklage. Sie strich ihren Faltenrock glatt, riss die Tür auf und steuerte zielstrebig auf das unscheinbare Gebäude auf der anderen Straßenseite zu.

Im Eingangsbereich fand sie lediglich einen pakistanischen Wachmann vor. Das Haus war offenbar neu und kaum bewohnt. Auf dem Glasfenster am Einlass klebten noch Sticker mit der Aufschrift SICHERHEITSGLAS. Der Wachmann studierte wortlos ihren Ausweis, brachte sie dann zum Aufzug und öffnete mit seinem Schlüssel den Ausgang im elften Stock.

»Sind die anderen schon alle da?«, fragte sie in dem nervösen Tonfall von Menschen, die insgeheim hoffen, dass ein Fremder ihre Ängste zerstreuen könnte. Doch der Mann drückte nur den Knopf für den elften Stock und entfernte sich, ohne sie angeschaut zu haben. Die Absätze seiner Lederschuhe klackten auf dem Marmorboden.

Dann schloss sich die Aufzugtür. Marianne hörte ihren Herzschlag deutlicher als die Musik im Aufzug. Puccinis *Turandot*. Sie drehte wieder ihren Ring und sann darüber nach, ob es in diesem Gebäude wohl einen schalldichten Keller gab, den sie in Kürze besichtigen würde.

Dem Blick standhalten, dachte sie. Knappe Antworten.

Ping!

Die Tür ging auf, und Marianne trat hinaus auf einen dunkelgrünen Teppichboden, der die Laute ihrer Schritte verschluckte. Es gab nur eine einzige Tür am Ende des Gangs. Sie nahm all ihren Mut zusammen, ging darauf zu und öffnete sie. Eine junge Frau in grauem Kostüm stand in einem Eingangsraum, in dem sich lediglich ein Trinkwasserbrunnen aus Edelstahl befand. Es roch nach Reinigungslösung. Marianne wusste, dass die Frau nach dem Treffen sämtliche Flächen säubern und dass keiner von ihnen jemals hierher zurückkehren würde.

»Sie sind Marianne«, sagte die Frau, ohne ihr die Hand zu reichen.

»Ich hoffe, ich komme nicht zu spät«, erwiderte Marianne und versuchte die Frau zu fixieren.

Sie lächelte herablassend. »Richter Andiolini und die anderen erwarten Sie bereits.«

Marianne stockte der Atem. Niemand hatte ihr gesagt,

dass die Eminenza höchstpersönlich da sein würde. Sie wusste, dass der Letzte aus ihren Reihen von einem Treffen mit dem Richter niemals zurückgekehrt war. Und ihr waren Gerüchte zu Ohren gekommen, dass Gianlucca an eine Horde wilder Hunde verfüttert worden war, in Anwesenheit seiner Frau und seiner Kinder. »Ich dachte, Mr Traynor leitet das Treffen?«

Die Frau wies zur Tür. »Bitte. Sie warten bereits.«

Als die Tür geöffnet wurde, merkte Marianne, wie ihr die Knie weich wurden. Sie holte tief Luft und folgte der Frau in den nächsten Raum, aus dem angeregtes Murmeln zu hören war.

Durch ein einziges großes Fenster fiel Licht herein. Neun Personen, formell oder leger gekleidet, verstummten und wandten sich Marianne zu.

Traynor, ein Mann um die fünfzig, von dem bekannt war, dass er sein Anwesen auf der Isle of Skye vor Schottlands Küste nur verließ, wenn etwas furchtbar schieflief, hatte beide Handflächen auf den Tisch gelegt. Ihm war Marianne bislang nur einmal begegnet.

Ein anderer Mann spielte mit seinen Manschettenknöpfen und schüttelte den Kopf, als eine Frau ihm etwas ins Ohr flüsterte. Zwei Männer mit rosigen Wangen beugten sich stirnrunzelnd über ein Papier, das ein Bericht sein mochte, aber auch ein Beschluss über Mariannes Liquidierung.

Doch die dominierende Figur im Raum war zweifellos Andiolini, der im bequemsten Sessel saß, in den Händen eine Tasse heiße Schokolade, die er aber offenbar nicht probieren wollte. Er sah Marianne an wie ein Schuldirektor, der weiß, dass ihnen beiden etwas Unangenehmes bevorsteht.

Trotz dieser Umstände war Marianne stolz auf die Geheimorganisation, der sie angehörte. Die verstandesbetonte und zielgerichtete Frau genehmigte sich einen Anflug von Sentimentalität und dachte zurück an die Zeit, als sie vom Richter höchstpersönlich eingeführt wurde. Ein anderes Mitglied, ein Mann, der die italienische Dependance der großen Bank leitete, für die sie damals zu arbeiten begonnen hatte, dessen vollen Namen sie aber noch immer nicht kannte, hatte sie durch die Straßen Venedigs zu dem großen schwarzen Steinquader am Kirchplatz geführt. Durchs offene Maul einer wilden Löwenfratze waren dort jahrhundertelang Geheimnisse geraunt worden, waren die Feinde des Staates verraten worden, ohne dass die Denunzianten sich die Finger schmutzig machen mussten. Als Marianne damals die Aufschrift DENONTIE SECRETE las, lief ihr ein wohliger Schauer über den Rücken.

»Stecken Sie die Hand ins Maul und schwören Sie Treue«, sagte der Mann. Die neunundzwanzigjährige Marianne hatte seine Anweisung befolgt. Als sie ihre Hand wieder aus dem Schlund zog, war ihr Leben für immer verändert.

Am Abend jenes Tages saß sie im Studierzimmer des Richters und erfuhr ein Geheimnis über sich selbst: Ihr Großvater hatte seit seiner Jugend dem Zirkel des Richters angehört, aber ihren Vater hielt man für zu schwach, um aufgenommen zu werden, und er hatte nie etwas von dem Geheimbund geahnt. Die Organisation verfolgte ein höheres Ziel, das sorgfältig geheim gehalten wurde.

»Das Wissen geben wir nur an jene weiter, die es wertschätzen können«, sagte der Richter damals und musterte sie mit unergründlichem Blick. »Wir sorgen für Gleichgewicht. Und wir treten niemals zutage.« Er hatte den Pakt besiegelt, indem er einer Schublade seines Schreibtischs einen Ring entnahm, der bis auf den fehlenden Edelstein mit seinem eigenen identisch war. Marianne entsann sich, wie sie damals erregt zitterte, als er ihn ihr auf den Finger steckte, langsamer, als es sich schickte. Danach küsste er sie zum Abschied auf beide Wangen und ließ sich auch dabei Zeit. Worauf Marianne zwei Nächte lang kein Auge zutat.

In den folgenden vierzig Jahren war sie in ihrem Beruf tätig, ohne dass jemand ihr Geheimnis ahnte. Sie legte Gelder in Investmentfonds an, führte ein unauffälliges Leben und bekam sogar eine Tochter.

Gelegentlich erhielt sie eine Liste.

Dabei handelte es sich nicht um anonyme Hinweise, sondern um ein ordentliches Dokument, von jemandem erstellt, der für den Richter arbeitete. Es wurde offiziell mit der Post ausgeliefert. Marianne hakte dann ein paar Namen ab, markierte andere, strich einige wenige aus. Dann schickte sie die Liste weiter an eine dritte Adresse zwecks Liquidierung der entsprechenden Personen.

Die Situation, in der sie sich nun befand, erinnerte sie an die guten alten Zeiten. Man schärfte die unsichtbaren Krallen und wartete, wer sie zuerst ins Fleisch schlagen würde.

Eine junge Frau, die Jeans und Sneakers trug und olivbraune Haut hatte, warf Marianne einen gehässigen Blick zu, als sie an den anderen vorbeiging und sich auf dem letzten leeren Stuhl niederließ. Traynor, ein Mann mit einem Pferdegesicht, trank einen Schluck Wasser und blätterte eine Zeitung durch, die vor ihm lag. Dann schob er sie über den Tisch Marianne zu.

Auf der Titelseite war ein Foto von Victor und Arabella zu sehen.

»Ich habe das nicht angeordnet, Mr Traynor«, sagte Marianne, trotz ihrer guten Vorsätze mit erhobener Stimme. »Ich verspreche Ihnen, dass ich dem sofort ein Ende setzen und Tallent beseitigen werde.« Die junge Frau in Jeans gab ein verächtliches Schnauben von sich.

Traynor dagegen beugte sich vor und warf Marianne einen verständnisvollen, vielleicht sogar verzeihenden Blick zu. »Ich hatte gehofft, dass Sie das sagen würden«, sagte er, stand auf und ging zum Fenster. Marianne spürte ihn hinter sich, drehte sich aber nicht um. Die junge Frau murmelte etwas auf Italienisch vor sich hin, das vulgär klang. Traynor zog mit einem Ruck die Jalousien herunter, und Marianne zuckte zusammen, was Andiolini sichtlich Vergnügen bereitete.

»Sie müssen jetzt nicht *ordinär* werden, Silvia«, äußerte Traynor, als er lautlos näher kam. »Marianne, wie wär's, wenn Sie uns erzählen, weshalb Ihre Leute ausgerechnet in *Venedig* die Aufmerksamkeit auf uns lenken? Das soll doch wohl ein Witz sein, oder nicht? Möchte Wilbur dafür sorgen, dass man in aller Welt über uns Bescheid weiß, und das, obwohl unser Sicherheitsnetz enger gespannt ist denn je?«

»Ich tue mein Bestes«, erwiderte Marianne. »Bitte glauben Sie …«

Die junge Italienerin murmelte etwas, das sich wie »Amateure« anhörte.

Traynor hielt sich weiterhin hinter Marianne auf. Sie spürte kalte Luft an den Beinen, obwohl sie keine Klimaanlage entdecken konnte.

Richter Andiolini betrachtete eingehend seine ziemlich schmutzigen Fingernägel. Als er schließlich sprach, klang seine Stimme heiser und erschöpft.

»Früher pflegte sich die Gefahr in Form eines Unheils zu nähern, das wir beherrschen konnten«, sagte er. »Ein Krieg, an dem wir verdienen konnten. Eine Hungersnot, während der wir Weizen verkaufen konnten. Doch nun drohen uns andere Gefahren. Die Mauren kehren zurück, in anderer Gestalt, und sprengen sich in Bars und Bahnhöfen selbst in die Luft. Erzeugen ein Ungleichgewicht. Immer mehr Länder glauben, dass die Demokratie sie vor Bedrohungen schützen kann. Die Amerikaner verschlimmern die Lage, indem sie mit ihren unbeholfenen Soldaten, die überall Chaos anrichten, in unseren Gebieten herumpfuschen. Die kleinste Welle auf einem Teich kann sich zu einem Sturm auswachsen und unser Schiff zum Sinken bringen, wenn wir nicht Vorsicht walten lassen. Unser Schiff ist alt. Und die Feinde können es im Handumdrehen entern. Würden Sie uns bitte *ganz genau* schildern, wie Ihre Leute in Italien tätig werden?«

Als Marianne den Mund öffnete, um zu antworten, um noch ein paar Momente am Leben zu bleiben, zwinkerte Silvia und blies ihr einen Abschiedskuss zu. Doch dann richtete Marianne sich auf. Wenn sie jetzt blinzelte, würde sie diesen Raum nicht mehr verlassen, sondern Gianlucca Gesellschaft leisten. Sie blickte Andiolini unverwandt an und ging aufs Ganze.

»Bitte vergessen Sie nicht, Sir, dass meine Leute Mimmos Unterlagen aus Victor Tallents Zimmer entwendeten, bevor er sie jemandem zeigen konnte«, sagte sie entschieden. »Und wir haben sie Ihnen auf direktem Wege überbracht.«

Der Richter probierte misstrauisch die heiße Schokolade und verzog das Gesicht. »Und der Amerikaner hat sie wohl nicht eingehend betrachtet? Sich womöglich die Namen gemerkt?«

»Wir überwachen seine Telefonate und seine E-Mails. Nichts. Und wir beschatten ihn ununterbrochen. Nichts davon ist aufgetaucht.«

»Sind Sie bereit, Ihre Karriere darauf zu wetten?«, fragte einer der Männer im Anzug und faltete die Zeitung zusammen.

»Ja«, antwortete Marianne. »Er weiß nicht, was er da gesehen hat.« Sie hörte das Verkehrsrauschen von draußen und die Atemzüge der anderen, während sie das Urteil erwartete. Wenn es jetzt sein soll, dann bitte hier und nicht im Keller, dachte Marianne.

Schließlich nickte der Richter. »Sind Sie sicher, dass uns nichts anderes verraten kann?«, fragte er und blickte Marianne prüfend an. Sie nickte, und der alte Mann hustete. »Was ist mit seinem Ausflug ins Staatsarchiv?«, fragte er dann, und Silvia grinste höhnisch.

Marianne warf ihr einen entschiedenen Blick zu und leckte sich über die Lippen, die sich trocken anfühlten. »Die *Questura* glaubt nicht an einen Einbruch in Tallents Hotelzimmer«, sagte sie. »Im Staatsarchiv denkt man, dass Tallent Bescheid weiß über Mimmos Tod. Zwei Polizeiberichte in zwei Tagen. Der Mann besitzt keinerlei Glaubwürdigkeit.«

Traynor begab sich auf seinen Platz zurück und nickte Marianne zu, als wolle er sagen »Gut gemacht, Schätzchen«, doch sie reagierte nicht auf die Geste. Marianne wusste, dass er sie, ohne mit der Wimper zu zucken, in heißes Öl werfen würde, um seine eigene Haut zu retten.

Der Richter lächelte und seufzte so zufrieden, als habe er gerade eine köstliche Mahlzeit zu sich genommen. »Gut«, sagte er dann und blickte in die Runde. »Lassen wir ihn verschwinden. Hat jemand eine Idee?«

30

Frühmorgens öffnete Victor die Tür des Hotelzimmers und holte die *Herald Tribune* herein. TERRORANGST BEI UNESCO-KONFERENZ lautete die Schlagzeile. Auf dem Bild darunter sah man sein verzerrtes Gesicht, als er sich umschaute, um festzustellen, wer ihn angestoßen hatte. Neben ihm Arabellas Gesicht, ebenfalls zu einer Grimasse verzogen, als sie im Sturz nach oben blickte. Von unten betrachtet sah es aus, als hätte sie ihn mit beiden Händen die Treppe hinuntergestoßen.

Victor schüttelte den Kopf und seufzte. Was für ein Chaos. Er kehrte zum Bett zurück. Arabella öffnete die Augen, richtete sich auf, küsste ihn auf die Nase und nahm ihm die Zeitung aus der Hand. Sie begann ihn zu streicheln, und sein Verlangen erwachte aufs Neue.

»Der Direktor wird einen neuen Termin für eine Konferenz ansetzen«, sagte sie. Victor verzog frustriert das Gesicht. Das würde er gewiss nicht tun. Sie würden die wichtigsten Gastredner zu Wort kommen lassen und die Sache so schnell wie möglich abschließen. Die Geister der toten Mauren, in Gestalt von al-Qaida-Terroristen, erwachten wieder zum Leben. Er strich über Arabellas zerzaustes Haar und küsste sie auf die Wange. Die geschwungene Linie ihrer Oberlippe erinnerte ihn an einen Möwenflügel.

»Nein, im Ernst«, sagte sie. »Du wirst sehen. Ich rede mit ihm.«

Victor nickte stumm und verfiel in Schweigen. Draußen ratterte ein Müllboot vorbei. Dann wurde es wieder still.

»Hast du schon mal von jemandem namens Stankovic gehört?«, fragte er.

Arabella sah ihn stirnrunzelnd an. »Nein, wer soll das sein?«

»Ich hatte gehofft, du wüsstest es«, antwortete Victor, der Meyer wieder in seiner Nähe spürte. Meyer raunte ihm zu, vorsichtig zu sein, sogar mit Arabella. »Jemand, der so heißt, hat offenbar heute für mich angerufen, aber keine Nummer hinterlassen. Ich dachte, es sei vielleicht jemand von deinen Leuten.« Sie sah ihn fragend an. »Ein Dolmetscher vielleicht oder so.«

»Schon möglich«, sagte Arabella seufzend. »Man kann heutzutage seines Jobs nicht mehr sicher sein.«

Victor betrachtete ihre apart geschwungene Oberlippe und begehrte sie heftig. Stankovic war vergessen. »Und was machen wir jetzt?«, fragte er. »Ich meine, das ist keine Arbeitsbeziehung mehr.«

Arabella stand auf und kleidete sich an, rasch und sorgfältig, als wolle sie sich vor ihrem eigenen Verlangen schützen. Ihre Augen wirkten wieder sumpfgrün, unergründlich tief und flach zugleich. Sie blinzelte heftig. »Ich möchte dich auch wiedersehen. Ich habe nicht …« Sie unterbrach sich. »Es ist sehr schön mit dir. Aber lass uns nichts überstürzen, ja?«

»Ich reise in ein paar Tagen ab …«

Sie kam zu ihm und umarmte ihn. Sie zitterte wieder, ihr Körper war wie eine Stimmgabel, in Schwingung versetzt. »Dann lass uns heute Abend zusammen essen. Ich habe ein paar Termine, aber ich rufe dich auf dem Handy an und sage dir einen Treffpunkt. Als Erstes rede ich mit dem Leiter vom Institut, das verspreche ich dir. Stefano hat Gäste bei uns, wir müssen irgendwo auswärts essen.« Sie hielt ihn fest in den Armen, dann löste sie sich. Strich leicht über seine Brust, über seine Boxershorts. Und verschwand.

Victor legte sich aufs Bett und starrte an die Decke. Arabellas Duft hing noch im Raum. Er musste unvermittelt an das Deckenfresko in ihrer Wohnung denken, auf dem der venezianische Admiral von rasenden Sarazenen in Stücke gehackt zu werden drohte. Um das Bild aus seinem Kopf zu verbannen, stand er auf und zog sich an. Und ein anderes Bild stellte sich ein: von einer Kostbarkeit, die ihn mit geheimnisvollem grünem Funkeln lockte.

Kurz darauf stand er der Besitzerin des kleinen Juwelierladens gegenüber. Sie beäugte ihn prüfend. Ganz offensichtlich hatte sie den Laden nur geöffnet, weil Victor so lange vor dem Schild mit der Aufschrift CLOSED ausgeharrt hatte.

Carla Balbi war älter geworden, doch war noch immer sehr grazil. Sie dehnte ihren Rücken, den sie stets zu krumm hielt, wenn sie sich über die Schmuckstücke beugte. In den Vitrinen funkelten erlesene Ringe und kunstvolle Tiaras.

»Was kann ich Ihnen zeigen?«, fragte sie Victor mit einem kleinen Lächeln. »Etwas für die Frau vielleicht?«

»Ja, etwas für die Frau.«

»Einen Ring? Oder kennen Sie sie noch nicht lange?«

Carla schickte sich an, etwas aus einer Schublade hinter der Ladentheke zu nehmen, ließ dabei aber ihren Kunden nicht aus den Augen. Victor wollte ihre Frage gerade beantworten, als wieder dieses besondere Funkeln in der Vitrine seinen Blick auf sich zog. Ein Armband auf einem Samtkissen. Golden, mit drei Smaragden in der Mitte eines Familienwappens. Er deutete darauf.

»Könnte ich das da mal sehen, bitte?«

»Ich glaube, das sollten Sie lieber nicht in Betracht ziehen. Es ist leicht beschädigt.«

»Das macht nichts. Es ist wunderschön.«

Carla zögerte, doch dann nahm sie das Kissen aus der Vitrine und platzierte es auf der Theke. Sie griff mit einem Chamoistuch danach, reichte es Victor aber nicht sofort. Er war nicht sicher, ob sie das Armband als besonders wertvolles Familienstück erscheinen lassen wollte, um den Preis hochzutreiben, aber irgendetwas schien der Juwelierin wirklich unangenehm zu sein. Schließlich ließ sie zu, dass er das Schmuckstück berührte.

»Das stammt, ähm, von einer Familie, die *disgraziato* war. Wie sagt man dazu auf Englisch?« Sie schnipste mit den Fingern. »Ah ja, geschmäht!«

Das Wappen war etwas abgewetzt, aber Victor konnte ein Seeungeheuer mit drei grünen Augen erkennen, das ein römisches Kriegsschiff verschlang. Das Armband fühlte sich erstaunlich leicht an in seiner Hand. Er versuchte sich vorzustellen, wie es an Arabellas Arm aussehen würde, und es betrübte ihn, dass sie es niemals selbst sehen würde. In Gedanken überlegte er schon, wie er es ihr beschreiben könnte.

»Was ist mit der Familie geschehen?«

Carla sog scharf Luft zwischen den Zähnen ein, um das Ausmaß der Tragödie anzudeuten. »Ich weiß nicht viel über sie«, antwortete sie schließlich. Sie zündete sich eine Zigarette an und blickte versonnen in den Rauch, als könne sie dort das Venedig vergangener Zeiten erkennen. Dann sagte sie mit gedämpfter Stimme: »Die Farinesi waren Schauspieler, Mimen. Im vierzehnten Jahrhundert. Sehr berühmt, haben für den Dogen gespielt. In ihrem Theater. Das war hier in der Straße. Ist jetzt ein Internet-Café drin. So ein Jammer.«

Ihre Miene verdüsterte sich. »Aber der Doge fühlte sich beleidigt durch ihr Stück, und die Unsichtbaren sind nachts gekommen und haben sie geholt. Und ihr Haus ist abgebrannt. Das Theater auch. Nichts ist von ihnen geblieben. Einige Farinesi sind nach Genua entkommen. Aber da …« Carla stieß eine Rauchwolke aus und zuckte die Achseln, als wolle sie sagen, dass Exil in Genua gleichbedeutend sei mit dem Tod. Die grünen Steine funkelten und glitzerten im Licht.

»Die … wer waren diese Unsichtbaren?« Victor wusste, dass er dieses Armband nun kaufen musste, mitsamt seiner Geschichte. Doch er empfand auch ein unbestimmtes Grauen vor dem, was er womöglich erfahren würde.

»Der Rat der Zehn«, flüsterte Carla. »Mächtiger Geheimbund im alten Venedig. Namenlos, lebten in Schlössern. Niemand kann sie sehen. Aber sie sehen *dich*. Einige unglückselige Farinesi entkamen nicht. Sie haben sie verhaftet. Sind spurlos verschwunden. Aber die Leute erzählen sich Gerüchte. Man hat ein kleines Mädchen in den Kanal geworfen, heißt es.« Sie drehte ihre Hände hin und her, als wolle sie unsichtbare Ringe vorführen. »Und sie haben ihrer Mutter das Geschmeide geraubt. Und danach den Kopf abgehackt.«

Carla verstummte und betrachtete Victor, der fahl wurde. Er dachte an den Schatten auf dem Haus. An Meyers Angewohnheit, immer die Dächer zu beobachten. Wanzen. Männer im Central Park, die das Gelände absuchten. Dann rief er sich zur Vernunft. Doch er konnte den Blick nicht von den funkelnden Smaragden lösen.

»Aha«, sagte er. »Dieses Armband ist bestimmt sehr teuer, wie?«

Carla zog die Augenbrauen hoch. »Sehr. Aber ich verkaufe es Ihnen zu einem Sonderpreis.«

Victor legte seine Kreditkarte auf die Vitrine. »Wie viel?«

»Wie viel können Sie ausgeben?«

»Weniger als Sie glauben mögen.«

Carla warf einen prüfenden Blick auf Victors Kleidung und rechnete kurz. Dann schrieb sie eine Zahl auf einen Block und reichte ihn Victor. Die verlangte Summe betrug kaum mehr als eine Übernachtung im Danieli.

»Aber es ist doch viel mehr wert«, wandte Victor, misstrauisch geworden, ein.

»Für mich nicht. Ich habe meinem Vater ein Versprechen gegeben. Sie sollen es bekommen.« Die Juwelierin wirkte sehr entschlossen.

»Danke«, sagte Victor, fasziniert vom Feuer der Smaragde.

Carla nickte gewichtig, dann legte sie das Armband behutsam in eine rote Lederschatulle, als wolle sie das letzte Erbe der Farinesis vor neugierigen Blicken schützen. Sie gab Victor die Hand zum Abschied und schloss hinter ihm den Laden ab. Dann zündete sie sich eine neue Zigarette an und ging nach oben, um sich wieder ihrer Fernsehserie zu widmen.

Bei jedem Schritt wurde ihr leichter ums Herz, weil sie das Armband nun endlich losgeworden war. Sie dachte an ihren Vater, der damals so wenig davon lassen konnte wie ein Drogensüchtiger von der Nadel. Und ihr Geschäft hatte sich gut entwickelt seit damals. Es war die rechte Zeit gewesen.

Carla drückte ihre Zigarette auf dem Fensterbrett aus. Ihre Katze sprang auf und strich ihr schnurrend um die Beine. Carla dachte an den schwarzen Engel auf dem Grab ihres Vaters, und ein Schauer lief ihr über den Rücken. Sie verstand nicht recht, weshalb, aber sie verspürte plötzlich einen Anflug von Angst. Dann war das Gefühl wieder verschwunden.

Der junge Mann war schließlich gewarnt worden, nicht wahr?, dachte sie. Er hatte ja nicht auf sie hören wollen. Ich habe ihm die Wahrheit gesagt, Papa. Nun gut. *Buon fortuna*. Ich habe für ihn getan, was ich konnte.

31

Victor hatte noch nie einen Menschen so sehr gehasst, dass er ihn töten wollte. Damals im Krieg, als die Republikanische Garde seinen Konvoi unter Beschuss nahm und Männer, denen er emotional näherstand als seinen Eltern, zu Fetzen schoss, hielt er verzweifelt Ausschau nach einem Maschinengewehr, um das Feuer zu erwidern, hatte aber keines zur Hand. Abends im Lager versuchte er sich vorzustellen, wie die Feinde aussahen. Sein Hass verpuffte, als er sich nicht auf ein Gesicht fixieren konnte.

Doch an diesem Abend, unter dem sichelscharfen Neumond, schien es, als wolle der mörderische Geist Venedigs ihn zum Äußersten treiben. Aus einer Laune heraus bog Victor auf dem Weg zu seinem Hotel in eine Gasse ein, aus der ein Lichtschein drang, der ihn neugierig machte.

Dann blieb er stehen und sah nach, ob Arabella eine Nachricht auf seinem Handy hinterlassen hatte. Sie hatte noch nicht angerufen. Ob er direkt zu ihr gehen sollte? Nein, das wäre viel zu aufdringlich. Er sollte sich lieber in Geduld fassen. Er ging auf den Lichtschein zu. Hörte Stimmen. Eine Bar.

Durchs Fenster sah er einige der UN-Delegierten, darunter mehrere Dolmetscher aus Rom. Über der Tür verkündete eine schiefe Neonschrift BAR NONE. Victor ging hinein. Am Ende des Tresens erblickte er Max Pell in trautem Gespräch mit einem Mann, der sich über sein Weinglas beugte, als sei es eine Kristallkugel, die ihm die Wahrheit offenbaren könne. Victor erwog, sich schleunigst wieder aus dem Staub zu machen, aber Max Pell hatte ihn schon entdeckt.

»Und vollkommen unversehrt!«, schrie Pell so laut, dass die anderen Gäste zusammenzuckten. »Er findet das Mädel und landet dann mit ihr auf dem Boden. Etwas barbarischer Annäherungsversuch, finden Sie nicht? Vielleicht maurisches Blut?«

Pells Trinkkumpan, zu Tode gelangweilt von dieser Stadt, wandte langsam den Kopf.

Wilbur.

Wie üblich in einem Anzug, der ihm zu eng war. Und mit einem Gesichtsausdruck, der deutlich auf seinen Abscheu gegenüber Victor schließen ließ.

Max Pell war es irgendwie gelungen, den einzigen Menschen in ganz Venedig aufzustöbern, der Victor so zuwider war, dass er die Beherrschung verlieren und dafür hinter Gittern landen konnte. Als Victor den unangenehmen Zeitgenossen erblickte, wollte er sich mit diversen Ausflüchten davonmachen, aber Pell zerrte ihn zum Tresen. Victor vermied es, Wilbur anzusehen, und bestellte sich ein Mineralwasser.

»Für mich auch«, sagte Pell freundlich und rieb Victor die Schultern, als sei er sein Basketball-Trainer. Wilbur wandte sich nun Victor zu, dem nichts anderes übrig blieb, als zu reagieren.

»Und?«, fragte Victor munter, aber mit aggressivem Unterton. »Wie läuft's denn mit dem sizilianischen Flittchen, von dem Sie mir erzählt haben?«

Wilbur trank einen Schluck Wein und zuckte die Achseln. »Oh, ganz gut, könnte man wohl sagen«, antwortete er gedehnt. »Aber sagen Sie mal, diese blinde Maus, mit der Sie da rumlaufen, spielt die gerne Häschen, bevor Sie ihn reinschieben? Die täuscht doch bestimmt einen Org...«

Victor drängte sich an Pell vorbei und legte Wilbur die Hände um den fleischigen Hals. Dann zerrte er unter den entsetzten Blicken der Kellner und anderen Gäste den betrunkenen Mann nach draußen, drosch ihm mehrmals die Faust ins Gesicht und war gerade drauf und dran, seinen Kopf gegen einen Laternenmast zu schlagen, als ihn jemand zurückriss. Es war Max Pell, der stark nach Whisky roch.

»Nur die Ruhe, Kumpel. Er hat ziemlich schlechte Manieren, aber so pusten Sie ihm ja das Licht aus. Das gibt einen furchtbaren Papierkrieg hinterher, glauben Sie mir.«

Max hielt Victor umklammert, bis Wilbur sich aufgerappelt hatte, einen Anflug von Angst in den Schweineaugen. Jemand aus der Bar hatte die Carabinieri angerufen, deren Sirenen man nun schon übers Wasser hallen hörte. Max schlug vor, dass die beiden sich vertragen sollten. Wilbur sann darüber nach. Als Victor das *motoscafo* der Polizei mit Blaulicht um die Ecke biegen sah, zog er seine Krawatte zurecht und richtete sich auf. Max nickte. Mit der anderen Hand hatte er jetzt Wilbur gepackt.

»Ist dann alles gut, ja? Ein Missverständnis zwischen Herren? Wenn die Jungs mit den albernen Mützen eintreffen, sind Sie beide artig und zeigen Ihre Beißerchen? Grunzen Sie, wenn Sie mich verstanden haben.«

Victor beobachtete, wie das Boot am Pier anlegte und zwei Polizisten mit weißen Gürteln heraussprangen. »In Ordnung«, sagte er.

Max quetschte Wilburs Schulter. »Und Euer Ehren? Hat man sich entschieden?«

Der massige Mann nickte nur und betastete vorsichtig seine Oberlippe. Max wandte sich ab und nahm die beiden Polizisten in Empfang, ließ durchblicken, dass er für den *Independent* arbeitete, und entschuldigte sich wortreich für diese alberne Szene, die zweifellos das Personal der Bar erschreckt hatte. *Mi dispiace*, meine Herren. Und sie seien ja so wunderbar schnell da gewesen.

Wilbur, der den Polizisten den Rücken zukehrte, grinste dreist und zog Victor in eine eiserne Umarmung. Die Carabinieri brachten ihre Notizbücher zum Vorschein und nahmen einen Bericht auf. Victor wand sich in Wilburs Umklammerung und versuchte freizukommen. Der massige Mann leckte sich Blut von den Lippen und gab Kussgeräusche von sich.

»Sie ist bestimmt total eng, oder? Sei ehrlich.«

Die Polizisten warfen den beiden Männern argwöhnische Blicke zu, tippten an ihre Mützen und kehrten auf ihr Boot zurück. Max winkte ihnen zu, dann verschwand das *motoscafo* röhrend um die Ecke. Worauf Victor Wilbur das Knie in die Hoden rammte und so einen Stoß versetzte, dass er übers Geländer in den Kanal stürzte. Wilbur spuckte Wasser aus und begann zum Ufer zurückzuschwimmen, den Blick auf Victor gerichtet. Max stieg die Treppe hinunter, um ihn in Empfang zu nehmen. Über die Schulter sagte er zu Victor: »Hauen Sie lieber ab, solange Sie noch einen Vorsprung haben, Mann.«

Victor begann loszulaufen. Die Muskeln in seinen Schultern zuckten unkontrollierbar, eine Folge der Keilerei. Panik erfasste ihn, weil er plötzlich glaubte, das Armband verloren zu haben, doch dann spürte er die Schatulle in seiner Brusttasche. Er hatte gute Lust, noch zehn weitere Wilburs zu verprügeln, als er Max Pell hinter sich rufen hörte: »Sie sind mir was schuldig!«

32

Eine Kirchturmuhr irgendwo im Gewirr der Gassen schlug elf. Arabella hatte sich noch immer nicht gemeldet. Victor griff in seine Jacke, fand aber sein Handy nicht. Er suchte sämtliche Taschen ab, doch es blieb verschwunden. Er musste es bei der Prügelei verloren haben. Victor konnte den Kirchturm von San Staè über den Dächern aufragen sehen und beschloss, Arabella einfach zu Hause zu besuchen. Die Essenszeit war schon lange vorbei. Er konnte draußen warten, aber er musste sie einfach noch sehen. Venezianische Tragödie, dachte er grinsend: Der Held – mit blutenden Wunden vom Duell, bei dem er die Ehre seiner Liebsten verteidigt hat – steht sehnsuchtsvoll unterm Balkon und wartet auf ihr Erscheinen. Die unglückseligen Farinesi hätten das gewiss gerne aufgeführt.

Doch der Toreingang zu Haus Nummer zwei war mit einem Vorhängeschloss gesichert. Victor blickte in den Hof und sah Licht in Arabellas Wohnung und schattenhafte Gestalten. Er suchte nach einem anderen Zugang und landete auf der Seite des Gebäudes bei einem Müllcontainer, in dem Katzen nach Essbarem suchten.

Victor hörte Stimmen, die sich offenbar eine Auseinandersetzung lieferten, konnte aber nichts verstehen. Er trat näher an die Fenster heran, vorbei an stinkenden Abfällen.

Es hörte sich an wie ein Streit zwischen Liebenden. Dann kam eine dritte Stimme dazu, die zu einer jüngeren Frau zu gehören schien. Als er angestrengt horchte, konnte er verstehen, dass die erste Frauenstimme verkündete, sie werde nicht nachgeben, das stehe fest.

»... nein, die Entscheidung liegt *durchaus* noch bei mir. Wir handeln auf mein Geheiß, nicht auf deines. Und wenn du jetzt beschließen solltest, es alleine durchzuziehen, kriegst du es mit mir zu tun! *Und* mit Mackensen!«

Victor erstarrte. Das war Arabella. Sie sprach Englisch, und ihre Stimme klang so aggressiv und kalt, wie er sie noch nicht gehört hatte. Ihr Gegenüber war hörbar unbeeindruckt.

»Ich habe mit Mackensen geredet, ist das klar?«, versetzte der Mann. »Er ist der Meinung, dass du es falsch anpackst! Die Gruppe trifft die Entscheidung, und du stehst alleine da mit deiner Meinung.« Der Mann gluckste leise. »Und ich glaube, ich weiß auch, weshalb, aber das ist sentimentaler Quatsch. Wer kann sich so was heutzutage noch erlauben? Glaubst du, ich vielleicht?«

Arabella wirkte ruhiger, als sie wieder sprach. »Wenn man überreagiert, kann alles schieflaufen«, sagte sie. »Wir brauchen noch Zeit. Weißt du noch, letztes Jahr? Als du ...«

»Wir haben keine Zeit mehr!«, schrie der Mann aufgebracht. »Wie lange willst du noch hier herumsitzen und Gräfin spielen?«

Eine der Straßenkatzen war aufs Fensterbrett geklettert und sprang nun direkt an Victors Gesicht vorbei. Er wich aus und stieß dabei an leere Sektflaschen, die klirrend umfielen. Die Stimmen verstummten. Neben einem Seiteneingang, den Victor im Dunkeln übersehen hatte, ging ein Licht an, und Victor hörte einen Mann fluchen, der innen die Tür entriegelte. Victor erwog wegzulaufen, fand das aber absurd, weil Arabella sich dort drinnen vermutlich mit ihrem Bruder stritt und nicht mit irgendwelchen venezianischen Schlägertypen. Mit Stefanos teuren Slippern stieß er Glasscherben beiseite und trat näher ans Licht. *Oh, hallo, guten Abend, ich spaziere hier nur grade durch euren Müll und ruiniere dabei deinen Lieblingsanzug, der 4000 Dollar wert ist.*

Die Tür ging auf, und ein schlanker Mann mit hellblonden Haaren trat ins Licht. Er hielt einen schweren Gegenstand in der Hand.

»*T'ta a facc', arruso!*«, zischte er und kam drohend auf Victor zu, der sich rasch hinter einen Müllcontainer duckte. Jetzt erkannte er das Gesicht des jungen Mannes, den er schon vor dem Bahnhof in Gesellschaft seiner Freundin und seiner Schwester gesehen hatte. Victor richtete sich auf, lächelte und streckte die Hand aus, obwohl Stefano mit einem Kerzenleuchter bewaffnet war.

»Stefano! Ich bin, ähm, Victor Tallent«, sagte er. »Ihre Schwester ist meine, ähm, Dolmetscherin. Ich wollte früher kommen, aber …« Stefano starrte ihn fassungslos an. »Keine passende Tageszeit, wie?«, meinte Victor und grinste möglichst entwaffnend. »Und ich, ähm, fürchte, dass ich Ihren Anzug ziemlich dreckig gemacht habe. Ich lasse ihn reinigen.«

Stefano wechselte den Kerzenleuchter in die andere Hand und blinzelte verwirrt. Er gab Victor die Hand und lächelte. »Oh, hallo«, sagte er und blickte auf das potentielle Schlagwerkzeug in seiner Hand. »Bei uns ist diesen Monat schon zweimal eingebrochen worden. Einmal war meine Schwester erst kurz zuvor aus dem Haus gegangen. Verfluchte Zigeuner. Verzeihen Sie.« Sein amerikanischer Akzent erinnerte Victor an alte Fernsehserien.

»Na klar, kein Problem«, erwiderte er.

Stefano wirkte nun regelrecht erfreut. Arabella erschien in der Tür und hielt sich am Rahmen fest. Sie sah wunderschön aus, auch in Jeans und einem alten T-Shirt. Ihre Oberlippe zitterte ein wenig, als versuche sie etwas zu wittern.

»Stefano, was ist los? Wer ist da …«

»Arabella, ich bin es nur, Victor. Tut mir leid, dass ich euch erschreckt habe. Aber das Tor war verriegelt, und ich …«

Arabella ertastete sich einen Weg zwischen den Mülltonnen hindurch, griff nach seiner Hand und schmiegte sich an ihn. »Ich habe versucht dich auf dem Handy anzurufen«, sagte sie. »Wo warst du denn? Ich war mir nicht sicher, ob …«

Victor hätte sich schlagen können, weil er das Handy verloren hatte. Er küsste sie zweimal. Am liebsten hätte er ihr sofort das Armband umgelegt und ihr eine Geschichte von Seeschlangen und Liebe erzählt. »Ich hatte eine … ach was, ist eine lange Geschichte.«

Stefano hielt ihnen mit formvollendeter Geste die Tür auf. »Bitte«, sagte er. »Trinken Sie doch eine Tasse Kaffee mit uns.«

Arabella wandte sich ab, ließ aber seine Hand nicht los. Als sie ins Haus kamen, nahm Victor einen leicht öligen Geruch war, der sich mit Arabellas Rosenduft mischte. Hatten sie Pasta gekocht? Aber nirgendwo war Geschirr zu sehen, nur leere Pizzakartons. An der Wand lehnten Gepäckstücke, die Skier und Skistöcke zu enthalten schienen. Arabella verschloss die Tür hinter ihm mit drei Riegeln. Sie spürte, dass er sie beobachtete, und sagte: »Was hab ich dir über Einbrecher erzählt?«

»Tut mir leid. Ich wollte dich ganz bestimmt nicht …«

Sie legte einen Finger an die Lippen. Stefano war ins Esszimmer gegangen, um den Kerzenleuchter an seinen angestammten Platz zurückzustellen. Durch die offene Tür sah Victor das blonde Mädchen vom Bahnhof auf der Couch liegen und in ein Handy raunen.

»Komm«, sagte Arabella. »Setz dich und mach es dir bequem. Dann kommst du vielleicht sogar noch zu dem Dessert, das ich dir versprochen hatte.«

Sie zog ihn mit sich ins Esszimmer, vorbei an in Plastikfolien gehüllten Gemälden von streng blickenden Männern mit Brustharnisch und Helmen, auf denen Federbüsche thronten. Die Leitern schienen sich seit Victors letztem Besuch vervielfacht zu haben, und in den Ecken lauerten bedrohlich wirkende Maschinen.

Das Esszimmer wirkte unbenutzt. Auf dem Tisch lag eine Staubschicht. Das blonde Mädchen erhob sich von der Couch, um ihn zu begrüßen. Sie steckte in einem riesigen Skipullover, den sie so weit hochgezogen hatte, dass er ihr halbes Gesicht verdeckte. Keinen Tag über achtzehn, dachte Victor. Ihrem Blick sah er an, dass sie ihn gerne möglichst schnell wieder loswerden wollte, damit sie sich mit Stefano in die oberen Gemächer verziehen konnte. Sie streckte ihm die Hand hin und murmelte irgendetwas. Ihr Händedruck war kraftlos.

»Annika spricht kaum Englisch, aber wir lieben sie trotzdem, nicht wahr?«

Stefano drückte das blonde Mädchen, das anschließend in die Küche trottete, um die Espressomaschine anzuwerfen. Arabella folgte ihr.

Stefano steckte sich eine Zigarette an, lehnte sich zurück und betrachtete den Gast eingehend. Sein Lächeln wirkte leicht gekünstelt. »Hab schon viel von Ihnen gehört«, sagte er mit anzüglichem Unterton und warf seiner Schwester, die gerade mit einem Sektkühler aus dem Eisfach und Dessertlöffeln zurückkehrte, einen vielsagenden Blick zu.

»Lass das bleiben, Stefano, ja? Ich will nicht, dass du wieder damit anfängst.«

Stefano zuckte die Achseln. Annika stellte ein Tablett mit einer Espressokanne und kleinen Tassen auf dem Tisch ab und trollte sich dann wieder zu ihrer Couch.

»Spitzenstudent«, sagte Stefano, »hat den richtigen Riecher. Was hast du sonst noch erzählt?«

»*Stefano.*«

Stefano schüttelte ungläubig den Kopf, äußerte sich aber nicht weiter.

»Ihre Schwester hat mir quasi das Leben gerettet«, sagte Victor.

»Das glaube ich. So was macht sie immer.«

»Lang-weilig!«, verkündete Annika von der Couch.

»Und was machen Sie so?«, fragte Victor.

Stefanos Miene war zuerst ausdruckslos, dann lächelte er unverbindlich. »Meine Schwester wird Ihnen erzählen, dass ich nichts tue. Nur wenn sie etwas braucht. Dann hab ich alle Hände voll zu tun.«

Arabella stellte lautstark eine Tasse ab und wandte sich zornig ihrem Bruder zu. »Willst du wieder damit anfangen?«, fragte sie. »Findest du das schlau?«

»Schon gut, Waffenstillstand. Ich zieh mich zurück.« Stefano erhob sich, legte seiner Schwester die Hände auf die Schultern und küsste sie auf die Wange. Stefano nickte Annika zu, die aufstand und mitsamt ihrer Decke die Treppe hinauftappte. Dann schüttelte er Victor kräftig die Hand. »Wir bleiben heute im dritten Stock«, sagte er. »Der Rest des Hauses gehört euch, falls man Ihnen noch einen Dessertwein anbieten sollte.«

Arabella versetzte ihrem Bruder einen Stoß, und er grinste und schlenderte die Treppe hinauf. Mit geröteten Wangen kam sie zu Victor und setzte sich auf seinen Schoß wie bei ihrem ersten Kuss. War das wirklich erst gestern Abend?, dachte er. Oder am Abend zuvor?

Sie nahm einen der Dessertlöffel und stocherte in dem Sektkühler herum. Dann öffnete sie seinen Mund mit den Fingern, und er legte erwartungsvoll den Kopf zurück.

»Möchtest du denn Dessertwein?«, fragte Arabella.

Victor wollte gerade antworten, als sein Blick erneut auf den unglückseligen Admiral fiel, dessen Bildnis man weiter freigelegt hatte. Nun sah man, dass man ihm schon Arme und Beine abgehackt hatte.

»Was meinst du denn?«, erwiderte er die Frage.

Arabella fütterte ihn.

»Ich meine, dass du das hier erst mal probieren sollst und mir sagen, was es ist.« Victor ließ die kalte Masse in seinem Mund zergehen. Arabella küsste ihn so lange, bis jeglicher Zweifel an ihrer Verliebtheit ebenso dahingeschmolzen war wie die kalte Substanz.

Haselnusseis.

33

Victor erwachte, weil Tränen auf seinen Arm tropften.

»Was ist los?«, fragte er verstört.

Arabella schüttelte stumm den Kopf, und Victor kam ein schrecklicher Gedanke. »Ist es wegen mir?«

Sie schluchzte auf, dann holte sie tief Luft und versuchte

sich zu beruhigen. Die Straßenlaternen tauchten das riesige Pfostenbett, auf dem sie letzte Nacht gelandet waren, in oranges Licht. Über einer Kommode hing ein gesprungener Spiegel mit schwerem goldverziertem Holzrahmen. Hier oben waren die Arbeiter sichtlich noch nicht angelangt – aus der Decke waren Stuckteile herausgebrochen und hatten hässliche braune Löcher hinterlassen.

»Nein, es hat nichts mit dir zu tun. Mein Bruder …«

Sie hielt inne und schüttelte bedrückt den Kopf. Victor merkte, wie er zornig wurde. Der Ritter und Beschützer trat wieder auf den Plan.

»Hat er dich verletzt? Sag es mir.«

»Nein. Aber wir streiten uns ständig. Wir haben …«, sie verzog das Gesicht und holte tief Luft, bevor sie weitersprechen konnte, »… ein Problem, das wir nicht lösen können.«

Victor erinnerte sich an die Szene, die er belauscht hatte. »Ich habe euch gehört, als ich vor dem Haus stand. Er hat dich als sentimental bezeichnet. Um was geht es denn?«

Ihr Atem klang zittrig und ihre Stimme beschämt und zornig, als sie fragte: »Was hast du gehört?«

»Nur, dass er die Entscheidung nicht alleine treffen kann«, antwortete Victor. »Und irgendetwas über einen Mackensen. Arabella, was …«

»Sie werden Stefano umbringen«, sagte sie. »Wenn ich dieses Haus nicht verkaufe, werden sie ihn totschlagen. Haben sie gesagt.« Arabella zitterte am ganzen Körper, und er zog sie an sich und hielt sie fest umschlungen. Sie beruhigte sich ein wenig und legte den Kopf an seine Brust. »Als Stef dich gestern Abend gehört hat, dachte er, sie seien es. Er spielt, und er verliert immer. Und nun wollen die Leute ihr Geld.«

Nun verstand Victor, was es mit den vielen Schlössern an den Türen auf sich hatte. Sie waren nicht wegen Arabellas Blindheit angebracht worden. »Die Einbrüche, von denen er erzählt hat. Haben die damit zu tun?«

Arabella nickte.

»Kann denn die Polizei nichts dagegen unternehmen?«

Arabella gab ein Schnauben von sich, aus dem hervorging, dass sie die Polizei für völlig nutzlos hielt und dass Victor ihre Aussagen nicht anzweifeln solle.

»Beim ersten Mal haben sie nur ein paar Gemälde mitgenommen, nicht die besten«, sagte sie. »Aber beim zweiten Mal war es schon mehr. Und beim dritten …« Sie schniefte. »Solche Leute gibt es schon seit Zeiten der Dogen in der Republik. Sie leihen dir Geld, und dann besitzen sie dich.« Sie schüttelte den Kopf. »Du musst mir einfach glauben, ja?«

»Ja. Das tue ich.«

Victor erinnerte sich unvermittelt an das Gesicht der Juwelierin Carla, als sie über die Vergangenheit sprach. An das Zupfen an seiner Bettdecke. Die Kratzspuren auf dem Sims. Meyers Blick, als er vor den Bus stürzte.

»Und was willst du tun?«, fragte er.

Arabella machte eine abfällige Handbewegung. Ihre Stimme klang nicht mehr ängstlich, sondern zornig, als sie sprach. »Stefano will das Haus verkaufen. Mit allem, was drin ist, und zwar sofort. Mackensen ist unser Anwalt, der seit dem Tod unseres Vaters unser Erbe verwaltet. Ich versuche gerade, einen Kredit zu bekommen, aber Stefano will nicht warten. Doch wenn wir das Haus jetzt verkaufen, bleibt uns gar nichts. Von unserer Familie. Unserem Erbe.« Sie nagte trotzig an ihrer Lippe. »Ihm ist das Haus völlig einerlei. Aber mir nicht.«

Draußen begannen die ersten Vögel zu zwitschern. Die

Nacht ging zu Ende. Victor suchte nach einer tröstlichen Bemerkung, doch ihm wollte nichts einfallen, das nicht oberflächlich klang. Stattdessen hielt er Arabella in den Armen, während sich der Himmel indigoblau und schließlich rosa färbte. Ein Müllboot ratterte vorbei, und die Fensterscheiben klirrten. Arabella nahm sein Gesicht in beide Hände und zeichnete unsichtbare Linien auf seine Wangen.

»Vorhin, als ich dich geküsst habe«, sagte sie. »Da warst du einen Moment ganz woanders.« Sie hob das Gesicht, und er blickte in ihre Augen, fragte sich, wie intensiv sie wohl leuchten würden, wenn sie sehen könnten. »Was dachtest du da?«

»Ich habe zur Decke geschaut«, antwortete er. »Auf diesen verstümmelten Mann. Weißt du etwas über ihn?«

Sie lächelte und sagte »Aahh«, als entsinne sie sich eines alten Freundes. Plötzlich wirkte ihr Gesicht viel älter, und sie nickte wissend. »Der arme tapfere Admiral Bragadino. Einer der Ahnen meiner Mutter. Im fünfzehnten Jahrhundert hat er gegen die Sarazenen gekämpft, unterlag aber, weil sie ihm zahlenmäßig überlegen waren.«

Sie verstummte und horchte auf etwas, ihren Bruder und seine Freundin eventuell. Vielleicht auch Schlimmeres, doch es war still.

»Sie hätten ihn und seine Offiziere laufen lassen, wenn sie ihren Glauben geändert hätten«, fuhr sie dann in sachlichem Tonfall fort.

»Die Sarazenen haben alle Mann getötet?«, fragte Victor.

Arabella zog die Augenbrauen hoch. »Haben sie zerhäckselt wie Salat, ja. Nur Bragadino haben sie am Leben gelassen. Haben ihm Nase und Ohren abgehackt und ihn an einen Schiffsmast gehängt, wo die Kinder ihn anspucken konnten. Als ihnen das langweilig wurde, haben sie ihn bei lebendigem Leibe gehäutet, die Haut ausgestopft und ihn nach Konstantinopel mitgenommen. Die Venezianer haben ihn später zurückbekommen.« Sie machte eine abfällige Handbewegung. »Und ihn irgendwo in eine Kirche gestellt.«

Victor fand Arabellas unbeteiligten Tonfall irritierend. »Wie kannst du damit so gleichgültig umgehen, während irgendwelche Typen deinen Bruder bedrohen?«

Arabella schüttelte den Kopf und küsste ihn. »Ich werde dafür sorgen, dass die alles bekommen, was Stef ihnen schuldet. Mackensen schickt uns heute einen Wachmann, der dann in der Eingangshalle sitzen wird, wenn die Arbeiter nach Hause gehen.« Sie horchte auf die Vögel und versuchte die Zeit einzuschätzen. »Oh, wir müssen aufstehen. Die kommen hier bald reingetrampelt.«

Victor schaute auf die Uhr. Fünf vor sechs. Er seufzte, blieb aber stumm.

Arabella küsste seine Brust und hielt inne, als sie seine Anspannung spürte. »Was ist?«, fragte sie.

»Ich habe mich nur gefragt, ob du … Was haben die Leute vom Institut gesagt? Ich hatte irgendwie gehofft, dass …«

Sie lächelte und küsste ihn. »Morgen früh um halb elf ist dein neuer Termin. Ich hab dafür gesorgt, dass du als Erster dran bist.« Victor umarmte sie erleichtert. Er wollte ihr gerade danken, als sie Annika im Flur hörten, die quengelig nach Kaffee verlangte, worauf Stefano knurrig erwiderte, es sei noch nicht mal sechs Uhr morgens. Arabella umschlang Victor, bis die beiden mit lautem Türknallen das Haus verlassen hatten.

»Ich mag dich so sehr«, sagte Arabella. Ihre Stimme klang rau. Victor küsste sie noch einmal.

Dann fiel ihm das Armband ein. »Können wir uns zum Lunch treffen?«, fragte er. »Ich möchte dir etwas geben.«

Sie seufzte. »Ich kann nicht. Wir haben einen Termin mit Mackensen, und …«

»Bitte. Nur eine halbe Stunde. Es ist mir sehr wichtig.«

Als sie merkte, wie ernst es ihm war, nickte sie. »Okay. Wie wär's mit dieser kleinen Trattoria, wo wir uns zum ersten Mal begegnet sind? Um zwölf?«

»Wunderbar.«

Arabella sprang aus dem Bett und schlüpfte in Jeans und T-Shirt. Dann, auf dem Weg zur Tür, blieb sie stehen und wandte sich ihm zu. »Du schaust mich wieder an«, sagte sie vergnügt.

Victor stand auf und trat zu ihr. Es war warm im Zimmer, aber er sah Gänsehaut auf ihren Armen. »Mir sind ein paar sonderbare Dinge widerfahren, seit ich hier bin«, sagte er. »Vielleicht bilde ich sie mir ein, aber ich bin mir nicht sicher. Jedenfalls verstehe ich sie nicht.«

»So geht es mir ständig. Erzähl mir doch davon.«

»Später vielleicht. Aber ich möchte den Familienfluch nicht verstärken.«

Er zog sie in seine Arme und spürte wieder etwas wie einen schwachen Stromstoß, wie eine Warnung. Vermutlich hätte er sich in diesem Moment offenbaren, ihr von den Schattenmännern erzählen sollen. Von dem Gefühl, dass er ständig beobachtet wurde. Und er hätte ihr erklären sollen, wo er dem Namen Stankovic in Wirklichkeit begegnet war.

Später, als es kein Zurück mehr gab, wurde ihm bewusst, dass er es wegen der Atmosphäre im Haus nicht getan hatte. Wegen der Spannung zwischen den drei anderen, die so spürbar in der Luft lag. In einer solchen Stimmung konnte er nicht klar denken.

Arabella legte ihre Stirn an seine. Als sie wieder sprach,

gab sie wieder, was die Juwelierin Carla wusste, was alle Venezianer seit alter Zeit wussten.

»Jede Familie hat ihren Fluch, Victor. Sogar deine. Die Kunst liegt darin, ihn zu überleben.«

34

Venedig war im Umgang mit dem Tod nie zimperlich gewesen.

Nein, die Bürger der Stadt hatten sämtliche Facetten des Todes zelebriert, seit die ersten Teile der Lagune trockengelegt wurden, um Paläste für die Granden zu bauen. Neue raffinierte Foltermethoden wurden hier ersonnen und weiterentwickelt. Statuen präsentierten körperliche Qualen, als seien sie etwas Rühmenswertes. Das Makabre war schon so lange Teil des venezianischen Lebens, dass es seine Einwohner kaum mehr berührte. Seit Jahrhunderten türmten sich Knochenberge am Boden der Lagune. Doch heutzutage bekam man in der Stadt, in der es früher täglich Hinrichtungen gegeben hatte, nur mehr selten Tote zu Gesicht. Wenn es im Frühjahr nach verwestem Fleisch roch, handelte es sich meist um einen Hundekadaver. Und in seltenen Fällen mussten die Carabinieri einmal jemanden aus dem Kanal ziehen, der sturzbesoffen ins Wasser gefallen und ertrunken war.

Der gewaltsame Tod war für die Venezianer so etwas wie die Erinnerung an einen gemeingefährlichen, längst verstorbenen Onkel, den niemand mehr zu fürchten brauchte. Man konnte sich die alten Moritaten beim Lunch erzählen, ohne mit der Wimper zu zucken.

Anselmo war mit all diesen alten Gruselgeschichten aufgewachsen, und sie gehörten für ihn einer lange zurückliegenden Vergangenheit an. Er dachte sich nichts dabei, als er an diesem Tag gegen Mittag eine nicht geschlossene Tür eines Zimmers im fünften Stock bemerkte. In Gedanken war er bei den elf EU-Ministern, die in Kürze eintreffen würden, und zuerst wollte er die Tür einfach schließen.

Doch dann stieg ihm ein eigenartiger Geruch in die Nase, der metallisch und organisch zugleich war. Als er die Tür einen Spalt weiter öffnete, verstärkte sich der Geruch.

»Hallo?«

Keine Antwort. Nur ein klatschendes Geräusch, wie von einem gefangenen Vogel. Anselmo schnalzte mit der Zunge und schob die Tür weiter auf.

»*Piccolino?* Bist du alleine?«

Als wieder keine Reaktion erfolgte, öffnete er die Tür ganz und sah, dass die Fensterläden ans offene Fenster schlugen.

»Hier ist Anselmo, der Portier«, sagte er noch, um sicherzugehen. »Ist jemand hier?« Er trat ans Fenster und schloss es.

Als er sich umdrehte, sah er die Leiche, die neben dem Bett lag.

Die Arme waren um den Kopf gewunden, als habe die Person sich ihrer zu engen Jacke entledigen wollen. Der dicke Teppichboden war blutgetränkt, und Anselmo stellte fest, dass er in einer Blutlache stand. Der kupfrige Geruch stieg ihm in die Nase. Er berührte die Leiche nicht, um herauszufinden, wie die Person zu Tode gekommen war und um wen es sich handelte, sondern achtete vor allem darauf, richtig zu atmen, um nicht zu hyperventilieren. Dann überlegte er sich, ob er der Hierarchie Genüge tun und zuerst den Hoteldirektor oder zuerst die Polizei anrufen sollte. Er trat aus der Blutlache und streckte die Hand nach dem Telefonhörer aus, doch dann rief er sich zur Ordnung. Fingerabdrücke. Er verließ das Zimmer und zog die Tür hinter sich zu.

Wie entsetzlich, sagte er sich. Und dennoch: Als Anselmo nach unten ging, um etwas kundzutun, was sich zweifellos in Bälde zu einem riesigen Skandal auswachsen würde, konnte er sich des Gefühls nicht erwehren, dass ein Funke der alten schwarzen Magie Venedigs soeben in die Gegenwart zurückgekehrt war.

35

Zwölf Uhr mittags war bereits vorbei.

Victors Vorfreude verwandelte sich in Nervosität.

Er war früh in der Trattoria gewesen und hatte den besten Tisch draußen besetzt. Stefanos Anzug hatte er in einer Plastiktüte mitgebracht. Sein eigener Leinenanzug sah indessen schon reichlich mitgenommen aus. Er trank seinen zweiten Kaffee aus, zündete sich eine Zigarette an und blickte auf seine Uhr. Zwanzig nach zwölf. Er konnte sich seiner Zweifel nicht mehr erwehren, die bösartig raunten, Arabella sei vielleicht letzte Nacht so aufgelöst und zerstreut gewesen, weil sie nicht wusste, wie sie ihm sagen sollte, dass sie keine Zukunft für sie beide sah. Zwölf Uhr fünfundzwanzig! Victor fluchte in sich hinein.

Er wollte gerade zu ihrer Wohnung aufbrechen, als er eine zerzauste Frau mit braunem Mantel und Sonnenbrille auf ihn zueilen sah. Sie küsste ihn atemlos, setzte sich und kicherte leise.

»Bist du sauer?«, fragte sie.

»Ich fing allmählich an, mir Sorgen zu machen.«

Sie strich ihm über die Wange, und wieder stieg ihm dieser ölige Geruch in die Nase. Ihre Hände waren kalt. Aber die Luft war auch nicht allzu warm an diesem Tag. »Tut mir leid. Musste neue Schlüssel für die Wohnung machen lassen. Wir haben die Schlösser wieder auswechseln lassen, ob du's glaubst oder nicht.«

Er reichte ihr die Tüte, und sie ertastete Stefanos Anzug. »Oh, prima. Mein verwöhnter Bruder kriegt seine Klamotten zurück.« Dann fiel ihr etwas ein. »Ach, Mist!«

»Was ist?«

»Ich hab vergessen, *deine* Sachen von der Reinigung abzuholen. Ich hab sie heute Morgen mit meinen eigenen hingebracht.«

»Den hässlichen Pulli?« Victor lachte. »Den kannst du behalten.«

Sie griff nach seiner Hand und warf ihm ein strahlendes Lächeln zu. »Wie großzügig. Willst du mich deshalb zum Mittagessen einladen? Um mir zum Abschied abscheuliche Pullis zu schenken?«

»Ich will nicht Abschied nehmen.«

Victor tastete nach der roten Schatulle in seinem Sakko. Er überlegte gerade, ob er ihr die Geschichte des Armbands erzählen sollte, bevor er ihr es anlegte, als der Kellner kam. Sie bestellten etwas zu essen und eine Flasche Wein, und Arabella berichtete von ihrem Treffen mit Mackensen. Der Anwalt hatte eingewilligt, Arabellas Plan zu verfolgen und einen neuen Kredit aufzunehmen. Worauf Stefano einen Wutanfall bekommen hatte und mit Annika verreist war.

»Nicht grade dankbar, der Knabe«, sagte Victor und dachte an den Blick des jungen Mannes.

Arabella nickte und seufzte tief. »Auf seine Art ist er es schon. Aber so werden wir jedenfalls unsere Geister los.«

Vielleicht lag es an der Art, wie sie dieses Wort aussprach, fast als glaube sie wirklich an Wesen aus dem Jenseits, die sie verfolgten. Victor sah sie jedenfalls erschrocken an und stellte sein Weinglas ab. Doch auch er selbst hatte das Gefühl, als sei sie von irgendetwas verfolgt, einer ungeklärten Sache in ihrem Leben oder vielleicht ihrer eigenen Paranoia. Vielleicht ist sie geistesgestört, dachte er plötzlich. Ich habe nicht mal ihre Telefonnummer von zu Hause.

Dann kam die Sonne hinter einer Wolke hervor, und im strahlenden Licht vergaß Victor seine düsteren Gedanken und gab sich erneut seiner Verliebtheit hin.

Er nahm die rote Schatulle aus seiner Jacke und stellte sie auf das weiße Tischtuch. Arabella wandte unwillkürlich den Kopf in die Richtung, als ahne sie schon etwas. Dann klappte er die Schatulle auf, nahm Arabellas Hand und führte ihre Finger über das goldene Armband. Als sie die drei grünen Smaragde des Seeungeheuers erspürte, öffnete sie den Mund, aber kein Laut drang heraus.

Als lausche sie der Schlange, entsann er sich später. Als mache sie sich mit ihr vertraut.

»Das ist wunderschön«, sagte sie mit großen Augen. »Was ist das hier?« Sie strich über das weit aufgerissene Maul der Seeschlange.

»Ein Seeungeheuer auf einem Familienwappen.« Er legte ihren Zeigefinger, mit dem sie immer an den Hauswänden entlangstreifte, auf die Smaragde, und erklärte: »Das hier sind die Augen. Sie haben ein paar Kratzer, aber es sind Smaragde. Es gibt eine Geschichte dazu, die …«

Er kam nicht dazu, die grausame Geschichte der verratenen Schauspielerfamilie zu erzählen, denn Arabella beugte sich vor und küsste ihn leidenschaftlicher und länger als je zuvor. Als sie beide Luft holen mussten, legte sie ihm zärtlich die Hand in den Nacken, und er spürte wieder diese elektrische Spannung.

»Ich fühle mich …« Sie biss sich auf die Unterlippe, was Victor immer enorm erregend fand. »Ich denke ständig an dich«, sagte sie. »Tut mir leid, wenn ich mich chaotisch benommen habe. Ich mache eine schwierige Zeit durch. Aber es wird alles besser werden, ich bin sicher.«

»Ich habe kein Problem mit chaotischem Benehmen«, erwiderte Victor. »Und dein Familienfluch berührt mich nicht. Aber bist du sicher, dass alles in Ordnung ist? Du siehst ziemlich angegriffen aus.«

Sie lächelte, aber ihre Haut war so bleich, dass sie fast durchscheinend wirkte. »Ist schon okay.«

»Da ist doch noch was«, insistierte er. »Bitte sag es mir.«

»Stefano ist schwierig. Selbst wenn er bekommt, was er will.«

»Was kannst du sonst noch tun?«

Sie holte tief Luft. »Mit dir nach New York kommen«, sagte sie. »Ich brauch nicht mal zu packen.«

Victor küsste sie begeistert. Sie wandte das Ohr zur Tür, horchte, ob ein Kellner in der Nähe war.

»Können wir ein Eis bestellen? Für mich Haselnuss, bitte. Siehst du den Kellner?«

Victor sah sich um und merkte, dass die Gäste allesamt vor leeren Gläsern saßen und kein Kellner in Sicht war. Er stand auf. »Eine oder zwei Kugeln?«

Sie hielt drei Finger hoch, und er lachte.

»Meinst du vielleicht, ich bin eine Amerikanerin, die auf ihr Gewicht achtet?«, fragte sie.

»Ich möchte dir von diesem Armband erzählen.«

Sie hob den Kopf und warf ihm ein Lächeln zu, das er später als wehmütig deuten sollte. »Wo kommst du bloß her?«, sagte sie daraufhin nur.

Er strich ihr über die Wange und ging nach drinnen, um nach einem Kellner Ausschau zu halten. Die Belegschaft hatte sich geschlossen vor dem Fernseher versammelt, um die letzten Minuten des Spiels von Fiorentina gegen Lazio zu verfolgen. Es sah aus, als werde Lazio als Verlierer nach Rom zurückkehren. Victors Kellner wandte sich mit schuldbewusstem Grinsen um. »*Prego, Signore*?«

Durch die offene Tür sah Victor, wie Arabella draußen die Beine übereinanderschlug. Er ging mit dem Kellner zur Eistheke, bestellte drei Kugeln Haselnusseis für sie und zwei Kugeln Pistazieneis für sich selbst. Und Kaffee.

Die Belegschaft jubelte, weil Fiorentina noch ein Tor geschossen hatte. Victor bedeutete dem Kellner, dass er seine Sachen selbst raustragen könne, und schritt mit dem Tablett durch das Lokal. Er hatte die Absicht, mit italienischem Akzent zu Arabella zu sagen, dass es dieser Tage wirklich schwer sei, gutes Personal aufzutreiben. Doch dann blieb ihm die Bemerkung im Hals stecken.

Ihr Mantel hing über dem Stuhl, die Handtasche darüber. Die neuen Hausschlüssel lagen neben einem Päckchen Zigaretten. Im Aschenbecher lag eine frisch angezündete Zigarette.

Aber Arabella selbst war verschwunden.

Victor versuchte sich einzureden, dass sie sich bestimmt einen Scherz erlaubte und ihn nur erschrecken wollte. Aber er wusste instinktiv, dass es nicht so war.

Ein paar Gäste blickten von ihrem Essen auf, wunderten sich kurz über den Mann, der Kellner spielte, und beachteten ihn dann nicht weiter. Victor stellte das Tablett ab, stieß ein nervöses Lachen aus und blickte die Straße entlang. Arabella war nirgendwo zu sehen.

Er rief nach ihr. Die Kellner kamen nach draußen und betrachteten ihn irritiert. Victor lief zur nächsten Straßenecke und rief ihren Namen. Dann rannte er zurück, berichtete dem Kellner, bei dem er das Eis bestellt hatte, dass seine Freundin plötzlich verschwunden sei, und bat ihn um Hilfe.

Eine alte Frau, die Victor zuvor nicht bemerkt hatte, weil sie auf der anderen Straßenseite im Schatten einer Markise saß, erhob sich jetzt schwerfällig und schlurfte zu ihm. Sie hatte große runde Augen und sprach mit schwerem italienischem Akzent, aber Victor verstand genug, um wieder Hoffnung zu schöpfen.

»Suchen Sie Frau, junge Frau, die war hier am Tisch?«

Victor antwortete nicht, sondern wartete atemlos ab. Sag, dass sie in die Reinigung gegangen ist, um meinen hässlichen Pulli abzuholen, dachte er. Sag irgendwas, aber nicht das, was in deinem Gesicht geschrieben steht.

Die alte Frau schüttelte den Kopf. »Ich sie gesehen. Nichts Schlimmes passiert, ich glaube. Sie sitzt an Tisch, steht auf und geht weg. Geht schnell. Schaut nicht zurück.«

Victor wurde schwindlig.

»Hat jemand mit ihr gesprochen? Bevor sie weggegangen ist? Ist irgendetwas passiert?«

Die alte Frau schnalzte mit der Zunge und dachte nach. Dann schüttelte sie wieder den Kopf und wies in die Gegenrichtung von San Staè, was Victor plötzlich endlos weit entfernt zu sein schien.

»Nein. Einfach aufgestanden. Zwei Polizisten gekommen. Aber sie reden nicht mit ihr, essen nur Mittag. Niemand stiehlt Handtasche. Alles noch da.« Der alten Frau war anzumerken, dass sie selbst unzufrieden war mit der unlogischen Geschichte. »So war. Ich sah, wie ihr küssen. Du gehst rein. Aber sie … sie geht weg. Entschuldigung.«

Erst jetzt bemerkte Victor, dass er in seiner Aufregung etwas übersehen hatte. Denn auch die rote Schatulle stand noch auf dem Tisch. Nur ein Detail hatte sich verändert, über das Victor sich später endlos den Kopf zerbrechen würde.

Die Schachtel war geschlossen.

Er klappte sie auf, in der Erwartung, sie leer vorzufinden. Doch die Seeschlange auf dem golden schimmernden Armband schien ihn höhnisch anzublicken, als wolle sie sagen: *Was du liebst, kannst du nicht behalten. Du kannst nicht einmal verhindern, dass ein blindes Mädchen in einer Stadt verschwindet, in der stets jemand darüber nachsinnt, wie er sich durch Diebstahl oder Mord bereichern kann. Und du bist blinder als sie, wenn du nicht genauer hinschaust. Streng dich an.*

Erschöpft blickte Victor noch einmal über den Tisch und stellte fest, dass die Seeschlange der Farinesis die Wahrheit sprach. Er hatte tatsächlich etwas übersehen, einen unauffälligen Gegenstand, der immer wieder in Cafés und Restaurants auf dem Tisch liegen blieb. Da lag er, neben dem Teller.

Die Sonnenbrille.

36

Venedig war geduldig. Die Stadt wusste darum, dass jeder Verbrecher, auch heute noch, hinter Gittern enden würde.

Die Polizei verfügte heute nicht mehr über das Recht, Gefangene in den Kellern des Castello zu verhören und die Daumenschrauben so lange zuzudrehen, bis die Unglückseligen ihre Verbrechen an der Republik gestanden und hernach garrottiert wurden. Das Gebäude diente nur mehr als Standort für Polizisten, die der Kriminalität meist zu Leibe rücken konnten, ohne dabei unangenehm zu werden. Man musste bei der Questura den üblichen Verdächtigen, die man wegen Drogenhandel, Prostitution oder Schmuggel festgenommen hatte, lediglich ab und an etwas Stress machen, dann wurden ihre Lügen so brüchig wie die Fundamente der Palazzi.

Jetzt allerdings, als Victor im Wartebereich saß und versuchte die Ereignisse der letzten vier Tage seines Lebens zu begreifen, schien es, als sei der alte Ruch des Todes in das düstere Gebäude zurückgekehrt. Etwas Grauenvolles und geschichtlich Wohlvertrautes hatte die Polizisten aus ihrer Ruhe aufgestört, und sie waren gezwungen, sich wieder an jenen schon fast vergessenen Geruch zu erinnern. Victor hatte die Umstände von Arabellas Verschwinden zu Protokoll gegeben. Dabei wurde er das Gefühl nicht los, dass er irgendetwas übersehen hatte, und das beunruhigte ihn. Er blickte auf das Schild der Questura über einer Tür. Und ihm wurde bewusst, dass er eigentlich kaum etwas über Arabella wusste.

Dann merkte er, wie sich Unruhe unter den Polizisten breitmachte. Vorher hatten sie ihn eher gelangweilt wie einen bedauernswerten Liebhaber behandelt. Nun blickten sie mit scharfem Blick in seine Richtung, als hätten sie gerne vom Dogen oder jemand anderem hinter einem Vorhang die Erlaubnis, in einem dunklen Verlies die Wahrheit aus ihm herauszuquetschen.

Zwei uniformierte Polizisten kamen zu ihm und wiesen ihn barsch an, ihnen zu folgen. Victor erhob sich verwirrt und fürchtete sofort, sie würden ihn in irgendeine Kammer führen, um ihm dort die grauenvoll zugerichtete Arabella zu zeigen. Stattdessen packte ihn einer fest am Oberarm und führte ihn durch einen weiteren großen Warteraum in ein Büro mit Milchglasscheiben.

»Wissen Sie etwas über Arabella?«, fragte Victor. »Ist sie am Leben?«

Einer der beiden schüttelte den Kopf mit einem kleinen Lächeln, das Victor nicht deuten konnte, aber er spürte fast physisch, dass die Atmosphäre hier bedrohlich aufgeladen war mit Venedigs uralten Themen: Gewalt und Mord. In dem Büro befanden sich lediglich ein Schreibtisch, zwei Stühle und der Plastikstuhl, auf dem er sitzen musste. Dann verschlossen die beiden Polizisten die Tür von außen. Victor wurde nervös. Dies war kein Büro, in dem man sich bei einer Tasse Kaffee seiner Nöte annehmen oder ihm ein Gespräch mit einem freundlichen Gesandten von der amerikanischen Botschaft ermöglichen würde.

Dies war ein karger Verhörraum.

Victor blickte zur Decke, wo große Wasserflecken den Stuck beschädigt hatten. In der Mitte bemerkte er eine Reihe kleiner Löcher zwischen den beiden Wänden, als sei dort früher etwas befestigt gewesen. Ein Vorhang möglicherweise?

Eine geschlagene Stunde hockte Victor auf dem unangenehmen Plastikstuhl, ohne dass etwas geschah. Als er schließlich so wütend war, dass er beschloss, an die Tür zu hämmern, ging sie auf. Herein kam ein schlaksiger Mann in dunkelblauem Pullover und Jeans, gefolgt von einem muskulösen Burschen, der einen Anzug trug, und zwei finster blickenden uniformierten Polizisten. Der Anzugträger, deutlich jünger als die anderen, blieb mit den Uniformierten an der Tür stehen, während der Schlaksige sich am Tisch niederließ und in aller Ruhe eine Akte durchblätterte, die er mitgebracht hatte.

Der Mann hatte ziemlich lange braune Haare und blaue Augen und wirkte beinahe zu hübsch für jemanden von der Polizei. Doch er strahlte eine stoische Ruhe aus, die auf jemanden schließen ließ, der sich niemals abhetzte, sondern seine Arbeit sorgfältig und gründlich erledigte. Dieser Mann hatte Geduld. Er würde sich die Zeit nehmen, die er brauchte. Das Naturell eines effektiven Foltermeisters, wie man sie in früheren Zeiten in Venedig zu schätzen wusste.

»Ich bin Inspektor Carreggio von der Questura«, stellte er sich schließlich in fast akzentfreiem Englisch vor. Mit dem Daumen wies er über die Schulter und nannte die Namen seiner Kollegen, die jeweils ein Nicken andeuteten. Auf Victor wirkten sie alle, als könnten sie es kaum erwarten, ihn in Stücke zu reißen.

»Das ist Hauptkommissar Nicoletto von der Mobilen Einheit der Staatspolizei, Hauptwachtmeister Foscari von der Einwanderungspolizei und Hauptmann Dandolo von der Anti-Terror-Truppe. Möchten Sie etwas sagen, bevor wir anfangen?«

Victor starrte die Männer an, fassungslos ob der Absurdität der Situation.

»Ich habe eine Einladung als Gastredner zur UN-Konferenz erhalten«, sagte er in entschiedenem Tonfall, was auf Inspektor Carreggio sichtlich keinen Eindruck machte. »Miss Udinese und ich haben uns in der letzten Woche angefreundet, und ich habe Wachtmeister Theodore bereits erklärt, dass ich nicht weiß, wo sie hingegangen ist. Suchen Ihre Leute überhaupt nach ihr?«

Carreggio blickte auf die Akte. »Kennen Sie einen Mann namens Mackensen?«, antwortete er mit einer Gegenfrage. »Raymond Mackensen?«

»Ja! Ich meine, nein«, antwortete Victor, erleichtert, dass sie sich den notwendigen Themen zu nähern schienen. »Ich will damit sagen: Arabella hat erwähnt, dass er ihr Anwalt und für die Rechtssachen der Familie zuständig ist, wie den Verkauf des Hauses. Es ging um eine Spielschuld, die beglichen werden muss.« Ihm entging nicht, dass sich die Polizisten süffisante Blicke zuwarfen. »Ihm selbst bin ich nie begegnet.«

Carreggio nickte und widmete sich einem anderen Papier. »Sie sind ihm nie persönlich begegnet?«

»Nein, das sagte ich doch gerade.«

»Und dieses Haus? Das er verkaufen sollte? Waren Sie dort?«

»Ich habe gestern Nacht dort geschlafen.« Victor merkte, dass ihm das Blut ins Gesicht stieg. Einer der Polizisten grinste, und Victor wurde wütend. »Was soll das? Sie wissen das doch bereits. Lassen Sie uns zum Punkt kommen!«

Carreggio zog einen Bericht aus der Akte und las vor. »Campo San Staè 2, bei der alten Kirche, ja? Und sie hat Ihnen …«, er kramte in den Papieren, »… den Anzug ihres Bruders geliehen? Stimmt das auch?« Einer der Uniformierten gluckste hinter vorgehaltener Hand.

Victor wurde noch röter, kramte Arabellas Visitenkarte aus seiner Sakkotasche hervor und warf sie auf den Tisch. »Ja! Das habe ich alles schon berichtet. Sie stellen ständig dieselben Fragen! Nun fragen Sie doch endlich etwas, das Sie wirklich wissen wollen!«

Carreggio verzog keine Miene, sondern nickte nur und griff nach der Karte. Er studierte sie, dann steckte er sie in die Akte.

»Gut. Können Sie mir sagen, wo sich Ihr Handy jetzt gerade befindet?«

Victor packte die nackte Angst. Was war hier los? Weshalb wurde nicht über Arabella gesprochen?

»Bitte sagen Sie mir, dass Sie Arabella nicht gefunden haben, dass ihr nichts zugestoßen ist …«

»Bitte beantworten Sie nur meine Fragen, Sir. Sie wollten, dass ich Ihnen Fragen stelle, die wirklich wichtig sind. Ihr Handy. Wo befindet sich das?« Sein Tonfall blieb gleichbleibend ruhig.

»Ich glaube, ich habe es gestern Abend verloren, vermutlich vor der Bar None.«

Darauf machte sich Schweigen breit. Einer der Uniformierten flüsterte Carreggio etwas zu, der wiederum einen anderen Bericht in der Akte suchte. »Ja«, sagte er, »gestern Abend waren zwei Beamte dort vor Ort. Ein Anruf vom Inhaber der Bar ging ein. Er meldete eine Prügelei zwischen zwei Amerikanern, die in der Bar begann und draußen weiterging.« Er sah Victor an. »Er hat ausgesagt, dass Sie versucht haben, den anderen Mann zu erwürgen. Mr …«, Carreggio suchte nach einem Namen, »Pell hat Sie dann getrennt. Er sagte uns, es habe sich um einen Scherz gehandelt. Trifft das zu?«

Victor sah Wilburs feistes Gesicht vor sich, die Angst in

den Augen, als Victors Hände sich um seinen Hals schlossen. Er blinzelte und sah Carreggio an. »Ja«, sagte er.

Der Inspektor legte den Kopf schief. »Nur einen über den Durst getrunken?«, fragte er. »Nichts Bösartiges?«

»Ganz genau.«

Carreggio beäugte die Narbe an Victors Kinn. »Prügeln Sie sich öfter?«

»Bin mit neun Jahren vom Fahrrad gestürzt. Hören Sie, in der Bar ist nichts weiter vorgefallen.«

»Dann sind Sie also alte Freunde? Gute Freunde? Oder ist Signor Mimmo, den Sie im Staatsarchiv aufsuchen wollten, ein noch engerer Freund von Ihnen?«

Victor war sich darüber im Klaren, dass diese Fakten, wenn man sie kombinierte, ein verdächtiges Bild ergaben. Er bemühte sich, ruhig zu bleiben. »Das war ein Missverständnis, ich –«

»Und diese Prügelei war auch ein Missverständnis, ja?«

»Wilbur ist kein Freund von mir«, sagte Victor. »Wir hatten eine Auseinandersetzung. Er machte anzügliche Bemerkungen über Miss Udinese, und ich wurde wütend.«

Carreggio lehnte sich zurück. Er stocherte in seinem Ohr und nahm dann ein Foto aus der Akte. Victor konnte nicht genau erkennen, was darauf abgebildet war. Aus seiner Position sah es wie ein Tier aus.

»Warum haben Sie ihn gewürgt?«

»Ich weiß nicht. Um ihm Stress zu machen. Ich habe in dem Moment nicht nachgedacht.«

Carreggio beschäftigte sich wieder eingehend mit der Akte und fand etwas, das ihn besonders zu interessieren schien. Er zog die Augenbrauen hoch. »United States Marine Corps, 88 bis 92. Schlechter Schütze.« Er las weiter. »Sie haben einen Bronze Star bekommen, weil Sie Kameraden gerettet haben. Für Tapferkeit. Mussten Sie da auch, ähm, ›Stress machen‹, um die Auszeichnung zu bekommen?«

Victor dachte an Flores' Hirnmasse auf dem Gesicht des jungen Marine. »Ich habe einen Laster gefahren. Fragen Sie mich was anderes.«

»Nun gut.«

Carreggio beugte sich blitzschnell vor und knallte das Farbfoto vor Victor auf den Tisch. Es steckte in einer Plastikhülle, aber es gab keinen Zweifel, was darauf abgebildet war.

Wilbur, und zwar tot.

Sein Gesicht war aufgedunsen wie das einer Wasserleiche, die Augen traten hervor. Der weiße Teppichboden unter ihm war scharlachrot und braun verfärbt. Er trug einen Bademantel, der offen stand, sodass man den Schnitt deutlich erkennen konnte, der sich von seinem Unterleib bis zum Hals zog. Victor musste beschämt feststellen, dass er kein Mitleid für den Mann empfand, sondern vor allem Erleichterung, dass es sich nicht um ein Foto von Arabella handelte.

»Auch ein Missverständnis?«, fragte Carreggio herausfordernd.

»Wenn Sie glauben, dass ich das Wilbur angetan habe, liegen Sie gründlich falsch«, versetzte Victor. »Wann ist das passiert, letzte Nacht? Da war ich bei Arabella, das habe ich Ihnen schon gesagt. Sie können Anselmo fragen, den Portier. Wir grüßen uns immer, wenn ich durch die Lobby gehe.«

Zum ersten Mal seit Beginn des Gesprächs wirkte Carreggio unsicher. Er schloss einen Moment die Augen, offenbar um etwas zu durchdenken. »Wieso nennen Sie ihn Wilbur?«

»Weil er so heißt. Das hat er mir zumindest gesagt. Hören Sie …«

Victor kam ein Gedanke. Er tastete in der Brusttasche seines Sakkos nach Wilburs protziger Visitenkarte und reichte sie dem Inspektor triumphierend.

Carreggio betrachtete sie skeptisch und reichte sie dann einem der Uniformierten, der damit hinausging. Danach wies er auf das Foto des Ermordeten. »Dieser Mann heißt Raymond Mackensen. Das steht zumindest in seinem Pass. Er ist damit über die Grenze gekommen, obwohl der Pass gefälscht ist. Seine Sozialversicherungsnummer und seine Kreditkarten laufen auf denselben Namen, aber dann verliert sich die Spur. Er kann amerikanischer Staatsbürger oder Europäer sein, aber wir haben in unserem System keine weiteren Hinweise auf ihn gefunden. Die Fingerabdrücke waren ergebnislos. Bei Ihrem FBI.«

Victor stierte den Mann fassungslos an.

»Wie? Wie war das? Das kann nicht sein!« Aber Mackensen ist doch Arabellas Anwalt!, gellte eine Stimme in seinem Kopf. Der Mann, der alles ins Lot bringen und die Schattenmänner verscheuchen sollte.

»Sagen Sie mir, warum Sie beide nach Venedig gekommen sind«, verlangte Carreggio. »Wie sah Ihr Plan aus? Auf wen hatten Sie es abgesehen? Jemand aus dem *Istituto*? Waren Sie deshalb für den Vortrag dort angemeldet?«

Victor starrte ihn weiterhin stumm an. »Mackensens Identität musste nur für ein paar Tage glaubwürdig sein, bis die Sache erledigt war«, fuhr der Inspektor fort. »Aber Ihre ist lückenlos. Weshalb?«

»Weil ich die Wahrheit sage!«, rief Victor empört aus.

»Oder vielleicht sollten Sie an dem Verbrechen nicht direkt beteiligt sein? Haben nur als eine Art Berater fungiert?

Vielleicht für die Auftraggeber? Aber wer sind die? Warum haben Sie Salvatore Mimmo gesucht, den seine Familie für tot hält?«

»Sie sind völlig auf dem Holzweg!« Victor fiel plötzlich ein Detail ein, das ihm wichtig erschien. Er erinnerte sich an das Gespräch, das er mitgehört hatte, als er vor Arabellas Haus stand.

… *Wir handeln auf mein Geheiß, nicht auf deines!* …

»Warum haben Sie Wilbur ermordet?«, drängte Carreggio. »War das so geplant? Packen Sie aus. Sagen Sie uns, aus welchem Grund Sie in Venedig sind.«

Doch Victor versank in seinen Erinnerungen und hörte den Inspektor gar nicht. Wilbur, der ihm zublinzelte. Stefano, wie er Arabella zusetzte. Das schwedische Mädchen, das Victors Blick auswich. Der Schattenmann im Hotelzimmer, der wartete, bis Victor erwachte, als lege er es darauf an, entdeckt zu werden. Ein Bild begann in Victors Kopf zu entstehen, doch es war noch verschwommen.

Klar geworden war ihm lediglich die Tatsache, dass er seiner Wahrnehmung nicht trauen konnte, was die Ereignisse der letzten vier Tage betraf. Nicht einmal dem, was er gestern Abend erlebt hatte. Hatte Arabella wirklich über Mackensen gesprochen, als sei er ihr Anwalt? Oder hatte sie ihren Handlangern Anweisungen erteilt?

… *Und wenn du beschließen solltest, es alleine durchzuziehen, kriegst du es mit mir zu tun! Und mit Mackensen!* …

Carreggio brachte ein Objekt in einer Plastikhülle zum Vorschein und schob es über den Tisch. »Das ist für Sie«, sagte er. Victor sah sofort, worum es sich handelte.

Sein Handy. Blutverkrustet.

»Das hielt Mackensen in der Hand, als er gefunden wurde. Auf dem Handy sind mehrere Nachrichten von Arabella gespeichert, und Ihre Stimme ist auf der Mailbox. Wir haben Gewebespuren darauf gefunden, die noch untersucht werden. Es ist nicht zu spät, Sie können noch auspacken.« Die blauen Augen des Inspektors wirkten stählern, und sie schienen zu sagen: Du kommst nicht davon, Bürschchen. Doch nun packte Victor die Wut.

»Das da soll ein Beweis sein? Ich bin zu *Ihnen* gekommen, um Arabella als vermisst zu melden, und Sie wollen mir diesen Mord anhängen, weil der Typ mein *Handy* bei sich hatte? Ja, das ist mein Handy. Und ja, ich habe den Kerl nach Strich und Faden verprügelt. Fragen Sie doch Max Pell vom *Independent*! Er hat vielleicht auch beobachtet, dass ich das Handy verloren habe. Aber das ist einerlei! Ich will wissen, wo *Arabella* ist!«

Carreggio seufzte und hielt beide Hände hoch. Victor erinnerte sich plötzlich auch an etwas, das Stefano geschrien hatte. Warum war er so wütend gewesen? Sicher, er hatte Spielschulden. Aber irgendetwas an dem Tonfall hatte Victor irritiert. Die Kälte. Wenn er nur die Zusammenhänge begreifen würde.

… Ich habe mit Mackensen geredet, ist das klar? Er ist der Meinung, dass du es falsch anpackst! …

Carreggio blickte sein Gegenüber an, als sei es ihm peinlich, mit dem Verhör fortzufahren, und bildete mit seinen Händen eine Pyramide vor seiner Nase. »Sie haben bereits ausgesagt, dass ein Mann mit einem schwarzen Umhang Sie in Ihrem Hotelzimmer ausrauben wollte. Und Sie haben Mimmo gesucht, der unauffindbar ist. Erklären Sie mir bitte die Hintergründe.«

Victor fiel auf, dass dieses Mal keiner der Anwesenden grinste. Offenbar war man es hier gewohnt, Berichte über vermummte Gestalten, die in Hotelzimmer im vierten Stock einstiegen, ernst zu nehmen. Er schloss die Augen und sah den Einbrecher den Flur entlangrennen. Zu schnell.

»Ich verstehe das alles nicht«, antwortete er matt.

»Aber Sie sind sicher, dass Arabella verschwunden ist?«

»Ja …« Victor fühlte sich kraftlos.

Ein Polizist klopfte an die Tür, streckte den Kopf herein und wies auf seine Armbanduhr. Carreggio erhob sich und bedeutete Victor, ihm zu folgen. »Ich möchte, dass Sie mich begleiten.«

Victor verengte die Augen. Was kam jetzt? Ein dunkles Verlies? Carreggio schien seine Gedanken erraten zu haben, denn er lächelte zum ersten Mal. Doch es lag keine Freude in diesem Lächeln, sondern Bedauern.

»Wir machen einen kleinen Ausflug«, kündigte der Inspektor in einem Tonfall an, in dem man normalerweise schlechte Nachrichten überbringt. »Und statten Arabella einen Besuch ab.«

37

Doch Arabellas traditionsreiches Haus hatte sich sehr verändert.

Als Victor mit Carreggio und seinen Leuten den Hof betrat, herrschte dort reges Treiben. Eine große Kolonne von Bauarbeitern war nun im Einsatz und blickte von Leitern und Gerüsten auf den blonden jungen Mann herunter, der immer blasser wurde, je näher er dem Eingang des Hauses kam. Schon beim Betreten des Hofes hatte er bemerkt, dass ein Stück Karton an der Wand entfernt worden war, unter dem neben der Hausnummer ein ovales Emailleschild zum Vorschein gekommen war. Neben dem venezianischen Löwen las er die Inschrift:

Consulato Onorario di Norvegia
VENEZIA
Kgl. Norsk Generalkonsulat

Nun betraten sie das Haus. Admiral Bragadinos Feinde auf dem Fresko im Salon waren indessen auch freigelegt worden, und zwischen Männern mit wilden Augen und schwarzen und roten Turbanen sah man geköpfte venezianische Seeleute und Krieger zuhauf herumliegen.

In der Mitte des Raums stand ein Mann im Anzug, der sich ziemlich unbehaglich zu fühlen schien. Er trug eine Brille mit Drahtgestell, und sein Adamsapfel hüpfte auf und ab. Carreggio trat zu ihm, begrüßte ihn und legte dann eine dramatische Pause ein, bevor er die beiden miteinander bekanntmachte.

»Ich möchte Ihnen gerne Herrn Arne Breien, den norwegischen Generalkonsul für Venedig, vorstellen«, verkündete er dann. »Der, wie es scheint, Ihr unfreiwilliger Gastgeber gewesen ist.«

Victor fühlte sich, als habe ihm jemand mit dem Hammer auf den Kopf gehauen.

»Mr Tallent, der Herr, der Ihnen diverse Besuche abgestattet hat.«

Breien errötete peinlich berührt, als sei er derjenige gewesen, der sich mit Arabella zwischen den kostspieligen Laken verlustiert hatte. »Nun ja, ich habe ja wenigstens meinen Anzug zurückbekommen«, sagte er in einem freundlich klingenden Singsang. Sein Ärger war ihm kaum anzumerken. »Es ist ja nichts weiter passiert. Ich würde nur gerne wissen, wie es dazu kommen konnte. Ich dachte, mein *chargé d'affaires* hätte die Sicherheitsvorkehrungen mit Ihnen abgeklärt? Vor allem nach diesem Vorfall im *Istituto*.«

»Wir untersuchen das bereits, Exzellenza. Wenn Sie uns bitte einen Moment entschuldigen würden.« Carreggio schob Victor sachte Richtung Treppe. Sie kamen an einer Frau in Tarnanzug vorbei, die Fingerabdrücke vom Geländer abnahm. Es war Carolina, die Victor am Staatsarchiv verhört hatte. Sie warf ihm ein nervöses Lächeln zu.

»Wie ist sie dann hier herein … ich meine, wieso …?«, stammelte Victor.

»Den Müllmännern ist es aufgefallen«, antwortete Carreggio. »Die haben viel Macht in Venedig. Ihre Zunft hatte früher die gesamte Stadt unter Kontrolle. Vor ein paar Tagen hat einer von ihnen bemerkt, dass frische Abfälle vor dem Haus standen. Sie müssen wissen, dass es die Privatresidenz des Konsuls ist. Aber wegen der Renovierungsarbeiten wohnt hier schon seit Monaten niemand mehr.« Der Inspektor deutete nach unten, wo Carolina inzwischen Gesellschaft von drei neugierigen Carabinieri bekommen hatte, die sie von der Arbeit ablenkten.

»Das Fresko da unten zum Beispiel? Es dauert lange, so was zu restaurieren, und die Arbeiter sind nur ein paar Stunden pro Tag hier. Ihre Freundin und ihre Partner müssen deren Schichten genau abgepasst und ihre eigenen Spuren hinterher sorgfältig getilgt haben. Das Sicherheitssystem ist so alt wie der Canal Grande. Wie oft waren Sie tagsüber hier?«

Victor sah Arabella vor sich, wie sie barfuß zwischen Leitern zu Brahms und Lynyrd Skynyrd tanzte.

»Zweimal. Vormittags.«

»Wie lange jeweils?«

»Etwa eine Stunde.«

Im zweiten Stock blieb Carreggio vor dem Schlafzimmer stehen, ließ die Hand einen Moment auf der Messingklinke ruhen und warf Victor wieder diesen stählernen Blick zu.

»Es gibt nichts, was Sie mir sagen möchten? Nicht einmal jetzt?«

Victor schlug das Herz bis zum Hals. »Ist sie da drin? Ist sie da drin?«

Er hörte Stiefelgetrappel auf der Treppe; Carreggios Kollegen wollten sich offenbar das Geschehen nicht entgehen lassen. Carreggio stieß schwungvoll die Tür zu dem Zimmer auf, in dem Victor sich mit Arabella den Freuden der Lust hingegeben hatte.

Auch dieser Raum war verändert.

Niemand lag mit verdrehten Gliedern auf dem Bett. Keine Blutflecken, keine Spuren von Gewalt. Stattdessen lag auf dem Bett, ordentlich zusammengefaltet, ein Gegenstand, den er hier zuletzt erwartet hätte.

Sein hässlicher Pullover.

Hinter ihm ertönte brüllendes Gelächter. Er fuhr herum. Carreggio und seine Männer bogen sich vor Lachen, und Victor wurde bewusst, dass er soeben Gegenstand einer Anekdote geworden war, die man sich bei der venezianischen Polizei noch lange erzählen würde.

… und dann geht er ins Zimmer – nicht wahr, Giovanni? –, erwartet eine verstümmelte Leiche und umklammert diesen Pullover. Unglaublich. Das hättest du sehen sollen!

Victor roch immer noch Arabellas Duft in dem Zimmer, trotz des Tabak- und Aftershave-Geruchs, den die Polizisten verströmten.

Als Carreggio und Victor später im Polizeiboot zurück

ins Revier fuhren, blickten sie stumm auf die Palazzi, die in all ihrer tragischen verfallenden Schönheit an ihnen vorüberzogen. Der Inspektor bot Victor eine Zigarette an, und die beiden rauchten schweigend.

Carreggio beobachtete heimlich den jungen Amerikaner, der völlig erschöpft aussah, und musste gegen einen Anflug von Mitleid ankämpfen. »Wer war diese Frau?«, fragte er schließlich. »Sie waren in sie verliebt, denke ich mir. Ich frage mich nur, ich meine, Sie haben schon so viel durchgemacht wegen ihr. Und Sie kannten sie wirklich erst seit vier Tagen?«

Victor erinnerte sich, wie Arabella ihn zum ersten Mal geküsst hatte. Als wolle Venedig seinen Schmerz noch verschlimmern, tauchte nun die Kirche von San Staè auf, und all die Engel und Heiligen schienen mitleidsvoll auf ihn herabzublicken.

»Ja. Sie heißt wohl auch nicht wirklich Arabella, wie? Wollen Sie mir das mitteilen?«

Carreggio stieß Rauch aus und nickte.

»Dasselbe wie bei Mackensen. Wir haben ihren amerikanischen Pass in ihrer Tasche gefunden. Eine sehr gute Fälschung, sagen meine Leute. Ein paar Tage wäre sie damit durchgekommen, dann … pffft.« Er machte eine wegwerfende Handbewegung. »An den Flughäfen und Grenzübergängen ist sie von niemandem bemerkt worden. Es ist, als hätte sie nie existiert.«

38

Im *castello* war die Stimmung indessen umgeschlagen.

Man ließ Victor noch nicht laufen, doch der unterschwellige Hass, den man hier Kriminellen und Feinden der Stadt entgegenbrachte, war nicht mehr spürbar. Vom Mordverdacht würde Victor erst vollkommen befreit sein, wenn die Laborergebnisse einträfen. Man tappte vorerst noch im Dunkeln, konnte auch kein Motiv für den grausigen Mord erahnen. Doch die Stadtoberen wussten, dass man in Bälde dahinterkommen würde. In Venedig blieb nichts ewig verborgen. Die Wahrheit kam immer mit der Flut.

Victor verbrachte die Nacht in einer relativ erträglichen Zelle. Sein Unterbewusstsein schien ihm irgendetwas zuraunen zu wollen. Traue deiner Wahrnehmung von Arabella. Versenke dich so in deine Erinnerungen, dass dir nichts entgeht. Und dann verknüpfe die Erfahrungen deiner Sinne. Doch wo sollte er anfangen? Als die Sonne aufging, schlief er endlich ein.

Gegen Mittag erschien Carreggio mit Kommissar Dandolo von der Anti-Terror-Truppe. Sie baten ihn höflich mitzukommen. Victor kam sich nach der Nacht in der Zelle wie ein Stadtstreicher vor.

Carreggio blickte ihn beinahe entschuldigend an, als er verkündete: »Max Pell hat Ihre Aussagen alle bestätigt. Er sah, dass Mackensen Ihr Handy einsteckte, nachdem Sie weg waren. Die Haare und das Blut, das wir bei Mackensen abgenommen haben, stimmen nicht mit den Proben von Ihnen überein.« Er schien sich zu ärgern, dass er nun niemanden mehr in seiner Zelle festhalten konnte. »AB positiv. Aus der DNA-Analyse geht hervor, dass es sich um eine Frau handelt. Die Haare …« Er hielt inne und blickte in sein Notizbuch.

»Kastanienbraun«, sagte Victor tonlos. »Leicht gelockt.«

Die beiden Männer blickten ihn verblüfft an, und Dandolo nickte knapp.

»Wir möchten uns für alles entschuldigen, was Sie hier durchstehen mussten, Dottore«, sagte er und zupfte ein Fädchen von seinem Ärmel. »Wenigstens können wir Sie nun heute entlassen. Sie müssen nur noch ein paar Formulare ausfüllen.« Dandolo verabschiedete sich, aber Carreggio sah sich um und beugte sich dann vor.

»Ich sollte Ihnen das nicht erzählen«, sagte er mit gedämpfter Stimme. »Sie hatte eine Locke auf der Leiche liegen lassen. Und eine am Bett. Als *wollte* sie, dass wir sie finden. Als wüsste sie, dass wir erst Sie verdächtigen und dann von Ihnen ablassen. Damit sie sich in der Zwischenzeit in jemand anderen verwandeln kann.«

Victor rieb sich die Augen und stand auf. Carreggio begleitete ihn nach draußen, wo er von Max und anderen Reportern erwartet wurde. »Ach ja, und der Mann, der Ihnen als Stefano vorgestellt wurde? Grenzbeamte haben ihn gestern in Triest aufgehalten. Es ist ihm gelungen, in die Slowakei zu entkommen, nachdem er einen der Grenzer umgebracht hat.« Victor horchte auf. »Auch seine Identität lässt sich nicht feststellen. Keinerlei Hinweise auf das schwedische Mädchen. Was wollten diese Leute hier, Dottore? Haben Sie mir Informationen vorenthalten? Haben Sie eine Ahnung, was die hier planten? Vielleicht irgendwas mitgehört, was Sie nicht für wichtig hielten? Das könnte eventuell auch hilfreich sein.«

Victor überlegte, doch ihm wollte nichts einfallen. Er schüttelte den Kopf. Ein entferntes Geräusch stellte sich ein, irgendwo in seinem Gedächtnis. Ein Klirren wie von zersplitterndem Glas. Doch er konnte es nicht zuordnen, und dann war es verschwunden. Dieser Mann mit seinen ewig gleichen Fragen trieb ihn allmählich zur Verzweiflung.

»Haben Sie irgendwelche auffälligen Spuren in ihrem Haus … ich meine, dem Konsulat gefunden?«, fragte Victor.

»Nein, aber Mackensen hatte Pulverspuren an der rechten Hand«, antwortete Carreggio. »Wobei auf niemanden geschossen wurde und wir auch keine Waffen gefunden haben.«

Victor durchforstete noch einmal angestrengt sein Gedächtnis, spulte Szenen vor und zurück wie bei einem Video, suchte nach einem aufschlussreichen Bild. Die Antwort lag irgendwo im Konsulat. Der sterbende Admiral hatte etwas beobachtet und raunte es ihm zu. Victor sah Stefano und Annika vor sich, wie sie am Bahnhof eintrafen. Stefano trug seine Skier in dieser roten Tasche. An dem Abend, als Victor ins Haus gelassen wurde, nachdem er draußen über den Müll gestolpert war, hatte er diese rote Tasche gleich hinter der Tür an der Wand stehen sehen. Der Geruch von Olivenöl war ihm aufgefallen, aber niemand hatte gekocht. Wie roch eine Waffe, nachdem sie gereinigt wurde?

»Haben Ihre Leute irgendetwas Auffälliges hinter der Seitentür im Konsulat entdeckt?«, fragte Victor. »Einen Fleck an der Wand zum Beispiel?«

Carreggio blinzelte.

»Nun kommen Sie schon«, drängte Victor. »Ja oder nein?«

Kurz darauf saßen sie im *motoscafo* und rasten zum norwegischen Konsulat. Dort wären sie beinahe mit Carolina zusammengestoßen, als sie ins Haus stürmten und auf die Stelle hinter der Tür zusteuerten. Dort befand sich ein schwarzer Fleck an der Wand. Carolina erklärte ihrem Chef prompt: »Den habe ich bereits untersucht.«

Carreggio nickte. »Und?«

Die Polizistin in Tarnkleidung sah etwas gekränkt aus, weil ihr kein Lob zuteil wurde. »Rückstände von Schießpulver. Und von Waffenöl.«

»Fingerabdrücke, die uns was nützen?«

Carolina schüttelte den Kopf und warf einen Blick auf Victor. »Von den Arbeitern und Ihrem Knaben hier abgesehen nur von Mackensen, der Frau, dem jungen Mann und seiner Freundin. Und nur von Mr Tallent haben wir persönliche Daten.«

»Gute Arbeit, Carolina.«

Die Polizistin lächelte und ging ins Zimmer nebenan. Carreggio blickte Victor durchaus beeindruckt an. Arabella und ihre Crew waren hier gewesen, um jemanden umzubringen. Das passte zu Venedig. Allmählich bekam die Geschichte Konturen. Carreggio schlug Victor auf die Schulter.

»Danke, Mr Tallent. Ich würde dennoch Ihren Pass gerne noch ein paar Tage behalten. Nur bis wir ganz sicher sein können. Ist so üblich. Sie haben gewiss Verständnis dafür.«

Victor schüttelte dem Inspektor die Hand. Die Questura ging auf Nummer sicher. Aber das *Istituto* würde ihn gewiss nicht mehr einladen als Gastredner. Der Bürgermeister konnte keine schlechte Presse brauchen. Victor sah seine Felle davonschwimmen. »Ich bin im Hotel«, sagte er. »Rufen Sie mich an, wenn ich abreisen kann?«

Der Inspektor nickte. »Selbstverständlich.«

Als Victor das Haus Campo San Staè verließ, meinte er den Löwen auf dem Botschaftsschild hämisch kichern zu hören.

39

Anselmo behandelte Victor nun wie einen Star. Sobald er den Dottore zu Gesicht bekam, bemühte er sich, ihm jeden Wunsch von den Augen abzulesen. Victor verließ sein Zimmer nur selten, denn in der Lobby lagerten indessen Scharen von Reportern, die wie ein Heuschreckenschwarm über ihn herfielen, sobald er sich zeigte. Nachdem alle Gerichte, die Victor auf seinem Zimmer zu sich genommen hatte, nach Huhn schmeckten, begann er sich fast nach seiner Zelle im *castello* zurückzusehnen. Am nächsten Tag aß er nur Pasta. Er telefonierte einmal mit seinem Vater, sprach aber sonst mit niemandem. Doch schließlich langweilte er sich so, dass er das Telefon abnahm, als es klingelte.

»Na, halten Sie noch durch?« Es handelte sich um Max Pell. Mürrisch bejahte Victor die Frage. »Freut mich. Ich bin bereit für das Exklusivinterview, wann immer Sie wollen. Ähm, nur noch ein guter Rat. Vielleicht sollten Sie mal im *Istituto* anrufen. Die haben Sie von der Rednerliste gestrichen. Und der Dekan der Columbia University behauptet, Sie seien schon entlassen worden, *bevor* Sie hierherkamen. Stimmt das?« Der Reporter klang munter, aber Victor wusste, dass er ihm jetzt an den Kragen wollte, und legte auf.

Der Tag neigte sich dem Ende entgegen. Draußen ächzte angestrengt ein Gondoliere, der sein Boot gegen die Strömung bewegte. Victor, dem allmählich die Decke auf den Kopf fiel, legte seine Kleider zusammen und verstaute sie im Koffer. Dann schaltete er den Fernseher ein. Von Carreggio hatte er noch nichts gehört, aber der Nachrichtensprecher vermeldete, der Amerikaner werde nicht mehr des Mordes verdächtigt.

Die ganze Reise war vergebens gewesen. Victor dachte trübsinnig, dass er im Grunde nun so tot war, als habe man ihm eine Kugel in den Kopf gejagt. Er griff nach dem hässlichen Pulli, um ihn einzupacken, und erwog einen Moment, ihn zurückzulassen, doch das brachte er nicht übers Herz. Dann räumte er das Zimmer auf, beförderte alte Zeitschriften und Reste von Schokoriegeln in den Abfalleimer. Dabei fiel ihm eine Zeitung in die Hände, die er inzwischen ganz vergessen hatte.

Auf der Titelseite sah er sich selbst, wie er stürzte, den Mund aufgerissen vor Schreck, hinter sich Arabella, die über ihre rechte Schulter nach oben blickte.

Pop!

Das Geräusch in seinem Kopf wurde lauter, zwang ihn, es zu beachten. Klingt das nach einer Kamera, die auf dem Boden aufschlägt?, schien es drängend zu fragen. Victor schloss die Augen und konzentrierte sich auf die Erinnerung.

Pop!

Bist du blind und taub?, brüllte das Geräusch. Die Antwort liegt doch auf der Hand! Arabella blickte über die Schulter nach oben, dann stieß sie ihn an. Oder war die Reihenfolge umgekehrt? Hatte Victor das Geräusch zuerst wahrgenommen? Ohne Jacke stürzte er aus dem Zimmer und eilte schnurstracks zum Palazzo Loredan am Campo San Stefano, wo die Mitglieder des *Istituto* sich gerade anschickten, nach Hause zu gehen.

Mit der Zeitung in der Hand stellte Victor sich an die Stelle, an der Arabella sich auf dem Foto befand. Er streckte beide Hände aus und blickte über die rechte Schulter nach oben. Zuerst sah er nur den Himmel. Passanten starrten ihn verwundert an, und einige Reporter, die ihm bis hierher gefolgt waren, schossen Fotos. Victor sah schon die Schlagzeile vor sich: »Verdächtiger verliert den Verstand aus Trauer um verlorene Geliebte«. Er schloss die Augen, konzentrierte sich auf das Geräusch in seinem Kopf und blickte dann langsam über die rechte Schulter nach oben.

Diesmal fiel sein Blick auf ein Flachdach.

Sein Herz hämmerte wie wild, als er die Blickrichtung des Phantoms zurückverfolgte, das Arabella gewittert hatte. Wer war diese Gestalt gewesen? Annika, die mit dem Gewehr flinker war als mit der Espressomaschine? Oder Wilbur alias Mackensen alias Niemand, der sich beim Rückstoß die Hand versengte? Oder der schwarz vermummte Einbrecher?

Victor suchte mit dem Blick den Boden um die Stelle ab, an der er an jenem Abend gestanden hatte. Nichts.

Oder doch?

Zuerst hielt er die Unebenheit für einen Schatten. Doch als er sich bückte, sah er, dass in dem Pflasterstein ein Riss klaffte. Er drehte sich wieder um, zu der imaginären Arabella, sah, wie sie errötete, als sie den Blick abwandte.

Hast du ihn gehört?, hätte Victor sie gerne gefragt. Hast du mit Fledermausohren wahrgenommen, wie er durchlud? Oder *wusstest* du vielleicht schon, dass er da sein würde, und hast dich im letzten Moment entschlossen, mich beiseitezustoßen und den Plan deines Kollegen zu vereiteln? Ja, so war es. Denn ursprünglich wolltest du gar nicht zu meinem Vortrag kommen. Irgendetwas hat dich dazu veranlasst, dich anders zu entscheiden. Wilbur verschwand, bevor die Konferenz zu Ende war, ebenso sein Nebensitzer. Und du warst ganz aufgelöst und hast heftig gezittert, nachdem du gestürzt warst.

Victor fühlte sich plötzlich, als werde er bei lebendigem Leibe in einen Leichensack gesteckt.

Er war das Ziel gewesen, von Anfang an. Sie waren sich nur uneinig gewesen über Methode und Zeitpunkt.

... Die Gruppe trifft die Entscheidung und du stehst allein da mit deiner Meinung ...

... Und ich glaube, ich weiß auch, weshalb, aber das ist sentimentaler Quatsch ...

Mit weichen Knien wankte er zur nächsten Telefonzelle, um Inspektor Carreggio anzurufen.

40

Knapp eine Stunde später barg Carolina das Geschoss aus der Wand des Hauses gegenüber vom *Istituto*. Es hatte Victors Kopf knapp verfehlt, dann den Pflasterstein gestreift und war schließlich in der Wand eingeschlagen, wobei es weitgehend unversehrt blieb.

»Tungsten Carbide Kaliber 223«, verkündete Carolina und schenkte Victor ein breites Lächeln, während Carreggio seine Leute auf dem Dach im Auge behielt. »Militärmunition. Wäre Ihnen gar nicht gut bekommen.« Ja, jemand hatte sich auf dem Dach aufgehalten, offenbarte sie ihm dann. Sie hatten Spuren gefunden, die auf einen Schützen hinwiesen, der sein Gewehr in einer Tasche transportiert hatte. Stefano, dachte Victor. Carreggio zog Victor beiseite und blinzelte in die Abendsonne. Mit einer Hand machte er eine ausladende Armbewegung, als wolle er sagen, die ganze Szenerie sei viel zu gefährlich für Victor, mit der anderen überreichte er ihm seinen Pass.

»Ich möchte Ihnen danken, Dottore. Sie waren uns eine

große Hilfe. Aber ich glaube, Sie sollten Venezia jetzt verlassen und nach Hause zurückkehren. In zwei Stunden geht ein Flug. Meine Leute bringen Sie zum Flughafen. Ihr Gepäck wartet auf Sie in der Hotellobby.« Der Inspektor grinste Victor mitfühlend an. »Hier sind Sie nicht in Sicherheit.«

Sie schüttelten sich die Hand, und zwei Carabinieri begleiteten Victor zum Hotel, wo Anselmo mit dramatischer Geste das Gepäck seines Star-Gastes ins Polizeiboot lud und dann am Dock stehen blieb wie ein zurückgelassenes Kind.

Bevor Victor ins Boot stieg, drückte er dem Portier seine restlichen Euros in die Hand. Anselmo standen Tränen in den Augen.

»*Arrivederci,* Dottore«, sagte er und deutete eine altmodische Verbeugung an. »Ich wünsche Ihnen eine gute Reise.«

Im Boot nahm Victor von einem der Polizisten eine Zigarette an. Die Männer behandelten ihn so respektvoll wie einen berühmten Revolverhelden. Als sie ablegten, winkte Anselmo mit einem weißen Taschentuch, bis das Boot nicht mehr zu sehen war.

Als sie an der Giudecca vorbeikamen, klopfte dieselbe Frau in Schwarz, die Victor bei der Ankunft bemerkt hatte, auf ihrem Balkon denselben alten Teppich aus. Oder vielleicht hatte sie sich seither nicht von der Stelle bewegt? Victor blickte zu ihr auf und stellte fest, dass sie jünger war, als er zuerst vermutet hatte. Sie wirkte verhärmt, war aber vielleicht kaum älter als Arabella. Und Arabellas Alter konnte er nicht schätzen. Die Frau runzelte die Stirn, als sie bemerkte, dass sie beobachtet wurde, und wandte sich ab. Vielleicht glaubte sie, er habe den bösen Blick.

Victor holte die rote Schmuckschatulle aus seiner Tasche, stellte sie auf die Reling und nahm das Armband heraus. Die drei Smaragde glitzerten in der Abendsonne. Das aufgewühlte Wasser am Bug des Bootes, die gischtenden Wellen schienen förmlich danach zu verlangen. Victor hätte ihnen das Armband gerne in den gierigen Schlund geworfen, doch er brachte es nicht über sich. Die Polizisten gaben vor, nicht zu bemerken, wie er das Schmuckstück in die Schatulle zurücklegte und sie verstaute.

Die purpurfarbene Dämmerung senkte sich auf die Lagune und hüllte Venedig in einen Umhang aus Dunkelheit. Der Wind wurde stärker, und ein feiner Sprühregen setzte ein. Die Lichter der Stadt glitzerten wie orangefarbene Juwelen. Als Victor ins Wasser blickte, erhaschte er noch einen letzten Strahl des Tageslichts zwischen den grünen Algen.

Dann war die Sonne verschwunden, und er sah nur sein eigenes Gesicht, das sich im Wasser spiegelte wie ein fahler sehnsüchtiger Mond.

BUCH ZWEI

UNGEHEUER AUS DER TIEFE

41

Long Island, Februar 2002

Victor kehrte mit weißen statt blonden Haaren aus Venedig zurück.

Er bemerkte es auf der Toilette, wo er sich während des Rückflugs häufig aufhielt, um den neugierigen Blicken der Stewardessen zu entkommen, die sein Foto in der aktuellen Ausgabe von *La Nuova Venezia* gesehen hatten. Seine Haare waren so weiß geworden wie das Fell einer Albinoratte.

Sein Vater holte ihn am Flughafen ab. Energisch drängte er sich durch die Reportermenge mit den Worten: »Erlauben Sie mal? Ich möchte zu meinem Sohn.«

Danach, im Haus seiner Eltern, hockte Victor wochenlang vor dem Fernseher, sofern er nicht gerade schlief. Er sah seinen verhassten Kollegen Art, der mit seinem neuen Buch, »Frieden durch Stärke«, Furore machte, was Victor zusätzlich entmutigte. Wenn er genug davon hatte, die wohlmeinenden Anrufe seiner Freunde entgegenzunehmen und pflichtschuldig die Mahlzeiten seiner Mutter zu verspeisen, verdrückte er sich in Gesellschaft seines altersschwachen Schäferhunds Bobbers, mit dem er aufgewachsen war, in den Keller. Bobbers winselte immer, wenn er spürte, dass sein alter Kumpel nicht mehr zurechtkam mit der Welt und sich verstecken musste. Sein früheres Leben schien Victor weit entfernt.

Dann begann er Zeitungsausschnitte zu sammeln.

Zuerst nahm er sich die regionalen Blätter vor. Doch bald

türmten sich im Keller Stapel ausländischer Zeitungen und Zeitschriften. In einigen Reportagen, die er sammelte, ging es um Frauen, die ermordet oder verhaftet worden waren. Frauen, die vor etwas geflüchtet waren, oder Mörderinnen. Aber er betrachtete auch mit der Lupe Berichte über Modeschauen. Immer auf der Suche nach einem bestimmten Gesicht.

Er suchte nach Arabella.

Stapelweise trafen Zeitungen aus dem ganzen Land ein, und die Nachbarn zogen erstaunt die Augenbrauen hoch. *The Quincy Patriot-Ledger. The Rutland Herald. The Casper Star-Tribune.* Die Stapel der Ausschnitte schossen aus dem Boden wie Pilze, weil es in jeder Menschenmenge mindestens eine Frau gab, die Arabella wenigstens entfernt ähnelte. Den Rest erledigte Victors Gehirn, das diese Frau mit einem graziösen Schwanenhals, einer Oberlippe, die geschwungen war wie ein Möwenflügel, und teichgrünen Augen ausstattete.

Bald darauf stellten sich die Polizisten ein.

Zwei State Trooper aus Suffolk und ein FBI-Agent suchten Victor mehrmals auf, um ihm dieselben Fragen zu stellen, die er schon Inspektor Carreggio beantwortet hatte. Die State Trooper saßen vor ihm, drehten ihre Hüte in den Händen und tranken den Kaffee, den Victors Mutter ihnen aufnötigte, während der FBI-Mann sich Notizen machte. War Victor dem Mann, der sich Wilbur nannte, schon jemals zuvor begegnet? Hatte es früher schon einmal Streitigkeiten mit ihm gegeben? Sie hatten Victors Finanzlage und seine politischen Hintergründe überprüft und nichts Ungewöhnliches gefunden. Doch aus den Blicken, die sie einander zuwarfen, war zu ersehen, dass sie Victor für psychisch instabil hielten. Und außerdem gab es noch diese ganzen Polizeiberichte aus Venedig.

Interpol beschäftigte sich inzwischen auch mit dem Fall, teilte der FBI-Agent Victor mit. Sie hatten anhand des Fotos von Mackensens Leiche eine Aufnahme gefunden, auf der er fünf Jahre zuvor in Zagreb zu sehen war. Der Agent förderte das Bild zutage und zeigte es Victor.

Darauf war ein Mann zu sehen, der dem grinsenden Möbelverkäufer tatsächlich verblüffend ähnlich sah und der soeben eine Frau vor einen in den Bahnhof einfahrenden Zug stieß.

»Die Frau hieß Verena Stankovic«, sagte der FBI-Mann im schwarzen Anzug und lehnte höflich eine dritte Tasse Kaffee ab. Er wollte gerade fortfahren, als er bemerkte, dass Victor förmlich erstarrt war. Victor sah aus, als müsse er sich jeden Moment übergeben.

»Alles in Ordnung, Sir?«, fragte der Agent.

»Ich … mir war nur kurz schwindlig«, antwortete Victor, dem der Name auf Mimmos Liste wieder vor Augen stand. »Die vielen Fragen. Verzeihung. Wer war diese Frau?«

Der FBI-Mann betrachtete Victor prüfend, kam aber zu dem Schluss, dass er die Wahrheit sagte. »Dr. Stankovic leitete sechs Jahre lang, bis zu ihrem Tod, eine fortschrittliche Partei in Kroatien«, antwortete er, ohne Victor aus den Augen zu lassen. »In den Nachrichten wurde ihr Tod als Selbstmord dargestellt. Was nicht der Wahrheit entsprach.«

Stankovic war die unerschrockene Wortführerin einer Organisation gewesen, die uneingeschränkte Bestrafung sämtlicher Kriegsverbrechen während des Bosnien-Konflikts verlangte, erklärte der FBI-Mann, selbst wenn die Betroffenen ihre eigenen Landsleute waren. Nach ihrem vorzeitigen Tod hatte man die Kriegstribunale in Den Haag bald vernachlässigt. Der FBI-Mann tippte mit dem Zeigefinger auf das Foto.

»Und wir sind der Ansicht, dass es sich bei dem Attentäter hier um denselben Mann handelt, mit dem Sie in Venedig ein Handgemenge hatten.« Er trommelte mit den Fingern einen Wirbel auf dem Tisch. »Und dann wäre auch noch das hier.« Er zog eine Linie von Stankovics Gesicht mit den weit aufgerissenen Augen vorbei an der verzerrten Miene des Lokführers zu einem Kiosk auf dem Bahnsteig.

Dort war verschwommen eine Gestalt zu erkennen, die sich abwandte, um wegzulaufen.

Es handelte sich um eine Frau.

Sie trug eine schwarze Brille, und auf dem Schwarz-Weiß-Foto ließ sich ihre Haarfarbe nicht bestimmen. Doch Victor kannte sie. Unter der Perücke befand sich kastanienbraunes Haar, das nach Mandeln duftete. Die Frau hatte grüne Augen, hätte er dem FBI-Mann berichten können, aber das tat er nicht. Ihre Brust fühlte sich manchmal wie die Flügel eines Spatzen an, wenn man die Hand darauf legte. Victor war wie betäubt, als er das Foto über den Couchtisch schob. Der FBI-Mann beugte sich mit demselben väterlich-verständnisvollen Blick vor, den Victor schon bei Carreggio erlebt hatte, und legte den Kopf schief.

»Sind Sie ganz sicher, dass Sie dieser Frau vor Ihrem Aufenthalt in Venedig noch nie begegnet sind? Vielleicht ist es Ihnen einfach entfallen. Es gibt schließlich viele Studentinnen.« Ein vertrauliches Zwinkern.

»Nein«, antwortete Victor. »Ich habe sie noch nie zuvor gesehen.«

Der FBI-Mann seufzte und erhob sich. Die Enttäuschung war ihm ins Gesicht geschrieben, als er eine Visitenkarte auf den Tisch legte und sich zum Gehen wandte.

»Sie rufen mich an? Wenn Ihnen noch etwas einfällt?« Diesmal zwinkerte er nicht.

»Auf jeden Fall.«

Die State Trooper stellten ihre Kaffeetassen ab und nickten Victors Mutter zu, als sie dem FBI-Mann folgten. Der blieb in der Tür noch einmal stehen, legte den Kopf schief und wies auf das nächste Dach. »Ach ja, und passen Sie auf sich auf, ja?«

Am nächsten Tag brütete Victor wieder über seinen Zeitungsausschnitten. Gott, er hätte diese Frau am liebsten *umgebracht.* Sie aus seinem Kopf und seinem Körper vertrieben. Aber es gab kein Entkommen mehr. Sie hatte sich in ihm eingenistet. Und daran änderte auch die Tatsache nichts, dass sie eine Kriminelle war, wie er nun erfahren hatte. Nachdem er eine weitere Woche nur im Haus gehockt hatte, beschloss Victor, sich zur Abwechslung einen Ausflug in die Stadt zu genehmigen.

Doch wo er auch war: Überall sah er Arabellas.

Sie kamen ins Kino, in braunem Mantel, nahmen die schwarze Brille ab, um den Film zu sehen. Sie kamen aus Parkhäusern, ein Kind im Arm, mit weit ausholenden Schritten. Oder sie hielten neben ihm an der Ampel, die Sonnenbrille auf die Stirn geschoben. Immerzu lächelten sie.

Jedes Mal glaubte Victor für den Bruchteil einer Sekunde, Arabella gefunden zu haben. Doch dann merkte er, dass der Mantel nicht braun, sondern schwarz war. Dass die Frau vor ihm rote Haare hatte, keine kastanienbraunen. Diese Ehefrauen und Mütter nickten ihm alle höflich zu, entfernten sich aber rasch von dem jungen Mann mit dem sonderbaren Gesichtsausdruck, der sie unentwegt anstarrte.

Victor bemühte sich, sie zu vergessen. Aber seine Zeitungsabos kündigte er nicht. Er hatte die Hoffnung noch nicht aufgegeben.

Und seine Obsession wurde schlimmer.

Jeden Tag hörte er nun diese Stimme, die ihm zuraunte, Arabella und ihre Schattenmänner würden auf dem nächstbesten Dach auf ihn warten, wenn er sie nicht zuerst fand. Nach einigen Wochen änderte Victor sein Verhaltensmuster.

Zuerst fuhr er nach Michigan. Er war so sicher, dass es sich bei einer Frau auf einem Gruppenbild in der Zeitung von Ann Arbor um Arabella handelte, dass er in seinen alten Subaru stieg und die weite Strecke auf sich nahm. Eine Woche lang wartete er tagtäglich vor dem Diner, in dem das Foto entstanden war. Dann wurde er vom Besitzer des Diners aufgefordert zu verschwinden. Arabella war nicht aufgetaucht. Victors Eltern begannen in merkwürdig gedämpftem Tonfall mit ihrem Sohn zu sprechen. Und Victor fuhr nach Helena in Montana oder Killeen in Texas, weil er glaubte, Arabella dort bei einem Autohändler, auf einer Fähre oder in einem Gewächshaus für Orchideen erkannt zu haben. Einziger Erfolg dieser Reisen war, dass Victor zusehends um seinen Verstand fürchtete.

Bis zu dem Tag, an dem er die Zeitung aus Athol erhielt, einem Kaff am Massachusetts Turnpike. Auf der Titelseite war ein neuer Markt für Farmer abgebildet. Rotwangige Männer in Segeltuchjacken hielten riesige Tomaten in die Kamera, andere waren damit beschäftigt, Banner über der Straße anzubringen. Neben einem Imbiss am linken Bildrand stand eine Gruppe junger Leute, und an einer Tankstelle daneben wandte sich gerade eine Frau von der Kamera ab, um in ihren Pick-up zu steigen. Victor stockte der Atem, und er griff nach seiner Lupe.

Ihre Oberlippe hatte diesen speziellen Schwung. Daran gab es keinen Zweifel. Diesmal spielte ihm sein Gedächtnis keinen Streich. Sie trug eine dunkle Sonnenbrille, doch er erkannte die markanten Wangenknochen darunter.

Noch am selben Tag brach Victor nach Massachusetts auf.

42

Newburyport, Massachusetts, Herbst 2005

Drei Jahre lang war Victors Suche ergebnislos geblieben. An der Trask Academy, einer kleinen Privatschule im Nordwesten des ältesten und auch mittellosesten Bundesstaates, hatte man ihm eine Dozentenstelle gegeben, die aber nunmehr an einem seidenen Faden hing. Die meisten der angehenden Studenten konnten Victor nicht leiden, und gelegentlich hängte wieder einmal jemand alte Zeitungsartikel über den Mord in Venedig ins Klo. Auch die Kollegen blieben auf Abstand.

Der Schulleiter hatte Victor zu Anfang höflich gebeten, seine Forschungen wieder aufzunehmen, doch Victor hatte ihn einfach stehen lassen, ohne zu antworten. Denn, wie Meyer wollte er sich einfach verstecken. Er fühlte sich kaum in der Lage, Botanik zu lehren. Sein gesamtes Streben galt der Suche nach Arabella. Der Schulleiter vermied es inzwischen, in der Kantine neben Victor zu sitzen.

In der Welt außerhalb des Fachbereichs waren Victors einstmals revolutionäre Ideen vollkommen in Vergessenheit geraten. Wichtigtuer mit akkuraten Haarschnitten, eng sitzenden blauen Anzügen und Sternenbanner-Anstecknadeln bestimmten jetzt die Atmosphäre im Land. Einige Staaten, die man gerne auf einer Worldmusic-CD erwähnt gefunden hatte, waren zum nationalen Sicherheitsrisiko geworden. Die Sarazenen, dachte Victor, die heutzutage mit Raketenwerfern statt mit Schwertern kämpften.

Doch es brachte gewisse Vorteile mit sich, wenn man einen festen Lebensrhythmus entwickelte.

Victor hatte, einem Ozeanographen gleich, ein Suchraster ausgearbeitet. Nach und nach hatte er die Suche auf die Vorstädte von Boston und schließlich auf den gesamten Bundesstaat ausgeweitet. Bislang ergebnislos. Doch sein Instinkt sagte ihm, dass Arabella sich irgendwo in der Nähe befand. Als in drei Jahren nichts weiter passiert war, als dass aufgebrachte Einheimische ihn anriefen, weil sie glaubten, er sei hinter ihren Frauen her, erweiterte Victor die Suche auf ganz Neuengland. Zeichnete große Quadrate auf, die aussahen wie Krakeleien eines Geistesgestörten.

Es war Donnerstagabend. Kein Fußballtraining, das ihn ablenken konnte.

Normalerweise fuhr Victor jeden Abend ein paar Stunden durch die Gegend. In der Nähe von Marblehead gab es eine Region, die er ziemlich lange nicht gecheckt hatte. Aber er hatte Hunger, weshalb sein Vorhaben noch ein Weilchen warten musste. Es war regnerisch, wie immer um diese Jahreszeit, und die Dämmerung setzte ein. Die Zeit der Blattfärbung war vorüber, am nächsten Wochenende würden die Bäume kahler aussehen. Und dann würde es bis April kalt sein. Victor schlug den Kragen seines Tweedmantels hoch. Als er ein merkwürdiges Donnern über sich vernahm, trat er auf die Bremse.

Ein Militärhelikopter, offenbar vom Stützpunkt Gloucester, drehte über der Straße ab und donnerte wieder aufs

Meer hinaus, gefolgt von weiteren. Die Hubschrauber waren mit Maschinengewehren gespickt, fiel Victor jetzt auf. Einer flog so tief, dass Victor die Sonnenbrille des Schützen glitzern und seine Hundemarke im Wind flattern sah.

Victor blickte in den Wald rechter Hand. Zwischen den Bäumen streiften Rebhühner umher, die an den Lärm gewöhnt zu sein schienen. Vielleicht hätte Victor auf dem Schulgelände wohnen sollen, sagte er sich manchmal, aber er legte großen Wert auf Ungestörtheit. Er hatte mit Unterstützung seiner Eltern eine kleine Wohnung in der Stadt gekauft, hatte sie jedoch noch nie zu sich eingeladen. Victor konnte keine Ablenkung gebrauchen.

Ein weiterer Hubschrauber kam angedonnert, und Victors kleiner Wagen schwankte im Luftzug. Plötzlich stellte sich das alte belastende Gefühl, beobachtet zu werden, wieder ein. Victor dachte daran, wie er damals das alte Haus in Venedig betreten und das Waffenöl gewittert hatte.

»Hey, ihr Schwachköpfe! Soll's nun heute sein oder wie?«

Als er hinter sich aufgebrachtes Hupen vernahm, wurde ihm bewusst, dass er schon seit einigen Minuten den Verkehr auf der schmalen Brücke blockierte. Victor winkte entschuldigend und fuhr weiter nach Newburyport, um endlich zu Abend zu essen, was die Leute hinter ihm vermutlich auch beabsichtigten. Als er die Abfahrt zu seinem Haus erreichte, wünschte er sich, in einem der anderen Autos zu sitzen.

Er tastete unter dem Sitz nach der .40 Sig-Sauer-Pistole, die er dort für alle Fälle aufbewahrte. Bevor er ausstieg, blickte er in alle Richtungen und ging dann rasch zur Haustür. Wie jeden Abend wurde er lediglich von den Katzen der Nachbarn beobachtet.

Schattenmännern war er seit damals nur noch in seinen Träumen begegnet.

Victor entriegelte die vier Schlösser an der Tür und schaltete die Alarmanlage aus. Ein eigenartiger Geruch stieg ihm in die Nase, wie von frischem Gemüse. Er hatte nichts gekocht und heute auch noch nicht eingekauft. Victors Herz hämmerte wie wild, als er vorsichtig die Küche betrat. Dort sah er, dass eine überreife Tomate von der Küchentheke gerollt und aufgeplatzt war. Eine rote Saftspur zog sich über den Boden. Victor atmete tief durch, entsorgte die Tomate in den Müll und wischte mit Putzmittel den Boden, bis es wieder neutral roch in der Wohnung. Dann wanderte er an dem fleckenlosen Couchtisch und den Bücherregalen vorbei zu seinem Computer, der darauf zu warten schien, dass er sich anmeldete. Keine Nachricht auf dem Anrufbeantworter, dem Indikator von Victors Einsamkeit.

Er schaute aus dem Fenster. Sein Hunger war plötzlich verflogen, obwohl er seit dem Porridge zum Frühstück nichts mehr gegessen hatte. Ihm fiel ein, dass er noch chinesisches Essen vom Vorabend übrig hatte, brachte aber die Kraft nicht auf, den Herd einzuschalten, um es aufzuwärmen. Außerdem fühlte er sich nur entspannt beim Autofahren, vor allem, wenn er eines seiner Raster checkte. Nicht einmal die drei Kampfsportstunden pro Woche bei einem koreanischen Ex-Militär, der seine Schüler gnadenlos herumscheuchte, konnten ihm ein Gefühl von Sicherheit verschaffen. Nur die Bewegung.

Hätte jemand seinen geräumigen Keller betreten, wäre er wohl zu dem Schluss gekommen, dass er sich in einer Art Schrein befand. Übersichtlich angestrahlte und mit bunten Stecknadeln gespickte Karten sämtlicher Neuenglandstaaten, mit Daten versehen, hingen an den Wänden. Routen waren zweifarbig nachgezogen und mit kleinen Karten ergänzt, auf denen Kommentare vermerkt waren. Sämtliche Bemühungen hatten bislang nichts erbracht außer der Feststellung, dass er nicht mehr derselbe Mensch wie früher war. Doch hätte Victor seine besessene Suche nun aufgegeben, so hätte er sich diesen Gedanken eingestehen müssen. Und diese Vorstellung fand er so erschreckend, dass er sich lieber weiterhin an Strohhalme klammerte.

Seit einigen Tagen zehrte Arabella aus irgendeinem Grund besonders schlimm an ihm. Victor setzte sich an seinen Schreibtisch und schlug einen Ordner auf, den er immer in Reichweite hatte.

Sie lächelte ihn vom Foto ihres gefälschten Passes an.

Carreggio hatte ihm eine Kopie überlassen, aus Mitleid vermutlich. Der Mann hatte keine Ahnung, was er damit angerichtet hatte. In den vergangenen vier Jahren hatte Victor von diesem Foto Hunderte von Kopien gemacht und sie mit allen nur erdenklichen Veränderungen versehen: mit schwarzen Perücken, anderer Hautfarbe, Wangenimplantaten und einmal sogar mit einer Augenklappe. Er hatte sich der Hoffnung hingegeben, dass man Arabella fassen oder töten würde. Oder dass sie wieder mit ihm zusammen wäre. Jedenfalls wurde er sie nicht los.

»Wenn Sie nicht aufhören, mich ständig anzurufen, Mr Tallent, erstatte ich Anzeige wegen Belästigung«, verkündete schließlich der FBI-Mann, der ihn damals bei seinen Eltern aufgesucht hatte und den Victor seit Jahren einmal die Woche anrief, um ihm neue Theorien über Arabellas Verbleib zu unterbreiten. Dann hatte der Agent den Lautsprecher am Telefon eingeschaltet, damit seine Kollegen sich auch amüsieren konnten. Danach hatte Victor tatsächlich aufgehört, ihn anzurufen.

Er klappte die Akte zu und lauschte in die Stille, dem Echo seiner Einsamkeit. Tastete unter dem Bett nach dem Holster mit dem 45er Colt, das er dort immer aufbewahrte. Einem Impuls folgend änderte er den Code am Sicherheitssystem und fühlte sich kurzfristig erleichtert. Doch dieses Gefühl verebbte bald wieder. Er verließ das Haus und achtete sorgfältig darauf, dass jedes Schloss verriegelt war. Als er losfuhr, glaubte er einen Moment lang, Orangen zu riechen, rief sich aber dann zur Ordnung. Wilbur war schließlich tot und lag irgendwo in Venedig begraben.

Vor Gino's parkte er den Wagen. Durchs Fenster sah er die blau leuchtende Jukebox. Ray, der Kellner, nahm gerade lächelnd eine Bestellung auf. Victor checkte den Gehweg, auf dem aber nur ein paar angetrunkene Teenager herumlungerten, und betrat den Diner. Er bekam einen Platz am Fenster und bestellte eine Cola light und einen Hähnchensalat. Muss morgen früh joggen, darf nicht schwer essen, sagte er sich. Einige Stammgäste nickten ihm zu und widmeten sich dann wieder ihren wesentlich gehaltvolleren Gerichten. Die Fensterscheibe rasselte, als erneut ein Hubschrauber über das Haus hinwegflog. Die Navigationslichter blinkten kurz auf dem nassen Asphalt, dann verschwand der schwarze Schatten.

Victor spießte eine Cherry-Tomate in seinem Salat auf. Er wurde das beunruhigende Gefühl, das sich vorher eingestellt hatte, nicht mehr los. Er fühlte sich wieder verletzlich, gejagt. Es kam ihm vor, als habe sich eine Gestalt aus der Vergangenheit wieder eingefunden, die ihm nun zuraunte:

Und du meinst, du bist hier in Sicherheit? Weil du fleißig joggst und Diät hältst? Und in dieser Puppenstuben-Stadt lebst? Das glaubst du doch wohl selbst nicht. Komm näher, ich sag dir was. Ich bin deine Angst. Der einzige Freund, auf den du immer hören solltest, was du aber nicht tust. Und nun schau dich an. Ich halte dich am Leben. Vergiss das bloß nicht. Warum sollten die dich vergessen, nur weil sie die Sache damals verpfuscht haben? Na komm schon, schau mal hoch. Nach oben.

Das tat Victor nicht. Aber er stellte mit leicht zitternder Hand sein Glas ab und bat Ray, ihm einen anderen Platz im hinteren Teil des Diners zu geben. Der untersetzte Kellner zuckte nur die Achseln, als Victor erklärte, es sei zu zugig am Fenster, und trug seinen Salat zu einem anderen Platz. Victor lächelte Ray verlegen an. Das war natürlich alles Unsinn, kein Zweifel. Schnee von gestern. Er nahm sich vor, gleich am Montag ein neues Rezept für Beruhigungsmittel zu besorgen und die Dosis zu erhöhen. Doch als er sich in die kleine Nische zwängte, die Ray ihm zugewiesen hatte, gab die hartnäckige Stimme immer noch keine Ruhe. Und Victor bemerkte etwas, das er bislang übersehen hatte, obwohl er seit Jahren jede Woche in diesen Diner kam.

Das Dach der Bäckerei auf der anderen Straßenseite war flach. Äußerst praktisch. Er sah Carolina, die Polizistin, vor sich, als sie das Geschoss aus der Wand entfernte und es ihm zeigte.

… Wäre Ihnen gar nicht gut bekommen …

Ray schüttelte den Kopf, als Victor Tallent einen Zwanzigdollarschein auf den Tisch legte und murmelte, er müsse vorzeitig aufbrechen. Der Kellner beobachtete, wie der junge Mann mit den weißen Haaren hastig seine Autoschlüssel hervorkramte und dann zur Satellitenschüssel auf dem Dach des Diners aufblickte, bevor er in seinen Wagen stieg und wegfuhr. Ray mochte den Burschen. Gab immer gutes Trinkgeld und war mit allem zufrieden. Aber er machte Ray nervös, auch wenn der Kellner selbst nicht genau verstand, weshalb. Tallent kam ihm vor wie ein Radio, das heruntergefallen war und noch funktionierte, aber manchmal Aussetzer hatte. Was soll's, dachte sich der Kellner, als er den Zwanziger in den Krug für das Trinkgeld steckte, das er sich donnerstags immer mit Brenda teilte. Ging ihn ja auch nichts an. Vielleicht waren Intellektuelle immer so versponnen.

Ray wandte sich der Kasse zu. Er hatte keinen Grund, den Schatten auf dem Dach des Hauses gegenüber zu bemerken, der hinter dem Kamin verschwand und sich in der Dunkelheit auflöste.

43

Victor drehte seine neunte Runde um die Schule. Der Morgen dämmerte, und gefrorene Blätter knirschten unter seinen Sohlen.

Im Morgenlicht wurde ihm bewusst, dass seine Gefühle am Vorabend nur aus jener Welt aus Schatten und Nebel stammen konnten, mit der er kurzzeitig in Berührung gekommen war. Eine Begegnung mit seiner Sterblichkeit, die sich in sein Gedächtnis gebrannt hatte. Aber hatte er nicht die Oberhand behalten? Wilbur hatte ein grässliches Ende gefunden, auch wenn Victor daran nicht beteiligt gewesen war. Er sah kurz das Foto von der aufgeschlitzten Leiche vor sich. Um es zu vergessen, lief Victor schneller und wäre beinahe auf einer gefrorenen Pfütze ausgerutscht. Die Endorphine, die sein Körper beim Laufen freigesetzt hatte, sorgten für innere Ruhe und Zuversicht, als er nach dem Laufen in die Dusche ging.

Während ihm das heiße Wasser auf die Brust prasselte, konzentrierte er sich auf seinen Atem und versuchte an nichts zu denken. Er fühlte sich seit langer Zeit wieder einmal wohl – jetzt, da er Wohlfühlen als die Abwesenheit von Angst und einem vagen Grauen definierte. Es war ihm gelungen, die Schatten zu verscheuchen. Victor beschloss, abends alles, was mit Arabella zusammenhing, jeden einzelnen Zeitungsausschnitt, in den Müll zu befördern.

Sein Unterricht verlief ereignislos, die angehenden Studenten waren mit ihren Gedanken schon beim Wochenende.

Doch dann nahte erneut die Dunkelheit. Es wurde Nacht.

Und die hartnäckige Stimme des Schattenmanns in Victor war wieder zu vernehmen, zwang ihn, an sie zu glauben und auch an Arabellas Geist. An Stankovics Mörder. Meyers Geschichten. Nach seiner letzten Stunde sprang er in seinen Wagen und fuhr so schnell vom Hof, dass der Schotter hochspritzte. Unterwegs schluckte er seine letzten beiden blauen Pillen. Und ihm fiel wieder ein, dass er sich heute Abend, am Freitag, mit der neuen Französischlehrerin Krista Albemarle bei Gino's verabredet hatte. Weil er sich wieder einmal wie ein normaler Mensch fühlen wollte, der solche Dinge eben tat. Victor wusste, dass er mit dem Herzen nicht dabei sein würde, aber er wollte es wenigstens versuchen.

Der Streifenpolizist aus Newbuyport hielt den rostigen Subaru an, als er mit annähernd hundertzwanzig Sachen über die Brücke bretterte. Lass bloß die Finger von der Knarre unterm Sitz, dachte Victor.

»Endlich Freitagabend, wie?«, sagte der Cop und schüttelte den Kopf. »Aber Sie möchten doch bestimmt heil ankommen, wie? Führerschein und Fahrzeugpapiere, bitte.«

»Da haben Sie recht«, antwortete Victor und öffnete das Handschuhfach, um seine Papiere herauszunehmen. Der Cop merkte, dass der Mann einen Moment wie erstarrt zu sein schien, und legte die Hand auf seine Pistole.

»Die Hände bitte wieder aufs Lenkrad, Sir. Sofort.«

Victor gehorchte, und der Polizist ging ums Auto herum und spähte ins Handschuhfach. Er verfügte über elf Jahre Berufserfahrung und wusste, dass die Leute dort häufig Drogen aufbewahrten, die sie inzwischen vergessen hatten. Oder eine Waffe, die sie vielleicht benutzen würden. In diesem Handschuhfach erblickte er jedoch lediglich die Wagenpapiere und einen weiteren Gegenstand.

Es handelte sich um eine rote Lederschatulle.

»Öffnen Sie bitte diese Schachtel, Sir. Ganz langsam und in meine Richtung.«

Die Stimme des Polizisten klang angespannt, als sei er bereit, jeden Moment in Aktion zu treten. Er umfasste den Griff der Pistole. Victor klappte die Kinnlade herunter beim Anblick der Schatulle, denn er war ganz sicher, das verfluchte Ding zuletzt gesehen zu haben, als er es vor Monaten in der untersten Schublade seiner Kommode verstaut hatte. Er griff nach der Schatulle, die ihm schwerer vorkam als früher, und zögerte.

Einen Moment lang fragte er sich, was sich wohl darin befand. Hatte sich das Armband vielleicht in etwas anderes verwandelt? Er hatte die drei grünen Augen des Ungeheuers seit Venedig nicht mehr gesehen. Der Cop und er hielten den Atem an, als er die Schatulle aufklappte. Victor war erleichtert, als er darin tatsächlich das goldene Armband mit den Smaragden erblickte, das sich einst am Handgelenk der Schauspielerin Farinesi befunden hatte. Mit der freien Hand reichte er dem Polizisten die verlangten Papiere durchs Fenster. Der Cop grinste, sichtlich entspannter, und stieß einen Pfiff aus. Das Gold glitzerte im Licht seiner Taschenlampe.

»Hübsches Ding. Wer ist denn die Glückliche, Mr Tallent?«

»Ich weiß es nicht«, antwortete Victor und nahm seinen Strafzettel in Empfang.

Der Cop runzelte die Stirn, steckte aber seinen Block weg und nickte. Es hatte zu schneien begonnen, und er wies zum wolkenverhangenen Himmel, starrte Victor dabei aber unverwandt an.

»Wer sie auch sein mag, fahren Sie langsam. Da ist ein böser Schneesturm im Anmarsch.«

»Mach ich, Officer. Danke.«

Victor rollte langsam über die weiße Schneedecke, die sich schon auf der Route One gebildet hatte. Der Cop beugte sich in seinen Wagen und gab über Funk seinen Standort durch. Dann holte er ein Handy aus dem Auto, das er noch nie zuvor benutzt hatte und nach diesem Anruf in den Müll werfen würde, und wählte eine Nummer. Vendramin, dessen wahrer Name nur dem Mann am anderen Ende bekannt war, blickte zum Himmel auf, während er wartete. Heftige Schneefälle, ganz klar. Womöglich ein halber Meter. Dann meldete sich der Teilnehmer.

»Traynor hier«, sagte die Stimme am anderen Ende.

44

Victor fuhr langsam in die Stadt und parkte vor Gino's, wo er drinnen schon Krista mit Ray plaudern sah. Er ließ die beiden noch ein bisschen flirten, weil er ohnehin zu spät kam, und erwog einen Moment, ob er Krista das Armband schenken sollte, um es endlich loszuwerden. Er blickte durchs Fenster auf die hübsche rothaarige Frau, die ihn nun entdeckt hatte und ihm überrascht zuwinkte, und beschloss, dass er dieses *Ding* nicht einem netten Mädchen antun wollte, das er gerade erst kennengelernt hatte. Er steckte die Schatulle unter den Sitz.

Als er hereinkam, erhob sich Krista und umarmte ihn herzlich. Ray brachte unaufgefordert eine Cola light. Krista war ein nettes Mädchen mit Kreuzchen um den Hals, anständigem Schuhwerk und Faltenrock, aber heute Abend strahlte sie auch noch etwas anderes aus. Ihr langes rotes Haar schimmerte, und unter ihrem eng anliegenden Rollkragenpulli zeichneten sich sehr deutlich ihre Brüste ab, was gewiss kein Zufall war. Victor hätte gerne geglaubt, dass sie aufregend und geheimnisvoll war, doch er war recht sicher, dass es sich eher um eine innere Leere handelte, der er bei früheren Verabredungen hier im Norden schon öfter begegnet war.

Krista strich ihm über die Wange. Er blickte ihr in die Augen und fand dort in der Tat gar nichts Geheimnisvolles, merkte aber, dass sie gerne so gewirkt hätte. Er verspürte keinerlei Impuls, sie zu küssen, und lief rot an. Es war nicht in Ordnung, die Frau so zu behandeln. Sie schien ihn wirklich zu mögen. Zieh dich bloß rechtzeitig zurück, hätte er ihr am liebsten vermittelt. Deute mein Verhalten richtig und spar dir dein strahlendes katholisches Lächeln für einen anderen auf.

»Was ist denn?«, fragte Krista. »Du hast rote Flecken im Gesicht.«

»Nichts. Hab mich nur beim Fußballtraining ein bisschen überanstrengt.«

Er drückte unverbindlich ihre Hand und ließ sie los. Dann kam ihr Essen, Muscheleintopf, und Krista hörte höflich zu, wie Victor über nichtssagende Dinge wie einen neuen Schüler mit Drogenproblemen, der Hilfe brauchte, und die neue Eisbahn redete. Sie versuchte mehrmals, selbst etwas zu sagen, aber Victor ließ sie nicht zu Wort kommen.

Bei der zweiten Tasse Kaffee machte sie dann ziemlich eindeutige Bemerkungen: dass es ihr immer helfe, wenn sie niedergeschlagen sei, sich mit jemandem auszusprechen, zu dem sie *Vertrauen* hatte und dem sie sich *nahe fühlte*. Als sie merkte, dass ihr Gegenüber auf diese deutlichen Hinweise nicht reagierte, wurde sie zusehends stiller und sagte schließlich: »Es liegt an *ihr*, nicht wahr?« Ihr Lächeln wirkte erstarrt. »Ich glaube, es stimmt, was die Schüler über dich sagen.« Rote Flecken erschienen auf ihren Wangen.

»Was sagen sie denn?« Aber das wusste Victor ohnehin. Dass er sonderbar war. Er ärgerte sich plötzlich, dass er hier mit dieser Frau herumsaß. Gewiss, sie war reizend. Aber er hätte es besser wissen müssen. Er sehnte sich nach seinem Bett.

»Ich weiß, warum du mich nicht zu dir einladen wirst«, zischte sie. »Weil du etwas wie einen Schrein im Keller hast! Mit ganz vielen Fotos von ihr. Das stimmt, oder?« Victor gab keine Antwort. »Du bist ein ekliger Spinner!« Sie schnappte ihre Handtasche und marschierte zur Tür. Ray brachte die Rechnung und blickte der neu angestellten Französischlehrerin der Trask Academy mit unverhohlenem Verlangen nach.

»Darf ich Sie mal was Persönliches fragen?«

Victor blickte auf. »Sicher. Ich kann's mir schon denken.«

Die beiden beobachteten stumm, wie Krista draußen wutentbrannt in ihren Wagen stieg und sich verschaltete bei dem Versuch, so schnell wie möglich wegzukommen. Als sie losfuhr, tupfte sie sich die Augen mit einem Kleenex ab.

»Ich kann Sie nicht recht verstehen, Mann«, äußerte Ray und rieb sich verwirrt die Hände, »ich fand sie wirklich *klasse*, wissen Sie.«

Victor hinterließ ein paar Geldscheine auf dem Tisch und nickte. Dann zog er seinen Mantel an und brach auf, ohne Rays Bemerkung zu erwidern. Er wusste, dass der Kellner recht hatte. Als er in seinen Wagen stieg, bemühte er sich, nicht zu den Dächern hinaufzuschauen, aber es gelang ihm nicht. Wie üblich sah er nichts Außergewöhnliches und kam sich völlig idiotisch vor.

Der Rest des Abends und das lange Thanksgiving-Wochenende lagen vor ihm. Krista und er hatten diese Tage gemeinsam verbringen und vielleicht sogar ihre Eltern besuchen wollen. Bei dieser Vorstellung war ihm allerdings schon der Schweiß ausgebrochen. Nun würde sie ihren Truthahn mit Leuten zu sich nehmen, die seinen Namen zu Recht verabscheuten. Victor erwog, seine Eltern zu besuchen; seine Mutter hatte mindestens sechsmal angerufen, um ihn zu der »besonderen Füllung« einzuladen, die er als Kind so gerne gegessen hatte. Auch sein Vater hatte letzte Woche eine Nachricht auf dem Anrufbeantworter hinterlassen, die Victor sich mehrmals angehört hatte. Zum ersten Mal hatte sein Vater sich alt angehört, und er hatte nicht wie sonst einen Scherz hinzugefügt. Vielleicht sollte Victor sie wirklich besuchen. Doch die Obsession hatte ihn wieder gepackt. Weshalb ihm vorerst nichts anderes übrig blieb, als seine Arabella-Raster durchzugehen.

Victor holte eine abgegriffene Straßenkarte aus dem Handschuhfach und studierte sie. Bis auf den Norden von Maine und New Hampshire war er überall schon zweimal gewesen. Auf der Strecke zur kanadischen Grenze gab es zwei Citgo-Tankstellen, die in Zeitungen abgebildet gewesen waren. Auf den Fotos hatte er keine Arabellas entdecken können, aber er war nur einmal dort gewesen, und das vor etlichen Wochen. Als Victor mit dem Zeigefinger die Strecke abfuhr, spürte er einen Anflug von Hoffnung. Und er machte sich auf den Weg.

Auf den kleinen Nebenstraßen begegnete er kaum anderen Fahrzeugen. Die flache Landschaft war eintönig; ab und an kam er an Shoppingmalls und Zäunen vorbei, hinter denen verschneite Laster geparkt waren. Der Tank war fast voll, und als Victor beschloss, ihn leer zu fahren, fühlte er sich so gut wie lange nicht mehr. Er zog den Reißverschluss seines Parkas hoch und suchte nach einem Radiosender, der sich auch von dem Schneesturm, der jetzt einsetzte, nicht beirren ließ.

Er fuhr die Route 16 Richtung Norden und kam über einen zugefrorenen Fluss. Aus Blockhäusern sickerte goldgelbes Licht auf den Schnee. Victor schaltete das Radio aus und genoss das Pfeifen des Winds, der um den Wagen heulte. Die Scheibenwischer begannen unter der Schneelast zu ächzen, und er fuhr an den Straßenrand, um zu warten, bis der Sturm sich legte.

Am frühen Morgen hielt ihn nur noch das Adrenalin und der Zuckergehalt eines Schokoriegels wach, den er noch in der Ablage gefunden hatte. Die ganze Nacht auf Achse, wie zu Collegezeiten. Der Sturm hatte sich inzwischen gelegt, und die Reifen summten auf den gesalzenen Straßen. Hier, kurz vor der kanadischen Grenze, war die Landschaft rau und unwirtlich. Mächtige Felsbrocken ragten aus den Schneeverwehungen auf. Ein verbeultes Schild zeigte ihm an, dass er gerade am Abzweig nach Wentworths Location, der nächsten Ortschaft, vorbeigefahren war. In Kürze müsste er eine der beiden Citgo-Tankstellen erreichen. Die ersten Sonnenstrahlen fielen durch die Bäume und blendeten ihn. Er versuchte die schmutzige Windschutzscheibe zu säubern, aber die Waschflüssigkeit war aufgebraucht. In einem kleinen Kaff, das nur aus Rathaus, Postamt und einer Kirche, die in eine Kneipe umgewandelt worden war, bestand, hielt er an. Und entdeckte etwa fünfzig Meter weiter das rote Dreieck der Citgo-Tankstelle.

Victor stieg aus und atmete tief die frische Schneeluft ein. Rauchgeruch stieg ihm in die Nase. Jemand verbrannte Ahornholz. Seine Knie fühlten sich weich an, und seine Füße spürte er fast überhaupt nicht mehr. Mit einer Handvoll Schnee versuchte er die Windschutzscheibe zu säubern, als ihm auffiel, dass vor dem Postamt ein beigefarbener Pick-up geparkt war, das einzig sichtbare Auto außer seinem. Die Frontfassade des Postamts bestand aus Hunderten von Postfächern. Fußspuren im Schnee führten von dem Wagen zum Gebäude, aber niemand war zu sehen, nicht einmal Hundebesitzer, die ihrem Haustier Auslauf verschafften. An der Kneipe waren sämtliche Rollläden geschlossen. Irgendwo rief ein Käuzchen, und Victor erinnerte sich schmunzelnd an eine Schulreise zum Skifahren. Gemütliche Lagerfeuer und trunkener Sex, bei dem man die Hälfte seiner Kleider anbehielt, weil man sonst fast erfror.

Das waren bessere Zeiten gewesen. Er wollte gerade wieder in den Wagen steigen, als er knirschende Schritte im Schnee hörte.

Victor wandte sich um und sah eine Gestalt in einem schäbigen Daunenmantel mit einem Arm voll Post auf den Pick-up zusteuern. Sie trug eine dicke Wollmütze und Schneeboots. Victor konnte nicht erkennen, ob es sich um einen Mann oder um eine Frau handelte, war aber beeindruckt von der Arbeitsmoral dieser Person. So früh schon auf den Beinen. Er setzte sich in den Wagen und wollte gerade losfahren, als die Gestalt sich am Schloss des Pick-ups zu schaffen machte und dabei den Kopf in seine Richtung wandte.

Die Wintersonne leuchtete der Person voll ins Gesicht, als sie sich mit dem Türschloss abmühte, das offenbar vereist war. Sie hatte ihn nicht bemerkt.

Victor stockte der Atem, und sein Herz schlug wie wild.

Die Gestalt war eine Frau. Mit einer ganz speziell geschwungenen Oberlippe.

Und ihren Augen bereitete es offenbar keinerlei Mühe, die Absender der Umschläge zu entziffern, die sie gerade abgeholt hatte.

Arabella konnte *sehen*.

45

Krista hielt am Straßenrand an, um mit ihrer Mutter zu sprechen, und wischte sich den Lippenstift ab, den sie nur für Victor aufgelegt hatte. Als sie an den Spitzen-BH unter ihrem Pulli dachte, kam sie sich billig vor. Seit Ewigkeiten hatte sie sich nicht mehr so zurückgewiesen gefühlt. Hatte sie etwas falsch gemacht?, wollte sie von ihrer Mutter wissen, doch die versicherte ihr, der junge Mann wisse einfach nicht, was er sich habe entgehen lassen, und würde es gewiss bald bereuen.

An diesem Punkt bemerkte Krista das Blaulicht eines Streifenwagens im Rückspiegel.

»Ich muss aufhören, Mum, ja? Hinter mir hat gerade ein Streifenwagen angehalten.«

»Bestimmt bist du zu schnell gefahren, Schätzchen«, sagte ihre Mutter in so anklagendem Tonfall, dass Krista schon wieder bereute, sie überhaupt angerufen zu haben.

»Nein, Mum«, erwiderte sie ärgerlich und beobachtete, wie ein Polizist aus dem Wagen stieg und sich näherte. »Ich hatte schon angehalten. Bis dann.« Sie schaltete ihr Handy aus und legte rasch wieder frischen Lippenstift auf, bevor der Polizist ans Fenster klopfte. Krista ließ das Fenster herunter und lächelte.

»Steigen Sie bitte aus, Miss«, sagte der Mann, bevor sie ihn bezirzen konnte. Krista fiel auf, dass seine Augen sehr dunkel waren und dass sie ihn noch nie im Ort gesehen hatte. Auf seinem Namensschild stand VENDRAMIN. Muss einer von Toynbees neuen Jungs sein, sagte sie sich und lächelte noch etwas süßer.

»Was hab ich denn angestellt, Officer?«, fragte sie, als sie ausstieg. »Zu schnell gefahren bin ich jedenfalls nicht.«

Im nächsten Moment spürte sie, dass etwas nicht stimmte. Doch da hatte der Mann ihr schon seinen Handschuh auf Mund und Nase gepresst, und sie zuckte nur ein bisschen, bevor sie in seinen Armen erschlaffte.

46

Nachdem Arabella in ihren Pick-up gestiegen und losgefahren war, saß Victor zunächst wie erstarrt da, die Hand am Zündschlüssel. Dann kam er schlagartig zu sich und folgte ihr. Widerstreitende Gefühle tobten in seinem Inneren. Er wollte sie umbringen und ihr Fragen stellen bis in alle Ewigkeit. Und er wollte sie berühren und die Zeit zurückdrehen bis zu dem Punkt, als sie noch zusammen waren und er blonde statt weiße Haare hatte.

Das hast du doch alles schon mal gemacht, sagte er sich, als er den Pick-up vor dem Abzweig zur Route 26 wieder sichtete. Bei deinen Eltern hast du sie überall auf Long Island gesehen und danach im ganzen Land. Hör jetzt auf damit. Halt an. Akzeptiere, was geschehen ist, und lass die unschuldigen Frauen in Ruhe. Weißt du nicht mehr, wie diese Mamis in Garden City dich angeschaut haben? Weißt du nicht mehr, wie der FBI-Typ und die Eltern dich behandelt haben – wie einen Irren?

Doch die Stimme meldete sich jetzt lautstark zu Wort und erzeugte ein Gefühl in ihm, das ihn beunruhigte, denn er kannte es nur allzu gut. Es war eine Art Gier. Nur zweimal in seinem Leben hatte er das gespürt. Als Arabella ihn in der Trattoria küsste. Und als er Mackensen den Hals zudrückte.

Deshalb hielt Victor nicht an, um sich zu beruhigen. Sondern folgte dem beigen Pick-up, immer mit ausreichend Abstand, um nicht aufzufallen. Die Stimme in seinem Inneren brüllte jetzt lauthals: »Verlier sie bloß nicht wieder!« Als der Pick-up auf den Interstate 3 fuhr, sorgte die Stimme dafür, dass sein Blut sich anfühlte, als koche es.

Victor kramte die Pistole hervor und stellte fest, dass sie nicht geladen war. Er tastete unter den Sitzen umher und suchte nach Patronen, förderte aber nur Verpackungen von Schokoriegeln zutage. Sie fuhr nach New Hampshire, und zweimal hätte er sie um ein Haar aus den Augen verloren. Angespannt umklammerte er das Lenkrad und gab Gas, bis er ihre Silhouette wieder vor sich sah.

Er hatte keine Ahnung, was er eigentlich tun wollte, wenn Arabella irgendwann anhielt. Sie prügeln, bis ihr Blut in den Schnee tropfte? Sie um eine Erklärung bitten, weshalb sie und ihre Leute ausgerechnet *sein* Leben zerstören wollten, in der Hoffnung, dass die dann irgendeinen Sinn ergab? Oder die Augen schließen und sie in seinen Armen halten, in der Hoffnung, dass sie sich in die blinde junge Frau zurückverwandeln würde, der er mit Leib und Seele verfallen war?

Nach einer zweistündigen Fahrt auf Nebenstraßen überquerten sie die Grenze nach Vermont und kamen in eine Kleinstadt namens Brattleboro, vorbei an einem riesigen geschlossenen Sägewerk. Zahllose Fenster in dem alten Gebäude waren zerbrochen und die beiden Schornsteine schneebedeckt. Hinter dem Städtchen ragten hohe Berge vor dem blauschwarzen Himmel auf. Arabella fuhr über den Connecticut River und die Main Street entlang, auf der dichtes Gedränge herrschte, weil die Leute offenbar alle gleichzeitig festgestellt hatten, dass man am Samstag seine Einkäufe erledigen musste. Arabella drehte unbeirrt wie ein Metronom den Kopf nach links und rechts. Sie schien nur zu beachten, was sich vor dem Kühler ihres Wagens abspielte.

Der Verkehr stockte, und Victor vermutete, dass Arabella bald anhalten und in einem der alten Backsteingebäude verschwinden würde, in denen früher Gewerkschaften und heutzutage Cafés untergebracht waren. Doch sie scherte nicht aus, sondern bog am Dunkin' Donuts ab und fuhr den Hang hinauf in die Green Mountains. Hier waren nicht mehr viele Autos unterwegs, und Victor war sich darüber im Klaren, dass sie ihn bald entdecken würde, aber er konnte nicht von ihr ablassen. Sollte er ihren Wagen rammen oder in die Reifen schießen? Verflucht, er hatte ja keine Munition. Sie überholen und blockieren vielleicht? Dafür war die Straße zu kurvig. Wie auf ein Stichwort tauchte linker Hand ein Polizeirevier auf, vor dem ein Streifenwagen auf Raser lauerte. Victor fuhr betont langsam, und der Polizist am Steuer nahm das mit einem Nicken zur Kenntnis. Indessen hatte Arabellas Wagen Vorsprung gewonnen, aber Victor war sicher, dass er ihn wieder aufholen konnte. Was ihm allerdings nicht gefiel, war die Tatsache, dass der Benzinanzeiger in den roten Bereich geriet und die Straße gleichzeitig steiler wurde.

Er war inzwischen von dunklem Kiefernwald umgeben, und nun leuchtete ein zweites rotes Licht an den Armaturen auf, um anzuzeigen, dass der Ölstand niedrig war. Dieser Wagen zeigte keine Gnade, entsann sich Victor; wenn man seine Klagen ignorierte, machte er schlagartig schlapp. Er würde bestenfalls noch zehn Minuten fahren können. Und nirgendwo eine Tankstelle in Sicht. Nur ein paar Blockhäuser, in denen man Ahornsirup, Hirschlederhandschuhe und Käse aus Vermont erstehen konnte.

Er erreichte nun eine Anhöhe, von der aus man eine schwarzgraue Hügelkette im nächsten Tal erkennen konnte. Der beige Pick-up bog plötzlich nach links ab, holperte einen unbefestigten vereisten Weg entlang und verschwand in einem Birkenwäldchen. Victor blieb ihm auf den Fersen. Es war ihm jetzt völlig einerlei, ob Arabella ihn bemerkte.

Er hatte seit gestern Abend nichts mehr gegessen und war völlig überdreht. Er musste angreifen, irgendwie. Der Pick-up bog um eine scharfe Kurve.

Als Victor aus der Kurve herausfuhr, war der beige Wagen verschwunden.

Die Straße fiel ab und verlief dann geradeaus. Ein Dutzend kleiner Wege zweigten davon ab. An einigen sah Victor alte Briefkästen, die einen Hinweis auf die Bewohner der Grundstücke liefern mochten. Sein Herz pochte wie wild. Arabella hatte keinen großen Vorsprung gehabt, war also vermutlich nicht weitergefahren, sondern hier irgendwo abgebogen. Der Boden war so gefroren, dass sich nirgendwo Reifenspuren abzeichneten. Victor lachte über sich selbst. Ein Bravourstückchen. In der Wildnis verirrt und ohne Benzin. Er stieg aus, marschierte zu Fuß los und betrachtete prüfend jeden der Abzweige.

Erst jetzt, als er mit seinen Slippern den vereisten Weg entlangstapfte, wurde ihm bewusst, dass er womöglich hier draußen nicht alleine war. Hatten diese Leute nicht gemordet, und zwar mehr als einmal? Im Team? Er sah Dr. Stankovics Miene vor sich, als sie vor den Zug gestoßen wurde. Der Mann, der sich Stefano nannte, mochte sich irgendwo hier draußen in einem der lichten Birkenwäldchen verbergen und darauf warten, dass er Victor seine Tungsten-Carbide-Geschosse in den Kopf jagen konnte. Und Annika würde ihn danach treten, um sicherzugehen, dass er auch tot war. Victor ging zum Wagen zurück und holte sein Radeisen aus dem Kofferraum.

Dann bemerkte er, dass auf einem der Wege ohne Postkasten frischer Schnee lag. An dem Baum daneben waren alle Äste bis auf die unteren mit Schnee bedeckt. Was nur heißen konnte, dass etwas diesen Baum gestreift hatte.

Victor packte sein Radeisen fester und marschierte den Weg entlang, der nach hundert Metern in einem Wäldchen verschwand, in dem es sogar bei Tageslicht stockfinster war.

Victor dachte an gruslige Lagerfeuergeschichten über untote Soldaten, die in den Wäldern Neuenglands umherstreiften, ewig auf der Suche nach ihren Regimentern aus dem Bürgerkrieg. Kurz darauf tauchte rechter Hand wahrhaftig ein alter Friedhof mit halbverwitterten Grabsteinen auf, die zum Teil umgestürzt waren. Danach wurde der Weg schmaler, an einer Seite begrenzt durch eine bemooste Steinmauer.

Ein verirrter Sonnenstrahl lenkte Victors Blick auf das Stahlseil.

Es war knapp einen Zentimeter über dem Boden gespannt, zwischen zwei Metallkästen, die an Bäumen befestigt und mit Blättern bedeckt worden waren. Minen?, fragte sich Victor und ging im Graben neben dem Weg weiter. Vier weitere dieser Stolperdrähte entdeckte er noch, einen knapp über seinem Kopf. Doch er sagte sich, dass es sich auch um Vorsichtsmaßnahmen einer normalen Familie handeln konnte, die sich in einer gefährlichen Welt schützen wollte. Möglicherweise würde ihm gleich eine freundliche Hausfrau, deren Gatte im Hintergrund am Esstisch saß, erklären, dass er sich verirrt habe, weil alle Häuser in Neuengland sich so ähnlich sahen.

Er bemerkte das Blockhaus erst, als er schon beinahe auf der Schwelle stand.

Es lag in einer Senke und war deshalb aus der Entfernung nicht zu sehen. Die Haustür war geschlossen, und Victor konnte nirgendwo Fenster entdecken. Unschlüssig blickte er sich um. Er hörte die Kühlung des Pick-up knacken, der ein paar Meter weiter unter einer Tarnplane verschwunden war.

Arabella war vorsichtig. Dann vernahm er das Quietschen von Sneakers im Haus. Jemand kam zur Tür. Er hechtete in den Graben und bedeckte sich mit Blättern.

Du hirnloser Idiot, beschimpfte er sich stumm. Du verblödeter Dilettant. Warum hast du dir in dem Sportgeschäft im Ort nicht wenigstens eine Armbrust zugelegt? Wenn jetzt der blonde Knabe mit seinem Hightech-Gewehr und der schwedischen Freundin auftaucht, sitzt du hier wie der Hase auf der Schneebahn. Und landest dann dahinten auf dem Friedhof bei den alten Gerippen. Er hielt die Luft an.

Die Tür öffnete sich, und Arabella erschien, eine Pistole im Anschlag.

Reglos stand sie da und horchte. Dann trat sie aus dem Haus und schwenkte die Pistole im Halbkreis um sich. Ihre Haare waren so kurz wie Fell und dunkelblond. Sie trug Jeans und Sneakers, ihre vormals milchigen grünen Augen wirkten jetzt stechend blau, und sie bewegte sich wie ein Soldat. Dann atmete sie tief aus und ging langsam rückwärts ins Haus, wobei sie die Bäume keine Sekunde aus den Augen ließ. Als die Tür sich schloss, nahm Victor den schwachen Rosenblütenduft wahr.

Er wagte wieder zu atmen. Was er gerade gesehen hatte, ließ sich einfach nicht in Einklang bringen mit der Nacht im alten Palazzo oder dem Tag in seinem Hotelbett. Diese Krokodilstränen über die unsichtbaren Handlanger des Grauens, die ihrem Bruder etwas antun wollten! In diesem Moment glaubte Victor alles, was Inspektor Carreggio ihm berichtet hatte. Und was er von dem FBI-Mann erfahren hatte, war vermutlich nur die Spitze eines Eisbergs, den diese Frau und ihre Kumpane verstecken wollten. Er konnte sich nicht entscheiden, ob er hierbleiben und Arabella herausfordern oder im Dauerlauf zu seinem Subaru zurückkehren sollte. In jedem Fall brauchte er Unterstützung. Doch zuerst musste er ermitteln, ob Arabella sich alleine in diesem Haus aufhielt. Er wartete mit einer Geduld, die er sich selbst nicht zugetraut hätte, auf den Einbruch der Dunkelheit, obwohl ihm eiskalt war. Es hatte wieder zu schneien begonnen, und dicke nasse Schneeflocken drifteten durch die reglose Luft.

Als die schwarzen Äste der Bäume mit dem dunklen Himmel eins wurden, war Victor mit einer weißen Schicht bedeckt. Ein dünner gelber Lichtstrahl drang aus einem Fenster im Erdgeschoss, das er zuvor nicht bemerkt hatte. Im Graben schlich er näher an das Haus heran. Plötzlich hörte er Musik von drinnen. Eine Melodie, die ihn daran erinnerte, wie er unter dem Bildnis eines sterbenden Admirals getanzt hatte.

Victor kroch aus dem Graben und tastete dabei den Boden nach Drähten ab. Dann spähte er vorsichtig durch das Fenster. Arabella saß in einem grauen T-Shirt, in dem sie aussah wie eine Gefangene, an einem Esszimmertisch und hackte in die Tasten eines Laptops. Sie wirkte mutlos und traurig. Victor sah keine weiteren Möbel außer einem schlichten Bett mit Metallrahmen in der Ecke. Die Musik schien aus dem Laptop zu kommen. Wo war die Waffe? Als Arabella aufstand und zum Bett trat, sah er die Pistole in ihrem Hosenbund stecken. Arabella setzte sich, die Füße nach innen gedreht. Ihr Gesicht war verzerrt, Tränen liefen darüber, doch niemand kam, um sie zu trösten. Und Victor war hin- und hergerissen zwischen dem Impuls, die Frau, die er kennengelernt hatte, in die Arme zu schließen, und dieser neuen Person mit seinem Radeisen den Schädel einzuschlagen.

Langsam entfernte er sich, ohne den Blick von ihr zu lösen. Der Song endete, und Arabella blickte nicht auf. Dann marschierte Victor zurück zu seinem Wagen, der zum Glück auf Anhieb ansprang. Auf der Rückfahrt in die kleine Stadt schwieg die Stimme in seinem Inneren, als sei sie unter einer Eisschicht erstickt. Victor hatte keine Ahnung, was er als Nächstes tun sollte. Ein Diner fiel ihm ein, den er unterwegs bemerkt hatte, und er beschloss, zunächst einmal etwas zu essen. Tränen der Erleichterung rannen ihm übers Gesicht, als ihm bewusst wurde, dass er nicht geistesgestört war. Es war tatsächlich Arabella, die da draußen im Wald in diesem Haus saß. Und nun hockte sie in der Falle. Er brauchte eine funktionierende Waffe. Zeit zum Nachdenken. Und einen Plan.

»Ich kenne dich«, sagte er und hämmerte mit den Fingern aufs Lenkrad. »Ich weiß, wer du bist.«

47

Victor aß mechanisch, schmeckte das Essen gar nicht, das er zu sich nahm. Und bestellte sich noch eine zweite Portion Hackbraten, die erste reichte ihm nicht. Er hatte seit vierundzwanzig Stunden nichts gegessen. Der Skyline Diner mit seinen rotglänzenden Sitzbänken war leer bis auf ein paar einsame Seelen, die sich Thanksgiving vertrieben, indem sie sich immer wieder Kaffee nachschenken ließen.

Eine Kellnerin mit braunen Augen namens Elfriede fragte mehrmals nach, ob Victor auch mit allem zufrieden sei, und meinte, sie hätte noch nie jemanden gesehen, der eine zweite Portion Hackbraten verputzt hätte, er sei wohl Leistungssportler.

Victor lächelte freundlich und versuchte sich zu beruhigen, damit er sich einen Plan zurechtlegen konnte. Ob er in dem Sportgeschäft eine Waffe kaufen konnte? Er blickte die Route 9 entlang, hinter der die fälschlicherweise »White Mountains« benannten Berge schwarz vor dem dunklen Himmel aufragten. Neonlichter von der Main Street flackerten auf dem Asphalt.

Er kam sich albern vor, wie ein Möchtegern-Terminator, der sich rächen will, aber keine Ahnung hat, wie er das bewerkstelligen soll, ohne sich vor Angst in die Hose zu machen. Sollte er ihr eine Kugel in den Kopf jagen, wie ihr blonder Freund es mit ihm beabsichtigt hatte? Danach würde er nie wieder ein Auge zutun können. Der Kaffeebecher, den Victor in beiden Händen hielt, war zu heiß, aber er stellte ihn nicht ab. Fahr zurück nach Hause und ruf die Cops an, sagte er sich. Doch er rührte sich nicht vom Fleck.

Während er weitermampfte, kehrte die Wut zurück. Nein, er würde Arabella nicht entkommen lassen. Nicht nach allem, was sie getan hatte. Er wollte ihr selbst in die unehrlichen Augen schauen, die *sehen* konnten. Elfriede schenkte ihm Kaffee nach, und er nickte und hoffte, dass sie ihn nicht in ein Gespräch verwickeln würde.

»Alles klar, Ellie?«, hörte er eine junge Männerstimme. Als er aufblickte, sah er den Cop, der vorher an der Straße auf Raser gelauert hatte. Er wischte sich den Schnee von den Schultern. PERETSKI stand auf seinem Namensschild. Er bestellte zwei Stück Kürbis-Pie zum Mitnehmen und setzte sich Victor gegenüber an den Tresen. Victor wich seinem Blick nicht aus, sondern versank einfach wieder in seinen Gedanken. Draußen überprüfte der Partner des Cop routinemäßig die Nummernschilder der Wagen auf dem Parkplatz, inklusive des rostigen Subaru aus Massachusetts. Der junge Cop am Tresen zog sein Holster höher wie ein Junge, der Sheriff spielt, und nickte Victor zu.

»Kleiner Wochenendausflug?«

»Ja. Bin lange nicht hier gewesen.«

Victor merkte, dass seine Stimme klar und ruhig klang. Der Cop lächelte und trank Kaffee, während Elfriede die Pies vorbereitete. Sein Kollege draußen hatte offenbar nichts Verdächtiges entdeckt, denn er blickte nun so sehnsüchtig zum Diner, als warte er auf seinen Imbiss. Der junge Cop grinste verständnisvoll.

»Ist sie hübsch? Ihr Mädchen, meine ich? Ich hab Sie heute früh auf der Route 9 gesehen. Mit ziemlichem Tempo. So was macht man nur für ein Mädchen, wie?«

Victor versuchte ungerührt zu wirken, obwohl ihn ein heißer Schreck durchzuckte. War dem Burschen aufgefallen, dass er Arabella verfolgt hatte? Er lächelte angespannt.

»Oh ja. Sie ist mein Ein und Alles«, erwiderte er, und es war ihm ernst damit.

»Prächtig. Meine Brigid und ich haben zwei kleine Mädchen. Wie steht's mit Ihnen und …?«

Victor wusste, dass es ihm jetzt gelingen musste, Arabellas Namen auszusprechen.

»Arabella. Wir haben leider noch keine Kinder.«

»Na, bleiben Sie dran. Aber fahren Sie nicht zu schnell, und Vorsicht mit dem Glatteis. Ist tückisch hier. Hat mich heute zweimal fast erwischt.« Er warf Victor einen ernsthafteren Blick zu und fragte dann unvermittelt: »Hab ich Sie schon mal irgendwo gesehen? Im Fernsehen oder so? Wir haben öfter Leute vom Film hier, wissen Sie. Die muss ich manchmal auch anhalten.« Seine blassen Wangen liefen rosafarben an.

»Ich fürchte, nein. Ich unterrichte an einer Schule.«

»Oh.« Der Cop wirkte enttäuscht. »Na, machen Sie's gut.«

Er hinterließ ein großzügiges Trinkgeld und ging mit seinen Pie-Stücken hinaus. Sein Partner hatte ihm schon die Wagentür geöffnet. Bevor Peretski einstieg, setzte er seine Mütze auf und blickte noch einmal zum Diner hinüber, als sei ihm irgendetwas unklar. Dann trampelte er den Schnee von den Stiefeln und stieg ein.

Doch der Streifenwagen hielt kurz darauf an einer Kreuzung der Route 9 am Straßenrand.

Und blieb dort, während Victor die Rechnung bezahlte und zu seinem Auto stapfte. Als er an der Ampel warten musste, stieg Peretski aus und klopfte mit seiner Taschenlampe ans Fenster. Victor fragte sich unwillkürlich, ob der Polizist womöglich seine Fantasien erraten hatte, in denen er drohend mit dem Radeisen auf Arabella zuging, um ihr den Schädel einzuschlagen.

»Sie haben da zwei schwer abgefahrene Reifen«, äußerte der Cop und deutete auf die Vorderräder. »Ich möchte, dass Sie jetzt gleich zur Werkstatt an der Main fahren und die wechseln lassen. Die haben noch eine halbe Stunde offen. Sie wollen doch heil bei Arabella ankommen, nicht wahr?«

»Stimmt. Vielen Dank für den Hinweis.«

Peretski betrachtete prüfend den Rücksitz, wo leere Limoflaschen und Verpackungen von Schokoriegeln herumlagen. Sein Lächeln wurde etwas matter, als er Victor nun ansah. Ob er so auch die Filmstars musterte?, fragte sich Victor. Nein, wohl eher potentielle Verbrecher. Er bedankte sich noch einmal und versprach, sich sofort um die Reifen zu kümmern. Was wollen die nur immer von mir?, dachte Victor, als das Funkgerät des Polizisten sich krächzend zu Wort meldete. Können Leute wie er Wünsche wittern, die ich mir nicht mal selbst eingestehe?

»Fahren Sie vorsichtig«, riet Peretski ihm noch, bevor er zum Streifenwagen zurückrannte. Sein Kollege hatte schon das Blaulicht eingeschaltet und raste los, sobald Peretski in den Wagen gesprungen war.

Während die Automechaniker die Reifen wechselten und den Idioten verfluchten, der hier noch so kurz vor Feierabend auftauchte, studierte Victor die Auslage eines Geschäfts für Jäger- und Anglerbedarf. Jagdgewehre und Bowie-Messer hingen an Angelschnüren oder steckten in den leblosen Händen von Schaufensterpuppen, die mit Ponchos in Tarnfarben behängt waren. Dann tankte er den Wagen voll und fuhr den Berg hinauf. Er sah keinen Menschen mehr, nicht einmal mehr vor dem Schnapsladen. Auch am Polizeirevier wartete niemand, als er vorbeifuhr.

Halt an, hätte er sich beinahe selbst befohlen. Denn ich bin auf dem besten Wege dazu, die Frau zu verletzen, die ich trotz allem liebe.

Er umklammerte das Lenkrad so fest, dass ihm die Hände wehtaten. Dann schlug er mehrmals darauf ein, als ob er den Wagen so zum Anhalten bringen könne. Doch die Karre ratterte einfach weiter und beförderte Victor mitsamt seinem abscheulichen Plan den Berg hinauf, zu dem Haus, in dem Arabella nun lebte.

48

Gegen Morgen zupfte Victor schließlich an einem der Stolperdrähte am Haus. Doch keine Sirene ertönte, und keine Explosion erfolgte in der Nähe seines Verstecks, um ihn in

Stücke zu reißen. Er zupfte noch einmal und entfernte sich dann ein Stück. Im Haus rührte sich nichts, als habe Arabella den ausgelösten Alarm gar nicht gehört. Auf dem Dachfirst stolzierten aufgeplusterte Krähen entlang.

Victor hörte kein Geräusch, aber er spürte eine Bewegung hinter sich, die ihn veranlasste, sich umzudrehen. Auf der Zufahrt stand Arabella, ein Gewehr im Anschlag. Sie war barfuß. Wo war sie plötzlich hergekommen? Victor packte sein Radeisen fester und duckte sich tiefer in den Graben.

Sie trat ein paar Schritte vor und ging so dicht an ihm vorbei, dass er sie hätte berühren können.

»Stefano? Bist du das?«

Stefano? Victor sah sich vorsichtig um, erwartete beinahe, dass sich der junge blonde Killer auf ihn hechten würde. Doch da war niemand. Arabellas Stimme hatte jung und ängstlich geklungen. Arabella ging zum Haus zurück. Als sie den Gegenstand bemerkte, der auf der Schwelle lag, ließ sie das Gewehr sinken und stieß einen erstaunten Ruf aus. Victor hangelte sich möglichst geräuschlos aus dem Graben und näherte sich ihr. Als er hinter ihr stand, hob er das Radeisen.

Arabella bückte sich, um die Schatulle aufzuheben.

Und fuhr in dem Moment herum, in dem Victor zuschlagen wollte. Er verharrte in der Bewegung, und die beiden starrten sich an. Jegliches Geräusch schien zu verstummen.

Dann bewegte Arabella die Lippen, aber nur ein ersticktes *Hhnn* war zu vernehmen. Sie blickte ihn mit weit aufgerissenen Augen an. Im nächsten Moment drängte sie sich an ihm vorbei und riss die Tür des Pick-up auf. Victor schlug zu, verfehlte sie aber, und das Radeisen knallte auf den Wagen. Die Krähen vom Dach flatterten empört krächzend auf. Arabella sprang ins Auto und versuchte den Motor zu starten. In diesem Moment kam es Victor vor, als erwache er aus tiefem Schlaf. Die Angst vor geisterhaften Attentätern auf Dächern, seine Verwirrung und Depression, seit Arabella verschwunden war, entluden sich in einer einzigen Bewegung: Er schlug mit dem Radeisen die Windschutzscheibe ein und versuchte Arabellas kurzen Schopf zu packen. Sie sah verängstigt aus, bemerkte er dabei befriedigt, und fingerte kopflos an der Zündung herum.

Dann erwachte der V-8-Motor röhrend zum Leben, Arabella legte den Gang ein und raste los. »Das machst du nicht noch mal mit mir«, brüllte Victor und legte einen Sprint hin, bis er seinen eigenen Wagen erreicht hatte. Er sprang ins Auto und gab Gas. Unter dem Schnee lauerte Glatteis, das wusste er. Er sah den beigen Pick-up vor sich ins Schlingern geraten, aber er fing sich wieder und raste mit halsbrecherischer Geschwindigkeit weiter.

Die Morgensonne ging nun glühend rot hinter den Bäumen auf. Victor sah das Stoppschild am Abzweig zur Route 9 näher kommen. Wenn er sie hier verlor, konnte er nur aufgeben. Er trat das Gaspedal durch. Arabellas Wagen geriet wieder ins Schlingern, sie musste ausweichen, und diesen Moment nutzte Victor, um den Pick-up seitlich zu rammen. Arabella verlor die Kontrolle über ihren Wagen und raste gegen einen Baum. Ihr Kopf fiel nach vorne aufs Lenkrad.

Victor sprang aus dem Auto und rechnete damit, dass sie auf ihn schießen würde. Doch sie lag kopfüber auf dem Armaturenbrett, und innen an der Windschutzscheibe klebten Blutstropfen. Er hörte die Autos auf der Route 9 vorbeirauschen, aber die Szenerie hier konnte niemand sehen. Victor hob Arabella aus dem Auto und wunderte sich, wie schwer sie war. Ihr Körper fühlte sich sehnig und knochig an, nicht weich und anschmiegsam, wie er ihn in Erinnerung hatte.

Victor verstaute ihr Gewehr im Kofferraum seines Wagens und fuhr zum Haus zurück. Er stand offenbar unter Schock, denn erst dort fiel ihm auf, dass er nicht einmal überprüft hatte, ob Arabella überhaupt noch atmete.

Er hielt die Luft an und fühlte ihren Puls unter dem Ohr. Stockend, aber vorhanden. Die Tür des Hauses war unverschlossen, und er trug Arabella hinein und legte sie aufs Bett. Mechanisch wischte er ihr das Blut von der Stirn. Der Schnitt war nicht tief, aber sie konnte eine Gehirnerschütterung haben. Ihre Brust hob und senkte sich, als schliefe sie fest. Victor nahm ihr die Pistole ab und steckte sie in seinen Parka. Was zum Teufel machte er hier überhaupt? Es kam ihm vor, als sähe er jemand anderem zu.

Das Blockhaus war nur mit den nötigsten Dingen ausgestattet. Ein Gasboiler über dem primitiven Metallwaschbecken im Bad sorgte für warmes Wasser. In der Ecke des Zimmers stand ein rostiger Ofen. Neben dem Telefon und dem Laptop lagen zerfledderte Französisch- und Italienischwörterbücher. Auf einer simplen Kommode sah er eine Lesebrille, am Boden standen zwei braunglasierte Keramikvasen. Victor fragte sich, ob Arabella sie selbst getöpfert hatte. Ansonsten entdeckte er keinerlei persönliche Dinge. Ein paar Straßenkarten, und *basta*, das war ihre neue Existenz.

Über der Tür befand sich ein selbstgebauter Kasten mit zehn grün leuchtenden Lämpchen und einem Warnlicht. Die einzelnen Lämpchen waren mit handbeschrifteten Etiketten versehen, Angaben wie »Zufahrt unten« oder »Ulme oben«. Ihr Sicherheitssystem mit den Stolperfallen. Victor spürte einen Luftzug an den Knöcheln und drehte sich um.

An der Ecke entdeckte er eine Ritze, durch die der Wind pfiff. Er drückte gegen die Wand, und sie gab nach. Ein

Geheimraum. Victor ertastete einen improvisierten Lichtschalter und drückte ihn. Ein unterirdischer Tunnel, erleuchtet mit Lichterketten – Chilischoten und Monde –, erstreckte sich in die Dunkelheit. Victor vermutete, dass er auf halber Höhe der Zufahrt endete, sodass Arabella einen potentiellen Eindringling hinterrücks überraschen konnte. Er schloss die Geheimtür wieder. Dann bemerkte er einen vergilbten Zeitungsausschnitt an der Kühlschranktür.

Ein Foto von ihm aus einer italienischen Zeitung. Er blickte verbissen, und Carreggio bahnte ihm einen Weg durch die Menge. Ein Souvenir. Victor spähte in den Kühlschrank. Er enthielt nur Wasserflaschen und ein paar klägliche Essensreste in Plastikdosen. Im Gefrierfach Eiswürfel und diverse Pappschachteln hinter einer Tüte Erbsen.

Victor fühlte sich leer und erschöpft. Er setzte sich neben das Bett auf den Boden. Arabella schlief ununterbrochen. Als es Abend wurde, schmerzte Victors Rücken, aber er rührte sich nicht von der Stelle. Das Gewehr, das er aus dem Auto geholt hatte, fühlte sich beruhigend an in seinen Händen.

Irgendwann fuhr Arabella sich mit den Händen über den Körper, als sei ihre Haut zu eng geworden. Victor rappelte sich auf und setzte sich auf den Bettrand. Ihre Lippen bewegten sich, aber sie wachte nicht auf. Auf ihrer Stirn prangte nun eine violett verfärbte Beule. Draußen war wieder Dunkelheit hereingebrochen. Zehn Uhr.

Victor zog Arabellas Pistole aus der Tasche und betrachtete sie. Immer wieder packte ihn die Wut. Er war versucht, Arabella die Waffe an die Stirn zu halten, doch dann merkte er erleichtert, dass er das nicht wirklich tun wollte. Ich kann es nicht, und es würde auch nichts ändern, dachte er. Er sah plötzlich Meyer vor sich, der achselzuckend sagte: Wozu soll das gut sein, *bubbe*?

Victor entnahm das Magazin und leerte es. Dann holte er Wasser und flößte Arabella ein paar Tropfen ein. Im Badezimmer entdeckte er Schmerztabletten in einem Erste-Hilfe-Set und verabreichte ihr zwei. Dann legte er sich zu ihr aufs Bett und hielt sie in den Armen. Als er am Wegdämmern war, fiel ihm ein, dass die Schmuckschatulle noch vor der Haustür lag. Und er sprach ein stummes Gebet zu einem Gott, den er nur selten beanspruchte.

Er bat darum, dass die Krähen sich das Ding holen und damit davonfliegen würden.

49

Als Victor erwachte, war es bereits Mittag.

Arabella hatte die ganze Nacht über gefiebert und sich in wirren Träumen herumgeworfen. Gegen Morgen schlug sie die Augen auf und blinzelte, war aber noch nicht wirklich bei sich. Victor erinnerte dieser Blick an ihre vorgetäuschte Blindheit. Dann hatte sie seine Hand ergriffen. Bestimmt ohne es zu bemerken, sagte er sich.

Nun fuhr sie schlagartig hoch und blickte Victor verängstigt an, der mit der Pistole im Schoß ihr gegenüber auf einem Stuhl saß. Dann wurde sie kreidebleich und fiel aus dem Bett. Als sie versuchte sich aufzurappeln, sah sie völlig verstört aus. Vermutlich dachte sie, dass sie eine Vision habe und er als Geist zu ihr zurückgekehrt sei. Zitternd sank sie schließlich wieder aufs Bett und schlug die Hände vors Gesicht. Victor streckte die Hände aus, als wolle er sie mit einem Bann belegen.

»Beruhig dich. Ich lege die Pistole weg. Ich werde dir nichts antun. Das hätte ich längst erledigen können, wenn ich gewollt hätte.« Seine Stimme wurde rau. »Und ich habe es gewollt, das kann ich dir sagen.«

Sie ließ die Hände sinken und sah ihn an. »Victor«, sagte sie mit kläglicher Stimme. »Mein lieber Victor.«

Er wollte sich nicht an die Nacht erinnern, als sie ihn zum ersten Mal so genannt hatte, und wünschte unvermittelt, die Pistole sei noch geladen.

»Nenn mich nicht so.«

Sie begann zu weinen. Kleine trockene Schluchzer. »Es tut mir leid.«

Dass sie ihn »Mein lieber Victor« genannt hatte? Oder alles?

»Was hattet ihr für einen Plan? Wer hat ihn ausgeheckt? Wolltet ihr mich umbringen oder meine Karriere ruinieren? Oder vielleicht konntet ihr euch nicht entscheiden, was schmerzhafter war?«

Er war laut geworden, weil er sie nicht bemitleiden wollte. Denk doch bitte mal an das Gemetzel, das sie mit Wilbur veranstaltet hat, rief er sich in Erinnerung. Glaub bloß nicht, dass sie harmlos ist.

Arabella berührte die Beule an ihrer Stirn und zuckte zusammen. Sie blinzelte, blickte zu dem kleinen Fenster hinüber und sah das Tageslicht. Was sie mehr zu erschrecken schien als die Pistole.

»Victor, bitte –«

»Ich will das jetzt wissen!«

»Ich erzähle es dir. Aber wie lange? Bitte, wie lange habe ich –«

»Über vierundzwanzig Stunden. Und jetzt will ich wissen …«

Sie fuhr hoch und versuchte aufzustehen, schwankte aber wie eine Betrunkene und sank wieder aufs Bett. Das Atmen fiel ihr schwer.

»Du hast vermutlich eine Gehirnerschütterung«, sagte er, ging zu ihr und legte die Decke um ihre Schultern. »Du kannst nicht weg von hier. Also kannst du genauso gut mit mir reden.«

Ihr Blick irrte durch den Raum, als suche sie etwas. Vermutlich ihre versteckten Waffen. So hatte er sie noch nie erlebt. Victor trat zu der Kommode und entdeckte in der Schublade eine kleine 22er, deren Magazin er auch leer machte.

»Ist dir jemand hierher gefolgt?«, fragte sie. »Weiß jemand von der Polizei, dass du hier bist? Oder sonst wer?«

»Niemand. Ich kenne nicht mal die Adresse von diesem Haus. Machst du dir Sorgen wegen Stefano?«

Sie beruhigte sich ein wenig und schüttelte vorsichtig den Kopf. Aus dem wehmütigen Lächeln, das nun auf ihre Lippen trat, schloss Victor, dass er keine Ahnung hatte, in was er hineingeraten war, sowohl in Venedig als auch hier.

»Sie sind hinter mir her. Wenn du mich gefunden hast, werden sie mich auch finden. Und zwar bald.«

»Deine Freunde? Dein Bruder und seine Freundin? Die mit den Gewehren auf dem Dach?«

»Ich glaube nicht, dass du versteh…«

»Ganz recht. Ich verstehe nicht das Geringste. Lassen wir doch *Raymond* und Stefano und all die anderen ruhig auftauchen. Vielleicht sollten wir auch Ms Stankovic und andere Tote noch zu dem Treffen bitten? Dann könnt ihr mir alle gemeinsam erklären, weshalb man mir den Mord an Wilbur in die Schuhe schieben wollte.«

Arabella versank eine Weile in Schweigen. Dann nickte

sie. »Weißt du noch, was ich in Venedig zu dir gesagt habe? Dass es in allen Familien einen Fluch gibt? Dass es unsichtbare Personen gibt, die nachts in mein Haus eindringen?«

Victor schnaubte nur verächtlich und schüttelte angewidert den Kopf. Trieb sie immer noch ihre Spielchen mit ihm?

»Nein, das stimmt wirklich«, sagte Arabella. »Ich werde dir von meiner Familie erzählen. Und dem Fluch, dem wir nicht entkommen können. Ich habe es damals in Venedig schon versucht, als wir den Auftrag hatten.«

Victor spielte mit der kleinkalibrigen Pistole, ohne Arabella anzusehen. Er merkte, wie die Wut wieder in ihm aufstieg. Der Geruch des Waffenöls, den die Pistole verströmte, war jetzt wie ein Racheelixier für ihn. Es war äußerst verführerisch, daran zu nippen. »Und ihr hattet es auf niemand anderen abgesehen. *Ich* war der Auftrag.« Das war eine Feststellung, keine Frage.

Sie sah ihn jetzt ohne Angst an. Vielleicht fand sie sogar die Vorstellung erleichternd, dass er sie in Kürze vor Wut umbringen würde. »Ja. Du warst unser Auftrag.«

Und während Victor nun zu begreifen versuchte, erzählte ihm die Frau, die sich vormals Arabella nannte, was er alles übersehen hatte bei der Vorstellung des Dramas »Blinde Frau verliebt sich in Venedig in attraktiven Wissenschaftler«. Denn er hatte es mit einem Tourneetheater zu tun bekommen, das so raffiniert organisiert war, dass die Premiere auch immer zugleich die letzte Vorstellung war. Und Arabella gab ihre Rolle so überzeugend, dass das zahlende Publikum sich sehr zufrieden zeigte und stets ein paar Dollarscheine zusätzlich auf dem Schminktisch landeten. Arabella hatte in Diensten eines Killerkommandos gestanden, noch bevor sie volljährig war.

50

Ihr erstes Vorsprechen fand in dem Herbst, bevor sie achtzehn wurde, außerhalb von Portland in Maine statt. Damals hieß sie noch nicht Arabella. Die Leute nannten sie Jo. Und sie war eine Herumtreiberin, die vor einem Jahr von zu Hause abgehauen war, ohne dass sich jemand darum geschert hätte.

Sie lümmelte am Football-Feld der Highschool herum und rauchte, als eine Frau zu ihr trat, eine entschlossen wirkende Person mit teuren Schuhen und kostspieligem Schmuck. Die Frau fragte Jo, ob sie schon mal in der Schule Theater gespielt hätte, und Jo antwortete, klar, ein-, zweimal. Worauf die Frau ihr fünfhundert Dollar für einen Job anbot, aber Jo entgegnete, sie solle sich selbst einen runterholen, sie denke im Traum nicht daran, bei einem Porno mitzumachen.

Die Frau erwiderte ungerührt, darum ginge es nicht, und wies auf das Café an der Ecke. Ihr Goldschmuck glitzerte in der Sonne. »Das Geld bekommst du schon dafür, wenn du mir jetzt zuhörst, ja? Und weitere fünfhundert kriegst du, wenn du in einer halben Stunde da reinrennst und so tust, als hätte sich jemand an dir vergreifen wollen. Du verstehst? Schmutzige Knie? Bluse ein bisschen zerrissen? Wir kaufen dir eine neue. Und dann musst du nur noch aussagen, dass der Typ einen schwarzen Anzug und eine Krawatte trug. Meinst du, das kriegst du hin?« Jo zögerte. »Oder schaffst du das nicht?«

Jo reckte trotzig das Kinn hoch und erwiderte, natürlich schaffe sie das, und wer »wir« denn sei? Diese Frage beantwortete die Frau nicht, aber sie hielt Jo fünf druckfrische

Hundertdollarscheine hin und sagte ihr, sie solle sich um sechs Uhr am Busbahnhof einfinden, wenn sie ihre Sache erledigt habe. Dann würde sie den Rest kriegen.

Auf die Minute pünktlich stürzte Jo dann später verstört in das Café und berichtete den Betreibern weinend, ein Arschloch in einem Bestatteranzug hätte sie hinter der Sporthalle festgehalten und alles Mögliche mit ihr machen wollen. Die Cafébesitzer riefen die Polizei, und Jo trug ihre Geschichte noch einmal vor, mit Weinanfällen an den richtigen Stellen. Sie erinnerte sich noch daran, wie berauschend stark sie sich in dieser Situation gefühlt hatte. Als die Cops bei ihr zu Hause niemanden erreichen konnten, strichen sie ihr über den Kopf und sagten: »Ruf uns an, wenn du uns brauchst, okay, Schätzchen?« Applaus. Vorhang.

Aber die Frau erschien nicht am Busbahnhof.

Jo streifte eine Weile umher und hielt Ausschau nach ihr, als ein Typ mit teuren Lederschuhen und makellosem Hemd auf sie zukam, einen Koffer in der Hand. Mit der anderen Hand schwenkte er eine Straßenkarte. Als Jo auf die Karte blickte, sah sie fünf Hundertdollarscheine darauf liegen.

»Gute Arbeit, Mädchen«, sagte der Mann, machte dabei aber weiterhin ein Gesicht, als habe er sich verirrt. Jo war über sich selbst erstaunt, als sie so tat, als erkläre sie ihm auf der Karte die Route, und dabei die Scheine nahm. Der Mann nickte, und bevor er in ein Taxi stieg, das bereits auf ihn wartete, sagte er: »Nenn mich Raymond. Ich hoffe, wir treffen uns bald wieder.«

Erst am nächsten Morgen sah Jo in der Zeitung, dass man einen prominenten Geschäftsmann wegen versuchter Vergewaltigung festgenommen hatte. Er war Geldgeber für ein bahnbrechendes Solarzellen-Projekt des Bowdoin College gewesen. Doch nun strich man ihm die Gelder. Er stand für keinerlei Aussagen zur Verfügung und verließ die Stadt, noch ehe man die Anklage erhärten konnte.

Bevor Jo ausführlicher darüber nachdenken konnte, tauchte Raymond wieder auf.

»Lust auf was Neues?«, fragte er am Nachmittag des nächsten Tages, als Jo in einem Plattenladen eine LP betrachtete, die sie anschließend zu stehlen beabsichtigte. Der Mann trug einen teuren Anzug, den er nicht in der Nähe von Portland erstanden hatte.

»Sie haben irgendwas mit dem Typ gemacht, nicht?«, fragte sie ihn. »Diesem Typen, der irgendwas Besonderes erfunden hat?«

Raymond legte ihr die Hand auf die Schulter. Sein Aftershave roch nach Zitronenkuchen. Oder nach Orangen? Er hatte Fältchen um die Augen, und Arabella kam es vor, als rede sie mit einem Freund ihres Vaters.

»Das war ein böser Typ, weißt du«, antwortete Raymond. »Du hast mitgeholfen, einen bösen Typen auszuschalten. Was du den Cops erzählt hast, das hatte der tatsächlich anderen Mädchen angetan. Wir konnten es nur nie beweisen.«

»Seid ihr Bullen?«

Der Fremde zuckte die Achseln. Der Besitzer des Plattenladens blickte ihn finster an, schaute aber weg, als Raymond ihn anstarrte. »Das kann ich dir nicht sagen. Aber wir sind die Guten. Also, wie sieht's aus? Du hast meine Frage noch nicht beantwortet. Ja oder nein?«

Jo blickte hinaus auf die Main Street. Zwei Freundinnen von ihr standen auf der anderen Straßenseite und tuschelten. Jo blickte auf Raymonds grüne Manschettenknöpfe und sagte: »Klar.« Zehn Minuten später verließ sie mit ihm die Stadt.

Es kam ihr damals vor, als habe sie sich einer Artistentruppe angeschlossen. Nach jedem Auftrag bekam sie ihr Geld, und Raymond sorgte immer dafür, dass sie ein anständiges Hotelzimmer in seiner Nähe hatte. Der Frau mit den schicken Schuhen begegnete sie auch wieder; sie stellte sich als Raymonds Schwester Marianne vor, nannte jedoch nie ihren Nachnamen. Die beiden brachten Jo sämtliche Kniffe bei, wie man sich äußerlich verwandeln konnte. Ihr Konzept bestand aus der Devise »weniger ist mehr«. Ein einzelnes Accessoire wie eine Perlenkette konnte mehr verändern als ein völlig anderes Outfit. Eine andere Frisur. Eine leichte Behinderung.

Oder eine dunkle Brille.

Jo machte sich gut und war bald sehr beliebt bei dem Team, dessen Mitglieder sich stolz als »Agenten« bezeichneten. Auch bei komplizierteren Einsätzen in großen Städten erledigte Jo ihre Aufträge spielend. Raymond mischte sich nicht in ihre Arbeitsweise ein, und manchmal arbeiteten sie auch getrennt. Ab und an bekam Jo Waffen zu Gesicht, wurde aber nie Zeugin von Gewalt.

In den darauf folgenden Jahren trat sie als Stewardess, Bankerin oder Taxifahrerin auf und entwickelte sich mehr und mehr zu einem menschlichen Chamäleon. Alles lief gut, es gab keine Tiefschläge. Und sie wurden vor allem nie erwischt.

Als sie sich einmal im Winter in San Francisco aufhielten, kehrte Raymond eines Abends mit zwei blonden Teenagern, einem Jungen und einem Mädchen, ins Hotel zurück. Die beiden nickten wortlos zur Begrüßung und starrten auf ihre schmutzigen Turnschuhe.

»Haben diese beiden hier mich doch beklaut, und ich hab sie erst erwischt, als sie schon einen Block weiter waren«, sagte Raymond wohlwollend und zwickte das Mädchen in die Wange. »Die haben's drauf, das kann ich dir sagen.«

Er trug Jo auf, den beiden das Handwerk zu erklären, und sie waren äußerst gelehrig. Sie nannten die beiden Stefano und Annika, nach den zwei Leuten, die sie zuletzt bestohlen hatten.

Jo fragte nicht nach, wer sie bezahlte. Aber sie hatte eine Vorstellung davon, für wen sie tätig war, nachdem sie ein Jahr lang belastende Beweise in Hotelzimmern deponiert und namhafte Persönlichkeiten mit schmutzigen Sexfotos kompromittiert hatte: All diese Leute arbeiteten an bahnbrechenden Projekten, die das Leben ganz normaler Menschen drastisch verändern konnten, und standen kurz davor, ihre Ergebnisse der Öffentlichkeit zu präsentieren.

Der Mann, der ein Solarenergieprojekt fördern wollte, war ihr erster Auftrag gewesen. Ein anderer gab die Arbeit an einem vereinfachten Handysystem auf, nachdem er Raymonds Team in die Fänge geraten war. Jo ahnte, dass Politik im Spiel war, aber sie wusste nicht, wer im Hintergrund stand. Als der Stankovic-Auftrag vorbereitet wurde, merkte sie, dass sie auf einer höheren Ebene angelangt waren. Sie bekamen falsche Pässe, die Vorbereitungen waren wesentlich aufwendiger als gewöhnlich. Als Jo bei dem letzten Treffen vor der Abreise ihre Akte über die Zielperson aufschlug, wunderte es sie nicht, dass ihre Arbeitgeber beabsichtigten, die kroatische Politikerin aus dem Weg zu räumen.

Auf dem Flug nach Zagreb betrank Jo sich heimlich. Und als sie alle ihre Positionen auf dem Bahnsteig eingenommen hatten, wollte Jo Dr. Stankovic warnen, doch dann stand sie nur wie angewurzelt da. Einer von Mariannes Männern musste ihren Part übernehmen, weil sie sich nicht rührte, nachdem sie das grässliche Geräusch vernommen hatte. Später rief Raymond an und schrie sie in Grund und Boden. Ihretwegen habe seine Truppe einen schlechten Eindruck gemacht, sagte er.

Nach diesem Vorfall wurde sie in der Hierarchie herabgestuft und nur noch für interne Aufgaben eingesetzt, Annika und Stefano dagegen bekamen die wichtigen Auslandsaufträge und waren ständig irgendwo in Europa unterwegs. Jo konnte ihren Weg anhand der Nachrichten verfolgen: Ein Chemiker in Vilnius, der ein neues Antibiotikum mit umfassender Heilwirkung entwickelt hatte, verbrannte mitsamt seiner Forschungsergebnisse in seinem Labor. Unter undurchsichtigen Umständen kam eine Gruppe von Umweltaktivisten in Marseille ums Leben, die den Hafen blockiert hatte.

Victor Tallent, der vielversprechende junge Wissenschaftler, sollte Jos Wiedergutmachungschance sein. Der talentierte junge Mann war ins Visier des Teams geraten, als er das Reisgenom entschlüsselt hatte und auf dem besten Wege war, der Welt ein Nahrungsmittel zu präsentieren, das den Hunger besiegen konnte.

»Marianne und die anderen verlangen, dass er auf der Stelle seine Glaubwürdigkeit verliert«, teilte Raymond ihr damals mit. Und Jo erkundigte sich zum ersten Mal nach dem Grund. Was für einen Einfluss konnte denn schon ein einzelner Wissenschaftler beispielsweise auf den Teepreis in China haben? Und Raymond, den sie offenbar gerade in einem schwachen Moment antraf, lüftete erstmals den Schleier, wenigstens eine Handbreit.

Ihre Arbeitgeber waren praktische Menschen, nicht ideologisch oder religiös orientiert. Sondern Leute, die aus allen Bereichen der Gesellschaft stammten und zu den wenigen zählten, die unter allen Umständen für Stabilität sorgen wollten.

Denn Enzo Andiolinis Organisation war im Laufe der Zeit so erfolgreich geworden, dass sie noch seine kühnsten Visionen übertraf.

Sie war immer da gewesen, hatte sich nur in den modernen Demokratien in den Untergrund verlagert und wendete dieselben Methoden an – Gewalt und Bestechung –, mit denen man früher Palazzi errichtet und Armeen aufgebaut hatte.

Als in den achtziger Jahren des zwanzigsten Jahrhunderts Wasser und Nahrungsmittel an vielen Stellen der Welt knapp wurden, investierte seine Organisation in großem Stil in Unternehmen, die mit Reis und Getreide ganze Landstriche ernährten. Wenn beispielsweise alljährlich Überschwemmungen die Ernte in Bangladesh ruinierten, kaufte das Land Lebensmittel bei seinen Firmen. Warum sollte er da irgendeinem dahergelaufenen Wissenschaftler erlauben, seine Formel für eine unwetterresistente Reisart *umsonst* in die Welt zu posaunen? Dann wären die vormals hilflosen und unterwürfigen Länder imstande, die Hilfe aus westlichen Industrienationen abzulehnen, die sie für immer in Abhängigkeit hielt. In den meisten Fällen, erklärte Raymond damals geduldig, ließen die Zielpersonen nach einem Denkzettel oder angesichts einer Bestechungssumme von ihren Projekten ab. Einige beachteten allerdings die Warnungen nicht. Der Mann mit dem Solarenergieprojekt hatte sich offenbar schlauer verhalten als manch anderer.

Doch indessen war die Welt, an der die Organisation verdiente, bedrohlich klein geworden. In der Renaissancezeit, als die Finanzzentren der Welt sich auf Europa beschränkten, war es der Organisation spielend leicht gelungen, sich in jede größere finanzielle Transaktion einzuklinken, mittels »Schutz« oder »Liefergarantie« für die Ware. Sie machten sich dabei die Angst vor gesichtslosen Agenten zunutze, die jeden Abweichler nachts aus dem Bett zerrten und fern von seiner Familie auf grausame Weise meuchelten, wenn man nicht bereit war, einen Anteil an die Organisation abzugeben. Sogar die holländischen und britischen Kolonien zahlten gerne Abgaben, da keiner der Kolonialherren Wert darauf legte, spurlos zu verschwinden.

Mit dem Kapital, das in siebenhundert Jahren angehäuft worden war, konnten die einzelnen Unternehmen der Organisation jederzeit große Summen verschieben, um sie zweckmäßig zum Einsatz zu bringen. Man hatte zum Beispiel große Profite während des Bürgerkriegs in Spanien in den dreißiger Jahren gemacht, indem man zuerst an Franco und später an die Kommunisten Waffen verkaufte. Auch Südafrika hatte sich viele Jahre als äußerst lukrativ erwiesen; die Agenten hatten zuerst die Apartheidsregierung unterstützt und, als der Wind umschlug, die Seite gewechselt.

Heutzutage verkauften dort Firmen, die zu Andiolini & Co. gehörten, Elektrozäune für die weißen Wohnviertel von Johannesburg und Durban. Auch an Bürgerkriegen in Afrika, die Tausende von Menschen das Leben kosteten und Millionen von Dollar verschlangen, war die Organisation beteiligt. Unruhen aller Art waren gut fürs Geschäft, sofern sie sich in der Reihenfolge Krise, Zusammenbruch und Wiederaufbau abspielten. Die Regierungen akzeptierten die vermeintlich seriösen Firmen, hinter denen sich das venezianische Mutterunternehmen verbarg, als Partner bei großen Wirtschaftsprojekten und Kreditvergaben, vor allem an Entwicklungsländer, bei denen die Organisation über ein gutes Gespür für den richtigen Zeitpunkt zum Handeln verfügte.

Doch heutzutage waren die Länder zu reich, erklärte Raymond, die Kunden zu mobil und unberechenbar. Der Terrorismus war ein weiterer Faktor X, der dafür sorgte, dass Kapital sich in unvorhersehbare Richtungen verteilte. Es war unmöglich geworden, die künftigen Kapitalbewegungen vorherzusehen, weshalb Raymond und sein Team etliche Leute beschäftigten, die neue Bedrohungen aufspüren und vernichten sollten, bevor sie Schaden anrichten konnten. Aber sie gerieten zusehends unter Druck, das spürte Jo. »Verpfusch das nicht wieder«, hatte Raymond ihr vor dem Venedig-Einsatz noch einmal eingeschärft, als er sie mit einem Handy anrief, das er danach entsorgen würde. Seine Stimme hatte dünn und spröde geklungen, als habe ihm gerade jemand furchtbar zugesetzt.

Und so saß Jo schließlich einige Plätze hinter Victor in der Maschine nach Venedig.

Tallent, Victor Llewelyn. Sie memorierte seine Akte. Golfkriegsveteran, ausgezeichnet. Einziges Kind von William und Carol. Raucher. Trank gelegentlich, war aber kein Alkoholiker und auch nicht von anderen Substanzen abhängig, was sie bedauerte, da ihr das die Arbeit erleichterte. Letzte ernsthafte Beziehung vor Sally: Taft, Mary Elizabeth. Mit ihr war er in seiner Studienzeit zusammen gewesen, bis sie ihn wegen seines Zimmergenossen aus dem Wohnheim verließ. Keine Drogenvergangenheit. Keine Vorstrafen, keine Steuerschulden, kein Doppelleben. Sie würde sich etwas ausdenken müssen. Aber was?

Sie beobachtete Victor, als er sich etwas zu trinken geben ließ. Glatte rosige Wangen und die freundliche Art eines erwachsenen Schuljungen.

Versuchte Vergewaltigung, beschloss sie. Ein Riesen-Trara mit vielen italienischen Polizisten, die dem armen blinden Mädchen zu Hilfe eilten, an dem er sich vergreifen wollte. Karriere ruiniert. Fall beendet. Applaus. Verbeugung.

51

Jo überlegte, ob sie sich für diesen Auftrag in eine unscheinbare Beamtin aus Rom verwandeln sollte. Oder vielleicht eine Unikollegin, einsam und desorientiert? Nein, beschloss sie, dieser junge Mann war gewiss Romantiker. Also sollte er eine romantische Figur bekommen. Das Bild einer vornehmen, aber leicht behinderten Person entstand vor ihrem geistigen Auge. Arabella, die Dolmetscherin. Perfekt. Sie würde ihn mit sich reißen in einen dunklen Strudel.

Selbstverständlich würde sich Arabella nicht zu ihrer Behinderung bekennen und mit einem Stock herumlaufen wie andere Blinde; dafür war sie viel zu stolz, genau die richtige Person für den halb verfallenen Palazzo, der mit dem Fluch der Familie belegt war. Die milchig grünen Kontaktlinsen, die sie von den Ausstattern des Teams bekam, jagten ihr zuerst einen gewaltigen Schrecken ein; wenn sie die Dinger einsetzte, konnte sie nur ihre Füße erkennen, alles andere war verschwommen. Sie übte damit im Hotelzimmer, bis sie nicht mehr überall anstieß. Im letzten Augenblick entschied sie sich gegen ein leichtes Hinken; das wäre zu viel des Guten gewesen. Ihre Lehrer konnten stolz auf sie sein. Weniger ist mehr.

Bevor Jo ihr Zimmer im Danieli verließ, um nach Victor

zu suchen, betrachtete sie sich im Spiegel. Eine schöne melancholische Frau, umgeben von der tragischen Aura des Familienfluchs, blickte ihr mit blinden Augen entgegen. Jo spürte, wie ihre Fingerspitzen empfindsamer wurden, um die mangelnde Sehkraft auszugleichen. Sie wurde von einer echten Traurigkeit erfasst, gegen die sie regelrecht ankämpfen musste, und spürte die Größe des Geistes angesichts eines widrigen Schicksals.

Arabella war keine weitere Rolle für Jo. Sie ging ihr in Fleisch und Blut über.

Aber Raymond hatte alles versaut. Er trug einen lächerlichen Anzug und hatte sich den Namen Wilbur zugelegt. Ein paar Stunden später tauchte er in ihrem Zimmer auf und verkündete, der Plan sei geändert worden. Die Sache solle noch an diesem Abend erledigt werden, vor Victors Rede, sonst sei alles verpfuscht und Raymond ein für alle Mal erledigt. »Und er hat eine Liste«, berichtete er mit schwerer Zunge. »Weiß nicht woher, aber unsere Zielpersonen sind alle namentlich aufgeführt.« Raymond legte seine Hand auf ihre. Sie fühlte sich feucht an.

»Geh mit ihm spazieren«, sagte er. »Zu einer der Brücken. Arbeite schnell und sorgfältig. Und das ist keine Bitte, Jo. Ernsthaft.« Bevor er ging, versuchte er sie zu küssen, aber Jo wandte rasch das Gesicht ab. Noch nie hatte ihr jemand den Auftrag erteilt, einen Menschen zu töten. Ihr Kopf hämmerte. Sie beschloss überstürzt, sofort an Victors Zimmertür zu klopfen. Sollte sie ihm alles erzählen und ihm raten, sofort zu verschwinden? Oder ihn verführen und den ersten Plan weiterverfolgen, ohne Raymond Bescheid zu sagen? Nachtschwarze Furcht stieg in ihr auf. Sie marschierte zu Victors Zimmer und klopfte, aber nichts rührte sich, und sie machte sich aus dem Staub.

Natürlich verliebte sich der junge Wissenschaftler Hals über Kopf in die edle verletzliche Arabella, als sie durchnässt und zornig ihre Szene im Restaurant hinlegte. Und natürlich wollte er sie nach Hause begleiten. Nur ein kleiner Stoß, und Jo hätte den Auftrag erfüllt. Als sie auf der Brücke standen, nahte der Nebel, wie auf Stichwort. Ihre Hände berührten schon beinahe seinen Rücken. Doch sie brachte es nicht über sich.

Und das lag nicht nur daran, dass sie ihren Auftraggeber verabscheute. Ein Gefühl trieb sie um, das sie nicht benennen konnte. Es mochte Mitleid sein, fühlte sich aber eher wie Erleichterung an. »So bin ich nicht«, dachte sie. »Ich werde das nicht auf mein Gewissen laden.« Als sich der Nebel verzog, spazierte sie neben dem jungen Mann her, der ihr sichtlich so zugetan war, dass sie sich schmutzig vorkam. Dieses Gefühl war so neu und verwirrend für sie, dass sie sich plötzlich in ihrem vertrauten Gebiet nicht mehr sicher fühlte. Als sie Victor ihre falsche Visitenkarte reichte, hielt sie seine Hände etwas länger fest als nötig.

Raymond war wütend, als er davon erfuhr, unternahm aber nichts. Jo spürte, dass der Plan, Victor sofort umzubringen, auf seinem Mist gewachsen war und dass die obersten Auftraggeber nichts davon ahnten. Ihr blieb also noch genügend Zeit, zuerst die Liste zu besorgen. Aber als sie an diesem Abend in ihrem Hotelbett lag, nur wenige Zimmer von Victor entfernt, fand sie keine Ruhe, was bei ihr selten vorkam.

Und dann sah sie die schwarze Gestalt draußen auf dem Mauervorsprung.

Es musste sich um einen von Raymonds neuen Jungen handeln, der sich geschmeidig weiterhangelte und durch Victors Fenster sprang. Jo konnte nichts dagegen unternehmen, aber sie saß aufrecht in ihrem Bett und war wütend auf Raymond, der mit dieser blödsinnigen Ninja-Nummer hinter ihrem Rücken handelte. Zu ihrem Erstaunen hörte sie kurz darauf Victors Schreie und rasche Schritte. Etwas war schiefgelaufen. Raymond hätte wissen müssen, dass man Attentäter nicht als Einbrecher einsetzen konnte.

Am nächsten Tag begab sie sich noch vor Morgengrauen in das leerstehende Konsulat, das sie als »Arabellas Haus« ausgesucht hatten, und versicherte sich, dass die Arbeiter tatsächlich nicht da waren. Die Schlösser stammten aus grauer Vorzeit, wie man ihr gesagt hatte, und das Sicherheitssystem hatte sie in einer Minute geknackt. Sie legte eine ihrer CDs in den Kassettenrecorder und wartete. Ihr blieben drei Stunden, um ein Leben zu zerstören. Das hatte sie schon in kürzerer Zeit vollbracht. Es würde nicht schwer sein, sein Vertrauen zu gewinnen, ihn dann umzubringen und die Leiche den Norwegern zu überlassen. Aber Jo wusste, dass sie nicht dazu imstande war. Als sie Victor durch den Hof kommen sah, wurde sie wieder von dem Gefühl erfasst, das sie am Vorabend empfunden hatte. Und wusste immer noch nicht, was sie tun sollte.

Sie hatte reichlich Chancen, konnte sich aber einfach nicht vorstellen, das mit Klebeband umwickelte Messer aus der Schublade zu nehmen, in der Raymond es hinterlegt hatte, und Victor damit die Kehle durchzuschneiden. Als er sich einmal von ihr abwandte, zog sie die Schublade auf und schloss sie wieder, als sie die Klinge darin blitzen sah. Später, als sie mit Victor den Campo überquerte, kamen Raymond und seine neuen Adepten finster blickend von der anderen Seite, bemerkten sie aber zum Glück nicht. Um Victor zu schützen, ging sie mit ihm in ein Restaurant.

Sie war jetzt wie berauscht von der Idee, ihn am Leben zu

lassen, und als sie ihn küsste, wurde dieses Gefühl stärker, übermächtig fast – was ausgesprochen unprofessionell war. Als er sie ansah und in ihren vermeintlich blinden Augen nach der Antwort auf seine eigenen Gefühle suchte, hätte sie am liebsten die Kontaktlinsen herausgenommen und ihm die Wahrheit gesagt.

»Du hirnlose Schlampe«, raunte Raymond in sein Handy, als er sie anrief, während sie mit Victor im Restaurant saß. Raymond sagte, weil sie so viel Zeit vergeudet habe, hätten die Zehn jetzt Stefano und Annika geschickt, damit die Sache endlich erledigt wurde. Jo klopfte das Herz bis zum Hals, aber sie flötete etwas auf Italienisch in ihr Handy, wie Arabella es getan hätte, und unterbrach dann die Verbindung.

Als sie sich auf den Weg zum Bahnhof machte, merkte sie, dass Victor ihr folgte, und war extrem beunruhigt. Sie hatte Stef und Annika seit über einem Jahr nicht mehr gesehen. Würden sie Victor erschießen? Und auf diesen Gedanken folgte das Echo: Und mich auch? Wie sich dann herausstellte, hatten die beiden jedoch Weisung, vorerst nur zu beobachten und zu assistieren. Ihre Waffen hatten sie allerdings dabei. Und wie Annika Jo später an diesem Tag berichtete, hatte sie sehr wohl das Bedürfnis verspürt, Victor auf der Stelle niederzuballern, als sie ihm im Vorbeigehen in die Augen schaute.

Doch der Mann marschierte nach wie vor quicklebendig durch die Weltgeschichte. Was nun den Rat der Zehn bewog, sich direkt einzumischen. Das hatte es noch nie zuvor gegeben.

Das ausführende Team war sich uneins, doch Arabella blieb fest: Sie würde den Auftrag ausführen, aber auf ihre eigene Art. Raymond plädierte für rasches Handeln, wohingegen Marianne befand, das sei zu chaotisch.

Worauf Raymond wiederum eigenmächtig handelte.

Er platzierte Stefano auf dem Dach gegenüber des *Istituto* und Annika zum Absichern am Brunnen. Als Jo, vorsätzlich verspätet, um für Aufmerksamkeit zu sorgen, am *Istituto* eintraf, bemerkte sie Annika, die ihr hinter einer Zeitung hervor zuzwinkerte, und Stefano auf dem Dach.

Sie eilte ins *Istituto* und sorgte dafür, dass Victor dicht bei ihr blieb, nachdem der Kronleuchter herabgestürzt war. Auf der Treppe konzentrierte sie sich darauf, Stefanos Timing abzupassen. Sie wusste, dass er immer wartete, bis seine Zielperson auf halber Höhe der Treppe war, damit sie beim Hinunterstürzen noch einige Leute mit sich riss und allgemeines Chaos auslöste. Jo hielt Victor an der Hand und zählte stumm von vier bis null …

Pop!

Doch in der Zwischenzeit hatte sie sich rasch hinter Victor gedrängt, ihn angestoßen und noch einen Fotografen mit sich gerissen, um von Victor abzulenken. Niemand hatte den Schuss bemerkt. Und die Polizei suchte an jenem Abend lediglich nach islamischen Terroristen, die angeblich irgendwo in der Serenissima herumgeisterten.

Marianne war alles andere als entzückt über Raymonds neuerlichen Alleingang, der um ein Haar auch noch aus dem Ruder gelaufen wäre, und bremste die Operation erst einmal, damit die Zehn sich entscheiden konnten, wie man weiter verfahren wollte. Indessen waren Raymond und seine Leute als unfreiwillige Touristen in Venedig stationiert.

Annika und Stefano mussten sich eine Standpauke anhören und leckten ihre Wunden. Nicht jedoch Raymond, der sich betrank und allen drohte, wenn er den Auftrag nicht bald offiziell erledigen dürfe, würde er es auf eigene Faust tun. Jo versuchte ihn davon zu überzeugen, dass er ihr vertrauen solle, dass Victor ihr quasi aus der Hand fräße. Doch stattdessen fing Raymond am selben Abend eine Schlägerei mit Victor an und zog sich die Cops auf den Hals. Dann wankte er in sein Hotelzimmer und fiel sturzbetrunken in Tiefschlaf.

Stefano und Annika hatten im leeren Konsulat am Campo S. Staè unterdessen ihre Sachen gepackt, als ihre Zielperson sich ihnen quasi selbst servierte, angelockt von seiner Liebsten.

Während Victor und Arabella sich im Bett ihrer Lust hingaben, versuchte Stefano ständig Raymond zu erreichen, um die Erlaubnis zum Handeln einzuholen. Doch der war so betrunken, dass er das Telefon nicht hörte. Und am nächsten Morgen war wieder eine Chance vertan. Annika und Stefano sowie Raymonds Adepten verließen die Stadt im Morgengrauen.

Als Jo Raymond aufsuchen wollte, um endlich alles zu klären, kam Victor unvermittelt auf Stankovic zu sprechen. Und Jo musste sich mühsam beherrschen, um sich nicht zu verraten. Als sie ihren Liebsten zum Abschied küsste, wusste sie, dass sie an diesem Tag jemanden ermorden musste. Entweder Victor oder den Mann, für den sie arbeitete. Sie traf ihre Wahl, als sie durch die stille Lobby des Danieli ging.

Raymond Mackensen hegte vielleicht eine Ahnung, wollte es aber nicht glauben. Jo dachte sich, dass er vermutlich immer noch das junge Mädchen mit Grips und dem hübschen Arsch in ihr sah, das er damals kennengelernt hatte.

Er war gerade beim Rasieren, als er ihr die Tür öffnete, und machte sich nicht einmal die Mühe, seinen Bademantel zuzubinden. Sie begann zu erklären, dass die Auftraggeber ihnen vermutlich heute die Anweisung geben würden, den

Einsatz abzubrechen und nach Hause zu fahren. Aber Raymond hörte nicht zu, sondern musterte sie mit seinen verquollenen Augen von Kopf bis Fuß. Dann griff er nach seiner albernen Pistole mit Schalldämpfer und kam langsam auf sie zu. Jo ihrerseits nahm sich rasch das scharfe Messer vom Tisch, mit dem Raymond seine Orangen zu schälen pflegte, und schlitzte ihm den Bauch auf.

Sie wollte Victor wirklich alles gestehen. Als er ins Restaurant ging, um Eis für sie zu holen, nahm sie sich vor, ihm die Wahrheit zu sagen, sobald er herauskam. Doch dann gingen zwei Carabinieri vorbei, die sie argwöhnisch musterten. Und Jo sah sich plötzlich in einem Gerichtssaal stehen, wo man sie für schuldig befand.

Arabella warf Victor einen letzten sehnsüchtigen Blick zu.

Und Jo stand auf und ging weg.

Als sie kurz darauf mit kurzen blonden Haaren und einer schmuddligen Jeansjacke in den Zug stieg, fiel sie keinem Polizisten auf. Sie hatte die Fahrkarte in bar bezahlt und einen ihrer falschen Pässe bei sich. Als sie sich in der dritten Klasse einen Platz suchte, wurde ihr bewusst, dass sie ihren Auftrag erfüllt hatte, obwohl das nicht ihre Absicht gewesen war. Victors sensationelles Forschungsergebnis, die Superpflanze, war sang- und klanglos untergegangen. Jo wusste, dass die Questura ihn letztendlich laufen lassen würde. Und sie nahm innerlich Abschied von Arabella und dem Hauch von Liebe, den sie hatte spüren können.

Sie hielt noch immer die milchig grünen Kontaktlinsen in der Hand, die ihr den Blick einer Blinden verliehen hatten. Inzwischen waren sie eingeschrumpft und trocken, und Jo warf sie aus dem Zugfenster.

Der Zug ratterte durch die Marschen. Wolken hingen

über Venedig, doch der Nebel würde an diesem Tag erst gegen Abend heranwallen. Als Jo aus der Ferne noch einmal den Turm von San Staè sah, hatte sie den Geschmack von Haselnusseis auf der Zunge und fühlte Victors Hände an ihren Wangen.

Verzeih mir, mein lieber Victor, hätte sie ihn gebeten, obwohl sie fand, dass sie es nicht verdient hatte. Verzeih mir, denn jetzt bin auch ich verdammt.

52

Draußen war das Sonnenlicht verschwunden, während Jo erzählte. Der Schnee schimmerte dunkelblau in der Dämmerung. Zum Ende hin hatte ihre Stimme immer matter geklungen. Victor hatte insgeheim gehofft, dass er sich besser fühlen würde, wenn er die ganze Wahrheit erfahren hatte. Als könnten seine weißen Haare dann wieder ihren jugendlichen Farbton zurückerhalten. Doch stattdessen fühlte er sich übler als zuvor.

Jo rieb ihren Knöchel, der stark angeschwollen war, und wartete seine Reaktion ab. Ihre blauen Augen und ihre Haarfarbe wirkten echt, und aus irgendeinem Grund fand Victor diese Tatsache tröstlicher als alles, was Jo ihm gerade offenbart hatte. Wenigstens wusste er, dass diese beiden Faktoren der Wahrheit entsprachen.

»Was willst du jetzt tun?«, fragte sie schließlich mit Blick auf die Pistole auf seinem Schoß.

Victor schüttelte den Kopf und ging zum Fenster. Er rechnete beinahe damit, Stefano dort draußen zwischen den Bäumen umherschleichen zu sehen. »Ich weiß es nicht, Ar… und wie soll ich dich nun überhaupt *nennen*?«

Sie errötete und zog die Decke dichter um sich. »Das kommt darauf an, was du jetzt tun willst«, antwortete sie. »Wenn du mich erschießen willst, erledige es einfach, ohne mich beim Namen zu nennen. Wenn du die Polizei anrufen willst, sag denen, Jo Fowler in der Rural Route 5 hat einen Mord begangen, den sie vermutlich nie imstande sein werden zu beweisen.« Sie hielt inne, sah ihn an und seufzte. »Aber wenn du einfach nur hierbleiben und eine Weile mit mir reden willst, kannst du mich …«

Victor warf die 22er nach ihr, die am Kopfbrett des Bettes abprallte.

»Ich war in dich *verliebt*!« Victor merkte, dass er heftig zitterte. Er zerrte die größere Pistole aus seiner Jackentasche, lud sie und zielte damit auf Jos Stirn. Jo saß ganz aufrecht.

»Victor …« Ihre Stimme war ein wenig unstet, aber ruhig.

»Wieso ich?«, fragte er anklagend. »Ich habe dir *nichts* getan.« Er spielte mit dem Abzug. »Soll ich dich also weiterhin Arabella nennen? Und wir setzen uns hin und trinken Tee, damit du dich mit Charme aus dieser Lage rausmogeln kannst?«

Er ließ die Pistole sinken, griff zum Telefonhörer und wählte eine Nummer. »Ja, die Vermont State Police in Brattleboro«, sagte er gehässig.

Jo erhob sich, humpelte zu ihm hinüber und griff nach dem Hörer. Ihre Augen wirkten stumpf. Sie hatte Angst. »Nein, nein, bitte leg auf«, sagte sie. Er wollte ihr den Hörer wieder aus der Hand reißen, hatte aber zu viel Schwung, weshalb sie beide aufeinanderfielen und dabei das Kabel aus der Wand rissen. Ein qualvolles Schweigen entstand. Dann berührte Jo mit dem Zeigefinger ganz vorsichtig Victors Stirn.

»Erinnerst du dich noch an Admiral Bragadino?«, sagte sie. »Der von Feinden umgeben war, die ihn in Stücke rissen?« Victor nickte und wehrte sich nicht, als sich ein zweiter Finger dem ersten zugesellte. »Dazu solltest du noch etwas wissen. Wenn er damals lebendig, aber besiegt nach Venedig zurückgekehrt wäre, hätte ihn der Doge wegen Verrats lebendig auf der Piazza San Marco festbinden lassen und ihm dasselbe angetan wie die Sarazenen, nur langsamer. Deshalb sah er so ergeben aus auf dem Bild. Es gab keinen Ausweg.«

Jetzt strich ein Finger über seine Augenbraue. Victor verstand. Auch Jo wollte nicht verhaftet werden. Sie wollte sich nicht ergeben.

»Wenn du von der Polizei gefasst wirst und deine einstigen Auftraggeber das mitkriegen …«

Sie nickte. Ihre Fingerspitzen kamen ihm glühend heiß vor.

»Überlebe ich nicht mal die Vorverhandlung. Ich meine, was glaubst du, weshalb ich mich hier in dieser Bude verstecke? Glaubst du vielleicht, ich mache das aus Spaß? Und dieses Postfach am Arsch der Welt? Was meinst du, wie lebhaft mein soziales Leben hier aussieht? Wie wohlhabend ich bin? Ich lebe davon, dass ich italienische Kochbücher übersetze. Und ich versuche zu töpfern. Aber ich bin eine ziemlich miese Töpferin.«

»Stefano sucht immer noch nach dir?«

Sie nickte und streichelte nun seine Wange mit der ganzen Hand, wie er es von ihr kannte. »Die beiden sind auch auf der Flucht, da bin ich mir sicher. Die müssen mich ranschaffen, um sich selbst freizukaufen.«

»Für wen?«

»Das machen die schon seit …« Sie unterbrach sich und zuckte die Achseln. »Schon ewig.«

Victor umfasste behutsam ihr Handgelenk und zog es beiseite. Das Gefühl, das er seit vier Jahren hatte, war keine Paranoia. Er wurde tatsächlich überwacht. Victor schloss die Augen und erinnerte sich daran, wie Carla, die Juwelierin, die Stimme gesenkt hatte, als sie die Worte aussprach.

»Der Rat der Zehn«, sagte er.

Jo sah ihn an und blinzelte verblüfft.

»Wie lange weißt du das schon?«

»Ich hätte auf eine sonderbare Händlerin in Venedig hören sollen, aber ich war zu beschäftigt damit, an dich zu denken. Wie ich dich glücklich machen könnte.« Jo blickte zu Boden. »Wie entschlossen ist der Rat? Diese Todesliste. Auch als unbekannter Mensch war man offenbar nicht davor geschützt.« Er zögerte. »Aber meinen Namen habe ich auf keiner Liste gesehen.«

»Ich aber«, erwiderte Jo, die diesen Teil des Gesprächs möglichst schnell hinter sich bringen wollte.

»Wer stand noch drauf?«

Jo zuckte die Achseln. »Nenn mir irgendeinen Mordfall«, sagte sie. »Wenn das Opfer eine Bedrohung für den Rat darstellte, landete es auf der Liste.« Nach kurzem Zögern fügte sie hinzu: »Dein Freund Meyer. Und seine Studentin.«

Victor entsicherte die Waffe, spürte, wie er vor Wut rot anlief. Er hielt ihr die Mündung ans Auge, wünschte sich, den Knall zu hören.

»Du warst das? Hat es dir Spaß gemacht?«

»Nun schieß schon! Mach endlich! Ich hab es satt, darauf zu warten, dass du den richtigen Moment findest!« Die Beule auf ihrer Stirn hatte sich inzwischen gelb und lila verfärbt. Sie schüttelte den Kopf. »Nein, ich habe deinen Freund Meyer nicht umgebracht. Das war Raymond. Er hat mich damals noch angerufen, um damit zu prahlen. Er hat es genossen.«

Victor hielt die Pistole noch einen Moment an ihr Auge, dann ließ er sie sinken. Er hatte keine Ahnung, was er als Nächstes tun sollte.

Jo hustete und beugte sich vor. »Ihr beide habt eine Bedrohung für den Rat dargestellt«, sagte sie leise. »Meyers Studentin wäre irgendwann dahintergekommen. Und du …« Sie verlor sich einen Moment in Gedanken. »Was glaubst du, welche Auswirkungen deine Arbeit gehabt hätte, wenn sie dich nicht aufgehalten hätten? Ich habe viele Leute wegen wesentlich weniger bedrohlichen Ideen zum Schweigen gebracht.«

»Wen zum Beispiel?«, fragte Victor, obwohl er es eigentlich lieber nicht wissen wollte.

Jo sah ihn an wie ein minderbemitteltes Kind.

»Erinnerst du dich an den demokratischen Senator aus Minnesota, diesen sympathischen Mann, den sogar die Republikaner mochten? Der vor einigen Jahren mit Frau und Sohn bei einem Flugzeugabsturz ums Leben kam? An einem klaren Tag ohne Böen? Paul Wellstone. Erinnerst du dich an den? Er wollte einen Gesetzentwurf stoppen, der einem Agrarunternehmen, das dem Rat gehört, Unsummen eingebracht hätte. Oder dieser schwule Politiker, der vor ein paar Jahren Regierungschef in Holland werden sollte? Er war dem rätselhaften Verschwinden von Geldern zur Katastrophenhilfe auf der Spur, die der Rat mittels diverser Wohltätigkeitsverbände eingesackt hatte. Was meinst du wohl, wer den ›Geistesgestörten‹ angeheuert hat, der dem Politiker fünf Kugeln in den Kopf jagte?« Sie zählte jetzt die

Opfer an den Fingern ab. Victor starrte sie an, weigerte sich noch immer, ihr zu glauben.

»Und weiter zurück in die Vergangenheit. Denk mal nach. Glaubst du wirklich, dass Sirhan Sirhan auf eigene Faust handelte, als er Robert Kennedy in dieser Hotelküche erschoss? Das Justizministerium war gerade dabei, die Machenschaften dreier Auslandsbanken zu untersuchen, über die Gelder flossen, mit denen Richter bestochen wurden, damit sie das Leben der Zehn etwas angenehmer gestalteten. Sirhans Eltern sind immer noch damit beschäftigt, das Geld auszugeben, das sie für die gute Arbeit ihres Sohnes bekommen haben. Seine Mutter lässt sich gerade zum siebten Mal liften, glaube ich. Und Mehmet Ali, der vier Kugeln auf den Papst abfeuerte? War ein schwieriger Auftrag, und die Zehn haben ihm und seiner Familie noch deutlich mehr bezahlt. Denn er sollte den Papst nicht töten, sondern nur für genug Panik in Italien sorgen, damit die Zehn die ›Anti-Terror-Waffen‹ und Trainings ihrer Firmen an die Politiker verkaufen konnten. Ihnen haben die Firmen gehört, die während des Zweiten Weltkriegs unsere Truppen mit miesen Lebensmitteln versorgten, dann die Seiten wechselten und sie an die hungernden Deutschen verhökerten, die sie vorher bekämpft hatten. Es geht denen nicht um Politik oder Ideologien. Sie unterhalten einfach ein perfekt funktionierendes Finanzsystem. In dem für Idealisten wie dich kein Platz ist. Tu dir selbst einen Gefallen und wach auf.«

Victor rieb nervös an der Pistole. »Hör jetzt bitte auf –«

Doch Jo war jetzt nicht mehr aufzuhalten. »Den Rat gibt es schon seit vielen Jahrhunderten. Damals fing er klein an. Als im Jahre 1310 zwei aristokratische Familien planten, den Dogen von Venedig zu stürzen, wurde dieser Plan von Enzo Andiolini, einem einfachen Hauptmann der

Garde, mit einer Handvoll Schlagetots aus der Armee verhindert. Sie haben die Verräter im Castello an den Daumen aufgehängt und wie Schweine aufgeschlitzt. Das Ganze wurde bekannt unter dem Namen Baimonte-Tiepolo-Verschwörung, und danach setzte Andiolini jeden Dogen unter Druck, verlangte Zugeständnisse aller Art und setzte jeden Spion der Republik für seine eigenen Zwecke ein, nicht für den Staat. Zuerst gab es nur eine Handvoll bewährte Rausschmeißer, aber Andiolini und seine neun Verbündeten erhielten stetig aufs Neue den Auftrag, für die Sicherheit der Stadt zu sorgen. Und von da an wurde das Imperium lange nach Andiolinis Tod durch die Nachkommen weltweit ausgebaut. Zuerst Schutz. Dann ging es um Erpressung. Später setzten sie Leute wie mich ein. Ich habe dir das damals im Bett zu sagen versucht.«

»Du hast versucht, mich abzulenken.«

»Nein, ich –«

»Bitte«, fiel Victor ihr ins Wort. »Lass das jetzt.«

Doch Jo war nicht zu bremsen. »Wie bist du an die Listen gekommen, die Mimmo gestohlen hat? Wir haben nie kapiert …«

»Eure Schattenmänner haben sich häufig Zutritt zu Meyers Arbeitszimmer verschafft, wie?«

Jo nickte ungeduldig, als erübrige sich diese Frage.

»Ihr habt was übersehen.« Er schaute aus dem Fenster. »Wo stecken deine Freunde jetzt?«

»Müssen dich auf dem Weg hierher verloren haben«, sagte sie und blickte nach draußen in den dunklen Wald. »Die wären dir noch jahrelang gefolgt, in der Hoffnung, dass du sie irgendwann zu mir führst.«

»Und wieso glaubten sie, dass ich das tun würde?«, fragte Victor.

»Weil du mein Leben öfter gerettet hast als ich deines.« Sie nagte an ihrer Lippe und sah ihm in die Augen. Dann nahm sie ihm sachte die Pistole aus der Hand, leerte das Magazin und warf die Waffe in die Ecke. »Wenn ich zugelassen hätte, dass Raymond dich umbringt, hätte ich keinen Monat mehr gelebt. Die hätten mich entsorgt. Oder ich selbst hätte es getan.«

Victor stand wortlos auf, ging zur Tür und trat vors Haus. Jo humpelte ihm nach und starrte hinaus in die Dunkelheit.

»Bitte, geh nicht weg«, rief sie. »Ich hab dir noch nicht mal gesagt, wie sehr ich …«

Plötzlich tauchte Victor wieder auf und hielt ihr etwas hin. Jo starrte auf die rote Schatulle, die indessen etwas mitgenommen aussah, und klappte sie auf. Diesmal konnte sie die gefährliche Schönheit des Armbands ausgiebig betrachten, ohne vortäuschen zu müssen, dass sie nichts sah.

Auch im matten Licht der nackten Glühbirne glitzerten die drei grünen Augen der Seeschlange so intensiv, als entstünde das Leuchten nicht durch eine Reflexion des Lichts, sondern als käme es aus ihrem Inneren.

Jo fühlte sich wieder wie Arabella, als sie mit dem Finger über die Edelsteine strich und sich das Armband umlegte. Es saß wie angegossen. Die beiden ließen sich auf der Bettkante nieder wie zwei Teenager, die unschlüssig sind, was sie als Nächstes tun wollen.

»Es gehörte einstmals einer venezianischen Schauspielerfamilie«, sagte Victor, als er sah, wie ihr Tränen in die Augen stiegen. »Sie hatten den Dogen beleidigt, und er …«

Jo legte ihm einen Finger an die Lippen und versuchte zu lächeln. »Keine düsteren Familiengeschichten mehr, ja?«

»Ist gut.«

Sie legte den Kopf an seine Schulter. »Es ist wunderschön.«

Er spürte ihren Herzschlag und merkte erst jetzt, wie sehr er sie vermisst hatte. Behutsam löste er sich von ihr. Sie sah ihn bestürzt an. »Was ist los?«

Er grinste, weil ihm etwas eingefallen war, das er im Kühlschrank gesehen hatte. »Möchtest du was Süßes?«

Sie nickte verwirrt. Victor stand auf und durchstöberte die Regale nach Geschirr und Besteck. Als er zurückkam, hatte Jo sich ausgezogen und unter der Decke eingerollt. Victor ließ sich mit den Schalen am Bettrand nieder.

»Na, und was ist es nun?«, fragte sie.

»Mach die Augen zu.«

Als sie folgsam die Augen schloss, hielt Victor ihr einen Löffel mit der karamellbraunen Masse an die Lippen. Etwas davon tropfte auf ihr Dekolleté, und sie fröstelte ein wenig. Dann öffneten sich ihre Lippen, und sie seufzte genüsslich, als das Haselnusseis, das sie im Kühlschrank vergessen hatte, in ihrem Mund schmolz. Sie schlug die Augen wieder auf, und Victor nahm ihr Gesicht in beide Hände, so behutsam, als sei es aus zartem Porzellan. Sie lächelte, obwohl ihr Tränen in die Augen traten. Und ihr Blick war unstet, als habe sie Angst, ihn ohne Arabellas verschleierten Blick zu lieben.

»Heißt du wirklich Jo?«, fragte Victor mit rauer Stimme, als er ihr über den weißen Hals strich. Doch die Frau, die sich Jo nannte, antwortete nicht mehr, sondern umschlang ihn und zog ihn zu sich, ließ ihn nicht mehr los, bis der Morgen nahte und die Krähen auf dem Dach zu scharren begannen.

53

Keiner aus der D-Truppe hätte jemals behauptet, dass Ronald Peretski von Ehrgeiz zerfressen sei. Peretski wurde in Newfane, nur ein paar Kilometer weiter an der Route 9, geboren und blieb nach der Schule in der Gegend, der er sich verbunden fühlte. Seine Kollegen waren allesamt der Meinung, dass er hundertprozentig zuverlässig war. An den Highschools der Gegend erschien er regelmäßig, um den Kids Verkehrslektionen zu erteilen. Er warnte Autofahrer rechtzeitig, wenn ihre Reifen abgefahren waren. Seit elf Jahren war er bei der Polizei, erledigte ohne Murren unbeliebte Pflichten, zeigte aber nie Interesse an neuen Aufgabengebieten. Seine Kollegen wussten, dass er auf diese Art niemals befördert würde, aber daran schien Peretski auch gar nichts zu liegen. Er überließ es aggressiveren Kollegen wie Perilla und March, die höher dotierten Posten in Montpelier zu ergattern.

Deshalb wunderte sich Madeleine, die Dispatcherin der D-Truppe, nicht wenig, als Peretski am Morgen nach Thanksgiving frisch und munter und in Zivilkleidung im Revier erschien. Zielstrebig steuerte er auf seinen Schreibtisch zu, eine Thermosflasche unter den Arm geklemmt.

»Wo brennt's, Ronski?«, erkundigte sich Madeleine, die notorisch neugierig war und stets sofort witterte, wenn die unverheirateten Jungs der Truppe eine neue Liebschaft hatten.

Der untersetzte junge Polizist lächelte verlegen und goss Kaffee in den Becher. Seine runden Wangen liefen rosa an, als er die Achseln zuckte und seinen Computer einschaltete. »Laura und die Kinder sind heute Morgen früh aufgestanden und haben Rabatz gemacht. Ich wollte nur …« Er trommelte mit den Fingern auf dem Keyboard. Offenbar wollte er nicht den Eindruck erwecken, plötzlich übermäßig strebsam zu sein. »… ich weiß nicht, Maddie, ich wollte da nur noch was überprüfen.«

Die Dispatcherin bemerkte seinen ernsthaften Blick und die gerunzelte Stirn und wandte sich wieder ihrem Dienstplan zu. Diesen Gesichtsausdruck hatte sie bei Peretski noch nie erlebt. Sie blickte immer wieder verstohlen zu ihm hinüber; er starrte angestrengt auf den Bildschirm.

Denn der Typ in dem alten Subaru ließ ihm keine Ruhe.

Als er im Diner mit dem Mann gesprochen hatte, war er das Gefühl nicht losgeworden, dass der Bursche irgendetwas zu verbergen hatte. Hatte er seine Frau umgebracht, deren Leiche nun irgendwo gefroren in den Wäldern lag?

Peretski blickte auf und stellte fest, dass Maddie ihn beobachtete. Jetzt kam er sich absolut dämlich vor. Aber wenn ein Gefühl so deutlich war, lohnte es sich, der Sache nachzugehen. Kratz dich, wenn es juckt, pflegte Perilla immer zu sagen. Und deshalb gab Peretski nun noch einmal Victor Tallents Autonummer ein, 5VM995. Alles einwandfrei, keinerlei Unregelmäßigkeiten. Er checkte sogar den neuen Zentralrechner in Montpelier, um auf Nummer sicher zu gehen, doch das Ergebnis blieb dasselbe. Tallent hatte eine blütenweiße Weste.

Dann fiel Peretski etwas ein, das der Typ gesagt hatte, bevor Burt und er zu der Massenkarambolage in West Dummerston gerufen wurden.

Arabella. War das nicht der Name gewesen?

Peretski gab diesen Frauennamen mit Tallent zusammen ein und drückte die Enter-Taste. Es dauerte einen Moment, dann bekam er Zugang zu Akten, die vorwiegend Hintergrundmaterial enthielten. Das fand er zunächst verwirrend, da sie weder als dringlich markiert noch mit Haftbefehlen verbunden waren. Offenbar hatte jemand entschieden, dass es sich hier nicht um eine Angelegenheit für die Polizei von Vermont handelte, und das konnte Peretski verstehen. Denn diese Sache war ein richtig großes Ding.

Er blickte auf Arabella Udineses Foto aus ihrem gefälschten Pass. Die Akte war mit dem Vermerk VERMISST/WEGEN MORD GESUCHT versehen. In separaten Fenstern fand er Informationen über ihre mutmaßliche Verwicklung in den Mord an Raymond Mackensen alias Wilbur Eklund und eine vom FBI mit dem Vermerk NICHT DRINGEND versehene Akte über Victor Tallents Verbindung mit ihr und die ergebnislosen Ermittlungen der venezianischen *Questura*. Ferner gab es noch einen Hinweis auf einen Salvatore Mimmo und einen Typ namens Meyer Krukenberg. Und ein grässliches Foto vom übel zugerichteten Mackensen.

Und diese Arabella sollte sich *hier* aufhalten? Womöglich irgendwo an der Route 9?

Peretski druckte das gesamte Material aus und gab sich größte Mühe, dabei völlig ungerührt zu wirken, damit Madeleine nicht merkte, wie aufgeregt er war. Er hatte Blut geleckt. Das war sein Fall, und er würde niemanden an die Sache ranlassen, bevor er sie nicht ausgecheckt hatte. Er stopfte die Ausdrucke in seine Tasche und nickte der Dispatcherin zu, als er an ihr vorbeikam. Sie lächelte ihn mit schiefgelegtem Kopf an.

»Hast du gefunden, wonach du gesucht hast?«, fragte sie, bemüht, nicht allzu neugierig zu klingen.

Peretski brachte eine ausgedruckte Katalogseite zum Vorschein, auf der Daunendecken abgebildet waren, und wedelte damit. »Ich will meinen Mädels was Kuschligwarmes zu Weihnachten schenken, Maddie«, sagte er, selbst fast überzeugt von seiner Ausrede, und grinste innerlich, als er ihre enttäuschte Miene sah. »Aber nichts verraten, ja?«

»Pfadfinderehrenwort«, rief sie ihm nach, als er nach draußen ging und in seinen Streifenwagen stieg. Sie wandte sich wieder ihrem Kreuzworträtsel zu und schüttelte lächelnd den Kopf. Daunendecken, so was aber auch. Brigid hatte Glück mit dem Burschen. Guter Ernährer, und die Mädchen liebten ihn heiß und innig. Aber strohdoof war er trotzdem.

54

Victor und Jo blieben im Bett, bis die Sonne zwischen den Bäumen hindurchschien. Doch dann packte Jo die Unruhe, als wolle die Arabella in ihr das Weite suchen. Sie küsste Victor und setzte sich auf, testete ihren Körper nüchtern und mechanisch: Wozu ist das Ding noch imstande?

Sie stellte fest, dass sie alleine ins Badezimmer gehen konnte, und sah Victor dann stumm dabei zu, wie er ihren Knöchel bandagierte. Als er aufschaute, konnte er ihren Blick nicht deuten: War sie verliebt, oder plante sie gerade, ihn wieder zu verlassen?

»Ich muss weg von hier«, äußerte sie lediglich mit verbissener Miene. »Heute oder morgen spürt mich jemand auf, da bin ich sicher. Oder jemand findet meinen Pick-up und kreuzt hier auf, damit ich ihn abschleppen lasse. Das kann ich nicht riskieren. Wenn sie meine Spur erst mal haben …« Sie verstummte. Mit ihrem T-Shirt und ihrem Höschen sah sie aus wie ein Teenie-Punk. Und sie wirkte erschöpft, als überstiege es ihre Kräfte, ständig auf der Flucht zu sein.

»Wo willst du hin?«, fragte Victor und zog mit einem zornigen Ruck den Verband fester. »Oder ist das auch ein Geheimnis?«

Jo ging ins Zimmer zurück und packte mit routinierten Bewegungen die nötigsten Dinge in eine Reisetasche: ein paar Pässe, Kreditkarten, einen Pulli, Verbandszeug. Dann zog sie Jeans, Stiefel und Daunenjacke an und setzte sich wieder aufs Bett.

»Nach Kanada, denke ich. Wenn ich hierbleibe, bin ich spätestens nächstes Wochenende tot. Vielleicht lebe ich noch etwas länger, wenn ich meine Waffen wieder an mich nehmen darf.«

»Warum bist du denn nicht schon früher über die Grenze?«

Sie betrachtete ihre Stiefelspitzen. »Hatte ich vor. Aber dann gab es mehr Kontrollen. Bitte stell mir jetzt keine Fragen mehr.«

Victor tigerte ruhelos auf und ab. Die Vorstellung, sie wieder zu verlieren, war unerträglich für ihn. Er sah Jahrzehnte auf sich zukommen, in denen er vergeblich Ausschau halten würde nach einer Frau wie ihr, nach der großen Ausnahme, die zu ihm passte. Er sah Horden von Krista Albemarles, die ihn geduldig umwarben, bis er sich schließlich aus Langeweile oder Einsamkeit auf eine von ihnen einlassen würde. Er hob die schwere Pistole auf, die Jo in die Ecke geschleudert hatte, und lud sie. Dann warf er sie Jo zu, die sie auffing.

»Ich fahre dich«, sagte er. »Aber nur wenn du unbewaffnet bist. Wenn du das nicht akzeptierst, darfst du mich jetzt gleich mit der hier erschießen und mein Auto nehmen.

Entscheide dich. Ich will mit dir zusammen sein. Und habe nichts anderes vor.«

Jo betastete die Pistole wie einen fremden Gegenstand. Dann nahm sie das Magazin heraus. »Okay«, sagte sie. Sie hörte sich erleichtert an und sah plötzlich sehr jung aus.

Victor sammelte sämtliche Magazine und Patronen ein. Dann wischten sie gemeinsam alle Fingerabdrücke ab, und Jo bat ihn, sich eine Handynummer einzuprägen.

»Sollten wir getrennt werden, kannst du mich unter dieser Nummer einmal anrufen«, sagte sie. »Danach werfe ich das Handy weg.«

»Und wenn ich dich nicht erreiche?«

Sie küsste ihn statt einer Antwort, aber ihre Oberlippe zitterte, und sic tat, als müsse sie ihren Verband festziehen.

Dann entfernten sie alle weiteren Hinweise aus dem Haus. Die Waffen und den Artikel über Victor packten sie in einen Müllsack und vergruben ihn hinter dem Haus. Jo schloss die Haustür ab und tätschelte sie dann kurz zum Abschied. Dann hinkte sie zu Victors Subaru und stieg ein. Sie drehte sich nicht mehr um.

»Hast du noch andere Zufluchtsorte?«, fragte er und fand das Wort albern, aber ein anderes wollte ihm nicht einfallen. Sie nickte und hielt drei Finger hoch.

»Wo?«

Sie wedelte abfällig mit der Hand. »Wenn ich das jemandem verraten würde, wären es keine Zufluchtsorte mehr.«

Sie kamen an ihrem verbeulten Pick-up vorbei, der mit einer dünnen Schneeschicht bedeckt war. Als sie auf die Route 9 stießen, bog Victor nach links ab, um auf Landstraßen zur kanadischen Grenze zu fahren. Jo legte ihre Hand auf seine, wenn er schaltete, und ihre Wärme durchströmte ihn bis in die Fußspitzen. Er war dadurch so abgelenkt, dass er den Streifenwagen nicht bemerkte, der von einem Parkplatz fuhr und in sicherer Distanz hinter ihnen blieb.

Jo wirkte jetzt geradezu entspannt und beklagte sich sogar, dass sein klappriges altes Auto nicht einmal einen CD-Player habe. Victor hatte nicht die Absicht, sie an der kanadischen Grenze zu verlassen, aber das wollte er ihr erst mitteilen, wenn sie dort waren. Jo schluckte ein paar Schmerztabletten und boxte ihn an die Schulter, weil er an ihren Verletzungen schuld war. Victor fand, sie hätten auch ein vertrautes Paar sein können, das von einem Ausflug zurückkehrte und sich liebevoll kabbelte.

Sie lächelte, als er sie von der Seite ansah, und erzählte, dass sie gerade an eine Autofahrt mit ihrer Mutter gedacht habe. Die Schwester ihrer Mutter war bei einem Autounfall ums Leben gekommen, als Jo zehn war, und sie packten ihre schwarzen Sonntagskleider und Proviant für vier Tage ein und fuhren zur Beerdigung. In dem alten Falcon, der noch immer nach Jos längst verstorbenem Vater roch, traten sie die lange Reise von Portland nach Evansville in Indiana an. Unterwegs mussten sie zweimal einen Reifen wechseln. Trotzdem trafen sie zwei Stunden vor der Beerdigung ein, die am heißesten Tag des Jahres stattfand. Die Luft war reglos und staubig, und Jos Mutter ging mit ihr ins Fairmont Arms, ein Hotel neben dem Bestattungsinstitut, und spendierte ihr einen Milchshake mit Eis.

Dort saßen sie unter Deckenventilatoren am Marmortresen, tranken ihren Milchshake und blickten auf eine Gruppe alter Männer mit Schnurrbärten und schwarzen Westen, die ihnen höflich zunickten und sich dann wieder ihrem Kartenspiel widmeten. Jo fand, dass sie beeindruckend aussahen mit ihren schweren Uhrenketten, die aus den Sakkotaschen hingen.

»Gehen diese Männer auch zur Beerdigung?«, fragte sie ihre Mutter, die darauf den Kopf schüttelte und Jos Hocker näher zu sich heranzog.

»Das sind Italiener«, antwortete sie mit scharfem Unterton, den Jo damals nicht verstehen konnte. »Gibt's hier haufenweise. Ich werd nie begreifen, weshalb meine Schwester …« Sie verstummte, ohne den Satz zu beenden.

An diesem Punkt endete auch Jos Erzählung, und Victor stellte ihr keine weiteren Fragen.

Während die Landschaft draußen zusehends rauer und karger wurde, berichtete sie ihm von ihrer Zeit nach Venedig. Sie hatte eine Schiffspassage nach Montreal gebucht und war in einer fast verlassenen Stadt namens Norton in Vermont über die Grenze gekommen. Es kam ihr am sichersten vor, sich dort zu verbergen, wo sie sich auskannte. Sie hatte vier Jahre lang regelmäßig ihre Steuern bezahlt, und niemand war je bei ihrem Haus aufgetaucht. Als Victor sie noch einmal fragte, wo sie denn nun hinfahren wolle, schüttelte sie traurig den Kopf. Als er sie dann nach ihrem richtigen Namen fragte, starrte sie eine Weile schweigend zum Fenster hinaus.

»Du bist ein guter Mann, Victor«, antwortete sie schließlich mit versteinerter Miene. »Und du hast wegen mir schon genug Übles durchgemacht.«

Victor wurde wieder wütend, weil er sich bevormundet fühlte. Ohne es zu merken, drückte er aufs Gaspedal. Ein Schild mit der Aufschrift CANADIEN BORDER/ FRONTIERE CANADIENNE – 5 KILOMETER sauste an ihnen vorbei. Jo atmete schwer, als säße jemand auf ihrer Brust.

»Und was soll *ich* jetzt machen?«, schrie Victor. »Weiter den Lehrer spielen und ständig auf Dächer schauen? Soll ich so weiterleben? Was andres gibt's nämlich nicht. Du …«

Hinter ihnen flackerte Blaulicht auf, und sie hörten eine Sirene.

»Bleib ganz ruhig«, befahl Jo mit tonloser Stimme. »Das ist nur eine Routinekontrolle, du bist vermutlich zu schnell gefahren. Bleib ruhig und atme normal.«

Ein Polizist stieg aus dem braunen Crown Victoria, näherte sich langsam dem Subaru und klopfte ans Fenster. Als Victor es öffnete, blickte er als Erstes auf das Namensschild an der Jacke des Mannes. PERETSKI stand darauf. Es kam ihm irgendwie bekannt vor, ebenso wie das runde rosige Gesicht des Mannes, aber ihm wollte nicht mehr einfallen, woher. Der Polizist war jedenfalls beunruhigend nervös. Er hatte eine Hand bereits auf seine Dienstwaffe gelegt.

»Ich würde mal sagen, Sie sind dahinten weit über 140 gefahren«, verkündete er. Seine Stimme klang angespannt und zu hoch, als bemühe er sich krampfhaft, ruhig zu bleiben.

Victor suchte nach seinem Führerschein und den Wagenpapieren. »Hören Sie, tut mir leid, wir … ich hab nicht aufgepasst. Ich fürchte, ich habe meinen Versicherungsnachweis nicht dabei. Hier.«

Er reichte dem Polizisten die Papiere, doch der beachtete sie nicht, sondern starrte Jo an.

»Miss, Ihre Papiere würde ich auch gerne mal sehen, bitte. Öffnen Sie Ihr Fenster und reichen Sie mir Ihren Ausweis mit beiden Händen. Und zwar sofort.«

Jo kam seiner Aufforderung nach, ohne irritiert zu wirken, und fragte sogar: »Darf ich fragen, was los ist, Officer?« Peretski antwortete nicht, sondern studierte ihren Ausweis und kehrte dann, verwirrt blickend, zu seinem Wagen zurück, um ihre Daten in den Computer einzugeben. Jo sprach nicht und schaute nicht in den Rückspiegel. Sie kontrollierte lediglich ihre Atmung und blickte starr geradeaus wie eine Profischwimmerin vor dem Sprung. Dann erschien Peretski wieder an der Fahrerseite des Subaru.

»Alles in Ordnung«, sagte er und gab ihnen mit einem verlegenen Lächeln die Papiere zurück, musterte allerdings weiterhin Jo. »Aber ich muss Ihnen einen Strafzettel wegen überhöhter Geschwindigkeit verpassen.«

»Ja, tut mir leid«, sagte Victor. »Wir haben zu viel geredet, und da hab ich wohl nicht aufgepasst.« Peretski holte seinen Block heraus und schrieb einen Strafzettel, sah Jo aber immer wieder an.

»Wohnen Sie hier in der Gegend, Miss?«, fragte er dann.

»In der Nähe von West Dummerston, Officer«, antwortete sie mit einer ruhigen mütterlich klingenden Stimme, die Victor noch nie bei ihr gehört hatte. Sie hatte wirklich allerhand Tricks auf Lager. Jetzt lächelte sie den Cop an, der sich sichtlich albern vorkam. »Hinter wem sind Sie denn her?«, fragte sie. »Ist hier irgendwer unterwegs, vor dem man sich in Acht nehmen sollte?«

Officer Peretski sah Victor an, und die jungenhafte Freundlichkeit verschwand aus seinem Gesicht. Das war's, Leute, schien er sagen zu wollen. Jetzt bin ich am Zug. Er packte den Türgriff.

»Erinnern Sie sich an mich?«, fragte Peretski.

»Ich … ich weiß nicht genau«, sagte Victor, der verzweifelt sein Hirn durchforstete, bis ein Bild von einem Cop auftauchte, der sich in einem Diner zwei Stücke Pie geben ließ. In diesem Moment stockte ihm der Atem vor Schreck, und er starrte Peretski entsetzt an.

Der Polizist lächelte, zog seine Waffe und trat zurück. Jo rührte sich nicht. Der Cop richtete die Waffe auf sie, wirkte dabei aber ziemlich panisch. »Wenn das hier Jo ist, wo ist dann Arabella, Sir? Sie sagten doch, sie sei Ihr Ein und Alles.«

Jo sprang aus dem Auto, bevor er den Satz beendet hatte, und schrie: »Die Waffe fallen lassen! Sofort!« Die kleine 22er war auf den Kopf des Polizisten gerichtet. Sie muss sie irgendwo versteckt haben, dachte Victor benommen, während er zusah, wie Jo den Wagen umrundete und dabei weiter auf Peretskis Gesicht zielte. Der Polizist erstarrte, hob dann beide Hände und ließ seine Waffe fallen. Jo kickte sie mit dem Fuß quer über die Straße. Erst dann warf sie Victor einen Blick zu. Er war kalt wie der eines Killers.

»Ich habe dich gefragt, und du hast behauptet, du hättest mit niemandem Kontakt gehabt«, zischte sie. Peretski sah aus, als würde er gleich in Ohnmacht fallen. Victor stieg aus dem Wagen und streckte die Hände aus.

»Jo, so war es nicht, er hat mich angehalten, und ich hab ihm nur den Namen meiner Freundin gesagt. Ich dachte, es hörte sich … ich hätte doch nie geglaubt … was willst du tun …«

Jo standen Tränen in den Augen, als sie den Polizisten in die Kniekehlen trat. Peretski hielt verzweifelt Ausschau nach nahenden Autos, aber diese Straße war wenig befahren, und nirgendwo nahte Rettung. Jo hielt dem Polizisten die Pistole an den Kopf.

»Jo, bitte nicht!«, rief Victor aus. »Beruhige dich und denk nach.«

Peretski stammelte: »Hören Sie auf ihn, Miss. Sie wollen das nicht tun.«

Jo zögerte. Sie sah Victor an, als wolle sie ihm ins Herz schauen. »Liebst du mich wirklich, Victor? Eine Frau, die so etwas tut? Liebst du sie?«

Der Polizist zitterte wie Espenlaub.

»Ja«, antwortete Victor.

Sie starrte ihn an.

Ffpp!

Der Schuss, aus einem Gewehr mit Schalldämpfer abgegeben, kam von irgendwoher, dann folgte ein metallisches Klirren. Jemand hatte den Seitenspiegel des Subaru abgeschossen. Peretski richtete sich schwankend auf und blickte sich nach seiner Dienstwaffe um, während Jo die 22er auf den dunklen Wald richtete. Victor konnte niemanden erkennen zwischen den hohen Kiefern. Ein Moment lang blieb alles still. Nicht einmal Vögel waren zu hören. Dann trat eine Gestalt aus dem Wald, die ein 550er Scharfschützengewehr mit Zielfernrohr auf Jo richtete. Sie trug eine Tarnjacke. Die blonden Haare waren vom Wind zerzaust. Jo sog scharf die Luft ein.

Stefano sah aus wie eh und je.

55

»Hallo, Jo«, sagte Stefano, als er näher kam. »Ich kann doch nicht zulassen, dass du Polizisten erschießt. Wirf das Ding weg, ja?«

Jo gehorchte mechanisch.

Stefano sah Victor an und grinste. »Hab ich dafür gesorgt, dass Sie so weiße Haare bekommen haben, Professor? Wäre mir eine Ehre.«

Ein weiterer blonder Haarschopf tauchte auf, sowie ein weiteres Gewehr im Anschlag. Auch Annika hatte sich nicht verändert, wirkte nur nicht mehr so schläfrig, sondern angespannt und wachsam. Sie richtete ihr Gewehr auf Peretski, der den Kopf leicht drehte, weil er etwas gehört hatte.

Vögel flogen aus den Baumwipfeln auf. Jetzt hörte auch Victor das Brummen des Motors. Und schon tauchte hinter der Kurve ein Wagen auf.

Jo rannte los. Trotz ihres verletzten Knöchels sprintete sie so schnell in den Wald, dass niemand reagieren konnte. Ohne eine Sekunde zu zögern, folgte ihr Victor. Er rannte aus Leibeskräften, hatte aber dennoch Mühe, sie einzuholen. Annika legte das Gewehr auf Jo an, ließ es aber wieder sinken, weil der Wagen jetzt näher kam. Es war ein Holzlaster, und Stefano und Annika versteckten die Gewehre und winkten dem Fahrer zu, der die Hand hob und weiterfuhr. Peretski stand da wie vom Donner gerührt.

»Was werden Sie jetzt tun?«

Ohne ein Wort zerrte Annika ihn in den Wald, fesselte ihn mit Handschellen an einen Baum, knebelte ihn und rannte dann Stefano nach, der die Verfolgung der beiden Flüchtenden aufgenommen hatte.

Ffpp!

Die Kugel schlug in dem Baum neben Victor ein, und Holzsplitter bohrten sich in seine Wange, aber er rannte unbeirrt weiter, jetzt dicht hinter Jo. Vor ihnen tauchte ein zugefrorener See auf. Die hohen Bäume am anderen Ufer gehörten schon zu Kanada. Jo begann zu hinken, rannte aber weiter im Schutz der Bäume, die sich am Ufer des Sees zu lichten begannen.

Victor nahm Jo immer wieder an der Hand, wenn sie stolperte, und sie liefen weiter. Als sie sich dem See näherten, sahen sie ein Grundstück am Ufer, auf dem mehrere grüne Holzhäuser standen. Es war durch ein Tor gesichert, und auf den Dächern der Häuser wehten rotweiße Flaggen.

Mehrere Gestalten in dicken Daunenjacken stapften davor auf und ab und schlugen mit den Armen, um sich warm zu halten.

Sie hatten die kanadische Grenze erreicht.

»Schaffst du es noch?«, keuchte Victor, der spürte, dass Jos Kräfte nachließen. Sie mobilisierte ihre letzten Energien, wie es schien, und antwortete nicht. Ihr Gesicht war so fahl wie der Winterhimmel. Als sie auf die Häuser zukamen, versuchte Victor zu rufen. Die Männer am Tor waren bewaffnet, und einige durchstreiften mit Taschenlampen den Wald, vermutlich auf der Suche nach illegalen Einwanderern oder Terroristen.

»H-hallo!«, krächzte Victor, und einer der Männer wandte den Kopf zur Seite, drehte sich jedoch nicht um.

Dann hörte Victor hinter sich das Knirschen von Stiefeln auf Schnee.

Als er sich umschaute, sah er Stefano rasch näher kommen, das Gewehr im Anschlag. Annika schien verschwunden zu sein. Victor zerrte Jo vorwärts, aber ihre Augen wirkten verschleiert. Sie sah aus, als würde sie gleich in Ohnmacht fallen, doch ihr Körper hatte auf Autopilot geschaltet. Victor hörte jetzt nur noch Stefanos Schritte, die immer näher kamen, und Jos Keuchen. So wird es also zu Ende gehen, dachte er. Der Wachposten hatte sich abgewandt und ging in eines der Häuser. Victor blickte zum Himmel auf. Eine Wolke driftete über den hohen Kiefern dahin.

Plötzlich stand Annika vor ihnen wie aus dem Boden gewachsen und legte auf sie an. Sie hatte sich vollkommen geräuschlos angeschlichen.

Jo gab auf und sank auf die Knie. Stefano hechtete sich auf Victor, dann fesselte er ihnen beiden mit Handschellen die Hände auf dem Rücken. Die Killer versicherten sich, dass sie nicht beobachtet wurden. Dann spürte Victor den kalten Lauf des Gewehrs im Nacken. Er versuchte sich an das Vaterunser zu erinnern, doch es wollte ihm nicht einfallen. Jo hatte den Kopf abgewandt, er konnte ihre Augen nicht sehen.

»Eine Reifenpanne«, sagte Stefano schwer atmend. »Wie findet ihr das? Annie und ich hocken *drei* Jahre lang bei Gino's auf dem Dach gegenüber und müssen zuschauen, wie du die Zeit vertrödelst. Wir bleiben dir auf den Fersen, wenn du deine Liebste in einer Truckerkneipe in Springfield suchst. Oder in Marblehead oder sonst irgendwo am Arsch der Welt, wo dich deine tollen Zeitungen hinlocken. Und als du endlich eine anständige Spur hast, platzt uns ein Reifen, bevor du dein Mädchen findest. Und wir verlieren dich. Als hätten wir nicht schon jämmerlich genug dagestanden.«

Annika hielt Jo das Gewehr an den Kopf und blickte Stefano fragend an. Doch der war noch nicht fertig mit seiner Rede und beugte sich zu Victor herunter. »Und dann krieg ich eine gute Nachricht, auch wenn mein Kumpel Vendramin von den Cops ein bisschen langsam ist. Er ruft mich an und behauptet, er hätte deine *Freundin* gefunden. Und wir sind natürlich ganz aufgeregt und glauben, wir hätten es geschafft.«

Victor dachte an Krista Albemarle und ihre bittere Enttäuschung. Er sah sie vor sich, wie sie alleine nach Hause fuhr. Bitte lass es anders gewesen sein, dachte er und schloss die Augen.

»Gewiss doch«, fuhr Stefano fort. »Aber als mein Cop-Kumpel sie anhält und zu mir schafft, handelt es sich nicht um unsere kleine Freundin Arabella, nicht wahr? Sondern um eine gewisse Krista.« Jo sah Victor verwirrt an, aber der hechtete sich gerade wutentbrannt auf Stefano.

»Was hast du ihr angetan?«, brüllte er.

Stefano schlug ihm mit dem Gewehrgriff auf den Kopf. »Ich dachte, du hättest sie abserviert, Professor? Versteh ich zwar auch nicht, wo sie so gut gebaut war. Aber keine Sorge. Ich hab sie nicht angerührt. Hab nur ihren Hals etwas beschädigt, als ich sie erwürgt hab. Und sie ist an einem Ort versteckt, wo nie einer nachschauen wird.« Stefano grinste selbstzufrieden. »In deinem Keller. Wer geht da schon hin? Ich muss sagen, diese vielen Karten da haben mich ganz schön gegruselt.«

Aus Victor wich alle Kraft. Er sah vor sich, wie Krista sich die Tränen verkniffen hatte. Stefano zwinkerte Annika zu, die ziemlich eifersüchtig aussah.

»Wir verlieren also deine Spur, ja?«, fuhr Stefano fort. »Und dann loggt sich Officer Mondgesicht dahinten in einen Rechner ein, in dem wir auch ganz gerne herumschnüffeln. Und weshalb? Weil ein weißhaariges Tweedmonster, das wir alle kennen, Arabellas Namen ausgeplaudert hat.« Er wedelte mit dem Zeigefinger vor Victors Nase herum.

Jo sah Victor an, und er formte stumm mit den Lippen die Worte: »Es tut mir leid.« Sie blinzelte und lächelte ihn an, als wolle sie ihm sagen: Macht nichts, alles verziehen. Dann schloss sie die Augen. Stefano entsicherte sein Gewehr, von Annika war dasselbe Klacken zu hören. Victor blickte zu Jo hinüber und sah hinter Annika einen Fuchs stehen, der das Geschehen beobachtete, offenbar unentschlossen, was er davon halten sollte. Victor lächelte und schloss die Augen. Er dachte daran, wie Arabella sich auf seinen Schoß gesetzt und ihn zum ersten Mal geküsst hatte. Rosenblüten.

Die kalte Gewehrmündung drückte sich fester an seinen Nacken.

Er sah die italienische Polizistin im Tarnanzug vor sich, wie sie triumphierend die Kugel hochhielt, die sie aus der Wand herausgeholt hatte. Tungsten Carbide.

Ba-dii!

Das Geräusch klang sonderbar gedämpft, wiederholte sich aber. Victor hörte das Rascheln eines Anoraks, dann meldete sich Annika an ihrem Handy. Stefano schnaubte ärgerlich. Annika äußerte mehrmals erbost »Mhm, mhm« und sagte dann »Ja, Sir«, bevor sie das Gespräch unterbrach. Er öffnete die Augen. Der Fuchs war verschwunden. Und Stefano blickte Annika fassungslos an.

»Lass mich raten. Nach so langer Zeit? Das kann doch einfach nicht wahr sein«, sagte Stefano und lief vor Wut rot an. Annika sicherte ihr Gewehr und hielt ärgerlich die Hand hoch, als wolle sie einen Streit unterbinden.

»Nicht handeln, zu ihnen kommen, lautet die Devise«, murmelte sie achselzuckend und steckte sich einen Kaugummi in den Mund. »*Sie* wird da sein, haben sie gesagt. Sie haben den Befehl aufgeschoben, okay?«

Jo hatte sich bislang völlig reglos verhalten, ein willenloses Opferlamm, aber nun zuckte sie zusammen und warf Stefano einen bittenden Blick zu, den Victor nicht deuten konnte. Stefano blinzelte seiner einstigen Kollegin zu und flötete: »Mami und Papi sind *sauer.*« Dann trat er den Rückweg an.

Annika pfiff durch die Zähne, und kurz darauf traten zwei weitere mit Gewehren bewaffnete Gestalten in Tarnjacken zwischen den Bäumen hervor. Sie näherten sich Annika, begutachteten die beiden Gefangenen und lächelten sich an. Hinter ihnen vernahm man etwas wie halb erstickte Schreie, die sich näherten.

Officer Peretski bemühte sich um Fassung, als er von Stefano den Weg entlanggezerrt wurde, aber sein Gesicht war gerötet vom Weinen. Als Stefano ihm etwas ins Ohr raunte, riss der Polizist die Augen weit auf und verlor das Bewusstsein.

Die Handlanger schleppten Jo und Victor tiefer in den Wald hinein, wo ein weißer Caravan geparkt war. Sie wurden geknebelt und mit Handschellen an Eisenringe am Boden gefesselt. Als Annika über die Schulter blickte, um sich zu vergewissern, dass keine Grenzer umherstreiften, hörte Victor einen kurzen Angstschrei und dann ein gedämpftes *Popp*. Kurz darauf tauchte Stefano mit zufriedenem Grinsen zwischen den Bäumen auf.

Annika setzte sich ans Steuer. Ihr Gesicht wirkte so absolut gleichgültig, dass Victor von Grauen erfasst wurde. Der Motor stotterte, sprang dann an. Victor gelang es, Jos Hand zu ergreifen, und er hielt sie fest.

Bevor die Tür zugeschlagen wurde und sie im Dunkeln lagen, sah Victor noch Jos Augen in der untergehenden Sonne aufleuchten. Angst lag darin, aber ihr Gesichtsausdruck wirkte heiter. Denn Arabella wusste, was auf sie zukam.

Sie wartete auf ihre Sarazenen.

BUCH DREI

DER RAT DER ZEHN

56

Victor hörte sie nebenan reden.

Dem Stand der Sonne nach zu schließen, unterhielten sie sich seit mindestens einer Stunde, aber so leise, dass er nichts verstehen konnte. Jetzt schien es jedoch Meinungsverschiedenheiten zu geben, denn jemand erhob die Stimme, und Victor verstand die Wörter »unangemessen« und »kurz«. Dann folgte ein dumpfer Knall, als habe jemand mit Nachdruck ein Glas auf den Tisch gestellt.

War es unangemessen, dass man sie beide entführt hatte? Oder dass man Stefano und Annika offenbar untersagt hatte, sie zu erschießen? Victor schaute zum Fenster hinaus und sah, wie einer der Wachhunde den Kopf hob, als habe er etwas im Wald bemerkt. Die Schnauze des Hundes erinnerte ihn an die Juwelierin Carla aus Venedig, die so sonderbar den Kopf in Richtung ihres Hinterzimmers gewandt hatte, bevor sie den Namen einer Organisation aussprach, deren Mitglieder eigentlich samt und sonders seit Jahrhunderten zu Staub zerfallen sein mussten.

Wenn sich hinter dieser Wand tatsächlich der Rat der Zehn versammelt hatte, würde seine Lage nicht im mindesten als unangemessen empfunden werden, dachte Victor, sondern als unabdingbare Voraussetzung für die Folter, die ihm noch drohte.

Es wurde wieder eine Weile ruhiger. Dann hörte er eine Frauenstimme, scharf und dominant und nicht mehr jung.

Eine sonore Stimme, der man Gehör schenkte. Victor hielt die Luft an und horchte angestrengt, verstand aber nichts. Doch eines war ihm inzwischen klar geworden: Was hinter dieser Wand stattfand, war eine Art Kriegsrat.

Die Stimme schien ihren Standpunkt klarzumachen und verstummte wieder. Dann hörte Victor einen jungen Mann, der aufgebracht klang, aber durch eine barsche Zurechtweisung der Frau zum Schweigen gebracht wurde. Stefano? Das war nicht erkennbar. Die Frau erhob wieder die Stimme; dem Tonfall nach zu schließen, stellte sie eine Frage. Und es folgten mehrere kurze Antworten. Victor lief ein Schauer über den Rücken, als ihm bewusst wurde, was die Frau hier tat.

Sie führte eine Abstimmung durch.

Er zerrte an den Plastikhandschellen, aber sie saßen fest, ebenso wie die Fußringe, mit denen sie ihn in der Mitte des Raums an den Stuhl gefesselt hatten. Vor dem Fenster konnte er lediglich weiße Schneeflächen und einen Kiefernwald erkennen. Der Tag ging zur Neige, und der Himmel färbte sich purpurrot. Befand er sich in Kanada? Das Haus lieferte keinerlei Hinweise. Seit Stefanos Handlanger Jo und ihn aus dem Caravan gezerrt und dann in getrennte Räume verfrachtet hatten, standen sie draußen herum, stampften mit den Füßen und rauchten. Victor überlegte, ob einer von ihnen sein Schattenmann gewesen war.

Während der Fahrt hatten ihm lediglich die Fahrtgeräusche als Hinweis für die Umgebung gedient. Es kam ihm vor, als seien sie vorwiegend auf verschneiten Nebenstraßen unterwegs gewesen. Seiner Einschätzung nach waren sie etwa sechs Stunden gefahren und hatten nur angehalten, wenn die Verkehrssituation es erforderte. Victor hatte versucht die Tür zu öffnen, was ihm natürlich nicht gelungen war. Schließlich hatte er sich einfach neben Jo eingerollt und in der Dunkelheit ihre Hand gehalten.

In gewisser Weise, gestand Victor sich ein, war er erleichtert, denn nun wusste er endgültig, dass er nicht geisteskrank war. Die Schattenmänner, dieses Kribbeln im Nacken – er hatte sich nichts eingebildet. Und der körperliche Schmerz hatte auch sein Gutes: Er zwang ihn dazu, über Fluchtmöglichkeiten nachzudenken.

Er sah sich in dem Zimmer um, aber hier gab es nur nackte Wände. Auf der Glasschiebetür klebte ein Sticker, dessen Aufschrift er aber nicht lesen konnte, weil er zu weit entfernt war.

Dann schob jemand die Glastür auf, eine junge Frau, deren Gesicht völlig ausdruckslos war. Sie löste die Binde, mit der Victor geknebelt war. Wie fühlt sich wohl eine Messerklinge am Hals an?, sinnierte er. Ihre Haare hingen ihm ins Gesicht, als sie sich über ihn beugte. Die junge Frau konnte kaum älter als zwanzig sein, aber Victor fragte sich, wie viele Menschen sie wohl schon getötet hatte. Sie ging wieder hinaus, und er dehnte seinen Kiefer, um ihn zu entspannen.

Nebenan scharrten Stühle, die Sitzung war beendet. Man hatte offenbar eine Entscheidung getroffen. Victor hörte mehrmals Türen zufallen, dann Motorenbrummen, das sich entfernte. Er hielt die Luft an und riss noch heftiger an den Handschellen, erreichte damit aber lediglich, dass seine Handgelenke bluteten.

Dann trat Stefano draußen ans Fenster, das Gewehr locker in der linken Hand.

Victor bereitete sich innerlich schon darauf vor, diesmal den Gewehrlauf zum letzten Mal im Nacken zu spüren, als er Stefanos Gesichtsausdruck bemerkte. Der junge Mann sah wütend und ängstlich aus. Er war bleich und hatte hektische rote Flecken am Hals. Er warf Victor einen wütenden Blick zu, dann brüllte jemand seinen Namen, und Stefano wich zurück, als eine Frauengestalt vor das Fenster trat. Sie wandte Victor den Rücken zu, aber er merkte wohl, dass sie Stefano eine Abreibung erteilte. »Hör zu«, konnte er verstehen, und dann sah er, wie Stefano mit gesenktem Kopf nickte. Der Killer war zum Befehlsempfänger geworden.

Annika trat jetzt ins Blickfeld und stieß die gefesselte Jo vor sich her. Ihr Gewehr hielt sie in der anderen Hand. Victor konnte sich nicht beherrschen: Er schrie Jos Namen so laut, als sei er am Ertrinken und habe zum ersten Mal wieder Luft geschnappt. Stefano grinste ihn an, als wolle er sagen: Tut mir leid, Kumpel. Nun ist eben Schluss.

Jo blickte zu Victor herüber. Tränen strömten ihr übers Gesicht.

Dann zogen Annika und die blonde Frau mit der starren Miene Jo beiseite, und die Blonde legte Jo die Hand auf die Schulter, wie um sie von etwas zu überzeugen. Neben ihnen winselte ein Schäferhund. Jo schüttelte den Kopf und blickte zu Victor herüber, gestikulierte dabei wild. Annika sagte etwas, und Victor meinte die Worte »einfacher so« zu hören. Und nun wandte Jo den Blick ab.

War es einfacher, sich seiner zu entledigen?

»Jo!«, schrie Victor und riss so wild an seinen Handschellen, dass es ihm irgendwie gelang, seine rechte Hand frei zu bekommen, als Annika Jo auf die Zufahrt führte. Fast hätte er auch noch die andere Hand befreien können, doch da drehte Jo sich um und warf ihm einen letzten Blick zu, bevor sie in den Caravan befördert wurde, der langsam anfuhr. Diesmal konnte Victor ihren Blick nicht deuten. Ihre Miene war undurchdringlich gewesen.

Die ältere Frau verschwand aus Victors Blickfeld, und kurz darauf stand sie vor ihm.

Als Victor sich einigermaßen beruhigt hatte, blickte er zu ihr auf.

Auf der Straße wäre sie ihm nicht aufgefallen. Sie war Anfang sechzig, hatte ein rundliches Gesicht und große braune Augen und trug einen simplen Faltenrock mit einer großen Sicherheitsnadel und einen Wollblazer über einem Rollkragenpulli. Auf den ersten Blick wirkte sie wie eine nette alte Dame, die für ihr Leben gern Plätzchen buk. Den teuren Schuhen an ihren Füßen war der Schnee nicht gut bekommen. Ihre Hände waren so groß und kräftig wie die eines Mannes, bemerkte Victor, als sie ihm nun die Hand schüttelte. Ihr Händedruck war fest und wegen eines Goldrings leicht schmerzhaft.

Jo hatte sie so treffend beschrieben, dass Victor sofort wusste, wen er vor sich hatte.

Es handelte sich um die Frau, die ihr vor vielen Jahren fünfhundert Dollar gegeben hatte, um aus einem unbescholtenen Mann einen Vergewaltiger zu machen. Jo kannte nur ihren Vornamen, und der war vermutlich auch erfunden, sagte sich Victor.

»Sie sind Marianne«, sagte er.

»Und Sie der Reismagier«, erwiderte die Frau, ohne zu lächeln. »Mir ist daran gelegen, dass Sie alles, was Sie über uns wissen, noch einmal in anderem Licht betrachten«, fuhr sie fort, als wolle sie ihm als alte Freundin einen guten Rat erteilen. Victor blickte ihr ins Gesicht und strengte sein Gedächtnis an. Hatte sie im *Istituto* im Publikum gesessen? Oder hatte er sie im Flugzeug schon einmal gesehen?

»Waren Sie auch in Venedig?«, fragte Victor. »Oder nur Ihre Mimentruppe?«

Marianne lächelte geduldig. »Ich würde es vorziehen, über das zu sprechen, was sich jetzt hier abspielt«, erwiderte sie.

»Ich habe keine Ahnung, was sich hier abspielt.«

»Da kann ich Ihnen helfen.«

Ein Mann mit einem breitflächigen Gesicht kam herein, trat hinter Victor und legte ihm die Hände auf die Schultern. Bitte mach, dass es schnell geht, dachte Victor und schloss die Augen. Doch zu seinem Erstaunen spürte er, wie das Blut in seine Füße und die noch gebundene Hand zurückfloss, als ihm die Fesseln abgenommen wurden. Die Frau bedeutete ihm, ihr zu folgen, und ging in den angrenzenden Raum. Der Mann nahm Victor kurzerhand hoch, als sei er so leicht wie eine Feder, und trug ihn hinüber.

Durchs Fenster sah Victor endlose Wälder und einen Propangastank, der noch versiegelt war. Das Haus wirkte auf ihn wie ein Neubau, in dem noch niemand gewohnt hatte. Auch der Raum, den der Mann jetzt betrat, war leer bis auf einen Glastisch, diverse billige Stühle und einen Fernseher in der Ecke. Auch hier klebten Sticker an den Fenstern. Es roch nach Holz und teuren Duftwassern der Sitzungsteilnehmer.

Als der Mann ihn auf einem Stuhl absetzte, verstand Victor, dass hier tatsächlich niemand wohnte. Die Treffen finden immer in nagelneuen Häusern statt, dachte er. So hinterlassen sie keine Spuren und sind nicht zurückzuverfolgen.

Die Frau warf einen Blick auf ihre Armbanduhr, holte eine Glasflasche mit Pillen hervor und setzte sich. Sie schluckte eine der Pillen, dann musterte sie Victor so eingehend, dass es ihm vorkam, als werde er in Einzelteile zerlegt und wieder zusammengesetzt.

»Sie haben von uns gehört«, sagte sie schließlich. »Und uns auch auf Dächern bemerkt, wie ich gehört habe.«

»Genauso wie mein Freund Meyer. Und eine Studentin namens Sarah.«

Marianne drehte ihren Goldring und schüttelte den Kopf. »Diese beiden sind öfter gewarnt worden als alle anderen.«

Victor blickte auf die leeren Gläser auf dem Tisch und zählte sie. »Wo sind die anderen neun?«, fragte er.

Marianne lächelte beeindruckt. »Lassen wir die Vergangenheit, wo sie hingehört, ja? Halten Sie uns nicht für antiquiert. Wir sind anpassungsfähig.«

»Das ist mir nicht verborgen geblieben. Ich möchte nur noch eine Sache wissen, bevor Sie mich irgendwo verbuddeln, ja? Das lässt mir seit Jahren keine Ruhe.«

Marianne faltete amüsiert die Hände im Schoß und nickte.

»Zuerst dachte ich, Salvatore Mimmo hätte einen Tunnel gegraben«, sagte Victor und bemerkte, dass Marianne die Hand vor den Mund hielt und ihrem Assistenten einen raschen Blick zuwarf. »Aber ich habe mir die Baupläne angesehen, das wäre ausgeschlossen gewesen. Dann dachte ich, er hätte sich vielleicht in einem der Schränke versteckt.«

»Die waren zu flach dafür«, versetzte Marianne, der das Spiel zu gefallen schien.

»Richtig«, erwiderte Victor, der nun über den Mut der Verdammten zu verfügen schien. »Wie haben Sie ihn also geschnappt? Oder wie ist er entkommen?«

Marianne nahm ihr Glas vom Tisch und trank einen Schluck. »Wie ausführlich haben Sie gesucht?«, fragte sie. »Nicht sehr intensiv, vermute ich mal. Einer unserer Leute hat sich nachts eingeschlichen und in seinem Büro auf ihn gewartet. Als Mimmo hereinkam, knebelte ihn der Mann so schnell, dass er nicht schreien konnte, fesselte ihn und schob eines der Bücherregale beiseite. Dahinter hatte er zuvor eine kleine Höhle angelegt. In die verfrachtete er Mimmo und mauerte dann den Judas mit nassem Zement ein, den er mitgebracht hatte. Dann rückte er das Regal wieder zurecht und harrte in dem Raum, der noch übrig war, aus, bis die Polizei kam und wieder verschwand. Und machte sich in der Nacht aus dem Staub.«

Victor starrte sie fassungslos an.

Marianne zuckte die Achseln. »Wenn die im Staatsarchiv mal auf die Idee kämen, die Bücherregale wegzuschieben, würden sie Mimmo bestimmt gut erhalten vorfinden.«

Victor glaubte, dass sein Ende noch schlimmer ausfallen würde. Der sonderbare Blick, den Jo ihm zuletzt zugeworfen hatte, jagte ihm Angst ein. »Und wieso sitze ich dann noch hier herum? Sie werden mich ja doch umbringen, worüber wir auch reden.«

Marianne nickte, als habe sie über diese Frage schon länger nachgedacht. Sie griff nach einer Fernbedienung, die auf einem der Stühle lag, und schaltete den Fernseher ein. Ihr Assistent erhob sich und schob eine Kassette in den Videorecorder.

Erst sah man nichts, dann tauchten Bilder auf.

Und Victor erblickte seine Eltern.

57

Tränenüberströmt und mit Handschellen gefesselt, wurden sie im verschlafenen Lindenhurst auf Long Island von Polizisten aus ihrem Haus geführt, während Dutzende von Reportern ihnen Mikros vors Gesicht hielten. Das Logo eines

Regionalsenders war in der Ecke des Bilds zu sehen. Victor stockte der Atem.

»Ach, ich weiß einfach nicht, wie diese Dinger funktionieren«, sagte Marianne und blickte ärgerlich auf die Fernbedienung. Dann fand sie den Lautstärkeregler, und der Ton dröhnte los.

»... Ermittlern aus Suffolk County zufolge ist diese Verhaftung das Ergebnis einer sechsmonatigen Ermittlung, bei der diverse Personen verhaftet werden konnten, die der Kinderprostitution und dem Handel mit Kinderpornografie angeklagt werden«, verkündete der Nachrichtensprecher, bevor Marianne den Ton wieder ausschaltete. Victor sah, wie sein Vater sich beim Einsteigen in den Streifenwagen den Kopf stieß und einer der Reporter hämisch grinste. Er spürte, wie ihm der kalte Schweiß ausbrach. Marianne zuckte die Achseln.

»Wir beide wissen, dass es nicht wahr ist«, sagte sie. »Aber die Polizei hat tatsächlich einen ganzen Haufen abscheulicher Filme im Schlafzimmer Ihrer Mutter und auch in dem neuen Computer gefunden, den Sie Ihrem Vater letztes Jahr zu Weihnachten geschenkt haben. Verstehen wir uns? Uns stehen natürlich auch ein paar Kinder zur Verfügung, die richtig toll weinen können, wenn sie verhört werden.«

Victor hatte es die Sprache verschlagen.

»Ich glaube, jetzt kommen wir ins Gespräch«, sagte Marianne und bedeutete ihrem Assistenten mit einer Kopfbewegung, dass er hinausgehen solle. Sie legte ein anderes Band in den Recorder ein, und der Mann kam mit einem Koffer zurück, den er neben der Tür abstellte.

»Wir möchten, dass Sie für uns arbeiten«, sagte Marianne so munter, als handle es sich um einen erfreulichen Ausflug. »Nur für ein paar Wochen. Sie müssen niemanden verletzen oder töten.«

Victor wies auf den Fernseher. »Und das …?«

Marianne schloss dramatisch die Augen und wedelte mit den Händen, als habe er ihr ein Stück Aas hingehalten. »Gewiss doch. Also bitte. Schrecklicher Irrtum, Entschädigung. Die dummen Polizisten haben das falsche Haus erwischt. Mama und Papa können sich zehn neue kaufen.«

Mariannes Assistent grinste und entblößte dabei eine Reihe schiefer Zähne. Seine Augen waren so fahl wie Spülwasser.

»Aber Stefano wartet ungeduldig draußen darauf, dass er endlich seinen Schuss abgeben darf, nicht wahr?«, versetzte Victor.

Marianne seufzte und zupfte ein Fädchen von ihrem Ärmel. »Er wird Sie nur überwachen. Wir haben ein paar Veränderungen vorgenommen, seit Sie ihn zum letzten Mal gesehen haben. Es liegt nicht in unserem Interesse, Ihnen etwas anzutun.«

Ab und an kam ein Neuengland-Akzent zum Vorschein, als wolle sie kultiviert klingen, übertreibe es aber. Ein Chamäleon, dachte Victor, wie Arabella.

»Sie werden Jo kein Haar krümmen«, sagte Victor. »Wo sie jetzt auch hingeschafft wurde.«

Marianne seufzte und überlegte. Dann blickte sie auf und klatschte in die Hände. Ihre Armbänder klirrten. »Sie sind ein Naturtalent«, sagte sie. »Und wissen es nicht einmal. Ich meine, Sie können besser täuschen als sie. Vielleicht sogar besser als alle Leute, die ich ausgebildet habe.«

Der Assistent grinste und hielt sich die Hand vor den Mund, und Marianne gab ein hohes silbriges Lachen von sich.

»Sie wissen, dass sie nicht Jo heißt. Und für uns daran gearbeitet hat, Ihr Werk zu ruinieren.« Marianne beobachtete genüsslich die Wirkung ihrer Worte auf Victor. »Gerade konnten Sie beobachten, wie sie sich auf einen Handel eingelassen hat, bei dem Sie verhökert wurden. Und Sie wollen mir noch erzählen, dass Sie sich *Sorgen machen* um diese Frau? Das Dumme ist: Ich glaube Ihnen, aber ich verstehe Sie nicht. Sie haben alle unsere Warnungen missachtet und schienen niemals Angst zu haben. Unsere Leute haben zwar behauptet, ihr Bestes gegeben zu haben. Aber Sally war ungeschickt, und die Typen im Park müssen mit Blindheit geschlagen gewesen sein. Art auch. Ist ohnehin zu sehr Medienhure für unseren Geschmack.«

Victor glotzte sie erneut sprachlos an. Er sah den fleischigen Mann mit seinem rosa Button-down-Hemd und den Oxford-Slippern vor sich. Und eine Blondine, deren Oberlippe an ihren Zähnen haftete, wenn sie lachte. Plötzlich ergab das alles auf abscheuliche Art Sinn.

»Sally hat für Sie gearbeitet?«, fragte er mit ersticktem Lachen. »Und Art?«

»Was meinen Sie, wie ein schlechter Akademiker sonst vorwärtskommt? Und so eine kleine Schlampe wie Sally? Lassen Sie uns lieber über die Arbeit reden, Victor.«

»Was ist mit Sally passiert? Ich hab nie wieder von ihr gehört. Ist sie auf einen besseren Posten befördert worden? Oder auf die Müllhalde?«

»Reden wir doch lieber über die Zukunft.« Sie wich seinem Blick aus.

Victor fragte sich, wie Sally wohl zu Tode gekommen war. »Zuerst Jo. Ihr wird nichts getan. Ich habe Ihr Wort drauf.«

Marianne schürzte die Lippen und betrachtete ihre Schuhe, ärgerlich über die Schneeränder.

»Gott, nicht schon wieder. Ich kann das nicht entscheiden, warten wir doch, bis –«

»Los jetzt, du sadistisches Monster. Jo. Rede.«

Der Assistent blickte Marianne schockiert an. Sie erhob sich halb von ihrem Stuhl, setzte sich dann aber wieder und strich mit beleidigter Miene ihren Rock glatt. Sie nickte. Ihre Stimme klang plötzlich geschmeidiger als zuvor. Was vielleicht auf die Pille zurückzuführen war, vielleicht aber auch auf ihre Disziplin.

»Nun gut«, sagte sie. »Wenn es denn sein soll. Sie brauchen Details? Gut aufpassen. Notizen machen dürfen Sie keine.«

Mit einer aggressiven Handbewegung drückte sie wieder die Fernbedienung, und auf dem Bildschirm erschien ein imposanter älterer Mann in einer Jeansjacke, der lächelnd einem Pferd den Kopf streichelte. Im Hintergrund sah man endlose sandfarbene Prärie.

Einer von Mariannes Helfern kam herein und brachte Victor etwas zu essen. Obwohl ihm schon ganz flau war vor Hunger, verspürte er keinen Appetit. Er starrte wie gebannt auf den Bildschirm, als das Gesicht des Mannes in einer Nahaufnahme erschien.

Marianne lächelte. »Sie sind ihm schon einmal begegnet, glaube ich.«

Der Mann in der Jeansjacke war Burt Moresby, der bodenständige Allround-Erfinder, der damals unvermittelt in dem Restaurant in Venedig aufgetaucht war.

Moresby, verkündete der Sprecher nun, war in Vietnam zweimal für Tapferkeit ausgezeichnet worden und sollte als Oberst seinen ersten Stern bekommen, als er beschloss, seine Karriere beim Militär hinzuschmeißen und irgendwo in der Einöde auf einer Ranch zu leben. Er interessierte sich auch nicht für fette Honorare, die er für ansehnliche Posten und Vorträge von seinen einstigen Kollegen angeboten bekam, und erschien nicht zur Siegesparade. Seine Silver Stars schickte er mit normaler Post ans Verteidigungsministerium zurück.

Dann verschwand er spurlos.

In den folgenden dreißig Jahren wurde er für die Menschen in einem abgelegenen Flecken namens Gila Bend in Arizona zu einer Art Sagengestalt. Man bekam ihn selten zu Gesicht, aber er kaufte immer mehr Land in Teilen des Landes, die jedermann für dürr und nutzlos hielt, bis er schließlich der größte Grundbesitzer des Bundesstaates war. Ab und an tauchte er im Ort auf, um seinen Wagen vollzutanken, aber das tat er meist auch vor Sonnenaufgang, wenn sogar die Hunde noch schliefen.

Die Welt vergaß den Army-Shootingstar, der seine Vorgesetzten in Vietnam das Fürchten gelehrt hatte, indem er verlangte, dass die Männer seiner Brigade Vietnamesisch lernen und in die Berge ziehen sollten, anstatt wie der Hase auf der Schneebahn herumzusitzen. Er bekam aber nie Gelegenheit, seinen Plan zu testen, weil man ihm seine Leute wegnahm und ihn beförderte. All das war inzwischen Geschichte, an die sich niemand mehr erinnerte.

Dann tauchten in jüngerer Zeit plötzlich Fremde in Gila Bend auf, die meisten sichtlich gut betucht. Sie blinzelten in die Sonne und erkundigten sich nach dem Weg zur Needles Road, zum Anwesen des alten Knaben.

Zuerst dachten die Einheimischen, es handle sich um Touristen, die den richtigen Abzweig zum Flughafen von Phoenix verpasst hatten. Aber als jede Woche neue Leute eintrafen und dieselbe Frage stellten, dämmerte den Gästen im Space Age Restaurant allmählich, dass hier irgendetwas im Schwange war. Und eine Sache fanden sie besonders merkwürdig: Die Leute kamen nicht mehr zurück.

Irgendwann hörte man dann auch im Osten Gerüchte über Moresbys Vorhaben.

Seit Jahren warb er unauffällig Ingenieure und Umweltexperten von guten Universitäten für sein Projekt ab, das er »das Gegenteil von Los Alamos« nannte. Er beabsichtigte Schlüsselprozesse für den Zugang zu den existentiellen Bedürfnissen der Menschheit radikal zu vereinfachen: die Kultivierung und Ernte dürre- und unwetterresistenter Nahrungsmittel. Extrem kostengünstige Impfungen für Milliarden von Menschen. Die Verfügbarkeit von frischem sauberem Wasser für jedermann, und zwar kostenfrei. Gegenwärtig arbeitete er an einem bahnbrechenden Wasserfiltrierungssystem, das er günstig herstellen und zum Selbstkostenpreis in Länder exportieren wollte, die er als zu rückständig erachtete, um jemals aus einer internationalen Verschuldung freizukommen. Länder, in denen er einstmals militärische Strategien zur Tötung der Einwohner erstellt hatte.

Marianne schaltete den Fernseher aus.

Victor fühlte sich elend. Ihm war wohl bewusst, weshalb der Rat nicht tatenlos zusehen konnte, wie Moresby seine Pläne in die Tat umsetzte. Marianne beugte sich vor und fixierte ihn.

»Er erwartet Sie schon«, sagte sie. »Er glaubt, Sie seien – wie hat er es einem unserer Leute gegenüber ausgedrückt, den er für einen ehemaligen Studenten der Columbia University hielt? ›Beraubt worden‹ in Venedig. Er kann es kaum erwarten, dass Sie sich seiner Horde von Wüstenspinnern anschließen. Wir haben Sie schon an ihn verhökert, ihm eine E-Mail mit Ihrem Namen geschrieben. Sie sehen jedenfalls so fertig aus, dass Sie die Rolle mühelos spielen können.«

Victor spürte, wie er vor Wut zu zittern begann. Seine Lage war wiederum völlig absurd. Da hockte er nun mit einer strengen Großmutter in einem Wochenendhäuschen anstatt von Schurken im Hauptquartier der kriminellen Vereinigung gefoltert zu werden. Einfach lächerlich.

»Sind Sie der Kopf der Organisation?«, fragte er.

Marianne deutete nach draußen, wo ein verbeulter beiger Minivan am Zaun geparkt war.

»Ich fahre dieses Auto da. Was meinen Sie?«

Victor wollte sie aus der Reserve locken, sie so wütend machen, dass sie irgendetwas preisgab. Jo mochte inzwischen irgendwohin verschleppt worden sein und für Arabellas Sünden leiden.

»Sie haben die Sache in Venedig verpfuscht, nicht wahr?«, sagte er. »Warum haben Sie trotzdem weitergemacht? Und warum gab es Streit? Die Abstimmung war bestimmt knapp. ›Sollen wir Moresby umbringen? Oder nur dafür sorgen, dass er wie ein Monster erscheint?‹ Scheckbuchterrorismus im Komitee. Lassen Sie mich raten, wofür Sie gestimmt haben.«

Marianne fuhr aus ihrem Stuhl hoch wie ein Schachtelteufel und verpasste Victor so schnell eine Ohrfeige, dass er sich nicht mehr rechtzeitig ducken konnte. Sie war bleich geworden vor Wut.

»Terrorismus? Sie sind der *Terrorist*!«, keifte sie erbost.

Victors rechtes Ohr summte von dem Schlag, aber etwas anderes beschäftigte ihn weitaus mehr. Ein Geruch, der eine Erinnerung auslöste. Er berührte sein Ohr und schnüffelte danach an seinen Fingern.

Lavendel.

Er sah sich in dem Café in Venedig sitzen und die Todesliste ans Licht halten, auf der er Stankovics Namen entdeckt hatte. Und auf der sich ein Fingerabdruck befand.

»Wenn Sie Leute wie Stankovic auf die Todesliste setzen«, erklärte er, »sollten Sie sich vorher die Hände waschen.«

Marianne glotzte ihn fassungslos an. Ihr Assistent war einen Moment lang auch völlig verdattert, brachte dann aber eine kleine Pistole zum Vorschein. Die er wieder verschwinden ließ, als Marianne ärgerlich mit der Hand wedelte. Die ältere Frau sah Victor an wie eine Lehrerin, die sich um Freundlichkeit bemüht, nachdem Ermahnungen nichts gebracht haben.

»Begreifen Sie denn nicht, dass jede Störung der normalen Wirtschaftsprozesse katastrophale Folgen haben kann? Ihr blöder robuster Drittweltreis würde die gesamte Weltwirtschaft um Jahrhunderte zurückwerfen. Unsere Finanzstruktur ist das Rückgrat vieler Länder – reicher und armer –, und Sie hätten dieses Rückgrat so lange gebogen, bis es gebrochen wäre. Sie kennen doch bestimmt dieses Bild vom Schmetterling, der in China ein wenig später mit den Flügeln schlägt, worauf in Kansas die gesamte Ernte verdorben ist?«

Sie piekte ihm mit dem Zeigefinger in die Brust. »Vor ein paar Jahren waren *Sie* unser Schmetterling, Victor. Aber Moresby will nun ganze *Schwärme* von denen freisetzen.«

Victor lehnte sich erschöpft zurück. »Sie sind also nur die Versicherungsgesellschaft?«

Sie lachte herzhaft. »Ach, uns gibt es schon viel länger. Wir sind Patrioten. Globale.«

»Da würde ich ja gerne mal die anderen kennenlernen«, erwiderte Victor.

Marianne sah ihn gleichmütig an. »Das möchte ich bezweifeln, mein lieber Victor.«

»Nennen Sie mich nicht so.«

Sie warf ihm ein flüchtiges Lächeln zu. »Werden Sie Moresbys Freund. Gewinnen Sie sein Vertrauen. Und warten Sie, bis wir uns wieder bei Ihnen melden.«

Sie stand auf und massierte ihre arthritischen Knie. Die Pillen schienen nicht viel geholfen zu haben. Ihr Assistent nahm die Kassette aus dem Videorecorder und hielt Marianne die Tür auf. Sie wandte sich zu Victor um, der unschlüssig im Zimmer stand. Draußen im Dunkeln streiften die Wachhunde umher, und zwei bewaffnete Männer rückten näher, als sie merkten, dass ihr Einsatz offenbar verlangt wurde.

»Nun stehen Sie nicht da wie angewurzelt, lieber Victor«, sagte Marianne und wies auf den Koffer. »Da ist alles drin, was Sie brauchen. Ihr Flug geht morgen Mittag um zwölf. Stefano hat den Wagen für Sie aufgetankt. Mein Freund hier wird Sie zum Flughafen begleiten.«

Der Mann mit dem breiten Gesicht grinste ihn höhnisch an. Victor dachte an den abgeschossenen Seitenspiegel seines Subaru und fragte sich, ob man den Mord an dem Polizisten ihm oder Jo anhängen würde. Dann beschloss er, dass es keine Rolle mehr spielte. Er konnte all diesen Toten nicht mehr entkommen.

»Ach, und sehen Sie zu, dass Sie vor Sonnenaufgang aufbrechen«, fügte Marianne hinzu. »Um neun kommen die neuen Mieter und wollen sich ihr Haus ansehen. Ein nettes junges Paar, wie ich gehört habe. Wir müssen vorher noch aufräumen.« Sie sah ihn kalt an. Ihrem Blick war anzusehen, dass sie ihm Erfolg wünschte, aber nicht zögern würde, ihn zu bestrafen, wenn er versagte. »Und duschen Sie bitte, sobald das Wasser angestellt ist«, ergänzte sie mit Blick auf seinen schmutzigen Hemdkragen. »Sie riechen schlecht.«

Als Victor im Zimmer den Koffer öffnete, blickte er auf seine eigenen Hemden und sein Rasierzeug. Mariannes Handlanger waren bei ihm zu Hause eingebrochen und hatten seinen Koffer gepackt, bevor sie noch wussten, ob er Jo überhaupt finden würde. Sogar zwei Sorten Shampoo hatten sie mitgebracht. Umsichtig und praktisch. Sie konnten zurückblicken auf eine siebenhundertjährige Erfahrung mit Einbrüchen.

Victor befreite sich von seiner verdreckten Wäsche und duschte ausgiebig, obwohl das Wasser eiskalt war. Als Mariannes stoischer Handlanger erschien, war Victor bereit zum Aufbruch.

Als sie schon nach wenigen Minuten Fahrt aus dem Wald kamen, sah Victor an einem Straßenschild, dass er die ganze Zeit nur wenige Kilometer von Detroit entfernt gewesen war. Der Mann mit dem breitflächigen Gesicht fuhr den Wagen und bemühte sich um Konversation. Victor ging nicht darauf ein und versuchte einen interessanten Radiosender zu finden. Er stieß auf einen Kurzbericht über einen State Trooper aus Vermont, der unter merkwürdigen Umständen verschwunden war, doch dann folgten wieder nur allgemeine Terrorwarnungen und Prominententratsch.

Der Mann hielt schließlich unweit des Terminals an und reichte Victor wortlos ein Ticket und eine Brieftasche. Als Victor zum Counter der American Airlines ging, drehte er sich nicht um. Obwohl er keinen wirklichen Grund dazu hatte, empfand er einen Anflug von Freude darüber, wieder in einer Welt zu sein, in der es so etwas wie Normalität zu geben schien – lächelndes Bodenpersonal, für das er Mr Tallent war, Stewardessen, die ihre Köfferchen hinter sich herzogen. Victor war so erschöpft, dass er im Flugzeug einschlief, sobald er seinen Sicherheitsgurt angelegt hatte.

Ein paar Reihen hinter ihm trank eine von Stefanos eifrigen Mitarbeiterinnen langsam ihr Ginger Ale und beobachtete, wie Victors Kopf auf seine Brust sank.

58

Als Victor auf der löchrigen Landebahn in Gila Bend das Flugzeug verließ, wehte ihm ein heißer Wind ins Gesicht. Er kam aus den Bergen, die sich als blau verschwommene Silhouette am Horizont abzeichneten.

Victor fühlte sich erschöpft. Er bemerkte die schlanke Frau nicht, die hinter ihm die Gangway herunterkam und in einen unauffälligen Pick-up stieg, der sofort losfuhr.

Ein verrostetes Flugzeugwrack, schon lange ausgeweidet, empfing den Reisenden am Rand des Stacheldrahtzauns, der die Landebahn begrenzte. Dahinter erstreckte sich eine endlose eintönige Ebene, aus der lediglich hie und da Strommasten und vereinzelte dürre Palmen aufragten.

An dem klapprigen Hangar, der früher einmal ein richtiges Terminal gewesen war, lehnte ein Mann im Schatten. Er sichtete den jungen Mann mit dem verdatterten Gesichtsausdruck sofort und ging schnellen Schrittes auf ihn zu. Wenn Victors weiße Haare ihn verwirrten, als er ihm gegenüberstand, ließ er es sich jedenfalls nicht anmerken, sondern streckte ihm die ledrige Hand zum Gruß hin. Burt Moresby wirkte hagerer als in Venedig; seine abgewetzten Jeans schienen ihm zu weit zu sein.

»Sie sehen ja völlig fertig aus«, kommentierte Moresby, nahm Victor den Koffer ab und marschierte mit ihm zu einem Pick-up, dessen blaue Lackierung so verblichen war, dass sie fast weiß schien. »Freut mich trotzdem, Sie wiederzusehen.« Er warf den Koffer auf die Ladefläche und hielt Victor die Tür auf.

»Hören Sie, ich möchte …«

»Nicht hier.«

Moresby schien es eilig zu haben, von neugierigen Beobachtern wegzukommen, auch wenn keine zu sehen waren – lediglich verwahrloste Köter, die sich an Müllplätzen gegenseitig die Beute streitig machten. Er legte ordentlich Tempo vor, und Victor sah draußen verlassene Militärflugplätze und abgestürzte Jagdflieger vorbeisausen. Als sie eine kleine Ortschaft hinter sich gelassen hatten, die aus staubigen einstöckigen Häusern bestand, schien Moresby sich zu entspannen. Er war immer noch ein gut aussehender Bursche, fand Victor, der sich allerdings der Sonne zu oft ausgesetzt hatte; seine Haut sah aus wie dunkles gegerbtes Leder.

Moresby blickte wiederum in den Rückspiegel, als erwarte er dort irgendetwas Unerfreuliches zu sehen, und lehnte sich schließlich zurück.

»Jetzt können wir reden.«

»Es ist mir eine Ehre, dass ich hier sein darf«, sagte Victor, der sich nun mieser vorkam als der übelste Mörder. »Es bedeutet mir viel, vor allem seit …«

Moresby versetzte Victor einen freundschaftlichen Klaps auf die Schulter. »Ich will nichts davon hören, dass irgendwer bei irgendwem in der Schuld steht oder solchen Blödsinn«, sagte er und schaltete in den fünften Gang. Sie schossen an einer fliegenden Untertasse, dem Space Age Restaurant, vorbei, in dem die Stammgäste sich vermutlich jetzt sagten, dass der alte Moresby seine Sammlung wieder vergrößert habe. »Wir helfen uns alle gegenseitig, nicht wahr? Seit Venedig haben Sie nicht mehr an dem Reisprototyp gearbeitet, wie?«

Victor zuckte die Achseln und schaute aus dem Fenster. »Ich weiß nicht recht, wie mir geschehen ist.«

»Das Gefühl kenne ich«, erwiderte Moresby.

Victor war geblendet von dem Wüstenlicht. Er fühlte sich zurückversetzt in die Zeit, bevor er zum Hoffnungsträger seines Fachbereichs wurde, und schloss die Augen. Sah die Sanddünen im Irak vor sich. Napalm Ned, den jungen Marine mit den blutigen Gehirnfetzen im Gesicht, die Pflanze, die er aufgebrochen hatte. Wie hieß sie gleich wieder? Es machte ihn froh, einem Menschen zu begegnen, der wusste, was er damals in sich getragen hatte – Optimismus, vielleicht sogar Zuversicht. Das kranke graue Gefühl in ihm, das seine Haare ergrauen ließ, wich von ihm, verdorrte dort draußen in der Hitze.

Moresby bog auf eine schmale, von Kakteen und Wacholdersträuchern gesäumte Straße ab. Es begann zu dämmern, und draußen in den felsigen Bergen versammelten sich die Kojoten, spitzten die Ohren, machten sich bereit zur Jagd. Silberblaues Licht fiel auf die trockenen Flussbetten und Arroyos; nur im Westen schimmerte noch ein orangeroter Sonnenstreifen.

Victor blickte zum Himmel auf. Bussarde kreisten über den Canyons.

»Sehen Sie die auch?«, fragte Moresby.

»Wie bitte?«

Der Alte wies auf eine Felsengruppe. »Schatten. Sah nach Menschen aus, aber ich bin mir nicht sicher. Man muss nur warten, bis es ganz dunkel ist. Dann sieht man sie auf jeden Fall.«

Victor spürte, wie sich die vertraute Angst wieder breitmachte, und schwieg.

»Ah«, sagte Moresby, blickte zu einer Felsnase weiter oben hinüber und nickte. »Da oben haben sie sich meist versteckt. Aber sie kommen jetzt näher. Wissen wahrscheinlich, dass mir das unangenehm ist. Erst kürzlich hab ich einen hinter den Ställen gesehen. Stand einfach da rum. Dachte wohl, er könnte mir Angst einjagen.«

Victor nickte und blieb stumm. Er warf einen Blick auf das hagere sonnverbrannte Gesicht des Mannes und sagte sich, dass man nie wissen konnte, ob jemand geisteskrank war. Vielleicht wollte Moresby ihn nur ein bisschen erschrecken. Victor kannte sich mit Geistern der Seele aus. Aber hier entdeckte er nirgendwo Schatten.

Sie hielten vor einem Gatter in einem Zaun, der sich zu beiden Seiten ins Endlose erstreckte. Victor sah den Mann neben sich an und wünschte, er könne der Partner im Geiste und Förderer für ihn sein, als den er ihn gerne gehabt hätte, nicht das Opfer einer gemeinen Verschwörung.

Moresby, Burton Valentine, rief Victor sich seine Akte ins Gedächtnis. Abschluss summa cum laude in West Point, 1955 zu den Rangers versetzt. Entmilitarisierte Zone in Korea, nicht näher bezeichnete Aufgaben in Laos. Als Captain zum Geheimdienst nach Vietnam versetzt, Can-Tho-Provinz 1961. Silver Star Ia im Drang Valley, wiederum nicht näher bezeichnete Aufgaben im Norden und ein weiterer Silver Star, bevor er zum Colonel befördert wurde. Keinerlei Schwachpunkte. Nichttrinker. Niemals verwundet. Die Psychoakte war versiegelt, aber es hatte das Gerücht gegeben, er habe eine Behandlung wegen Depression verweigert. Ehrenhafte Entlassung 1970, nachdem er mehrfach die Beförderung zum General abgelehnt hatte.

Victor spürte eine Berührung an der Schulter und stellte fest, dass Moresby versuchte, seine Aufmerksamkeit zu gewinnen.

»Ich hab gefragt, ob das okay wäre?« Moresby blickte ihn irritiert an.

»Entschuldigung, worum ging es?«

»Das Essen heute Abend, zum Kennenlernen. Falls Sie nicht zu müde sind.«

Victor bemühte sich um ein strahlendes Lächeln. »Das hört sich prima an. Ich muss mich nur noch umziehen.«

Moresby nickte zufrieden und fuhr einen Abhang hinauf. Hier oben hatte sich das Gesicht der Wüste durch Bewässerung drastisch verändert. Ein paar hundert Meter weiter sah Victor saftig grüne Rasenflächen und üppige Palmen, die mit ihren dürren Verwandten unten im Sand keinerlei Ähnlichkeit mehr aufwiesen. Ein künstlich angelegter Bach schlängelte sich durch ein Dorf aus geschmackvollen Lehmhäusern und Blockhütten, das wie ein Ferienresort wirkte. Sie kamen an zwei mit gelbem Staub bedeckten Männern und einer Frau vorbei, die ihre Pferde am Halfter führten und dem Pick-up zuwinkten. Das kastanienbraune Fell der Pferde erinnerte ihn an Arabellas Haare. Oder Jo, ihrer anderen Hälfte. Moresby hielt vor einem flachen Gästehaus und sprang aus dem Wagen.

»Ich habe Sie hier einquartiert, das ist geräumig genug, dachte ich mir.«

Victor nickte peinlich berührt und bemühte sich, einen munteren Eindruck zu machen, als er ausstieg. Aber er war etwas grün im Gesicht, was Moresby nicht entging.

»Hey, alles in Ordnung?«

»Nur ein bisschen schwindlig von der Reise.«

Moresby grinste und hievte Victors Koffer auf die Veranda. »Meine Frau hat sich auch immer über meinen Fahrstil beklagt. Sie war die Letzte, die mit mir gefahren ist. Hat wohl recht gehabt.«

Seine Stimme klang rau. Er öffnete die Tür des Hauses, und Victor betrat ein Interieur, das aus einer teuren Wohnzeitschrift zu stammen schien: Ölgemälde von Teddy Roosevelt neben Remingtons, weiche Ledercouches, Navajo-Teppiche. Moresby schüttelte Victor die Hand, diesmal langsamer, und blickte ihn mit seinen wasserblauen Augen an.

»Freut mich, dass Sie hier sind. Machen Sie sich frisch. Wir sehen uns dann in – sagen wir, zwei Stunden? – zum Essen.« Er deutete auf ein großes Haus am Rande des Grundstücks, danach auf ein Mobiltelefon neben der Tür. »Immer den Lichtern nachgehen. Falls Sie sich verlaufen sollten, wählen Sie die 1, okay?«

»Danke für alles.«

Moresbys offenbar nagelneue Zähne schimmerten weiß, als er Victor breit angrinste. Dann wandte er sich zum Gehen.

Victor schloss die Tür hinter ihm und zog sämtliche Jalousien zu. Dann nahm er aus seinem Koffer den Gegenstand, den Marianne ihm zum Abschied überreicht hatte und den er immer bei sich zu tragen hatte.

Ein Handy.

»Immer auf Vibration stellen und anlassen«, hatte Marianne gesagt. »Wir haben es so präpariert, dass es auch im Canyon funktioniert. Wenn Sie nicht rangehen: vergessen Sie nicht, dass wir Sie immer *sehen*.«

Victor hatte keinen Grund, ihre Worte zu bezweifeln. Als er auf das Display des Handys schaute, sah er, dass die Lautstärke hoch gestellt war.

Nicht klingeln, flehte er innerlich.

Lasst mich bloß in Ruhe.

Er sah seinen Vater vor sich, wie er sich den Kopf stieß, als er in den Streifenwagen gedrängt wurde. Als Victor mit dem Haustelefon die Nummer seiner Eltern auf Long Island wählte, meldete sich nur der Anrufbeantworter mit der Ansage seines Vaters. Er unterbrach die Verbindung vor dem Piepton. Sie sind noch im Gefängnis, dachte er. Weil sie sich die Kaution nicht leisten können. Er legte sich auf die Couch, um seine Gedanken zu klären.

Später fuhr er hoch, weil er eingeschlafen war, und schaute auf die Uhr. Nur noch zehn Minuten, um sich fertig zu machen. Er spurtete ins Bad und duschte erst heiß, dann kalt, um die Bilder aus seinem Kopf zu vertreiben. Dann zog er sich an und sprintete zum Hauptgebäude, einem zweistöckigen schwarz gestrichenen Blockhaus mit Holzdach und kleinen Fenstern, die an eine Festung erinnerten. Im zweiten Stock gab es einen Balkon; er vermutete, dass dort Moresbys Räume lagen. Durch die Fenster im Erdgeschoss fiel Licht.

An einem Felshang prasselten donnernd Steine zu Tal, als Kojoten sich um Beute balgten. Die Tür des Blockhauses war nur angelehnt, und Victor zögerte einen Moment, bevor er eintrat.

Wenn du mich jetzt sehen könntest, Meyer, dachte er. Ich werde zum gedungenen Mörder.

59

In einem großen Vorraum mit zwei offenen Kaminen, in denen Feuer loderte, saßen junge Leute mit schweren Arbeitsstiefeln und Latzhosen und tranken Punsch und Wein. Sie wirkten wie Farmarbeiter und nickten Victor freundlich zu. Moresby brach seine Unterhaltung mit den beiden Frauen ab, die Victor zuvor mit den Pferden gesehen hatte, und kam zu seinem neuen Gast.

Eine der Frauen, die ihre schwarzen Haare zum Pferdeschwanz gebunden trug, nickte Victor zu, als kenne sie ihn. Woher?, fragte sich Victor, als er das Glas mit dem rubinroten Getränk entgegennahm, das Moresby ihm reichte. Von der Uni? Die Gespräche verstummten allmählich, als die anderen Gäste bemerkten, dass Moresby den Arm um den jungen Mann mit dem starren Lächeln gelegt hatte. Moresby wirkte ziemlich angetrunken und sah Victor auf eine Art an, die ihm schmeichelte und zugleich Übelkeitsgefühle auslöste. Jetzt bin ich Art und er ist Victor, dachte er.

»Gemeinsam«, sagte Moresby, »werden wir sie finden. Und Sie werden mir helfen, sie zu vertreiben.«

»Ich weiß nicht. Ich habe nichts bemerkt.«

Moresby drückte Victor die Schulter. »Bitte. Ich nenne sie ›Schattenmänner‹. Und Sie? Ich weiß, dass Sie sie auch gesehen haben. Ich habe alles über Sie gelesen.«

»Damals war ich sehr durcheinander.«

»Und jetzt etwa nicht mehr? Nachdem die Ihnen vier Jahre gestohlen haben? Nehmen Sie das einfach so hin?«

»Ich freue mich einfach, hier zu sein, Sir«, antwortete Victor so diplomatisch wie möglich. Die anderen Gäste kamen jetzt zu ihm und begrüßten ihn herzlich. Wie gefiel es ihm hier bisher? Die Venedig-Geschichte war ja schrecklich gewesen, und sie hofften, dass das nun alles vergessen war. Victor kam sich vor wie bei einem Treffen an der Uni.

Das Essen wurde in einem holzgetäfelten Raum an runden Teakholztischen eingenommen. Ein Erkerfenster war mit einer weißsilbernen Lichterkette geschmückt. An den Wänden hingen Ölgemälde in schweren Goldrahmen, offenbar Ahnen des Hausbesitzers. Bevor Victor sich Moresby gegenüber niederließ, betrachtete er eines, das ihm besonders aufgefallen war.

Eine schöne junge Frau mit einem schmalen heiteren Gesicht war darauf abgebildet. Sie saß in einem Sessel, der jetzt wie ein Museumsstück am anderen Ende des Zimmers stand. Die Frau trug ein weißes Kleid und hatte die Hand in einer lebhaften Geste ausgestreckt, als sei sie mitten im Gespräch porträtiert worden. Ihr Haar schimmerte schwarzblau, und ihre Augen waren so dunkel, dass sie fast ein wenig schläfrig wirkte.

Moresby, Lynne Pettitt, *née* Falkestad, laut Mariannes Briefing. Die junge Frau war Moresbys Assistentin gewesen, bis die beiden sich vor vier Jahren ineinander verliebten. Vor acht Monaten war sie gestorben. Es hatte Probleme mit dem Sicherheitsgurt gegeben, als sie auf einer Bergstraße schwungvoll in die Kurve fuhr und die Kontrolle über den Wagen verlor. Victor wandte rasch den Blick ab, damit Moresby seine Neugierde nicht bemerkte.

»Ist der Platz noch frei?« Eine Frauenstimme, leicht vernuschelt.

»Ja, bitte.«

Es handelte sich um die Frau, die ihm zugenickt hatte, als er hereinkam. Mittlerweile trug sie die schwarzen Haare offen, ebenso wie die obersten Knöpfe ihrer Bluse. Sie ließ sich mit ihrem fast leeren Martini-Glas neben Moresbys weißhaarigem Schützling nieder, der an diesem Abend Gesprächsstoff für alle abgab.

»Wenn Sie wüssten, wie oft der Bursche …«, sie wies mit dem Glas auf Moresby, »ich meine, wenn man weiß, wie oft er schon davon geredet hat, dass er die Welt verändern will, könnte man ihn für einen Irren halten, oder?« Sie trank das Glas aus und betrachtete Victor prüfend. Er gab keine Antwort. »Na ja, vielleicht ist er's auch«, fuhr sie fort. »Aber er zahlt gut. Wissen Sie, warum wir hier sind? Ich meine, in *Wirklichkeit*?«

Ein verschmitztes Grinsen zeichnete sich auf ihren Zügen ab.

»Ich wurde eingeladen«, erwiderte Victor. »Und hatte grade nichts anderes vor.«

Die Frau verzog das Gesicht und goss ihnen beiden Rotwein ein. Moresby hob sein Glas und formte mit den Lippen stumm die Worte »Herzlich willkommen«, bevor er sich wieder seiner Unterhaltung mit zwei ernsthaft blickenden Männern zuwandte, die keinen Alkohol tranken. Die Frau beugte sich zu Victor herüber. Sie hatte Lippenstift an den Zähnen.

»Wir sollen sein Vertrauen wiederherstellen. Und die ganze Sache wieder in Schwung bringen.«

Victor blickte in die Runde. An die fünfzig Männer und Frauen unterhielten sich angeregt, während Kellner in weißen Jacketts Rehbraten hereintrugen und tranchierten.

»Ich weiß eigentlich nicht, was sich hier so abspielt«, sagte Victor. »Er hat mir nicht mal gesagt …«

Die Frau leerte ihr Glas und schob es weg, als könne ein weiteres ihr ernsthaften Schaden zufügen. Sie wirkte schlagartig nüchtern.

»Wenn *Sie* es nicht wissen, sind wir arm dran. Die meisten von uns sind nämlich schon seit Monaten hier und haben keine Ahnung, worauf das Ganze hinauslaufen soll. Er gibt uns ein Projekt vor, und wenn wir angefangen haben, daran zu arbeiten, ändert er alles wieder. Und jeden Abend müssen wir unsere Forschungsergebnisse abliefern. Wie Hausaufgaben.« Sie wies auf eine ältere Frau, die nicht von ihrem Braten aufblickte. »Das ist Elinor Pierce.«

Victor erinnerte sich, dass Pierces Vorschläge zum Einsatz von Solarenergie und den dafür notwendigen Veränderungen der Infrastruktur vom Kongress als lächerlich unpraktikabel abgelehnt worden waren. Die Wissenschaftlerin hatte ein Forschungsprojekt am Massachusetts Institute of Technology geleitet, bevor sie verbittert nach Gila Bend kam. Auch jetzt sah sie deprimiert aus. Sie blickte kurz zu Victor hinüber, ohne zu lächeln.

»Sie sieht wütend aus«, bemerkte Victor.

»Das ist sie auch.«

Victor fühlte sich benommen. Warum hatten die Zehn ihn hergeschickt, wenn das Experiment ohnehin am Scheitern war? Warum hatte Marianne ihm nichts davon gesagt? Es gelang ihm nicht, einen klaren Gedanken zu fassen. Die junge Frau setzte an, ihm weiter Vorträge zu halten, als Moresby hinter ihnen auftauchte und ihnen beiden die Hand auf die Schulter legte.

»Redet Virginia Ihnen das Ohr weg? Das kann sie gut, das weiß ich.«

Die Frau warf Moresby ein mädchenhaftes Lächeln zu, das auf Victor ziemlich einstudiert wirkte.

»Sie lieferte mir nur gerade das Who's who«, antwortete Victor, und Virginia zwinkerte ihm zu. »Es ist alles ein bisschen viel für mich am ersten Abend.«

Virginia erhob sich und umarmte Moresby kurz. »Entschuldige mich bitte kurz, Burt«, sagte sie. »Bin gleich wieder da.«

Victor sah ihr nach, als sie sich zu einer Gruppe junger Männer begab, die sich mit einer Brandyflasche auf einer Ledercouch niedergelassen hatten. Die ernsthaften Männer, die vorher mit Moresby gesprochen hatten, waren verschwunden. Moresby drückte Victors Schulter fester, und Victor merkte, dass er hektisch atmete.

»Haben Sie mal 'nen Moment Zeit für mich, mein Junge?«

»Natürlich. Stimmt etwas nicht?«

Moresby wies auf den großen Vorraum nebenan und schritt zu einem der Kamine. Die Gäste bemühten sich, nicht auffällig hinzustarren, aber natürlich wurden sie von allen beobachtet. Als Moresby sich in einen der Ledersessel am Kamin gesetzt hatte, schien er sich etwas zu beruhigen. Er starrte in den riesigen Cognacschwenker in seinen Händen, als könne er ihm die Zukunft voraussagen. Dann blickte er zu seinen Gästen hinüber, doch er schien nichts wahrzunehmen.

»Wir werden wohl beide nicht mehr lange hier sein«, sagte er schließlich.

Victor blinzelte. Er wusste, wie dem Mann zumute war. »Wie meinen Sie das?« Erzähl mir mehr, dachte er. Erkläre mir, weshalb der Rat mich statt Stefano mit seinem Gewehr geschickt hat. Ich begreife gar nichts mehr. Ich bin blind und taub.

»Meinen Investoren wurde gedroht.« Moresby kniff die Augen zusammen. »Sie wollen mir nicht sagen, von wem, aber ich weiß es auch so. Das Projekt ist jetzt nur noch zwei Monate finanziell abgesichert.«

Er trank einen Schluck von der goldbraunen Flüssigkeit, die ihm die Tränen in die Augen trieb. Ihr wollt ihn also einkreisen, dachte Victor in stummem Dialog mit seinen Auftraggebern. So fängt es ja immer an. Er legte Moresby eine Hand auf den Arm.

Der drahtige Mann schaute sich um, als fürchte er, belauscht zu werden. »Versprechen Sie mir, dass Sie mir helfen werden.« Moresby starrte ihn eindringlich an, und Victor versuchte, besorgt zu wirken.

»Weil Sie da draußen etwas gesehen haben?«, sagte Victor. »Oder was meinen Sie?«

Moresby beugte sich vor und lächelte wie ein Großvater, der weiß, dass die Enkel Süßigkeiten stibitzt haben, es aber nicht zugeben wollen. »Gerade Sie müssten mich doch verstehen. Venedig? Mimmo? Man hat auf Sie *geschossen*!«

»Ich weiß nicht, was ich damals gesehen habe.«

Moresby nickte bedrückt.

»Ich auch nicht. Aber sie sind schon seit Monaten da. Ich sehe sie nicht wirklich, aber ich spüre, dass sie sich versammeln.«

»Ich habe damals nur eine einzige Gestalt gesehen. Und das auch noch im Dunkeln.«

»Aber vielleicht können Sie mir dabei helfen, sie zu verjagen?«

Victor wusste nicht, wie er reagieren sollte. Er fühlte sich in sein Hotelzimmer in Venedig zurückversetzt, als er die Berührung am Gesicht spürte. »Ich bin hierhergekommen, um die loszuwerden«, sagte er schließlich.

Moresby packte Victors Hände und drückte sie fest. Ein Kellner, der die Geste beobachtete, blickte peinlich berührt beiseite. Moresby ließ Victors Hände los, lehnte sich zurück und starrte ins Feuer.

»Vermutlich habe ich es nicht besser verdient«, sagte er und strich sich durch sein volles weißes Haar. »Vielleicht sind es die Geister der Menschen, die ich getötet habe. Die werde ich nie mehr los, wissen Sie.«

Bzzt-bzzt.

Victor spürte das Handy an seinen Rippen vibrieren wie etwas Lebendiges und wurde unruhig. War das Stefano, der ihm mitteilen wollte, dass er nicht im Zeitplan lag? Oder die sadistische Schulmeisterin? Oder vielleicht Jo, um ihm zu sagen, dass es ihr gelungen war zu flüchten und dass er zu ihr kommen solle?

»Was ist los?«, fragte Moresby und verengte die Augen.

»Ich esse selten Wild. Offenbar vertrage ich es nicht so gut.«

Das Summen hörte nicht auf. Aus dem Esszimmer war eine Lachsalve zu vernehmen, und Victor sah, dass Virginia zu »Start Me Up« auf einem Tisch eine Art Cancan tanzte. Moresby stützte die Hände auf die Schenkel und beugte sich vor.

»Er war noch nicht einmal ein Mann, und ich habe ihn umgebracht«, sagte er unvermittelt. »Und so viele danach. Verstehen Sie?«

»Nein.« Der Geruch des Cognacs stieg Victor in die Nase.

»Sie waren doch selber an der Front. Bei den Marines. Sie wissen Bescheid.«

»Ich habe nur einen Laster gefahren, Sir.«

»Es war noch ganz am Anfang«, sagte Moresby, als habe er Victor nicht gehört. »Nur ein paar Brigaden. Keine Uniformen, alles grün wie die Hölle. Aber ich wusste, dass er uns am Vorabend in einen Hinterhalt gelockt hatte. Er chauffierte mich im Citroën seines Vaters zum Offizierscasino. Und erzählte einen Witz. Ich lachte, damit er sich nicht umdrehte. Seine kleinen Füße zuckten, als ich ihm in den Kopf schoss. Verstehen Sie jetzt? Niemand hatte das beobachtet. Ich mischte mich unter die Menge und beobachtete das weitere Geschehen aus der Ferne. Sein Vater kreischte wie eine Frau, als er ihn fand. Ich hätte damals nach Hause zurückkehren können. Man ließ mir die Möglichkeit. Aber ich hatte schon so viele junge Männer getötet. Es kam nicht mehr darauf an.«

Victor stand auf und tätschelte Moresbys Arm. Er konnte jetzt keine Offenbarungen ertragen. Kriegserinnerungen, klebriges Blut. Er musste an das Foto von Mackensen in der Blutlache denken.

»Ich bin sehr müde«, sagte Victor. »Vielen Dank für den schönen Empfang. Vielleicht können wir morgen zusammen frühstücken. Dann sagen Sie mir, wie ich mich hier nützlich machen kann.«

Moresby fuhr aus seinen Erinnerungen hoch und nickte heftig, als müsse er sich selbst von etwas überzeugen. »Natürlich. Sie müssen mich entschuldigen.«

»Aber nicht doch. Es ist schon spät. Vielen Dank noch mal.«

»Wegen der Sie wissen schon?« Moresby zeigte zur Decke, um auf die Omnipräsenz der Schattenmänner hinzuweisen.

Victor nickte. »Unser Geheimnis.«

Moresby schüttelte ihm die Hand und begab sich ins Obergeschoss. Einer der Bediensteten war ihm auf der Treppe behilflich. Victor verließ das Haus. Auf dem Weg zu seiner Unterkunft checkte er das Handy. Er hatte eine Nachricht und versuchte angestrengt, alles richtig zu machen, um sie abzuhören.

»Antworten Sie bitte, wenn ich anrufe«, hörte er Mariannes Stimme, die ruhig, aber streng klang. »Seien Sie rücksichtsvoller, ja? Lassen Sie das Handy eingeschaltet. Und gehen Sie dran, wenn es sich meldet.«

Schulmeisterin ist nicht wütend, nur enttäuscht. Victor hätte das Gerät am liebsten zwischen die gezackten Felsen geschleudert, die sich schwarz gegen den Himmel abzeichneten. Dann fiel ihm ein, dass Stefano sich vermutlich hinter einem davon versteckte, durch sein Nachtsichtgerät spähte und sich ärgerte, weil er nichts unternehmen durfte. Noch nicht.

»Verpiss dich«, sagte Victor laut und spuckte in Richtung der Felsen. Als er weiterging, stieg ihm plötzlich ein betörender Duft in die Nase, und er blieb abrupt stehen. Er entsann sich, etwas über eine Blume gelesen zu haben, die nur nachts blühte, aber der Name war ihm entfallen. Sie war äußerlich unscheinbar, duftete aber so süß und zauberhaft, dass sogar Raubtiere wie die Berglöwen zögerten, bevor sie ihre Beute rissen. Dann trug der Wüstenwind den Duft davon und Victor ging ins Haus.

Victor tappte über den flauschigen Teppich zu dem Pfostenbett, das doppelt so breit war wie sein eigenes. Stilvolle Glaslampen tauchten den Raum in behagliches gelbes Licht, und Victor bedauerte es zutiefst, nicht unter angenehmeren Umständen hier zu sein. Er schaute fern, bis er zur Ruhe kam und wegdämmerte. Er schlief traumlos.

Bis auf dem Nachttisch das Handy wie ein auf den Rücken gefallener Käfer laut losbrummte. Er griff mit beiden Händen danach und tastete schlaftrunken nach der richtigen Taste.

»Hallo?«

»Victor«, sagte die Stimme am anderen Ende.

Er war schlagartig hellwach.

Jo.

»Bist du …?«

Sie schien weit weg zu sein, er verstand sie nur mit Mühe. »Lass mich reden, bitte. Sonst unterbrechen sie die Verbindung.« Victor meinte im Hintergrund Wasserrauschen zu hören, aber vielleicht pfiff auch der Wind um den Hörer. »Ich darf dir sagen, dass es mir gut geht, aber mehr nicht. Mach alles Weitere richtig, dann siehst du mich lebend wieder. Sei geduldig. *Denk nach.*« Eine kurze Pause entstand, die Victor wie eine halbe Ewigkeit vorkam. Dann sagte sie: »Ich …« und schien wieder zu zögern. Plötzlich brach die Verbindung ab.

Mit zitternden Händen gab Victor die gespeicherte Nummer ein, bekam aber nur »Dieser Anschluss ist vorübergehend nicht erreichbar« zu hören. Das Handy war offenbar sofort wieder entsorgt worden. Er hatte keine Chance, Jo anzurufen.

Was hatte sie ihm sagen wollen? Ich liebe dich? Ich vermisse dich? Ich habe Angst vor dem Tod?

Victor tappte in die Küche, die so sauber war, dass man vom Boden essen konnte, und holte sich zwei Bier aus dem Kühlschrank. Er riss eine Dose auf und trank. Sein Kiefer schmerzte, aber das Zittern ließ nach. Dieses auf edel gemachte sterile Gefängnis lehrte ihn das Fürchten. Er zog eine Jacke über, steckte die andere Bierdose in die Tasche und ging nach draußen. Über Gila Bend stand der abnehmende Mond tief am Himmel.

Wie warst du, bevor du dich in Arabella verliebt hast?, fragte ihn seine innere Stimme. Oder in Jo, ihr Alter Ego, das dir auch irgendwie leidtut? Weißt du noch, wer du gewesen bist in der Vergangenheit? Victor trank einen Schluck Bier.

Er wusste, dass er diese Fragen nicht beantworten konnte. Stell dir doch vor, dass diese absurde Geschichte jemand anderem widerfährt, sagte er sich. Was würdest du dann sagen? Dass die Schattenmänner Einbildung sind?

Als Victor die leuchtenden Augen der Kojoten neben den Felsen sah, spürte er plötzlich eine erschreckende Klarheit in sich. Seine Gedanken schienen eine Kettenreaktion auszulösen, fallenden Dominosteinen gleich. Der erste Stein kippte, als er Jo vor seinem geistigen Auge mit Annika vor dem Blockhaus stehen sah. Sie wirkte nicht allzu traurig, obwohl sie sich Tränen aus den Augen wischte. Und dann der ausdruckslose Blick, den sie ihm zugeworfen hatte. Die perfekte Verwandlungskünstlerin, nach wie vor.

Warum hatte sie ihn angerufen? Irgendetwas daran kam ihm unpassend vor. Übertrieben. Wäre er nicht nutzbringender, wenn man ihn im Zweifel ließ über ihr Befinden? Er trank die Dose aus und warf sie nach den Kojoten, die kurz auseinanderstoben, dann aber das Objekt inspizierten. Ein bösartiger Gedanke machte sich nun in Victors Kopf breit und verdrängte alle anderen, flüsterte ihm die einzig sinnvolle Antwort ein. Er hielt sich unwillkürlich die Ohren zu, aber der Gedanke ließ sich nicht vertreiben.

Sie steckt mit ihnen unter einer Decke.

Auch jetzt noch, lange nach dem Venedig-Auftrag. Sie hat darauf gewartet, dass ich sie finde, an den Postfächern, nachdem Stefano ihr schon gesagt hatte, in welche Richtung ich fahre. Es war ein abgekartetes Spiel, das mich an genau den Punkt führen sollte, an dem ich jetzt bin. In ihrem Auftrag unterwegs und ihnen machtlos ausgeliefert.

Arabella ist noch immer Arabella. Nur ihre Haare sehen anders aus. Und ich bin jetzt ihr Wiedergutmachungsprojekt bei der Schulmeisterin, oder nicht? Ich habe nicht gesehen, dass jemand ihr auch nur ein Härchen gekrümmt hätte. Oder dem Polizisten. Der könnte durchaus noch am Leben sein.

Victor schüttelte heftig den Kopf, als könne er diese Gedankenkette unterbrechen. Eine kurze Hoffnung flackerte auf. Vielleicht dachten sie, ich breche unter dem Druck zusammen, wenn sie mir nicht ein bisschen Erleichterung verschaffen? Sollte sie mich deshalb anrufen? Genau. Ich soll ruhig bleiben. An die Sache glauben.

Victor wanderte in das ausgetrocknete Flussbett neben der Straße, darauf bedacht, nicht auf Tiere zu treten, die ihn beißen könnten. Er fühlte sich, als könne er zu Fuß in die Stadt laufen und immerzu weiter bis ans Ende der Welt. Die Einsamkeit nagte an ihm wie Hunger und setzte ihm so sehr zu wie kein anderes Gefühl zuvor.

Ab und an erhellte ein Flugzeug den Himmel, das zur Landung in Gila Bend ansetzte. Victor fühlte sich plötzlich schwach und setzte sich auf den Boden, spielte mit den Steinen aus einem Fluss, der schon seit langer Zeit verschwunden war.

Er blickte zu den Felsen auf, hielt Ausschau nach einem Gewehrlauf, konnte jedoch nichts Derartiges entdecken. Wieso bist du immer noch da oben?, fragte er stumm. Wieso hast du Moresby noch nicht erschossen? Wieso jagt ihr ihm nur ständig Angst ein?

Plötzlich durchzuckte ein Gedanke Victor so heftig, dass ihm die Luft wegblieb. Sie haben mich ausgewählt, weil nur ich ihm etwas entlocken kann, das sie brauchen. Niemand anderes kann es finden, ohne die Beute zu verscheuchen.

Das ist die Erklärung.

Langsam breitete sich ein Lächeln auf seinem Gesicht aus. Ich habe nur die Hälfte des Trumpfes, den sie brauchen, dachte er. Sie haben das andere Stück. Aber ohne mich können sie nicht spielen.

Victor holte das andere Bier aus der Tasche, riss es auf und trank genüsslich. Dann hielt er die Dose den Felsen entgegen, brachte dem unsichtbaren Feind einen Toast aus.

»Noch nicht«, sagte er.

60

Am nächsten Morgen ging das Gerücht um, dass Moresby wieder Nervenprobleme hätte und man einen Arzt gerufen habe, der ihn mit irgendwelchen exotischen Medikamenten zu sich bringen sollte.

Victor hatte die Kantine der Siedlung aufgesucht, einen großen Raum, in dem man an langen Tischen saß. Durch ein Oberlicht sah er Bussarde über dem Gebäude kreisen. Ein paar Leute, die er abends auf der Party gesehen hatte, kamen herein und grüßten verschlafen.

Victor schlürfte seinen Kaffee und widerstand der Versuchung, Kette zu rauchen. Er hatte die ganze Nacht kein Auge zugetan und war völlig überdreht. Hinter dem Küchentresen aus Stahl war ein braunhäutiger dünner Mann namens Albert an der Arbeit. Sein Lächeln wirkte so aufgesetzt wie ein angeklebter Schnurrbart. Wenn er sich unbeobachtet glaubte, verflüchtigte es sich auch schlagartig.

Als Victor gerade aufstehen wollte, kam Virginia in Gesellschaft von Professor Pierce und einer anderen Frau herein. Sie setzten sich zu ihm. Pierce wirkte etwas munterer als am Vorabend und brachte sogar ein Lächeln zuwege.

Die zweite Frau, die sportlich und zurückhaltend wirkte, stellte sich als Tori vor; ihre Tätigkeit war so geheim, dass nicht einmal Virginia darüber Bescheid wusste. Albert brachte allen Kaffee und Pancakes, offenbar ein Ritual nach ausschweifenden Partys. Nachdem Victor einen Bissen gegessen hatte, wurde ihm schwindlig von dem Himbeersirup.

»Ich war vielleicht ein bisschen zu negativ gestern Abend«, sagte Virginia zu Victor und blickte dabei Tori an wie eine kleine Schwester, die um Vergebung bittet.

»Nun, es war eine Party«, erwiderte Victor unverbindlich.

»Ich bin, ich meine, wir sind alle froh, dass Sie hier sind. Wollen Sie heute Nachmittag zu unserer Arbeitsgruppe stoßen? Wir befassen uns mit Getreideanbau in Monsunregionen und könnten Ihre Ideen gut gebrauchen.«

Tori lächelte ihn aufmunternd an. Ihre Bewegungen hatten dieselbe elastische Geschmeidigkeit, wie Victor sie bei Stefano und Jo wahrgenommen hatte.

»Gerne«, erwiderte Victor. »Ich muss vorher nur noch mit Moresby reden.«

»Er hat wieder einen seiner Anfälle«, äußerte Elinor Pierce, deren Stimme erstaunlich jung und angenehm klang für jemanden, dessen Gesicht so stark von Enttäuschungen geprägt war.

»Solange er sich nicht mit unseren Ergebnissen befasst, können wir nicht weiterarbeiten«, fügte Tori hinzu und machte sich über ihren Pancake her.

Victor vermutete, dass Moresbys Zustände mit dem Tod seiner Frau zu tun hatten. Schattenmänner. Er nickte, verabredete sich mit den Frauen für den Nachmittag und verabschiedete sich. Beim Hinausgehen merkte er, dass Tori ihm nachschaute. Als er kurz darauf an Moresbys Haus vorbeikam, sah er, dass sämtliche Jalousien zugezogen waren. Die Angestellten gingen auf dem Grundstück ihren Tätigkeiten nach, ohne es sonderlich eilig zu haben.

Dann geschah mehrere Tage lang gar nichts. Victors Handy machte sich nicht bemerkbar. Er fragte sich, ob der Rat womöglich den Plan geändert und es ihm nicht mitgeteilt hatte. Worauf sollte er warten? Er beschloss, Moresby alles zu sagen, wenn sich nicht bis zum Abend des nächsten Tages etwas getan hatte. Dann würde er ihm die Wahrheit anvertrauen, auch wenn der alte Knabe ihn für vollkommen geistesgestört halten würde. Er wollte ihn einweihen in Arabellas Zauber, die Weltmacht des Rates, in seinen Glauben an eine Liebe, der noch immer nicht völlig verschwunden war. Würde ihm erzählen, dass die Schattenmänner keine Halluzinationen waren.

Am nächsten Tag fuhr ein Auto an Victors Blockhaus vorbei. Die schwarze Limousine hielt vor Moresbys Haus, und die beiden ernsthaften Männer von der Party stiegen aus und betraten das große Blockhaus. Kurz darauf wurden die Jalousien im zweiten Stock hochgezogen, und Moresby kam mit den beiden Männern nach unten und klopfte ihnen erfreut auf den Rücken. Etwas hatte sich geändert.

Nach einer kurzen Höflichkeitspause stattete Victor dem alten Mann einen Besuch ab. Moresby selbst öffnete ihm. Er wirkte schwungvoll und hellwach.

»Wollte Sie gerade anrufen, mein Junge, muss Gedankenübertragung sein. Nur herein.«

Victor folgte Moresby in sein Arbeitszimmer, das so chaotisch war, wie man es von einem Denker erwartet. Stapel von Notizblöcken auf dem Schreibtisch. Memo-Zettel, auf ein Hirschgeweih gespießt. Moresby ließ sich hinter seinem Schreibtisch nieder und trommelte vergnügt mit den Fingern.

»Ich wollte mal schauen, wie es Ihnen geht«, sagte Victor.

»Ging mir nie besser«, erwiderte Moresby. »Habe Neuigkeiten, aber lassen wir das erst mal beiseite. Wie ist es denn *Ihnen* so ergangen? Sind Sie zufrieden mit Ihrer Unterkunft? Und haben Sie Ihre Kollegen schon kennengelernt?«

»Ja, aber ich bin mir noch im Unklaren über den Zeitplan. Wann wollen Sie loslegen? Einige der Leute da unten drehen Däumchen.«

Moresby verzog das Gesicht, als sei er geschlagen worden. »Das war Teil meines Problems«, versetzte er und sah Victor gereizt an, beherrschte sich aber sofort. Etwas war in seinen Augen aufgeglommen, aber wieder verschwunden, bevor Victor es benennen konnte. Welche Träume wollen sie dir aufdrängen?, fragte er sich. »Ich habe jetzt jedenfalls die Fahrt zu unseren Investoren geplant«, sagte Moresby. »Wir fahren in Kürze, vielleicht schon in ein paar Tagen. Ist Ihnen das recht?«

»Natürlich«, antwortete Victor. »Wo fahren wir hin?«

Als Moresby antwortete, glaubte Victor, »Venedig« verstanden zu haben, aber er fragte noch einmal nach.

»Natürlich«, antwortete der alte Mann. »Sie glauben doch wohl nicht, dass amerikanische Banken mit Typen wie uns ein Risiko eingehen, oder? Oder diese hochnäsigen Briten, die für alles eine Ewigkeit brauchen? Nein, das hier ist solide Finanzierung aus dem guten alten Europa, mein Junge. Damals war ich bei denen in Venedig. Nette Leute. Und wir können auch wieder in dieses Restaurant gehen, wie hieß es gleich wieder?«

Victor sah Tausende von Stefanos zwischen dem Danieli

und der Trattoria auf den Dächern lauern, nickte aber nur. Als Moresby ihn kurz darauf durch den Vorraum führte, ruhte der Blick des alten Mannes einen Moment auf dem Porträt der schönen schwarzhaarigen Frau.

»Kommen Sie heute Abend auf einen Drink vorbei, dann reden wir weiter. Ich hab Ihnen viel zu erzählen.« Plötzlich erinnerte er Victor an einen schelmischen Lausebengel.

Vor seinem Blockhaus wurde Victor von Virginia erwartet, die erhitzt und atemlos wirkte. Zwei muskulöse weiße Quarterhorses waren am Geländer der Veranda angebunden.

»Ich wollte Sie entführen, *mein Junge*«, verkündete sie, den Alten trefflich imitierend, und wies mit ausladender Geste auf das Land. »Sieht ja aus, als müssten wir in Kürze wieder arbeiten, also können wir uns das noch mal gönnen.« Virginia ließ die Zügel wie ein Lasso kreiseln, während sie seine Antwort abwartete. Dann fügte sie hinzu: »Sie können doch wohl reiten, oder?« Victor stellte fest, dass sie schöne braune Augen hatte.

Bzzt-bzzt.

Victor riss das Handy aus der Tasche. Stefano redete sofort los. Er klang aufgebracht.

»Nichts aufschreiben, nur zuhören.«

Victor gab Virginia ein Zeichen und entfernte sich von ihr. »Ich höre«, sagte er wütend.

Virginia beobachtete ihn und winkte ihm mit gerunzelter Stirn zu.

Jetzt hörte Stefano sich ruhiger an. »Er vertraut Ihnen jetzt«, sagte er. »Er hat etwas, das wir brauchen. Er will sich in Venedig mit Leuten treffen, die nicht auf uns gehört haben. Es wird nicht klappen, aber wir wollen, dass Sie die Idee unterstützen. Das wird ihn beruhigen. Er will denen

Beweise dafür bringen, dass sie seine Ideen weiter fördern sollen. Haben Sie mich so weit verstanden?«

»Ja. Aber wieso ich? Wieso nicht –«

Victor bedeutete Virginia, dass es nur noch eine Minute dauern würde. Zeig mir das fehlende Stück, dachte er, als er zu spüren glaubte, dass Stefano zögerte.

»Vor allem nicht reden. Sein Forschungsteam hat sehr spezifische Ergebnisse, die er aber noch niemandem gezeigt hat. Formeln, Patente, Organismen, Gleichungen. Das alles brauchen wir. Er hält das Material versteckt.«

»Und ich soll es besorgen?«

»Nein. Nur herausfinden, wo es ist. Und uns das dann mitteilen. Die Kleine mit den Pferden hat eine Zeitlang mit ihm rumgevögelt, weil sie selbst scharf ist auf das Material, aber sie ist nicht rangekommen. Sie weiß nichts von uns. Ist bloß ehrgeizig. Und nun will sie, dass Sie es ihr beschaffen. Sie können ja auch mit ihr rummachen. Hauptsache, wir kriegen, was wir brauchen. Winken Sie ihr noch mal zu. *Jetzt.*«

Victor winkte und hielt dabei auf den Felsen nach Stefano Ausschau. Wo steckte der Kerl? Virginia tränkte die Pferde und warf Victor ein gereiztes Lächeln zu.

»Und wenn ich das nicht hinkriege?«, fragte Victor.

Stefano seufzte nur.

»Es ist nicht schwer. Vermutlich wird er es Ihnen selbst erzählen. Ich rufe in zwei Tagen wieder an.« Die Leitung war tot.

Virginia blickte auf. Ein pikiertes Lächeln spielte um ihre Lippen. »War das die Freundin, die zu Hause mit dem Essen wartet?«

»Ein Typ, für den ich an einem Projekt arbeite. Hat den Abgabetermin verschoben.«

Virginia stieg aufs Pferd. »Tja, so läuft's doch immer. Wollen wir?«

Sie ritten talaufwärts, wo Moresbys Wasserpumpen die trockene Wüste in eine saftig grüne Landschaft verwandelt hatten, indem sie schmutzige Abwässer mittels neu entdeckter chemischer Prozesse reinigten. Victor ahnte Tausende solcher Veränderungen voraus; das Leben würde sich auf kaum vorstellbare Weise verändern. Ehemals arme rückständige Länder würden zu Reichtum gelangen, das Machtgefüge der gesamten Welt sich verschieben.

Und mittendrin Victors neue Reisart. Rawalpindi-on-the-Hudson. Aber er wusste, dass daraus nichts werden konnte.

Virginia verzog das Gesicht. »Sie sehen ziemlich trübsinnig aus. Haben Sie sich nicht auch damit beschäftigt? Wie man für die Armen der Welt Wasser in Wein verwandeln kann?«

Sie hatte ihr Pferd dicht neben ihn gelenkt, und er stellte fest, dass sie zu viel Parfum aufgetragen hatte.

»Ja, genau davon habe ich einmal geträumt«, antwortete er.

»Dann genießen Sie's doch. Das Wasser ist erst der Anfang.«

Ihre Hand löste sich vom Sattelhorn und näherte sich seiner. Victor tat, als könne er sein Pferd nicht mehr halten, das am Rande der Wiese schmackhafte Pflanzen entdeckt hatte. Virginias Hand glitt beiseite, und Victor ließ sein Pferd in Ruhe grasen. Dabei rupfte es eine Pflanze aus, die unmittelbar einen betörend süßen Duft verströmte, und Victor fühlte sich wieder zurückversetzt in die irakische Wüste und sah seine Kameraden verzückt lächeln.

Virginia riss die Augen auf. »Wow. Was duftet denn hier so?«

»Etwas, das ich bislang auch nur in meinen Träumen gesehen habe.« Victor schloss einen Moment die Augen, dann lenkte er sein Pferd zurück, bevor die junge Frau ihn fragen konnte, was er damit meinte.

61

Es war eine sternenklare kalte Nacht. Victor und Moresby saßen, in Decken gehüllt, auf der Terrasse des großen Blockhauses und tranken heißen Tee mit Rum. Der alte Mann warf Victor einen prüfenden Blick zu und lehnte sich entspannt zurück. Victor spürte, dass er Vertrauen zu ihm gefasst hatte.

»Endlich zahlt sich alles aus«, sagte Moresby. »Keine Hirngespinste mehr, sondern echte handfeste Ergebnisse! Haben Sie das Nordtal heute gesehen? Die erste Phase?«

Victor nickte. Ihm war bewusst, dass der alte Mann ihn vermutlich beobachten ließ. »Unglaublich.«

»Der nächste Schritt«, fuhr Moresby fort, »sind die genetisch modifizierten Getreidearten, die monatelang ohne Wasser auskommen. Ich hab sie in der Wüste entdeckt und ein paar Veränderungen an ihnen vorgenommen. Und Ihr Reis, der die Taifune überlebt? Das wird das Herzstück werden. Meine venezianischen Banker sind schon ganz scharf darauf. Sprechen Sie überhaupt Italienisch? Meins ist leider miserabel.«

Victor holte tief Luft. Jetzt musste er die dunkle Höhle

betreten, aus der es vielleicht keine Wiederkehr gab. Aber er hatte keine andere Wahl. In möglichst gelassenem Tonfall sagte er: »Wie sieht es denn mit den Forschungsergebnissen des gesamten Teams aus? Ich würde gerne mal einen Blick drauf werfen, um den Bankern ein vollständiges Bild liefern zu können.«

Moresby, der gerade einen Schluck Tee trank, hielt in der Bewegung inne und beäugte Victor über den Rand seines Teeglases. Jetzt bin ich tot, dachte Victor. Toter als Mackensen. Toter als die Farinesi. Und keiner wird mich jemals finden. Doch dann zog der alte Mann seine Decke fester um sich und lächelte.

»Deshalb habe ich Sie eingeladen«, sagte er. Er klang erleichtert und gab ein herzhaftes Lachen von sich. »Sie kommen direkt auf den Punkt.«

Victor hätte gerne mitgelacht, entschied sich aber für ein erfreutes Lächeln.

»Zwei meiner Projektleiter waren heute Morgen hier«, sagte Moresby und sah sich vorsichtig um. Die ernsthaften Männer. »Sie haben mir Vorschläge gemacht, wie man meine Arbeit mit der Ihren zusammenfügen kann, bis zum letzten Enzym und Reiskorn. Solide Zahlen. Ich mache Ihnen eine Kopie von den Unterlagen. Ich möchte, dass Sie das alles verwahren, damit es wirklich umgesetzt werden kann, für den Fall, dass ich … krank werde oder irgendwas.«

Er hielt inne und starrte in die Dunkelheit. Victor machte sich auf einen weiteren Vortrag über die Schatten der Toten gefasst. Ihm war schwindlig vor Aufregung. Er hielt ihn schon fast in Händen, den Schlüssel zum Königreich. Bitte gib ihn mir nicht, hätte er am liebsten geschrien. Zerstöre ihn. Versteck ihn. Ich stehe in Diensten von zehn Teufeln, mir darf man nicht vertrauen.

»Meine Arbeit stellt für viele Leute eine Bedrohung dar. Und die …«

Sein Blick schweifte über die nächtliche Landschaft. Die haben deine Frau getötet, als du nicht nachgegeben hast, dachte Victor. Haben ihren Sicherheitsgurt manipuliert. Sie morden kaltblütig. Ich bin im Bilde. Liebend gerne hätte er alles ausgeplaudert. Der alte Mann lehnte sich mit entschlossener Miene zurück.

»Nun, sie werden den Sieg nicht davontragen«, sagte er und goss sich Tee nach. »Solche Leute siegen nie. Sie verzögern nur das Unvermeidliche. Veränderungen setzen sich unweigerlich durch. Hier, ich will Ihnen etwas zeigen.«

Victor folgte dem alten Mann in sein chaotisches Arbeitszimmer mit den überall aufgetürmten Papierstapeln. Moresby schob einige davon beiseite. Dahinter kam ein Safe zum Vorschein, den er öffnete. Victor versuchte unauffällig hineinzuspähen. Er sah einen beigen Aktenordner, doch den fasste Moresby nicht an. Als seine Hand wieder zum Vorschein kam, hielt sie etwas Schwarzes, das er Victor lächelnd in die Hand drückte.

»Sie ist immer noch da«, sagte er, Victors Reaktion abwartend. Victor hätte am liebsten geschrien. Das waren keine Forschungsergebnisse, die er dem Rat präsentieren konnte.

Was er in der Hand hielt, war eine blauschwarz schimmernde Haarsträhne.

»Oh«, brachte er hervor und lächelte gequält. Moresby nahm ihm die Strähne behutsam wieder aus der Hand und streichelte diesen letzten ihm verbliebenen Teil von Lynne.

»Sie hat die Akten geführt, wissen Sie. Die Pferde gepflegt. Den Futterpreis für das Vieh ausgehandelt.« Dem alten Mann stiegen Tränen in die Augen, Tränen der Trauer

und der Angst. »Wieso fürchten Sie sich nicht?«, flüsterte er.
»Ich fürchte mich ständig.«

Er legte die Locke in den Safe zurück und schloss ihn, aber Victor bemerkte, dass die Stahlklappe nicht ganz zu war. Moresby nickte ihm zu, und Victor blieb nichts anderes übrig, als ihm wieder zu folgen. Er konnte den Blick jedoch nicht vom Safe lösen. Sollte er sich darauf hechten und die Akte an sich nehmen? Aber er wusste, dass draußen im Flur zwei Wachmänner saßen.

»Ähm, ich dachte, Sie wollten mir die Forschungsergebnisse zeigen, von denen Sie mir erzählt haben«, äußerte Victor zögernd. Moresby blieb abrupt stehen und fixierte Victor mit seinen grauen Augen. Sein Blick war verständnislos. Ein kleiner Speicheltropfen sammelte sich in seinem Mundwinkel.

»Wieso wollen Sie die sehen?«

Victor spürte, wie sein Herz trommelte. »Nun ja, Sie hatten es selbst gerade erwähnt –«

Moresby trat plötzlich dicht an Victor heran, als könne er einen Lügner dann besser entlarven. »Daran kann ich mich nicht erinnern. Sind Sie sicher?«

Meint er das jetzt ernst?, dachte Victor, hielt aber dem bohrenden Blick des Alten stand. Irgendwie war die Stimmung umgeschlagen. Victor zuckte die Achseln und bemühte sich zu lächeln. Was ihm nicht recht gelingen wollte, weil er fürchtete, dass Moresby wirklich in sein Inneres blicken und die wahren Beweggründe für sein Hiersein erkennen könne.

»Nein, bin ich nicht«, antwortete er. »Vielleicht habe ich mich verhört. Kommen Sie, trinken wir noch einen Grog.«

Der alte Mann blieb einen Moment stehen und überlegte, dann zuckte er die Achseln und kehrte auf die Terrasse zurück, wo Albert bereits frischen Tee servierte. »Ja«, sagte Moresby und ließ sich in seinem Sessel nieder. Er wirkte plötzlich erschöpft, als er die Tasse entgegennahm. »Einen schönen heißen Grog.« Er lächelte, als Albert ihm diskret den Speicheltropfen aus dem Mundwinkel tupfte. Dann starrte er in die Dunkelheit hinaus, und Albert, offenbar Koch und Diener in einer Person, warf Victor einen Blick zu, aus dem hervorging, dass der junge Mann Moresbys Gastfreundschaft bereits viel zu lange beansprucht hatte. Victor suchte noch einmal Moresbys Blick, doch der alte Mann schaute gedankenverloren über das Land und wirkte völlig abwesend.

Als Victor das Haus verließ, sah er noch, wie Albert Moresby die Treppe hinaufhalf und ihm dabei etwas ins Ohr raunte, wie eine Mutter, die ihrem kranken Kind versichert, dass morgen alles gut sein werde, obwohl es nicht der Wahrheit entsprach.

62

Victor verließ das Gelände mit einem der Jeeps, die allen zur Verfügung standen, aber offenbar so gut wie nie benutzt wurden. Die Stimmen in seinem Kopf stritten jetzt so lautstark, dass er sie irgendwie zum Schweigen bringen musste. Als die orangen Lichter von Phoenix in der Ferne auftauchten, dachte er an Venedig.

Der Alte sorgt dafür, dass wir beide umgebracht werden, dachte er. Und zwar noch, bevor wir die Lagune zu Gesicht bekommen.

Gila Bend wirkte wie ausgestorben. Vor dem Diner,

an dem Victor anhielt, lag ein Haufen alter Lasterreifen. Victor ließ sich auf einem Platz gleich neben der Tür nieder und sah sich in dem menschenleeren Restaurant um. Der Chromtresen schimmerte, und es roch nach Kiefernholz. In der Küche lief offenbar ein Radio, denn er hörte Gitarrenmusik, aber keinerlei Arbeitsgeräusche.

Als er gerade wieder gehen wollte, tauchte eine junge Frau in Jeans und T-Shirt auf und brachte ihm eine Speisekarte. Sie hatte große Zähne, und ihre Hände sahen aus, als hätte sie ihr Leben lang mit dem Hammer gearbeitet und immer wieder den Nagel verfehlt. Sie sagte: »Lassen Sie sich Zeit«, und Victor nahm sie beim Wort, blickte immer wieder nach draußen auf die leere Straße. Die angestrahlte fliegende Untertasse vom Space Age Restaurant in der Nähe sah bei Nacht beinahe echt aus. Er horchte auf das knisternde Radio aus der Küche und fühlte sich zum ersten Mal seit Tagen einigermaßen entspannt.

Er hatte gerade ein Dr. Pepper und ein Stück Pie bekommen, als Stefano hereinkam.

Der junge Killer, der früher so gefährlich und geschmeidig gewirkt hatte, sah abgekämpft und gehetzt aus und schien von einer Aura der Angst umgeben zu sein. Er ließ sich auf der roten Kunstlederbank gegenüber nieder und seufzte.

»Sie gehen nicht ans Telefon«, sagte er, eher verärgert als wütend.

»Hab vergessen, den Akku zu laden.«

Stefano schüttelte gereizt den Kopf. »Und? Haben Sie das Zeug gesehen? Wo bewahrt er es auf?«

Victor trank einen Schluck von der braunen Limonade und machte mit dem Strohhalm Blasen. Einen Moment lang erwog er, Stefano etwas davon ins Gesicht zu spucken.

»Ihr wollt doch gar nicht seine Forschungsergebnisse«,

antwortete er müde. »Sondern irgendwas anderes. Sagen Sie mir, was.«

Stefano sah ihn fassungslos an. »Sie glauben doch wohl nicht …«, setzte er an, aber Victor bestellte ihm ein Stück Pie und machte sich über seines her. Während er kaute, blickte er zum Fenster hinaus und versuchte Annika zu sichten, die zweifellos irgendwo dort draußen hockte, durch ihr Zielfernrohr spähte und auf den Befehl wartete.

»Das ganze Unternehmen da ist so ein Chaos, dass man es sowieso bald aufgeben muss, auch wenn der Alte noch länger Geld bekommen sollte«, sagte Victor. Er sah Stefano an und blinzelte. »Aber das wissen Sie doch längst. Na los, sagen Sie's mir. Auf seine Forschungsergebnisse seid ihr nicht scharf, er kann sich ja selbst meist nicht daran erinnern. Sein Arbeitszimmer sieht aus, als hätte eine Bombe eingeschlagen, und er ist hauptsächlich damit beschäftigt, sich nach seiner verstorbenen Frau zu sehnen. Gute Arbeit übrigens.«

Victor ließ die Gabel sinken und hielt den Atem an. Keine Kugel zerfetzte die Fensterscheibe. Stefano blieb eine Weile stumm und stocherte in dem Pie herum, dann lehnte er sich mit bockigem Gesichtsausdruck zurück. Als er schließlich sprach, klang seine Stimme unsicher, als zweifle er selbst an seiner Autorität.

»Ihre Eltern werden ewig im Gefängnis sitzen«, sagte er. »Jo wird verschwinden. Der Tod des Polizisten wird mit Ihrer alten Schrottmühle und Jos Waffe in Verbindung gebracht, sobald wir den Auftrag dazu geben. Und Krista? Ich meine, Sie wissen doch, worauf es rauslaufen wird.«

Victor trank lautstark den Rest der Limonade aus und weidete sich an Stefanos verwirrtem Gesicht.

»Ich habe ein Video von meinen Eltern gesehen, ohne zu wissen, ob der Nachrichtentext dazu echt war«, erwiderte

Victor. »Ich habe nicht gesehen, ob der Polizist umgebracht wurde, und weiß nicht, ob Jo nicht mit euch zusammenarbeitet in dieser Sache. Bleiben also Sie, diese schwedische Killerin und eure fiese alte Oma Marianne, die mich hier zu etwas drängen wollen. Also bitte. Weshalb bin ich hier? Warum habt ihr nicht schon vor langer Zeit einfach eine Bombe auf das Gelände geschmissen?« Er beobachtete Stefano, der beunruhigt aus dem Fenster blickte.

Bzzt-bzzt.

Stefano holte sein Handy hervor und hörte zu. Dann klappte er es zu, sah Victor angewidert an, verließ ohne ein weiteres Wort das Restaurant und verschwand hinter der nächsten Hausecke. Die Kellnerin kam an den Tisch, brachte Victor noch eine Limonade und blickte bestürzt auf den massakrierten Pie auf Stefanos Teller.

»Mochte Ihr Freund meinen Pie nicht?«, fragte sie betroffen.

Victor blickte zum Fenster hinaus und sah für einen kurzen Moment eine Gestalt mit langen Haaren, die hinter einem Felsen am Parkplatz hervorkam. Dann lächelte er die Kellnerin an, nahm ihr den Teller mit Stefanos Pie aus der Hand und begann ihn zu verspeisen.

»Ihr Pie ist prima. Er mag nur mich nicht.«

63

Als Victor am nächsten Morgen aus der Dusche trat, spürte er einen Luftzug und hörte ein Geräusch, das er nicht zuordnen konnte. Er schlüpfte in seinen Bademantel und schlich hinaus. Als er um die Ecke spähte, sah er jemanden innen an der Haustür lehnen.

Jo.

»Du scheinst nicht allzu erfreut zu sein über meinen Anblick«, sagte sie, nachdem Victor nach dem ersten Schock wieder zu atmen begann.

Er ließ sich auf die Couch fallen und griff nach dem Handy, das auf dem Couchtisch lag. Als sie näher kam, stopfte er es ihr in die Jackentasche. »Jetzt bin ich wohl erledigt, wie?«, fauchte er. »Du willst sicher hier aufräumen, wie du es mit Mackensen gemacht hast. Und mit Stankovic? Und Moresbys Frau?«

Jo nahm das Handy aus der Tasche. Sie war errötet. »Wir müssen beide noch eine Weile hierbleiben«, sagte sie, als erteile sie ihm Hausaufgaben.

Und wir zielen nie daneben, dachte er und erinnerte sich an den Angstschrei von Officer Peretski. »Hat Marianne dir das aufgetragen?«, schrie er, suchte sich Jeans und ein T-Shirt und zog sich mit wütenden Bewegungen an.

»Du vertraust mir nicht.«

»Ganz recht.«

Einen Moment verzog sich ihr Gesicht schmerzlich, dann glättete es sich wieder. »Das ist auch besser für dich.«

Sie setzte sich auf die Couch, strich über das glatte Leder und blickte auf ihre Füße. Victor spürte einen Stich in der Brust, als er bemerkte, dass sie das Armband noch immer trug.

»Es wird kein Blutvergießen geben«, sagte sie und blickte schließlich zu ihm auf. »Ich werde alles in die Hand nehmen. Sie haben entschieden, dass es die bessere Lösung ist.« Sie klang angewidert, als sie das Wort »Blutvergießen« aussprach.

»Also nur in Verruf bringen.«

Victor ahnte schon, wie alles weitergehen würde. Moresby würde nicht lange warten müssen.

Es war ein wunderschöner Tag, und der betörende Duft dieser verfluchten namenlosen Blume hing wieder in der Luft. Victor begann seine Sachen in den Koffer zu werfen – Rasierzeug, schmutzige Hemden. Dann hielt er abrupt inne.

In der Tür stand Moresby, wie üblich in seiner Jeansjacke.

»Wenn das mal nicht das hübscheste Paar ist, das ich seit langem zu Gesicht gekriegt habe«, sagte er und schlug mit der Faust an den Türrahmen. »Mit wem habe ich denn das Vergnügen?«

Jo brachte die Arabella zum Vorschein und streckte ihm die Hand hin. »Liz Taft«, sagte sie und wies mit dem Kopf auf Victor, der die beiden verdattert anstarrte. »Ich hoffe, Sie haben nichts dagegen, aber der Bursche fing an, mir zu fehlen.«

Moresbys Lächeln wurde breiter, als er so diskret wie möglich die junge Frau in den eng anliegenden Jeans musterte.

»Im Gegenteil, es ist mir ein Vergnügen«, erwiderte er galant.

Victor musste wider Willen einräumen, dass Jo ihre Sache gut machte: Sie verkörperte überzeugend die attraktive Uniabsolventin mit Sexappeal und Charakter. Die Stimme locker und entspannt, aber kultiviert. Eine intelligente erotische Frau. Moresby blinzelte, als verwirre ihn etwas, dann sah er Victor an.

»Ich muss mit Ihnen reden«, sagte er, sichtlich abgelenkt durch Jos Anwesenheit. »Und wir sollten auch die Reise planen. Können Sie heute Abend zum Essen kommen?«

»Natürlich, gerne«, antwortete Victor angespannt.

Moresby legte Jo kurz die Hand auf den Arm. »Sie sind selbstverständlich auch herzlich eingeladen. Wenn Sie möchten, sage ich Albert, dass er seine berühmten Steaks machen soll.«

Jo warf ihm ein munteres Lächeln zu und sah Victor an, als hätte Moresby sie zu einem Ball eingeladen. »Das klingt … Gott, das wäre wunderbar. Ich hatte zwei Zwischenstopps bei meinen Flügen. Und habe im Flugzeug nur Salzbrezeln gekriegt.«

»Ich sorge dafür, dass Sie etwas Anständiges zu essen bekommen«, verkündete Moresby und bewegte sich rückwärts zur Tür.

Sobald er verschwunden war, verpuffte Jos Lebhaftigkeit wie heiße Luft. Sie sank auf die Couch wie eine alte Frau und blickte Victor an, als erwarte sie, dass er sie auf der Stelle erschießen würde. Er bemerkte, dass ihre Nägel abgekaut waren.

»Super Idee«, sagte er giftig. »Jetzt bist du also meine Freundin aus Studientagen?«

»Ist der einzige Name, der hieb- und stichfest ist, falls er ihn überprüft. Sie ist in Europa bis nach Neujahr. Mehr Zeit brauche ich nicht.« Victor starrte sie an und fühlte sich plötzlich kraftlos. »Frag mich alles, was du wissen willst«, sagte sie. »Na los.«

Nicht einmal jetzt, dachte Victor, kann ich mich umdrehen und weggehen. Die drei Smaragdaugen auf dem Armband funkelten in der Sonne, als wollten sie ihm zuraunen: *Du wirst niemals alles wissen. Du wirst die Wahrheit niemals ergründen.*

»Unsere Gefangennahme im Wald. Wusstest du davon? War sie geplant?«

Sie schüttelte langsam den Kopf, sah dabei aber so hoffnungslos aus, als erwarte sie gar nicht, dass er ihr glaube. Victor tigerte im Zimmer umher und ertappte sich bei dem Wunsch, einmal so gedankenlos gewalttätig sein zu können wie Stefano. Er blickte auf Jos Mund, die Lippe, die wie ein Möwenflügel geschwungen war, Symbol ihrer Liebe, die er verzweifelt festhalten wollte. Doch er spürte, wie sie ihm entglitt.

»Ich habe dich nicht an die verkauft.«

»Aber jetzt haben sie dich geschickt«, entgegnete er. »Perfektes Timing. Was ist in dem Safe?«

»Das kann ich dir nicht sagen. Vertrau einfach darauf, dass danach, wenn wir diese Sache erledigt haben, für dich und deine Eltern alles vorüber ist. Bleib noch ein paar Tage und steh mir zur Seite. Sie haben gesagt, du kannst danach zu deinem alten Leben zurückkehren und wirst sie nie wiedersehen.«

Er berührte ihre Hand, ein Reflex beinahe. Die Zehn können nicht weit von hier sein, dachte er, als er spürte, wie schnell ihr Puls ging. Lass diese Liebe los, sagte er sich. Trete zurück. Schließ die Augen. »Und das glaubst du?«

»Ich habe auch keine Wahl, Victor.« Sie spielte mit dem Armband.

»Nehmen wir mal an, das stimmt wirklich so«, sagte er. »Was wird dann aus dir?«

Sie blickte auf den Arroyo hinaus, wo ein Kojote gerade einen Präriehund erwischt hatte und ihm mit einem schnellen Schütteln das Genick brach.

»Ich verdiene mein Geld schon irgendwie«, sagte sie und ging ins Badezimmer. Bevor sie die Tür zumachte, warf sie ihm noch einen Blick zu. Sie sah enttäuscht aus, weil Victor sie nicht mit Fragen bombardiert, ihr nicht die Wahrheit entlockt hatte über diese eine Sache, die er wissen wollte. Denn eigentlich wünschte sie sich, dass er in ihr Inneres blickte, dass er all das Künstliche, Aufgesetzte durchschaute und ihr sagte, wer sie war. Sie hatte gehofft, er könne es ihr offenbaren.

64

Albert hatte sich selbst übertroffen. Die Büffelsteaks wurden mit einer süßen dunklen Soße serviert, die von allen gepriesen wurde. Im behaglich dekorierten Essraum flackerte wieder Feuer im Kamin, und Jo wurde natürlich von sämtlichen Anwesenden in Augenschein genommen. Sie hielt sich etwas krumm, als sei ihr die ganze Aufmerksamkeit zu anstrengend. Victor fand ihr ganzes Getue widerwärtig und erinnerte sich wieder daran, wie er ihr die Pistole an den Kopf gehalten hatte.

Als sie den Raum betraten, fuhr Moresby förmlich aus seinem Sessel am Kamin hoch und kam sofort zu ihnen. Victor spürte, dass Jo ihn an seine verstorbene Frau erinnerte. Sie trug sogar ein ähnliches Kleid, bemerkte er ärgerlich.

Binnen kurzem waren Jo und sein Gastgeber in ein lebhaftes Gespräch über Jomini vertieft, einen französischen Militärstrategen aus dem achtzehnten Jahrhundert, den Jo dafür verantwortlich machte, dass er den Frontalangriff propagiert habe, der in jedem militärischen Konflikt seit dem amerikanischen Bürgerkrieg so viele Soldaten das Leben gekostet hatte. Die anderen Wissenschaftler, vor allem die männlichen, zeigten sich von ihrer Argumentation höchst beeindruckt. Moresby, der aus Rücksicht auf Victor dezenten Abstand von Jo hielt, sah aus, als sei für ihn ein Wunschtraum wahr geworden. Jo berichtete, dass sie in ihrer Doktorarbeit in Geschichte das Thema Verteidigungskrieg bearbeiten werde, und der weißhaarige Philanthrop nickte ständig begeistert und ließ sein Essen kalt werden.

Victor, der neben ihr erbost sein Steak mampfte, konnte wiederum nicht umhin, Jos Kenntnisse und ihre Raffinesse zu bewundern. Ja, ich bin Intellektuelle, tat sie kund, aber keine von der kriecherischen Sorte, weshalb ich jetzt mal so tue, als kenne ich hier keinen. Und ich bin klug, vermittelten ihre Blicke dem alten Mann. Klüger als Ihre verstorbene Frau.

Noch bevor die Kellner in den weißen Jacken den Kaffee auftrugen, hatte Moresby sie gefragt, ob sie nicht Lust hätte, mit ihm eine Monographie der Februarrevolution in Frankreich zu erstellen, anhand der Unterlagen aus dem französischen Militärarchiv in seinem Büro, die ein *schreckliches Durcheinander* seien. Sofern sie während ihres Aufenthalts, dessen Länge sie selbst bestimmen könne, Zeit dafür fände. Jos Augen leuchteten, als sie nickte und sich dann ein Stück Steak in den Mund schob.

Nach dem Essen beobachtete Virginia eine Weile, wie der nun auffallend lebhafte alte Mann an Jos Lippen hing. Dann nickte sie Victor zu, wobei sie ein Lächeln andeutete.

Später lagen Victor und Jo stumm im Bett wie Fremde.

»Ich werde dir nicht dabei helfen«, sagte Victor und kratzte sich am Hals, wo er Pickel bekommen hatte, als Moresby sich lächelnd von ihnen verabschiedete und dabei Jos Hand länger festhielt als notwendig. »Sag deinem Typen auf dem Felsen da oben oder seinem Mädchen Bescheid.«

Jo hatte ihm bislang den Rücken zugekehrt, aber jetzt drehte sie sich um, und er sah, dass ihr Tränen in den Augen standen und ihr ganzer Körper mit etwas zu kämpfen schien. Als sie sprach, klang ihre Stimme erstickt.

»So siehst du mich? Als jemand, der seinen Lebensunterhalt mit Lügen verdient? Der Menschen zum Abschuss auswählt? Siehst du mich so, wenn du die Augen schließt? Diese Arbeit …« Sie schluckte heftig. »Ich hatte diesen Knebel zwei Tage lang im Mund. Sie wollte, dass ich daran ersticke.«

»Das Spiel ist aus. Lass das, bitte.«

Als sie sich umdrehte, war ihr Seidennachthemd hochgerutscht, und Victor sah, dass ihr Körper mit Blutergüssen übersät war. Instinktiv streckte er die Hand aus, um sie zu berühren, aber Jo rutschte weg.

»Meinst du, die spiele ich auch?«, fragte sie, als sie seinen Schock bemerkte. »Ich habe die Handschellen abgestreift und bin aus dem Caravan gesprungen. Bin auf den Asphalt gefallen. Danach konnte ich nicht mehr weit laufen.«

»Ich wünschte, es wäre wahr. Möglich wäre es ja.« Victors Stimme klang tonlos, und er fühlte sich starr und stumpf.

Sie zog das Nachthemd herunter. Dann lagen sie beide da und starrten wortlos an die Decke. Victor entsann sich einer Frage, die ihm wichtig war.

»Wie heißt du in Wirklichkeit?«, fragte er.

Sie schaute zum Fenster hinaus, und ihre Stimme klang so trotzig, als sei sie noch immer der bockige Teenager, den Marianne vor vielen Jahren angesprochen hatte. »Ich heiße so«, sagte sie. Victor sah sie an. Auch ihr Alter war unbestimmbar. Sie konnte fünfundzwanzig, aber auch fünfunddreißig oder alles dazwischen sein.

»Sag es mir«, drängte er. »Ich hab es verdient.«

Sie bedeckte das Gesicht mit den Händen und seufzte tief. Victor hatte das Gefühl, dass er alles glauben konnte oder nichts. Sie mochte Jo oder Arabella oder sogar eine lang vergessene Flamme namens Liz sein. Die Frau, die er hartnäckig versuchte, nicht zu lieben, mochte sich so verhalten, um ihre Freiheit zu erlangen, oder weil es Teil eines ausgeklügelten Plans war. Er bemühte sich, sie zu durchschauen, alle Zweifel auszuräumen. Doch die Frau, die sich Jo nannte, wandte das Gesicht ab, als sie seinen Blick spürte.

»Sieh mich nicht an, Victor«, sagte sie. »Mein lieber Victor.«

Bevor Victor einschlief, hörte er draußen die Kojoten heulen. Dann brach das Geheul abrupt ab, und er wusste, dass die Tiere von Stefano und Annika verscheucht worden waren, die dort oben hockten und auf den Befehl zum Töten warteten.

65

In den folgenden Tagen ging Jo zu ihrem Frontalangriff über. Als rundum interessierte Liz Taft wurde sie zum guten Geist des heillosen Durcheinanders, das in Moresbys Arbeitszimmer herrschte, und verwandelte es nach und nach in Ordnung. Während Victor innerlich kochend vor Wut Vorträge über die Widerstandsfähigkeit des Büffelgrases hielt, verwickelte Jo den alten Offizier in angeregte Debatten über Strategie und Philosophie, die ihm sichtlich gut bekamen.

Sie gingen zusammen spazieren, und Jo alias Liz ließ durchblicken, wie überzeugend sie Moresbys Projekt fand, ohne allerdings dabei zu dick aufzutragen. Nicht nur Victor fiel auf, wie lebhaft und dynamisch der Witwer zusehends wirkte. Seine runzligen braungebrannten Hände waren ständig in Bewegung, als fänden sie keine Ruhe. Die Wissenschaftler aus dem Team sahen die beiden einmal gemeinsam reiten, wobei Jos Pferd voranjagte.

Victor gegenüber ließen sie natürlich nicht durchblicken, dass der alte Mann offenbar bis über beide Ohren verliebt war.

Nachmittags tauchte Jo im Hauptgebäude auf, angeblich, um sich in der großen Bibliothek aufzuhalten. Was Moresby ihr nicht erzählen oder sie nicht fragen wollte, erfuhr sie von den Küchenjungen bei einer Zigarette am Hintereingang. Bald fraß ihr förmlich jeder auf dem Gelände aus der Hand.

Aber sie bekam keinen Zugang zum Safe.

Jeden Nachmittag kehrte sie erschöpft zurück und schlug vor Wut an die Wand, weil sie ihrem angestrebten Ziel keinen Schritt näher gekommen war. Dann meldete sich ihr Handy, und sie teilte der alten Frau am anderen Ende der Leitung mit, dass sie es bald geschafft habe und sie sollten sich bitte alle beruhigen.

Eines Abends eine Woche später spürte Victor eine Dringlichkeit in ihrem Verhalten, eine nervöse wütende Ausstrahlung, die ihm verriet, dass dem Bild ein weiteres Puzzlestück hinzugefügt worden war, das er noch nicht erahnen konnte. Aber irgendetwas entwickelte sich offenbar nicht nach dem Plan der Zehn. Er wusste, dass es sinnlos war, Jo danach zu fragen. Sie schliefen wortlos ein, in einem Zustand anhaltender Anspannung, weil sie unterschwellig auf den Schuss warteten, der sie erlösen würde.

Am nächsten Morgen goss es in Strömen. Ein Farmarbeiter kam vorbei und kündigte an, dass sich um zehn Uhr alle im Hörsaal versammeln sollten. Victor und Jo kamen zeitig und setzten sich in die erste Reihe. Als die sehnige Tori, Virginia und die anderen Wissenschaftler das runde Glasgebäude betraten, das nur vom Tageslicht erhellt wurde, lief ein Raunen durch die Menge. Alle waren bemüht, sich ihre Ungeduld angesichts dieser dramatisch wirkenden Einladung ihres Gönners nicht anmerken zu lassen.

Der Mann, der dann das Podium betrat, war kein versponnener Utopist mehr, sondern ein kraftvoller Krieger. Er wartete, bis es still wurde im Raum, und legte beide Hände auf das Rednerpult.

»Ich bin verrückt«, sagte er. Das beunruhigte Murmeln, das auf diese Bemerkung hin zu vernehmen war, quittierte er mit einem kleinen Lächeln. »Zumindest sagt man mir das nach. Und vielleicht stimmt es auch. Ich bin alt. Ich sehe alle möglichen Dinge.«

Moresby sah Victor an. »Aber vielleicht braucht es immer Verrückte für eine Revolution. Denn seit heute steht unsere Finanzierung wieder auf festen Füßen. Das heißt, dass jeder von Ihnen, der weiterhin mit mir in diesem Irrenhaus Ideen ersinnen will, eine Prämie bekommt.«

Nun machte sich Aufregung breit. Virginia schlug zwei männlichen Kollegen auf den Rücken. Tori dagegen blickte mit seltsam ausdrucksloser Miene zu Victor herüber.

»Diese Woche werde ich nach Venedig fahren und die Forschungsergebnisse präsentieren, die Sie alle erarbeitet haben. Ich weiß, dass ich in letzter Zeit ziemlich unausstehlich war. Doch jetzt ist der Zustand beendet, in dem Sie nur einen Teil des Bildes zu sehen bekommen und sich fragen müssen, wie das alles zusammenpasst. Der Schleier wird nun gelüftet. Sind Sie bereit dafür? Ich kann Sie nicht *hören*!«

Alle standen auf und applaudierten.

Moresby fuhr fort, indem er erklärte, dass er eine Kombination aus Bewässerungsplänen und der neuen Reisart vorstellen werde, mitsamt Victors Formeln und genetischem Code. Dies sei ein gewaltiger Schritt für die Menschheit, der in allen Gesellschaftsformen Veränderungen auslösen werde, verkündete er triumphal. Victor konnte sich lebhaft vorstellen, wie Marianne aussehen würde, wenn sie diese Neuigkeiten erfuhr.

»Und aus diesem Grund seid ihr alle hier«, rief Moresby, »um eine Welt zu schaffen, die *euch* gefällt, und sie nicht den anderen zu überlassen!«

Er bekam begeisterten Beifall, als er sich verbeugte und das Podium verließ. Dann trat er auf Jo und Victor zu, sah aber nur Jo an.

Als sie gemeinsam den Hörsaal verließen, sagte er zu Victor: »Ich möchte, dass Sie beide morgen Abend mit mir nach Venedig fahren, um die Investoren zu überzeugen, bevor wir mit der Nachricht an die Öffentlichkeit gehen. Danach treten wir an die Fernsehsender heran und geben den Leuten mal einen Ausblick auf eine neue Wirklichkeit. Was sagen Sie dazu? Sie haben es wahrlich verdient.«

Victor streckte ihm die Hand hin und brachte ein mattes Lächeln zuwege. »Gratuliere, Burt«, sagte er. »Sie haben's geschafft.«

Moresby piekte ihm mit dem Zeigefinger in die Brust.

»*Sie* haben's geschafft, mein Junge. Sie waren einer der Ersten, die mir aufgefallen sind.« Er blickte sich suchend nach Jo um, die sich lebhaft mit einigen Wissenschaftlern unterhielt. Sie winkte ihm zu. Der alte Mann legte Victor die Hand auf den Arm. Ein Grinsen trat auf sein Gesicht, das Victor sonderbarerweise an Wilbur erinnerte, als er ihn auf dem Wassertaxi ansprach.

»Jagen Sie?«, fragte Moresby.

»Wie bitte?«

Moresby lachte herzhaft. »Gehen Sie gerne auf die Jagd? Bei Sonnenaufgang mit den anderen durch den Morast stapfen?«

»Ich habe in meinem ganzen Leben noch nie etwas getötet.«

»Aber Sie haben gelernt, mit einer Waffe umzugehen. In der Grundausbildung wenigstens.«

Victor zuckte die Achseln. »Nur die nötigsten Handgriffe.«

Der alte Mann legte Victor die Hand auf die Schulter und schob ihn hinaus. Er verströmte den Geruch eines alten Ledersessels. »Wir wollen morgen früh noch vor der Dämmerung aufbrechen, das Flussbett hochfahren, mal sehen, was das Unwetter alles aufgestört hat. Es ist atemberaubend da oben, kann ich Ihnen nur sagen. Das zweitbeste Gefühl der Welt. Wie wär's? Wenn wir erst in Venedig sind, wird es eine Weile dauern, bis sich die Gelegenheit wieder ergibt.«

Victor sah, dass Jo ihn anlächelte. Mit möglichst markiger Stimme antwortete er: »Okay, gerne. Vielleicht kann ich ja auch einfach zusehen.«

Der alte Mann ließ ihn los und schüttelte den Kopf, als habe sein Gast gerade vorgeschlagen, ein Bordell aufzusuchen, ohne sich dort zu vergnügen. Er tätschelte Victor die Wange und ging auf sein Haus zu. Einige Wissenschaftler hefteten sich an seine Fersen.

»Ich bring ein Gewehr für Sie mit. Sonst ist es ja, als würden Sie nackt rumlaufen.«

66

Der Jeep tauchte aus dem Nichts auf.

Im einen Moment stand Victor noch in seiner geliehenen Tarnkleidung allein im Dunkeln am Straßenrand, im nächsten leuchteten plötzlich direkt vor ihm Scheinwerfer auf. Sie waren ohne Licht ganz nahe an ihn herangefahren, um ihn zu erschrecken. Er blinzelte irritiert und kletterte in den Wagen.

Durchdringender Brandy-Geruch empfing ihn, und er nahm die Flasche entgegen, die man ihm reichte, und trank einen Schluck. Die Hitze des Alkohols durchströmte seine Glieder. Als sich seine Augen an die Dunkelheit gewöhnten, konnte er nach und nach seine Mitfahrer erkennen. Moresby mit brauner Jacke und Fingerlingen am Steuer. Die anderen Männer grinsten über Victors Verwirrtheit, und einer warf ihm einen Tarnumhang zu – das Lieblingsversteck von Scharfschützen –, der wie ein Haufen Blätter auf einem Fischnetz aussah. Ein anderer reichte ihm ein Gewehr und zwei Schachteln Patronen.

Fühlt es sich so an?, hätte er Jo gerne gefragt, als er die wie selbstverständlichen und versierten Bewegungen beobachtete, mit denen die Männer ihre Gewehre luden. Läuft das auch so ab, wenn du dich mit deinem Team auf ein Attentat vorbereitest? Doch Jo lag noch im Bett. Sie hatte sich nicht gerührt, als Victor um drei Uhr aufstand und sich anzog.

Er bemerkte Tori, deren Hände auf ihrem Karabiner ruhten. Ihr Gesicht sah er nicht. Dann stellte er erstaunt fest, dass auch Albert mit von der Partie war; er überprüfte gerade den Abzug seines Gewehrs. Moresby bemerkte Victors

Blick und beugte sich zu ihm. Er roch nach Brandy und Zigaretten.

»Sie müssen nicht so verblüfft hinstarren. Al ist ein besserer Schütze als wir alle.«

»Ich habe nicht …«

Albert grinste ihn an.

»Der Wildbraten letzte Woche?«, sagte Moresby. »Da hat er zwei von dreien selbst erlegt.«

Es war immer noch stockfinster, als sie ausstiegen und losmarschierten. Der Boden war morastig, und der Schlamm hing schwer an Victors Stiefeln. Er streifte den Umhang über, und Albert sagte ihm, er solle sein Gewehr immer mit dem Lauf nach unten halten und dasselbe tun wie die anderen. Dann entsicherte der Koch und Diener sein Gewehr und entfernte sich von der Gruppe. Auch die anderen zerstreuten sich in alle Richtungen und waren bald außer Sichtweite. Einen Moment lang war es völlig still. Als sei man tot, dachte Victor und merkte, dass er nicht einmal wusste, wie er zum Auto zurückfinden sollte.

Womm!

Ein Schuss hallte donnernd von den Wänden des Canyons wider. Victor fragte sich, wie die anderen im Dunkeln schießen konnten, und dachte an furchtbare Jagdunfälle, von denen man immer wieder hörte. Dann kam er zu dem Schluss, dass sie vermutlich nur ihre Gewehre testeten. Er ging in Richtung des Knalls und hielt dabei sein Gewehr so behutsam unterm Arm, als sei es eine kostbare Vase, die jemand anderem gehörte. Es roch nach Kordit, und er folgte dem Geruch.

»Versuchen Sie aufs Herz zu zielen bei den Hirschen«, hatte Moresby im Auto gesagt.

Victor hatte nicht die Absicht, auf irgendetwas zu zielen,

aber ihm wurde plötzlich bewusst, dass diese Tiere groß und kräftig waren und nun womöglich, durch den Schuss aufgeschreckt, kopflos durch die Gegend jagten. Es wäre dämlich, sich einfach überrennen zu lassen. Er lud sein Gewehr.

Am Horizont erschien ein gelblicher Streifen, der die Landschaft sichtbar machte, und Victor verstand plötzlich, was Moresby gemeint hatte. Die Schönheit der Landschaft war atemberaubend. Ein gezackter Canyon zog sich durch die Ebene, und Morgentau glitzerte auf Bäumen und Sträuchern. In der Ferne sichtete Victor auch das weiße Dach des Jeeps. Die anderen sah er nirgendwo, und so ging er auf den Canyon zu. Er war müde und fühlte sich zittrig und schwächlich.

Plötzlich krachte ein Schuss, und ein schwarzer Schatten raste auf ihn zu und dicht an ihm vorüber. Victor stürzte zu Boden und spürte noch, wie ihn der Huf des flüchtenden Hirschs an der Schulter traf. Einen Moment lang war er sicher, dass man ihn angeschossen hatte. Ein reißender Schmerz durchfuhr seinen Arm. Doch als er sich aufgerappelt hatte und seine Jacke aufriss, um nachzusehen, stellte er fest, dass nirgendwo Blut zu sehen war.

»Da drüben!«, schrie jemand und gab mehrere Schüsse ab. Victor entdeckte jetzt die anderen hinter sich und fragte sich, wieso er sie übersehen hatte. Er blickte nach allen Seiten, um nicht noch einmal umgerannt zu werden. Dass er sich auch mit seiner Waffe zur Wehr setzen konnte, kam ihm gar nicht in den Sinn.

Wie ein Geist tauchte plötzlich Tori etwa fünf Meter entfernt vor ihm auf. Sie verzog das Gesicht zu einem kalten Lächeln und ließ sich auf ein Knie fallen. Dann legte sie ihr Gewehr auf Victor an, und er hörte das Klacken des Verschlusses. Das Geschoss sauste knapp an seinem Ohr vorüber und er fiel hinterrücks um. Dann hörte er das Klacken erneut.

Was soll das?, dachte Victor nur, als er aufsprang und blindlings losrannte. Das ergibt doch keinen Sinn. Er blickte sich kurz um, während er flüchtete, und sah die blonden Haare der Frau golden im Morgenlicht aufleuchten, als sie erneut auf ihn zielte. Victor spürte, wie ihm Granitsplitter ins Gesicht spritzten, als das Geschoss einen Felsen neben ihm traf. Das war's dann also, dachte er und fragte sich, ob Stefano wohl sehr enttäuscht sein würde, wenn er hörte, dass jemand seine Arbeit erledigt hatte. Er hechtete hinter eine Felsenformation und wurde sich nun bewusst, dass er bewaffnet war.

»Was soll das?«, brüllte er, immer noch von dem Gedanken beseelt, dass es sich um einen Irrtum handeln musste. Er entsicherte das Gewehr und spürte einen metallischen Geschmack im Mund. Einen Moment lang, der ihm wie eine Ewigkeit vorkam, geschah gar nichts. Dann erschien Toris Gesicht samt dem auf ihn gerichteten Gewehrlauf über dem Felsen. Victor legte auf sie an und fragte sich, wann er abdrücken sollte. Sollte er einen Warnschuss abgeben? Oder direkt auf sie zielen und abdrücken? Er bemerkte plötzlich, dass sie an ihm vorbei auf etwas anderes blickte.

»Feuer einstellen! Gewehr sichern!« Moresby tauchte hinter Tori auf, legte die Hand auf die Mündung ihres Gewehrs und stieß den Lauf wütend beiseite. Dann entdeckte er Victor, dessen Gewehr nun auf ihn gerichtet war.

»Sie hat versucht mich umzubringen«, brachte Victor mühsam hervor, ohne das Gewehr sinken zu lassen. Moresby hielt beide Hände hoch und kam langsam auf ihn zu. Tori sah ihn an wie eine Tochter, die sich vor der Bestrafung fürchtet. Der alte Mann deutete auf einen Punkt hinter Victor, der sich nun umdrehte.

Etwa zwanzig Meter entfernt stand der Hirsch.

»Tori hat Sie nicht gesehen«, flüsterte Moresby beinahe andächtig. »Sie wollte den Hirsch treffen. Und hier hat Sie keiner vermutet.«

Er legte die Hände um Victors Gewehr und nahm es ihm ab, den Lauf zum Boden gerichtet. Als Victor den alten Mann ansah, entdeckte er ein Zögern in den blauen Augen, die Glut einer Lüge. Inzwischen hatten sich die anderen hinter ihnen versammelt.

Du wolltest es nicht selbst erledigen, sondern nur Nutznießer sein, dachte Victor. Später, wenn du Jo von dem schrecklichen Jagdunfall erzählt hättest. Und nun hast du die Nerven verloren. Der Hirsch blickte verstört um sich, geblendet von der Morgensonne.

Victor riss Moresby das Gewehr aus der Hand und feuerte. Der Hirsch schwankte. Victor hatte das Herz um wenige Zentimeter verfehlt. Er lud durch und gab einen weiteren Schuss ab. Diesmal traf er das Brustkreuz. Die anderen standen da wie erstarrt. Victor reichte Moresby das Gewehr und ging zum Jeep zurück.

Erst nach einer halben Stunde Fahrt brach Moresby das Schweigen. Er schien aus einer Art Trance zu erwachen, hustete und blickte auf den weißhaarigen jungen Mann neben ihm, der sich die Schulter massierte.

Victor warf ihm einen kalten Blick zu und fragte sich, wann Moresby wohl beschlossen hatte, ihn umzubringen, damit er Jo für sich haben konnte.

Was hätte ich in seiner Situation getan?, fragte er sich. Wenn ich sie mit einem anderen Mann gesehen hätte, an dessen Stelle ich sein wollte?

Auf dem Rücksitz hockte Tori und starrte auf ihre Stiefel. Albert warf Victor einen beeindruckten Blick zu, als er geistesabwesend über den Kopf des toten Hirschs im Laderaum strich.

»Guter Schuss«, sagte Moresby schließlich, als wolle er sich entschuldigen.

67

Nach dem Mittagessen fuhr Albert mit der Limousine vor.

Moresby saß auf dem Beifahrersitz. Er wirkte plötzlich wieder alt und kraftlos. Tori und einer der Bodyguards nickten Victor und Jo zu, als sie einstiegen. Während der gesamten Fahrt sprach keiner ein Wort bis auf Albert, der in Gila Bend anrief, um sich den Abflugtermin bestätigen zu lassen. Victor blickte aus dem Fenster und hielt Ausschau nach den beiden Blondschöpfen, entdeckte sie jedoch nirgendwo. Irgendwann fing er einen Blick von Tori auf. Wieso bist du nicht umgefallen?, schien ihre Miene zu besagen. Nun muss ich so tun, als sei nichts gewesen.

Hinter einer Kurve kamen sie auf einen Kiefernhain zu. Moresby wurde schlagartig lebhafter und wies Albert an, an den Rand zu fahren. Der Koch wirkte unwillig und warf Moresby einen Blick zu, dem Victor entnahm, dass sie hier nicht zum ersten Mal anhielten. Der alte Mann deutete auf den höchsten Baum, eine stolze Kiefer direkt an der Straße.

»Gegen *den* ist sie gefahren«, sagte er in entrücktem Tonfall. Vor seinen Augen schien wieder derselbe Film abzulaufen. »Sie hatte den Wagen erst einen Monat. War nagelneu.

Hab ihn selbst gekauft. Sicherheitsgurte waren einwandfrei. Und sie ist frontal durch die Scheibe geflogen.«

»Das tut mir leid, Burt«, sagte Victor.

Moresby wandte langsam den Kopf und sah Victor an, als habe er seine Anwesenheit ganz vergessen.

»Das Furchtbare war, dass der Pick-up hinter der Kurve auf unsere Fahrbahn fuhr. Ein blondes Mädchen am Steuer. Lächelte, als sie auswich und weiterfuhr. Verfluchtes Ding.«

Victor wurde flau, als er an den Blick dachte, den Annika ihm damals am Bahnhof zugeworfen hatte. Jo schwieg, und Albert hustete nervös.

»Sir? Wenn wir pünktlich sein wollen, sollten wir weiterfahren.«

Moresby wedelte mit beiden Händen, als wolle er sagen »Wenn es sein muss«. Den Rest der Fahrt brachten sie schweigend zu. Auf dem Rollfeld eines verlassenen Militärflugplatzes wartete eine Boeing 727 mit laufenden Turbinen auf sie. Albert ignorierte Victors ausgestreckte Hand, als er Moresby beim Aussteigen behilflich war und ihn die Gangway hinaufbegleitete.

Während des Fluges schlief Moresby die meiste Zeit, während Tori und Albert an einem Tisch saßen und sich mit gedämpfter Stimme unterhielten. Sie wirkten ebenso bedrückt wie alle anderen. Was auch immer sie in Venedig erwartete: Es würde ihr Leben verändern. Victor näherte sich dem alten Mann mehrmals, weil er sich nach dessen Plänen für Venedig erkundigen wollte. Wollte Moresby zunächst die Investoren überzeugen? Oder zuerst an die Presse herantreten, um mit der Berichterstattung ein weiteres Argument in der Hand zu haben? Doch sobald er an Albert vorbeikam, legte der den Finger an die Lippen und wies auf den schlafenden Erfinder.

»Wo werden sie uns auflauern?«, fragte Victor, als er sich zu Jo setzte. »Am Lido, wenn wir vorbeifahren? Am Canal Grande? Ich weiß jedenfalls, dass sie auf uns warten.«

Jo spielte mit der Sicherheitsbroschüre, und Victor bemerkte, dass ihre Hände schweißnass waren. »Marianne weiht mich nicht mehr ein.«

»Sie ruft dich jeden Tag an.«

Jo lächelte, nahm einen Kaffee in Empfang und wartete, bis die Stewardess außer Hörweite war. »Du scheinst dir so sicher zu sein, dass die mir vertrauen.«

Ich tue es jedenfalls nicht, dachte Victor, und Jo sah ihm seinen Gedanken an.

Victor schaute zum Fenster hinaus und sah Meyers Gesicht vor sich. Dann schlief er ein.

Kurz vor der Landung erwachte Moresby und rieb sich die Augen. Dann nahm er seine Aktentasche, die zwischen seinen Füßen gestanden hatte, und drückte sie an die Brust. Sein Blick fiel auf Victor, und beide lächelten angespannt. Dann winkte der alte Mann Victor zu sich.

»Sie haben hart gearbeitet, und ich habe Ihnen nicht viel Material gegeben«, sagte er mit einem nervösen Zucken im Mundwinkel. »Das ist echtes Vertrauen, und ich weiß es zu schätzen. Haben Sie noch ein Weilchen Geduld. Ich brauche Sie für die nächste Phase.«

Er legte Victor die Hand auf den Arm.

»Ich wünschte bloß …«, begann Victor, verstummte aber, als er sah, wie sich Speichel im Mundwinkel des alten Mannes sammelte. Victor dachte an seine Eltern. An seine Mutter, die den Nachbarn nicht mehr in die Augen sehen konnte. Albert trat diskret zu ihnen und tupfte dem alten Mann den Mund ab. »Sie wissen bestimmt, was zu tun ist«, sagte Victor schließlich, was nicht einmal in seinen eigenen

Ohren überzeugend klang. Das wettergegerbte Gesicht wandte sich Jo zu, die gedankenverloren hinausblickte auf den Kirchturm von San Staè, der nun in Sicht kam.

»Sie ist eine wunderbare Frau, wissen Sie«, sagte Moresby und zog seine Hand zurück, was für Victor bedeutete, dass er zu seinem Sitz zurückkehren solle. Er fragte sich, ob Moresby über Jo oder über seine verstorbene Frau gesprochen hatte. Das Flugzeug setzte zum Landeanflug an, und Victor erhaschte einen Blick auf die strahlend hell beleuchtete Rialto-Brücke.

Als das Flugzeug weich aufgesetzt war, starrte Moresby so angespannt durch das kleine Fenster, als lauerten dort draußen sämtliche Schattenmänner der Welt.

68

Als sie den Marco-Polo-Flughafen verließen, zeigte Moresby erste Anzeichen von Nervosität. Der Morgen dämmerte, und graues Licht lag über der Lagune. Die Carabinieri mit ihren albernen weißen Schultergurten ließen die Gruppe ohne weitere Fragen passieren. Es war noch zu früh am Tag, um die Serenissima gegen feindliche Invasoren zu verteidigen. Auf dem Weg zum Wassertaxi nahm Jo Victors Hand und hielt sie fest. Zwei junge Männer in marineblauen Jacken halfen zuerst Moresby an Bord, dann den anderen. Einer der beiden zuckte zusammen, als Tori sich an ihm vorbeidrängte, um als Erste einen Sitzplatz zu ergattern. Dann wurde die Gangway eingeholt, und das Boot knatterte los, Richtung Stadt.

An der Steuerbordseite sahen sie die hohen Mauern des *ossario*, des alten Friedhofs auf San Michele, vorbeiziehen; doch dann vollzog das Boot eine scharfe Wendung und schien sich von der Stadt abzuwenden. Es bog stattdessen in einen Kanal ein, der so schmal war, dass es dort kaum manövrieren konnte. Am Rand lagen umgefallene Mülltonnen, und hinter den Fenstern der Häuser schien sich nichts zu regen. Sie befanden sich in einem Teil der Stadt, den Victor nicht kannte. Es roch nach Abfall und Verwesung. Der Schiffer redete auf Italienisch auf Moresby ein und wedelte dabei aufgebracht mit den Händen, doch der alte Mann rief nur: »Anhalten!« Er war blass geworden.

»Sir, diese Gegend ist nicht …«, wandte Albert ein, als das Boot langsamer fuhr.

»Hier. Halten Sie kurz an«, befahl Moresby.

»Ist alles in Ordnung, Burt?«, fragte Victor, obwohl er merkte, dass es nicht so war. Moresby winkte ungeduldig ab. Auf den schadhaften Dächern gab es nur Tauben und Fernsehantennen zu sehen. Eine alte Frau in einem verschlissenen Morgenmantel lehnte sich aus einem Fenster im fünften Stock und blickte verblüfft auf die Neuankömmlinge herunter, als wollte sie sagen: Was wollt ihr denn hier? Hier gibt es keine Sehenswürdigkeiten, es sei denn, ihr wollt uns bemitleiden.

»Ich möchte nur etwas überprüfen«, sagte Moresby halblaut und blickte sich um, entdeckte aber lediglich Schulkinder, die mit ihren Ranzen auf dem Rücken aus den Häusern kamen. Das Boot schürfte an der Mauer entlang und lag schließlich still. Ein Müllmann in der dunkelblauen Kleidung der Gewerkschaft betrachtete das Boot stirnrunzelnd. Jo nahm eine Haltung ein, die Victor bislang nur bei ihr gesehen hatte, als Officer Peretski sie anhielt;

ihre Hände lagen flach auf ihren Schenkeln, als müssten sie von etwas abgehalten werden. Jo blickte Tori unverwandt an. Moresby griff in seine Tasche und nahm ganz langsam etwas heraus.

Victor ballte unwillkürlich die Fäuste. Eine Kirchenglocke schlug sechs Uhr. Er weiß es, dachte er. Er weiß, wer wir sind und weshalb wir hergekommen sind, und jetzt wird er uns erledigen.

Doch nichts geschah.

»*Me dispiaci,* Signori«, hörten sie plötzlich. Ein Zigeunerjunge, nicht älter als zwölf, mit halb verfaulten Zähnen. Er stützte sich aufs Dach und blickte herein. Einer der Männer mit den Marinejacken stieg aus, um den Jungen wegzuscheuchen, aber er lief nur ein paar Schritte weiter, drehte sich dann um und sah den wohlhabenden alten Mann an, der sich mit seinem Boot offenbar verirrt hatte und wenigstens dafür bezahlen sollte, wenn er hier weiterfahren wollte. Doch dann schien der Junge irgendetwas Unangenehmes zu bemerken und wich mit ausgestreckten Händen zurück.

»*Diavoli*«, murmelte er. »*Diavoli.*« Und rannte davon, ohne sich noch einmal umzudrehen.

»Was ist los, Burt?«, fragte Victor. Seine Stimme klang nicht so entschieden, wie er es sich gewünscht hätte. »Geht es Ihnen nicht gut?«

Moresbys Lippen bewegten sich, aber kein Laut drang heraus. Er sah aus, als bete er stumm. Aus dem Augenwinkel bemerkte Victor, dass sich auf dem Dach des Hauses, in dem er die alte Frau gesehen hatte, etwas bewegte. Blitzschnell huschte es zwischen den verfallenden Schornsteinen hindurch, etwas Dünnes, Rohrähnliches in Händen. Ein Schornsteinfeger tauchte auf, der seine Geräte hinter sich her schleppte. In diesem Moment dröhnte hinter ihnen eine

Lautsprecherstimme: »*Vaporetto*, Polizei! Sie blockieren den Verkehr! Fahren Sie sofort weiter!«

Zwei Polizisten saßen in dem Vaporetto, und einer der beiden sprang heraus, um der Aufforderung persönlich Nachdruck zu verleihen. Hinter dem Polizeiboot stauten sich zwei Müllboote, deren Kapitäne ungeduldig gestikulierten. Moresbys Schiffer entschuldigte sich wortreich bei den Polizisten, und als der andere Mann von der Besatzung Moresby bittend anblickte, nickte er und gab damit das Zeichen zur Weiterfahrt. Der Motor erwachte tuckernd zum Leben, und das Boot setzte sich in Bewegung, fuhr in einen breiteren Kanal, wo sich die bedrückende Atmosphäre verlor. An den Cafés wurden ratternd die Fensterläden hochgezogen, und Gondoliere protestierten lautstark und bekundeten durch Heben des Mittelfingers, was sie davon hielten, von dem vorbeisausenden Boot beinahe versenkt zu werden.

Moresby hielt seine Ledertasche auf dem Schoß, und Jo und Tori ließen sich nach wie vor nicht aus den Augen. Albert blickte aufgeregt zum Fenster hinaus. Sie sahen die ersten Touristen, die ihre Stadtkarten studierten, um die Museen zu finden. Eine deutsche Familie schlenderte vorbei. Alle trugen solides Schuhwerk und redeten so laut, dass man es wohl noch auf der anderen Seite des Kanals hören konnte. Die Frau blickte neidisch auf die Insassen des vorbeituckernden Bootes.

Sie steuerten jetzt einen Kai an, an dem die Fahne eines Hotels im Wind flatterte. »Wen werden wir als Erstes treffen?«, fragte Victor. Er hatte bereits versucht, das Türschloss der Kabine zu bewegen, musste aber feststellen, dass es sich nicht öffnen ließ. »Und wie sieht das Gebäude aus? Ist es ein altes Bankhaus wie die *Cassa Lombarda*? Ich könnte bestimmt hilfreicher sein, wenn ich mehr Informationen hätte.« Das Boot näherte sich dem Dock und legte an.

Victor fand plötzlich, dass das Innere dieses Bootes auffällige Ähnlichkeit mit einem Sarg hatte. Moresby warf ihm ein mattes Lächeln zu. Victor kannte diesen Gesichtsausdruck von sich selbst zur Genüge. Darin kam das Gefühl zum Ausdruck, dass sämtliche Ereignisse vollkommen außer Kontrolle geraten waren. Sonderbarerweise ging damit ein berauschendes Freiheitsgefühl einher. Moresby griff in seine Tasche und brachte einen Umschlag zum Vorschein, den er Victor zu feierlich überreichte, als dass es sich um eine Opfergabe handeln könnte.

»Öffnen Sie ihn.«

Victor zögerte. Tori lächelte und betrachtete ihre Fingernägel.

»Na los. Sie haben es verdient. Das ist die Zusammenfassung all unserer Forschungsergebnisse. Ich habe nur eine Weile gebraucht, um …« Er hustete verlegen. »Nun, um mich zu entschließen, Informationen preiszugeben.«

Der gelbe Umschlag glich jenem, den Victor in dem Safe erspäht hatte. In einem Leben, das ihm so weit zurückzuliegen schien, dass er sich kaum daran erinnern konnte, hätte er auch eine Liste von Mimmo enthalten können. In einem Leben, als er noch denken konnte. Und nicht in eine Situation wie diese geraten war. Tori blickte ihn unverwandt an und schien selbst den Atem anzuhalten, als wittere sie sein Unbehagen. Moresby nickte ermutigend, und Victor riss den Umschlag auf und nahm das erste Blatt heraus.

Er blickte auf ein Foto von sich.

Es war ein Schwarzweißfoto, und er sah sich selbst darauf in dem Diner in Gila Bend, wie er gerade eine Gabel mit Pie zum Mund führte. Ihm gegenüber hielt Stefano mit hassverzerrtem Gesicht sein Handy ans Ohr.

»Burt, ich verstehe nicht …« Keine blonde Scharfschützin hatte er hinter dem Felsen gesehen, als er im Diner aus dem Fenster sah, wurde Victor nun schlagartig bewusst. Sondern eine blonde Frau mit einer Kamera mit Teleobjektiv. Tori.

»Was ist das?«, fragte Jo, noch unbefangen, weil sie das Foto nicht sehen konnte.

»Machen Sie weiter. Es gibt noch mehr zu sehen.« Moresbys Stimme klang mühsam beherrscht. Jo versuchte die Tür zu öffnen, wie zuvor Victor, aber sie war versperrt. Albert lächelte, als hätte er die ganze Zeit auf diesen Moment gewartet.

»Burt, Sie müssen wissen –« Victors Mund fühlte sich staubtrocken an, und er brachte den Satz nicht zu Ende.

»Drehen Sie das Blatt um«, sagte Moresby, dem nun Zornesröte ins Gesicht stieg. »Drehen Sie es um!«

Victor gehorchte und blickte auf ein Bild von Jo. Sie kniete vor dem Safe und machte sich versiert daran zu schaffen.

»Sie hat ihn nicht geknackt, aber sie hat es versucht«, sagte Moresby. »So. Und wo sind sie nun alle?«, fragte er und sah Jo an. »Ich hatte eigentlich jede Nacht damit gerechnet, eure Kids mit den teuren Gewehren in meinem Schlafzimmer vorzufinden, aber sie sind nie aufgetaucht, nicht mal, als ich Ihren Freund hier ein bisschen aufgescheucht und ihm was von den Schattenmännern vorgefaselt habe. Ich war es allmählich so leid, diesen Knaben mit seinem Gewehr da draußen im Arroyo hocken zu sehen, dass ich am liebsten hinmarschiert wäre, damit er endlich abdrücken kann.«

Er kniff Jo fest in die Wange.

»Und nun warten sie hier auf mich, oder wie? Vor dem ersten Treffpunkt? Sie müssen es doch wissen, Sie haben doch zugehört, als ich alles verabredet habe. Und ich möchte es jetzt hören. Die Wahrheit.«

Toris Hände schlossen sich plötzlich von hinten um Jos Hals. Victor wollte sich auf die beiden stürzen, aber Albert bohrte ihm einen Pistolenlauf in den Rücken.

»So eine Abknallnummer wie mit dem armen alten Victor vor dem *Istituto*?« Die Stimme des alten Mannes klang kraftvoll, beflügelt von seinem Zorn. »Oder ein Zugunglück wie in Zagreb? Was habt ihr euch für mich ausgedacht? Und kapiert ihr nicht allmählich, dass ihr nur mit den Kleinen fertig werdet, nicht mit Kalibern wie mir?«

Jo wurde bleich, weil ihr die Luft ausging. »Sie haben mir noch nichts gesagt«, brachte sie hervor. Moresby beugte sich vor. Er sah beunruhigt aus und nickte Tori zu, die ihren Griff etwas lockerte. Auf Alberts Stirn standen Schweißperlen. Er sah aus, als fürchte er, dass sein Chef gleich komplett durchdrehen würde.

»Nun, sie sagen einem ja nie etwas, nicht wahr?«, sagte Moresby mit beißendem Unterton. »Vor allem Ihre Freundin Marianne im östlichen Abschnitt kann einen zum Wahnsinn treiben, oder? Wenn man eine simple Frage stellt, kriegt man eine höfliche Drohung zur Antwort. Und dann noch dieses Schulmeistergebahren und der grauenvolle Faltenrock. Wie alt ist sie inzwischen, siebzig? Und glaubt immer noch, ich würde die Leute nicht wittern, die sie auf mich ansetzt.«

Victor beobachtete alle genau, während er das Gehörte verarbeitete. Moresby schien sich einen Moment in Gedanken zu verlieren, während seine Bodyguards zweifellos darüber nachsannen, was sie als Nächstes zu erledigen hatten. Eine Gruppe junger Mädchen blieb am Boot stehen und winkte.

»Als ich noch für die arbeitete, war die Stimmung anders, eher wie in einem Herrenclub«, sinnierte Moresby. »Man hatte die Methode aufgegeben, auf Leute einzuschlagen, bis sie bezahlten. Ich hatte einen Trust eingerichtet, um Forschungsergebnisse in unseren Gebieten zu fördern und zu verbreiten. Dann war ich im Krieg. Und als ich zurückkehrte, hatte sich der gesamte Stil gewandelt. Man zwang Leute, linientreu zu sein, oder sie wurden entfernt. Man erarbeitete keine Projekte mehr, es ging nur noch um Anwälte, Knarren und Geld. Sie stellten Betrüger und miese kleine Killer wie Sie ein. Ich schied aus. Sie wollten mich nicht gehen lassen. Drohten mir, meine Vergangenheit in der Presse bekannt zu machen. Ermordeten meine Frau. Ich weiß, wie die Eminenza arbeitet. Ich habe aber den Kampf aufgenommen, habe Wissenschaftler engagiert, die ihnen in all ihren Geschäftszweigen zusetzen. Und die glauben immer noch, dass ich Informationen in einen Safe lege!« Er blickte Jo angewidert an, die aussah, als würde sie gleich ohnmächtig werden. Moresby legte Victor mit einer schwungvollen Geste die Hand auf den Arm. »Hat die hier Ihnen ihren wirklichen Namen verraten?«

»Nein.«

Moresby lächelte mitleidig. »Nehmen Sie es nicht persönlich, das machen die nie. Ich glaube, die haben gar keine Namen. Das gehört zum Stil, wissen Sie. ›Wir sind überall und sehen alles.‹ Ganz wie in Venedig zur Renaissance-Zeit. Ich glaube, die inszenieren hier immer noch ihre eigene Oper.«

Victor blickte über die Schulter auf die Pistole in Alberts Hand.

»Es soll hier gar keine Treffen mit Bankern geben«, sagte Victor, dem plötzlich einiges klar wurde. »Und der Presse wird auch nichts bekannt gegeben. Sie wollten die nur aus der Reserve locken. Nur deshalb haben Sie Ihre Wissenschaftler versammelt. Eine Falle.«

Ein breites Lächeln trat auf das ledrige Gesicht; mein bester Student, auch jetzt noch. Obwohl jetzt alles vorbei ist.

»Und sie sind immer noch nicht zur Stelle, um sich ihre Beute zu holen, nicht mal in dieser kleinen Stadt.« Moresby betrachtete fasziniert Victors weiße Haare. »Weißer als meine. Sie müssen wirklich wissen, was es bedeutet, auf jedes Dach zu achten und sich zu fragen, ob es einen an diesem oder erst am nächsten Tag erwischt.«

Victor nickte. »Glaubten Sie denn an Ihre Projekte?«, fragte er.

Moresby gab ein knappes Lachen von sich. »An eine bessere Zukunft für uns alle? So wie ich es immer verkünde, wenn ich irgendwo auf einem Podium stehe? Das war nur Show. Und die haben sie mir wahrhaftig abgenommen.«

Victor spürte, wie ihm die Röte ins Gesicht stieg. »Und wann haben Sie aufgehört, an etwas zu glauben?«

Ein Schatten fiel über das Gesicht des alten Mannes. Er deutete auf Jo. »Als Ihre Freunde meine Frau umgebracht haben.«

»Sie wissen, dass das nicht meine Freunde sind, sondern –«

»Wir drehen uns im Kreis, oder?«, fiel Moresby ihm ins Wort. »Kommen wir also zur Sache.«

»Was *wollen* die denn?«, schrie Victor. »Sie haben Ihre Forschungsergebnisse im Kopf, nicht im Safe. Und zwar eine größere Sache als meinen Turboreis, der denen ein paar fette Verträge versaut. Warum *geben* Sie denen nicht einfach, was sie wollen? Meist funktioniert ja ohnehin die Hälfte nicht. Auch mein Projekt würde erst mal Zeit brauchen. Und Ihre Wissenschaftler sind größtenteils abgewandert. Was steht in dieser *Akte*?«

Moresby wedelte mit dem Zeigefinger vor Victors Gesicht herum, als wolle er sagen: Tut mir leid, aber das haben andere auch schon probiert.

»Tut mir leid wegen Ihrer Eltern. Als ich diese alberne Kinderpornogeschichte in den Nachrichten gesehen habe, wusste ich schon, dass Sie in Kürze bei mir auf der Schwelle stehen würden. Diese verschlagene Großmutter hat Ihnen die Pistole auf die Brust gesetzt. Und der haben die Oberen schon ordentlich Stress gemacht, dass sie ihren ›Verräter‹ finden soll, seit ich nach Arizona gezogen bin. Und da hat sie sich für euch beide hier entschieden?« Er gähnte. »Na ja, wird jedenfalls Zeit, dem allem ein Ende zu bereiten. Wenn wir's nicht tun, machen die es. Nehmen Sie's uns also nicht übel.«

Er nickte Tori und Albert zu, die ihren Opfern die Hände um den Hals legten.

Pling!

Die Fensterscheibe splitterte, und Alberts Hände wurden schlaff. Jo war schlagartig hellwach und traf mit dem Ellbogen Toris Kehle. Victor schlug den Rest des Fensters heraus und hangelte sich an Deck. Er blickte nach oben und entdeckte an einem Fenster im dritten Stock Stefano, der ihm zuwinkte, bevor er verschwand. Victor blieb keine Zeit, darüber nachzudenken, denn Jo packte ihn an der Hand, und sie sprangen auf den Kai und rannten los. Eine Gruppe japanischer Schulmädchen stob kreischend auseinander.

Blam!

Die Kugel durchdrang Victors Ärmel, ein glühender Schmerz, und als er beim Rennen umdrehte, sah er Tori, die auf dem Kai kniete und auf ihn anlegte. Und der alte

Mann rannte ihnen nach, mit flatternden Sakkoschößen, so wutentbrannt, als habe er Jahre auf diesen Moment gewartet.

»Sie werden nicht entkommen!«, brüllte er und stieß zwei alte Damen beiseite, die ins Wasser stürzten. »Meine Frau war unschuldig!«

Das Heulen von Sirenen näherte sich. Die Passanten warfen sich flach auf den Boden. Ein Polizist am Ende der Straße hatte seine Waffe gezogen und kam angerannt. Victor spürte, wie Moresby ihn an der Schulter packte. Er konnte ihn nicht abschütteln, weshalb er innehielt und ihn wegstieß.

Der Mann mit dem sonnverbrannten Gesicht stand einen Moment lang auf dem Kai und schwankte.

Dann schlugen zwei Kugeln in seine Brust ein.

Er flog drei Meter durch die Luft und landete auf einer Ankerkette. Annikas blonder Schopf leuchtete in der Morgensonne, als sie auf einem Speedboat vorbeisauste und Victor dankend zunickte, der ihr den Schuss auf ihr Ziel ermöglicht hatte.

Victor rannte zu Moresby hinüber. Eine Blutlache breitete sich unter ihm aus. Die japanischen Mädchen kreischten. Der Polizist kam näher, die Waffe im Anschlag, und schrie etwas auf Italienisch. Moresby atmete noch und seine Hände tasteten blind in der Luft umher, als wolle er sich festhalten. Jo blickte sich blitzschnell um und kalkulierte ihre Fluchtmöglichkeiten.

»Victor …«, sagte sie und blickte zu dem Polizisten hinüber, der rasch näher kam.

»Sie müssen sich darum kümmern«, sagte Moresby, klar und deutlich. »*Sie* müssen es übernehmen. Die dürfen es nicht kriegen. Sie wissen Bescheid. Sie war so schön …«

Dann sanken seine Hände herab, und Jo rannte los und riss Victor mit sich.

»Polizia Municipale!«, schrie der Polizist jetzt mit schriller Stimme. Die Pistole in seinen Händen zitterte. Offenbar ein Neuling. Victor drehte sich um und sah, dass Tori verschwunden war. Dann stürzte er, und Jo warf ihm noch einen traurigen Blick zu, während sie weiterrannte, auf die Rialto-Brücke zu, die nicht mehr weit entfernt war und hinter der es viele kleine Gassen gab, in denen man verschwinden konnte.

Pop! Pop! Pop! Pop!

Der junge Polizist hatte abgedrückt, und Jo rannte in einem Regen aus Glassplittern von einem Schaufenster weiter. Victor sah, wie sie die Hände in die Luft warf und dann kopfüber in den Kanal stürzte. Der Polizist warf ihm einen entsetzten Blick zu, konnte nicht fassen, was er gerade getan hatte. Victor hechtete ins Wasser und rechnete damit, dort auf Jos Leiche zu stoßen, eine Situation, die er vier Jahre lang gefürchtet und in den Momenten, in denen die Bitterkeit die Oberhand gewann, auch herbeigesehnt hatte. Ein Polizeiboot kam jetzt dicht heran, und einer der Polizisten versuchte Victor am Kragen zu packen, als er mit leeren Händen wieder auftauchte. Ein paar Meter weiter wurde Jos Jacke von einem Strudel nach oben getragen. Die Strömung erfasste sie und trug sie aufs Meer hinaus.

Victor tauchte wieder unter und schwamm so lange, bis er das Gefühl hatte, seine Brust werde bersten. Als er hochkam, um Luft zu schnappen, konnte er sich hinter zwei Müllsäcken verbergen, die gerade von einem Boot gefallen waren. Er sah, dass inzwischen drei *motoscafi* der Polizei nach Jo suchten. Doch Victor wusste, dass sie nicht mehr da war.

Und irgendwo lachten die Sarazenen.

69

Wo war bloß der Zucker?

Anselmo balancierte eine duftende Tasse Kaffee in der Hand und bückte sich, um nach der Zuckerdose zu suchen, die irgendwo hier im Schrank sein musste. Diesen Kaffee vom Markt bei San Staè mit dem wunderbaren Aroma konnte man unmöglich ohne Zucker trinken. Das Licht in der Küche war schummrig, weil das Hotel kürzlich neue Leitungen bekommen hatte, und der alte Portier tastete nach einem Schalter, den es gar nicht mehr gab. Als er endlich im Halbdunkel die geriffelte Zuckerdose gefunden hatte, lächelte er triumphierend und wandte sich zur offenen Hintertür. Und ließ alles fallen, was er in Händen hielt.

Er erkannte den zitternden Mann, der dort stand, auf Anhieb. Es war der Dottore, da gab es keinen Zweifel. Auch wenn seine Haare aussahen, als sei er ein Greis.

»Anselmo, ich brauche Ihre Hilfe«, verkündete Victor. Seine Kleider klebten ihm am Leib, und er zitterte so heftig, dass Anselmo zunächst nichts verstand. Der Portier blickte vorsichtig in die Nebenküche, um zu sehen, ob jemand die Szene beobachtet hatte. Doch da rührte sich nichts. Er hielt einen Finger hoch – warten Sie einen Moment, junger Mann – und kehrte das zerbrochene Geschirr auf, damit niemand sich wunderte. Dann nahm er Victor bei der Hand wie ein Kind und führte ihn in einen Keller. Dort brachte er sein Handy zum Vorschein, gab eine Nummer ein und sprach leise in den Hörer. Draußen hörte man das aufgebrachte Heulen der Sirenen, als die Polizeiboote weiterhin nach einer toten Frau und den Leuten suchten, die sie hergebracht hatten.

Victor fühlte sich sonderbar geborgen in dem dunklen Raum unter der Lobby des Danieli. Anselmo zog ihn weiter. Sie kamen an einer Putzkammer vorbei. Mit großer Geste förderte Anselmo nun einen Schlüssel zutage und schloss eine Tür auf, auf der in ordentlichen handgemalten Buchstaben A. PROVADORE stand. Er ließ Victor eintreten. In dem Raum befanden sich ein einfacher Holzstuhl, zwei Lampen, die schon bessere Tage gesehen hatten, und ein Stapel säuberlich zusammengelegter Kleider. Anselmo deutete auf Victors nasse Sachen.

»Bitte ausziehen«, sagte er. Victor kam seiner Aufforderung nach. Der Portier stopfte Victors Kleider in einen Plastiksack, den er in den Abfalleimer beförderte, und warf Victor einen Bademantel zu. Die Ärmel waren zwar zu kurz, aber Victor wurde schon wärmer. Kurz darauf hatte Anselmo eine gesamte Garnitur aufgetrieben. »Alles liegen geblieben«, sagte er über die Schulter. »Sie glauben nicht, was die Leute alles vergessen.« Victor zog die Sachen über. Dann stand er einfach da und sah die gute Seele des Danieli an. Anselmo verengte die Augen und rieb sich die Nase.

»Die Frau, mit der Sie hier waren«, sagte Anselmo wissend. »Etwas ist ihr zugestoßen.«

Victor nickte und wollte Bericht erstatten, doch Anselmo legte ihm den Zeigefinger an die Lippen.

»Die suchen jetzt nach Ihnen da draußen«, sagte Anselmo und wies mit dem Daumen Richtung Tür. »Nach dem Sündenbock. Sie können nicht in Venedig bleiben.« Mit wehmütigem Lächeln fügte er hinzu: »Wieder einmal.«

»Ich muss zurück in die Staaten«, sagte Victor, der wieder zu zittern begann; diesmal jedoch nicht vor Kälte, sondern weil er sich fragte, womit er sich nun auf Moresbys Ranch befassen musste.

Anselmo schniefte, nickte und knöpfte seine Jacke zu. »Ich habe einen Cousin«, sagte er und polierte einen der Messingknöpfe, bis er glänzte wie eine neue Dublone. »Er ist Kapitän. Auf den großen Ozeanschiffen. Ich weiß, dass heute ein Tanker nach …«, er runzelte die Stirn und versuchte sich an den Namen zu erinnern, »… Galveston ausläuft. Ich bringe Sie hin.«

Victor stiegen vor Rührung Tränen in die Augen. »Warum? Warum helfen Sie mir?«, fragte er.

Anselmo sah ihn an, als sei diese Frage das Dümmste, was er je vom Dottore vernommen habe. »Weil Sie immer noch verliebt sind«, antwortete er, ging zur Tür und spähte vorsichtig hinaus. Dann winkte er Victor zu, und die beiden gingen einen dunklen Gang entlang, der nur durch eine nackte Glühbirne beleuchtet war.

»Das war ein Geheimgang für die edlen Herren. So konnten sie ungesehen hinausgelangen, wenn sie in unseren Zimmern ihre Mätressen aufgesucht hatten«, raunte Anselmo.

Die Luft wurde kühler, und Wasser tropfte von der Decke.

»Was ist mit der Signorina passiert?«, fragte Anselmo leise.

»Sie ist ertrunken«, antwortete Victor, obwohl er wusste, dass sie auch verblutet sein konnte.

»Signorina Udinese war die schönste Frau, die ich je gesehen habe.«

»Das finde ich auch«, erwiderte Victor und wischte sich Spinnweben von der Stirn.

Anselmo blieb stehen und sah seinen Schützling ernsthaft an. »Dann müssen wir ihr Andenken bewahren«, verkündete er feierlich.

Sie näherten sich nun einem kleinen Fenster, durch das

der Wind vom Meer hereinwehte. Anselmo drückte einen verborgenen Hebel und öffnete eine Tür. Vor ihnen lag der Kanal. Anselmo machte »Ssst!«, und eine schwarze Gondel mit silbernem Bug glitt fast lautlos heran.

»Mein Sohn«, sagte Anselmo stolz und wies auf den Gondoliere. Dann blickte er sich um, als sei er dafür verantwortlich, dass der Held der Geschichte seinen Verfolgern gerade noch rechtzeitig entkommen konnte. Und zu Victors Verblüffung riss er ihn an sich und umarmte ihn herzlich. Dann tätschelte er Victor die Wange und ließ ihn ins Boot steigen, wo der Gondoliere ihn unter einer Wolldecke versteckte. Die Geheimtür fiel zu, und die Gondel glitt aufs Wasser hinaus und entfernte sich vom Hotel Danieli.

Als Victor unter der Decke hervorspähte, grinste ihn der Gondoliere vergnügt an. Er war ein großer hagerer Mann, der Anselmo kein bisschen ähnlich sah. Victor blickte noch einmal zurück zum Hotel und sah Anselmo in seiner grünen Jacke mit einer Tasse Kaffee vor dem Hotel stehen, während überall Polizeiboote umhersausten.

Und Victor meinte, Anselmo lächeln zu sehen.

70

Eine laute Hupe trötete, und Victor gelang es in letzter Sekunde, einen Zusammenstoß zu vermeiden. Er wich nach rechts aus, sodass der entgegenkommende Pick-up an ihm vorbeikam. Danach fuhr Victor langsamer, blinzelte heftig und bemühte sich, unauffälliger zu fahren, so wie Menschen es tun, die nicht von Interpol gesucht werden. Wegen Mordes. Schon wieder. Draußen glitten Shoppingmalls, Fastfood-Restaurants und Autos mit texanischem Nummernschild vorüber. Er war noch nie in Texas gewesen. *Texas.* Der Name hatte einen geradezu exotischen Klang für ihn. Victor starrte hinaus auf die Getreidesilos, und ihm wurde bewusst, dass er große Teile seines eigenen Landes nicht kannte.

Er strich sich über den Kopf und versuchte sich an das Gefühl zu gewöhnen, dass er dort nur kurze Stoppeln spürte. Anselmos Cousin hatte ihn auf dem Dampfer unter der Koje des Maschinisten einquartiert. Wochenlang hatte er seine Kabine nicht verlassen und war halb verrückt geworden durch die Monotonie. Nachts träumte er von Arabella, von Marianne mit ihrer Fernbedienung und ihrem Schulmeisterton. Doch inzwischen waren wohl Jos Zufluchtshäuser alle aufgeflogen. Er wachte immer auf, wenn er gerade dabei war, einen Ort zu finden, an dem er mit Jo in Ruhe leben konnte.

Bevor sie in Galveston anlegten, nahm er sich eine Schere aus einem Eimer und schor sich selbst die Haare so kurz wie bei der Armee. Von jedermann unbeachtet, schritt er dann über die Gangway und an den Ölraffinerien vorbei.

Als Anselmos Cousin ihn dann ins Zolllager führte, damit er nicht den Grenzern in die Hände fiel, die sein Bild auf der Fahndungsliste hatten, dachte Victor an Moresbys letzte Worte. Er hatte nicht Jo gemeint, sondern seine *eigene* Frau. Liegt das, worauf der Rat der Zehn scharf ist, womöglich in ihrem Grab?, fragte sich Victor. Hat Moresby sein Geheimnis mit ihr begraben? In dem kleinen Fernseher hatte er die Nachrichten gehört, in denen er als »Terrorist mit Komplizin« auftauchte, die den exzentrischen amerikanischen Wohltäter ermordet hatten. Hinter der Schulter des

Nachrichtensprechers konnte man Victors Verbrecherfoto aus Venedig betrachten.

Als die Matrosen Victor ohne Komplikationen ins Land geschleust hatten, reichte ihm einer von ihnen ein Bündel Geldscheine und sagte nur: »Für die Lady.« Dann verschwand er, ohne Victors Dank abzuwarten, als sei es eine Selbstverständlichkeit für ihn, Flüchtlingen behilflich zu sein. Victor verabschiedete sich von den anderen und kaufte sich bei einem Gebrauchtwarenhändler ein altes Auto. Die Straßen waren still, und Blätter wehten durch die Luft, als er nach Westen fuhr, zum Grab einer Frau, die er nie kennengelernt hatte, die ihm aber inzwischen regelrecht sympathisch war. Er passierte zwei Straßensperren, ohne dass jemand seinen Ausweis sehen wollte.

So muss es also sein, wenn man lebt wie ihr, hätte er gerne zu Jo gesagt und fragte sich, ob sie noch lebte, und falls ja, wo sie nun war. Allmählich konnte er sich vorstellen, wie es sich anfühlte, so wie sie zu sein. Als sei man lebendig in sich selbst begraben. Und so sieht dein Verhältnis zur Welt aus, dachte er, auf des Messers Schneide. Und wie geht es weiter? Irgendwann muss man sich schneiden und Blut sehen. Und dann kann man nicht mehr aufhören.

Sobald irgendwo ein Blaulicht auftauchte, brach Victor der Schweiß aus, und er begann zu zittern. Ich bin jetzt ein gesuchter Verbrecher, dachte er und nahm den Fuß vom Gas, um sich in Erinnerung zu rufen, dass er nicht den Eindruck erwecken durfte, als flüchte er.

In den nächsten Tagen wechselte er mehrfach die Autos und kaufte sich unauffällige Kleidung, Jeans und eine Wolljacke. Seine Kleider aus Venedig verbrannte er in einem Ölfass. Er kehrte in vollen weihnachtlich dekorierten Truckerkneipen ein auf seinem Weg nach Westen und überquerte die Grenze nach Arizona im Morgengrauen bei strömendem Regen. Als er sich Gila Bend näherte, fuhren ein paar Streifenwagen vorbei, die aber offenbar unterwegs waren zu einer Blitzlichtfalle bei Phoenix. Der Flugplatz, auf dem sie abgeflogen waren, lag verlassen da. Auch in dem Diner, in dem er mit Stefano geredet hatte, war es noch dunkel. Die Kellnerin mit den vorstehenden Zähnen schlummerte sicher tief und fest.

Victor parkte das Auto hinter ein paar Bäumen am Anfang des Canyons, bedeckte es mit Laub und Ästen und legte den Rest des Weges zu Fuß zurück. Nirgendwo unterwegs entdeckte er einen Grabstein.

Moresbys Ranch, das Utopia seines Geistes, lag verlassen da.

Die Jeeps waren verschwunden, die Ställe, in denen an die dreißig Quarterhorses gestanden hatten, leer. Sogar die Kojoten schienen sich verzogen zu haben, als spürten sie, dass hier nichts mehr zu holen war. Victor klopfte an die Tür des Hauptgebäudes und horchte. Nichts regte sich. Er warf einen Stein durch ein Fenster und kletterte ins Haus, wobei er sich vorkam, als steige er in eine der Villen der Verdammten in Venedig ein.

Jemand hatte Möbel und Gemälde mit weißen Tüchern verhüllt. Das Piano war unter einer grünen Filzdecke verschwunden, und als Victor den Lichtschalter drückte, strahlten die Kronleuchter auf, als würden gleich Gäste erwartet. Victor nahm das Telefon ab, das auch noch funktionierte. Die Bewohner des Hauses waren verschwunden und würden wohl nie wiederkehren, doch das Haus selbst war noch am Leben. Ein schmaler Lichtstrahl fiel zwischen den dicken Vorhängen hindurch, und er zog sie einen Spaltbreit beiseite, um in den Hof zu schauen. Unter einem großen

Ahorn sah er mehrere Grabsteine. Sie war mein Ein und Alles, hörte er Moresby sagen.

Doch als Victor die Grabsteine inspizierte, stellte er fest, dass sie allesamt über hundert Jahre alt waren. Lynne lag nicht hier begraben. Wütend trat Victor gegen den Ahorn und tappte durch den Nieselregen zum Haus zurück. Er hatte plötzlich das Gefühl, dass er sich nicht mehr zur Wehr setzen konnte gegen die Macht des Rats. Sie haben meine Arabella fertiggemacht, und jetzt wollen sie dasselbe mit mir tun, dachte er. Na ja, sie kriegen mich ja ohnehin und meine Eltern auch, was soll's also? Im Haus setzte er sich auf den Boden und starrte vor sich hin, bis er plötzlich ein Geräusch vernahm, das sich wie Flügelschlagen anhörte. Er blickte auf.

Lynne Pettitt Moresby lächelte von der Wand auf ihn herab.

Das weiße Tuch hatte sich durch den Luftzug gelöst und die obere Hälfte des Bildes enthüllt. *Du siehst es und siehst es doch nicht,* schien sie ihm zuzuraunen, *und dabei musst du nur mich fragen. Männer verkriechen sich gerne, wenn sie Angst haben. Aber das ist falsch. Ich kann dir helfen. Ich bin tot, aber du hast niemand anderen mehr. Und ich bin nicht gern alleine, also hol mich herunter und nimm mich in die Arme. Nur einmal. Es ist so lange her.*

Und nun vernahm Victor auch wie aus weiter Ferne Moresbys letzten Wunsch. Er hatte sich angehört wie ein nicht vollendeter Liebesbrief.

Kümmern Sie sich darum. Die sollen es nicht kriegen. Sie wissen Bescheid. Sie war so schön …

Wie in Trance erhob sich Victor und nahm das Gemälde behutsam von der Wand. Er sah jetzt, dass das Porträt in Moresbys Arbeitszimmer entstanden war, als es noch so ordentlich war, dass man die Apfelbäume im Hintergrund erkennen konnte. Er betastete vorsichtig die Rückseite des Gemäldes und kam sich dabei vor wie ein Grabräuber.

Auf halber Höhe stießen seine Finger auf eine Erhebung. Er drehte das Bild um und sah einen dicken Plastikumschlag, der mit Klebeband am Rahmen befestigt war. Ich habe es dir doch versprochen, schien Lynne zu sagen.

Victor öffnete den Umschlag und entnahm ihm ein Videoband, einen Stapel Fotos und eine Liste mit Namen und Adressen. Die Fotos schienen vom Bildschirm abfotografiert zu sein. Ihm fiel ein, dass er irgendwo einen betagten Videorecorder gesehen hatte, und er rappelte sich auf, um ihn zu suchen.

Das Bild war ein bisschen verschwommen, aber er erkannte die alte Frau aus dem Blockhaus. Marianne. Allerdings war sie hier noch jung, trug einen engen Minirock und hatte eine Hochfrisur. Sie redete mit mehreren Männern und Frauen, die offenbar nicht merkten, dass sie gefilmt wurden. Victor fragte sich beeindruckt, wo Moresby seine Kamera versteckt hatte. In der Brille vielleicht? Ein junger Senator und zwei künftige Unipräsidenten erkannte er, und ihm entfuhr unwillkürlich ein Keuchen, als ein weiterer Senator ins Bild trat und sich einen Drink eingoss. Er war damals salopp gekleidet, aber seine Krawatte trug er heute noch mit demselben dicken Knoten, wenn er in den Abendnachrichten den Krieg gegen den Terror propagierte, um seine gebrochenen Versprechen und seine Alkoholexzesse vergessen zu machen.

Es handelte sich offenbar um eine Sitzung des Rats. Während die Zehn brasilianische Nüsse knabberten, unterhielten sie sich über das geplante Attentat an einem charismatischen Führer der Bürgerrechtsbewegung, der 1970 bei einem mysteriösen Flugzeugabsturz ums Leben gekommen war. Man war sich einig: Die Elektronik sollte so manipuliert werden, dass die Maschine auf halber Strecke abstürzen würde, ohne dass man Hinweise auf Sabotage finden könnte. Danach erörterte die Runde, wie man schwarze Wähler in großen ländlichen Gemeinden davon abhalten konnte, zur Wahlurne zu gehen.

Darauf folgte eine Szene, die sich offenbar Jahre später abgespielt hatte, als knallige Farben nicht mehr in Mode waren. Alle hatten kürzere Haare. Marianne war sichtlich gealtert und trug bereits einen ihrer karierten Faltenröcke.

»… sage ja nicht, dass ich *dagegen* bin«, hörte er Moresbys Stimme aus dem Off.

»Es hört sich aber ganz so an«, versetzte eine andere Männerstimme.

»Ein gesamtes Gebäude in die Luft zu jagen, finde ich … nun ja. Das hatte ich mir nicht so vorgestellt. Nur wegen zwei Leuten? Ich sehe nicht ein, was das bringen soll.«

»Sollen wir das Risiko etwa eingehen?«, schaltete sich nun eine nasale Männerstimme ein. »Wie? Sollen wir sie in Ruhe das verdammte Ding entwickeln lassen? Den geräuschlosen Motor? Hört sich an wie aus einem Comic. Wenn man davon absieht, dass es uns den Binnenmarkt verderben wird.«

Die Kamera schwankte etwas, offenbar, weil Moresby sich aufregte. »Ich bin unbedingt dafür, unsere Märkte zu schützen. Aber diese Leute sind weit entfernt davon, wirklich ein neues Produkt zu entwerfen. Und die Pressereaktion wird –«

»Die werden doch ohnehin alles den Arabern in die Schuhe schieben«, äußerte jemand glucksend.

»Sie hatten doch auch nichts dagegen, als wir den Bürgerkrieg in Kolumbien angezettelt haben, um diesen Mistkerl, diesen Pablo Dingsbums, abzuservieren, oder?«, wandte eine Frau ein.

»Das war was anderes«, murmelte Moresby.

»Und wieso? Weil die kaffeebraun waren und nicht weiß?«

»So kommen wir nicht weiter«, wandte Moresby ein.

»Ach, verdammt!«, erwiderte die Frau, die sich sehr jung anhörte. »Könnte bitte mal jemand …«

Marianne strich ihren Rock glatt und stellte ihr Glas ab. »Stimmen wir ab. Wer ist dafür?«

Victor war fast übel, als er beobachtete, wie einer nach dem anderen durch Kopfnicken für die Entscheidung stimmte und sich dann einen neuen Drink holen ging. Marianne kam auf die Kamera zu, von deren Existenz sie offenbar nichts wusste, und lächelte kokett.

»Weißt du, Burt, wir können es uns nicht leisten, zimperlich zu sein«, sagte sie und verschwand dann aus dem Bild. Danach wurde der Bildschirm dunkel.

Er wollte sie darauf ansetzen, dachte Victor, als er sich erinnerte, wie oft Moresby über seine verstorbene Frau gesprochen hatte. Er ist ausgeschert, hat sich versteckt und darauf gewartet, dass sie ihre Schwächen zeigen. Und dann hat er auf den großen Showdown gewartet, der sie allesamt erledigen sollte. Victor blickte auf die Liste und sah, dass neben Adressen Fotos von sämtlichen Mitgliedern des Rats angeheftet waren. Als Erstes fiel sein Blick auf ein Bild von Marianne, die mit ihren Katzenaugen sogar recht hübsch aussah, wenn sie etwas weicher gewesen wäre. Die eifrige Soldatin. Ein Lächeln trat auf Victors Lippen, als er sich überlegte, ob die Adresse wohl noch gültig war:

Marianne Wigert
8, Princes Point Road
Cape Elizabeth, Maine 04106

Jetzt hab ich dich, dachte er triumphierend.

71

Victor verstaute seine Beute in den Taschen seiner Jacke. Das Gemälde von Lynne hatte er an die Wand gelehnt, und sie streckte wie immer die Hand aus, als wolle sie ihm etwas sagen. Er küsste sie auf die Wange, hängte das Bild an seinen alten Platz zurück und bedeckte es züchtig mit dem weißen Tuch. Als er das Esszimmer verließ, meinte er, einen Seufzer zu hören.

»Das war aber eine noble Geste«, sagte eine Männerstimme hinter ihm. Victor fuhr herum und sah Stefano an der Haustür lehnen. Er war triefnass und hatte sein Gewehr umgehängt, wie immer. Und sah aus, als hätte er seit Tagen kein Auge zugetan.

Victor wusste sofort, dass er an den Ausgängen keine Chance haben würde. Instinktiv rannte er ins Obergeschoss, um dort nach einer Waffe Ausschau zu halten. Stefano folgte ihm. Er schien eher ärgerlich als wütend zu sein und es nicht eilig zu haben. Währenddessen lud er sein Gewehr durch und steckte sich eine Sobranie an. Die schwarze Zigarette mit dem goldenen Mundstück hing an seinen Lippen wie ein Stück Lakritze.

»Na komm schon, Professor! Gib mir, was du hast, dann

können wir reden«, rief Stefano, der hörte, wie Victor herumpolterte und offenbar etwas suchte. Als er in die Bibliothek trat, zielte Victor mit einem altertümlichen Gewehr auf ihn, das zuvor noch neben dem ausgestopften Antilopenschädel an der Wand hing.

»Ich gebe es euch nicht. Das können Sie Marianne sagen.«

»Ein Sharps«, sagte Stefano grinsend. »Das Gewehr, mit dem der Westen erobert wurde. Aber hier gibt's keine Büffel mehr.«

Victor spannte mit beiden Daumen den Abzug und verzog das Gesicht zu etwas wie einem Lächeln. »Jetzt durften Sie endlich mal einen erschießen. Und da haben Sie sich ausgerechnet für Moresbys *Diener* entschieden?«

Stefano streckte die Hand aus und wackelte mit den Fingern, anstatt auf Victor zu zielen. »Ich konnte doch nicht zulassen, dass er dich umbringt. Musste dafür sorgen, dass du deinen dämlichen Arsch erst mal hierher bewegst, um mir mein Päckchen zu überreichen. Schauen wir's uns doch mal an. Und du weißt ja auch, Professor, dass meine Vorgesetzte nicht will, dass dir was zustößt.«

»Ihre Vorgesetzte will mich so tot sehen wie Jo.«

»Ich verlier hier bald die Nerven, das kann ich dir sagen«, verkündete Stefano.

»Wo steckt denn Ihre kleine Freundin?«, fragte Victor. »Dieses reizende Mädchen?«

Stefano grinste und starrte auf Victors geschorene Haare. »Und wo ist deine? Hast du die auch so rasiert? Ihr beide seid ja ganz schön pervers. Und nun liegt sie bei den anderen vermodernden Gerippen auf dem Grund der Lagune.«

Victor spürte, wie jegliche Angst von ihm abfiel, als er daran dachte, wie Stefano den State Trooper Peretski in den

Wald geschleppt und ihn dort erschossen hatte. Als Stefano ungeduldig wurde und sein Gewehr anlegte, schoss Victor als Erster.

Ein ohrenbetäubender Knall zerriss die Luft und hallte von den Wänden wider, und eine blaue Rauchwolke vernebelte die Luft. Als der Qualm sich verzog, blickte der ausgestopfte Elchkopf an der Wand auf einen jungen Mann, dem der größte Teil der Schulter fehlte und dem vor Entsetzen fast die Augen aus dem Kopf traten. Adrenalin hielt einen noch länger am Leben, entsann sich Victor. Seine Hand, die den hölzernen Gewehrschaft umfasste, fühlte sich glühend heiß an.

»Aua«, sagte Stefano wie ein ängstlicher kleiner Junge. »Au, das tut weh.«

Wie in Zeitlupe drehte sich Victor um und hängte das Gewehr an den Nagel zurück. Dann trat er über sein Opfer hinweg, bemüht, nicht hinzuschauen und nicht in die klebrige Flüssigkeit zu treten. Er dachte an den jungen Marine in seinem Laster, dessen Gehirn sich über alle verteilt hatte. Dann ging er die Treppe hinunter.

Hinter sich hörte er das Scharren von Stiefeln auf dem Boden und ein Wimmern, als Stefano feststellte, dass er nicht aufstehen konnte. Victor war schon fast im Erdgeschoss, als er den jungen Mann jammern hörte: »Kannst du mir nicht helfen? Nur ein bisschen?«

Victor konnte draußen niemanden entdecken, als er aus den Fenstern schaute. Wenn ich jetzt hilflos da liegen würde?, dachte er und machte kehrt. Er hatte gerade einen Schritt getan, als die Wand neben ihm explodierte.

Krach! Krach!

Faustgroße Löcher tauchten in einem Zickzackmuster in der Wand auf, und das Sonnenlicht strömte herein. Victor fiel die Treppe hinunter, rappelte sich auf und rannte durchs Esszimmer. Draußen liefen diverse Leute, vermutlich auch Annika, herum und fuchtelten mit Gewehren. Victor sah sich nach einer Waffe um, konnte jedoch nichts Nützliches entdecken. Er starrte Lynnes Porträt an. *Ich kenne diese Typen*, schien ihr Lächeln zu sagen. *Und du auch. Würdest du also bitte jetzt mal wegrennen anstatt tote Leute anzustarren?*

Krach!

Eine Kugel durchlöcherte Lynnes Kopf, und das Gemälde fiel von der Wand. Victor rannte zur Treppe und hörte, wie sich Schritte der Haustür näherten. Er lief in die Küche, fand aber nicht einmal mehr einen Kartoffelschäler, geschweige denn ein Messer. Annika tauchte jetzt drinnen auf und suchte im Esszimmer nach ihm. Dann rief sie besorgt: »Stef?« Ihre Stimme klang so jung, und Victor sah sie vor sich, wie sie sich im Haus des Admirals auf der Couch rekelte, ein träger Teenager, der seinen älteren Freund bewundert.

Victor hörte ihre Schritte auf der Treppe und wagte es, die Hintertür der Küche zu öffnen, die laut quietschte. Er wartete förmlich auf den Schuss und den dumpfen Schmerz, doch es gelang ihm, unbemerkt zum Werkzeugschuppen zu gelangen und sich dort hinter Mülltonnen zu verstecken. Im Hof standen zwei sandfarbene Chevys, und fünf Männer, die Jeans und olivfarbene Jacken trugen und mit Gewehren mit Zielfernrohr bewaffnet waren, durchkämmten das Gelände.

»Hof klar«, sagte einer in ein umgeschnalltes Mikro. Der Mann sah recht sympathisch aus und hätte mit seinem gepflegten Bart und seiner natürlichen Gesichtsfarbe auch Musiklehrer sein können.

Victor hörte an den Geräuschen, dass sie sich dem Schuppen näherten, und wusste, dass er sich keine Sekunde länger hier aufhalten durfte. Wenn Annika Stefano findet, dachte er, wird sie mich nicht nur erschießen.

Dann entdeckte er den Jeep, mit dem sie zur Jagd gefahren waren, etwa drei Meter entfernt hinter dem Schuppen. Das Heckfenster war offen, und Victor sah ein unidentifizierbares Bündel auf der Ladefläche liegen. Aus dem Haus war jetzt ein halberstickter Schrei zu hören, und der Lehrertyp drehte sich irritiert um. Victor wusste, dass Annika Stefano gefunden hatte, und hastete durch den Schuppen zur anderen Seite, drängte sich dort durch einen schmalen Spalt in der Wand und rannte zum Jeep hinüber. Er griff durchs Fenster, tastete nach dem Bündel, das sich kratzig anfühlte, und zog es heraus.

Es handelte sich um seinen Tarnumhang mit den Blättern. Er hatte ihn kaum übergestreift und war in einen Entwässerungsgraben gehechtet, als er auch schon Annika hörte, die so schrill und hysterisch klang, als sei etwas in ihr entzweigerissen.

»Findet ihn, ihr müsst ihn finden!«

Der Lehrertyp ging mehrmals dicht an Victor vorbei, ohne ihn zu entdecken. Es begann langsam dunkel zu werden. Victor hatte sein Gesicht mit Erde eingerieben, atmete ganz flach und versuchte nicht an seine Gliedmaßen zu denken, die in der starren Haltung zu schmerzen begannen. Er wunderte sich, dass die Truppe keine Hunde für die Suche einsetzte.

Annika gab als Letzte auf. Victor sah sie neben ihrem Wagen stehen und telefonieren und hörte, wie sie jemandem strikt mitteilte, dass sie nicht weggehen würde, bevor Victor nicht gefunden sei. Als sie dann den Kopf senkte und kleinlaut »Ja, Ma'am« zu der Person am anderen Ende sagte, tat sie Victor beinahe leid. Die Männer stiegen in ihre Autos und fuhren los. Bevor Annika ihre Tür zuzog, blickte sie sich noch ein letztes Mal um.

Dann war die ganze Truppe verschwunden.

Victor wartete sicherheitshalber noch eine Stunde, dann erhob er sich zitternd. Es war feucht und kalt gewesen in dem Graben, und er entledigte sich seiner nassen klammen Kleider und zog stattdessen seine Jagdmontur an, die noch hinten im Jeep lag. Die Autoschlüssel befanden sich unter dem Plastikbecher in der Konsole, wo Moresby sie hinterlassen hatte. Er startete den Wagen und fuhr los. Als er im Rückspiegel noch einen letzten Blick auf die Ranch warf, kam es ihm vor, als erhebe sich etwas Durchscheinendes in die Lüfte und fliege davon. Und er wusste, dass es sich um Lynne Pettitt Moresby handelte.

72

Victor stand noch unter Schock, als er den Canyon hinunterfuhr, vorbei an den Kiefern, an denen Moresbys junge Frau zu Tode gekommen war, und dem ausgetrockneten Flussbett, in dem sich zwei Kojoten um etwas Totes rauften. Sie blickten nicht einmal auf, als Victor vorbeifuhr. Von den Chevys war weit und breit keine Spur zu sehen. Als Victor in Gila Bend an dem Diner vorbeikam, in dem die junge Frau mit den Hasenzähnen gerade einem Gast Kaffee einschenkte, begannen seine Hände schließlich unkontrolliert zu zittern. Er fuhr an den Straßenrand und konzentrierte sich auf seine Atmung. Als er über die flache Landschaft mit den Salbeisträuchern und den struppigen Büschen blickte, sah er die Blutlache vor sich, in der Stefano gelegen hatte. Der junge Mann musste längst tot sein.

Victor tastete in seiner Jacke nach dem Video und der Liste, als er plötzlich etwas Feuchtes an der Tasche spürte. Er hielt an und sprang aus dem Wagen, als hingen Blutegel an der Jacke. Nachdem er die Beweisstücke behutsam hervorgeholt und unter dem Rücksitz verstaut hatte, vergrub er die Jacke in der Erde. Dann öffnete er im Jeep alle Fenster, fuhr weiter und versuchte an nichts zu denken außer dem Mittelstreifen.

Auf der Fahrt gen Osten nutzte er die Autobahnen nie länger als knapp siebzig Kilometer, dann suchte er sich wieder kleinere Straßen und hielt sich immer in der Nähe anderer Wagen, damit er in der Landschaft nicht auffiel – ganz, wie er es von Jo gelernt hatte.

Einen Anruf konnte er auf ihrem Handy machen, hatte sie gesagt. Nur einen einzigen. Victor rief sich die Nummer in Erinnerung, doch dann fiel ihm auf, dass sie nicht mehr abnehmen konnte, wenn sie tot war.

Immer wieder durchlebte er den Augenblick, als Jo die Hände vors Gesicht schlug und in den Kanal stürzte. Obwohl er es nicht wollte, beschäftigte Victor sich in Gedanken mit sämtlichen Möglichkeiten. Hatte der Polizist sie tatsächlich angeschossen?, fragte er sich, und falls ja, war sie sofort gestorben? Und wenn es Victor gelungen wäre, die vier Schüsse auf sie zu verhindern? Wäre sie dann womöglich von einer Schiffsschraube erfasst worden und ertrunken? Und vielleicht erst einen Monat später als Wasserleiche von Hunden entdeckt worden? Aber angenommen, sie lebte noch?

Dann wäre sie noch immer Schauspielerin, hörte er

Meyer raunen. Würde dich betrügen und benebeln. Eine Zauberin.

Sie würde sich an einen sicheren Ort begeben, an dem der Rat sie nicht vermuten würde, beschloss Victor. Das Blockhaus in Vermont und ihre beiden anderen Häuser schieden damit aus. Ihre Eltern? Aber in ihrer Heimatstadt war Jo rekrutiert worden, da würde man sicher jemanden hinschicken. Im Ausland? Ein Ort in irgendeinem kleinen Land? Er erinnerte sich, wie er sie zum ersten Mal gesehen hatte, als sie aus dem Wassertaxi stieg. Anselmo war zu diesem Zeitpunkt schon seit Tagen wie gebannt von ihr. Und als Victor sie als Jo, als strohblondes abgebrühtes Mädchen, wiederentdeckt hatte, war sie ihm auch nicht lange verborgen geblieben. Jetzt war sie womöglich verwundet und würde auffallen. Und wo sie sich auch verkriechen mochte: Nun stand auch das Leben ihrer Auftraggeber auf dem Spiel, und die würden wie besessen nach ihr suchen. Ich bin verrückt, dachte Victor. Ich bin verrückt, seit ich zugelassen habe, dass sie mich berührt.

Es regnete die ganze Nacht, und Victor fuhr langsam auf der rechten Spur, damit die schweren Laster überholen konnten. Sie zogen Fontänen hinter sich her, die das Lenken mühevoll machten, bevor sie hinter der nächsten Kuppe verschwanden. Die mächtigen dunklen Fahrzeuge erinnerten ihn an Schlachtschiffe, die auf einen unsichtbaren Feind zusteuerten. Rachelüsterne Sarazenen, dachte er und sah Hunderte von Kriegern vor sich, die im Bauch der Laster darauf warteten, an einer entfernten Küste abgesetzt zu werden.

Gegen drei Uhr nachts entdeckte Victor ein grün blinkendes Motel-Schild und beschloss sich auszuruhen. Ein sonderbarer Krampf in der rechten Hand machte das Weiterfahren fast unmöglich. Er sprach nur wenige Worte mit dem Nachtportier, bezahlte das Zimmer in bar mit einem Teil des Geldes, das der Seemann ihm gegeben hatte, und nahm den Schlüssel entgegen. Im Zimmer stellte er eine leere Bierflasche auf die Türklinke, für alle Fälle.

Auf dem Tisch stand ein schimmernd weißes Telefon, das ihm verlockende Botschaften zuzuflüstern schien.

Sie lebt, meinte Victor, es raunen zu hören. *Na los, du Idiot, ruf schon an. Los doch!*

Victor wanderte im Zimmer umher und versuchte das Telefon zu übersehen. Dann setzte er sich aufs Bett und fragte sich, wie er reagieren würde, falls eine fremde Person sich melden sollte. Er ging zur Tür und horchte. Keine Schritte, nur das Gurgeln der Eismaschine im Flur. Dann holte er tief Luft, setzte sich wieder und wählte die Nummer, die er unter Jos Beobachtung so lange wiederholt hatte, bis sie ihm so vertraut war wie der Mädchenname seiner Mutter.

Es klingelte nur kurz. Dann hörte er eine Männerstimme, die sagte: »Der Anschluss, den Sie gewählt haben, ist nicht mehr verfügbar.« Victor unterbrach die Verbindung. Ein Teil von ihm hatte immer geglaubt, dass es die Nummer gar nicht gab, dass Jo ihn damit nur ablenken wollte. Oder hatte er sie sich falsch eingeprägt? Hatte vielleicht eine Zahl vergessen? Er griff wieder zum Hörer, um es ein zweites Mal zu versuchen.

Rums!

Victor fuhr herum. Die Bierflasche war auf den Teppichboden gefallen, und die Türklinke bewegte sich lautlos nach unten. Ohne zu zögern, öffnete Victor das Fenster und kroch auf einen Mauervorsprung hinaus. Das Zimmer befand sich im zweiten Stock. Er hörte jemanden sprechen vor der Tür, eine junge aufgebrachte Stimme. Eine Frau oder ein Kind? Annika oder der Zimmerservice? Victor sah keine Streifenwagen neben seinem Jeep, nur einen Kombi und ein paar Motorräder. Victor sprang in dem Moment nach unten, als sich die Tür öffnete und eine Gestalt mit langen blonden Haaren hereinkam.

Als Victor mit seiner immer noch schmerzenden rechten Hand den Wagen aufschloss, wartete er auf den Schuss, doch er hörte lediglich einen Wortwechsel zwischen dem Nachtportier, der sich ängstlich anhörte, und der anderen Person.

Ohne Licht zu fahren war angesichts des heftigen Regens sehr unangenehm, aber Victor sah keine andere Möglichkeit. Ein paar Kilometer weiter gab es eine schmale Straße, die zu einer verlassenen LKW-Wiegestation führte. Victor parkte hinter dem Wachhäuschen und beobachtete, wie ein Wagen langsam den Weg entlanggeholpert kam und vor der Schranke Halt machte. Das Autofenster wurde geöffnet, und Victor hörte jemanden murmeln. Er hielt den Atem an und spürte, dass sein Hemd am Sitz klebte. Wo bleibt ihr denn?, fragte er sich. Kaltblütig und wendig, die Hightech-Gewehre im Anschlag, wie üblich?

Der Regen ließ allmählich nach, und im gelben Scheinwerferlicht des Wagens sah man, dass kniehoher Nebel über dem Boden hing. Das Autoradio wurde eingeschaltet, und Victor hörte Countrymusik. Dann öffnete sich die Beifahrertür, eine Frau stieg aus, reckte sich und lehnte sich an einen Pfosten. Ihr Gesicht konnte er nicht erkennen. Sie beugte sich zum Fahrer, der daraufhin auch ausstieg. Victor, der darauf wartete, dass die beiden nun zu ihm kamen, sah verblüfft, dass sie sich küssten.

Die verstecken sich hier zum Fummeln, dachte Victor und schlug beide Hände vor den Mund, um nicht laut aufzulachen. Weißt du noch, wie das war?

Er konnte nicht losfahren, ohne bemerkt zu werden. Deshalb verbrachte er den Rest der Nacht hinter dem Wachhäuschen, während die beiden sich gleich nebenan auf den quietschenden Autositzen vergnügten. Victor kam es vor, als dauere das eine Ewigkeit. Als die ersten rosa Strahlen des Morgenlichts den Nebel durchdrangen, richteten die beiden sich auf und blickten lächelnd durch die Windschutzscheibe, berauscht von ihrem gemeinsamen Geheimnis. Sie schienen kaum älter als achtzehn zu sein. Das Mädchen hatte rote Haare und Sommersprossen. Sie zündete sich eine Zigarette an und blies Rauchringe wie eine Filmdiva. Die Jacke des Jungen lag schon um ihre Schultern, ein Beutestück.

Als sie dem Jungen den Kopf an die Schulter legte und die beiden losfuhren, wurde Victor von einem heftigen Neidanfall geplagt.

73

Victor fuhr weiter nach Osten. Er entwickelte sich zum Experten im Vermeiden von Verkehrskontrollen, indem er rechtzeitig den Staus auswich. Vor Amarillo verkaufte er den Jeep und erstand stattdessen einen weißen Honda Civic – ein unauffälliges Hausfrauenauto, das Krista Albemarle vermutlich gut gefallen hätte.

Er schien sämtliche etwaigen Verfolger abgehängt zu haben. Oder aber sie erwarteten ihn irgendwo. Vielleicht war es wirklich der Zimmerservice gewesen, dachte er. Extrem unwahrscheinlich mitten in der Nacht. Hinter der Leinwand eines einstigen Autokinos, die schon halb verfallen war, parkte er den Wagen, hüllte sich in den Tarnumhang und schlief ein paar Stunden. Am Abend des nächsten Tages erreichte er Tulsa und nickte freundlich einem einsamen Hilfssheriff an einer Ampel zu, als seien sie beide hart arbeitende Männer, die endlich Feierabend hatten. Victor war selbst erstaunt darüber, wie wenig er sich vor einer Verhaftung fürchtete. Der Hilfssheriff erwiderte das Lächeln nicht.

Sie ist unwiederbringlich verloren, raunte seine innere Stimme. Victor hatte es sogar aufgegeben, sich mit den Was-wäre-wenn-Fragen zu beschäftigen. Der Krampf in seiner Hand ließ allmählich nach, und er konnte die Finger wieder ausstrecken.

Victor saß in einem schmuddligen Imbiss in Missouri, eine Kappe in die Augen gezogen, und schlürfte einen Erdbeer-Milchshake, als ihm schlagartig ein Einfall kam. Er verschluckte sich, spuckte etwas von der rosafarbenen Flüssigkeit aus und lachte. Die Kellnerin kam angelaufen, wischte den Tresen sauber und fragte besorgt: »Alles in Ordnung, Schätzchen?«

Victor musste niesen und nickte nur. Er hinterließ Geld auf dem Tresen und warf sich ins Auto. Als er auf die Autobahn fuhr und Gas gab, fühlte er sich so leicht wie Lachgas.

Denn er war plötzlich ganz sicher, dass Jo nicht tot war. Und er glaubte sogar zu wissen, wo sie sich aufhielt.

Als er jetzt auf Illinois zusteuerte, spürte er in sich wieder den vertrauten Arabella-Irrsinn, eine Art wahnwitzige Sucht.

Ich habe nicht gesehen, dass sie tatsächlich angeschossen wurde. Nur die Glassplitter, die ihr ins Gesicht flogen.

Ich habe gesehen, wie sie in den Kanal stürzte. Aber nicht, wie sie starb.

Und sie hat mir einmal etwas erzählt, eine sehr persönliche Geschichte. Über eine Beerdigung. Und Milchshakes mit Eiscreme.

Victor fuhr einen Tag und eine Nacht hindurch, ohne sich auszuruhen, und verstieß damit gegen seine eigenen Regeln. Doch er konnte nicht anders. Im Radio hörte man jetzt nichts mehr von dem aufsehenerregenden Mord an Burt Moresby, der von seinem eigenen Assistenten getötet wurde. Vermutlich waren die täglichen Terrorwarnungen interessanter.

In der Abenddämmerung des folgenden Tages erreichte Victor Evansville in Indiana. Er war nicht sicher, warum Jo ihm damals diese Geschichte erzählt hatte, ging aber einfach davon aus, dass sie es aus gutem Grund getan hatte.

An der Main Street gab es immer noch ein paar alte Backsteinhäuser, doch der Rest der Innenstadt bestand aus scheußlichen Neubauten und Shoppingmalls. Da es Sonntag war, konnte Victor niemanden auf der Straße ansprechen, ohne aufzufallen. Er hielt vor einem Friseurladen und blickte auf den Kalender im Schaufenster. Morgen war Weihnachten. Sein Wagen hatte zu stottern angefangen, und Victor brauchte über eine Stunde, bis er das Fairmont Arms Hotel fand. Als er ausstieg, drang ihm der Schwefelgeruch von der Papierfabrik nebenan in die Nase.

Das einstmals prachtvolle Hotel hatte wahrlich schon bessere Zeiten gesehen. Im Erdgeschoss waren fast alle Fenster zerschlagen, der umlaufende Holzbalkon im zweiten Stock war stellenweise vermodert, und die Wände waren mit Graffiti besprüht. Victor holte tief Luft und betrat die Lobby. Sie hat einen Ort gewählt, an dem sie sich sicher fühlt, dachte er, obwohl er den Gedanken absurd fand. Doch welche Möglichkeiten gab es sonst noch? Dass sie im Gefängnis gelandet war? Oder sich vor einen Zug geworfen hatte? Er sah ihr Gesicht vor sich, als sie ihm die Geschichte von Admiral Bragadino erzählte. Sie würde sich ebenso wenig ergeben wie der Admiral.

Die Plüschsofas und stilvollen Deckenventilatoren aus Jos Kindheit gab es nicht mehr. Ein Tresen aus Chrom und klebrige Barhocker bestimmten das Bild, und statt der italienischen Männer saßen zwei Huren in der Bar und debattierten darüber, wer als Nächstes dran war. Sie schenkten Victor keinerlei Beachtung, als er auf den Portier zusteuerte, einen bestenfalls neunzehnjährigen Jungen, der in einer zu weiten Jacke steckte. Er sah freundlich aus und lächelte Victor an, offenbar in der Hoffnung auf bessere Kundschaft. »Kann ich Ihnen helfen, Sir?«, fragte er.

Dieser Knabe arbeitet bestimmt nicht für den Rat, dachte Victor. »Haben Sie hier in den letzten Tagen eine Frau gesehen, die … verletzt war?«

Der Junge starrte ihn stumm an. Dann blickte er auf Victors Hände und schaute zu den Huren hinüber. Vermutlich überlegte er, ob er um Hilfe rufen sollte.

»Sie ist etwa fünfunddreißig«, ergänzte Victor. »Kurze blonde Haare, möglicherweise Schnitte im Gesicht und Schlimmeres. Eine Schussverletzung zum Beispiel. Kommt Ihnen das bekannt vor?«

Der Junge nickte und blieb weiterhin stumm, aber er sah aus, als wolle er etwas sagen.

»Ja? Wo ist sie?«

Der Junge sah sich um. Dann beugte er sich vor, und Victor witterte seine Angst.

»Sie hat gesagt, ein junger Mann mit weißen Haaren würde kommen«, stammelte der Junge. »Tun Sie mir nichts, ja?«

Victor lächelte und nickte.

Der Junge ließ den Revolver sinken, den er hinter dem Tresen umklammert hielt, und reichte dem neuen Gast einen Schlüssel. »Neunter Stock, ganz am Ende des Flurs. Sie sagte, Sie sollten zuerst ihren Namen sagen, bevor Sie reingehen.«

Aber ich kenne ihren wirklichen Namen gar nicht, dachte Victor, als er den verschnörkelten Messingschlüssel entgegennahm.

Der schmuddlige grüne Läufer auf der Treppe schluckte jedes Geräusch, als Victor die Treppe hinaufstieg. In jeder Etage sah er Zimmer, deren Türen aus den Angeln gerissen worden waren, vermutlich bei Polizeieinsätzen, vielleicht aber auch von Gästen, die bei Drogenexzessen randaliert hatten. Von Stockwerk zu Stockwerk wirkte das Hotel heruntergekommener, und in der neunten Etage schließlich schien einmal ein Feuer gewütet zu haben – alles war mit einer Rußschicht bedeckt. Die Tür am Ende des Korridors war so dunkel, dass sie sogar das Licht der beiden nackten Glühbirnen daneben zu verschlucken schien. Victor stand eine Weile unschlüssig davor. Er hoffte, dass er sich nicht irrte, und fürchtete sich doch zugleich vor dem, was er vorfinden mochte.

Sie lebt, sagte er sich. Das ist eine Falle, raunte seine innere Stimme. *Lauf, so schnell du kannst!*

Schließlich klopfte er an. Keine Reaktion. Er klopfte noch einmal, doch da war nur Stille.

»Arabella, ich bin es, Victor«, sagte er. Es war zu spät. Der Junge hatte ihn hereingelegt. Irgendwo lauerten die Killer. Er wandte sich ab und war schon an der Treppe, als er die Stimme hörte. Sie klang schwach, aber er vernahm sie ganz deutlich.

»Mein lieber Victor«, sagte sie.

Er rannte zurück zur Tür und schloss sie auf. Als er den Raum betrat, konnte er zunächst nichts erkennen, weil es so dunkel war.

»Ich habe versucht dich anzurufen«, sagte er in die Dunkelheit.

»Mein Handy ist kaputtgegangen, als ich in den Kanal gesprungen bin«, erwiderte sie trocken. »Ich hab nie behauptet, dass ich ein Profi bin. Bin unter Wasser durch den Canal Grande geschwommen. Die Schraube von einem der Polizeiboote hat mich am Bein erwischt. Ich hab mich an irgendeiner Planke festgehalten und mich mit der Strömung in einen Seitenkanal tragen lassen. Hab gewartet, bis die Sirenen verschwunden waren. Dann hab ich mich von einem Zigeunerjungen in seinem Kanu mitnehmen und nach Treviso schippern lassen. Und bin auf einem Kreuzfahrtschiff nach Florida gekommen. Und du?«

»Mit einem Öltanker. Nach Galveston.«

»Du hast was gelernt.«

Sie saß in einer fast dunklen Ecke des Zimmers, in einen langen Mantel gehüllt, die Hände im Schoß wie eine alte Frau. Ein Pfostenbett stand im Zimmer, und es gab eine Toilette ohne Tür. Eine zerbrochene Marmorleuchte warf ein mattes Licht auf ihre Hände, die von vielen kleinen Narben überzogen waren. Victor ging ganz langsam auf sie zu. Er spürte instinktiv, dass sie etwas Wichtiges verloren hatte und es nun ihm oblag, zu beschützen, was ihr geblieben war. Als er ihr Gesicht berührte, wandte sie sich ab, als wolle sie etwas verbergen.

»Was ist?«

»Wieso kommst du immer zu mir?«, fragte sie mit rauer Stimme. Er merkte, dass sie in all der Zeit versucht hatte, nicht zu weinen.

»Das weißt du doch«, antwortete er.

Sie ließ es jetzt zu, dass er ihr Gesicht in die Hände nahm und es zur Lampe drehte. Victor konnte den erschrockenen Laut nicht unterdrücken, der ihm entfuhr, als das Licht ihm enthüllte, was geschehen war.

Ihre Augen waren verdeckt von einem Verband, der aussah, als müsse er dringend gewechselt werden.

Die Glassplitter hatten ihre Augen getroffen.

»Jetzt bin ich nutzlos«, sagte sie und ließ sich von ihm in den Armen wiegen.

»Nein, das bist du nicht«, entgegnete er.

Sie wandte den Kopf zum Fenster, weil sie einen Luftzug spürte.

»Sie werden kommen«, sagte sie.

»Stefano ist tot. Und ich werde dich vor den anderen beschützen. Du musst schlafen. Komm her.«

Er hielt sie lange in den Armen und half ihr dann den Verband zu wechseln, der an den Augen angetrocknet war. Victor löste ihn behutsam mit etwas Wasser ab, und Jo lehnte sich zurück und überließ sich vertrauensvoll seinen Händen. Victor trug dem Jungen an der Rezeption auf, eine Lösung aus der Apotheke zu besorgen. Damit spülte er Jos Augen vorsichtig. Danach hüllte er die Frau, nach der er so lange gesucht hatte, in einen Bademantel. Sie schlief ein, sobald sie im Bett lag.

Victor hielt sie in Armen und bewachte ihren Schlaf. Als auch ihm die Augen zusanken, sah er Jo im Geiste aus Leibeskräften rennen. Und diesmal gelang es ihr, dem Rat der Zehn für immer zu entkommen.

74

Es war an der Zeit, den Wagen zu wechseln, und das Kaff in West Virginia schien ihnen der richtige Ort dafür zu sein. Doch irgendetwas stimmte nicht mit dem Autohändler.

»Für den da können Sie aber kein Vermögen mehr erwarten«, sagte der große Mann und wischte sich zum dritten Mal, seit das junge Paar bei ihm erschienen war, die Hände trocken. Er tippte mit seinem sorgfältig manikürten Zeigefinger auf den kümmerlichen Honda und wies mit dem Kopf auf eine Reihe Sportwagen, die mit Fähnchen geschmückt waren. »Aber suchen Sie sich einfach was aus, das Ihnen gefällt, wir finden schon eine Lösung.«

Victor sah sich um. Er hatte nicht das Gefühl, dass irgendeiner von Mariannes Killern in der Nähe war. Sie waren unterwegs an drei Streifenwagen vorbeigekommen und hatten dann beschlossen, das Auto zu wechseln. Jo lehnte an einer Zapfsäule und atmete tief die frische Luft ein. Vorsichtig betastete sie den Verband auf ihren Augen. Der Regen hatte nachgelassen, und man sah eine Bergkette, die sich schwarzbraun gegen den Morgenhimmel abzeichnete.

»Hauptsache, es fährt«, sagte Victor.

»Wie weit haben Sie's denn noch?«, fragte der Mann und wippte dabei auf den Fersen.

»Ich müsste mal auf die Toilette«, sagte Jo.

»Die Schlüssel kriegen Sie drinnen bei Kemal«, sagte der Mann und starrte etwas zu lange auf ihren Hintern. Jo folgte dem Klang des Radios und verschwand in dem Flachbau. Victor klopfte auf die Motorhaube des unauffälligsten Wagens auf diesem Gelände, eines braunen neueren Buick.

»Den hätte ich gern«, sagte er.

»Kein Problem«, erwiderte der Mann und streckte ihm die Hand hin. »Ich bin Carl. Die meisten Leute nennen mich Carlito. Soll ein Witz sein, wegen meiner Größe. Wie ein kleiner Mexikaner, nur umgekehrt, verstehen Sie?«

»Können wir das dann klarmachen, Carl?«

»Machen wir doch. Möchten Sie noch Extras? Ich hab ein paar prima Lautsprecher für das Radio. Ganz schnucklige Dinger.«

»Danke, ich nehme ihn so, wie er ist.«

»Ohne Schnickschnack. Das gefällt mir.«

Victor holte sein Geld hervor und sah Carl an, der angespannt lächelte und sich nach Jo umdrehte, die gerade den Schlüssel zurückgab. Als der Autohändler sich wieder Victor zuwandte, wirkte sein Lächeln wie gefroren, und die Freundlichkeit war aus seiner Stimme verschwunden.

»Und, haben Sie Kopien von dem Tape gemacht?«, raunte er Victor zu. »Oder ist das in Ihrer Tasche das einzige? Ich dachte mir, dass Sie keine Zeit hatten.«

Jo, die auf sie zukam, spürte den Stimmungswechsel und blieb stehen. Victor sondierte rasch das Gelände. Ein Junge auf einem Fahrrad. Zwei Frauen, die Feuerholz auf einen Pick-up luden. Ein paar Jugendliche in einem Kombi, die lautstark debattierten und Pommes frites aßen.

Und überall Flachdächer.

»Es gibt nur einen Weg, das rauszukriegen«, sagte Victor. »Nun müssen Sie entscheiden.«

Jo stieg in den Buick und ließ den Motor an.

Carl blickte auf Victors Hände. »Und unbewaffnet. Wirklich verlockend.«

»Sie wollen mich erschießen? Ohne Marianne um Erlaubnis zu fragen?«

»Ist die Braut das alles echt wert?«, fragte Carl.

Victor ging rückwärts zu dem Buick und behielt dabei das Gelände im Auge. Keiner bewegte sich auf ihn zu. Carl blickte zu Kemal hinüber. Der junge Mann hatte den Finger auf ein umgeschnalltes Mikro gelegt und zog fragend die Augenbrauen hoch, als wolle er sagen: Und? Legen wir jetzt los, Boss?

Victor stieg in den Buick und schloss die Tür. Jo war auf den Beifahrersitz gerutscht. Die Jugendlichen starrten zu ihnen herüber. Schließlich schüttelte Carl den Kopf und kam zu Victor.

»Am Ende dieser Straße wartet dasselbe auf Sie«, sagte er. »Wir können uns auch jetzt unterhalten.«

Victor reagierte nicht, sondern fuhr los. Im Rückspiegel sah er, wie Carl ein Handy hervorholte.

Die Landschaft war karg und flach. Nur ab und an erhoben sich kahle Hügel mit Bäumen, die vom sauren Regen sichtlich geschädigt waren. Niemand folgte ihnen.

»Sag mir, was du siehst«, sagte Jo mit gepresster Stimme.

Sie näherten sich einer kleineren Ortschaft mit einer Mall und mehreren Motels.

»Hinter uns keiner, vor uns auch nicht. Zwei Parkplätze.«

Jo nagte an ihrer Lippe. »Sonst noch was?«

Ein Greyhound-Schild tauchte auf.

»Ein Busbahnhof. Zwei Busse stehen, einer fährt los, Richtung Osten.«

»Fahr langsam. Wenn du daran vorbei bist, bieg ab und parke hinter dem Gebäude. Dann kauf uns Fahrkarten und schlendere langsam zum Wagen zurück.« Schweißtropfen standen ihr auf der Stirn. »Und, denk dran …«

»… das Ziel laut ansagen und das Geld nicht gleich parat haben. Weiß ich.«

Als Victor ausstieg, hielt Jo seine Hand noch einen Moment fest. Ihre Augen brannten. Er vertraut mir, dachte sie. Und ich weiß nicht mal, ob er das wirklich tun sollte.

Jo fühlte sich innerlich glatt und leer. Keine Gefühle. Das Werkzeug der anderen. Sie biss sich in die Hand, bis sie blutete. Und nicht einmal das spürte sie wirklich.

Als Victor um die Ecke gebogen war, ließ sie den Kopf sinken und weinte.

75

Stefanos Gesicht war noch warm, als Annika ihn fand, aber seine Finger wurden schon kalt. Sie massierte sie, als könne sie ihn so am Leben erhalten. Gott, seine ganze Schulter war verschwunden. Annika konnte kaum glauben, dass Victor das getan hatte. Sie war fast beeindruckt. Nach einer Weile ließ sie Stefanos Finger los und breitete ihren Mantel über seinen Körper. Dann rannte sie nach unten, um den Amateur zu suchen, der den einzigen Mann getötet hatte, mit dem sie jemals zusammen gewesen war.

Sie kam wieder nach oben, als die Suche nach Victor sich als aussichtslos erwies und die Männer nur noch ziellos auf dem Gelände umherhasteten. Der Mantel war von Stefanos Leiche gerutscht. Die Gestalt, die dort in einer riesigen Blutlache lag, hatte keinerlei Ähnlichkeit mehr mit dem Mann, dem Annika seit ihrem fünfzehnten Lebensjahr nicht mehr von der Seite gewichen war. Über dessen Witze sie sich mokierte, bevor er sich zu ihr beugte und sie küsste. Im Sterben hatte Stefano sich zusammengerollt wie ein Baby. Annika breitete erneut den Mantel über ihn, setzte sich und zog die Knie an. Sie blieb sitzen, dann nahm sie Stefanos Gewehr an sich, hängte es sich um und verließ das Haus.

Als sie sich zum ersten Mal begegneten, hatte Stefano sie gerettet. Er spendierte ihr ein Bier, in einem Restaurant in Chinatown, wo der Kellner sie bereits misstrauisch beäugte, weil er ahnte, dass sie ihr Essen nicht bezahlen konnte. Stefano trug Frye-Stiefel und trank sein Bier, indem er die Flasche mit zwei Fingern am Hals festhielt. Stefano hatte ihr immer gut zugehört. Als sie damals beschlossen, einen Mann auf der Toilette auszurauben, um die Rechnung zu bezahlen, war er völlig ruhig geblieben und hatte dem Typen kein Haar gekrümmt. Und nun war er auf Kosten ihrer Auftraggeber im Krematorium gelandet. Wir müssen die Gründe nicht wissen, hatte er immer gesagt. Nur am Leben bleiben.

Annika hob den Kopf und blickte in die Gesichter vor ihr. Die etwa zehn Männer, die auf Klappstühlen saßen und kalten Kaffee tranken, warteten sichtlich ungeduldig darauf, dass sie ihren Bericht zu Ende brachte. Sie befanden sich in einem schon seit langer Zeit ungenutzten Hangar außerhalb von Gila Bend, in der Gegend, in der Moresby Victor vom Flugplatz abgeholt hatte.

»Wenn wir ein paar Männer mehr hätten«, sagte sie, »könnten wir ihn noch kriegen.«

Der Lehrertyp aus ihrem Team packte im hinteren Teil des Hangar seine Ausrüstung zusammen. Er warf Annika ein angespanntes Lächeln zu und trat zu den anderen Männern, die ihre Gewehre schon verstaut hatten. Dieser ganze Aufwand, und alles für nichts und wieder nichts, schien sein Lächeln zu besagen. Ein andermal wieder, Schätzchen.

Am Kopfende des Tisches saß ein Mann in einem Daunenanorak, der Annikas Rede schließlich unterbrach, indem er sich die Nase schnäuzte. Es war kalt in dem Hangar, und der Regen hämmerte aufs Dach. Sein Nebensitzer raunte ihm etwas zu, und der Mann im Daunenanorak nickte.

»Sie kennen mich nicht«, sagte er. »Ich bin Traynor.«

Annika sah bestürzt aus. Sie blinzelte und versuchte etwas Imaginäres von ihrer Wange zu entfernen. Traynor, dem die Geste nicht entging, lächelte in sich hinein.

»Wir wissen, was passiert ist«, sagte er. »Und bedanken uns für den Bericht. Aber wir haben keine Einsatzkräfte mehr. Einige unserer Teams haben sich nach Moresbys Tod aufgelöst. Wir können keine zusätzliche Öffentlichkeit brauchen. Im Gegenteil, wir müssen jetzt so unauffällig wie möglich vorgehen und dürfen nichts dramatisieren.«

»Ständige Überwachung der aufgelisteten Orte ist der vernünftige Weg«, äußerte einer der anderen und goss sich Kaffee nach. »Die Nachrichten im Auge behalten. Und die Flughäfen. Geduld ist jetzt angesagt.«

»Wir müssen runterfahren«, bekräftigte Traynor. »Staat und Polizei drücken nur bis zu einem gewissen Grad ein Auge zu.«

Annika erhob sich, und alle blickten sie abwartend an. Wie würde sie reagieren?

»Dramatisieren?«, sagte Annika mit überkippender Stimme. »Sie finden, dass ich etwas *dramatisiere*?«

Traynors Pferdegesicht lief rot an. Er würde sich von ihr nicht auf der Nase herumtanzen lassen. Er stand auf, ging auf Annika zu und versuchte, ihr das Gewehr wegzunehmen. Aber sie packte sein Handgelenk mit eisernem Griff. Die Männer am Tisch erstarrten, und einer tastete nach etwas in seiner Tasche. Die Einsatztruppe in den Tarnjacken behielt unauffällig ihre Gewehre und die Türen im Auge.

»Wir haben schon wieder einen unserer besten Männer verloren«, sagte Traynor, der jetzt bleich wurde. »Heutzutage können wir uns so etwas nicht mehr leisten. Vielleicht, als Sie anfingen, aber heute nicht mehr.«

»Was meinen Sie mit ›schon wieder‹?«

»Sie haben vor vier Jahren einen verloren, und –«

»*Ich* habe gar niemanden verloren –«

»Und zwar aufgrund derselben Person. Soll dieser Victor Tallent nicht angeblich eine ganz instabile Persönlichkeit sein? Haben Sie ihm nicht entsprechend zugesetzt? Ihm hie und da ein paar Gespenster vorgegaukelt?« Er hielt noch immer ihr Gewehr. »Was bringen sie euch heutzutage eigentlich bei, hm?«

»Lassen Sie bitte mein Gewehr los, Mr Traynor.«

Er entschloss sich, ihrer Aufforderung nachzukommen, und massierte sein Handgelenk. Hitzköpfe, schien sein verächtlicher Gesichtsausdruck zu besagen. Eiferer. Und alle zu jung, um aus ihren Fehlern zu lernen. Zu meiner Zeit war das anders. Aber die Zeiten haben sich eben geändert. Heutzutage muss man mit weniger auskommen.

Die Runde am Tisch entspannte sich, aber die Männer in den Tarnjacken hatten die Hand am Gewehr und behielten die Ausgänge, nun für jedermann offensichtlich, im Auge.

Annika band sich die Haare zum Pferdeschwanz zusammen und überprüfte den Verschluss an Stefanos handgefertigtem SIG SG 550, dessen Riemen schon einen roten Streifen an ihrem Hals hinterlassen hatte. Sie strich mit der Fingerspitze über die Tungsten-Carbide-Patrone in der Kammer, bevor sie das Gewehr zuklappte und mit innerer Genugtuung beobachtete, wie Traynor bei dem Geräusch zusammenzuckte.

»Ich möchte die Sache Marianne vortragen«, sagte Annika. »Tallent wird Jo bei sich haben, und sie ist verletzt. Sie können nicht lange unbemerkt bleiben. Weshalb kann ich also nicht –«

»Ihr Vorgesetzter ist nicht mehr Marianne, sondern ich«, entgegnete Traynor. »Ich möchte, dass Tallent eine Weile unbehelligt bleibt. Sie sind aus der vorderen Reihe abgezogen.«

Annika blickte in die Runde. Die alte Kuh war also endgültig abgesetzt worden. Gott, wie sie diese Reporte hasste. Und das nach allem, was sie getan hatte. Stefanos Hände waren so kalt gewesen. Sie spürte einen Anflug von Übelkeit. »Sie lassen ihn mit dem Video in der Tasche durch die Gegend rennen?«, fragte sie. Der vorwurfsvolle Unterton war nicht zu überhören.

»Bis sie einen Fehler machen, ja. Ich meine, Sie kennen ja die Regeln.«

Annika trat nach einem imaginären Gegenstand und bereute das sofort. Ein trotziges Kind vor einem Haufen Lehrer. »Dann versichern Sie mir, dass Sie zumindest die Überwachung verstärkt haben.«

Traynor wandte den Blick ab, und Annika lachte.

»Sie wollen mir sagen, dass Sie ihn verloren haben? Mr Traynor, das ist –«

Der Mann, der zuvor nach seiner Waffe getastet hatte, lehnte sich zurück und trank seinen Kaffee aus. Er trug ein Tweedsakko, das ihm eine Nummer zu klein war. Seine Zähne waren strahlend weiß, geradezu blendend, und nun befingerte er sie geistesabwesend. »Alle haben ihr Bestes gegeben«, sagte er. »Sie auch. Wir werden ihn aufspüren. Er wird sich selbst verraten.«

Annika schenkte ihm keine Beachtung, sondern sah Traynor an. »Sie vergeuden die Zeit meiner Männer«, sagte sie.

»Ich hatte mich der Illusion hingegeben, dass diese Männer für die Eminenza arbeiten«, versetzte Traynor.

Annika wandte sich zum Gehen und nickte ihrem Team zu. Der Lehrertyp schüttelte fast unmerklich den Kopf, um ihr zu bedeuten: Ganz ruhig bleiben. Es lohnt sich nicht.

Traynor rief ihr nach: »Melden Sie sich bitte wieder bei Marianne.«

Die Männer in den Tarnjacken blickten ihre Chefin fragend an. Bleiben oder abziehen? Traynor, dem anzusehen war, dass er Annika um die Loyalität ihrer Männer beneidete, deutete auf die wartende Truppe. »Sie auch«, ergänzte er. »Bis Tallent auftaucht. Könnte sogar schnell gehen. Zuletzt waren sie unterwegs Richtung Osten.«

»Was, soll ich jetzt Bodyguard-Dienste machen? Wieso? Für die alte Schachtel?«

Traynor lächelte kalt. Von einem Mädchen wie diesem hier abhängig zu sein, war demütigend für eine Organisation, die früher über Nacht ganze Heere zerstört hatte. Er würde die Anweisung geben, Annika aus dem Außendienst abzuziehen. Emotional instabil. Er griff nach Stefanos Gewehr und nahm es ihr endgültig ab.

»Sie fühlt sich dann besser.«

76

Jo nahm Victors Hand, als sie im Morgengrauen die Grenze nach Maine passierten. Die kahlen Äste der Bäume ragten wie anklagende Finger zum Himmel auf. Victor sah ihre Verfolger im Moment nicht, doch er wusste, dass sie ihnen auf der Spur waren. Er spürte es an dem Kribbeln im Nacken. Seit sie das Hotel verlassen und nun in einem alten roten Olds zu Marianne unterwegs waren, warf man ihnen, wo sie auch anhielten, nur beiläufige Blicke zu. Als sie in Massachusetts an einer Tankstelle anhielten, fuhr ein Mechaniker in einem fleckenlosen weißen T-Shirt auf seinem Rollbrett unter einem Auto hervor und blickte ihnen nach. Doch Mariannes Spione ließen die beiden in Ruhe. Man musste erst sichergehen, dass Victor keine Kopien des Tapes gemacht oder gar Kopien der Liste verschickt hatte. Die Überwachung war zweimal während der Fahrt unterbrochen gewesen.

»Es ist mir egal, was wir vereinbart haben«, sagte Jo trotzig. »Ich will dabei sein.«

Victor drückte ihre Hand. »Wir haben es doch schon besprochen. Das ist Unsinn.«

Jo zog ihre Hand weg, tastete nach dem Zigarettenanzünder und seufzte, als sie feststellte, dass es keinen gab. »Ich will spüren, wie ihr Gesicht aussieht.«

»Ich kann dich da nicht schützen.«

»Das brauchst du auch nicht. Ich kann auf mich selbst aufpass…«

»Vertraust du mir?«, erwiderte Victor, um Gelassenheit bemüht. Der Verkehr wurde dichter. Kombis und Kleinwagen, vollgestopft mit Kindern und Koffern, drängten sich auf dem I-95. Der Regen prasselte auf den Asphalt.

Jo blieb kurz stumm und zupfte an einer Nagelhaut. Schließlich nickte sie. »Ja.«

»Dann sei so gut und hilf mir«, sagte Victor. »Ich habe Angst vor diesen Leuten. Und ich bin erschöpft. Ich habe nur diese eine Chance. Wenn sie mir das nicht abnehmen …« Er beendete den Satz nicht.

Jo griff wieder nach seiner Hand. Ihre Stimme klang brüchig, als sie sagte: »Anderthalb Kilometer vor Biddeford gibt es einen Abzweig, am Lobsterman Motor Inn. Wenn du dort rechts abbiegst, kommst du zu einem weiteren Motel, ohne Schilder. Es steht leer. Halte dort vor Zimmer sechs. Das ist meines. Bring mich rein, dann warte ich dort auf dich.« Sie drückte ihm einen rostigen Schlüssel in die Hand. »Wenn du heute nicht mehr zurückkommst, gehe ich selbst hin und mach die alte Hexe fertig.« Sie lächelte verkrampft, damit er die Tränen in ihren Augen nicht bemerkte.

»Ich liebe dich auch«, sagte Victor. Kurz darauf nahm er die Abfahrt vom Highway und folgte Jos Beschreibung. Er fand das verwahrlost aussehende Hotel auf Anhieb. An den blauen Holztüren blätterte die Farbe ab. Victor hielt hinter einem Müllcontainer an und wollte Jo aus dem Wagen helfen, aber sie schob seine Hand beiseite und steuerte selbst auf Zimmer sechs zu, indem sie mit einem Finger vorsichtig an der Wand entlangstreifte.

Der Schlüssel hakte zunächst im Schloss, doch dann ging die Tür auf.

Jo trat ein, bevor Victor ihr vorangehen konnte, um den Raum zu sondieren. Das Zimmer war nur mit einem durchhängenden Bett, einem primitiven Tisch und einem Stuhl ausgestattet. Es gab nicht einmal eine Lampe und alles war mit einer dünnen Staubschicht bedeckt. Jo schritt geradewegs auf das alte Bett zu und zog einen Koffer darunter hervor.

»War das dein Zufluchtsort Nummer zwei?«

»Schon möglich«, antwortete Jo und klappte den Koffer auf, der zwei Handys, einen Wecker und zwei verdreckt wirkende HK-USP-Pistolen, Kaliber 45, enthielt. Sie nahm die Pistolen heraus und legte sie aufs Bett.

Victor spähte aus dem Fenster und sah einen Pick-up, der einen Moment anhielt, bevor er weiterfuhr. Den Fahrer konnte er nicht erkennen. Zwischen den Bäumen regte sich nichts.

»Eben ist ein Pick-up vorbeigefahren«, sagte er.

»Hab ich gehört. Hat er angehalten?«

»Nur eine Sekunde. Ich glaube nicht, dass man unseren Wagen von dort sehen konnte.«

Jo nickte und gab Geheimnummern in die beiden Handys ein. »Wie viel Zeit brauchst du?«

Victor betrachtete ihre Haare. An den Wurzeln wuchs ihre Naturfarbe heraus, das dunkle Brünett, an das er sich genau erinnerte. Sein Herz tat einen Sprung, und er hätte Jo am liebsten geküsst. »Ich denke, ich werde wohl eine halbe Stunde für die Fahrt brauchen und eine Viertelstunde mit Marianne«, sagte er. »Nach etwa anderthalb Stunden müsste ich wieder hier sein.«

Jo schaltete den Wecker ein und gab ihn Victor. »Stell den Wecker auf zwei Stunden später. Wenn er dann losgeht und du noch nicht da bist –«

Er kam ihrer Aufforderung nach. »Stürmst du rein und ballerst los, ich weiß. Und die bringen dich unter die Erde, und dieses Mal für immer. Ich will, dass du hierbleibst.«

»Ich bin blind, aber ich kann die immer noch riechen.«

Sie nahm volle Magazine aus dem Koffer und schob sie in die Pistolen. Eine der beiden reichte sie ihm. »Du darfst dich nicht aufhalten lassen«, sagte sie. »Bleib nicht länger als fünf Minuten in dem Haus. Wenn du merkst, dass Marianne sich sicher fühlt, wirst du es bald nicht mehr sein.« Sie nagte an ihrer Lippe. »Du schaust mich an. So wie du es damals getan hast.«

»Da solltest du dich am besten dran gewöhnen.«

»Meinst du das ernst?« Sie runzelte die Stirn und lächelte nervös.

»Kein guter Zeitpunkt zum Flirten, oder?« Victor setzte sich neben Jo aufs Bett und verstaute die Pistole in seiner Jackentasche. Dann küsste er Jo sachte auf die Wange. »Denkst du bitte über etwas nach, während ich weg bin?«

»Worüber denn?«

»Versuch dir bitte vorzustellen, wie deine Tage aussehen würden, wenn du nicht mehr auf der Flucht bist.«

»Das kann ich nicht.«

Er küsste sie wieder und stand auf, versuchte nicht an dieses Haus zu denken, zu dem er sich jetzt begeben musste. Jo begleitete ihn zur Tür und ließ seine Hand erst los, als sie hörte, wie er aufschloss.

»Wie viel Zeit ist noch übrig von den zwei Stunden?«, fragte sie.

»Ich komme wieder und hol dich ab.«

»Sag es mir!«, erwiderte sie aufgebracht.

»Eine Stunde und sechsundfünfzig Minuten.«

»Ich liebe dich, Victor«, sagte Jo zum Abschied.

77

Der Mantel war nicht warm genug.

Der Richter hatte bereits den Kragen hochgeschlagen, aber der reichte nicht einmal bis zu den Ohren. Er machte es sich auf den Ledersitzen der Limousine so bequem wie möglich und blickte hinaus auf die monotonen Bauten einer Vorstadt von Boston. Zwei seiner Schattenmänner saßen ihm gegenüber. Sie trugen graue Anzüge und schwarze Schuhe und froren auch. Einer raunte etwas in ein Handy. Silvia prüfte den Verschluss ihres Gewehrs und legte es quer über ihren Schoß, damit der alte Mann sie nicht wieder begrapschen konnte.

»Wie weit noch?«, fragte der Richter.

»Knapp zwei Stunden«, antwortete einer der Schatten.

»Weiß Marianne, dass wir kommen?«

Der Mann checkte seine Nachrichten und schüttelte den Kopf. »Zwei ihrer Leute glauben, dass Sie gestern Abend um Viertel vor acht in die Alitalia-Maschine nach Venedig gestiegen sind. Sie haben die Überwachung komplett aufgegeben. Auto und Hotel.«

»Wollten sichergehen, dass Sie auch wirklich weg sind«, äußerte der Größere der beiden.

»Ich hätte das schon vor Jahren selbst erledigen sollen«, murmelte der Richter.

Der andere Schatten klappte sein Handy zu. Er sah aus wie ein Kind, das sich überlegt, wie es ein Geheimnis preisgeben soll. Dem Richter war das nicht entgangen, und er fragte stirnrunzelnd: »Was gibt es Neues, Grimani?«

»Ein weiterer ruhmreicher Tag für die Republik, Sir«, antwortete Grimani und entblößte seine kleinen Zähne. »Sie haben das Mädchen gefunden. Einer unserer Leute – Vendramin – hat die Route abgesucht, auf der wir Tallent vermutet haben. Das Mädchen versteckt sich in einem verlassenen Motel. Sie ist alleine. Er ist zu Marianne gefahren, und es gibt keine Polizeistation in der Nähe.«

Dem Richter stieg das Blut in die Wangen, und er fror plötzlich nicht mehr. Er beugte sich vor und legte dem Fahrer die Hand auf die Schulter.

»Halten Sie sich an die Geschwindigkeitsbegrenzung«,

sagte er. »Aber wehe, Sie fahren langsamer, dann können Sie sich mindestens als gefeuert betrachten.« Dann wandte er sich zu Grimani. »Vendramin soll sich bereithalten.«

Silvia spielte wieder mit dem Verschluss ihres Gewehrs, und der Richter lehnte sich zurück und sann darüber nach, wie sich wohl zwei weitere Köpfe in seiner Glasvitrine ausmachen würden.

78

Als Victor vor Mariannes Haus in der gepflegten Vorstadtstraße hielt, fand er, dass es hier nach Weihnachten roch. Aber nicht nach ordinärem Weihnachten, sondern nach der Edelvariante.

Der Duft, der aus offenen Fenstern und unter Türschwellen hervordrang, setzte sich aus Apfelcider und schwedischen Plätzchen zusammen, nicht aus Bier und Truthahn. Selbst die Geräusche, die man hier vernahm, wiesen auf altes Geld hin: das sonore Brummen eines teuren Spielzeugautos. Ein Speedboot, das an einem privaten Steg zum Halten kam. Kultiviertes Lachen von Frauen, die sich zum Tee oder zum Sherry trafen.

Auch die Häuser selbst erinnerten an alte Damen, die nicht mehr ihren kostbarsten Schmuck anlegen mussten, um eindrucksvoll zu wirken. Es waren weiße Villen aus Stein oder Holz mit kleinen Kuppeln oder Säulen am Eingang. Große verschneite Volvos in den Einfahrten verliehen der Straße zusätzlich ein solides Gepräge. Auf dem Schnee in den Vorgärten glitzerten bunte Weihnachtsdekorationen.

Victor ging den Gehweg entlang und kam an einem Mann in einem Overall vorbei, der sich über den Motor eines Triumph TR3 beugte, eingehend mit einer Reparatur befasst. Er nickte Victor kurz zu und fuhr dann mit seiner Tätigkeit fort. Doch Victor entging nicht, dass nur seine Finger ölverschmiert waren, nicht seine Kleidung. Und die Schuhe sahen nach Laufschuhen aus, bestens dazu geeignet, jemanden zu verfolgen. Vor dem Haus linker Hand trug eine Frau gerade ihre Einkäufe hinein und versuchte dabei, ihrem Hund auszuweichen, der bellend um sie herumsprang. Die Papiertüten sahen vollgestopft aus, doch die Frau schien nicht schwer an ihnen zu tragen. Requisiten, dachte Victor, die man in dem Moment fallen lässt, in dem man über Ohrstöpsel einen Befehl bekommt. Er winkte der Frau zu und ging weiter. Die Pistole in seinem Beinholster hing schwer über seinem Knöchel.

Vor Haus Nummer acht blieb er stehen.

Aus dem angekippten Küchenfenster wehte der aromatische Geruch von Zitronenkeksen. Eine laute Jungenstimme, noch übertönt vom Gekläff eines Hundes, wurde von der herrischen Stimme einer älteren Frau zum Schweigen gebracht. Sogar hier gibt man Befehle, anstatt zu bitten, dachte Victor. Er öffnete das Gartentor und ging den Weg entlang, vorbei an einem betagten Kombi und einem noch älteren Saab, der mit Stickern von drei unterschiedlichen Schulen beklebt war. Dann holte Victor tief Luft und klopfte an die Haustür.

Ein kleiner Junge öffnete die Haustür einen Spaltbreit. In der einen Hand hielt er einen Keks, mit der anderen versuchte er, einen Golden-Retriever-Welpen davon fernzuhalten. Der Junge hatte blaue Augen und sah Victor furchtlos an.

»Frohe Weihnachten euch beiden«, sagte Victor.

»Wer bist du?«, erkundigte sich der Junge.

»Ich arbeite für deine Großmutter. Könnte ich sie mal sprechen?«

Der Junge runzelte die Stirn, drehte sich um und tappte ins Haus. Victor hörte, wie er berichtete: »Da draußen ist ein Mann, der will mit dir reden, Oma.« Verwirrtes Murmeln, darauf Stille. Dann hörte Victor das Klacken der Pumps, das ihm noch von seiner Gefangenschaft in dem Blockhaus vertraut war, und die Tür wurde weit aufgemacht. In dieser Wohngegend kam vermutlich nie jemand unangemeldet zu Besuch.

Marianne nahm zuerst nur den Overall wahr, den Victor zur Tarnung angezogen hatte, und setzte eine resolute Miene auf, um ihn zu verscheuchen. Dann sah sie Victors Gesicht unter der Schirmmütze und ließ den Teller mit Keksen fallen, den sie in der Hand gehalten hatte.

»Mutter, wer ist denn da?« Die irritierte Stimme einer jungen Frau. Offenbar störte er drei Generationen bei ihren gemütlichen Weihnachtsvorbereitungen. Die junge Frau, die sich jetzt näherte, war schlank und blond, und ihre Khakis waren mit Schokoladenflecken übersät. Ihre Haltung erinnerte an ihre Mutter. Die junge Frau blickte verdattert auf die Kekse auf dem Boden, dann schaute sie ihre Mutter an, die ihrerseits völlig fassungslos den Mann vor der Tür anstarrte.

»Tut mir leid, dass ich einfach so hereinplatze, Marianne«, sagte Victor munter und tippte unterwürfig an seine Mütze. »Aber ich dachte mir, die Sache sei zu wichtig, um bis Neujahr zu warten. Ich habe gefunden, wonach Sie suchten. Sie wollen sich doch bestimmt gleich darum kümmern.«

Er reichte Marianne eines der Fotos, auf dem sie bei einer der Sitzungen mit dem Rat abgebildet war.

»Ich habe auch noch mehr Namen gefunden. Und ein paar bewegte Bilder. Ich habe nichts übersehen, da können Sie sich drauf verlassen.« Victor blickte zu dem Triumph hinüber. Der Mann, der daran gearbeitet hatte, war verschwunden. Ebenso wie die Frau mit den Einkäufen. Er spürte das vertraute Kribbeln im Nacken. Er wusste, dass die beiden nur auf ihren Befehl warteten.

»Und damit nichts passiert, wenn Sie die hier verlieren sollten, habe ich Kopien angefertigt«, sagte er.

Marianne löste sich aus ihrer Erstarrung und setzte ein Lächeln auf, das so lebhaft wirkte wie das auf einer Totenmaske. Sie schüttelte den Kopf, und Victor spürte, wie das Kribbeln im Nacken verschwand.

»Ist das nett von Ihnen, dass Sie vorbeischauen«, sagte Marianne liebenswürdig und bat ihn herein. Wenn Victor jetzt eine bedrohliche Bewegung machte, wäre er tot. Andererseits würde sie dann nie erfahren, was es mit den Kopien auf sich hatte.

»Das ist meine Adele«, sagte sie und wies auf ihre Tochter, »und das hier sind Toby und Rascal. Die beiden haben Sie ja schon kennengelernt.«

Die junge Frau lächelte, gab Victor sichtlich erleichtert die Hand und scheuchte ihren Sohn in die Küche zurück. Victor folgte Marianne. Die Seestücke und Stilleben an den Wänden erinnerten ihn an die Trask Academy, und er fühlte sich in die Zeit zurückversetzt, als er ständig einsamen jungen Lehrerinnen entkommen musste. Marianne führte ihn in ihr Büro, schloss die Tür und ließ sich hinter einem betagten Mahagonischreibtisch nieder. Neben dem Telefon stand eine kleine Emailletafel mit der Aufschrift »Liebste Oma der Welt«.

Sie hatte jetzt wieder die autoritäre Miene aufgesetzt, die

Victor schon kannte, aber ihre gepflegten Hände spielten unruhig mit dem Goldschmuck an ihrem Arm. Eine Standuhr tickte laut, ein Geräusch, das Victor für gewöhnlich als entspannend empfunden hätte. Auf einem alten Foto sah er die junge Marianne zwischen zwei älteren Männern lächelnd in die Zukunft blicken. Draußen hörte er den kleinen Hund herumtappen.

»Ich hatte Sie nicht so früh erwartet«, sagte Marianne und rückte ein Foto zurecht. »Und auch nicht … in diesem privaten Rahmen.«

»Was haben Sie denn erwartet?«, erwiderte Victor. »Dass ich versuche, Sie auf einem Parkplatz anzusprechen? Oder auf der Straße? Wo Sie mich erschießen lassen und dann behaupten, ich sei ein Terrorist gewesen?«

Marianne blickte auf Victors Hosenbein. »Sind Sie denn etwas anderes? Mit diesem albernen Ding am Bein?«

Victor setzte sich unaufgefordert in den Ledersessel ihr gegenüber. Im Nebenraum hörte er jemanden leise sprechen, offenbar am Telefon. »Ich glaube, Ihr venezianischer Boss ist gar nicht begeistert darüber, dass ich immer noch lebendig bin«, äußerte er. »Jo sagte mir, dass sogar Sie die Eminenza fürchten. Ist der Mann hier?«

»Ich weiß nicht, von wem Sie reden.«

»Ja, natürlich. Aber Sie haben ihm schon vor drei Jahren versprochen, Jo zu erwischen. Schreibt er Ihnen jedes Jahr zu Weihnachten? Oder schickt er Ihnen einen Kohleklumpen?«

Marianne seufzte. »Was schlagen Sie denn vor?«, fragte sie und drehte an einem Ring. »Wir sollten wohl bei Ihren Eltern anfangen. Das Ganze war übrigens nicht meine Idee. Ich bin froh, wenn wir diese unangenehme Geschichte beenden können.«

Victor hätte sich am liebsten den Messingbrieföffner von ihrem Tisch gegriffen und ihr damit die Kehle durchgeschnitten. »Stefano ist wohl tot«, sagte er, um Beherrschtheit bemüht. »Ich habe ihn erschossen.« Er spürte einen Anflug von Übelkeit, als er an Stefanos Schulter dachte, dann gewann der Zorn wieder die Oberhand. Marianne blickte auf einen Punkt oberhalb seines Kopfes.

»Das ist mir zu Ohren gekommen«, sagte sie. »Ich bedaure es, wenn wir die falschen –«

»Ihre Leute wollen, dass diese Sache geklärt wird. Deshalb werde ich jetzt das Haus verlassen. Kennen Sie den Diner etwas weiter im Norden? Bei einer der Malls?«

Marianne nickte und schaute auf ihre Uhr.

Victor stand auf und öffnete die Tür, kraulte den Hund, der begeistert an ihm hochsprang und mit ihm spielen wollte. »Backen Sie Ihre Plätzchen zu Ende«, sagte er. »In einer halben Stunde treffen wir uns in dem Diner. Sie können so viele von Ihren Freunden anschleppen, wie Sie wollen, das ist mir egal. Falls der Autoliebhaber da draußen oder die Hausfrau von gegenüber gerne abdrücken wollen, wenn ich jetzt vor die Tür trete – das Tape ist kopiert. Aber das wissen Sie ja schon. Sie sind der Erpressungsprofi.«

Marianne fuhr hoch. Nun sah sie wirklich erschrocken aus. Der Richter würde nicht begeistert sein von ihrem Anruf. »Was wollen Sie?«, fragte sie. »Was kann ich Ihnen geben?«

»Alles«, antwortete Victor und ging hinaus. Der kleine Junge beäugte ihn vom oberen Treppenabsatz aus. Victor winkte ihm zu, dann verließ er das Haus und zog die Tür leise hinter sich zu. Der Hund winselte.

Als Victor zu seinem Wagen ging, sah er den Autoliebhaber mit seinem Handy an einem Baum lehnen. Der Mann sagte »Alles klar« in den Hörer, beendete das Gespräch und starrte Victor hasserfüllt an.

Als Victor losfuhr, spürte er wieder die Gewehre geschickt getarnter Schützen, die auf seinen Kopf gerichtet waren. An die Zeit in seinem Leben, als das noch nicht so war, konnte er sich kaum noch erinnern.

79

Als Mariannes Wohnviertel hinter ihm lag, bog Victor rechts ab und fuhr zu dem Diner. Unterwegs rief er Jo an. Sie nahm beim ersten Klingeln ab.

»Wie lief's?«, fragte sie angespannt.

»Sie lässt sich auf das Treffen ein. Alles okay bei dir?«

»Ich hab mir die Augen mit dieser Kochsalzlösung ausgespült. Fühlen sich jetzt besser an. Wann holst du mich?«

Zum ersten Mal ließ sie ihn spüren, dass sie ihn brauchte, und ein Glücksgefühl durchströmte Victor.

»Sobald ich sicher bin, dass sie abziehen. Wenn ich dich in einer Stunde noch nicht angerufen habe, bleib, wo du bist.«

Sie schwieg. Dann sagte sie: »Hauptsache, du kommst« und unterbrach die Verbindung.

Victor parkte vor dem chromschimmernden Diner und ging hinein. Unter dem Tisch überprüfte er das Magazin seiner Pistole. Zwölf Schuss. Dann steckte er sie in den Hosenbund und trank Kaffee.

Annika erschien als Erste.

Im Diner wimmelte es von Familien, die letzte Weihnachtseinkäufe erledigt hatten, und Angestellten aus dem Supermarkt nebenan, die ihre Zigarettenpause in die Länge zogen. Victor hatte eine Nische am Fenster ausgesucht und bemühte sich, ruhig zu bleiben, als er sah, wie der erste von Mariannes Männern draußen an einer Ecke Stellung bezog. Annikas Gesicht und Hals waren mit hektischen roten Flecken übersät und ihre Fingernägel bis aufs Fleisch abgekaut.

»Möchten Sie was?«, fragte Victor, als sie sich ihm gegenüber niederließ.

»Dich«, sagte sie erstickt, ohne ihn anzusehen. Sie trug Stefanos schicken Skianorak aus Venedig. Victor beobachtete, wie die anderen Männer vorfuhren und es sich in ihren Autos bequem machten, offenbar auf eine längere Wartezeit gefasst. Einer hatte sogar eine Thermoskanne und Sandwiches dabei. Ein anderer rückte diskret sein Schulterholster zurecht, damit es beim Sitzen nicht drückte. Victor bemerkte Annikas kleinen Sportwagen, den sie quer über zwei Parkplätze gestellt hatte.

»In Ihrem Zustand sollte man nicht Auto fahren«, sagte er und blickte auf ihren Schmollmund, wobei er das Gemälde von Moresbys Frau vor sich sah. »Das ist noch gefährlicher, als wenn man sich betrunken ans Steuer setzt.«

Annika wurde bleich. »Was Marianne auch sagt, du und ich werden deine Schulden begleichen. Du hast ein Leben genommen, du schuldest mir eins.«

»Trinken Sie lieber vorher eine Tasse Kaffee«, versetzte Victor und wies auf die Kanne auf dem Tisch. Annika beachtete ihn nicht, sondern rieb an einem Ketchupfleck auf der Jacke herum. Jetzt kam der Mann mit dem Pfannkuchengesicht herein, der Victor im Blockhaus bewacht hatte. Er trug nur Khakis und ein Hemd und blickte suchend um sich. Victor winkte ihm zu wie einem alten Freund, und der massige Mann drängte sich zwischen den vollbesetzten Tischen hindurch und quetschte sich neben Annika in die Bank. Er hatte den Anruf offenbar überraschend bekommen, denn er war nicht zu Ende rasiert und sein Hemd hing aus der Hose.

»Ich habe Familie«, sagte er zu Victor. »Und ich habe Ihnen nichts getan, nicht wahr? Wenn Sie dieses Video an die Öffentlichkeit geben –« Bostoner Akzent, registrierte Victor. Newton vielleicht. Jedenfalls kultiviert.

»Meine Eltern wurden von der Polizei an ihren Nachbarn vorbeigezerrt«, versetzte Victor wütend. Draußen fuhr gerade Mariannes Wagen vor. »Und diese netten Leute, die sie ihr halbes Leben kannten, haben sie angespuckt. Wird Ihre Familie angespuckt?«

»Nein«, antwortete der Mann und hielt verzweifelt nach Marianne Ausschau, die jetzt hereinkam. »Nein. Tut mir leid.«

»Was tut Ihnen leid?«

»Alles.«

»Ach, halt doch das Maul«, knurrte Annika und rückte von ihm ab.

Marianne trat an den Tisch und setzte sich. Sie legte die Hände über Kreuz auf den Tisch, als wolle sie einen Fluch bewirken, und schaute Victor kalt an. Dann goss sie sich Kaffee ein und trank ihn, bevor er abkühlen konnte.

»Und jetzt erklären Sie mir, was Sie wollen«, sagte sie. »Wir sind hier. Um Ihnen zuzuhören.«

Victor wies auf die Männer draußen. »Und für wen sind die? Für mich? Wenn ich hier rausgehe?«

Die alte Frau sah verlegen aus. »Nein, für *mich*. Für den Fall, dass Sie irgendwelche Polizisten informiert haben, die nicht auf unserer Gehaltsliste stehen. Und nun spucken

Sie's aus. Wie soll es weitergehen?« Die Schulmeisterin kam wieder zum Vorschein. Die Hände des massigen Mannes waren schweißnass, und Annikas Finger zuckten so nervös, als wolle sie den Abzug drücken.

»Ich werde niemandem Ihre Identität preisgeben«, sagte Victor. »Das Video und das andere Material? Bleibt versteckt. Für immer.«

»Und Sie geben uns alles.« Das war ein Befehl, keine Bitte.

»Nein. Aber niemand bekommt es zu sehen. Ich habe es sicher untergebracht. Sie machen wieder gut, was Sie angerichtet haben. Meine Eltern, Kristas Leiche in meinem Keller, die Polizei in Venedig, Moresby, der State Trooper aus Vermont. Ich schätze, meine Freundin Sally gehört da auch noch dazu. Sie werden mir alles zur Verfügung stellen, was ich brauche. Ihre kleinen Helfershelfer werden zur Abwechslung mal was Nützliches tun. Ich habe Ihnen eine Liste zusammengestellt. Und danach lassen wir uns alle gegenseitig in Ruhe. Falls Meyer Krukenbergs Witwe Esther noch lebt, sorgen Sie dafür, dass niemand ihr etwas antut. Weder Ihre Schattenmänner noch sonst jemand. Einverstanden?«

Marianne sah ihn mit unbewegter Miene an.

Doch ihr Nebensitzer umklammerte plötzlich die Tischkante und platzte heraus: »Sie hatten gar keine Zeit, das Tape zu kopieren. Sie bluffen!« Er sah Marianne an und blickte dann nach draußen auf die Männer, die ihre Waffen griffbereit hatten. »Töten Sie ihn!«, zischte er.

Marianne betrachtete Victor prüfend. »Unsere Leute haben keinen Ort registriert, an dem Sie unterwegs so etwas erledigen konnten«, sagte sie, und ihr war anzumerken, dass sie hoffte, die drohende Niederlage noch abwenden zu können. »Können Sie zaubern?«

Victor warf einen Blick auf Annika und zählte stumm die wartenden Killer auf dem Parkplatz. Es waren neun. »Ihr eifriger Mitarbeiter hat mich am Motel verloren und erst nach neun Stunden wiedergefunden. Glauben Sie, die hab ich in einer Kneipe verbracht?« Er tastete nach dem Griff seiner Pistole. »Ganz wie Sie wollen.«

»Nur eine halbe Minute. Lassen Sie ihn mir nur für eine halbe Minute.« Annikas Stimme triefte vor Hass, und sie schien kaum mehr an sich halten zu können. Marianne schlug ihr ins Gesicht. Ihre schweren Ringe hinterließen zusätzliche rote Flecken auf Annikas Haut. Einige Frauen am Nebentisch blickten zu ihnen herüber, wandten aber den Blick ab, als Marianne sie anstarrte.

»Wir bewahren hier die Ruhe«, sagte sie. »Ist das alles, Victor?«

Er schüttelte den Kopf und sah Annika an, die sich Tränen aus dem Gesicht wischte und auf Mariannes Hände starrte. »Ihre Organisation wird sich auflösen«, sagte er. »Keine ruinierten Karrieren und nächtlichen Erschießungen mehr. Keine Namenslisten. Das Projekt, an dem Moresby vor seinem Tod arbeitete, wird nicht mehr blockiert. Wenn wir gleich aufbrechen, werden sich die Mitglieder des Rats nie mehr wiedersehen. Der Rat der Zehn wird der Vergangenheit angehören. Sie werden weiter Kekse backen und sich ihren Familien zuwenden und die Welt in Ruhe lassen.«

Marianne schüttelte den Kopf. »Die Erfindungen dieses alten Mannes waren Humbug, das wissen Sie doch«, widersprach sie. »Nur ein Köder für uns.«

»Einige davon könnten durchaus funktionieren«, entgegnete Victor. »Oder auch mein Projekt. Eines Tages. Aber wir verhandeln hier nicht. Wir unterhalten uns.«

»Das würde Chaos bedeuten, Victor, das größte Chaos,

das man sich vorstellen kann: Anarchie. Und dass ein ehemaliger Marine so etwas vorschlägt …«

»Dieses Wort sollten Sie nicht in den Mund nehmen. Sie wissen nicht, wovon Sie reden. Im Gegensatz zu mir.«

Victor dachte an den aufgeblasenen Art, der ihn überzeugen wollte, dass es idiotisch sei, an Veränderungen zu glauben und gegen den Strom zu schwimmen. An Mimmo, der Opfer seiner eigenen Neugierde geworden war. An Sarah, die auf dem Heimweg spurlos verschwunden war. Und an Meyer, der ihm in seinem staubigen Arbeitszimmer in Harlem über Bücherstapel hinweg zunickte.

»Und?«, fragte Victor. »Sind wir uns einig?«

Marianne stand der Sinn nach einem Tobsuchtsanfall, doch sie beherrschte sich. Ihr Assistent starrte sie an. »Sie wissen doch, was Sie tun, oder etwa nicht?«, fragte sie. »Ich meine, sind Sie sich darüber im Klaren?«

»Ich bin mir jedenfalls darüber im Klaren, was *Sie* und Ihre Leute tun«, erwiderte Victor. »Und nun versuchen wir es zur Abwechslung mal anders. Schlimmer kann es nicht werden.«

Marianne wies zum Fenster hinaus, auf eine unsichtbare Welt, ihre Welt, jenseits der Ulmen und der Killer in ihren Autos. »Alles, was Sie sehen«, sagte sie, stolz wie eine Mutter, die beim Elternabend die Leistungen ihres Sohnes rühmt, »Ihre ganze Welt. Diese Mall. Vom Benzin bis zu Ihrem Haus und dem japanischen Essen, das Sie in Montana kriegen. Von der Zahnersatzhaftcreme zu Antihistaminen. Das alles befindet sich in einem delikaten Gleichgewicht, von dem Sie keine Ahnung haben. Wenn Sie Ihre Pläne ausführen, wird sich alles verändern. *Wir* sind es, die all das ermöglichen. Seit jeher. Wir sind die Versicherung aller, um Himmels –«

»Und wer ist dann der Feind?«, fragte Victor. »Meyer? Ich?«

Die Frage warf Marianne einen Moment aus der Bahn. Sie bemühte sich um ein Lächeln. »So haben wir das nie betrachtet.«

»Und nun läuft das Geschäft schlecht, und zwar wegen der Kriege, die Sie selbst angezettelt haben, nicht wahr?«, erwiderte Victor gehässig. »Alle Erpressungs- und Schutzgeldaffären laufen sich irgendwann tot, nicht wahr? Auch ohne mich. Na, ich bin jedenfalls bereit, zur Tat zu schreiten.«

Marianne lief rot an und richtete sich auf. »Sie verstehen einfach nicht, was wir sein wollten.«

Victor schaute auf seine Uhr. »Ich glaube, wir sollten zum Ende kommen.«

Marianne seufzte und spielte mit ihren Handschuhen. Sie schüttelte sachte den Kopf, als sie den Blick des Lehrertypen von draußen spürte. Er gab den anderen Zeichen, und die Autos fuhren davon, eines nach dem anderen.

»Die Organisation hat das alles nie nur um der Macht willen getan«, sagte Marianne. »Schon von Beginn an. Wir haben festgestellt, dass sich das Leben einfacher gestaltet, wenn die großen Systeme reibungslos arbeiten können. Sie sind vielleicht primitiv und mangelhaft. Aber wenn wir sie nicht am Leben erhalten …« Ihre Predigt fand kein Gehör, und sie vollendete den Satz nicht.

»Sie müssen die Worte aussprechen«, forderte Victor.

Der Mann mit dem Pfannkuchengesicht blickte seine Chefin entsetzt an. Marianne bestätigte Victors Worte mit einem kurzen Nicken. »Also gut.« Sie zog ihre Handschuhe an.

Victor goss sich noch eine Tasse Kaffee ein, während Annika und der nachlässig gekleidete Killer von Marianne hinausgeschickt wurden. Annika nickte draußen einem Mann mit Bart zu und stieg in ihren Wagen, fuhr aber nicht los.

»Ach ja, und ich brauche noch neue Pässe für Jo und mich«, sagte Victor. »Amerikanische und italienische. Ich werde Ihnen schreiben, an welche Adresse sie geschickt werden sollen.«

Marianne blickte ihn aufrichtig verwirrt an. »Sie haben das alles für *sie* getan?«

»Tun Sie nicht auch alles, was in Ihren Kräften steht, für Ihre Tochter? Weiß sie eigentlich Bescheid? Oder glaubt sie, ihre Mama arbeitet für diese noble Wall-Street-Firma, die Sie auf dem Video erwähnt haben?«

Einen Moment nahm Victor in Mariannes Augen einen Funken Sympathie wahr. Dann wurden sie wieder ausdruckslos. Diesen dumpfen Blick kannte er auch von Jo. Als Marianne sprach, klang ihre Stimme hohl und selbstmitleidig.

»Aber kommen Sie bloß nicht jammernd angerannt, wenn Ihre Welt nicht so funktioniert, wie Sie sich das dachten«, sagte sie. »Wir sind schon lange –«

»Sie sind im Ruhestand«, versetzte Victor desinteressiert und blickte zum Fenster hinaus.

Marianne erhob sich und blieb einen Moment stehen. Ihre Hände waren unruhig. Victor steckte eine Kopie des Tapes und die Liste mit seinen Forderungen in die Tasche ihres teuren Mantels. Plötzlich sah die mächtige Frau nur noch aus wie eine alte Frau mit zu viel Schminke im Gesicht und dicken Knöcheln. Sie drehte sich um und marschierte hinaus, ihre Autoschlüssel fest in der Hand. Draußen trat Marianne an Annikas Auto und sagte etwas zu ihr, das sichtlich nicht gut ankam. Das blonde Mädchen startete den Motor und gab Gas. Dabei bespritzte sie ein paar Hausfrauen mit Schneematsch und wäre um ein Haar auf einen Lieferwagen geprallt. Marianne stieg in ihr Auto und fuhr langsam davon. Sie blickte noch einmal zu Victor hoch, bevor der Wagen um die Ecke bog und hinter den schneebedeckten Bäumen verschwand.

Als Victor den Diner verließ und zu dem verlassenen Motel fuhr, hatte er seine Pistole griffbereit und behielt jeden Wagen auf der Strecke im Auge.

Denn Marianne war sehr großzügig gewesen. Und das sah ihr gar nicht ähnlich.

80

Der Wecker in Jos Zimmer klingelte. Victor war nicht zurückgekommen. Zum ersten Mal in ihrem Leben hatte Jo sich auf jemanden verlassen. Und prompt blieb er verschwunden. »Ist nur gerecht«, murmelte sie vor sich hin und dachte an Venedig, wo sie ihn verlassen hatte. Sie spielte mit ihrer Pistole und erwog gerade, ob sie ein Taxi rufen und nach Victor suchen solle, als sie plötzlich ein dumpfes Knallen auf dem Dach hörte. Es klang wie ein geplatzter Luftballon, doch dann nahm sie einen verbrannten Geruch wahr und wusste sofort, dass sie entdeckt worden war und man nun versuchte, sie auszuräuchern.

Blam!

Die erste Kugel durchschlug die Tür und pfiff nur wenige Zentimeter über Jos Kopf hinweg. Jo warf sich auf den stinkenden Teppichboden und schoss fünfmal, worauf sie draußen jemanden husten und umfallen hörte. Erster Streich, dachte sie und rechnete nach, wie viel Schuss ihr noch blieben – mit dem zweiten Magazin nur neunzehn. Rauch brannte ihr in den Augen. Jetzt ballerte jemand mit einem Maschinengewehr auf die Fenster, und ein Regen von Glassplittern ging nieder. Jo riss ihr Handy aus der Tasche und gab Victors Nummer ein. Niemand meldete sich.

»Das schaffe ich nicht alleine«, murmelte Jo und feuerte wieder.

81

Die Kugeln schlugen in Victors Olds ein, als er sich dem Motel näherte.

Plastiksplitter vom Armaturenbrett flogen umher und schnitten ihm in Gesicht und Hände. Er bremste so abrupt, dass der Wagen ins Schlingern geriet. In Türen und Motorhaube tauchten große Löcher auf, und es hörte sich an, als trete jemand gegen eine Blechdose. Victor riss die Tür auf und hechtete in den Straßengraben. Es wurden Befehle auf Italienisch gebrüllt. Er sah, dass aus dem Dach des Motels Flammen schlugen, direkt über Jos Zimmer.

»Jo!«, schrie er und richtete sich auf.

Blam! Der Baum direkt hinter ihm wurde getroffen, und ein Ast stürzte herab. Victor duckte sich wieder. Er sah zwei Gestalten neben einem umgestürzten Baum. Einer war der Späher, der andere hatte ein Scharfschützengewehr bei sich. Zwischen zwei alten Cola-Automaten lag eine reglose Gestalt, offenbar ein State Trooper. Victor fragte sich, wie der hierherkam. Nirgendwo ein Streifenwagen zu sehen, keine Sirenen zu hören. Gottverlassene Gegend, dauerte mindestens noch fünf Minuten, bis die Polizei hier war. Das Feuer griff um sich, und aus Jos Fenster schlugen Flammen. Drinnen schien sich niemand zu bewegen. Victor dachte an Napalm Ned, verkohlt in seinem Panzer. Er musste sofort aus diesem Straßengraben raus.

Er umklammerte die Pistole und wunderte sich noch, dass er nicht zitterte, als er aus dem Graben sprang und, unentwegt feuernd, auf das Motel zurannte. Auf halber Strecke musste er Deckung hinter einem der Cola-Automaten suchen und nachladen. Der Tote war tatsächlich ein State Trooper, und aus irgendeinem Grund riss Victor rasch sein Namensschild ab, auf dem VENDRAMIN stand, und steckte es ein. Der Mann war von einer schwerkalibrigen Waffe in den Rücken getroffen worden.

Bong!Bong!Bong!

Geschosse zerfetzten das dünne Metall der Automaten, und Victor sprintete los, schlug einen Haken nach links und feuerte auf eine schmale Lücke zwischen dem Boden und dem Baumstamm, hinter dem der Schütze sich verbarg. Ein Aufschrei, dann schoss niemand mehr.

»*Emme, puta!*«, heulte einer der Schützen und stürzte zu Boden. Victor lud nach und schoss wieder. Doch inzwischen zitterten seine Hände so heftig, dass er nicht mehr richtig zielen konnte, als er auf den Baum zurannte.

Zu seiner Verblüffung stand dort ein alter Mann, der, die Hände in den Taschen seines dünnen Mantels, in aller Ruhe auf Victor wartete. Zu seinen Füßen lag ein junger Mann im Anzug mit einer klaffenden Brustwunde, neben einem ähnlich gekleideten Mann, der auf dem Gesicht gelandet war. Beide rührten sich nicht mehr.

»Stecken Sie bitte die Waffe weg, Mr Tallent«, sagte der alte Mann.

Victor starrte ihn an. Die dunklen Augen, die hohe Stirn. Der Akzent. Das konnte nur die Eminenza sein. »Ich kenne Sie«, sagte Victor. »Ich weiß, wer Sie sind.«

»Wir hätten uns schon vor Jahren treffen sollen«, sagte Richter Andiolini.

»Ich habe inzwischen viele von Ihren Freunden kennenlernen müssen.« Victor sah sich um. »Wo sind die anderen?«, fragte er.

»Ich bin allein«, antwortete der Richter und streckte ihm in einer freundschaftlichen Geste die Hände hin.

Victor stieß einen der Toten mit der Schuhspitze an. »Sie sind niemals alleine. Sie haben immer mindestens Geleit von zwei Mann, nicht wahr?« Er zielte auf die Stirn des Richters. Lavendelgeruch stieg ihm in die Nase. Rasierwasser. »Ich habe eine Abmachung mit Marianne.«

Der Richter schüttelte den Kopf und betrachtete seine Nägel. »Aber nicht mit mir.«

»Sie mögen sie wohl nicht sonderlich, wie?«, fragte Victor.

Der Richter sah beeindruckt aus, doch bevor er antworten konnte, sah Victor ein silbriges Blitzen und warf sich zu Boden, neben die Männer, die er zuvor getötet hatte.

Ein dumpfer Knall.

Der Richter schwankte einen Augenblick, dann sank er zu Boden, mit einem kleinen Loch unter dem rechten Auge. Victor fuhr herum, sah aber niemanden. Indessen brach die Veranda des Motels ein. Prasselnd stürzten Balken vom Dach. Victor rannte hinüber, die Waffe noch auf das Gebüsch gerichtet, aus dem der Schuss gekommen war. Doch dort schien sich niemand aufzuhalten.

Victor stürzte ins Zimmer sechs, das bereits ausgebrannt war. Das Bett war zerschmolzen, die Wände niedergebrannt. Nur das Badezimmer war noch unversehrt, weil die Wände solider gebaut waren. Abgeplatzte Fliesen lagen zersplittert auf dem Boden.

»Jo?«

Keine Antwort. Victor näherte sich, darauf gefasst, eine verkohlte Leiche vorzufinden. Ein Geräusch irritierte ihn. Rauschendes Wasser.

Dann sah er sie.

Sie lag untergetaucht, mit dem Gesicht nach oben, in der Badewanne, die überlief, weil beide Hähne voll aufgedreht waren. Ein Dachbalken war herabgestürzt und lag quer über ihrer Brust. Victor griff ins Wasser und berührte sie, doch sie bewegte sich nicht. Er zerrte den Balken beiseite und tastete wieder nach ihr. In diesem Augenblick fuhr sie hoch und feuerte. Zwei Kugeln pfiffen haarscharf an seinem Ohr vorbei.

»Ah, Scheiße!«, schrie er.

Jo erstarrte. »Victor? Ich wollte nicht –«

»Nur die Ruhe, ich bin okay. Sie sind alle hinüber. Tut mir leid, dass ich so spät dran bin.«

Jo stieg zitternd aus der Wanne und ergriff seine Hände. »Warum hast du dich nicht am Handy gemeldet?« Sie tastete nach seinen Taschen, fand aber nur noch einen daumennagelgroßen Plastiksplitter – den Rest des Handys. Sie lächelte. Draußen heulten jetzt Sirenen, die näher kamen.

»Wir sollten abhauen«, sagte Victor und stützte Jo, als sie sich beeilten, nach draußen zu kommen.

Hinter der qualmenden Ruine des Hotels entdeckte Victor, womit er gerechnet hatte: eine schwarze Limousine, unbemannt. Er wies Jo an, sich auf dem Rücksitz niederzulassen und die schwarze Sonnenbrille aufzusetzen, die dort lag. Er selbst setzte sich die Chauffeursmütze auf, steuerte in aller Seelenruhe an den Feuerwehrwagen und Polizeiautos vorbei, die jetzt eintrafen, und schlug den Weg nach New York City ein.

Die Dunkelheit brach an diesem Tag so rasch herein, als habe jemand einen Lichtschalter umgelegt.

82

Zwei Tage später fanden sich FBI-Agenten bei Victors Eltern ein, um eine Entschuldigung vorzubringen.

Der Agent, der Victor damals gedroht hatte, ihn anzuzeigen, wenn er nicht sofort seine »Arabella«-Anrufe einstellte, war gezwungen, sich demütig zu geben, was ihm sichtlich schwerfiel. Nach längerem Anlauf brachte er schließlich die Worte heraus. Unterdessen stand seine übliche Gefolgschaft im Flur herum, bemüht, den Boden nicht zu zerkratzen.

Victor saß im Wohnzimmer auf der Couch. Jo, vollgepumpt mit Cortison gegen die Schmerzen, hatte ihren Kopf in seinen Schoß gebettet. Victors Mutter hatte sich in die Küche verzogen, als die Polizeitruppe ins Haus kam. Doch Victors Vater empfing die Presseleute an der Haustür, um dort vor laufenden Kameras die Entschuldigung des FBI für eine der »tragischsten und bedauerlichsten Verwechslungen in der Geschichte der Behörde« entgegenzunehmen.

Der Kinderpornografie-Ring befand sich tatsächlich in

einem anderen Haus in dieser Straße, und das FBI hatte einen folgenschweren Fehler begangen, hieß es.

Die gesamte Familie würde natürlich von Staates Seite großzügig entschädigt werden. Der FBI-Mann schüttelte Victors Vater die Hand und verzog sich dann, sichtlich gedemütigt.

Victors Eltern gefiel das Mädchen mit den stachligen blonden Haaren und den vogelgleichen Gesten, das nun auf ihrer Couch schlief. Victors Vater fragte seinen Sohn abends diskret, wo er Jo kennengelernt habe.

Victor überlegte kurz und antwortete dann lediglich: »Sie war meine Übersetzerin in Venedig, Dad. Neulich hab ich sie durch Zufall wiedergetroffen.« Victors Vater nickte. Er fand die Antwort nicht überzeugend, beobachtete aber erfreut, dass die beiden sich ständig an der Hand hielten.

In den nächsten Tagen veränderte sich einiges in der Welt.

Was nur diejenigen wahrnehmen konnten, die um die Hintergründe wussten.

In der Zeitung von Burlington, Vermont, wurde vermeldet, dass der tot aufgefundene State Trooper Peretski mutmaßlich von einem geistesgestörten Serienkiller ermordet worden war. Derselbe Täter hatte offenbar Krista Albemarle auf dem Gewissen, Gegenstand feuchter Träume sämtlicher Schüler der Trask Academy. Ihre Leiche hatte er im Keller eines Hauses vor Ort versteckt. Die Spur des Killers ließ sich bis nach Arizona verfolgen, wo er offenbar die schöne Frau des ermordeten Burton Moresby getötet hatte. Der Täter beging Selbstmord, um sich der Verhaftung zu entziehen. Unter dem Artikel blickte man auf ein Foto von Stefano.

Eine New Yorker Zeitung nahm diese Meldung auf und ergänzte sie mit Aussagen von Interpol, denen zufolge dieser geisteskranke junge Mann vor einigen Jahren auch diverse politische Würdenträger, darunter eine Politikerin aus Kroatien, ermordet habe. Ferner wurde vermeldet, dass in der Nähe eines Motels in Maine vier erschossene Italiener gefunden wurden. Hinter diesen Morden vermutete man die Mafia.

In sämtlichen Zeitungen und Zeitschriften, die sich mit diesem Vorfall befassten, wurde ein Polizist aus Maine zitiert, der berichtete, eine »Italienerin namens Silvia Mezzato« sei mit einem Scharfschützengewehr über eine Wiese gerannt und habe etwas auf Italienisch geschrien, bevor sie von einem nervösen State Trooper erschossen wurde. Der älteste der vier aufgefundenen Italiener, ein gewisser Paolo Andiolini, Richter im Ruhestand aus Venedig, war mit dieser Waffe getötet worden, wie die Gerichtsmediziner feststellten. Der Questura war nicht bekannt, dass Andiolini sich in den USA aufgehalten hatte.

Auch die Umstände von Moresbys Tod wurden nun endlich aufgeklärt. Victor Tallent, vernahm man in den Nachrichten eines großen Kabelsenders, hatte versucht, den Erfinder vor einem Sturz zu bewahren, als Moresby in eine Schießerei zwischen rivalisierenden Drogengangs geraten war. Ein tragisches Vorkommnis. Die Meldung wurde bestätigt durch ein verwackeltes Amateurvideo, das die Zuschauer zu Tränen rührte, bevor man zum nächsten Werbespot schaltete.

Die Schmerzen in Jos Augen ließen allmählich nach, nicht jedoch die Angst, nie wieder sehen zu können. Jo war ungeduldig und schrie vor Wut, wenn sie wieder einmal irgendwo anstieß, was häufig vorkam. Victors Eltern fuhren für ein paar Tage an die Küste, um das junge Paar allein zu lassen, und Victor spülte Jos Augen geduldig immer wieder mit den Lösungen aus, die man ihnen in der Klinik verschrieben hatte. Die Ärzte hatten ihnen erklärt, dass die Hornhaut beider Augen nachhaltig beschädigt sei, man aber abwarten müsse. Der Arzt, der Victor und Jo nach der Untersuchung zum Ausgang begleitete, blickte auf seine weißen Clogs, als er sagte: »Sie kann hell und dunkel erkennen, mehr nicht. Hauptsächlich dunkel.«

Nachts schien Jo in ihren Träumen vom Rat der Zehn verfolgt zu werden und erwachte morgens in nassgeschwitzten Laken. Als die beiden sich behutsam wieder der körperlichen Liebe hingaben, hatte Victor das Gefühl, dass Jo im Geiste immer noch auf der Flucht war. Es war zu früh, dachte er sich. Vielleicht fehlte auch etwas. Womöglich entwickelten sie keine Leidenschaft, wenn ihrer beider Leben nicht bedroht war. Auch er fand keine Ruhe und wurde von Hitzewallungen und Schüttelfrost geplagt, als habe er eine schlimme Grippe.

Am Neujahrstag blickte Jo auf den Long Island Sound hinaus und ließ die Sonne in ihre verletzten Augen scheinen. Sie breitete die Arme aus und atmete tief ein. Dort draußen war noch etwas, das sie an sich zog, und Victor wusste, worum es sich handelte. Er trat zu ihr und legte ihr die Hand in den Nacken.

»Meinst du, die Seeungeheuer haben meine Augen verschluckt, Victor?« Vielleicht habe ich es verdient, schien ihre Stimme zu besagen. All die Namenlosen, vom Rat der Zehn Ermordeten, die nach Vergeltung schrien. Todeslisten, seit sieben Jahrhunderten. Augenlicht war kein hoher Preis dafür.

»Ich glaube, sie haben versucht, dich zu ertränken, aber es ist ihnen nicht gelungen. Deshalb habe ich dich zurückbekommen.«

Sie lehnte sich an ihn und schlang die Arme um sich.

»Du musst dorthin zurück, um alles zu Ende zu bringen«, sagte Victor. Das war keine Frage, sondern eine Feststellung.

Einen Moment lang blieb sie stumm. Dann tastete sie nach seiner Hand und hielt sie ganz fest.

»Und für mich gilt das auch«, sagte Victor.

Trotz Andiolinis Verrat hatte Marianne sich an die Abmachung gehalten. Die Pässe, die überzeugend abgenutzt aussahen, trafen bei der Postfachadresse ein, die Victor ihr mitgeteilt hatte. Als Jo und er am nächsten Tag für ihren Flug nach Venedig eincheckten, blickte der Alitalia-Angestellte nur kurz auf die Pässe mit den italienischen Stempeln und wünschte ihnen gute Heimreise.

Victor drehte sich um, als das Flugzeug auf die Startbahn rollte, und warf einen kurzen Blick auf ihre Mitreisenden. Niemand fiel ihm auf, und er kam sich albern vor. Die Schatten der Vergangenheit waren verschwunden.

EPILOG

IM SCHLOSS DES ADMIRALS

83

In den langen dunklen Wintermonaten litt Anselmo stets besonders unter seiner Arthritis, doch am schlimmsten fand er den Januar. In diesem Monat schien Gott Venedig den Rücken zu kehren und Licht und Wärme irgendwo südlich der Lagune zu verstecken, wo nicht einmal die Fischer, die dort draußen unterwegs waren, sie zu Gesicht bekamen. Deshalb brauchte Anselmo um diese Jahreszeit immer länger, um das Gepäck der Gäste zu befördern.

Kurz vor der Cocktail-Stunde, als die Gäste sich soeben von ihrem Mittagsschlaf erhoben und die Abendkleidung aussuchten, hörte Anselmo an diesem besonderen Tag draußen das letzte Wasser-Taxi anlegen. Er bürstete kurz seinen Schnurrbart, knöpfte seine Jacke zu und schritt, würdevoll wie eh und je, hinaus zur Anlegestelle.

Das kleine Boot brachte nicht viele Gäste im Winter, doch Anselmo begrüßte jeden einzelnen mit tiefer Verbeugung. Ein paar Deutsche bedankten sich flüchtig und steuerten zu Anselmos Enttäuschung umgehend auf die Bar zu, anstatt sich von ihm angemessen begrüßen zu lassen. Der Portier zupfte frustriert einen Fussel vom Ärmel seiner dunkelgrünen Uniform, als sich die letzten Insassen des Bootes dem Ausgang näherten.

Die Frau bewegte sich mit einer natürlichen Anmut, die Anselmo bislang nur einmal erlebt hatte. Ihre Bewegungen strahlten etwas Verträumtes aus und erinnerten ihn an jene brünette Frau, die er nie vergessen hatte. Vielleicht ihre Schwester, sagte sich der alte Portier, denn diese geschwungenen Lippen – nun, die waren einmalig. Die Frau befand sich in Begleitung eines Herrn mit kurzen weißen Haaren, der jener schönen Frau den Arm bot. War es denn wirklich möglich …? Der Mann blickte auf und lächelte, als er Anselmo sah. Und der Portier bemühte sich nicht einmal, die Tränen zurückzuhalten, die ihm nun in die Augen traten und auf die schimmernden Messsingknöpfe seiner Jacke tropften.

Il dottore war zurückgekehrt.

»Das ist … das ist …«, stotterte Anselmo fassungslos. Victor nahm seine Hände und drückte sie.

»Ich habe sie gefunden, Anselmo«, verkündete Victor, der viel jünger aussah, als ihn der Portier in Erinnerung hatte. »Ich bin Ihnen so viel schuldig.« Der Portier ließ Victors Hände lange nicht los.

»Das Danieli hat Sie vermisst, Dottore«, brachte Anselmo schließlich hervor und gab Jo einen Handkuss. »Und Sie, Signorina. Wir sind überglücklich, dass Sie uns wieder mit Ihrem Besuch beehren. Sagen Sie mir doch bitte Ihre Zimmernummer.«

»402. Auf der Ostseite.«

Anselmo, der, Arthritis hin oder her, bereits mit dem Gepäck losmarschieren wollte, runzelte die Stirn. »Unsinn«, sagte er pikiert. »Das ist doch um diese Zeit viel zu kalt für Sie. Ich gebe Ihnen ein Zimmer auf der Südseite. Das ist besser und auch viel ruhiger. Mögen Sie Ruhe?«

Jo, die wieder ihre mondäne dunkle Sonnenbrille trug, nickte lächelnd und drückte bedeutsam Victors Hand.

»Ja, wir wissen Ruhe sehr zu schätzen.«

»*Subito,* Signori«, beeilte sich Anselmo zu sagen und steuerte zum Empfang, um seinen Kollegen um einen Gefallen zu bitten, gemäß einem Brauch, der so alt war wie die Geheimnisse der Serenissima.

Jo und Victor nahmen ihr Essen an diesem Abend auf dem Zimmer ein. Sie hatten eine wunderbare Aussicht auf den Kirchturm an der Spitze von Dorsoduro, der abends angestrahlt war. Jo hatte ihren Salat geknabbert und war Victor dann still ins Badezimmer gefolgt, um sich von ihm wieder die Augen spülen zu lassen.

Ihre blauen Augen waren jetzt, nachdem die Schnitte abgeheilt waren, von einer milchigen Schicht überzogen.

Später fuhr Jo im Bett hoch, als sie draußen die Rufe eines Gondoliere vernahm. Sie ging zum Fenster und öffnete es weit, atmete tief die Nachtluft ein. Feiner Sprühregen wehte ihr ins Gesicht.

»Beschreib mir alles, Victor. Jede Einzelheit. Ich will es mit deinen Augen sehen.«

Victor stand auf und trat hinter sie, nackt wie er war. Er spürte dieses nervöse Vibrieren in ihr, ihren rastlosen inneren Motor. Eigentlich war draußen kaum etwas zu erkennen, weil der Nebel herantrieb. Doch er sah Jos sehnsüchtige Miene und begann mit ruhiger Stimme zu sprechen.

»Auf der anderen Seite des Kanals sind die Lichter angegangen. Sie glitzern rot und orange wie Edelsteine. Irgendwo ist ein Polizeiboot unterwegs; ich kann es nicht sehen, aber das Blaulicht flackert auf den Hauswänden. Die Accademia-Brücke ist durch den Regenschleier nur verschwommen zu sehen. Die Tauben verstecken sich unter den Dachziegeln, nur ihre Schwanzfedern schauen noch heraus. Hörst du sie gurren?«

Er spürte, wie sie feucht wurde, sich öffnete für ihn.

»Ja«, sagte sie, wandte sich um und nahm ihn in sich auf. »Und ich sehe sie jetzt auch.«

Lange blieben sie so, erforschten sich, als erlebten sie sich zum ersten Mal. Im Morgengrauen, als der Nebel sich lichtete, schliefen sie im Sessel ein.

Und zum ersten Mal seit vier Jahren rührten sich nirgendwo Schattenmänner, nicht einmal in ihren Träumen.

84

Als die beiden sich gegen Mittag anzogen, entdeckte Victor das Geld.

»Wir alle haben hie und da zugelangt«, sagte Jo stirnrunzelnd, als er sich danach erkundigte. Victor hatte in seinem Koffer diverse Summen in unterschiedlichen Währungen gefunden. Jo erklärte, es handle sich zum Teil um Vorschüsse für Aufträge, die sie nicht ausgeführt habe, zum Teil auch um »Darlehen« von Mackensen, über die sie sich lieber ausschweigen wollte. Victor fragte sich, ob Marianne vielleicht auch kleinere Summen vermisste.

»Und wieso hast du das Zeug in *meinen* Koffer gesteckt?«

Jo lächelte, küsste ihn auf die Wange und schlüpfte in einen schmalen schwarzen Rock. Als sie sprach, hörte er in ihrer Stimme die gute alte Arabella. »Weil du bei den Zollbeamten einen besseren Eindruck machst als ich, mein lieber Victor.«

»Und wenn sie mich nun rausgezogen hätten? Du konntest doch nicht wissen, ob das passieren würde.«

Ihr Lächeln sah jetzt leicht angespannt aus. »Als ich hier gearbeitet habe, ist mir aufgefallen, dass die Zollbeamten sich am leichtesten täuschen lassen. Das hat sich bestimmt nicht geändert.«

»Und wie leicht habe ich mich täuschen lassen?«

Jo zögerte und nagte an einem Fingerknöchel. »Du hast dich selbst getäuscht. Du wolltest eine Arabella.«

»Nein, das stimmt nicht. Ich wollte eine Jo.«

»Zu Anfang nicht. Erinnerst du dich an die Szene auf der Brücke? An den Nebel?«

»Du meinst also, ich hätte dich quasi erfunden?«

Sie merkte, dass sie zu weit gegangen war, und küsste ihn auf die Wange. »Nein, Victor. Du hast nur die Tür geschaffen, durch die ich eintreten konnte.« Sie spürte, wie ein Lächeln auf sein Gesicht trat. »Und jetzt bring mich bitte nach draußen. Ich will meine Stadt spüren.«

»Es ist auch meine.«

Anselmo hinter seinem Marmortresen lächelte ihnen wissend zu, als sie sich auf den Weg machten.

Der Regen hatte aufgehört, und Venedig zeigte sich als hervorragende Gastgeberin. Sie verbrachten den Tag damit, durch die Gassen zu schlendern und die vielfältigen Gerüche wahrzunehmen, die ihnen aus Geschäften und Cafés entgegenwehten. Zu Anfang ließ Jo Victors Hand nicht los und machte nur kleine Schritte wie ein Mädchen. Ihr Alter wusste er immer noch nicht, fiel ihm dabei auf. Als nachmittags die Mauersegler über die Balkons hinwegsausten, begann Jo mit einem Finger an den Wänden entlangzustreifen, wie sie es damals getan hatte. Sie schien sich bald sicherer zu fühlen, als sei die Stadt ihr nun durch die Berührung noch vertrauter.

Sie gingen zu dem Haus, in dem Paolo Andiolini, einstiger Strafrichter im Ruhestand, erst kürzlich ermordet, seine Wohnung gehabt hatte.

»Brennt Licht in der Wohnung im dritten Stock?«, fragte Jo.

»Nein. Aber ein Fenster ist offen.«

»Siehst du jemanden?« Victor entging die unterschwellige Anspannung in ihrer Stimme nicht.

»Nein, da ist niemand«, antwortete er. An der Haustür war ein oranges Schild mit der Aufschrift QUESTURA DI VENEZIA befestigt, und zwei finster blickende Wachen mit Maschinenpistolen standen davor. »Nur die Polizei.«

Als sie weitergingen, blieb Jo plötzlich stehen und schnüffelte.

»Findest du auch, dass es nach heißer Schokolade riecht?«, fragte sie irritiert.

»Nein. Und wir sollten uns jetzt einen Drink genehmigen.« Er küsste sie, und sie schlenderten weiter.

Als es dämmerte, gingen sie in eine alte Trattoria in der Nähe ihres Hotels. Victor merkte, dass laute Geräusche Jo noch immer erschreckten, und ließ sich einen Tisch weit entfernt von der Bar geben. Sie trank zwei Gläser Wein, und auf ihren Lippen lag ein Lächeln, das Victor nicht deuten konnte.

»Was ist?«, fragte er schließlich. Er fühlte sich berauscht und beschwingt und offen für die Liebe.

»Seit ich dich damals zum ersten Mal geküsst habe, hast du nicht mehr gelispelt.«

Daran hatte er nicht mehr gedacht. Den nervösen jungen Mann mit den blonden Haaren gab es nicht mehr. Jo stand auf und setzte sich auf seinen Schoß, und sofort stieg ihm wieder der Rosenblütenduft in die Nase. Sie versuchte, eine Zigarette aus seinem Päckchen zu fischen, aber sie fielen ständig zu Boden, und schließlich gab sie es auf.

»Möchtest du länger in der Stadt bleiben?«, fragte er, obwohl er die Antwort schon kannte.

Jo nickte. »Vielleicht könnten wir uns eine Wohnung mieten?«, fragte sie. »Für einen Monat oder so? Um mal zu sehen, wie es sich hier lebt, wenn man nicht ständig verfolgt wird?« Sie sah sehr jung aus, als sie das sagte.

»Etwas Kleines vielleicht«, erwiderte Victor. »Ich weiß nicht, wann ich wieder arbeiten kann.«

Jo beugte sich vor und küsste ihn, doch dann hielt sie abrupt inne. Sie witterte irgendeine Gefahr und richtete sich auf. Victor blickte zur Tür. Er empfand dasselbe. Und dort stand die Bedrohung, die sie beide spürten. In Gestalt des einstmals attraktiven und imposanten, jetzt jedoch ziemlich verwahrlosten Inspektor Carreggio von der Questura.

Als er auf sie zuschlurfte, wusste Victor auf Anhieb, dass dieser Mann nicht mehr im obersten Stockwerk des *castello* an einem Mahagonischreibtisch arbeitete. Er trug die schlichte Uniform der Streifenpolizisten, deren Tätigkeit sich darin erschöpfte, Strafzettel an Straßenhändler zu verteilen, die keine Lizenz hatten, oder Touristen Geldstrafen aufzubrummen, wenn sie die Stadt verschmutzten. Er trug keine Waffe mehr, und seinem Leibesumfang nach zu schließen, legte er keinen Wert auf Diät. Unter seinen Augen hatten sich graue Tränensäcke gebildet, und der blauen Uniform war anzusehen, was er zuletzt gegessen hatte.

»Ich wusste, dass Sie wiederkommen würden«, sagte er und starrte Jo an, als versuche er ihren Anblick mit dem Bild abzugleichen, das ihm jahrelang im Kopf herumgespukt war.

»Schön, Sie zu sehen, Inspektor«, sagte Victor, um für gute Stimmung zu sorgen. »Möchten Sie ein Glas Wein mit uns trinken?«

Jo rief ausnahmsweise nicht Arabella auf den Plan, sondern umschlang Victor, wandte den Kopf in die Richtung, aus der sie das ordinäre Rasierwasser witterte, und lächelte. Carreggio machte keine Anstalten, sich niederzulassen. In seinem Schnurrbart hingen Krümel. »In vier Jahren habe ich es gelernt, die gelben und die grünen Formulare zu unterscheiden«, sagte er und blickte auf Victors weißes Haar. »Die gelben benutzen wir, wenn Leute ihre Boote in einer Ladezone parken. Die grünen für den Wiederholungsfall. Das ist Arbeitsalltag, Dottore. Richtig spannend.«

Hohn und Bitterkeit trieften förmlich aus seinen Worten. Der erste große Mordfall in vielen Jahren, er hatte die Finger dran, und dann zerbröselte er ihm unter den Händen. Und dann der Mord an dem Milliardär Moresby, der mehr oder weniger vor seiner Nase stattgefunden hatte. Seine Freundin Carolina hatte das Gefühl gehabt, Victor sei in die Sache verwickelt gewesen, konnte ihn jedoch nicht aufspüren. Und nun hatte man bei der Questura unlängst widerwillig akzeptiert, was von den FBI-Kontakten diktiert wurde: dass nämlich Stefano, ein geistesgestörter Einzelgänger, für all das verantwortlich gewesen sein sollte, inklusive dem Mord an dem bekannten ehemaligen Richter Paolo Andiolini.

»Sie verstehen, Signore Tallent, das ist eine …« Er hielt inne und suchte nach den richtigen Worten. Als ihm keine einfielen, trank er stattdessen das Glas Rotwein aus, das er in Händen hielt, und seufzte. Seine legendäre Hartnäckigkeit, für die schon seine Vorfahren berühmt waren, zu denen zwei Henker und ein Großinquisitor gehört hatten, schien ihn endgültig im Stich zu lassen.

»Sie sagen, wir können Sie nicht mal verhaften und zum Verhör bringen«, verkündete Carreggio mit einer Empörung, die darauf schließen ließ, dass er die Methoden vergangener Jahrhunderte für richtiger hielt.

»Es tut mir leid, wenn Sie Probleme hatten«, sagte Victor, »aber auch wir …«

Der ehemalige Inspektor stellte sein Glas so heftig auf den Tisch, dass ein Rest Rotwein auf seine schmuddlige weiße Manschette spritzte. »Probleme? Probleme nennen Sie das? Für Sie ist es vielleicht ein Problem, wenn Sie keinen Parkplatz finden, oder –«, sein Schnurrbart zuckte, »aber ich wurde dazu geboren, Verbrechen aufzuklären und die Bürger dieser großartigen Stadt vor Menschen wie Ihnen zu schützen! Ein Carreggio bei der Fußtruppe, die bei japanischen Teenagern und alten Männern Almosen für das Staatssäckel einkassieren muss! Es ist demütigend!«

Carreggio sank auf einen Stuhl und schlug die Hände vors Gesicht. Nach einigen Minuten blickte er auf, trocknete sich die Augen und nahm sich vom Nebentisch ein frisches Glas. Er goss sich aus Victors Flasche Wein ein und leerte das Glas in einem Zug. Dann warf er Jo noch einmal einen prüfenden Blick zu, stand auf und salutierte, doch die Geste wirkte eher ironisch.

»Viel Spaß in Venedig«, sagte er dann bissig und warf beim Hinausgehen beinahe einen Zeitschriftenständer um. Durchs Fenster sah Victor, dass er draußen von Carolina, seiner ehemaligen Kollegin, erwartet wurde, die nun statt ihres Tarnanzugs auch die blaue Uniform mit diesem albernen weißen Clownsgürtel trug. Sie warf ihnen einen hasserfüllten Blick zu, bevor sie ihren betrunkenen Kollegen stützte.

Ein paar Tage verstrichen, und Jo und Victor entspannten sich wieder. Da niemand von der Questura bei ihnen auftauchte, war Mariannes Intervention offenbar wirksam gewesen. Hand in Hand streiften die beiden durch die Stadt, und Victor erzählte Geschichten von wilden Piraten und schönen Kurtisanen, als sähe er diese Gestalten neben ihnen flanieren.

Die Gewohnheit, die Dächer im Auge zu behalten, konnte er nicht ganz aufgeben, doch Jo zupfte ihn jedes Mal am Ärmel, wenn sie spürte, dass er wieder nach oben blickte, und küsste ihn zur Belohnung, wenn er es unterließ. Sie hatte schon Schwielen an den Zeigefingern, weil sie es nicht müde wurde, die verwinkelte Stadt zu erkunden. Mehrmals kündigte sie an, dass sie allein losgehen wolle, doch Victor wollte sich noch nicht von ihr trennen, nicht einmal für ein paar Minuten.

»Ich komme doch wieder«, sagte sie dann und nahm sein Gesicht in beide Hände. Aber die Erinnerung daran, wie er aus dem Restaurant kam und nur noch ihre Sachen vorfand, veranlasste ihn noch immer dazu, sie nicht loszulassen, fast als könne sie sich sonst in Luft auflösen. Deshalb vergingen noch einige Tage, bevor sie beide mutig genug waren, sich für eine Stunde zu trennen. Victor zog Anzug und Krawatte an, um dem Leiter des *Istituto Veneto* einen Besuch abzustatten. Jo verkündete, sie wolle nach einer Wohnung für sie Ausschau halten, und hielt dabei lächelnd ihren Zeigefinger hoch. Victor musste sich zwingen, ihr nicht nachzulaufen, als sie um eine Ecke verschwand.

In den hohen Räumen des *Istituto* saß der Direktor bei seinem Nachmittagskaffee, polierte seinen Siegelring an seinem Ärmel, beäugte seinen einstigen Gastredner neugierig und bat ihn, Platz zu nehmen. Gewiss, er war im Bilde über die sonderbare Entwicklung in der *affaire* Raymond Mackensen alias Wilbur Eklund und im Mordfall Moresby, sagte er und vermied diskret die Frage, wieso Mr Tallent plötzlich weißhaarig sei. In Venedig gab es keine Geheimnisse, weshalb der Direktor natürlich wusste, dass der ehrgeizige Inspektor, der Tallent alles in die Schuhe schieben wollte, nun als Verkehrspolizist im Einsatz war. Ihm waren auch Gerüchte zu Ohren gekommen, eröffnete der Direktor seinem Gast, der genüsslich *biscotti* knabberte, denen zufolge große und finstere Mächte versuchten, Mr Tallents Forschungsergebnisse über die Reisart, die den Welthunger beenden könne, zu unterdrücken.

»Ich fürchte, das ist übertrieben«, antwortete Victor vorsichtig. »Ich bin nie über die Theorie hinausgekommen.«

Der Direktor zuckte die Achseln. Die Bescheidenheit des jungen Mannes fand er sympathisch und eindrucksvoll. »Hätten Sie denn Interesse daran, sie in die Praxis umzusetzen?«, erkundigte er sich.

Victor stieg das Blut in die Wangen; so weit hatte er gar nicht mehr gedacht. Seit er Venedig zum ersten Mal verließ, hatte seine Kreativität brachgelegen. Er nickte. »Ich habe schon ein paar Ideen. Aber sie sind noch ziemlich … ungeordnet.«

»Wir würden sie dennoch gerne hören. Abgesehen von den unerfreulichen Zwischenfällen mit der Questura waren wir alle sehr erfreut, Sie hier zu haben. Sie haben wertvolle innovative Impulse gegeben. Möchten Sie vielleicht Ihre Forschung von hier aus weiterbetreiben? Und uns die Ergebnisse zur Veröffentlichung überlassen? So wie wir das ursprünglich geplant hatten?«

Victor blickte auf die schweren, in Leder gebundenen Folianten, in denen seit Jahrhunderten die Gedanken Venedigs gesammelt wurden, und holte tief Luft, bevor er antwortete, es gäbe nichts, was er lieber tun würde. Worauf der Direktor ihn einlud, in einigen Tagen zu einer Konferenz mit den anderen Mitgliedern des *Istituto* zu kommen. Und als Victor sich verabschiedete und das ockerfarbene Gebäude verließ, vor dem noch immer die Delle von Stefanos Schuss im Asphalt zu sehen war, konnte man aus der Miene des Direktors lesen, dass er ebenso wie Anselmo der Meinung war, dieser weißhaarige junge Mann trüge etwas von der alten Magie Venedigs in sich.

85

Jo fand sich zeitig am verabredeten Ort ein. Von den kurzen Haaren abgesehen, sah sie nun wieder mehr und mehr wie damals aus, als Victor sie kennengelernt hatte. Sie hielt sich aufrecht, was ihren schlanken eleganten Hals zur Geltung brachte, und wirkte nicht mehr so geduckt wie zu der Zeit, als Stefano sie verfolgte.

Sie saß in der Mitte der Accademia-Brücke, von der sie ihn damals ins Wasser stoßen sollte, und ließ die Beine baumeln. Als sie Victors Nähe spürte, sprang sie auf und nahm ihn bei der Hand, bevor er etwas sagen konnte. Dann zog sie ihn mit sich in ein Gewirr schattiger kleiner Straßen und blieb am Ende einer Sackgasse stehen. Dort lehnte sie sich mit beiden Händen an eine alte Haustür, von der die Farbe abblätterte, und schloss die Augen.

»Hier«, sagte sie.

»Was ist hier?«, fragte Victor. Er nahm von innen einen Geruch wahr, der ihn an Frühstück erinnerte. Jo überreichte ihm einen kleinen Messingschlüssel und trat beiseite. Es fiel ihr schwer, nicht vor Begeisterung zu grinsen. Victor schloss die Tür auf. Die Dielen ächzten und knarrten, als er das Haus betrat.

Nun wurde ihm klar, wo der Geruch herkam, den er gewittert hatte: In dem weitläufigen Raum standen drei alte Ziegelöfen, in denen gewiss zwanzig Brote Platz gefunden hatten. Die Dielen bedurften dringend ausgiebiger Pflege. Über eine Treppe mit schiefen Stufen gelangte man ins erste Stockwerk, und dort oben bot sich Victor ein bezaubernder Anblick.

Durch die Fenster, von denen jedes anders geformt war, blickte man hinaus aufs Wasser, wo die weißen Segel der Fischerboote in der Sonne leuchteten. Ein weitläufiges Zimmer, das zugleich etwas Behagliches ausstrahlte, ein Zufluchtsort. Victor schloss die Augen und atmete tief ein, um den Geruch wahrzunehmen. Leder und Papier und irgendwo eine Spur getrocknete Tinte.

»Der Nachbar erzählte mir, dass früher ein griechischer Bäcker hier gelebt hat«, sagte Jo. »Während des Zweiten Weltkriegs wohnte auch die ganze Familie eines Notars hier oben. Diese Männer sind 1938 für Mussolini in den Krieg gezogen und aus Abessinien nicht mehr zurückgekehrt.«

Auch von einem Fluch verfolgt, dachte Victor, als er die Hand aufs Fensterbrett legte und die Atmosphäre des Hauses in sich aufnahm. Stäubchen tanzten in der Sonne. Jo runzelte die Stirn, weil er stumm blieb, trat zu ihm und berührte sein Gesicht. »Was fühlst du?«, fragte sie.

»Ich finde es wunderbar. Hier würde ich sofort einziehen«, antwortete Victor.

Sie fiel ihm um den Hals. »Das hatte ich gehofft.«

»Wieso?«

Sie platzte heraus: »Weil wir es gerade gekauft haben. Die Leute waren sehr angetan von dem Geld aus deinem Koffer.«

»Du bist doch ein raffiniertes Stück.«

Sie lächelte und lehnte sich an seine Brust. »Ach, nicht wirklich.«

Anselmo war begeistert, dass er teilhaben durfte am neuen Leben des Dottore und seiner Herzensdame, und half beim Umzug. Der Portier verengte die Augen, als er mit zwei Rollen Stoff unter dem Arm zum ersten Mal den oberen Raum betrat. Er bemerkte einen Kasten, den Victor zwischen den Dachbalken angebracht hatte. Er sah aus wie eine Geldkassette. Anselmo beschloss, sich nicht danach zu erkundigen. Schließlich hatte jedes Haus seine Geheimnisse, und die galt es zu bewahren.

»Riecht gut«, sagte er beifällig und nahm das Glas Sherry in Empfang, das Jo ihm reichte. Dann legte er eine Hand an die Wand und horchte. »Das Haus mag Sie. Wird gut zu Ihnen sein.« Bevor er hinausging, bekreuzigte sich Anselmo rasch und sprach ein kurzes Gebet, als er sich unbeobachtet fühlte.

Als Victor ein paar Tage später von seiner ersten Konferenz im *Istituto* zurückkam, hatte sich sein neues Heim schon verändert.

Victor nahm einen süßlichen verbrannten Geruch wahr, als er sich dem Haus näherte. Feuer? Er rannte los und fand Jo im unteren Raum vor, wo sie in den alten Backöfen Tongefäße brannte. Sie drehte sich um und lächelte ihn an, als sie ihn hereinkommen hörte. Victor betrachtete fasziniert eines der Gebilde, das gerade abkühlte. Auf leuchtend orangem und schneeweißem Untergrund zeichneten sich kleine Blumen ab. Jo trug Handschuhe und eine Schürze und kam ihm schöner vor denn je.

»Wie waren die Eierköpfe heute drauf?«, fragte sie.

»Eierköpfig. Aber ich glaube, meine Ideen haben ihnen

gefallen.« Er berührte eines der Gefäße. »Was sind das, Vasen? Sie sehen jedenfalls wunderschön aus.«

Jo lehnte sich an ihren Arbeitstisch. Ihr Gesicht war schweißbedeckt von der Hitze, und sie sah glücklich aus. »Das ist süß von dir«, sagte sie. »Aber das kann nicht sein.«

»Doch«, entgegnete er und küsste sie auf den Hals. »Du bist ein Genie.«

»Ja«, erwiderte Jo, schlang von hinten die Arme um ihn und legte ihr Gesicht an seinen Rücken. Ein Schatten war über ihre Züge gefallen. Denn diese innere Betäubtheit, das Gefühl, dass es sie gar nicht wirklich gab, ließ sie nicht los, nicht einmal in den Armen des Mannes, den sie liebte. Und Jo ahnte, dass es sie vielleicht für immer und ewig verfolgen würde. »Ja, das bin ich.«

86

Eines Nachmittags, als Victor in der Bibliothek des *Istituto* seine Forschungsergebnisse überarbeitete und ergänzte, fiel ihm zwischen den unzähligen Folianten etwas auf, das in der Sonne glitzerte. Ganz oben im Regal stand ein Buch in einer Plastikhülle, in der sich das Licht fing. Victor stieg auf einen Stuhl, zog den dicken Band behutsam aus dem Regal und trug ihn zu seinem Tisch.

Er öffnete die Plastikhülle und stellte fest, dass er ein Manuskript vor sich hatte. Das Papier war so dünn, dass es bei der Berührung beinahe zerriss. Victor wusste nicht, was er hier in Händen hielt, bis er auf das Titelblatt stieß, das von Hand beschriftet und undatiert war.

La Malattia Invisibile.

Die unsichtbare Krankheit. Eine Komödie in drei Akten.

Als der Wachmann nach Mitternacht seine Runde machte, saß Victor noch immer an derselben Stelle. Das Herz schlug ihm bis zum Hals, als er die letzte Seite umblätterte und auf ein einziges Wort blickte. Den Namen des Dramatikers.

Farinesi.

Victor ordnete das Manuskript und dachte an die Juwelierin Carla und ihre düstere Geschichte über die Schauspieler, die von den Schergen des Dogen aus dem Haus gezerrt und ermordet worden waren. Er verspürte ein unbändiges Verlangen, den Unholden der Vergangenheit, die noch immer durch die Gassen der Stadt geisterten, ins Gesicht zu spucken. Er verstaute das Manuskript wieder im Regal und nahm sich vor, seine eigene Arbeit voranzutreiben.

In den nächsten Wochen arbeitete er Tag und Nacht und vervollständigte die DNA seiner neuen Pflanze. Jo bedrängte ihn nicht, weil sie spürte, dass er seine Zeit brauchte. Von dem Manuskript hatte Victor ihr nichts erzählt; er wollte dieses Geheimnis der Stadt für sich behalten, bis es ihm gelungen war, etwas zu vollbringen, das einen Ausgleich herstellen konnte für dieses Opfer der Farinesis. Als er zufrieden war mit seinen Ergebnissen, rief er den Direktor des *Istituto* an.

Der Vortrag, den er wenige Tage später halten sollte, war eigentlich nur für die Mitglieder des *Istituto* und ein paar Gäste vorgesehen. Doch dann drängte sich die halbe Stadt vor den Toren. Victor war eine geheimnisumwitterte und legendäre Gestalt geworden für die Venezianer.

Als er sich auf das Podium begab, sah er, wie in der letzten Reihe alte Frauen mit ihren Stöcken einen Kampf um die letzten Plätze ausfochten, während die beiden Ordner Mühe hatten, sich des Ansturms zu erwehren und die Türen zu schließen. Ein Junge riss das Plakat mit der Ankündigung von der Wand und rannte damit hinaus. Doch zu guter Letzt wurden die Messingtüren mit einem melodiösen Klang geschlossen, und Victor betrachtete die Gesichter im Publikum.

Jo hatte sich ganz nach hinten begeben, um ihn nicht nervös zu machen, was ihn noch nervöser machte, aber das hatte er ihr nicht gesagt. Der Direktor saß in der zweiten Reihe am Rand, neben Anselmo, der für den Anlass seinen besten Anzug und die schönste Krawatte angezogen hatte und so eindruckslos wirkte, dass ihm einige Wissenschaftler höflich zunickten, weil sie ihn für eine prominente Persönlichkeit hielten. Der alte Portier blickte zu Victor hoch und zwinkerte.

Carreggio hatte sich in der Mitte der ersten Reihe niedergelassen.

Er trug einen alten Anzug, der fast aus den Nähten platzte, hatte die Hände auf die Knie gelegt und hockte so reglos da, als wolle er für immer sitzen bleiben. Seine Haare, die noch vor wenigen Jahren schwarz und lockig gewesen waren, kämmte er nun über eine beginnende Glatze. Als Victor über seine Krawatte strich und ans Rednerpult trat, trat nach und nach Ruhe ein.

»Ideen haben Imperien erstehen und untergehen lassen«, begann er und blickte in die Gesichter seiner Zuhörer, um ihre Reaktionen zu beobachten. »Manche befähigen uns zu Wundern, die für unsere Vordenker unvorstellbar waren; andere zerstören nicht nur ihre Urheber, sondern ganze Gemeinschaften. Doch woher weiß man, wie eine Idee sich auswirken wird? Reagiert man erst, wenn der Architekt, der Ihren Palazzo entworfen hat, verkündet, er werde alle anderen niederreißen lassen? Melden Sie Ihren Nachbarn der

Polizei –«, Victor sah Carreggio an und lächelte, »oder gesichtslosen Inquisitoren, wenn er etwas malt, das laut Aussage der Kirche trotz seiner Schönheit als Sünde gilt? Wann entscheidet man, ob man Ideen für gefährlich hält oder nicht? Können gefährliche Ideen existieren, ohne vom Staat und seinen Sicherheitsorganen vernichtet zu werden?«

Victor hörte das Raunen, das durch die Menge lief, und war zufrieden mit dem Aufbau seines Vortrags. Jo warf ihm ein Handküsschen zu, als er fortfuhr und die Idee erläuterte, die ihm vor Jahren eingefallen war, um die Not jener Menschen zu beenden, deren Lebensgrundlage alljährlich von Unwettern vernichtet wurde.

Mithilfe eines Projektors aus den siebziger Jahren, der brummte wie ein Hubschrauber, erklärte Victor, wie sein Superreis, dessen DNA er mit den Erbanlagen des Büffelgrases kombiniert hatte, möglicherweise die Grundprobleme der Dritten Welt lösen könnte. Der neue Reis konnte kostengünstig und ohne gefährliche Auswirkungen auf die Umwelt angepflanzt werden. In China hatte man früher einen ähnlichen Versuch unternommen, doch diese Reisart produzierte jede Menge Bakterien, die schließlich Tausenden von Menschen den Tod brachten.

Digitalkameras piepten. Meyer war irgendwo in der Nähe, das spürte Victor, als er die eifrig mitschreibenden Reporter beobachtete.

Als Jo und Victor nach dem Vortrag ihren Mantel anzogen, trat Carreggio zu ihnen. »Sehr überzeugend, Dottore, das muss ich schon sagen«, äußerte der Ex-Inspektor, diesmal nüchtern. Vor angestauter Wut war sein Gesicht rot angelaufen.

»Vielen Dank, Signor Carreggio«, erwiderte Victor. »Aber wir müssen jetzt wirklich –«

»Sehen Sie sein Gesicht manchmal nachts im Traum, Mr Tallent?«

Carreggios Augen funkelten gefährlich, und Victor stockte einen Moment der Atem. Wen? Den grausam geschlachteten Mackensen? Nein, erwog er zu antworten. Nur das Blut auf meinem Handy hat mich danach noch verfolgt.

Jo legte ihm die Hand auf den Arm. Sie war eiskalt. »Können wir jetzt bitte gehen, Liebling?«, drängte sie.

Der in Ungnade gefallene Polizist stellte sich ihnen in den Weg. »Ich habe gehört, er sei nicht sofort gestorben«, sagte Carreggio lauernd. »Stefano. Sie erinnern sich doch noch an ihn, nicht wahr? Glauben Sie vielleicht, ich verstehe nichts mehr von meiner Arbeit, nur weil man mich degradiert hat? Halten Sie mich für verblödet?«

Victor schob den Mann beiseite und legte den Arm um Jo. Nein, es würde wohl wahrhaftig kein Ende nehmen. Selbst wenn sie sich in den dunkelsten Verliesen der Sarazenen verstecken würden, käme bestimmt jemand des Wegs, der damit beschäftigt war, die Ereignisse der letzten vier Jahre zu enträtseln.

»Nein, ich halte Sie nicht für verblödet«, sagte er zu Carreggio. »Und ja, ich sehe sein Gesicht manchmal vor mir, aber tagsüber.«

Der Ex-Inspektor sah geradezu erleichtert aus, als er den beiden nachschaute. Er mochte sein täglich Brot nun verdienen, indem er Strafzettel ausstellte. Aber sein Instinkt funktionierte noch. Und zumindest für einen kurzen Moment war es ihm an diesem Abend gelungen, seinem Opfer Angst ins Herz zu streuen. Er knöpfte sein Sakko zu und pfiff eine Melodie, an die er seit seiner Kindheit nicht mehr gedacht hatte.

87

Wie die meisten Menschen, die verfrüht in den Ruhestand gezwungen werden, machte Marianne sich Sorgen.

Gewiss, alle zwei Wochen kamen ihre Pensionszahlungen von der Bank, die ihr Alter und die Zukunft ihres Enkels absicherten. Nichts verband Marianne mit Andiolinis verpfuschtem Überfall auf Jos Unterschlupf. Bei ihr hatte sich niemand von der Polizei eingestellt. Sie war in Sicherheit. Besaß zwei Autos und einen Hund und fuhr jede Woche in die Stadt, um mit jüngeren Kolleginnen von der Maklerfirma, die ihr seit jeher eine respektable Deckung verschafft hatte, zu Mittag zu essen. Die Kolleginnen waren ausgesprochen höflich, verschwanden aber mit schöner Regelmäßigkeit vor dem Dessert mit den üblichen Sie-wissen-ja-wie-es-ist-Blicken.

Doch etwas rumorte in Mariannes Innerem.

Das Bedürfnis, am großen Rad zu drehen. Die schwachen Zahnräder zu entfernen, damit es sich schneller drehte. Sie vermisste die verschlossenen Türen und das aufregende Gefühl, eine Entscheidung zu treffen, die nicht mehr rückgängig zu machen war und die am nächsten Tag in der Zeitung auftauchen würde. Über Macht zu verfügen, von der sogar Könige nur träumen konnten.

Nachdem Marianne das Video von Victor bekommen hatte und ihr bewusst geworden war, dass sie sich wirklich nur bedeckt halten konnte, hatte sie mit verschiedenen Methoden versucht, der inneren Unruhe Herr zu werden. Zuerst erwog sie, am College Kurse über Finanzplanung zu unterrichten, befürchtete dann aber, dass ihre Erfahrung verdächtig wirken könne. Danach verlegte sie sich aufs Einkaufen, was sie jedoch früher schon nicht gern getan hatte, und daran hatte sich nichts geändert. Deshalb ging sie schließlich zu etwas über, womit viele Rentner ihre Zeit zubringen: Sie vergrub sich. Schlief jeden Morgen lange, ließ die Autos nicht mehr jeden Sonntag waschen und wachsen und ging nicht mehr zum Friseur.

Die ehemalige Leiterin der US-Sektion eines siebenhundert Jahre alten Machtimperiums, das die Erfindung der Druckpresse, die Demokratie und viele Kriege miterlebt hatte, brachte ihre Tage auf der Veranda des Sommerhauses ihrer Tochter zu. Las Romane, die ihr wöchentlich vom Buchclub zugeschickt wurden, und buk Kekse für sich selbst, denn sie achtete auch nicht mehr auf die schlanke Linie.

Eines Morgens erwachte Marianne in dem Haus auf der teuren Seite von Mount Desert Island an der zerklüfteten Küste von Maine und trottete in Hausmantel und Pantoffeln ihrer Tochter nach unten. Rascal, der Hund ihres Enkels, winselte hungrig und stupste ihr mit der Schnauze den Napf hin.

»Du frisst mir noch die Haare vom Kopf«, sagte Marianne seufzend und schob den Retriever beiseite, damit sie sein Trockenfutter in den Napf schütten konnte.

Ihre Ausbildung hatte Marianne jedoch nicht vergessen, so träge sie auch geworden war.

Sie spürte es, bevor sie herumfuhr und es sah.

Als der Hund zu bellen begann, war Marianne schon die Treppe hinaufgesprintet. Eine jüngere und gut trainierte Frau hätte das kaum schneller schaffen können. Hinter sich hörte sie schwere Stiefel auf der Treppe.

Doch als sie in ihr Schlafzimmer rannte, war dort auch schon jemand.

Der auf ihrem Bett saß und mit einem Gewehr auf ihren Kopf zielte.

Fffwpp!

Marianne taumelte rückwärts in den Flur hinaus, ohne noch ein einziges Wort zu äußern. Das Geschoss hatte sie genau zwischen den Augen getroffen und danach noch zwei Wände durchschlagen.

Als die Polizei ihre Ermittlungen abschloss, blieb immer noch unklar, wie der Mörder sich Zutritt zum Haus verschafft hatte. Musste ein exzellenter Einbrecher gewesen sein, sagte man sich, denn nirgendwo war auch nur die geringste Spur für ein gewaltsames Eindringen zu entdecken.

Ein Detail war allerdings so sonderbar, dass es jedes Mal weiter ausgeschmückt wurde, wenn man im Revier über diesen Mordfall sprach.

Das Geschoss, das man aus der Wand entfernt hatte.

Die Forensiker sagten, diese Art von Munition sei zum einen höchst ungewöhnlich bei einem Mord durch Einbrecher, zum anderen sei sie speziell präpariert worden. Die Kugel war mit einer Schicht überzogen, die ihre Durchschlagskraft erhöhte. Dergleichen wurde für gewöhnlich nur in der Armee benutzt.

Tungsten Carbide.

88

Endlich kam der Frühling nach Venedig.

Der Wasserstand in den Kanälen sank, und der Gestank all dessen, was während des Winters in der Tiefe verrottet war, wehte durch die Luft. Jo saß vor ihrer Töpferscheibe, Victor hielt sich oben in seinem Studierzimmer auf, das inzwischen eher einer chaotischen Bibliothek glich. Über ihrem gemeinsamen Bett hingen zahllose Aquarelle von Pflanzen, die er gemalt hatte.

Jo ritzte mit den Fingernägeln Muster in den grauen nassen Klumpen, der sich vor ihr drehte, doch plötzlich begann er zu schwanken und sackte zusammen. Sie vergaß, das Rad mit dem Fuß zu drehen, und horchte. Da war es wieder, dieses hartnäckige Pochen in ihr, als wolle jemand gehört werden. Dann näherten sich Victors Schritte, und sie spürte, dass er vor ihr stand und sie ansah. Tränen traten ihr in die Augen, und er nahm sie in die Arme, verwirrt und vielleicht auch besorgt, denn sie hatte seit Wochen nicht gut gegessen. Jo legte ihm die Hand auf den Mund.

»Bist du bereit, Vater zu werden?«

Sie versuchte, die Tränen zurückzuhalten, doch es gelang ihr nicht. Jo sah nicht aus wie eine glückliche werdende Mutter, sondern wie jemand, der von schrecklichem Unheil heimgesucht wird. Victor raunte ihr beruhigende Worte zu und wiegte sie in den Armen.

»Ich glaube, es ist ein Mädchen, Victor«, brachte Jo mühsam hervor. »Und ich werde es niemals mit eigenen Augen sehen können.«

»Ich werde dir alles so genau beschreiben, dass du sie mit eigenen Augen sehen kannst, das verspreche ich dir. Hab Vertrauen.«

In der Klinik war man anderer Meinung als Jo, zumindest in einem entscheidenden Punkt.

»Zwillinge«, verkündete der junge Gynäkologe am *Ospedale Civile* stolz, als er einen Monat später im Ultraschall zwei winzige pochende Herzen dicht beieinander sehen konnte. Danach gingen Jo und Victor ganz langsam nach Hause, achteten auf jede Unebenheit im Pflaster und ersannen so viele Namen, dass Victor sie gar nicht alle aufschreiben konnte.

Victors Eltern kamen von Block Island angereist, wo sie nun auf der stillen Seite des Hafens in einem schönen geräumigen Haus wohnten, das sie mit der staatlichen Entschädigungssumme gekauft hatten. Victor und Jo verkündeten die Neuigkeiten, und sie verbrachten eine ruhige Woche mit ausgedehnten Spaziergängen und gemütlichen Abenden in ihrer Lieblings-Trattoria. Als die Eltern wieder abreisten und in das Wassertaxi stiegen, das sie zum Flughafen bringen sollte, flüsterte Victors Mutter Jo etwas ins Ohr, und Victor sah, wie ein Lächeln auf Jos Gesicht trat.

»Was hat sie gesagt?«, fragte er, als das Boot ablegte.

»Frauengeheimnis«, antwortete Jo und horchte, wie das Boot davonrauschte.

Am nächsten Tag, einem Sonntag, ging Victor frühmorgens, als Jo noch schlief, zur Bäckerei. Er ließ sich Hörnchen mit besonders vielen Mandeln für Jo geben und kaufte auf dem Rückweg noch einen Strauß Lilien, die so intensiv dufteten wie die Wüstenblume, die er damals in der irakischen Wüste entdeckt hatte. Es war kurz nach acht, und die Glocken von San Staè stimmten ihr Morgengeläut an. Victor schob die Haustür mit der Schulter auf und schlich auf Zehenspitzen an einem Regal mit Vasen vorüber.

Dann ließ er alles fallen.

Annika saß auf Jos Arbeitsplatz und drehte gemächlich mit dem Fuß die Töpferscheibe.

»Willst du die nicht lieber ins Wasser stellen?«, fragte sie besorgt und wies mit dem Kopf auf die Blumen am Boden.

89

Jo hockte auf dem Dach. Sie hatte das leise Klicken des Schlosses gehört, das mit einem Dietrich geöffnet wurde. Ihre jahrelange Erfahrung hatte sie sensibilisiert für die Feinheiten von Geräuschen. Bevor der Eindringling nach oben gelangen konnte, war sie – in Victors Pyjama – aus dem Fenster im zweiten Stock geklettert. Beim dritten Versuch fand sie mit der Hand einen festen Halt und schwang sich in dem Moment aufs Dach, als sie drinnen hörte, wie jemand auf dem Treppenabsatz stehen blieb.

Die Dachziegel waren zum Teil locker, und Jo zwang sich, ruhig zu atmen und nicht in Panik zu verfallen. Wenn es nur um mich ginge, dachte sie, würde ich keine Sekunde zögern. Aber jetzt ist alles anders. Ich kann nichts mehr sehen. Und Victor ist alleine mit denen.

Dann löste sich etwas unter ihrem nackten Fuß, fiel klackernd vom Dach und landete mit einem metallischen Laut offenbar auf einem Boot. Plötzlich spürte sie, dass jemand, der sich schwerfällig bewegte, neben ihr auftauchte. Wo endet das Dach?, fragte sich Jo panisch, als sie auf allen vieren weiterkroch, zu einer Stelle, wo sie eine Feuerleiter vermutete. Sie roch eine Mischung aus Aftershave, Schweiß und Kaffee, und dann spürte sie den kalten Lauf eines Gewehrs an der Wange.

»Kommen Sie mit nach unten«, sagte eine unbekannte Männerstimme mit amerikanischem Akzent.

Jo schwang sich mit aller Kraft blitzschnell herum und trat dorthin, wo sie den Mann vermutete. Sie hörte ein überraschtes »Uff«, als er ausrutschte und vom Dach stürzte. Mit dumpfem Knall schlug er auf dem Boden auf. Eine

Nachbarin öffnete ihr Fenster und schrie dann laut »Heilige Mutter Gottes, schütze mich«. Einen kurzen Moment lang empfand Jo einen Anflug des alten Jagdfiebers. Der Mann musste groß und schwer gewesen sein.

Annika stieß sich die Knie an der Töpferscheibe, als sie den Lärm auf dem Dach hörte und aufsprang. Victor zögerte keine Sekunde, sondern stürzte zur Tür hinaus und blickte nach oben aufs Dach. Annika rannte ihm nach, das Gewehr auf seinen Kopf gerichtet. Nachbarn kamen aus ihren Häusern gelaufen und zogen sich rasch wieder zurück, als sie das Gewehr in den Händen der jungen Frau sahen. Jo war die Feuertreppe bereits zur Hälfte hinunter. Sie spürte sofort, dass Victor bedroht war, und nahm die letzten Stufen.

»Ich will mit euch beiden reden«, sagte Annika. Sie klang wütend und erschöpft zugleich.

Victor sah die Leiche von Mariannes ehemaligem Assistenten mit dem Pfannkuchengesicht am Staketenzaun der Calabreses von nebenan hängen. Er war wohl nicht freiwillig zu diesem Einsatz mitgekommen, vermutete Victor.

»So, Sie haben uns. Was soll das alles?«, fragte Victor und horchte auf Sirenen, hörte aber keine. Er nahm Jos Hand. Annika sah aus, als wolle sie die beiden auf der Stelle erschießen, doch sie kämpfte mit den Tränen.

»Wegen euch kann ich nicht mehr arbeiten«, sagte sie. »Und nun werde ich auch noch gesucht. Ich bin auf einem Frachtschiff hergekommen. Ich stinke nach Fisch und Motorenöl.«

»Sagen Sie Marianne, dass wir das doch bereits alles geklärt haben«, meinte Victor, um einen strengen Tonfall bemüht.

Annika warf ihm ein grausames Lächeln zu. »Hab ich bereits getan. Wir hatten eine wirklich nette Unterhaltung.«

Victor bemerkte den schweren goldenen Ring, den Annika um den Hals trug. Eine Jagdtrophäe, vermutete er, empfand jedoch kein Mitleid mit Marianne. »Was wollen Sie also von uns? Ich weiß –«

»Ich bin wie sie«, sagte Annika und wies auf Jo. »Schauspielerin, auf Aufträge angewiesen. Wir sitzen nicht in Konferenzen. Oder kriegen Rente. Wir haben nur unsere Arbeit.«

Sie will gar nicht verhandeln, dachte Victor. So wird also das Ende kommen. Er sehnte sich nach seiner Pistole, die mitsamt einer Kopie von Moresbys Video im Safe in seinem Zimmer lag. »Was wollen Sie von uns?«, fragte er.

Annika leckte sich über die Lippen.

»Was waren seine letzten Worte?«, fragte sie weinerlich. Plötzlich sah sie aus wie ein kleines Mädchen mit einem Spielzeuggewehr. »Ich will sie wissen, jedes einzelne. Ich will wissen, wie er aussah.«

Victor dachte daran, wie Stefanos Stimme geklungen hatte, als er sein Ende nahen sah. »Das tut weh«, antwortete er. »Mehr habe ich nicht gehört.«

Annika presste die Lippen zusammen und trieb Jo und Victor mit dem Gewehr vor sich her zum Kanal, wo ein kleines Boot lag. Die Nachbarn hatten in alter venezianischer Tradition die Carabinieri aus ihren sicheren Wohnzimmern angerufen und weiter nichts unternommen. Wortlos fesselte Annika ihre beiden Opfer an die Sitze und startete den Motor, dessen Dröhnen in den schmalen Gassen wie Donner widerhallte. Victor sah Jo an, und ihm blieb fast das Herz stehen.

Sie blickte zum Himmel auf wie Admiral Bragadino. Weil sie wusste, dass ihr Leben in Kürze zu Ende sein würde, als sie die Stadt hinter sich ließen und auf eine Insel mit einem

Zypressenwäldchen zusteuerten. Den *ossario*, Venedigs Friedhof. Hinter ihnen verhüllte der Nebel die Serenissima – perfektes Setting für ein Begräbnis zur Renaissancezeit. Weit entfernt hörten sie jetzt Sirenen, aber die Polizei würde viel zu spät kommen. Victor zerrte an seinen Fesseln, die sich aber nur fester zogen.

Seit Jahrhunderten begann jeder Begräbniszug zur Toteninsel an der *Fondamenta Nuove*, der Anlegestelle im Norden Venedigs, egal, welchen Status der Tote in der Stadt innehatte. Man umschiffte die verrottenden Holzbohlen, bis schließlich die Isola di San Michele aus dem Dunst auftauchte, hinter deren niedrigen braunen Mauern sich die Marmormausoleen der Verblichenen erhoben. Als die Stadtväter unlängst verkündet hatten, die Bürger Venedigs müssten künftig auf dem Festland begraben werden, da man auf der Friedhofsinsel niemanden mehr aufnehmen könne, hatte es einen Sturm der Entrüstung gegeben.

Annika lenkte das Boot geschickt durch das schwarze Wasser und hielt so weit Abstand von den anderen Wasserfahrzeugen, dass etwaige Hilferufe ihrer Passagiere nicht gehört werden konnten. Vor ihnen ragte nun die Friedhofsinsel in der blauen Dämmerung auf. Möwen segelten kreischend über die verschnörkelten Türme. Annika legte an, schnitt die Fesseln ihrer Gefangenen durch und befahl ihnen durch das große Tor am Ende des Piers zu gehen. Dahinter konnte Victor einen der Killer erkennen, die er auf Moresbys Ranch gesehen hatte. Der junge Mann schien eine Schaufel in Händen zu halten. Sie werden uns lebendig begraben, schoss es Victor durch den Kopf.

»Ich bin einsam ohne ihn«, sagte Annika und stieß Victor den Gewehrlauf in den Rücken.

»Ich weiß«, sagte Victor.

»Dann verstehst du ja sicher, warum ich so handeln muss.«

Gemäß der Manier ihrer einstigen Auftraggeber war dies keine Frage, sondern eine Aussage. Jo kollidierte immer wieder mit den pompösen katholischen Grabmälern, auf denen übermannshohe schwarze Marmorengel und weiße Madonnenstatuen aufragten. Der junge Mann drehte unbehaglich die Schaufel in den Händen und ließ Annikas Gewehr keinen Moment aus den Augen.

»Weiter«, knurrte Annika und stieß Jo einen Weg zwischen akkurat beschnittenen Buchsbaumhecken entlang.

»Haben Sie sich je gefragt, weshalb Richter Andiolini Sie nicht umgebracht hat?«, fragte die junge Killerin Victor. »Nachdem er schon das Motel abgefackelt hatte, in dem Ihre Freundin sich versteckte?«

»Weil Sie ihn erschossen haben?«, erwiderte Victor und überlegte, ob er sich vielleicht blitzartig umdrehen und das Gewehr packen könne. Doch Annika blieb zu weit auf Abstand.

»Idiot«, entgegnete Annika und stieß ihm wieder den Gewehrlauf in den Rücken. »Ich hätte das zu gerne getan, als ich gesehen hab, wie die vor dir duckmäusern. Aber diese Frau, seine neue Flamme, diese Silvia? Die hat den alten Kerl verabscheut. Hat sie ständig angegrapscht. Während ich also bei Marianne zu Hause hockte, nachdem du uns in dem Diner fertiggemacht hast, hat dieses Mädel einen Trooper geopfert, der für uns gearbeitet hat, und ihren eigenen Boss abserviert.« Annika seufzte. »Sprach aber kein Wort Englisch, und die Cops haben's nicht drauf ankommen lassen. Pech gehabt. Na ja, wir sind jetzt jedenfalls hier. Hab euch sogar schon ein Bettchen gerichtet, seht ihr?«

Victor hatte kein Gefühl mehr in den Beinen. Die Zwillinge in Jos Bauch, dachte er und spürte einen eiskalten Stich im Herzen. Namenlose Zwillinge. Er beschloss, sich für sie zu opfern. Sie kamen zu einer Stelle, an der man neben einem verwitterten Grabstein mit der Inschrift

Enzo Andiolini, Bankier
1288–1350

zwei neue Gräber gegraben hatte.

Unlängst war ein zweiter Name in den Stein gemeißelt worden:

Paolo Andiolini, Richter
1937–2005
Requiescat In Pace

Ruhe in Frieden. Auf der Grabplatte hob ein weißer Engel sein Schwert gegen einen rötlichen Marmordämon, dessen Fratze vor Angst verzerrt war.

Enzo Andiolini, Gründer des Geheimbundes »Rat der Zehn«, liebender Gatte und Vater und Mörder Hunderter von Menschen hatte den ehrenvollen Tod gefunden, den er sich gewünscht hatte. Sein Nachfahre hatte weniger Glück gehabt. Man hatte seine Leiche aus Maine eingeflogen, und lediglich zwei ehemalige Sekretärinnen hatten seinem Begräbnis beigewohnt. Er hatte keine Angehörigen, und seine Dienerschaft hatte das Weite gesucht, nachdem seine Geliebten sich mit dem Silber davongemacht hatten. Niemand würde sich seiner erinnern.

Weder Victor noch die anderen bemerkten diesen Grabstein.

»Willst du das machen wie mit dem Typen in Toledo?«,

fragte Jo jetzt. »Uns eins mit der Schaufel überziehen, damit wir erst unter der Erde zu uns kommen? Ich dachte, dafür bist du zeitweilig suspendiert worden.«

»Halt die Klappe«, zischte Annika und stieß Jo zu Boden. Victor wollte sich auf sie stürzen, aber das Gewehr wies auf seine Brust. Jo spuckte Erde aus und nickte.

»Verstehe«, sagte sie. »Wollt ihr dann die Nummer aus Lyon versuchen, als ihr den NATO-Sekretär und seine Frau so locker zusammengebunden habt, dass sie glaubten, davonkommen zu können? Und uns dann erledigen, wenn wir aus dem Grab kraxeln? Aber wozu der ganze Aufwand?«

Annika war kreidebleich geworden. Vielleicht kamen ihr Zweifel, oder sie spürte, wie sich die Dämonen der Finsternis in der Dämmerung zu versammeln begannen. Zitternd vor Wut richtete sie das Gewehr auf Jo, und Tränen strömten ihr übers Gesicht.

»Wir wollten zusammen ein Kind haben, Stefano und ich«, brachte sie mühsam hervor. »Kannst du dir vorstellen, was das bedeutet? Kannst du das?«

»Ja«, antwortete Jo.

»Ich scheiß auf dich, weißt du«, fauchte Annika und spuckte aus. »Du warst diejenige, die uns immer vorgehalten hat, wir seien Idioten, weil wir uns so gern hatten. ›Beeinträchtigt die innere Sicherheit‹ oder so einen Stuss hast du immer erzählt, nicht? Du und Mackensen, ihr habt uns ewig getriezt. Jetzt könnt ihr euch dann endlich die Hand geben. Los.«

Aus dem Augenwinkel bemerkte Victor, wie Annikas Handlanger heimlich zum Tor schielte.

Victor sah Jo an. Ihre Augen schienen im Zwielicht zu lodern wie blaue Flammen.

Blam!

Der Schuss dröhnte allen in den Ohren, und der Handlanger ließ vor Schreck seine Schaufel fallen. Jo rannte los, stieß immer wieder an die Gräber, schaffte es aber auf den Beinen zu bleiben und geduckt weiterzusprinten. Annika blickte irritiert auf ihr Gewehr, als sei es von selbst losgegangen. In diesem Moment ertönte eine vertraute Stimme zwischen den Bäumen, stählern und eiskalt.

»Polizei! Gewehr hinlegen und zurücktreten!«

Victor fuhr herum, sah jedoch nur Blätter neben einem Mausoleum zu Boden wehen. Annika zögerte keine Sekunde, sondern schoss blindlings in die Richtung der Stimme, wobei sie eine Reihe Grabfiguren zerlegte. Der Dämon verschwand in einer Wolke aus roten Scherben. Victor setzte Jo nach, deren weißen Pyjama er immer wieder zwischen den Gräbern weiter hinten aufblitzen sah.

Annika wiederum folgte ihm, lud dabei nach und feuerte in Richtung der Büsche, aus denen auf sie geschossen wurde. Einen kurzen Moment lang tauchten Carreggio und seine Partnerin in Tarnkleidung auf. Der Handlanger hielt die Hände hoch und gab einen Redeschwall von sich, in dem er kundtat, dass diese *geistesgestörte* Frau ihn an diesen *schrecklichen* Ort entführt hatte und wie *froh* er doch sei, die Polizei zu sehen. Die beiden wiederum ignorierten ihn und nahmen die Verfolgung der anderen auf.

Jo hingegen saß irgendwo fest. Um sie herum spürte sie nur noch kalte Marmorgliedmaßen, fand keinen Ausgang und kein Versteck mehr.

Dieser Teil des Friedhofs endete in einem riesigen geschlossenen Garten zum Gedenken an einen venezianischen General, dessen Soldaten ihm seine Tapferkeit dankten, indem sie hier ein Regiment lebensgroßer Statuen errichten ließen, an deren rostigen Speeren sich Jo nun ihren Pyjama zerriss. Annika kam angeschlichen, duckte sich hinter einen Grabstein und feuerte auf die blinde Frau, so oft sie Gelegenheit hatte.

Krack!

Der Kopf eines der Soldaten zerplatzte, und Jo rannte wieder los, wobei sie diesmal um ein Haar von der Lanze eines knienden Fußsoldaten aufgespießt worden wäre. Die Spitze der Lanze bohrte sich in ihren Arm, und Jo schrie nach Victor. Er erreichte sie in dem Augenblick, in dem sie der Statue die Lanze entrissen hatte und wild damit herumfuchtelte.

»Ich bin es«, sagte Victor, wich der Lanze aus und umschlang Jo.

Annika näherte sich, wobei ein weiterer Soldat dran glauben musste, dessen Arme abbrachen. Victor sah einen Bronzeschild, der über die Gräber rollte. Dann tauchte der blonde Schopf direkt vor ihm auf. Annika lud nach und hob ihr Gewehr.

»Wir haben uns geliebt«, sagte sie.

»Das glaube ich«, erwiderte Victor.

Blam!

Ein Geschoss verfehlte nur knapp Annikas Kopf und zertrümmerte einen Grabstein aus türkischem rosa Marmor. Annika fuhr herum und erwiderte das Feuer. Carreggio rannte auf sie zu, so schnell es ihm mit seinem Übergewicht möglich war, blieb dann aber plötzlich stehen, ließ die Waffe fallen und ging langsam zu Boden.

Annika wandte sich wieder ihrem eigentlichen Ziel zu, musste jedoch feststellen, dass sich ein Speer in ihren Bauch bohrte. Jo stieß zu und drehte den Speer, als sie Widerstand spürte. Mit zuckenden Lippen blickte Annika auf Victor.

»Die Ranch. Und das Motel«, sagte sie. »Beinahe hätte ich dich erwischt.«

»Ja, aber nur beinahe«, erwiderte Victor.

»Wo hattest du dich versteckt? Auf der Ranch? Wir haben …« Sie hustete.

»Im Entwässerungsgraben.«

»Gute Idee«, brachte Annika noch hervor. Dann erschauerte sie und starb.

Als die Polizistin in Tarnkleidung sie erreichte, war die Mörderin vor dem stummen Steinregiment, das sie beinahe zerstört hatte, auf die Knie gesunken. Victor blickte auf Annikas Hände und fand, dass sie so knochig und klein wirkten wie die eines zwölfjährigen Jungen.

Sie gingen zu Carreggio hinüber. Er war in die Brust getroffen worden. Mit einem Blick, in dem Victor einen gewissen Stolz zu bemerken glaubte, schaute der Polizist auf das Blut, das zwischen seinen Fingern hervorquoll.

»*Caro*, warte, ich hole Hilfe«, sagte Carolina mit erstickter Stimme, doch Carreggio schüttelte den Kopf, lehnte sich an einen Grabstein und nickte Victor zu.

»Bin froh, Sie zu sehen, Dottore«, brachte er keuchend hervor.

»Woher wussten Sie, dass wir hier sind?«, fragte Victor erschüttert.

Der Polizist warf ihm ein rätselhaftes Lächeln zu, das eine lange Tradition hatte in seiner Familiengeschichte und der Geschichte der Stadt. Er glich plötzlich einer Sphinx. »Die junge Frau fuhr zu schnell mit ihrem Boot«, flüsterte er. »Wir wollten ihr … einen Strafzettel geben.« Seine Lider flatterten, und er tastete nach Victors Hand. »Sorgen Sie dafür, dass ich bei meiner Familie begraben werde? Hier auf der Insel, nicht bei den anderen? Das habe ich mir jetzt verdient.«

»Das verspreche ich Ihnen, Inspektor Carreggio«, sagte

Victor und sah den Dank in den Augen des sterbenden Mannes, bevor sie sich für immer trübten. Carolina schloss ihm die Augen und küsste Carreggio auf die Stirn. Die Geste wirkte ganz und gar nicht so, als seien sie nur Kollegen gewesen.

Es war schon dunkel, als Victor und Jo von einem Polizeiboot in die Stadt zurückgebracht wurden.

Als sie an der Guidecca vorbeituckerten, blickte Victor zu dem Haus auf, wo er damals, vor vielen Jahren, die alte schwarz gekleidete Frau gesehen hatte. Die Fensterläden der Wohnung waren geschlossen. Doch dann nahm er einen flüchtigen Lichtschein wahr, wie das Flackern einer Kerze, und ein Fenster öffnete sich einen Spaltbreit. Victor sah, wie eine in graue Decken gehüllte Gestalt auf das *motoscafo* blickte, das dort unten vorbeiratterte. Er glaubte sicher, dass sie ihm zuwinkte, doch dann waren sie schon weitergefahren. Aber zu einer so intimen Geste gegenüber Fremden hätte sich die alte Frau wohl kaum hinreißen lassen. Hier schloss man abends seine Fensterläden.

Venedig war schließlich eine anständige Stadt.

90

Am nächsten Tag kam Anselmo zu Besuch und brachte Mandelkuchen und den neuesten Klatsch mit.

»Habt ihr schon gehört?«, fragte er Victor und Jo, während er in der kleinen Küche starken duftenden Kaffee kochte.

Die Questura hatte Carreggio nicht nur posthum zum

Kommissar ernannt, sondern auch ein Staatsbegräbnis am nächsten Samstag anberaumt. Der Zug würde am Canal Grande starten und zur Toteninsel führen, wo man bereits einen Grabstein für ihn errichtet hatte. Polizeichef und Bürgermeister würden ihm die letzte Ehre erweisen. Die Einheimischen waren zufrieden mit dem gebührend venezianischen Ende dieser ganzen Geschichte: die schöne Killerin durchbohrt von einem Speer aus der ruhmreichen Geschichte der Stadt, der Held ehrenhaft und todesmutig gestorben.

Auch der unglückselige Salvatore Mimmo war unlängst entdeckt worden von Handwerkern, die sein Büro renovieren wollten. Ihm würde ebenfalls ein ehrenhaftes Begräbnis zuteil werden, allerdings auf dem Festland und ohne Anwesenheit des Bürgermeisters.

Überdies vernahm man Gerüchte, denen zufolge diese junge Frau, die auf der Isola di San Michele zu Tode gekommen war, Teil einer weltumfassenden Verschwörung gewesen sei. Mehr wusste niemand, aber man staunte gebührend. Ein kurzer Tusch aus alten Zeiten. Der Rat der Zehn. Fast wie aus dem Märchen.

Doch von einer Sache, die der Questura Rätsel aufgab, wusste Anselmo nichts, da man sie innerhalb des Castello geheim hielt, um nicht weiteren Gerüchten Nahrung zu geben.

Annikas Leiche war aus dem Leichenschauhaus der Polizei verschwunden.

Carolina hatte sie selbst dort abgeliefert und alle Formulare eigenhändig ausgefüllt. Die Kollegen behandelten Carolina sehr respektvoll, weil sie um ihre Gefühle für den Mann wussten, den dieses Mädchen getötet hatte. Doch am nächsten Tag fand man nur noch den Leichensack vor.

Carolina stellte eine Ermittlung an, doch die Leiche des blonden Mädchens wurde niemals gefunden.

Als Anselmo sich verabschiedete und ins Hotel zurückkehrte, bat Jo Victor, einen Spaziergang mit ihr zu machen. Er spürte, dass sie ihm etwas anvertrauen wollte, das ihr keine Ruhe ließ.

Sie ließen sich von den Menschenmassen treiben, die um diese Zeit des Tages unterwegs waren, bis sie schließlich vor dem staubigen Juwelierladen standen, an den Victor so oft gedacht hatte. Jo zögerte und spielte mit dem Armband an ihrem linken Handgelenk. Sie sah aus, als brenne es auf ihrer Haut und als könne sie sich doch nicht davon lösen. Erst in diesem Augenblick wurde Victor bewusst, dass sie es seit jenem Abend im Blockhaus nie mehr abgelegt hatte. Die drei grünen Augen der Seeschlange glitzerten in der Sonne, der Schlund schien sich zu bewegen. Victor hatte den Impuls, Jo von dem Manuskript der Farinesis zu berichten, beschloss dann aber, noch damit zu warten. Denn Jo fürchtete sich vor etwas.

»Soll ich es tun?«, fragte er, und sie nickte, dankbar, dass er ihre Gedanken gelesen hatte. Behutsam löste Victor das goldene Schmuckstück der Signora di Farinesi von Jos Arm, und es kam ihm vor, als höre er das Ungeheuer entsetzt aufschreien. Doch sie beide wussten, dass jene Familie nur Unglück erlebt hatte. Und ihre Zwillinge wollten sie keiner Gefahr aussetzen.

Carla blickte auf, als sie die Ladenglocke hörte, und dehnte wie immer ihren schmerzenden Rücken. Als sie die Tür öffnete und ihren einstigen Kunden erblickte, nickte sie, als sei sie nicht überrascht, aber froh, ihn unversehrt wiederzusehen. Über ihre lange Nase hinweg betrachtete sie Jo prüfend, dann nahm sie das Armband entgegen, polierte es und legte es auf seinen angestammten Platz in die Vitrine zurück.

»War es nicht gut zu Ihnen?«, fragte sie Victor, sah dabei aber Jo an.

»Vielleicht macht es jemand anderem Freude«, erwiderte Victor und wandte sich zum Gehen.

»Ich verstehe«, sagte Carla und deutete eine Verbeugung an. Sie folgte der blinden Frau und dem Mann mit Blicken, als sie hinausgingen, und blies ihnen Rauch aus ihrer Zigarette nach, als wolle sie den Fluch damit endgültig auflösen.

Jo umklammerte Victors Arm und ging schneller als gewöhnlich. Sie sah aus, als sei ihr kalt, obwohl es ein schöner milder Tag war. Wenn Victor später an diese Szene zurückdachte, erinnerte er sich, dass seine Frage nicht mit Carla oder dem Juwelierladen in Zusammenhang stand. Sie kam ihm nur in den Sinn, weil immer noch keine Namen für ihre künftigen Kinder gefunden waren und weil er nicht das Geringste über Jos Familie wusste.

»Kannst du mir eigentlich jetzt sagen, wie du wirklich heißt?«, fragte er.

Jo seufzte so tief, wie er es noch nie bei ihr erlebt hatte. Sie blieb stehen und nahm sein Gesicht in beide Hände, als könne sie ihn sehen.

»Als Josephine Fowler bin ich aufgewachsen«, sagte sie, und ihre Stimme klang sehr jung. »In Portland. Meine Mutter kam aus Terre Haute. *Ihre* Mutter war während der Depressionszeit nach Amerika eingewandert. Aus Genua. Auf Ellis Island hat sie ihren Namen zu Ariana Fowler geändert und ist nach Evansville gezogen, wo es bereits ein italienisches Viertel gab. Aber ihre Familie kam aus Venedig.« Sie wies die Straße entlang, auf ein Haus, in dem sich unten ein Internet-Café befand. »Es heißt, sie habe hier gelebt. Vor langer Zeit.«

Victor drehte sich noch einmal um und schaute zurück zum Juwelierladen. Carla hatte die Tür noch einen Spaltbreit geöffnet und schaute ihnen nach. Sie sah aus, als wisse sie, was Jo erzählen wollte. Und auch Victor ahnte plötzlich, was er erfahren würde – ein uraltes Geheimnis Venedigs, das er immer schon gespürt hatte.

»Wie war dein Geburtsname?«, fragte er.

Jo schloss die Augen, und die schwarzen Schatten, die Jo seit jeher umringten, verbeugten sich zum Abschied und wehten davon. Die Dumpfheit, jener grausame innere Schraubstock, der Jo seit langem jegliche Vergebung versagt hatte, tat es ihnen gleich.

Jo wünschte Arabella alles Gute und nahm Abschied von ihr.

»Farinesi«, sagte sie. »Elena Zaccaria di Farinesi.«

91

Ariana und Meyer kamen im Frühherbst zur Welt, an einem Tag, an dem das Wasser der Lagune so reglos war wie Glas. Die Hebamme war erstaunt, wie problemlos die Geburt verlief und wie gelassen die beiden Babys wirkten, als könnten sie es kaum erwarten, ihre Mutter kennenzulernen. Victor beschrieb Jo minutiös die Oberlippe ihrer Tochter, die geschwungen war wie ein Möwenflügel, und sie vertraute ihm und lernte, mit ihrem inneren Auge zu sehen.

Immer an Weihnachten fand man Lilien auf Carreggios

Grab, doch niemand sah je, wer so liebevoll sein Andenken wachhielt. Allerdings meinte der Grabpfleger dann stets den Duft von Rosenblüten zu riechen, obwohl es Winter war. Auf dem Grab stand eine schwarze Marmorbüste des Inspektors, mit stolzem und wachsamem Blick.

Die Erinnerung an die Mitglieder des Rats der Zehn verblasste, auch bei jenen, die sie gekannt hatten. Jene geheimnisvollen und finsteren Gestalten wurden nur noch zum Vergnügen der Zwillinge lebendig, die ein lebhaftes Interesse an grausigen Geschichten an den Tag legten, das ihre geduldigen Eltern an Anselmo erinnerte.

Ab und an saß Jo bei Victor in seinem Studierzimmer, während die Kinder zu ihren Füßen spielten, den Kopf Richtung Lagune gewandt, als warte sie auf jemanden. Nur Victor konnte ahnen, dass sie vor ihrem geistigen Auge rote Segel von Schlachtschiffen am Horizont sah, die furchterregenden Sarazenen, die ohne Kriegsbeute zurückkehrten in ihre Heimat, die Krummschwerter an ihrer Seite nicht von Blut befleckt.

Die Welt geriet weder so ruchlos, wie Marianne vorausgesagt hatte, noch so altruistisch, wie Victor es sich gewünscht hätte. Seine neue Reisart bewährte sich mancherorts, woanders war sie hingegen zum Scheitern verurteilt. Sie wurde von anderen weiterentwickelt und verbessert. Doch das Machtgefüge änderte sich nicht grundlegend. Nur Kleinigkeiten entwickelten sich zum Guten. Ein Dorf im Sudan hatte kein Glück mit dem neuen Reis. Bei Lahore dagegen hatte man Erfolg damit und erstattete dem Nachbardorf Bericht. Die Erde drehte sich noch immer um dieselbe Achse wie zuvor. Auf Dürrezeiten folgten Unwetter mit Überschwemmungen, und dann versickerte das Wasser bis zur nächsten Dürre. Kriege wüteten und endeten und begannen aufs Neue in schrecklicher Wiederkehr. Venedig sank unmerklich tiefer in die Lagune, die eines Tages auch noch die höchsten Türme verschlingen würde. Und alles schien so zu sein wie eh und je.

Doch ab und an stieß Victor bei der Lektüre der Zeitung auf eine Meldung über einen bislang unbekannten Wissenschaftler, dem es gelungen war, eine furchtbare Seuche zu besiegen, oder auf ein Ärzteteam, das ein neues Enzym entdeckt hatte, mit dem sich die Kindersterblichkeit senken ließ. Dann lächelte Victor und dachte an die grünen Felder auf Moresbys Ranch. Fortwährend wurden gefährliche Ideen geboren, die manchmal schnell wieder in Vergessenheit gerieten, sich manchmal jedoch auch zu einer namenlosen Wüstenblume entfalteten.

Victor und Jo sahen nie wieder einen Schattenmann.

Ab und an, wenn das Paar aus seiner bescheidenen Wohnung trat und sich auf den Weg machte zu seinem Abendspaziergang, blieben die Touristen mit ihren Kameras und Stadtplänen stehen und starrten die beiden an. Der Mann schien auf ein architektonisches Detail oder den Mond über dem Kirchturm von San Staè zu weisen. Die Frau mit der großen dunklen Brille lächelte und nickte. Die Hand des Mannes ließ sie nie los, und mit dem Zeigefinger der anderen Hand streifte sie an den Wänden der Häuser entlang, als wolle sie sich vergewissern, dass sie nicht seit dem Vortag auf die Lagune hinausgetrieben waren. Das Ganze wirkte wie ein gepflegtes und geliebtes Ritual der beiden.

Die Gaffer schämten sich indessen meist ihrer Neugierde und drehten sich auf dem Weg zur nächsten Attraktion nur noch ein letztes Mal nach dem Paar um. Meist stand den Neugierigen der Neid ins Gesicht geschrieben. Denn oh wie gerne hätten auch sie solch eine Liebe erlebt!

Häufig bemerkten die Touristen ihr verändertes Benehmen gar nicht. Doch als sie das Paar schon lange vergessen hatten, blickten sie noch immer zu den Dächern der Häuser auf. Und freuten sich an den zahlreichen Einzelheiten, die sie jetzt zum ersten Mal wahrnahmen. Nie zuvor war ihnen aufgefallen, wie viele fantastische Formen es da oben gab – unheimliche Wasserspeier, halb verfallene Schornsteine und düstere Silhouetten, die wie flatternde schwarze Wäschestücke aussahen.

Manchmal, mit ein wenig Fantasie, wirkten diese Umrisse geradezu lebendig. Besonders gut gefiel den Touristen, wie die Sonne auf den Dachziegeln funkelte.

Dabei entstanden wunderschöne Schatten.

NACHWORT

Etwas möchte ich klar zum Ausdruck bringen: *Eminenza* hält sich nicht streng an historische Vorgaben. Diese Geschichte ist frei erfunden. Zwar habe ich teilweise reale historische Gestalten einbezogen und mich bemüht, sie detailgetreu zu schildern, doch ich habe mir auch erlaubt, von der Historie abzuweichen, wann immer es meiner Geschichte dienlich war.

Den Rat der Zehn gab es tatsächlich. Er wurde im Jahre 1310 gegründet, doch der furchterregende Enzo Andiolini ist pure Erfindung, weil ich für einen Thriller nicht genügend Material über diese Geheimorganisation gefunden habe. Überdies brauchte ich eine überzeugende Schurkenfigur. Gleichermaßen ausgedacht sind die Grausamkeiten der Bruderschaft und deren Existenz in der Gegenwart. Soweit ich weiß, gab es keine vom Unheil verfolgte Schauspielerfamilie Farinesi. Doch es entspricht der Wahrheit, dass damals viele Menschen auf ähnliche Weise spurlos verschwanden.

Wenn Ihnen also Ungereimtheiten auffallen sollten, so übernehme ich die Verantwortung dafür. Und im Sinne dieses Romans bitte ich Sie, mir zu vergeben.

Vorab möchte ich mich dafür entschuldigen, dass ich das Hotel Danieli, das Istituto Veneto und andere vollkommen unbescholtene Institutionen und Orte Venedigs als Hintergrund für meine Geschichte benutzt habe.

Christian Moerk

Lewis Perdue

Die Tochter Gottes

Thriller

Deutsche Erstausgabe

ISBN 978-3-548-26656-5
www.ullstein-buchverlage.de

Die Kunsthistorikerin Zoe und der Religionswissenschaftler Seth reisen nach Zürich, um den Bestand eines zwielichtigen Kunstsammlers zu sichten. Sie ahnen nicht, dass dies der Beginn einer erbarmungslosen Jagd nach einem uralten Geheimnis sein wird. Einem Geheimnis, das der Vatikan seit mehr als tausend Jahren hütet – und das alles verändern könnte, was wir zu wissen glauben …

»Ein überzeugend geschriebener, auf Fakten beruhender Thriller.« *Kirkus Reviews*

»Spannend und glaubwürdig!« *Publishers Weekly*

ullstein

UB392

Bill Floyd

Im Auge der Finsternis

Thriller

Deutsche Erstausgabe

ISBN 978-3-548-26792-0
www.ullstein-buchverlage.de

Ninas Exmann Randall sitzt in der Todeszelle, überführt als Serienmörder. Mit dem siebenjährigen Sohn Hayden lebt Nina unter falschem Namen in einer fremden Stadt. Da lauert ihr eines Tages eines von Randalls Opfern auf – der Mann will Rache. Er bedroht Ninas Sohn und dann wird der kleine Hayden tatsächlich aus seiner Schule entführt. Während alle fieberhaft nach dem Kleinen suchen, werden die ersten Leichen gefunden – auf die für Randall typische Weise verstümmelt.